LA DANSE DE L'EAU

Du même auteur

Une colère noire : lettre à mon fils, Autrement, 2016 ; J'ai lu, 2017.

Le Grand Combat, Autrement, 2017 ; J'ai lu, 2018.

Le Procès de l'Amérique : plaidoyer pour une réparation, Autrement, 2017.

Huit ans au pouvoir : une tragédie américaine, Présence africaine, 2018.

Ta-Nehisi Coates

La danse de l'eau

roman

traduit de l'anglais (États-Unis)
par Pierre Demarty

Fayard

Maquette de couverture : Greg Mollica
Adaptation : Hokus Pokus
Illustration : © Calida Rawles, 2019

Cet ouvrage est la traduction intégrale,
publiée pour la première fois en France,
du livre de langue anglaise :
THE WATER DANCER
édité par OneWorld.
Cette traduction est publiée en accord avec OneWorld,
une marque de Random House, département de Penguin
Random House LLC, New York.

ISBN : 978-2-213-71654-1

Dépôt légal : août 2021

Pour Chana

I

« Mon rôle a été de raconter l'histoire de l'esclave. L'histoire du maître n'a jamais manqué de narrateurs. »

Frederick Douglass

1

Et c'est le seul endroit où j'aurais pu l'apercevoir, là, sur le pont de pierre, une danseuse drapée de bleu diaphane, parce que c'est ainsi qu'ils avaient dû l'emmener, quand j'étais petit, à l'époque où la terre de Virginie était encore rouge comme la brique et rouge de vie, et, même si d'autres ponts enjambaient la rivière Goose, c'est celui-ci qu'ils avaient dû lui faire traverser, pieds et poings liés, car c'est par ce pont qu'on accédait à la grand-route qui s'enfonçait en serpentant entre les collines vertes jusqu'au bas de la vallée avant de bifurquer dans une direction, une seule, et cette direction était le sud.

J'avais toujours évité ce pont, car il était entaché du souvenir des mères, des oncles et des cousins qui avaient disparu sur la route de Natchez. Mais, conscient aujourd'hui du formidable pouvoir de la mémoire, conscient qu'il peut ouvrir une porte bleue menant d'un monde à l'autre, qu'il peut nous transporter des montagnes aux prairies, des bois verdoyants aux champs nappés de neige, conscient aujourd'hui que la mémoire est capable de replier la terre comme un morceau de tissu, et conscient aussi que j'avais enfoui mon souvenir d'elle dans les plus profonds recoins de mon esprit, conscient que j'ai oublié sans pourtant vraiment oublier, je sais aujourd'hui que cette histoire, cette Conduction, ne pouvait commencer que là, sur ce pont fantastique entre le pays des vivants et le pays des disparus.

Et elle dansait la Juba sur ce pont, une jatte de terre sur la tête, un grand voile de brume s'élevant de la rivière et venant mordiller ses talons nus, qui frappaient les pavés et faisaient tressauter à son cou son collier de coquillages. La jatte de terre ne bougeait pas ; on aurait dit qu'elle faisait partie d'elle, que peu importe avec quelle frénésie elle levait les genoux, se penchait, se contorsionnait et écartait les bras, la jatte restait fixée sur sa tête comme une couronne. Et, en voyant cet incroyable prodige, je compris que cette femme qui dansait la Juba, drapée de bleu diaphane, était ma mère.

Personne d'autre ne la voyait – ni Maynard, installé à l'arrière de la nouvelle calèche Millenium, ni la fille de joie qui le tenait captif de ses charmes, ni, plus étrange encore, le cheval, alors que j'avais toujours entendu dire que les chevaux sont capables de sentir les phénomènes venus d'autres mondes qui font soudain irruption dans le nôtre. Non, j'étais le seul à la voir depuis le siège avant de la calèche, et elle était exactement telle qu'on me l'avait décrite, telle qu'elle était jadis, m'avait-on raconté, quand elle bondissait au centre du cercle formé par tous les miens – Tante Emma, Petit P, Honas et Oncle John – et que tous se mettaient à taper des mains, à se frapper la poitrine et à se gifler les genoux, l'encourageant à danser toujours plus vite, et qu'elle piétinait la terre battue comme pour écraser une créature rampante sous son talon, et qu'elle se courbait en avant, se déhanchait, puis faisait osciller son bassin et ses genoux pliés en cadence avec ses mains, la jatte de terre toujours immobile sur sa tête. Ma mère était la meilleure danseuse du domaine de Lockless, m'avait-on dit, et je m'en souvenais parce que c'était un talent qu'elle ne m'avait pas transmis, mais surtout parce que c'est ainsi, en dansant, qu'elle avait attiré l'œil de mon père, et ainsi fait que j'étais venu au monde. Et, plus encore, je m'en souvenais parce que je me souvenais de tout – de tout, fallait-il croire, sauf d'elle.

C'était l'automne, la saison des courses dans le Sud. Cet après-midi-là, Maynard avait parié gagnant sur un pur-sang que personne n'aurait donné vainqueur, et il s'était dit que cela lui vaudrait peut-être, enfin, l'estime des Distingués de Virginie qu'il convoitait tant. Mais lorsqu'il avait fait le tour de la grand-place de la ville, trônant à l'arrière de la calèche, un sourire de triomphe aux lèvres, les hommes de la bonne société lui avaient tourné le dos en tirant sur leurs cigares. Nul ne l'avait salué. Il était ce qu'il serait toujours – Maynard l'Empoté, Maynard le Raté, Maynard le Demeuré, la pomme pourrie qui était tombée bien loin de l'arbre. Furieux, il m'avait demandé de le conduire à la vieille maison en lisière de notre ville, Starfall, où il s'offrit une nuit en compagnie d'une fille de joie, qu'il eut la riche idée de ramener à la grande propriété de Lockless, et la fatalité voulut que, pris d'un élan soudain de honte, il insistât pour que nous quittions la ville par un chemin détourné, empruntant Dumb Silk Road jusqu'à ce que nous ayons atteint ce vieil embranchement qui nous ramena sur les berges de la rivière Goose.

Une pluie froide me fouettait sans discontinuer à l'avant de la calèche ; l'eau gouttait du bord de mon chapeau et formait des flaques sur mon pantalon. J'entendais Maynard à l'arrière déployer toute sa faconde, abreuvant la fille de joie de ses fanfaronnades grivoises. Je menais le cheval à bride abattue, car je n'avais qu'une envie, rentrer à la maison et être délivré de la voix de Maynard, même si jamais en ce bas monde je ne serais délivré de lui. Maynard qui tenait mes chaînes. Maynard, le frère dont on avait fait mon maître. Et je faisais tout mon possible pour ne plus l'entendre, m'efforçant de penser à autre chose – de convoquer des souvenirs d'enfance, l'effeuillage du maïs ou les jeux de colin-maillard. Ce dont je me souviens aujourd'hui, c'est qu'à aucun moment ces pensées ne parvinrent à divertir mon attention, mais qu'il y eut tout à coup un grand silence, qui engloutit non seulement la voix de Maynard, mais aussi la myriade de bruits infimes du monde alentour. Et, jetant alors un œil par l'étroite lucarne de mon esprit, j'y entrevis les réminiscences des disparus – les hommes sur le qui-vive lors des nuits de garde, et les femmes qui faisaient pour la dernière fois le tour des vergers, les vieilles filles qui confiaient à d'autres leur propre jardin, les vieillards qui maudissaient la grande propriété de Lockless. Des disparus par légions, attroupés sur ce funeste pont, incarnés dans la vision de ma mère en train de danser.

Je tirai sur les rênes, mais il était trop tard. La calèche bascula, et ce qui se produisit alors devait bouleverser à jamais ma compréhension de l'ordre du cosmos. Mais j'étais là et j'ai vu ce qui s'est passé, et j'ai vu depuis mille et une choses qui révèlent les limites de notre savoir et l'infinité de ce qui se trouve au-delà.

La route disparut sous les roues, le pont lui-même s'évapora tout entier, et pendant un instant j'eus l'impression de flotter sur la lumière bleue, ou à l'intérieur peut-être. Il faisait chaud dans cette lumière, et je me souviens de cette brève chaleur car, aussi soudainement que je m'étais mis à flotter, je me retrouvai dans l'eau, sous l'eau, et aujourd'hui encore, en vous racontant tout cela, c'est comme si j'étais de nouveau là-bas, pris dans la morsure glacée de la rivière Goose, assailli par les flots et par cette insoutenable et si particulière sensation de brûlure que seuls connaissent les noyés.

Rien n'est comparable à ce qu'on éprouve lorsqu'on se noie, car ce n'est pas seulement de la souffrance qu'on ressent alors, mais la sidération de se retrouver dans une situation aussi étrange. L'esprit croit qu'il devrait y avoir de l'air, parce qu'il y a toujours de l'air autour de soi, et l'envie impérieuse de respirer est si instinctive qu'on ne peut la brider qu'au prix d'un immense effort de concentration. Si j'avais volontairement sauté du pont, j'aurais pu saisir ce qui m'arrivait.

Si j'étais même simplement tombé par mégarde, j'aurais compris, ne serait-ce que parce que c'eût été du domaine de l'imaginable. Mais, à cet instant, c'était comme si j'avais été brusquement projeté du haut d'une fenêtre dans les profondeurs de la rivière. J'essayais désespérément de respirer. Je me rappelle avoir cherché de l'air à grands cris, et je me rappelle plus nettement encore la souffrance que j'endurai pour toute réponse, la souffrance provoquée par les flots qui s'engouffraient en moi, et la façon dont ma poitrine se soulevait en réaction à cette souffrance, ce qui avait pour seul effet de décupler encore le déferlement de l'eau.

Mais je finis je ne sais comment par apaiser mes pensées, par comprendre confusément qu'à force de m'agiter je ne faisais que hâter ma fin. Et, dès lors, je remarquai qu'il y avait de la lumière d'un côté et de l'obscurité de l'autre, et j'en déduisis que l'obscurité, c'était l'abîme, et que la lumière était l'inverse. Je me mis alors à battre des jambes et à tendre les bras vers la lumière, à me hisser dans l'eau jusqu'au moment où, enfin, toussant et vomissant, je refis surface.

Et lorsque je fus remonté, crevant la sombre rivière pour ressurgir dans le diorama du monde – les nuages orageux suspendus par leur fil invisible, au bas desquels était épinglé un soleil incandescent, et, sous ce soleil, les collines tapissées d'herbe –, je me retournai vers le pont de pierre et m'aperçus qu'il devait se trouver, mon Dieu, à près de mille mètres de distance.

On aurait dit que le pont s'éloignait de moi à toute vitesse, à cause du courant qui m'emportait, et, lorsque je pivotai pour tenter de regagner la rive, ce courant, ou quelque tourbillon invisible sous l'eau, continua de me tirer vers l'aval. Aucun signe de la jeune femme dont Maynard avait eu la sottise de louer les faveurs. Mais j'eus à peine le temps de lui accorder mes pensées, car celles-ci furent bientôt interrompues par Maynard qui se manifestait à présent, comme si souvent, à grand renfort de cris et de gesticulations, apparemment bien décidé à quitter ce monde comme il l'avait traversé. Il était tout près de moi, emporté par le même courant. Il battait des bras dans les remous, il hurlait, avançait de quelques brassées, puis disparaissait sous l'eau avant d'émerger de nouveau quelques secondes plus tard, sans jamais cesser de brailler, cherchant à reprendre pied en s'agitant dans tous les sens.

« Aide-moi, Hi ! »

Alors que ma propre vie vacillait au bord de l'abîme, voici que j'étais sommé de voler au secours d'une autre. J'avais, en maintes occasions, essayé d'apprendre à Maynard à nager, et il s'y était prêté comme il se prêtait à toutes les leçons, avec réticence et nonchalance face à l'effort demandé, puis avec rage et simagrées dès lors qu'il s'apercevait que sa désinvolture ne le menait nulle part. Je peux affirmer aujourd'hui que l'esclavage l'avait brisé, que l'esclavage avait fait de lui un enfant, et, lâché dans un monde où l'esclavage n'avait aucune importance, Maynard était condamné dès l'instant où il avait touché l'eau. J'avais toujours été son protecteur. C'est moi qui, par pure bonté d'âme et abnégation, avais empêché Charles Lee de le tuer ; moi qui, grâce à mes supplications, l'avais tant de fois soustrait à la colère de notre père ; moi qui l'aidais à s'habiller le matin ; moi qui le mettais au lit le soir ; moi qui me trouvais à présent épuisé, physiquement et moralement ; et moi encore qui, à cet instant, luttais contre la force du courant, contre les événements fantastiques qui m'avaient jeté là, et contre l'ordre qui m'était donné, une fois de plus, de sauver une autre âme alors que j'avais à peine l'énergie de sauver la mienne.

« Au secours ! » cria-t-il de nouveau, puis : « Par pitié ! » Implorant comme l'enfant qu'il avait toujours été. Je me fis alors la remarque, si peu charitable fût-elle dans ces circonstances, alors que je m'apprêtais à mourir dans les flots de la Goose, que jamais auparavant je ne l'avais entendu parler d'une voix traduisant la nature véritable de nos rapports.

« Je t'en supplie !

– Je ne peux pas, criai-je par-dessus le fracas de l'eau. Nous sommes fichus ! »

Ayant ainsi admis qu'une mort imminente nous attendait, je me trouvai soudain assailli par divers souvenirs de ma vie, et cette même lumière bleue que j'avais vue sur le pont revint et m'enveloppa de nouveau. Je repensai à Lockless, à tous les êtres qui m'étaient chers, et c'est alors, au beau milieu des brumes de la rivière, que je vis Thena, un jour de lessive, vieille femme ployant sous le poids des grandes bassines d'eau brûlante et convoquant ses dernières forces pour battre les vêtements trempés jusqu'à s'en rougir les mains. Et je vis Sophia, avec ses gants et son bonnet, son allure de femme soumise à son maître – car tel était en effet le service qu'on exigeait d'elle –, et je la regardai, comme je l'avais si souvent fait auparavant, remonter sur ses chevilles l'ourlet de sa robe et s'en aller le long d'un sentier derrière la maison rejoindre l'homme qui la tenait enchaînée. Je sentis mes membres céder, délivrés de toute angoisse face au mystère et à la confusion des événements qui m'avaient jeté dans les profondeurs de la rivière, et cette fois, lorsque je sombrai, je n'éprouvai nulle brûlure, nul besoin désespéré de respirer. Il me semblait ne plus rien peser, si bien que, tout en coulant au fond de la rivière, j'avais la sensation de m'élever vers autre chose. L'eau s'éloigna de moi et je me retrouvai isolé dans une poche de chaleur bleue, cerné par la rivière de toutes parts. Et je compris alors que j'allais, enfin, toucher mon ultime rétribution.

Mon esprit se mit à vagabonder toujours plus loin, retrouvant tous ceux qu'on avait arrachés à la Virginie pour les envoyer sur la route de Natchez, et je me demandai combien d'entre eux avaient fait peut-être un plus long voyage encore, si long que je pouvais m'attendre à ce qu'ils m'accueillent sur la rive de cet autre monde que j'allais bientôt rejoindre. Je vis ma tante Emma, qui avait travaillé dans les cuisines pendant toutes ces années, passer devant moi avec un plateau de biscuits au gingembre destinés à tous les Walker réunis, auxquels ni elle ni aucun des siens n'auraient le droit de toucher. Peut-être que ma mère serait là, et alors, plus rapide qu'une pensée, je la vis fuser sous mes yeux, dansant sous l'onde au milieu du cercle. Et, songeant à tout cela, à toutes ces histoires, je me sentais en paix, et même heureux, à l'idée de m'élever dans les ténèbres, de tomber dans la lumière. Cette lumière bleue était empreinte de paix, plus qu'on n'en trouve même dans le sommeil ; mieux encore, elle était empreinte de liberté, et je compris alors que les anciens n'avaient pas menti, qu'il existait bel et bien un endroit à nous, une vie au-delà de l'Asservissement, où chaque moment ressemblait à l'aube sur la crête des montagnes. Et elle était si vaste, cette liberté, que je pris conscience à cet instant d'être lesté d'un poids qui m'avait toujours paru immuable, un poids qui offrait à présent de me suivre dans l'éternité. Je me retournai, et dans mon sillage je vis ce qui me tirait ainsi par le fond – c'était mon frère, qui s'égosillait, qui gesticulait, qui hurlait, qui implorait d'être sauvé.

Toute ma vie durant, j'avais été assujetti à ses caprices. J'étais son bras droit, et n'avais en conséquence pas de bras à moi. Mais tout cela était terminé désormais. Car je m'élevais, je me hissais loin au-dessus de ce monde de Distingués et d'Asservis. J'aperçus une dernière fois Maynard, qui se débattait dans l'eau et cherchait à se raccrocher à une prise qu'il ne trouvait pas, puis cette image commença à se dissoudre devant moi, comme un ricochet de lumière sur une vague, et ses cris s'atténuèrent, assourdis par le bruyant néant qui m'entourait. Puis plus rien. Il disparut. J'aimerais pouvoir dire que j'en éprouvai du chagrin sur le moment, ou que du moins j'en pris acte d'une manière ou d'une autre. Mais non. J'allais simplement à la rencontre de ma mort ; lui, à la rencontre de la sienne.

Les apparitions se figèrent alors devant moi, et je concentrai mon attention sur ma mère, qui ne dansait plus, mais s'agenouillait devant un petit garçon. Elle posa la main sur sa joue, l'embrassa sur le front, déposa son collier de coquillages dans sa paume et lui referma les doigts par-dessus, puis elle se releva, les deux mains plaquées sur la bouche, tourna les talons et s'en alla ; le petit garçon la regarda s'éloigner, l'appela en criant, puis il voulut la suivre, il se mit à courir pour la rattraper, et en courant il tomba ; il resta étendu au sol, sanglotant, le visage enfoui dans le berceau de ses propres bras, puis il se releva et se retourna, vers moi cette fois ; il s'approcha, ouvrit la paume et me tendit le collier, et je vis alors, enfin, ma rétribution.

2

Toute ma vie, j'avais voulu m'enfuir. Je n'avais rien d'exceptionnel à cet égard – tous les Asservis désiraient la même chose. À ceci près que moi, qui étais différent d'eux, différent de tout à Lockless, j'en avais les moyens.

J'avais été un enfant étrange. J'avais su parler avant de savoir marcher, même si je ne parlais pas beaucoup car, pour l'essentiel, j'observais et je retenais. J'entendais les autres parler, mais en vérité je les voyais plus que je ne les entendais, leurs mots s'incarnant pour moi en une série d'images, d'enchaînements de couleurs, de lignes, de textures et de silhouettes que j'étais capable de garder en mémoire. Et j'avais le don de pouvoir, à tout moment, convoquer ces images et les reconstituer sous la forme des mots exacts dont elles avaient émané.

À cinq ans j'étais capable, après l'avoir entendu une seule fois, d'entonner à tue-tête un chant de travail, ses appels et ses réponses, et d'y ajouter mes improvisations, à la grande joie de mes aînés qui me regardaient bouche bée. Je donnais à chaque bête en particulier un nom précis, selon l'endroit où j'avais vu l'animal en question, l'heure de la journée et l'activité à laquelle il se livrait à ce moment-là ; tel cerf s'appelait ainsi Herbe de Printemps, tel autre Branche de Chêne Brisée, et il en allait de même pour la meute de chiens dont les anciens me disaient si souvent de me méfier, mais à mes yeux ce n'était pas une meute, chacun d'eux était un individu bien distinct et unique, même si je ne devais jamais le revoir, aussi unique qu'une femme ou un homme que je n'aurais croisés qu'une seule fois, car de ceux-là aussi je me souvenais parfaitement.

Et il était inutile de me raconter deux fois la même histoire, car si vous me racontiez que Hank Powers avait pleuré pendant trois heures après la naissance de sa fille, je m'en souvenais, et si vous me racontiez que Lucille Simms avait confectionné une robe neuve à partir des habits de travail de sa mère pour Noël, je m'en souvenais, et si vous évoquiez la fois où Johnny Blackwell avait tiré sa lame contre son propre frère, je m'en souvenais, et si vous me parliez de tous les ancêtres de Horace Collins, et de l'endroit exact où ils étaient nés dans le comté d'Elm, je m'en souvenais, et si Jane Jackson égrenait les noms de toutes les générations qui l'avaient précédée, ceux de sa mère, de la mère de sa mère et de toutes les mères avant elles en une litanie s'étirant jusqu'au bord de l'Atlantique, je m'en souvenais. Il était donc tout naturel que je me rappelle, même après que le pont se fut écroulé, alors que je sombrais dans la gueule grande ouverte de la Goose et que je faisais face à mon funeste destin, que ce n'était pas là mon premier pèlerinage au seuil de la porte bleue.

C'était déjà arrivé auparavant. Le lendemain du jour où ils avaient emmené ma mère pour la vendre. J'avais neuf ans. Quand je me réveillai en ce froid matin d'hiver, je sus avec certitude qu'elle était partie. Mais je ne me rappelais rien – ni scène d'adieux, ni la moindre image d'elle. Je n'avais de ma mère qu'un souvenir indirect, si bien que j'étais sûr et certain qu'on l'avait emmenée comme j'étais sûr et certain qu'il y avait des lions en Afrique, alors que je n'en avais jamais vu. Je cherchai à me la remémorer entière, pleinement incarnée, et ne trouvai que des morceaux épars. Des cris. Des supplications – quelqu'un qui me suppliait. Le fumet capiteux des chevaux. Et, émergeant de ce brouillard par intermittence, une image trouble : une longue auge remplie d'eau. J'étais terrifié, non seulement parce que j'avais perdu ma mère, mais parce que j'étais un garçon qui se souvenait de tous ses jours passés sous les couleurs les plus vives, des textures si denses que j'aurais pu m'y abreuver. Et voici que je me réveillais en sursaut sans rien d'autre autour de moi que des visions fugaces, des ombres et des cris.

Je dois m'enfuir. Ce fut cette fois encore une impression plutôt qu'une pensée. J'éprouvais une douleur, la sensation d'une rupture, d'un arrachement contre lequel j'étais conscient de n'avoir rien pu faire. Ma mère était partie et je devais la suivre. Alors, en ce matin d'hiver, j'enfilai ma chemise et mon pantalon en coton rêche, puis glissai les bras dans les manches de mon manteau noir et laçai mes brodequins. Je sortis dans la Rue, l'espace communal délimité par deux longues rangées de cabanes à pignon en rondins où vivaient ceux d'entre nous qui servaient dans les champs de tabac. Un vent glacial fouettait le sol de terre battue entre les bâtiments et me lacérait le visage. C'était un dimanche, deux semaines après les fêtes, au petit matin, juste avant le lever du soleil. Dans le clair de lune, je voyais la fumée s'élever des cheminées en panaches blancs et, derrière les cabanes, les arbres noirs et nus oscillant sous le mugissement du vent comme s'ils étaient ivres. En été, même à cette heure, on aurait déjà vu les gens s'affairer dans leur jardin – déterrant choux et carottes, ramassant leurs œufs pour les échanger ou les apporter à la résidence afin de les vendre. Lem et les plus âgés des garçons auraient été là, canne à pêche sur l'épaule, en route vers la Goose, tout sourire, me faisant de grands signes et criant : « Allez, viens, Hi ! » J'aurais aperçu Arabella avec son frère Jack, le regard encore ensommeillé mais bientôt absorbés par leurs jeux, faisant rouler des billes dans le cercle de terre qu'ils auraient tracé entre deux cabanes. Et Thena, la plus méchante femme de la Rue, aurait peut-être été là, elle aussi, à balayer devant chez elle, battre un vieux tapis ou lever les yeux au ciel et siffler entre ses dents en voyant quelqu'un faire l'idiot. Mais c'était l'hiver en Virginie, et quiconque avait pour deux sous de bon sens était calfeutré chez soi, au coin du feu. Aussi n'y avait-il pas âme qui vive dans la Rue quand je sortis, personne sur le pas de sa porte, l'œil aux aguets, personne pour m'attraper par le bras, me donner deux tapes sur les fesses et me gronder : « Hi, tu vas attraper la mort avec ce froid ! Et où est ta maman, mon garçon ? »

Je pris le chemin sinueux qui menait aux bois sombres. Je m'arrêtai à proximité de la cabane de Boss Harlan. Était-il impliqué ? C'était l'homme de main de Lockless, un Blanc inférieur qui administrait les « corrections » lorsque cela était jugé approprié. Boss Harlan était le bras armé de l'esclavage ; il régnait sur les champs tandis que sa femme, Desi, veillait à la bonne marche de la demeure. Mais j'avais beau fouiller parmi les lambeaux de ma mémoire, je n'y trouvais aucune trace de Boss Harlan. Je voyais l'auge remplie d'eau. Je sentais l'odeur des chevaux. Il fallait que j'aille aux écuries. J'étais certain que quelque chose m'attendait là-bas, quelque chose de crucial que je n'aurais su nommer, à propos de ma mère, un chemin secret, peut-être, qui me mènerait jusqu'à elle. En marchant dans ces bois, transi par le vent d'hiver, j'entendais de nouveau ces voix qui semblaient tournoyer sans but autour de moi, de plus en plus nombreuses à présent – et dans mon esprit revenait sans cesse une vision : l'auge remplie d'eau.

Alors je me mis à courir, aussi vite que me le permettaient mes courtes jambes. Il fallait que j'atteigne les écuries. C'était comme si mon univers tout entier en dépendait. Arrivé devant les portes de bois blanches, je soulevai le loquet, et elles s'ouvrirent brusquement, me projetant au sol. Je me relevai en hâte, me précipitai à l'intérieur, et me retrouvai face au décor de ma vision matinale – les chevaux et l'auge.

Je m'approchai des chevaux, l'un après l'autre, et les regardai bien en face. Leur regard était vide, stupide. Je me dirigeai vers l'auge et plongeai les yeux dans l'eau d'un noir d'encre. Les voix revinrent. Quelqu'un qui me suppliait. Et d'autres visions se formèrent alors dans la noirceur de l'eau. Je vis des Asservis qui avaient vécu jadis dans la Rue, mais dont je n'avais gardé aucun souvenir. Une brume bleue commença à s'élever de cette nappe d'encre obscure, illuminée de l'intérieur par je ne sais quelle source. Je sentais cette lumière m'attirer, m'attirer vers le fond de l'auge. Regardant autour de moi, je vis alors l'écurie s'évaporer comme je verrais s'évaporer le pont, bien des années plus tard, et je me dis que c'était cela, la signification de ce rêve : un chemin secret qui me délivrerait de Lockless pour nous réunir, ma mère et moi. Mais, lorsque la lumière bleue se fut dissipée, je me retrouvai non pas devant ma mère, mais les yeux fixés à un plafond de bois pentu, que je reconnus aussitôt – le plafond de la cabane dont j'étais sorti quelques minutes à peine auparavant.

J'étais allongé par terre, sur le dos. Je voulus me redresser, mais c'était comme si mes jambes étaient lestées d'un poids et entravées par des chaînes. Je réussis à me relever et à regagner la couche de chanvre que je partageais avec ma mère. Son odeur distincte flottait encore dans la chambre, autour de notre lit, et je tentai de suivre la piste tracée par cette odeur dans les allées de mon esprit, mais si tous les virages, tous les méandres de ma brève existence m'apparaissaient avec clarté, ma mère, elle, n'était que brouillard et fumée. Je m'efforçai de me rappeler son visage et, comme celui-ci ne me revenait pas, je pensai à ses bras, à ses mains, mais je ne voyais toujours rien que de la fumée, et lorsque j'essayai de me remémorer ses colères, ou ses gestes d'affection – rien d'autre que cette fumée de nouveau. Elle avait disparu de la tiède tapisserie du souvenir pour rejoindre les froides archives de la réalité.

Je m'endormis. Et lorsque je me réveillai, plus tard ce même après-midi, je revins à moi pleinement conscient que j'étais seul. J'ai vu depuis quantité d'enfants plongés dans la même situation que moi ce jour-là, soudain orphelins, se sentant abandonnés et livrés à la rudesse de ce monde, et j'en ai vu certains exploser de rage tandis que d'autres se retrouvent presque figés dans un état de stupeur, certains pleurer pendant plusieurs jours tandis que d'autres continuent d'avancer, animés d'une détermination singulière, concentrés uniquement sur le moment présent. Une part d'eux est morte et, tels des chirurgiens, ils savent qu'il leur faut immédiatement procéder à l'amputation. Il en fut ainsi pour moi, ce dimanche après-midi, lorsque je me levai, toujours vêtu de ma chemise en coton rêche, brodequins aux pieds, et que je ressortis, pour aller cette fois au magasin afin de collecter le quart de boisseau de maïs et la livre de porc auxquels ma famille avait droit. Je rapportai ces vivres à la maison, mais ne m'attardai pas. Aussitôt je ramassai mes billes – mon seul bien, outre le sac de victuailles et les habits que je portais sur moi – et je sortis de nouveau, pour me diriger vers la dernière maison de la Rue, une grande cabane isolée des autres. La maison de Thena.

La Rue était un lieu communal, mais Thena se tenait à l'écart ; elle ne se mêlait jamais aux autres pour échanger des potins, bavarder ou chanter. Elle travaillait dans les champs de tabac, puis rentrait chez elle. Elle pestait contre nous, les enfants, lorsque nous venions jouer et chahuter trop près de sa maison, dont elle surgissait parfois tout à trac, les yeux exorbités, en faisant de grands moulinets avec son balai pour nous chasser. De la part de n'importe qui d'autre, un tel comportement aurait provoqué des conflits d'une nature ou d'une autre. Mais j'avais entendu dire que Thena n'avait pas toujours été ainsi, que dans une autre vie, ici même, dans la Rue, elle avait été la mère non seulement de ses cinq enfants à elle, mais de tous les enfants du quartier.

C'était une autre époque, un temps dont je ne me souvenais pas. Mais je savais que ses enfants étaient partis. Qu'avais-je donc en tête, planté devant sa porte avec mon sac de viande et de maïs ? D'autres qu'elle auraient sûrement accepté de me recueillir, des gens à qui la compagnie des enfants était agréable. Mais je savais qu'il n'y avait qu'une seule personne capable de comprendre la souffrance qui venait de s'abattre sur moi. Même lorsqu'elle nous menaçait en brandissant son balai, je sentais à quelles profondeurs allait puiser chez elle la douleur de cette perte, une rage que, contrairement à nous autres, elle refusait d'étouffer, une rage qui me semblait authentique et justifiée. Ce n'était pas la femme la plus méchante de Lockless ; c'était la plus honnête.

Je frappai à la porte ; pas de réponse. Grelottant de froid, je décidai d'entrer. Je posai mes rations derrière le seuil, puis grimpai l'échelle jusqu'à la mansarde où je m'allongeai, les yeux rivés sur la porte, guettant son retour. Elle arriva quelques minutes plus tard, leva la tête, et me lança son fameux regard noir. Mais elle se dirigea ensuite vers la cheminée, attisa le feu, saisit une des poêles accrochées au linteau, et bientôt l'odeur familière du porc et du pain de cendre embaumait la cabane tout entière. Elle leva de nouveau les yeux vers moi et dit : « Va falloir que tu descendes de là si tu veux manger. »

Je vécus avec Thena pendant un an et demi avant de comprendre les raisons profondes de sa colère. Par une chaude nuit d'été, je fus réveillé sur l'étroite paillasse que je m'étais aménagée dans la mansarde de la cabane par des gémissements. C'était Thena, qui parlait dans son sommeil. « Tout va bien, John. Tout va bien. » Elle parlait d'une voix si claire que je crus au début qu'elle s'adressait vraiment à quelqu'un dans la pièce. Je m'aperçus toutefois, en me penchant par-dessus le bord de la mansarde, qu'elle était encore endormie. Je m'étais déjà accoutumé à laisser Thena seule en compagnie de ses fantômes, mais plus elle parlait, plus il me semblait que, cette fois, elle était véritablement en proie au tourment. Je descendis pour la réveiller. Tandis que je m'approchais d'elle, je l'entendais continuer de geindre et de parler : « Tout va bien, John, je t'assure. Ça va aller, John. » Je tendis le bras et la secouai par l'épaule jusqu'à ce qu'elle se réveille en sursaut.

Elle ouvrit les yeux, puis regarda autour d'elle dans l'obscurité de la cabane, comme si elle ne savait pas où elle se trouvait, avant de se tourner de nouveau vers moi en clignant des paupières. Depuis un an et demi, les accès de colère de Thena m'avaient largement épargné. Au grand soulagement des habitants de la Rue, ses crises de fureur avaient d'ailleurs diminué, comme si ma présence à ses côtés commençait peut-être à aider une vieille blessure en elle à se refermer. Mais ce n'était pas le cas, ainsi que je le compris à son regard posé sur moi.

« Qu'est-ce que tu fiches là ? se mit-elle à crier. Fiche-moi le camp, espèce de sale petite fouine ! Fiche le camp d'ici ! » Je sortis à toutes jambes et vis que le jour était presque levé. La brume dorée du soleil allait bientôt apparaître derrière la cime des arbres. Je retournai à la vieille cabane où j'avais vécu avec ma mère et m'assis sur le perron, jusqu'à ce que sonne l'heure du travail pour les Asservis.

J'avais onze ans à présent. J'étais petit pour mon âge, mais aucune exception n'était accordée, et je devais travailler autant qu'un homme. J'enduisais les cabanes de torchis et comblais les fissures des murs. Je sarclais les champs pendant l'été et mettais les feuilles à sécher comme tous les autres à l'automne. Je chassais et pêchais. Je m'occupais du jardin, même après que ma mère fut partie. Mais les jours de grande chaleur, comme celui qui s'annonçait ce matin-là, le travail des enfants consistait à apporter de l'eau à ceux qui trimaient dans les champs. Toute la journée, je pris donc place au milieu des enfants qui formaient une longue chaîne depuis le puits, près de la résidence principale du domaine, jusqu'aux champs de tabac. À l'heure du dîner, quand la cloche sonna et que chacun rentra chez soi, je ne retournai pas chez Thena. Je trouvai un coin bien à l'abri dans les bois, d'où je pourrais tout voir, et je me mis à observer. La Rue était animée à cette heure, mais mon regard était fixé sur la cabane de Thena. Toutes les vingt minutes environ, je la voyais sortir sur le perron et regarder à droite et à gauche, comme si elle attendait un invité, puis retourner à l'intérieur. Quand je finis par rentrer, il était tard et je la trouvai assise sur une chaise près du lit. Je compris, en voyant les deux bols vides posés sur le linteau de la cheminée, qu'elle n'avait pas encore mangé.

Nous dînâmes et, juste avant l'heure du coucher, elle se tourna vers moi et me dit dans un murmure chevrotant :

« John – Big John –, c'était mon mari. Il est mort. La fièvre. Je crois qu'il faut que tu saches ça. Je pense qu'il faut que tu comprennes certaines choses à propos de moi, de toi, de cet endroit. »

Elle marqua une pause et se tourna vers la cheminée, où les dernières braises finissaient de se consumer.

« J'essaie de pas trop m'en faire. La mort, c'est quelque chose de naturel, bien plus naturel que cet endroit. Mais la mort qu'est survenue le jour où c'est lui qu'est mort, Big John, elle avait rien de naturel. C'était un meurtre. »

Le vacarme et le raffut s'étaient éteints dans la Rue, et l'on n'entendait plus que la sourde complainte rythmique des insectes de la nuit. Une douce brise de juillet s'engouffrait par la porte ouverte. Thena prit sa pipe sur le linteau de la cheminée, l'alluma et commença à tirer dessus.

« Big John était le meneur. Tu sais ce que ça veut dire, j'imagine ?

– Ça veut dire que c'était lui qui commandait dans les champs.

– Exactement, dit Thena. C'est lui qu'était chargé de superviser toutes les équipes qui travaillaient dans les champs de tabac. Big John était pas meneur parce qu'il était cruel, comme Harlan. Il était meneur parce que c'était le plus malin – bien plus malin que tous ces Blancs, et leur vie entière dépendait de lui. Ces champs, c'est bien plus que des champs, Hi. C'est le cœur de tout. Tu connais le domaine. T'as vu cet endroit et tout ce luxe, tu sais ce qu'ils possèdent. »

Je le savais. Lockless était un lieu impressionnant, des milliers d'hectares creusés à flanc de montagne. J'adorais m'éloigner des champs de temps à autre pour explorer ce territoire, et j'y avais trouvé des vergers regorgeant de pêches dorées, des champs de blé qui ondulaient dans le vent d'été, des épis de maïs couronnés d'un jaune soyeux, resplendissant d'espoir, une laiterie, une forge, un atelier de menuiserie, une glacière, des jardins foisonnant de lys et de lilas, toutes ces splendeurs alignées selon la plus parfaite géométrie, avec une symétrie glorieuse dont j'étais trop jeune pour comprendre l'ingénierie.

« Joli, pas vrai ? dit Thena. Mais tout ça, ça a commencé grâce à ce qu'il y a dans ces champs là-bas, ce qu'il y a dans cette pipe. Et le maître de tout ça, c'était mon homme, Big John. Y avait personne qui connaissait mieux la feuille blonde que mon homme. Il connaissait la meilleure façon de se débarrasser du sphinx du tabac, il était capable de dire quelles feuilles il fallait bouturer et celles auxquelles il valait mieux pas toucher. Et ça l'avait fait bien voir des Blancs. C'est comme ça que j'ai eu cette grande maison.

« Et on était généreux avec ce qu'on avait. On donnait notre rabe de victuailles à ceux qu'en avaient pas. C'est John qui insistait pour qu'on fasse ça. »

Elle s'interrompit pour tirer sur sa pipe. Je regardais les lucioles entrer dans la cabane, leurs lueurs dorées flotter parmi les ombres.

« Je l'aimais, cet homme, mais il est mort, et après ça, tout s'est écroulé. La première récolte catastrophique que je me rappelle, c'était juste après la mort de John. Et puis y en a eu une autre. Et puis une autre encore. Tout le monde te le dira, même John aurait pas pu nous sauver. C'était la terre, qui maudissait tous ces Blancs à cause de ce qu'ils lui avaient fait, comment ils l'avaient dépouillée. Y reste encore un peu de vraie rouge de Virginie, mais bientôt, tout ça, ce sera plus que de la poussière de Virginie. Et ils le savent. C'est pour ça que, depuis que John est plus là, c'est devenu l'enfer. L'enfer pour moi. Pour toi.

« Je repense à ta tante Emma. Je repense à ta maman. Toutes les deux, leur souvenir me quitte pas – Rose et Emma. Ces deux-là, tu peux pas savoir. Elles s'adoraient. Elles adoraient danser. Leur souvenir me quitte pas, je te dis. Et même si ça fait mal parfois, faut pas oublier, Hi. Faut pas oublier. »

Je la regardais abasourdi, conscient tout à coup de tout ce que j'avais déjà oublié.

« Je sais que moi, en tout cas, j'oublierai pas mes bébés, continua Thena. Tous les cinq, ils les ont emmenés au champ de courses, ils les ont mis en rang avec tous les autres et ils les ont vendus, pareil qu'ils vendent leurs fûts de tabac. »

Thena baissa alors la tête et porta les mains à son front. Quand elle releva les yeux, je vis les larmes couler sur ses joues.

« Quand c'est arrivé, j'ai passé des heures à maudire John, parce que je me disais que s'il était resté en vie, mes bébés seraient encore là avec moi. Pas seulement à cause de ce qu'il savait, mais parce que j'avais le sentiment qu'il aurait fait ce que moi j'aurais jamais eu le courage de faire – il les aurait empêchés.

« Tu me connais. T'as entendu les histoires que les gens racontent sur moi, mais tu sais aussi qu'il y a quelque chose de brisé chez la vieille Thena, et quand je t'ai vu là-haut dans cette mansarde, j'ai eu l'impression qu'il y avait quelque chose de brisé chez toi aussi. Et que tu m'avais choisie, que va savoir pourquoi, à cause de quelle drôle d'idée qu'était passée par ta petite cervelle, tu avais décidé de venir chez moi. »

Elle se leva et commença à mettre de l'ordre dans sa maison, comme tous les soirs, tandis que je remontais dans ma mansarde.

« Hi », appela-t-elle. Je tournai la tête et la vis qui me fixait.

« Oui, m'dame.

– Je peux pas être ta mère. Je peux pas être Rose. C'était une belle femme, avec un cœur grand comme ça. Je l'aimais, et il en reste plus beaucoup, des gens que j'aime. Elle avait pas le goût des ragots, elle était discrète. Je peux pas être ce qu'elle était pour toi. Mais tu m'as choisie, ça je l'ai bien compris. Je veux que tu saches ça, que je comprends. »

Je restai éveillé longtemps ce soir-là, les yeux au plafond, à réfléchir aux paroles de Thena. *Une belle femme, un cœur grand comme ça, pas le goût des ragots, discrète*. J'ajoutai ces mots à la collection de souvenirs que j'avais glanés auprès des habitants de la Rue. Thena n'imaginait pas à quel point j'avais besoin de ces petites pièces éparses composant le puzzle de ma mère, qu'au fil de temps je finis par assembler pour esquisser un portrait de la femme qui ne vivait plus que dans le monde des rêves, comme Big John, mais seulement sous forme de fumée.

Et mon père ? Le maître de Lockless ? J'avais appris très tôt qui il était, car ma mère n'en avait pas fait secret, et lui non plus. Je le voyais de temps en temps faire le tour de la propriété à cheval et, quand son regard croisait le mien, il s'arrêtait un instant et me saluait en ôtant son chapeau. Je savais qu'il avait vendu ma mère – Thena me le rappelait sans cesse. Mais je n'étais qu'un petit garçon, et je voyais en lui ce que les petits garçons ne peuvent s'empêcher de voir en leur père – un moule dans lequel forger leur propre virilité. Je commençais par ailleurs à comprendre qu'un énorme fossé séparait les Distingués des Asservis – que les Asservis, accroupis dans les champs, charriant le tabac depuis les collines jusqu'aux tonneaux, menaient une vie de misère harassante, et que les Distingués, qui résidaient dans la grande maison sur les hauteurs du domaine, le siège de Lockless, en menaient une bien différente. Et, conscient de cela, il était naturel que je prenne exemple sur mon père, car je voyais en lui l'emblème d'une autre vie – une vie de splendeur et de magnificence. Je savais en outre que j'avais un frère là-bas, un garçon qui baignait dans le luxe pendant que je trimais, et je me demandais au nom de quelle loi il avait droit à cette vie d'oisiveté tandis que j'étais, moi, condamné à servir. Il me suffirait de trouver la bonne méthode pour me hisser au-dessus de ma condition, me placer à un poste qui me permettrait de montrer ma propre valeur. Tel était le sentiment qui m'animait en ce dimanche où mon père fit son apparition fatidique dans la Rue.

Thena était de meilleure humeur que d'habitude, assise sur son perron, regardant les petits détaler devant chez elle sans les gronder ni les chasser. Moi, j'étais à la lisière du quartier, entre les champs et la Rue, et je chantais :

Oh, Seigneur, j'ai tant de tourments
Oh, Seigneur, j'ai tant de tourments
Personne d'autre que mon Dieu ne sait mes tourments
Personne d'autre que mon Dieu ne sait rien.

J'enchaînais les couplets, des tourments au labeur, des tourments à l'espoir, des tourments à la liberté. Au moment de chanter l'appel, je prenais la voix du meneur dans les champs, audacieuse et claironnante. Au moment de chanter la réponse, je prenais celle des gens autour de moi, les imitant l'un après l'autre. Ils étaient ravis, tous ces anciens, et leur ravissement augmentait à mesure que la chanson se prolongeait, couplet après couplet, jusqu'à ce que je les aie tous imités. Mais, ce jour-là, je ne regardais pas les anciens ; je regardais l'homme blanc juché sur son Tennessee Pacer, chapeau enfoncé sur le front, qui s'approchait en souriant d'un air approbateur devant mon petit numéro. C'était mon père. Il ôta son couvre-chef, tira un mouchoir de sa poche et s'essuya le front. Puis il remit son chapeau, fourra de nouveau la main dans sa poche, en sortit un petit objet et me le lança d'une pichenette, et, sans le quitter un seul instant des yeux, je l'attrapai au vol. Je demeurai planté là un long moment, les yeux rivés aux siens. Je sentais une tension derrière moi : les anciens, qui craignaient que mon effronterie ne provoque la colère de Harlan. Mais mon père, sans se départir de son sourire, hocha la tête vers moi, puis se remit en route.

La tension retomba ; je retournai à la cabane de Thena et montai dans ma mansarde. Je sortis de ma poche la pièce que mon père m'avait lancée avant de s'en aller, et je vis qu'elle était en bronze, le pourtour rugueux et inégal, arborant l'effigie d'un homme blanc sur une face et d'une chèvre sur l'autre. Là-haut dans ma mansarde, passant le doigt sur le bord crénelé de la pièce, j'avais la sensation d'avoir trouvé ma méthode, mon jeton, le ticket qui allait me permettre de quitter les champs et la Rue.

Et cela se produisit dès le lendemain, après le dîner. En me penchant du haut de ma mansarde, je vis Desi et Boss Harlan qui discutaient à voix basse avec Thena. J'avais peur pour elle. Je n'avais jamais vu Desi ou Harlan en colère, mais les histoires que j'avais entendues suffisaient à inspirer la crainte. On racontait qu'un jour Boss Harlan avait tué un homme parce qu'il n'avait pas utilisé le bon sarcloir, et qu'une autre fois Desi avait fouetté une fille dans la laiterie à coups de cravache. Je voyais Thena hocher la tête de temps en temps, les yeux baissés. Quand Desi et Harlan furent partis, elle m'ordonna de descendre.

Sans dire un mot, elle m'emmena dans les champs, où personne ne pourrait nous entendre. La journée touchait à sa fin. L'air lourd de l'été annonçait la nuit. Une sorte de prémonition s'empara de moi, l'impression que je savais ce qui allait arriver, et lorsque j'entendis les bruits nocturnes de la nature s'élever tout autour de nous, tel un chœur, je crus y entendre un hymne à un avenir flamboyant.

« Hiram, je sais que tu vois tout ce qui se passe. Et je sais que même si on est tous confrontés à la brutalité de ce monde, toi, tu y fais face mieux que certains de tes aînés. Mais les choses vont bientôt devenir beaucoup plus brutales, dit-elle.

– Oui, m'dame.

– Des Blancs vont venir t'annoncer que les champs c'est fini pour toi, qu'ils vont t'emmener là-haut, chez eux. Mais ces gens, c'est pas ta famille, Hiram, je veux que tu comprennes ça. Faudra pas que tu oublies qui tu es, là-haut, et faudra pas non plus qu'on s'oublie, toi et moi. Ils vont nous faire monter tous les deux, tu comprends ce que je te dis ? Nous deux. Ce don que tu as, et je l'ai vu, on l'a tous vu, moi aussi ça m'atteint. Je suis censée aller là-bas et veiller sur toi, et tu crois peut-être que tu m'as sauvée, mais en réalité tu as attiré leur attention sur moi, voilà ce que tu as fait.

« On a notre monde à nous ici – nos façons d'être, de parler et de rire, même si tu me vois pas souvent faire l'un ou l'autre. Mais ici, j'ai le choix. Et c'est pas grand-chose, ce choix, mais au moins on l'a. Là-bas, avec eux sur le dos... ce sera pas pareil.

« Il va falloir que tu sois prudent, mon garçon. Fais attention. Rappelle-toi bien ce que je te dis. Ces gens, c'est pas ta famille, fiston. Je suis plus une mère pour toi, ici, maintenant, que ce type blanc sur son cheval sera jamais ton père. »

Elle essayait de me dire ce qui allait se passer, de me prévenir. Mais le don que j'avais, c'était celui de la mémoire, pas celui de la sagesse. Et le lendemain, quand Roscoe, le majordome de mon père, avec son visage affable et ses joues flasques, vint nous chercher, je dus prendre sur moi pour dissimuler mon excitation. Nous traversâmes les champs de tabac, passant devant les ouvriers agricoles dont les chansons résonnaient :

Quand tu arriveras au paradis, dis que tu te souviens de moi
Que tu te souviens de moi et de mon âme perdue
Que tu te souviens de ma pauvre âme perdue.

Puis, tandis que nous laissions derrière nous les champs de blé et franchissions la grande pelouse verte et le jardin fleuri, j'aperçus, perchée au sommet de la petite colline, l'immense demeure de Lockless qui étincelait comme le soleil lui-même. À mesure que nous nous rapprochions, je distinguai les colonnades, le portique et l'imposte au-dessus de la porte d'entrée. C'était une vision magnifique. Un frisson me parcourut lorsque je songeai que cette maison m'appartenait. Elle était à moi par le droit du sang. J'avais raison, mais pas dans le sens que j'imaginais.

Roscoe se retourna et m'adressa un sourire en coin en voyant mes yeux briller. « Par ici », dit-il en bifurquant pour nous conduire au pied de la petite colline sur laquelle était érigée la maison, et j'aperçus alors l'entrée d'un tunnel. À peine nous étions-nous engouffrés que d'autres employés asservis surgirent de pièces adjacentes pour saluer Thena et Roscoe avant de disparaître par d'autres couloirs. Nous étions dans une sorte de terrier, un monde souterrain sous la grande demeure.

Nous fîmes halte devant l'une de ces pièces, qui m'était manifestement destinée. Il y avait un lit, une table, un lavabo, une cruche et une serviette. Pas de mansarde. Pas de recoin aménagé. Pas de fenêtre. Roscoe resta sur le pas de la porte à mes côtés tandis que Thena posait ses affaires. Elle ne me quittait pas des yeux et j'entendais de nouveau ses paroles dans ce regard – *ces gens, c'est pas ta famille*. Mais elle finit par tourner la tête au bout d'un moment et dit simplement : « Autant le faire monter tout de suite. » Roscoe posa une main sur mon épaule et me conduisit dans les couloirs du Terrier jusqu'à une volée de marches, en haut desquelles nous nous retrouvâmes face à un mur. Roscoe toucha quelque chose, je ne vis pas quoi, et le mur coulissa, nous faisant émerger de l'obscurité pour pénétrer dans une pièce inondée de lumière et remplie de livres.

Je restai figé sur le seuil, pris de vertige : la lumière qui se déversait à flots dans cette pièce, l'odeur de térébenthine, les tapis persans or et bleu, l'éclat du parquet de bois – mais ce qui captivait mon attention par-dessus tout, c'étaient les livres. J'en avais déjà vu – il y en avait toujours deux ou trois parmi nous dans la Rue qui savaient lire et qui avaient de vieux almanachs ou des livrets de chansons dans leur cabane –, mais jamais en si grand nombre, alignés le long de chacun des murs de la pièce sur des étagères, du sol au plafond. Je fis de mon mieux pour ne pas trahir ma curiosité. Je savais quel sort était réservé aux Noirs qui s'intéressaient de trop près au monde au-delà de la Virginie.

Je tournai alors la tête et vis mon père, en bras de chemise et gilet, assis dans un coin de la pièce, qui nous observait, Roscoe et moi. Puis, dans le coin opposé, un garçon, plus âgé que moi, et blanc. Par je ne sais quel sortilège du sang, je sus aussitôt que c'était mon frère. Mon père nous adressa un geste de la main, infime, désinvolte, et Roscoe comprit qu'il devait nous laisser. Il pivota alors sur ses talons, comme s'il effectuait un salut militaire, et disparut derrière le mur coulissant. Ainsi me retrouvai-je seul avec mon père, Howell Walker, et mon frère, qui continuaient tous deux de m'observer en silence, d'un air intrigué. Je plongeai la main dans ma poche et me mis à caresser du bout des doigts le pourtour rugueux et crénelé de la pièce de bronze.

3

Mon père instruisit Desi de la mission qui m'incombait, et Desi en informa Thena, qui me la transmit à son tour : je devais me rendre utile. Ainsi, chaque jour, je me levais avant le soleil, comme tous les Asservis, et j'allais d'un endroit à un autre prêter main-forte là où je pouvais – m'occuper des fourneaux pour Ella, la cuisinière en chef, aller chercher le lait, débarrasser les plateaux après le petit déjeuner –, ou bien j'allais dehors, toiletter et panser les chevaux avec Roscoe, ou bouturer les jeunes pousses dans le verger avec Pete. Il y avait à faire en permanence car, si la maison nécessitait toujours autant d'entretien, le nombre des Asservis, lui, avait diminué, et c'est à ce moment-là que je compris que même les Asservis qui travaillaient ici, dans la maison, pouvaient être expédiés sur la route de Natchez. Je ne ménageais pas ma peine, et je redoublais d'énergie quand, de temps à autre, je surprenais mon père en train de m'observer à la dérobée avec un petit sourire. Il avait trouvé quoi faire de moi.

C'était l'automne de ma treizième année, quatre mois après mon installation dans la résidence principale du domaine. Mon père avait décidé d'organiser une petite soirée pour fêter la saison. Toute la journée, on eût dit que chacun des Asservis de la maison était emmailloté dans sa propre fatigue. Tôt ce matin-là, j'apportai les œufs à Ella, dont le grand sourire chaleureux était devenu à mes yeux un aspect naturel de chaque début de journée. Mais la nature était chamboulée ce jour-là et, lorsque je me présentai devant Ella avec mon panier en osier rempli d'œufs, elle se contenta de me prier d'un hochement de tête, sans dire un mot, de les poser sur la table, derrière laquelle Pete, debout, était en train de trier des pommes dans un grand baquet.

Ella se glissa à côté de Pete, cassa six œufs, réserva les jaunes et commença à battre les blancs en neige. « Ils pensent à rien ni à personne », dit-elle dans un murmure, se retenant manifestement de lâcher ce qu'elle avait sur le cœur. « C'est mal, Pete. C'est mal et tu le sais.

– C'est pas grave, Ella, répondit-il. Y a des choses pires contre quoi se mettre en colère.

– C'est pas de la colère. Je voudrais juste un peu de considération. C'est trop demander ? C'était censé être un petit dîner tout simple. À quel moment c'est devenu une soirée pour tout le comté ?

– Tu sais bien, dit Pete. Tu vois bien ce qui se passe.

– Non, je vois rien du tout, répliqua Ella. Hi, passe-moi le rouleau à pâtisserie. Et va donc attiser le feu.

– T'as des yeux, tu vois très bien ce qui se passe, dit Pete. C'est pas comme c'était avant. La feuille blonde, c'est plus ce que c'était. Toutes les vieilles familles, elles sont parties à l'Ouest. Tennessee. Baton Rouge. Natchez. Des coins comme ça. Il en reste plus beaucoup. Et ceux qui sont restés, y se serrent les coudes. Ils essaient de tenir. Les petits dîners, faut qu'y soient plus grands maintenant. Personne sait qui c'est le prochain qui s'en ira. Quand y se diront au revoir ce soir, ça pourrait bien être la dernière fois. »

Ella riait sous cape à présent, mais d'un rire visiblement plein de vigueur et de sarcasme, si entraînant que cela me donnait envie de rire avec elle, même s'il n'y avait rien de drôle. « Hi, ce truc, là, mon chéri », dit-elle en faisant un geste vers les étagères. Quand elle m'appelait « mon chéri », ça me faisait tout chaud à l'intérieur. Je laissai les fourneaux, pris le coupe-pâte sur l'étagère et le lui apportai. Ella riait toujours. Elle se tourna vers moi et m'offrit son grand sourire chaleureux.

Puis ce sourire fondit et elle me fixa droit dans les yeux, comme si elle me transperçait du regard, puis elle se tourna vers Pete. « Je m'en fiche bien de ce qui leur arrive. Ce gamin, là, il en sait plus qu'eux tous réunis sur ce que c'est de dire au revoir. Et c'est qu'un gosse. »

Toute la journée, je remarquai la même tension chez les autres Asservis que chez Ella. Mais ni mon père ni Desi ne s'en aperçurent – pas plus qu'ils ne s'en souciaient, d'ailleurs –, et ce soir-là, quand les carrioles et les calèches commencèrent à arriver, nous n'étions que sourires et amabilité. J'avais été assigné au personnel de service. J'avais appris, depuis le temps, à me laver et à m'apprêter au point de briller comme un sou neuf, à porter le plateau en argent dans la main gauche tout en servant de la droite, à me rendre invisible en me mettant dans un coin, à jaillir pour ramasser les miettes de pain avant de regagner l'ombre aussitôt. À la fin du dîner, nous débarrassâmes la table, puis restâmes au garde-à-vous tandis que les invités prenaient place dans les fauteuils et les sofas moelleux du salon.

Levant les yeux, je croisai le regard de trois autres serviteurs chargés de satisfaire la moindre des envies susceptibles de passer par la tête des invités. Puis je me mis à observer ces derniers, essayant de deviner à l'avance de quoi ils pourraient avoir besoin. Je remarquai le précepteur de Maynard, Mr Fields, un jeune homme à l'air excessivement sérieux et aux yeux renfoncés, à l'écart des autres dans son fauteuil. Il était difficile de rester concentré. Je ne pouvais m'empêcher d'admirer les tenues des femmes – leurs bonnets blancs, leurs éventails roses, les anglaises qui leur tombaient de part et d'autre du visage, les œillets d'amour et les marguerites fichées dans leur chevelure. Les hommes étaient moins spectaculaires, tous habillés de noir. Mais ils ne me semblaient pas moins splendides pour autant, car il y avait de la noblesse dans leur façon de marcher, de la grâce dans le plus anodin de leurs gestes, comme lorsqu'ils ouvraient les portes de la baie vitrée pour sortir sur la véranda, se penchaient vers un Asservi pour que celui-ci leur allume leur cigare et se mettaient à parler entre gentlemen. Je m'imaginais parmi eux, confortablement assis dans un fauteuil ou en train de murmurer à l'oreille d'une femme.

Ils jouèrent aux cartes, disputant pas moins de dix-sept manches. Ils ingurgitèrent huit dames-jeannes de cidre. Ils s'empiffrèrent de gâteau à la crème jusqu'à ne plus pouvoir tenir debout. Puis, un peu après minuit, une dame, le bonnet de travers sur l'arrière du crâne, partit dans de grands gloussements hystériques. L'un des hommes en noir se mit à admonester sa femme. Un autre avait piqué du nez dans un coin du salon. La tension s'empara de nouveau des Asservis présents dans la pièce, mais une tension si subtile que les invités, j'en étais sûr, ne remarqueraient rien. Mon père, assis devant l'âtre, contemplait le feu de cheminée, tandis que Mr Fields avait l'air de s'ennuyer à mourir, affalé dans son fauteuil. La dame cessa de glousser et remit son bonnet en place, dévoilant un visage craquelé de maquillage, tel un masque fendillé.

Cette dame était Alice Caulley – de la famille Caulley qui, longtemps auparavant, s'était scindée en deux. Une moitié était partie dans le Kentucky, l'autre était restée. Je me souvenais d'elle parce que les Caulley qui étaient partis avaient emmené avec eux leurs Asservis, parmi lesquels se trouvait la sœur de Pete, Maddie. Je ne l'avais jamais rencontrée. Mais il parlait souvent d'elle, et chaque fois qu'il avait de ses nouvelles, par le bouche-à-oreille des Asservis qui naviguaient d'une branche à l'autre des Caulley – chaque fois qu'il entendait dire qu'elle était en vie et en bonne santé, toujours auprès des quelques membres de la famille avec qui elle était partie –, son visage s'éclairait d'un grand sourire qui ne le quittait pas de toute la semaine.

« Chantez-nous quelque chose ! » ordonna sèchement Alice, et, comme personne ne réagit, elle s'approcha de Cassius, l'un des serviteurs, et le gifla. Puis elle aboya de nouveau : « Chante, bon sang ! »

C'était toujours ainsi que ça se passait – à ce qu'on m'avait raconté, en tout cas. Quand ils s'ennuyaient, les Blancs devenaient barbares. Tant qu'ils jouaient aux aristocrates, nous étions leurs domestiques, dociles et stoïques. Mais dès qu'ils en avaient assez des bonnes manières, toute cette mascarade s'effondrait. Ils se livraient à des facéties d'un autre genre, et nous n'étions plus que des pions sur leur plateau de jeu. C'était terrifiant. Ce dont ils étaient capables alors, lorsque la bride était lâchée, et ce que mon père était susceptible de les laisser faire, n'avait plus aucune limite.

La gifle sortit mon père de sa torpeur. Il se leva et jeta un regard nerveux autour de lui.

« Allons, Alice, du calme. Nous avons bien mieux à vous proposer que des chansons de nègres », dit-il, puis il se tourna vers moi et, sans qu'il eût besoin de rien dire, je compris ce qu'il voulait.

Je balayai du regard le salon et aperçus un jeu de cartes posé sur l'une des petites tables basses. Je les reconnus aussitôt : c'étaient les grandes cartes dont se servait Maynard pour apprendre à lire. Au dos de chacune figurait la même image – un planisphère du monde connu. Sur l'autre face était représenté un acrobate qui se contorsionnait pour former une lettre chaque fois différente, légendée d'une brève sentence rimée. J'avais entendu Maynard déchiffrer ces cartes avec son précepteur. À force de les épier durant leurs leçons, et de voler ici et là quelques minutes de mon temps pour m'exercer, je les avais toutes mémorisées, pour le seul plaisir de répéter ces petits bouts de phrase absurdes.

Je pris le paquet sur la table et me tournai vers Alice Caulley. « Madame Caulley, si vous voulez bien battre les cartes, m'dame ? »

Elle se pencha vers moi, un peu vacillante, me prit le paquet des mains et se mit à mélanger les cartes. Ensuite, je lui demandai si elle voulait bien avoir la bonté de me laisser examiner le jeu. Une fois que je les eus bien regardées, je lui tendis de nouveau les cartes et la priai de les disposer sur la table, face retournée, dans n'importe quel ordre. Je la regardai faire jusqu'à ce que la petite table basse soit recouverte d'une myriade de planisphères miniatures.

« Et maintenant, mon garçon ? » demanda-t-elle avec circonspection.

Je lui dis de prendre une carte au hasard et de la montrer à quelqu'un de son choix parmi l'assistance, n'importe qui sauf moi. Elle s'exécuta, puis se tourna de nouveau vers moi en haussant les sourcils. Je me mis à réciter : « Pour remplir tout son panier d'œufs, il n'a besoin d'y mettre qu'un seul "E". »

Ses sourcils revinrent alors dans leur position initiale, son air sceptique chassé par un début de curiosité. « Recommence », me dit-elle en prenant une autre carte, qu'elle montra cette fois à plusieurs convives. Je récitai aussitôt : « Le voici qui serpente et sinue sans cesse, tant et si bien qu'à la fin il dessine un "S". »

À la curiosité succéda alors un air amusé. Je sentis la tension dans la pièce se relâcher quelque peu. Elle prit une nouvelle carte, la montra, et je récitai : « Il lui faut l'échine bien courber, s'il veut sans la casser composer la lettre "C". »

Alice Caulley se mit à rire. Je me tournai vers mon père, que je vis esquisser un léger sourire ; quant à tous ceux qui, comme moi, avaient été requis pour le service ce soir-là, ils se tenaient toujours immobiles, mais je sentais la peur suinter par tous les pores de leurs visages impassibles. Alice Caulley continuait de choisir une carte après l'autre, les retournant de plus en plus vite à présent. Mais je tenais la cadence. « Voici pour vous la lettre "V" : voyez comme elle s'évase sans dévier »... « Habile histrion, avec hardiesse et panache, notre homme hisse bien haut la lettre "H". »

Quand nous eûmes fait le tour de toutes les cartes du paquet, tout le monde riait et applaudissait. L'homme qui ronflait dans son coin, à présent réveillé, levait le menton en cherchant à comprendre ce qui pouvait bien provoquer un tel chahut. Une fois que les applaudissements furent retombés, Alice Caulley, un soupçon de menace derrière son sourire, me regarda dans les yeux et me demanda : « Mais encore, mon garçon ? »

Je soutins son regard pendant quelques instants, plus longtemps qu'aucun Asservi n'aurait dû se le permettre, puis hochai la tête. Je n'avais que douze ans, mais j'étais sûr et certain de pouvoir exécuter à la perfection mon prochain tour, auquel je m'étais longtemps entraîné quand je vivais dans la Rue. M'étant mis dans les bonnes grâces des invités, je les priai de s'aligner en rang contre le mur du salon. Je m'approchai d'abord d'Edward Mackley, dont les boucles blondes étaient attachées par des épingles, comme une femme, et lui demandai de me raconter le moment où il avait compris qu'il était tombé amoureux de son épouse. Puis je demandai à Armatine Caulley, la cousine d'Alice, quel était son endroit préféré au monde, et ensuite je demandai à Morris Beacham de me parler de la première fois où il était allé à la chasse au faisan. Je fis ainsi le tour des invités, jusqu'à ce que les anecdotes se bousculent en si grand nombre dans ma tête que personne n'aurait été capable de se rappeler qui avait dit quoi ni de se souvenir des détails de chacune. Seul Mr Fields, le précepteur bougon de Maynard, refusa de se prêter au jeu. Cependant, quand je revins au début de la file et me mis à réciter à chacun des invités leur propre histoire, sans omettre le moindre détail, mais en y ajoutant des effets de manche et des embellissements de mon invention, je le vis lui aussi s'avancer tout au bord de son fauteuil, les yeux écarquillés comme tous les autres, éberlué comme l'étaient jadis les vieux Asservis, dans la Rue aujourd'hui si lointaine. Même les préposés au service s'étaient départis à présent de leur mine solennelle et ne pouvaient s'empêcher de sourire. Seul parmi toute l'assemblée, Mr Fields réussit à conserver son austérité coutumière, démentie néanmoins par l'éclat qui brillait au fond de ses petits yeux étrécis.

Il était tard. Mon père enjoignit à ses invités de gagner les quartiers qui leur avaient été réservés çà et là aux quatre coins de la vieille propriété, et nous reçûmes instruction de les accompagner et de veiller à ce que rien ne manque à leur confort. Lorsqu'ils furent tous installés, nous nous retirâmes dans les coursives du Terrier, épuisés, conscients que dans quelques heures à peine il nous faudrait reprendre notre labeur, car les invités comptaient bien être accueillis à leur réveil par un bon petit déjeuner.

Le lundi suivant cette soirée, j'étais en train d'aider Thena à rassembler le linge pour faire la lessive lorsque Roscoe vint m'avertir que j'étais attendu par mon père dans le petit salon. Je passai d'abord par ma chambre, fis une rapide toilette, enfilai une tenue apprêtée, puis je m'engouffrai dans l'escalier de service, grimpai les marches et débouchai enfin dans le grand couloir central, au bout duquel je trouvai mon père debout, immobile, comme s'il m'attendait. Derrière lui, j'aperçus Maynard, assis à un bureau, en train d'écrire, et un homme à ses côtés penché par-dessus son épaule. C'était Mr Fields, qui venait trois fois par semaine donner des leçons à Maynard. Un air de frustration peinée se lisait sur son visage, tandis que celui de Maynard trahissait la plus intense détresse.

Mon père me souriait, mais cela ne suffit pas à décrire la disposition dans laquelle il était, car mon père possédait toute une panoplie de sourires – exprimant tantôt la contrariété, tantôt l'indifférence, le choc ou la surprise ; il souriait si souvent qu'il était difficile de percer à jour son humeur, mais je compris ce que signifiait le sourire qu'il affichait ce matin-là, car c'était celui-là même qu'il m'avait adressé, tant de mois auparavant, non loin de la Rue, dans les champs, quand il m'avait lancé la pièce de bronze.

« Bonjour, Hiram, me dit-il. Comment vas-tu ?

– Bien, monsieur.

– Tant mieux, tant mieux. Hiram, je voudrais que tu restes un moment en compagnie de Mr Fields. Peux-tu faire cela pour moi ?

– Oui, monsieur.

– Merci, Hiram. »

Et, sur ce, mon père se tourna vers Maynard, sans cesser de sourire, et lui dit : « Allons, viens, fils. »

Je vis le soulagement envahir le visage de Maynard à la perspective d'arrêter de travailler. Il ne m'accorda pas un regard en sortant de la pièce avec mon père. Nous étions, Maynard et moi, très distants l'un de l'autre à cette époque. Nous n'échangions que des banalités, sans jamais tenir compte ouvertement de ce que nous étions l'un pour l'autre.

Mr Fields parlait avec un accent – un accent que je n'avais encore jamais entendu, et j'imaginai aussitôt qu'il venait peut-être de ce fameux Natchez dont parlaient si souvent mes aînés.

« Ce que tu as fait l'autre jour, dit-il, c'était une sacrée prouesse. » Je hochai la tête sans rien répondre, ne sachant trop quelles étaient ses intentions. Les Asservis qui avaient appris à lire encouraient des réprimandes, et je songeai soudain que ma « prouesse » risquait de susciter son courroux. Elle n'avait toutefois rien à voir avec la lecture, car je ne savais pas lire. J'avais simplement gardé en mémoire les mots que j'avais entendu Maynard marmonner et identifié à quelles cartes étalées sur la table ils correspondaient.

Mais Mr Fields ignorait tout de cette méthode, et je ne savais pas bien comment m'expliquer, ni même si je devais le faire.

Il resta quelques instants à me dévisager en silence, puis il me présenta un jeu de cartes normal.

« Regarde-les bien. »

Je tirai les cartes l'une après l'autre et les examinai chacune attentivement, en fronçant les sourcils, non pas qu'il m'en coutât un certain effort, mais pour bien montrer à Mr Fields que j'étais concentré. « Maintenant, me dit-il quand j'eus fini, retourne-les sur la table. »

J'obéis, alignant soigneusement quatre rangées de treize cartes. Mr Fields les souleva ensuite une par une, en faisant bien en sorte que je ne puisse pas les voir, et me demanda de lui dire le nom de chacune des cartes qu'il piochait successivement. Je répondis sans commettre une seule erreur. Le visage de Mr Fields demeura de marbre.

Puis il plongea la main dans sa sacoche et en sortit une boîte. Lorsqu'il l'ouvrit, je vis qu'il s'agissait d'une collection de petits palets en ivoire, sur lesquels était gravé un visage, un animal ou un symbole. Il les disposa sur la table, me demanda de les observer pendant une minute, puis les retourna. Et lorsqu'il me demanda de retrouver le palet où figurait le vieil homme au nez pointu, ou la jolie jeune fille aux longs cheveux bouclés, ou encore celui qui représentait un oiseau perché sur une branche, c'était comme s'il ne les avait jamais retournés ; ils étaient tous là, sous mes yeux.

Pour finir, Mr Fields sortit de sa sacoche une feuille de papier et un livre illustré. Il tourna les pages, s'arrêta sur le dessin d'un pont et me demanda de le regarder attentivement, puis, au bout d'une minute, il referma le livre, me tendit un crayon et me dit de dessiner ce pont. Je n'avais jamais fait cela auparavant et, comme je ne voyais toujours pas très bien où Mr Fields voulait en venir – sachant en outre pertinemment, même à l'époque, que les Distingués n'aimaient guère voir les Asservis faire la démonstration de leurs talents, à moins que ceux-ci ne puissent être mis à contribution et leur procurer quelque avantage –, je lui adressai un regard confus, lui donnant à croire que je ne comprenais pas bien. Il répéta ses instructions, puis me regarda saisir prudemment le crayon et me mettre à dessiner. Pour accentuer le trait, je levais parfois les yeux en l'air, comme si je peinais à convoquer le souvenir de cette image. Mais je n'éprouvais en réalité aucune difficulté à me la rappeler, car j'avais l'impression que le pont était là, sur la page blanche, et qu'il me suffisait d'y laisser glisser la pointe du crayon pour le faire apparaître. Je dessinai ainsi l'arche de pierre, la petite ouverture tout à droite, la deuxième arche au-dessus de la première, l'affleurement rocheux en arrière-plan et le ravin qu'enjambait le pont, envahi de végétation touffue. À ce spectacle, cette fois, Mr Fields écarquilla les yeux. Il se redressa et rajusta son veston. Puis il prit mon dessin, m'ordonna d'attendre, et sortit de la pièce.

Lorsqu'il revint avec mon père, je vis que ce dernier avait tiré, de sa panoplie de sourires, celui par lequel il exprimait son autosatisfaction.

« Hiram, dit mon père. Cela te plairait-il de prendre régulièrement des leçons avec Mr Fields ? » Je baissai les yeux et fis semblant de réfléchir. Il le fallait, car ce que je ressentais en vérité, c'était qu'un boulevard venait de s'ouvrir devant moi, inondé de lumière. Mais je ne voulais pas laisser paraître mon empressement. Lockless, c'était toujours la Virginie – c'en était même l'incarnation suprême. Je ne pouvais pas encore prendre la mesure de tout ce que ce moment augurait.

« Dois-je dire oui, monsieur ? demandai-je.

– Oui, Hiram, répondit mon père. Je crois que tu devrais dire oui.

– Dans ce cas, oui, monsieur, dis-je. Je veux bien. »

Ainsi commencèrent les leçons – lecture, arithmétique, un peu de rhétorique –, et mon univers s'épanouit d'autant, ma mémoire vorace se repaissant d'images, mais également de mots à présent, qui se révélaient bien plus riches encore que ce que j'avais imaginé, des mots qui possédaient chacun leur propre forme, leur propre rythme et leur propre couleur, des mots qui étaient en eux-mêmes des images. Nous nous retrouvions trois fois par semaine pendant une heure, toujours après la leçon de Maynard, et, même si je sais qu'il faisait de son mieux pour n'en rien laisser paraître, je remarquais chaque fois le soulagement dans le regard de Mr Fields quand Maynard s'en allait et que j'entrais dans la pièce. Ce moment devint pour moi une source non seulement de fierté, mais de discrète ironie – je valais mieux que Maynard, moi dont on faisait si grand cas alors que j'avais tellement moins d'avantages.

Maynard était maladroit. Il plissait les yeux en permanence, comme s'il cherchait constamment une prise à laquelle se raccrocher. Il était désinvolte et malpoli. Quand mon père recevait des invités pour le thé, Maynard pouvait débouler sans le moindre scrupule dans le salon et brailler tout ce qui lui passait par la tête à ce moment-là. Il adorait plaisanter, et c'était d'ailleurs sa principale qualité – mais même celle-ci, il l'employait à mauvais escient, en racontant par exemple des blagues vulgaires aux jeunes filles des Distingués. À table, il tendait le bras pour se servir lui-même, et il parlait la bouche pleine.

J'étais certain que mon père était du même avis que moi, et je me disais qu'il devait être consterné de voir la chair de sa chair manifester un tel comportement, si contraire à ce qu'il attendait, si inconvenant dans son univers.

Je m'efforçais de ne jamais perdre de vue le monde de la Rue et l'avertissement de Thena – *ces gens, c'est pas ta famille*. Mais à force de contempler le domaine autour de moi – les vertes collines ondoyantes en été, les bois qui se paraient de rouge et d'or éclatant en automne, puis le manteau de neige qui drapait tout le paysage en hiver –, et à force d'évoluer, bien que j'eusse ma chambre dans les sous-sols, parmi les longs couloirs intriqués, sous le regard majestueux des portraits encadrés de mon grand-père et de ma grand-mère, je commençais à m'imaginer, dès que j'avais un moment à moi, que j'avais ma place dans leurs rangs. Et puis il y avait mon père, qui me prenait à part pour me raconter l'histoire de notre famille en remontant aux plus lointaines générations, depuis son propre père, John Walker, jusqu'à l'aïeul fondateur de la lignée, Archibald Walker, qui était arrivé ici avec une mule, deux chevaux, sa femme Judith, deux jeunes fils et dix hommes à son service. Il me racontait ces histoires comme s'il voulait me livrer en secret un aperçu exaltant de mon héritage. Et jamais je ne devais les oublier.

Certains soirs, une fois mon service terminé, j'allais me promener jusqu'à la lisière de la propriété, du côté est, au-delà des broussailles de trèfle et de fléole, et je m'arrêtais, empli de révérence, devant le monument de pierre marquant l'endroit où les premiers arpents de terre qui deviendraient Lockless avaient été défrichés. Et lorsque mon père me racontait la légende qu'il tenait de son propre grand-père, toutes ces histoires de traque au puma et de chasse à l'ours avec un couteau Bowie pour seule arme, d'immenses arbres abattus, de rochers charriés et de cours d'eau déviés, la façon dont il avait à la seule force de ses mains bâti le domaine que je contemplais à présent, comment n'aurais-je pu vouloir revendiquer tout cela en héritage, le courage, l'astuce et la puissance qui avaient présidé à cette glorieuse édification ?

Cependant, en même temps que toutes ces rêveries, la réalité de Lockless commençait à se manifester de manière tangible. Il y avait bien sûr les histoires de Pete et d'Ella, ces lieux qu'ils invoquaient en permanence, Natchez et Baton Rouge. Il y avait la tragédie de Big John, et celle de ma mère. Et à tout cela s'ajoutaient peu à peu les informations que je glanais au fil de mes lectures, lorsque je me retrouvais seul dans le bureau de mon père, dans la *De Bow's Review*, qui ne cessait de déplorer la chute des prix du tabac, et il y avait enfin les conversations des Distingués eux-mêmes. C'était le tabac qui faisait la splendeur de Lockless, et celle du comté d'Elm de manière générale. Or, d'une année sur l'autre, à mesure que les revenus du tabac diminuaient, le bénéfice qu'en tiraient ces nobles familles de Virginie diminuait d'autant. L'époque des feuilles de tabac aussi larges que des oreilles d'éléphant était révolue, en tout cas dans le comté d'Elm, où la terre, à force de récoltes, était désormais exsangue. Mais plus à l'ouest, au-delà de la vallée et des montagnes, sur les rives du Mississippi, du côté de Natchez, se trouvait une terre encore en friche, qui aurait eu grand besoin de maîtres pour l'exploiter et d'hommes pour la moissonner et la labourer, des hommes tels que ceux qui travaillaient dans les champs exténués de Lockless.

« Y a encore pas si longtemps, ils avaient honte de vendre un homme », avais-je entendu Pete déclarer un jour, alors que j'aidais en cuisine.

« Facile quand tu fais de bonnes récoltes, avait répliqué Ella. Essaie donc d'avoir honte quand t'as qu'un lopin de terre. »

Ce furent les derniers mots que j'entendis jamais Ella prononcer. Une semaine plus tard, elle était partie.

Le tout jeune homme que j'étais alors avait sa façon bien à lui de comprendre ce qui se passait – le sentiment que ce qui causait la ruine de Lockless, ce n'était pas la terre, mais les hommes qui l'administraient. Je me mis à voir en Maynard l'incarnation caricaturale de sa classe sociale. Je les enviais. Je les abhorrais.

À mesure que j'apprenais les règles en vigueur dans la maison, que j'avançais dans mes lectures et que je fréquentais les Distingués, je pris conscience que, tout comme les champs et leurs travailleurs étaient le moteur de tout, la demeure elle-même se serait effondrée sans la présence de ses Asservis. Mon père, comme tous les maîtres, avait mis sur pied une gigantesque machinerie pour camoufler cette faiblesse, afin que nul ne voie que le domaine était en réalité au bord de la ruine. Si le tunnel, par où j'avais pénétré dans la maison pour la première fois, était la seule entrée autorisée aux Asservis, ce n'était pas seulement pour flatter le sentiment de supériorité des maîtres, mais aussi pour nous cacher aux regards, car ce tunnel n'était qu'un ingénieux mécanisme parmi bien d'autres aménagés dans les rouages de Lockless pour donner l'impression que la demeure fonctionnait grâce à quelque source d'énergie secrète. Il y avait des monte-plats permettant aux repas somptueux de surgir de nulle part, des leviers qui semblaient capables de faire apparaître comme par magie n'importe quelle bouteille de vin du fond des entrailles secrètes de la résidence, des lits de camp dans les chambres à coucher, glissés sous le lit à baldaquin, car il importait que les Asservis chargés de vider les pots de chambre fussent plus invisibles encore que les pots de chambre eux-mêmes. Le mur magique qui avait coulissé devant moi le jour de mon arrivée pour me révéler le monde étincelant de la maison cachait des escaliers qui menaient aux profondeurs du Terrier, la salle des machines de Lockless, dans laquelle aucun invité ne mettrait jamais les pieds. Et lorsqu'il nous arrivait de nous montrer dans les parties nobles de la résidence, pendant les réceptions par exemple, on nous faisait paraître élégamment vêtus et si bien apprêtés que, loin d'imaginer que nous étions des esclaves, les invités voyaient en nous un élément parmi d'autres du fabuleux décor contribuant au charme du palais. Mais je connaissais désormais la vérité – la folie de Maynard, quoique plus profane, n'avait rien de singulier. Les maîtres étaient incapables de faire bouillir de l'eau, de harnacher un cheval ou d'attacher leurs guêtres sans notre aide. Nous valions mieux qu'eux – d'ailleurs, nous n'avions pas le choix. L'indolence équivalait pour nous, littéralement, à une sentence de mort, tandis que c'était, pour eux, l'ambition de toute leur existence.

J'en vins à songer que ma propre compréhension des choses n'était en rien exceptionnelle, car, où qu'on posât le regard à Lockless, il était impossible de ne pas voir la marque du génie de ses créateurs – le génie des mains qui avaient sculpté les colonnes du portique, le génie des chansons qui suscitaient, même chez les Blancs, les joies les plus intenses et les chagrins les plus profonds, le génie des hommes qui faisaient gémir et vibrer les cordes de leur violon lorsqu'ils dansaient, le génie du bouquet des parfums mitonnés en cuisine, le génie de tous nos disparus, le génie de Big John. Le génie de ma mère.

Je me disais que moi aussi, un jour, je me distinguerais par mes qualités, et que peut-être, moi qui savais comment fonctionnait la maison, comment fonctionnait le travail des champs, mais qui savais aussi l'ampleur du monde au-delà de ces murs, je pourrais être considéré comme le véritable héritier de Lockless – son héritier *légitime*. Fort de ces vastes connaissances, je ferais renaître les champs, et nous délivrerais ainsi des enchères et de la séparation, des ténèbres de Natchez, de cette déchéance qui était notre cercueil et, je le savais, notre seul horizon sous la gouverne de Maynard.

Un jour, je grimpai l'escalier de service, tout excité de rejoindre le bureau pour mon heure d'instruction avec Mr Fields, car nous venions d'aborder l'étude de l'astronomie et la cartographie des étoiles, en commençant par la Petite Ourse, et notre prochain cours promettait d'être riche de découvertes. Lorsque j'entrai dans le bureau, toutefois, je me retrouvai non pas devant Mr Fields, mais devant mon père, assis, seul.

« Hiram, dit-il. Il est temps. » Une peur funeste m'envahit à ces mots. Cela faisait un an que j'étudiais avec Mr Fields. L'idée me traversa que tout cela n'avait peut-être été qu'une sorte de gavage, destiné à m'engraisser l'esprit, et que j'allais à présent m'en aller, comme Ella. Peut-être avaient-ils eu accès à mes pensées, je ne sais comment, ou décelé le songe brumeux de l'imposture au fond de mon regard. Peut-être, s'étant livrés aux mêmes calculs que moi, avaient-ils fini par comprendre que mon apprentissage ne pouvait mener qu'à l'insurrection.

« Oui, monsieur », répondis-je sans même savoir de quoi il était temps. Je serrais les dents derrière mes lèvres closes, tentant d'étouffer la frayeur lancinante qui sourdait de mes entrailles.

« Quand je t'ai vu dans ce champ, puis que j'ai assisté à tes petits tours de magie, j'ai compris que tu avais quelque chose de spécial, mon garçon, quelque chose que les autres, là-bas, ne saisissaient pas. Un talent particulier, dont je me disais qu'il pouvait être mis à profit, car les temps ne sont guère prospères, et du talent, nous en aurions bien besoin ici, dans la maison. »

Je le regardai, impassible, m'efforçant de dissimuler mon incompréhension. Je me contentai de hocher la tête en attendant que les choses se clarifient d'elles-mêmes.

« Il est temps que tu t'occupes de Maynard. Mes jours ne sont pas éternels, et il aura besoin d'un domestique de valeur – quelqu'un comme toi, qui connaisse aussi bien les champs que la résidence, et qui ait même quelque connaissance du monde extérieur. Je t'ai observé, mon garçon, et ce que je sais, c'est que tu n'oublies jamais rien. Demandez une seule fois quelque chose à mon Hiram, et c'est comme si c'était fait. Il n'y en a pas beaucoup, des garçons tels que toi, pas beaucoup qui aient de telles qualités. »

Il me regarda sans rien dire pendant un moment, les yeux brillants.

« La plupart des gens ici, un garçon comme toi, ils le mettraient sur l'estrade aux enchères. Assurés de toucher le pactole, vois-tu. Rien de plus précieux qu'un Noir avec deux sous de cervelle. Mais pas moi. Moi, j'ai foi en Lockless. J'ai foi dans le comté d'Elm. J'ai foi en la Virginie. Nous avons le devoir de sauver notre pays : le pays que ton arrière-grand-père a façonné de ses mains en l'arrachant à la nature sauvage ne retournera pas à la sauvagerie. Tu comprends ?

– Oui, monsieur.

– C'est notre devoir. À nous tous, Hiram. Et il débute ici même. J'ai besoin de toi, mon garçon. Maynard a besoin de toi à ses côtés et c'est un grand honneur pour toi d'être ici.

– Merci, monsieur.

– Parfait, dit-il. Nous commencerons demain. »

Et c'est ainsi que mes leçons prirent fin, en même temps que me fut révélé leur objectif. On me mit au service de Maynard, où je devais demeurer pendant les sept années suivantes, en tant que valet personnel. Cela peut paraître étrange aujourd'hui, mais sur le moment je ne pris pas la mesure de cette humiliation. Ce sentiment ne devait éclore en moi que progressivement, au fil des années, et de manière inexorable, à force d'observer Maynard à l'œuvre. Et l'enjeu était si grand – il en allait du salut de tous ceux que j'avais laissés là-bas, dans la Rue, et même de ceux qui vivaient dans ce palais aussi croulant que superbe ; tout dépendait de Maynard, de sa capacité à devenir un homme et un capitaine suffisamment compétent pour diriger cet immense édifice, si injuste qu'en fût la configuration. Hélas, Maynard n'était pas cet homme.

J'en eus la révélation définitive la veille de cette fatidique journée aux courses. J'avais dix-neuf ans. Je me trouvais dans le bureau de mon père, au premier étage. Ce soir-là, après avoir rangé sa correspondance dans les cases de son secrétaire en acajou, je me laissai absorber, sous les bras argentés du quinquet, par la lecture du dernier volume de la *De Bow's Review*. J'y découvris avec émerveillement un pays appelé Oregon, une région qui ne m'était pas inconnue, car je l'avais repérée sur les cartes géographiques accrochées çà et là dans la maison, mais qui prenait soudain vie dans ces pages et m'apparaissait comme une sorte de paradis, une contrée si vaste qu'elle aurait pu contenir plusieurs fois la Virginie tout entière, une contrée de collines, de vallées et de forêts qui regorgeait de gibier, au sol noir si fertile qu'il semblait jaillir à profusion de la terre.

J'ai encore en mémoire les mots qui me firent bondir : « C'est là, plus que n'importe où ailleurs, que se peut trouver le siège de la liberté, de la prospérité et de la richesse. » Je me levai. Refermai le volume. Me mis à arpenter le bureau en tous sens. Regardant l'horizon par la fenêtre, au-delà de la rivière Goose, j'aperçus les Trois Collines au sud, dressées dans le lointain tels de sombres géants. Je me détournai et passai ensuite quelques minutes à examiner une gravure accrochée au mur. Un Cupidon enchaîné et une Aphrodite hilare.

Et je songeai alors à Maynard, mon frère. Il avait désormais de longs cheveux blonds en pagaille. Ses joues étaient constellées de petits îlots de duvet. Il était entré dans l'âge adulte sans pour autant que lui soient octroyées l'intelligence et l'élégance propres à un homme du monde. Il jouait et buvait à l'excès, parce qu'il en avait le loisir. Il se battait dans la rue, parce qu'aucune rossée, si cuisante fût-elle, n'aurait pu le jeter à bas de son trône. Il dépensait des fortunes entre les bras des filles de joie, parce que le labeur des Asservis – et parfois leur vente – couvrirait de toute façon ses pertes. Quand des membres de la famille vivant encore dans le comté d'Elm venaient nous rendre visite, la conversation tournait souvent autour du destin de Lockless et, lorsque Maynard n'était pas dans les parages, je les entendais fréquemment le maudire et échafauder toutes sortes de stratagèmes pour trouver un autre héritier capable de reprendre les rênes du domaine. Mais il n'y en avait aucun, car, en fouillant dans la lignée des Walker, ces cousins s'étaient aperçus que tous les hommes de la même génération que Maynard étaient partis pour d'autres régions, plus riches et florissantes. La Virginie était vieille. La Virginie était le passé. La Virginie était une terre à l'agonie, où le tabac s'appauvrissait. Et, en l'absence d'un héritier digne de ce nom, les maîtres de la famille Walker envisageaient l'avenir de Lockless avec inquiétude.

Mon père avait sa propre idée sur la question – son projet était de trouver un partenaire talentueux et fiable pour épauler Maynard, et s'allier ainsi à une autre famille qui pourrait l'aider à sauver Lockless. Or, contre toute attente, il avait trouvé ce partenaire, en la personne de Corrine Quinn, qui était sans doute la femme la plus riche de tout le comté d'Elm à l'époque, ayant hérité une fortune à la mort de ses parents. Certaines rumeurs circulaient parmi les Asservis quant à la nature de cet héritage, des rumeurs sur la façon dont les parents de Corrine Quinn avaient quitté ce monde. Mais, aux yeux des Distingués, cette dernière était en tout point supérieure à Maynard. Il lui manquait toutefois un époux, car la vie en Virginie était encore régie par le code des gentlemen – autrement dit, il y avait beaucoup de choses auxquelles elle n'avait pas accès, des lieux qui lui étaient interdits, des affaires auxquelles elle n'avait pas le droit de prendre part. Ainsi Maynard et Corrine avaient-ils besoin l'un de l'autre – lui, afin de pouvoir s'appuyer sur une alliée intelligente qui l'aiderait à préserver sa terre et son domaine ; elle, afin de pouvoir déléguer à un gentleman le soin de représenter ses intérêts.

En sortant du bureau ce soir-là, troublé et chamboulé, j'errai dans la demeure et finis par arriver au seuil du salon, d'où j'entendis monter les voix de Maynard et de mon père qui discutaient à la lueur du feu de cheminée. Ils parlaient d'Edwin Cox, le patriarche d'une des familles les plus anciennes et les plus mythiques de la région. L'hiver passé, en sortant un matin de chez lui, il s'était retrouvé pris au piège d'une énorme tempête de neige qui venait de se lever en montagne et qui avait déferlé sur le comté tout entier. Il avait perdu son chemin, et on l'avait retrouvé le lendemain, congelé, à quelques mètres à peine de la demeure de ses ancêtres. Tapi dans l'ombre derrière la porte du salon, je tendis l'oreille.

« On raconte qu'il est sorti voir si son cheval allait bien, dit mon père. Il adorait ce fichu canasson, mais dès qu'il a eu mis le nez dehors, il n'aurait pas été fichu de distinguer une écurie d'un fumoir. Je suis sorti sur la véranda ce jour-là, et ce blizzard, bonté divine, je t'assure que je ne voyais même pas le bout de mes doigts.

– Mais pourquoi il n'a pas envoyé l'un de ses serviteurs à sa place ? demanda Maynard.

– Il les avait presque tous affranchis l'été précédent. Expédiés à Baltimore – il avait de la famille là-bas – et livrés à eux-mêmes. Les pauvres idiots. Je serais étonné d'apprendre qu'ils ont tenu ne serait-ce qu'une semaine. »

C'est à ce moment que Maynard m'aperçut dans l'embrasure de la porte.

« Qu'est-ce que tu fais là, Hi ? m'interpella-t-il. Tiens, viens donc raviver le feu. »

J'entrai dans le salon et me tournai vers mon père, qui me regardait comme si souvent ces derniers temps – comme s'il était pris entre deux idées et ne savait laquelle exprimer. Il avait fini par me réserver un sourire particulier – un demi-sourire, figé en un rictus macabre. Je doute qu'il ait eu l'intention de le rendre aussi sinistre. Je ne crois pas qu'il y accordait grande attention. Howell Walker n'était pas un homme enclin à la réflexion, quand bien même il s'estimait peut-être tenu de l'être, dans la mesure où il appartenait à une génération d'hommes dont les modèles étaient les intellectuels révolutionnaires de l'époque de leurs grands-pères – Franklin, Adams, Jefferson et Madison. Partout dans la maison de Lockless étaient exposés les instruments de la science et de la découverte – d'immenses planisphères, des générateurs électrostatiques, et la bibliothèque où je trouvais si souvent refuge. Mais les cartes étaient rarement accompagnées de légendes, les machines principalement utilisées pour impressionner les visiteurs, et si les volumes avaient quelque souplesse, ce n'était dû qu'à moi qui étais le seul à les ouvrir. Les lectures de mon père se bornaient au plus strict et utile minimum – la *De Bow's Review*, le *Christian Intelligencer*, le *Register*. Pour lui, les livres étaient un ornement, un signe extérieur de pedigree et de statut social, qui servait à le distinguer des Blancs inférieurs du comté avec leurs taudis au sol en terre battue et leurs misérables arpents de maïs et de blé. Mais que pouvait-il bien penser de moi – un esclave – lorsqu'il me trouvait en train de rêvasser au milieu de tous ces ouvrages ?

Mon père avait fondé sa famille à un âge plus tardif que la plupart des hommes. Il était à présent dans sa soixante-dixième année et n'avait plus sa vigueur d'antan. Ses yeux bleus, quoique toujours aussi intenses et affûtés, étaient assiégés par les poches qui gonflaient ses paupières et les pattes-d'oie qui en striaient les coins. Il y a tant de choses dans les yeux – l'éclat de la colère, la chaleur de la joie, le débord de la tristesse –, et tout cela, mon père l'avait perdu. J'imagine qu'il avait dû être bel homme autrefois. Ou peut-être est-ce simplement qu'il me plaît de le croire. Mais l'image que je conserve de ce jour-là, outre ces yeux égarés, c'est celle d'un visage raviné par les rides du souci, les cheveux indisciplinés ramenés en arrière, la barbe sèche et profuse. Il conservait l'élégance d'un gentleman de la caste des Distingués, avec ses bas de soie et ses nombreux vêtements – chemise, veston, gilet de couleur vive, pantalon noir ; mais il était le dernier d'une espèce particulière, et tout en lui manifestait les signes de l'agonie.

« Demain, aux courses, papa, dit Maynard. Je vais leur montrer, cette fois. Je vais mettre tout le paquet sur ce cheval, Diamond, et je vais rafler la mise.

– Tu n'as pas besoin de leur montrer quoi que ce soit, May, répondit mon père. Ces gens n'ont pas d'importance. Tout ce qui compte vraiment se trouve ici même.

– Ah ça non, alors ! répliqua Maynard, piqué au vif. Ce type m'a éjecté du jockey club et menacé avec son pistolet. Je vais leur montrer. Je vais aller là-bas avec la nouvelle calèche Millenium et leur rappeler…

– Tu ne devrais peut-être pas. Tu ferais peut-être mieux de ne pas y aller du tout, à vrai dire.

– Oh que si, je vais y aller ! Et eux, qu'ils aillent au diable. Il faut bien que quelqu'un défende l'honneur des Walker. »

Mon père se tourna vers le feu en poussant un imperceptible soupir.

« Oh oui, dit Maynard. Je crois que ça va être un sacré spectacle, demain. »

Dans la pénombre, je vis mon père, atterré par les rodomontades de son aîné, me glisser un regard peiné, puis tirer sur sa barbe, et je n'eus aucun mal à comprendre ce qu'il essayait de me dire. *Sois le gardien de ton frère*, signifiait ce geste, et si je le compris, c'est qu'il m'était familier depuis la moitié de mon existence.

« On devrait se préparer pour demain, déclara Maynard. Hi, va t'occuper des chevaux. »

Je descendis dans le Terrier, puis sortis par le tunnel pour me rendre aux écuries. À mon retour, Maynard n'était plus là, mais je trouvai mon père toujours assis devant la cheminée. Il lui arrivait parfois de s'endormir et de rester ainsi jusqu'à ce que Roscoe vienne le réveiller et l'aider à monter se coucher. Mais Roscoe n'était pas là non plus. Je voulus remettre une bûche dans le feu.

« Laisse, Hiram, dit mon père. Je vais bientôt y aller, de toute façon.

– Oui, monsieur. Est-ce que vous désirez quelque chose ?

– Non. »

Je lui demandai si Roscoe était toujours de service.

« Non. Je l'ai laissé partir plus tôt. »

Roscoe avait deux jeunes fils, qui vivaient à une quinzaine de kilomètres à l'ouest du domaine, et il allait les voir dès qu'il en avait la possibilité. Parfois, lorsqu'il était d'humeur, mon père le libérait en avance de ses obligations afin qu'il puisse passer quelques heures de plus avec eux.

« Viens donc t'asseoir avec moi un moment », dit mon père.

C'était une requête inhabituelle envers un Asservi, mais pas inaccoutumée entre nous, quand nous nous retrouvions seuls, rien que lui et moi, comme cela arrivait presque tous les jours. Il avait vendu la moitié du personnel de cuisine, l'an passé. La forge et l'atelier de menuiserie étaient vides désormais. Carl, Emmanuel, Theseus et ceux qui travaillaient là autrefois avaient été envoyés vers Natchez. La glacière n'était plus alimentée depuis deux ans. Une seule domestique, Ida, faisait marcher toute la maisonnée ; l'ordre des choses tel que je l'avais connu dans mon enfance avait disparu, mais c'étaient surtout le sourire chaleureux de Beth, le rire de Leah et les grands yeux tristes d'Eva qui avaient disparu. Il y avait une nouvelle fille en cuisine, Lucille, qui paraissait complètement perdue, ce qui lui valait souvent de faire les frais des coups de sang de Maynard. Un air de morne désolation semblait s'être emparé de Lockless, comme de tous les domaines le long de la rivière Goose, dont la vigueur s'était épuisée à mesure que le cœur battant du pays se déplaçait plus à l'ouest.

Je m'installai dans le fauteuil où était assis Maynard quelques minutes plus tôt, et pendant un long moment mon père ne dit rien. Il regardait fixement le feu, qui se mourait ; son visage n'était plus éclairé à présent que par une faible lueur orangée.

« Tu veilleras sur ton frère, n'est-ce pas ? dit-il.

– Oui, monsieur.

– Bien, dit-il. Bien. »

Un bref silence, puis il reprit la parole.

« Hiram, je sais que je n'ai pas pu t'offrir beaucoup, dit-il. Mais je crois que, à travers ce qu'il m'a été permis de te donner, j'ai clairement manifesté en quelle estime je te tiens.

Ce n'est pas juste, je le sais bien, rien de tout cela n'est juste. Mais c'est mon malheur que d'avoir dû vivre à cette époque et voir les miens s'en aller, passer de l'autre côté du pont et disparaître Dieu sait où. »

De nouveau il se tut, secouant la tête. Puis il se leva pour allumer la lampe posée sur le linteau de la cheminée, et soudain les portraits et les bustes d'ivoire de nos ancêtres qui tapissaient le salon s'illuminèrent parmi les ombres vacillantes.

« Je suis vieux, poursuivit mon père. Il n'est plus temps pour moi de me réinventer en vue de ce nouveau monde. Je m'en irai en même temps que cette Virginie, et cette époque troublée reviendra à la charge de Maynard, ce qui veut dire à la tienne. Il faut que tu le sauves, mon fils. Que tu le protèges. Et je ne parle pas seulement de demain, au champ de courses. Tant de choses se profilent à l'horizon, tant de tourments pour nous tous, et Maynard, que j'aime plus que tout au monde... il n'est pas prêt. Veille sur lui, mon fils. Veille sur mon garçon. »

Il s'interrompit et me regarda droit dans les yeux. « Veille sur ton frère, tu m'entends ?

– Oui, monsieur », répondis-je.

Et nous demeurâmes assis là pendant une demi-heure encore, peut-être, avant que mon père déclare qu'il se retirait pour la soirée. Je pris congé de lui et redescendis dans le Terrier, dans ma chambre. Assis au bord de mon lit, je repensai au jour où mon père m'avait convoqué, dans les champs – le jour où il m'avait souri et lancé la pièce de bronze. Ma vie tout entière avait découlé de cette décision. C'était ce moment qui m'avait préservé du pire de notre condition. N'importe quel Asservi à Lockless aurait volontiers échangé son existence contre la mienne. Mais vivre aussi près d'eux était également un poids – le poids dont m'avait parlé Thena lorsqu'elle avait essayé de m'avertir, mais plus encore le poids écrasant de voir en vrai comment vivaient les Distingués, dans tout ce luxe, et de voir à quel point ils nous dépossédaient.

Cette nuit-là, je rêvai que j'étais de retour dans les champs de tabac, parmi les Asservis, que nous étions tous enchaînés les uns aux autres, et que nos chaînes étaient reliées à une autre chaîne plus longue, au bout de laquelle se trouvait Maynard, perdu dans ses pensées, l'air de ne même pas se rendre compte qu'il nous tenait tous dans le creux de sa main. Puis, regardant autour de moi, je m'aperçus que nous étions tous vieux, que j'étais moi aussi un vieil homme, et, lorsque je me retournai, Maynard n'était plus le jeune homme que je connaissais, mais un bambin en train de crapahuter dans l'herbe, et ensuite je vis les Asservis disparaître lentement, tous ces visages et ces corps familiers s'effacer peu à peu sous mes yeux, l'un après l'autre, jusqu'à ce qu'il ne reste plus que moi – un vieil homme tenu en chaînes par un bébé. Puis soudain tout s'évapora, les chaînes, Maynard, le champ lui-même, et je me retrouvai cerné par le noir de la nuit. Alors les branches sombres d'une forêt surgirent tout autour de moi, et j'étais seul, effrayé, égaré, jusqu'au moment où, levant les yeux, j'aperçus un fin croissant de lune, et le ciel s'extirpa des ténèbres en clignotant de mille feux, parmi lesquels je reconnus *Ursa Minor*, la Petite Ourse fabuleuse qui avait offert refuge aux dieux anciens. Je le savais parce que Mr Fields m'avait montré une carte des constellations, lors de notre toute dernière leçon. Et, en regardant la queue de l'Ourse, j'avais vu quelque chose d'autre : le repère indiquant la route de mes jours à venir, nimbé d'un bleu étincelant mais spectral, et ce repère était l'Étoile du Nord.

4

Je me réveillai tremblant, secoué par ce rêve. Je restai un moment assis dans mon lit, puis me recouchai, mais impossible de me rendormir. Je pris mon cruchon en pierre dans le coin de la pièce et sortis par le tunnel dans l'obscurité du petit matin pour aller le remplir au puits, et regagnai ensuite le Terrier, transi par le froid de l'automne.

Je repensai à mon rêve. Parmi toutes ces âmes enchaînées à la mienne, qui se volatilisaient, pourraient se trouver un jour celles de ma propre famille, prisonnières de la main désinvolte de Maynard qui les ballotterait de-ci, de-là ou les lâcherait à sa guise. J'en étais accablé. J'avais atteint l'âge où il est naturel de chercher une épouse, mais j'avais vu nombre de femmes asservies promises à un homme asservi, et j'avais vu ce qu'il advenait de ces « promesses ». Je me rappelle la façon dont ces jeunes couples s'accrochaient l'un à l'autre, le matin, avant de se séparer pour aller chacun vaquer à sa tâche, la façon dont ils se tenaient par la main, le soir, assis sur leur perron, je les avais vus se quereller et sortir les couteaux, s'entre-tuer plutôt que de se retrouver l'un sans l'autre, s'entre-tuer parce que partir vers Natchez était pire que la mort, c'était mourir tout en demeurant en vie, c'était souffrir la torture de savoir que, quelque part dans l'immensité de l'Amérique, l'être que vous aimiez plus que tout était séparé de vous et que vous étiez destinés à ne jamais vous revoir en ce bas monde d'entraves et de déchéance. Tel était l'amour réservé aux Asservis, et c'était ce genre d'amour qui occupait mes pensées lorsque vint l'heure de m'occuper de Maynard – cette façon dont se formaient les familles, dans l'ombre, fugacement, avant de retourner en poussière, balayées par une main blanche.

Je quittai mes quartiers et traversai le Terrier, passant devant la porte ouverte de la chambre de Sophia, que j'aperçus en train de tricoter à la lueur de sa lanterne. M'arrêtant sur le seuil, je la vis de profil – son petit nez, le léger affleurement de sa bouche, les tortillons de ses cheveux en relief sous le fichu noué autour de sa tête. Elle était assise sur un tabouret, le dos droit comme un mur de pierre, la lumière de la lanterne projetant son ombre dans le couloir, ses longs bras arachnéens faisant aller et venir deux aiguilles, dévidant sa pelote pour lui donner une forme encore impossible à deviner.

« Tu es venu me dire au revoir », me dit-elle. Je fus un peu surpris, car elle ne se tourna même pas vers moi, gardant les yeux rivés sur l'objet mystérieux qui était en train de prendre forme entre ses deux aiguilles à tricoter. Je marmonnai quelques mots inaudibles et confus pour toute réponse. Alors elle tourna la tête et je vis s'allumer ses yeux piquetés d'or, ses douces lèvres s'étirer sur son visage en un sourire plein de chaleur. Sophia était singulière parmi les Asservis, parce qu'on avait l'impression qu'elle n'était asservie à rien du tout. Elle adorait tricoter, et je la voyais souvent se promener dans les jardins et les vergers, ses aiguilles en perpétuel mouvement, de sorte qu'on aurait pu croire que c'était là son seul labeur. Mais tout le monde à Lockless savait bien qu'il n'en était rien. Elle appartenait à mon oncle, le frère de mon père, Nathaniel Walker. La nature de cet arrangement ne faisait mystère pour personne et, si j'avais pu nourrir le moindre doute à ce sujet, j'en avais été rapidement affranchi lorsque me fut confiée la tâche, tous les week-ends, de la conduire à la propriété de Nathaniel puis de la ramener.

Cet « arrangement » n'était pas inhabituel, c'était même chose courante chez les hommes de la caste des Distingués. Mais quelque chose en Nathaniel répugnait au concubinage, alors même qu'il s'y livrait. Ainsi, comme les monte-plats et les passages secrets que les Distingués utilisaient pour dissimuler leur larcin, Nathaniel avait lui aussi recours à certains moyens pour prendre sans en avoir l'air et transfigurer le vol en charité. Il avait installé Sophia ici, dans le Terrier de la plantation de son frère. Il exigeait qu'elle soit vêtue comme une Distinguée lorsqu'elle lui rendait visite, mais qu'elle emprunte la route de service pour entrer sur son domaine. Il surveillait ses visites et faisait en sorte que chacun le sache, au sein de la communauté du Terrier, afin de tenir à distance tous les Asservis – tous, sauf moi.

« Tu es venu me dire au revoir, Hiram ? répéta Sophia.

– Euh, non… plutôt bonjour, répondis-je, reprenant mes esprits.

– Ah, eh bien, bonjour, Hi », dit-elle. Puis elle tourna la tête et se remit à son ouvrage.

« Pardonne-moi, je crois que je me suis un peu emmêlé les idées, poursuivit-elle. C'est drôle, j'étais justement en train de penser à toi. À toi et au jeune maître, à cette journée aux courses. Je me disais que j'étais bien contente de ne pas être là-bas. Dans ma tête nous étions en grande conversation, toi et moi, et c'était comme si tu étais là. Alors, quand je t'ai vu à la porte, j'ai cru que c'était pour terminer cette conversation.

– Ah », dis-je, incapable d'aligner trois mots. J'avais peur de ce que je pourrais dire. Je pensais à mon rêve de cette nuit – le rêve où nous vieillissions tandis que Maynard restait jeune et nous tenait tous enchaînés.

Elle poussa un long soupir, comme si elle était fâchée contre elle-même, et dit : « Ne fais pas attention à moi. »

Puis elle leva de nouveau les yeux, le regard soudain clair, comme si elle venait de comprendre quelque chose. « Voilà, j'y suis maintenant, dit-elle. Comment vas-tu, Hi ?

– Bien, répondis-je. Aussi bien que possible. La nuit a été agitée.

– Tu veux en parler ? me demanda-t-elle. Viens donc t'asseoir un moment. Dieu sait que je passe mon temps à bavasser, moi, à t'abreuver de mes petites histoires et de mes remarques sur tout et n'importe quoi.

– Non, il faut que j'aille rejoindre le jeune maître. Je vais bien.

– Tu n'en as pas l'air, dit-elle.

– J'ai l'air normal.

– Et comment tu le saurais ? dit-elle en riant.

– Ne t'inquiète pas pour ça, dis-je en lui retournant son rire. Tu devrais plutôt te soucier de l'air que tu as, toi.

– Ah, et de quoi ai-je l'air ce matin ? » demanda-t-elle.

Je fis un pas en arrière dans le couloir, m'écartant de la porte, et lui dis : « Tu as l'air bien. Et même pas mal du tout, si je peux me permettre.

– Merci, dit-elle. Bon, eh bien, puisque tu n'es pas d'humeur bavarde, il ne me reste plus qu'à te souhaiter un excellent samedi. Et ne laisse pas le jeune maître te faire tourner en bourrique. »

Je hochai la tête, puis me dirigeai vers cet horrible escalier secret pour pénétrer dans cette maison de servitude. À chaque marche je sentais se mettre en place la terrible logique de l'Asservissement, de mon Asservissement. Ce n'était pas seulement que je ne serais jamais l'héritier même de la moindre parcelle de Lockless. Et cela allait bien au-delà du fait, dont j'étais parfaitement conscient, que jamais je ne pourrais profiter des fruits de mon propre labeur. C'était aussi que mes aspirations naturelles étaient condamnées à demeurer étouffées, que j'étais condamné à vivre dans la crainte de ces aspirations – de sorte que, plus encore que dans la crainte des Distingués, je serais forcé de vivre pour toujours dans la crainte de moi-même.

Nous quittâmes la propriété en fin de matinée à bord de la calèche Millenium par la route principale, passant devant les vergers, l'atelier et les champs de blé, laissant derrière nous Lockless pour tourner sur West Road où se dressaient d'autres vieux domaines, ou ce qu'il en restait – Altbrook, Lowridge, Belleview, autant de noms encore prestigieux à l'époque, en Virginie, mais qui aujourd'hui, à l'âge du télégraphe et des ascenseurs, ne sont plus que poussière dans le vent. Maynard parla sans discontinuer pendant tout le trajet, comme à son habitude – répétant en boucle à qui et comment il allait en remontrer. Je l'écoutai un moment, puis le laissai déblatérer tout seul et me retranchai dans mes pensées intimes.

Bientôt nous traversâmes le pont et arrivâmes en vue de Starfall. C'était une magnifique journée de novembre, le ciel limpide laissait apercevoir, à l'ouest, derrière la ligne de crête des arbres, les montagnes nimbées d'une éblouissante lumière jaune et orangée. Après avoir attaché notre cheval et la calèche, nous nous dirigeâmes vers Market Street, où défilait toute la bonne société virginienne dans toute sa splendeur. Ils étaient tous là, les Distingués, avec leurs masques et leurs habits somptueux, les femmes en gants blancs, visage poudré, foulard de soie autour du cou, poitrine palpitante, escortées par des fillettes noires qui tenaient haut leur ombrelle au-dessus de leur tête afin de protéger l'éclat ivoirin de leur peau. Quant aux hommes, on aurait dit qu'ils avaient tous revêtu le même uniforme – manteau noir cintré à la taille, pantalon gris, collet en crin de cheval, chapeau haut de forme, canne et bottes Wellington. Comme toujours, ils laissaient à leurs femmes le privilège de l'apparat ; engoncées dans leur corsage et leur bustier, elles étaient obligées de marcher lentement, mesurant chacun de leurs gestes, mais leurs mouvements conservaient quelque chose de dansant, avec cette nuque qui ployait et ces hanches qui se balançaient. Je savais qu'elles avaient appris à marcher ainsi depuis toutes petites, sous la férule des mères et des maîtresses, car ce n'était pas l'habit qui faisait la distinction, mais la façon dont on le portait. Les habitants du Nord, descendus du New Hampshire, les pionniers de Paducah et de Natchez, les Blancs inférieurs du comté d'Elm – ils marchaient tous dans leurs pas, mais on avait l'impression qu'ils admiraient le spectacle plus qu'ils ne prenaient part au cortège formé par ces personnages sublimes et divins ; à les voir ainsi descendre l'avenue principale de notre Starfall, on eût dit qu'ils étaient immortels, que la Virginie était immortelle, que cet empire de tabac et de corps humains était voué à briller pour toujours, telle une cité antique perchée au sommet de la colline, poussant le monde entier à envier de vivre dans la magnificence éternelle de ces premières familles du comté d'Elm.

J'en reconnaissais bon nombre parmi eux, et me souvenais même de certains à qui je n'avais jamais été présenté, simplement en raison d'une remarque ou d'un geste qu'ils avaient eu. Et puis il y avait ceux que je connaissais bien, des hommes tels que mon ancien tuteur, Mr Fields, que j'aperçus, seul, au milieu de la foule. On aurait dit qu'il étudiait les gens autour de lui et, lorsqu'il me vit, il me salua en soulevant légèrement son couvre-chef et en m'adressant un sourire discret. Je ne l'avais pas revu depuis notre dernière leçon, tant d'années auparavant, même si je sais aujourd'hui que le sujet sur lequel nous en étions restés, à propos de la queue de la Petite Ourse, était en soi un signe. Je me tournai vers Maynard pour voir s'il avait repéré Mr Fields lui aussi, mais il était hypnotisé par la débauche d'élégance autour de lui ; les yeux écarquillés comme en plein rêve, il souriait de toutes ses dents. Il n'était pas comme ces gens, et je me rappelle avoir éprouvé de la honte, à cause de ma part de responsabilité à cet égard. J'avais fait de mon mieux pour lui ce matin-là, en l'aidant à s'habiller, mais, entre sa maigre carrure et sa manie de tirer sans cesse sur son gilet et son col, il était impossible de lui donner même un semblant d'élégance. Il paraissait cependant si heureux d'être là. Il avait passé l'année entière à remâcher ses humiliations, mais il caressait à présent l'espoir, grâce à ses mérites au chapitre sportif, de retrouver sa place parmi les siens. Il était leur semblable, par le droit du sang, et ainsi contemplait-il ce défilé, incapable de discerner quel rang il y occupait lui-même. Il tira de nouveau sur son col, lâcha un éclat de rire, puis s'insinua dans le lent cortège des Distingués qui se dirigeaient vers le champ de courses.

Maynard aperçut Adeline Jones, qu'il avait naguère courtisée – si tant est qu'il eût jamais courtisé quiconque en bonne et due forme. J'avais entendu dire qu'elle avait quitté le comté d'Elm, qu'elle était même partie de Virginie pour suivre un avocat dans le Nord. Mais les courses avaient ramené Adeline, ne fût-ce, m'imaginai-je, que pour voir à quel point sa terre natale avait changé. C'était une femme d'une grande bonté, et Maynard avait toujours interprété cette bonté comme une invitation d'ordre sentimental. Jouant des coudes pour se frayer un chemin dans la foule, il agita son chapeau en s'approchant d'elle et l'interpella : « Hé, tiens donc, Addie ! Comment allez-vous aujourd'hui ? »

Adeline se retourna et salua Maynard d'un sourire circonspect. Ils échangèrent quelques mots, puis se remirent en marche au sein de la procession, Adeline mal à l'aise et Maynard tout excité d'avoir trouvé un bras auquel se pendre. Je les suivis discrètement depuis le trottoir de l'avenue, comme tous les Asservis suivaient les Distingués qu'ils avaient la charge d'escorter, observant à bonne distance Maynard dont l'agitation croissait à mesure que la conversation se poursuivait, tandis qu'Adeline semblait gagnée par l'impatience. Elle s'efforçait toutefois de n'en rien montrer, comme il sied à une dame distinguée. Elle avait eu l'imprudence de sortir sans être accompagnée d'un gentleman qui eût pu la soustraire au bavardage de Maynard, lequel l'entreprenait si bruyamment à présent que je l'entendais par-dessus le tumulte de la foule. Il parlait sans discontinuer de Lockless, de sa prospérité et de ses charmes, du tort qu'elle avait de ne pas y avoir succombé, se répandant en plaisanteries fastidieuses qui ne dissimulaient qu'à grand-peine sa fatuité, et Adeline n'avait d'autre choix que de subir cette tirade en souriant.

Ils arrivaient aux abords du champ de courses quand, enfin, un gentleman vint à sa rescousse ; il serra la main de Maynard, puis, ayant tout de suite compris dans quelle situation se trouvait Adeline, il s'empressa de s'éloigner avec elle. Maynard s'arrêta devant les portes, puis leva la tête vers les gradins, du côté du carré réservé aux membres du jockey club qui commençaient à s'installer, là où lui-même avait naguère eu sa place avant de se faire éjecter sans ménagement. Adeline partie, je m'approchai à hauteur de Maynard, légèrement sur le côté, et l'observai ; il avait à présent le regard perdu, envahi par une sorte de nostalgie douloureuse à la pensée de ces jours de fête enfuis, de l'époque où il était le bienvenu parmi les gentlemen du comté, ou du moins toléré. Puis je vis la tristesse céder la place à la colère dans ses yeux lorsqu'il se tourna vers la zone réservée aux dames de la bonne société virginienne – qui, ainsi placées à l'écart, n'étaient pas obligées de subir les jeux, les grossièretés et la fumée des cigares des hommes –, où j'aperçus la promise de Maynard, Corrine Quinn, dont le statut ne semblait pas avoir souffert le moins du monde de cette alliance annoncée. Maynard ne souriait plus ; il se sentait humilié. Sa future femme était là, devant lui, trônant à un rang plus élevé que le sien.

Je me mis à épier le carré des dames, le plus discrètement possible, afin de pouvoir mieux l'observer. Corrine semblait tout droit sortie d'un autre temps. Elle n'avait que dédain pour cette parade clinquante, pour tous ces costumes dont l'extravagance bravache était en elle-même une manifestation du déclin – la terre exsangue, la dispersion des familles asservies, le tarissement du tabac. Debout dans les gradins, en calicot, les mains gantées, elle discutait avec une autre femme, sous le regard méprisant de Maynard. Secouant la tête, ce dernier finit par tourner les talons pour rejoindre sa place, non pas aux côtés des gentlemen, mais parmi la cohorte bigarrée des Blancs inférieurs, un groupe dont le statut, au sein de la société qui était la nôtre, m'avait toujours intrigué. Ces Blancs d'un rang subalterne, comme Harlan chez nous, par exemple, étaient tolérés par les Distingués en public, mais ils étaient, en privé, l'objet du plus grand mépris ; leur nom était mentionné avec répugnance à la table des banquets, leurs enfants tournés en raillerie dans les conversations de salon, leurs filles et leurs épouses séduites puis rejetées. C'était une nation de sans-grade, rabaissés et tyrannisés, qui acceptaient de vivre sous le joug des Distingués afin d'avoir eux-mêmes le droit d'exercer leur autorité sur les Asservis.

Ma place à moi était parmi les gens de couleur, certains asservis, d'autres libres, assis sur une palissade de bois montant à hauteur de hanche, juste à côté des écuries, où d'autres Noirs s'occupaient des chevaux de course, les nourrissaient et les bichonnaient. J'en connaissais certains – notamment le valet de Corrine, Hawkins, que je vis assis sur la palissade avec quelques autres. Je le saluai d'un hochement de tête ; il me rendit mon salut, mais sans sourire. C'était bien dans sa manière, à ce Hawkins. Il avait un côté froid et distant ; affichant en permanence l'air de quelqu'un qui ne supportait pas les imbéciles, mais se sentait cerné par eux. Il me faisait peur. Il y avait quelque chose de dur chez lui, et je devinais, à ses façons, qu'il avait souffert la part la plus terrible et indicible de l'Asservissement. Je tournai la tête et regardai tous les autres, le long de la palissade, qui criaient et riaient tandis que d'autres encore étaient au travail dans les écuries. Et, à ce spectacle, je m'émerveillai à part moi des liens qui nous unissaient tous : notre manière de parler, de tronquer les mots, ou de communiquer sans en prononcer un seul, parfois ; nos souvenirs communs – l'effeuillage du maïs, les ouragans, nos héros, qui ne vivaient pas dans les livres, mais dans nos paroles ; tout un monde, rien qu'à nous, loin d'eux – et faire partie de ce monde, je le sentais déjà, c'était être dans la confidence d'un secret partagé, un secret qui était en vous-même. Il n'y avait pas de Distingués ni d'Asservis chez nous, pas de jockey club d'où l'on pouvait se faire éjecter ; ce monde, c'était notre propre Amérique, avec sa propre grandeur – un monde érigé en défi à Maynard, l'éternel insatisfait, mécontent de sa place dans l'ordre des choses.

C'était le début d'après-midi, et les courses allaient bientôt commencer, sous un ciel encore sans nuages. Mais, lorsque les premiers chevaux s'élancèrent, je ne les regardai pas – je regardais Maynard, qui avait semble-t-il oublié tous les camouflets, toutes les vexations, et qui riait et fanfaronnait à présent avec les Inférieurs ; Maynard, apparemment, avait enfin, malgré lui, trouvé sa place parmi les siens. Ou alors c'étaient eux qui l'avaient trouvé. L'idée qu'un Walker de haute lignée se mêle à eux pour participer aux réjouissances les autorisait, eux aussi, à savourer pleinement la splendeur de cette journée. L'estime dans laquelle ils tenaient Maynard ne fit que redoubler lorsque le cheval sur lequel il avait parié, Diamond, après avoir couru un moment au milieu des autres, dans un grand nuage de poussière noire et brune, émergea de la mêlée de jambes et de naseaux, laissa derrière lui le nuage de poussière et, conservant sa distance jusqu'au bout, franchit en tête la ligne d'arrivée. Maynard explosa de joie. Il se mit à hurler et à se jeter au cou de ses voisins dans la foule, levant les bras en l'air, puis il pointa du doigt le carré du jockey club en lui lançant quelques invectives pleines d'insolence et de vantardise. Puis, repérant sa Corrine dans le carré des dames, il se gobergea de plus belle. Les hommes du jockey club demeurèrent impassibles face à ce rustre, issu du même sang qu'eux, dont le triomphe salissait et déshonorait leur sport de prédilection.

À la fin de la dernière course, je le retrouvai sur Market Street. De toute sa brève existence, je n'avais jamais vu

Maynard aussi heureux. Il m'adressa un sourire radieux et s'écria : « Bonté divine, Hiram, je te l'avais bien dit, pas vrai ? Je t'avais bien dit que c'était mon jour. »

Je hochai la tête et répondis : « Oui, vous l'aviez prédit en effet.

– Je les avais prévenus, poursuivit-il en grimpant dans la calèche. Je les avais bien prévenus !

– Oui, c'est vrai », acquiesçai-je.

Puis, me rappelant les consignes de mon père, je fis demi-tour pour nous ramener à la maison.

« Non, non ! s'écria Maynard. Qu'est-ce que tu fais ? Je veux les voir. Je les avais prévenus et ils n'ont pas voulu m'écouter. Il faut qu'on leur montre ! Il faut qu'ils voient ! »

Je fis donc de nouveau demi-tour et me dirigeai vers le centre-ville, où toute la bonne société s'était rassemblée et s'attardait çà et là dans la rue pour échanger encore quelques amabilités avant de se quitter. Mais lorsque nous arrivâmes en vue de la foule à bord de la calèche Millenium, au lieu de nous témoigner leur respect, les Distingués nous jetèrent à peine un coup d'œil, hochèrent la tête sans sourire, puis reprirent leurs conversations. Je ne sais pas à quoi Maynard s'attendait, au juste, ni à quel titre il escomptait avoir gain de cause. J'ignore ce qui l'avait poussé à croire que, cette fois, ils feraient allégeance au mérite qui lui revenait par le droit du sang, ou lui pardonneraient son attitude impulsive et ses emportements. Mais, lorsqu'il finit par comprendre qu'il n'obtiendrait pas satisfaction, il grommela et m'ordonna de le conduire à l'autre bout de la ville, de le déposer à la maison de joie et de passer le prendre une heure plus tard.

Je me retrouvai donc seul, et bien content de pouvoir m'adonner en toute tranquillité à mes réflexions. J'attachai le cheval, puis me mis à déambuler dans les rues de la ville. Me revinrent alors à l'esprit les événements de ces dernières heures, mon rêve, la révélation de la nuit sans fin de l'esclavage, ce matin-là, quand j'avais vu l'aura étincelante de Sophia s'estomper tel le soleil mourant sur les cimes bleues des montagnes de Virginie. Je ne prétends pas que j'étais amoureux d'elle – même si j'en étais persuadé. L'amour, pour le tout jeune homme que j'étais alors, était une mèche qu'on allume, plutôt qu'un jardin qu'on entretient. L'amour n'avait rien à voir avec la connaissance profonde de la personne aimée, des désirs et des rêves de celle-ci, mais se mesurait essentiellement à la joie qu'on éprouvait en sa présence et à la tristesse qu'on ressentait lorsqu'on était séparé d'elle. Et, lorsqu'elle-même se retrouvait seule, Sophia m'aimait-elle ? Je ne le pensais pas, mais dans un autre monde, un monde au-delà de l'Asservissement, il me semblait que cela serait possible.

Deux routes menaient à ce monde – le rachat de la liberté, et la fuite. Ce que je savais de la première de ces deux voies, c'était qu'il existait un petit groupe d'esclaves affranchis, établis dans une enclave au sud de Starfall, qui, à l'époque de la terre rouge et du tabac florissant, avaient été autorisés à économiser un peu de leurs gages, puis à racheter leur liberté et ainsi à reprendre possession de leurs corps. Mais cette route m'était fermée. La Virginie avait changé. Alors même que les vieilles terres du comté d'Elm, de Lockless, déclinaient, la valeur de ceux qui y étaient asservis n'avait cessé de croître. La diminution de leur part de labeur sur ces terres était contrebalancée par le prix auquel ils pouvaient être vendus, du côté de Natchez, là où la terre était encore fertile. Ainsi, les Asservis qui pouvaient jadis accéder à la liberté à force de travail étaient désormais trop précieux pour qu'on leur accorde le droit de verser leur propre rançon.

Si la première route était bloquée, la seconde était impensable. Tous ceux qui s'étaient enfuis de Lockless à ma connaissance, tous sans exception, étaient revenus – soit qu'ils aient été rattrapés par les Chiens de Ryland, les patrouilles de Blancs inférieurs chargées de faire respecter les lois édictées par les Distingués, soit qu'ils aient perdu courage et décidé de revenir d'eux-mêmes. Quoi qu'il en soit, mon ignorance du monde au-delà de la Virginie était si absolue que toute idée de fuite paraissait insensée. Mais il y avait quelqu'un, à ce qu'on racontait, qui en savait plus.

Nul n'était tenu en plus haute estime, parmi les Noirs comme parmi les Blancs du comté d'Elm, que Georgie Parks. C'était le maire, l'ambassadeur, le rêve – même si le sens de ce rêve était tout entier question de perspective. À l'époque où il était asservi, Georgie travaillait dans les champs et, comme Big John, il semblait posséder une compréhension surnaturelle de l'agriculture et de ses cycles. Il pouvait arpenter vos champs de maïs pendant une heure à peine et vous dire à quel genre de récolte vous pouviez vous attendre trois ans plus tard, ou poser la main sur les monticules où poussait votre tabac, sentir la pulsation de la terre et prédire si les feuilles seraient larges comme des oreilles d'éléphant ou de souris. Et il avait averti les Distingués des dangers auxquels les exposait leur adoration du tabac, avec assez de délicatesse toutefois pour que, le moment venu, ils se remémorent ces mises en garde avec bienveillance et regret plutôt qu'avec colère. Mais Georgie avait une part d'ombre, énigmatique et fascinante. Il arrivait qu'il disparaisse pendant de longues périodes, ou qu'on l'aperçoive à Starfall, ou dans les bois, aux heures les plus incongrues. Nous connaissions cependant l'explication de ces mystères. Georgie était lié au Réseau clandestin.

Mais de quoi s'agissait-il au juste ? Il se disait, parmi les Asservis, que des Noirs organisés en société secrète avaient bâti leur propre monde à part, au plus profond des marais de Virginie. Par quelles puissances étaient-ils protégés là-bas ? Je n'en savais rien. J'avais entendu parler en revanche des expéditions des Chiens de Ryland, qu'on avait envoyés dénicher et démanteler le Réseau, et qui étaient revenus en nombre réduit, blessés et tuméfiés, parlant de serpents, de maux étranges, de poisons et d'hommes-médecine qui commandaient à des armées de crocodiles et de pumas. Et ce Réseau, m'avait-on encore raconté, enrôlait de temps à autre de nouvelles recrues qui préféraient la liberté sauvage des marais à l'esclavage civilisé du comté d'Elm. L'idée que le noble Georgie, objet de louanges et de respect parmi les Blancs, et réputé pour ses activités secrètes parmi les Noirs, soit à la tête d'un tel Réseau – c'était parfait.

Je fus soudain arraché à mes rêveries par une détonation. Je me trouvais au sud de la place principale. Me dirigeant vers l'endroit d'où était parti le coup de feu, je vis un gentleman, vêtu d'un élégant costume noir, qui poussait des hurlements de rire, son pistolet pointé en l'air. L'atmosphère de la journée était en train de virer. Le ciel était à présent encombré de nuages. Je vis deux hommes surgir d'une taverne d'un pas titubant et se bagarrer au beau milieu de la rue – le plus âgé des deux avait une longue cicatrice en travers de la joue et, alors qu'il était sur le point de se faire mettre au tapis, il tira de son manteau un grand couteau et, dans le même mouvement, lacéra le visage de son adversaire. Deux autres hommes sortirent alors précipitamment de la taverne et se jetèrent sur lui pour le passer à tabac. Je me hâtai de passer mon chemin. Une rue plus loin, je vis une femme blanche attraper une jeune émigrée hollandaise par les cheveux et se mettre à la gifler. Son compagnon observait la scène en riant ; il sortit une flasque de sa poche, but une lampée, puis versa le reste sur la tête de la jeune fille. Je m'éloignai. Voilà le genre de débordements dont m'avait parlé mon père et à distance desquels il m'avait conjuré de tenir Maynard. Mais les choses se passaient toujours ainsi avec eux, avec la race hennissante des Alice Caulley. À l'image des grandes réceptions à Lockless, une journée aux courses commençait sous les atours d'une somptueuse cérémonie, puis les gens se mettaient à boire, l'ambiance festive s'assombrissait peu à peu, et tous les masques de l'élégance et des convenances tombaient, mettant à nu le visage véritable, grêlé et purulent, du comté d'Elm.

Il n'y avait pas un seul Noir dans les rues, car nous savions tous comment les choses allaient bientôt tourner – la hargne mauvaise qui s'était emparée des Blancs se retournerait contre nous. Si étrange que cela paraisse, c'étaient les affranchis qui avaient le plus à craindre dans ce genre de situation. Nous autres, les Asservis, nous étions la propriété de quelqu'un. Nous étions un bien, et ne pouvions nous voir infliger aucun dommage autrement que sur ordre de notre propriétaire, car il n'était pas plus permis de battre l'esclave d'autrui que de rosser son cheval. Pourtant, quand bien même je me sentais relativement à l'abri, j'étais inquiet. Et c'est en proie à cette inquiétude que je résolus de m'éloigner du centre-ville pour gagner Freetown – là où vivait Georgie Parks.

C'était une toute petite communauté, si ramassée sur elle-même que j'y connaissais tout le monde. Je connaissais Edgar Combs, qui avait travaillé le fer autrefois chez Carter, et faisait de même aujourd'hui chez le forgeron de la ville ; il était marié à Patience, dont le premier époux était mort durant l'épidémie de fièvre, longtemps auparavant. En face vivaient les frères Pap et Grease, et juste à côté d'eux se trouvait Georgie Parks. Je m'éloignai donc de la grand-place prise de démence pour me rendre à l'extrémité sud de la ville, et bientôt j'atteignis la prison de Ryland, qui marquait la frontière où commençait le quartier de Starfall réservé aux Noirs affranchis.

Cette délimitation avait été sciemment tracée ainsi, à l'évidence, car Ryland n'était pas une prison pour les criminels. C'était un vaste hangar, qui s'étendait sur deux pâtés de maisons, où se retrouvaient les Asservis fugitifs qu'on avait rattrapés ou ceux qui attendaient d'être vendus sur la place du marché. Cette prison servait de rappel quotidien aux Noirs de Starfall : peu importe qu'ils fussent libres, ils existaient dans l'ombre perpétuelle d'une puissance écrasante, qui pouvait à sa guise les remettre dans les fers à tout moment. La direction et le personnel de la prison de Ryland étaient constitués de Blancs inférieurs. La traite de la chair humaine avait enrichi ces hommes, mais ils étaient d'extraction trop récente et exerçaient un métier trop indigne pour qu'il leur soit jamais permis de caresser l'espoir de s'élever un jour au-dessus de leur condition. C'est ce lien viscéral entre la prison et les Blancs inférieurs qui y travaillaient et en remplissaient les cellules qui leur avait valu d'être surnommés les Chiens de Ryland. Nous les craignions et nous les haïssions, peut-être plus encore que nous ne craignions et haïssions les Distingués qui nous maintenaient en captivité, car ils étaient leurs subalternes tout autant que nous, asservis tout autant que nous, et nous aurions dû être unis dans la même détestation des Distingués, mais il aurait fallu pour cela que les Blancs inférieurs acceptent de renoncer aux miettes que ces derniers leur consentaient pour prendre leur part du gâteau que nous avions en commun.

La femme de Georgie, Amber, m'accueillit sur le pas de la porte avec un grand sourire. « Je me disais bien qu'on risquait de te voir dans les parages aujourd'hui, dit-elle. Et pile au bon moment, juste avant le dîner. Tu as faim, Hiram ? » Je souris, saluai Amber et entrai dans la pièce unique du petit cabanon, qui valait à peine mieux que mon réduit au fond du Terrier. Humant l'odeur du pain de cendre et du porc, je me rendis compte que j'étais affamé. Georgie était là, assis sur le lit, à côté de leur nouveau-né qui, allongé, agitait les bras comme pour attraper l'air entre ses petits poings.

« Eh bien, regardez-moi ça, dit Georgie. C'est qu'il a sacrément grandi, le môme à Rosie ! »

Le môme à Rosie – c'était ainsi qu'on m'appelait jadis, dans la Rue, même si je n'avais pas entendu ce surnom depuis un certain temps, car il ne restait plus beaucoup de gens qui se souvenaient de moi à cette époque. Je donnai l'accolade à Georgie, lui demandai comment il allait, et il me répondit en souriant : « Ma foi, j'ai une femme, et maintenant j'ai un petit garçon », et il s'approcha du bébé pour lui caresser le ventre. « Alors je dirais que je vais pas mal du tout.

– Allez donc discuter dehors, toi et Hiram », dit Amber.

Nous sortîmes à l'arrière du cabanon, où Georgie avait aménagé un minuscule jardin et un poulailler, et nous assîmes sur deux bûches fichées en terre à la verticale. Je tirai de ma poche un petit cheval de bois que j'avais sculpté pour le fils de Georgie et le lui tendis.

« Pour ton garçon. »

Georgie prit le petit cheval, me remercia d'un simple hochement de tête, puis le fourra dans sa poche.

Quelques minutes plus tard, Amber vint nous apporter deux assiettes de porc frit et de pain de cendre, que je dévorai, assis sur ma bûche, sans dire un mot. Amber retourna à l'intérieur, puis revint avec son petit garçon roucoulant au creux de ses bras. L'après-midi touchait à sa fin.

« T'avais rien avalé de la journée, toi, hein ? me dit Georgie avec un grand sourire, ses cheveux brun-roux flamboyant dans la lumière déclinante de cette fin d'après-midi d'automne.

– Ben non, dis-je. J'y ai même pas pensé, je crois.

– La tête ailleurs, peut-être ? »

Je levai les yeux vers Georgie. J'étais sur le point de parler, mais je m'interrompis aussitôt, effrayé par ce que je voulais lui dire. Je posai mon assiette par terre, à côté de la bûche. Amber était rentrée dans le cabanon. J'attendis un moment. J'entendis un rire étouffé, le bébé qui piaulait, et devinai qu'elle était dehors à présent, en compagnie d'autres visiteurs.

« Georgie, qu'est-ce que ça t'a fait la première fois que tu es parti de chez Maître Howell ? »

Il avala une demi-bouchée et réfléchit avant de répondre. « Ça m'a fait l'impression d'être un homme », dit-il, puis il mâcha et termina sa bouchée. « Ce qui veut pas dire que j'en étais pas un avant, mais j'avais jamais vraiment senti les choses comme ça. Ma vie entière dépendait de ça, de pas avoir l'impression d'être un homme, tu comprends ?

– Oui, je comprends, dis-je.

– J'ai pas besoin de te dire ça, ou peut-être que si, d'ailleurs, parce qu'ils t'ont toujours favorisé, d'une certaine manière, mais je vais le dire quand même, et tu en feras ce que tu voudras. Aujourd'hui, je me lève à l'heure qui me chante et je dors quand j'en ai envie. Je m'appelle Parks parce que c'est moi qui en ai décidé ainsi. Je l'ai sorti de nulle part, ce nom – une pure invention, en cadeau à mon fils. Il a aucune signification, sauf ça – le fait que c'est moi qui l'ai choisi. Tout son sens réside dans le fait même d'avoir pu donner un nom. Tu comprends ce que je veux dire, Hiram ? »

Je hochai la tête et le laissai poursuivre.

« Je sais pas si je te l'ai jamais dit, Hiram, mais on était tous raides dingues de ta Rosie. »

Cela me fit rire.

« C'était une fille superbe, et y en avait beaucoup là-bas, dans la Rue, des filles superbes. Y avait pas que Rose, tu sais, y avait aussi sa sœur – ta tante Emma, oui, elle aussi. Tellement belles, ces filles. »

Emma – encore un nom perdu dans les brumes, comme celui de ma mère ; je savais que c'était ma tante, qu'elle avait travaillé en cuisine autrefois, que c'était une merveilleuse danseuse, mais pour le reste il ne subsistait plus rien d'elle, sinon dans les mots désincarnés des autres et dans le brouillard de mon imagination. Mais Georgie, lui, se souvenait de tout. Le passé se déployait devant lui telle une carte, et je voyais ses yeux briller lorsqu'il se mettait à raconter ses périples, tous les cols de montagne, les à-pics et les ravines qu'il avait dû franchir.

« Bon sang, reprit-il, je repense à cette époque, à quel point on s'en donnait à cœur joie. Bonté divine. Ta mère et Emma, on aurait pas pu imaginer deux personnalités plus opposées – Rose la discrète et Emma la grande gueule. Mais quand elles débarquaient ensemble aux Réunions secrètes, on voyait tout de suite qu'elles étaient du même sang. Crois-moi, j'y étais, tous ces samedis soir. J'étais là, avec Jim le Phénomène et son môme, Petit P. Y avait le banjo, la guimbarde et le violon qui y allaient gaiement, les casseroles qui tintaient à tout-va, les os à claquettes, et quand l'ambiance commençait à bien chauffer, Emma et Rose entraient en piste. Et fallait les voir, je te jure, avec leurs jattes sur la tête, qui se démenaient jusqu'à ce que l'eau jaillisse dans une grande éclaboussure. Alors elles souriaient, elles se fendaient d'une petite révérence, et celle qu'avait réussi à rien renverser attendait que quelqu'un d'autre entre dans le cercle pour la défier. Mais personne s'y risquait jamais. »

Georgie partit d'un grand éclat de rire et me demanda : « T'as déjà fait ça, Hi, la danse de l'eau ?

– Non, répondis-je. Ça a jamais trop été mon truc.

– Dommage, dommage, dit Georgie. Dommage de posséder toute cette beauté et de pas l'avoir transmise. Et y en avait tellement, là-bas, de la beauté. Toutes ces belles filles. Tous ces beaux gars. »

Georgie avait fini de manger. Il posa son assiette et laissa échapper un long soupir.

« Je pense à toute cette beauté parfois, qu'a fané à force qu'on y mette des chaînes… Bon sang, je te jure, quand je me suis mis à la colle avec Amber, j'ai fait le serment de la sortir de là. Quel que soit le prix à payer, je m'en foutais. Je crois que j'aurais pu aller jusqu'au meurtre pour la sortir de là, Hiram. Tout plutôt que de la voir… »

Georgie s'arrêta net de parler à cet instant, parce qu'il venait de saisir la portée de ce qu'il était en train de me dire, je crois, ce que ça pouvait signifier pour moi, et ce que ça signifiait pour ma mère.

« Et t'as réussi, lui dis-je. Tu l'as fait. T'en es sorti. »

Georgie eut un petit rire et répliqua : « Personne en sort jamais, fiston, tu m'entends ? Y a pas moyen d'en sortir. On est tous condamnés à servir. Moi, ça me plaît de servir ici, plutôt qu'à Lockless pour le compte d'un autre, d'accord, mais ça reste une façon de servir, tu peux me croire. »

Nous restâmes silencieux pendant quelques minutes. Les voix à l'avant de la maison s'étaient tues. J'entendis la porte se fermer, et Amber nous rejoignit dans le petit jardin. Elle prit l'assiette de Georgie, puis la mienne.

Elle me regarda, leva un sourcil et me lança : « Georgie est encore en train de te raconter ses salades ?

– Difficile à dire, répondis-je.

– Mouais, dit-elle en tournant les talons. Méfie-toi de lui, moi je te dis. Méfie-toi de Georgie. C'est un roublard. »

Depuis le petit jardin, j'apercevais la rivière Goose au loin. Le soleil était bas dans le ciel à présent, les nuages s'amassaient et l'on sentait venir la fraîcheur du soir. Il serait bientôt l'heure. Maynard m'attendait. Je décidai alors de dire à Georgie Parks quelque chose qui allait changer le cours de ma vie.

« Georgie, je crois qu'il faut que je m'en aille. »

J'eus l'impression qu'il comprit tout de suite le sens de ces mots, mais qu'il décida de faire comme si de rien n'était. « Ah, oui, bien sûr, me dit-il. Faut que tu retournes de l'autre côté de la rivière, hein ?

– Non. Ce que je veux dire, c'est que je grandis, et que je vois les gens disparaître, expédiés à Natchez, et que je vois cet endroit tomber en ruine. La terre est morte, Georgie. Le sol, c'est devenu du sable, et ils le savent tous très bien. En venant ici, j'ai vu un homme prendre un coup de couteau et une fille se faire battre dans la rue. Il n'y a plus de loi. J'aime croire qu'il y en a eu autrefois, les anciens parlent d'une époque où ça existait et, même si je n'ai pas connu ce temps-là, je vois bien que les choses changent. Il y a un homme qui pousse en moi, Georgie, et je ne peux pas le museler. Il en sait trop. Il a vu trop de choses. Il faut qu'il s'enfuie, cet homme, ou alors il ne survivra pas. Je te jure, j'ai peur de ce qui arrive. J'ai peur de mes propres mains. »

Georgie voulut dire quelque chose, mais je ne lui en laissai pas le temps.

« On dit que tu es un homme de savoir, que tu connais bien plus que ce petit quartier d'affranchis, que tu es lié à des gens qui s'occupent de ces affaires-là. Je veux le chemin de fer, Georgie. Je veux m'en aller par le chemin de fer, et j'ai entendu dire que tu savais comment marchent ces choses-là. »

Georgie se leva alors, se frotta la bouche et s'essuya les mains sur sa salopette. Puis, sans m'avoir jeté un seul regard, il se rassit.

« Hiram, rentre chez toi, dit-il. Y a pas d'homme qui pousse en toi. Il est déjà là. Cet homme, c'est toi. Ta vie est comme elle est, et si t'as dans l'intention de la changer, faut que tu fasses comme moi j'ai fait.

– Ça ne marche plus comme ça, répliquai-je. Il n'y a plus un seul Asservi capable d'acheter son ticket pour échapper à Natchez.

– Alors c'est ta vie et elle est comme elle est. Et c'est pas une mauvaise vie, si je peux me permettre. Ta seule charge, c'est ton idiot de frère. Rentre chez toi, Hiram. Trouve-toi une femme. Et fais comme si t'étais heureux. »

Je ne répondis pas.

« Rentre chez toi », répéta-t-il.

Telles étaient donc les instructions de Georgie, et je lui obéis. Mais j'étais persuadé qu'il m'avait menti, qu'il était bel et bien celui qu'on m'avait décrit – un agent de la liberté, d'une autre vie, d'un Oregon pour les hommes de couleur. Il ne s'en était même pas défendu, et dès lors la situation était très simple pour moi – il fallait que je lui montre qui j'étais, ce que j'étais, qu'il comprenne qu'il ne réussirait pas à me convaincre, à ce stade, de revenir sur ma décision, et j'étais certain de pouvoir y arriver. Alors que je retraversais la place pour reprendre la calèche et retrouver Maynard, j'avais la conviction que Georgie m'aiderait, je savais qu'il m'aiderait à m'enfuir, parce qu'il n'y avait pas d'avenir ici pour moi, et je m'en rendais compte, une fois de plus, en marchant à présent parmi les derniers vestiges de la journée. Les rues étaient jonchées de détritus. Un Distingué, que je reconnus à son accoutrement, était allongé face contre terre dans une flaque de purin tandis que ses compatriotes, dépoitraillés sans vergogne, se moquaient de lui. Je vis des chapeaux en lambeaux au milieu des fleurs qui les ornaient encore quelques heures plus tôt. Des foulards bleu azur abandonnés par terre. Des hommes qui jouaient aux dés dans la ruelle d'une taverne et, devant celle-ci, deux coqs qu'on préparait pour un combat. Voilà à quoi se résumait leur civilisation – un masque, si transparent que, pour la première fois de ma vie, je me demandai à quoi j'avais bien pu moi-même aspirer jadis, quand je vivais dans la Rue, avec mes petits tours de passe-passe, conçus pour attirer l'œil du Pharaon de Lockless, et je pris conscience, comme cela m'était déjà arrivé à plusieurs reprises, que j'avais fait preuve d'aveuglement. Nous autres, habitants du Terrier, qui vivions parmi eux, nous étions bien placés pour savoir qu'ils utilisaient les lieux d'aisance comme tout le monde, qu'ils étaient jeunes et stupides, vieux et fragiles, et que toute leur puissance n'était qu'une fiction. Ils ne valaient pas mieux que nous, et à bien des égards ils étaient pires.

Maynard m'attendait devant le claque avec sa fille de joie, et j'aperçus de nouveau, à côté d'eux, le valet de Corrine. Hawkins. Maynard riait à je ne sais quelle plaisanterie, trop soûl pour remarquer avec quel mépris Hawkins le toisait sans rien dire. Lorsqu'il me vit arriver, il se mit à rire encore plus fort, s'avança vers moi, trébucha et tomba au sol, entraînant la fille dans sa chute. J'aidai cette dernière à se relever tandis que Hawkins volait au secours de Maynard, dont le pantalon et le gilet étaient à présent crottés de boue.

« Bon Dieu, Hiram ! cria-t-il. T'étais censé me rattraper ! » De fait. Je l'avais toujours rattrapé.

« Cette fille est à moi ce soir, brailla-t-il. À moi, nom de Dieu ! Comme je leur ai dit, Hiram ! Comme je leur ai dit à tous ! Comme j'ai dit à toutes les filles ! »

Puis il tourna la tête vers Hawkins qui fulminait en silence. « Pas un mot de tout cela à ta maîtresse, *boy*. Pas un mot. Compris ?

– Pas un mot à propos de quoi, monsieur ? » demanda Hawkins.

Maynard fronça les sourcils, puis s'esclaffa. « Ha ! Je sens qu'on va bien s'entendre, toi et moi !

– Comme il se doit en famille, dit Hawkins.

– Comme il se doit en famille ! » vociféra Maynard en grimpant dans la calèche. J'aidai la fille à monter à son tour, puis nous nous mîmes en route, par le même chemin que nous avions pris à l'aller. Mais, Dieu sait pourquoi, frappé par un éclair soudain de lucidité, par la honte qui l'avait toute sa vie entravé, Maynard m'ordonna de faire demi-tour et de quitter la grand-place pour rejoindre Dumb Silk Road. C'est ainsi que nous laissâmes derrière nous Starfall, et le monde tel que nous l'avions connu jusqu'ici, car, tandis que nous quittions la ville, qu'aux bâtiments succédaient bientôt les arbres dans leur flamboyante parure d'or et d'orangé, que j'entendais le cri des corneilles dans le lointain et la foulée du cheval qui tirait la calèche, et que je sentais le fouet du vent sur mon visage, je compris que j'avais fait le tour du seul et unique univers que je connaîtrais jamais. Je savais comment s'achèveraient les jours qui m'avaient été alloués ici-bas. Un jour, mon père quitterait ce monde, et ce qu'il en resterait alors tomberait entre les mains de Maynard, et quand ce jour viendrait, je le savais, tous les chemins ne pourraient plus mener qu'à Natchez.

Je conduisais à bride abattue, en proie à toutes les émotions de ces dernières heures, le rêve, la terreur, la colère, la nuit sans fin, le soleil de Sophia sombrant derrière la montagne, ma mère disparue et ma tante Emma. Et il y avait aussi en moi un puissant désir, la volonté d'échapper à Maynard et au funeste destin de sa mainmise. Et c'est alors que cela se produisit.

J'aperçus la rivière Goose, et je remarquai une brume étrange qui semblait monter de la surface de l'eau – un léger brouillard, et maintenant de la bruine, qui faisaient écho à la sombre tournure qu'avait prise cette journée. Puis je le vis : un rideau de brume bleue soudain dressé devant nous, escamotant l'autre côté du pont. À cet instant, et je m'en souviens distinctement parce que nous avancions à grand train, le martèlement rapide et régulier des sabots s'évanouit. Le cheval était toujours là, sous mes yeux, et nous emportait, mais il n'émettait plus un seul son ; je me dis que c'était peut-être moi, que j'étais peut-être victime d'une crise de surdité passagère, mais à vrai dire je ne pensais à rien, parce que je n'avais qu'un seul souhait, rentrer chez moi, être libéré de Maynard, ne serait-ce que pour le reste de la soirée, et voici que nous traversions maintenant le pont, et soudain le rideau de brume se fendit devant nous, et c'est à cet instant que je la vis, que je vis cette femme, que je vis ma mère en train de danser la danse de l'eau, debout sur ce pont, et l'eau dansait dans les ténèbres de mon esprit, et je voulus ralentir, je m'en souviens, je tentai de tirer sur les rênes, mais le cheval poursuivit sa course folle, quoique je me demande à présent si je tirais bel et bien sur les rênes, ou si je me trouvais même bel et bien là, à cet endroit, sur ce pont, car aujourd'hui encore, alors que je l'ai vécue, je ne peux pas dire que je comprenne entièrement en quoi consiste la Conduction, hormis pour ce qui est d'un seul aspect de ce phénomène, un aspect essentiel – il faut se souvenir.

5

J'étais soudain dans l'eau, sombrant dans la lumière, guidé par ma mère qui dansait, jusqu'au moment où la lumière m'engloutit tout entier, et lorsqu'elle diminua, puis se dissipa enfin, ma mère n'était plus là, et je sentis la terre sous mes pieds. Il faisait nuit. Je vis le brouillard se lever comme un rideau, jusqu'à ce que le ciel redevienne limpide, piqueté d'étoiles qui clignotaient. Lorsque je me retournai, cherchant la rivière embrumée d'où je venais d'émerger, je ne vis que de hautes herbes qui oscillaient dans le vent. J'étais adossé à un grand rocher, et au loin, derrière le champ, j'apercevais l'ombre de la forêt. Je connaissais cet endroit. Je savais à quelle distance ce rocher était situé des arbres, je connaissais cette herbe, je savais que c'était un terrain en friche – mon Lockless. Et je savais que ce rocher n'était pas là par hasard – c'était un monument érigé à l'ancêtre pionnier, Archibald Walker. Mon arrière-grand-père. Le vent me cinglait et je frissonnais, les pieds gelés dans mes brodequins trempés. Je fis un pas en avant, glissai, tombai, et, allongé dans l'herbe, je fus soudain pris d'une puissante envie de dormir. Peut-être étais-je entré dans une sorte de purgatoire, façonné à l'image du monde que je connaissais, qu'il me faudrait traverser avant que me soit révélée mon ultime rétribution. Je demeurai ainsi étendu, tremblant de froid, sans faire le moindre effort pour bouger. Je glissai la main dans ma poche pour attraper la pièce qui ne me quittait jamais, et me mis à en caresser le pourtour rugueux tandis que l'obscurité se refermait sur moi.

Mais nulle rétribution ne vint. Aucune, en tout cas, comme celle dont parlaient les anciens dans la Rue. Je suis ici, en train de raconter cette histoire, et non pas depuis la tombe, pas encore, mais depuis le présent, ici et maintenant, me projetant vers une époque révolue, le temps où nous étions asservis, et au plus près de la terre, au plus près d'un pouvoir qui a toujours dérouté les chercheurs et sidéré les Distingués, un pouvoir, comme notre musique, comme notre danse, qu'ils ne peuvent comprendre, parce qu'ils sont incapables de se souvenir.

C'est notre musique que je suivis afin de m'extirper des ténèbres, après avoir passé trois jours, me rapporta-t-on par la suite, en équilibre sur la corde raide entre la vie et la mort, à murmurer des bruits insensés, en proie à une effroyable fièvre. La toute première chose que je perçus en reprenant conscience fut la voix de quelqu'un qui fredonnait une douce mélodie, d'un endroit qui me paraissait très lointain ; cette mélodie se répéta, s'évanouit pendant une ou deux minutes, puis revint, et je m'aperçus alors confusément que je la connaissais, et les paroles se reconstituèrent peu à peu dans mon esprit :

Tout l'orchestre céleste s'en donne à cœur joie
Et sous le regard d'Aubrey les belles filles tournoient.

Une odeur de soude et de vinaigre flottait dans l'air, si nette qu'il me semblait la sentir sur ma langue, la chaleur d'une couverture, la douceur d'un oreiller sous ma nuque, et soudain, clignant des yeux, je m'aperçus que je me trouvais dans une pièce inondée de soleil. Je ne pouvais pas bouger. Ma tête était posée sur un oreiller, tournée de côté. J'étais allongé dans un lit à baldaquin, dont les rideaux étaient tirés. Il y avait un secrétaire à l'autre bout de la pièce, sur lequel je distinguai un buste de l'ancêtre, et, à côté, un tabouret en acajou sur lequel, assise le dos bien droit, je reconnus Sophia, avec son long cou et ses deux aiguilles à tricoter enfoncées dans une pelote de laine, ses bras qui allaient et venaient d'avant en arrière. Je voulus bouger, mais tous mes membres étaient figés. J'eus un moment de panique ; pendant un instant, je crus que j'étais blessé et que j'étais prisonnier de mon propre corps. Je lançai un regard désespéré à Sophia, dans l'espoir qu'elle lève les yeux vers moi ; au lieu de quoi elle se leva, sans cesser de fredonner cette vieille mélodie, sans cesser de tricoter, et elle sortit de la pièce.

Combien de temps demeurai-je ainsi, en proie à cette immense terreur, à me demander si j'avais été inhumé dans mon propre corps ? Je ne saurais le dire, mais l'obscurité s'abattit de nouveau sur moi et, lorsque je me réveillai, cette fois la paralysie avait un peu relâché son étreinte. Je parvenais à bouger mes orteils. Je pouvais ouvrir la bouche et y faire tourner ma langue. Je pouvais bouger la tête, et je retrouvai peu à peu des sensations dans les bras, si bien qu'en m'appuyant, au prix d'un grand effort, je réussis à me redresser en position assise dans le lit. Je regardai autour de moi, vis de nouveau le soleil, le buste, la lumière, et je compris que je me trouvais dans la chambre de Maynard. Derrière le tabouret j'aperçus sa commode, son secrétaire, le miroir devant lequel, ce matin même, je l'avais aidé à s'habiller. Et puis je me souvins de l'eau.

Je voulus parler, essayer d'appeler à l'aide, mais les mots restaient coincés à l'intérieur. Sophia revint dans la chambre, la tête basse, toujours en train de tricoter, et, lorsqu'elle m'entendit pousser des halètements, elle leva les yeux, lâcha sa pelote de laine, accourut à mon chevet et me prit dans ses longs bras graciles. Puis elle recula et me regarda.

« Bienvenue, Hi, dit-elle. Te voilà de retour parmi nous. »

Je me rappelle avoir essayé de sourire, mais mon visage dut se tordre en une grimace pathétique, car l'expression joyeuse de Sophia disparut tout à coup. Elle porta la main à son visage et se couvrit la bouche. Elle posa une main sur mon épaule et l'autre dans mon dos pour m'aider à me rallonger.

« N'essaie pas de parler, me dit-elle. Tu es peut-être sorti de la Goose, mais la Goose, elle, est encore en toi. »

Dès que je fus de nouveau allongé, le monde se dissipa comme il m'était revenu – d'abord la lumière dans la chambre, puis l'odeur de soude, et enfin Sophia, dont je sentais encore la main sur mon front et que j'entendais continuer de fredonner doucement. Puis je me rendormis et rêvai de ma chute dans la rivière. La scène se rejouait à présent loin de moi. Je me vis refaire surface et regarder autour de moi, convaincu que mon heure était arrivée. Et Maynard était là, se débattant dans les flots, essayant d'échapper à la noyade. Puis la lumière bleue fendit le ciel pour me sauver, et cette fois je tendais la main vers Maynard, mon frère unique, je tentais de le sauver, mais il retirait son bras, il me maudissait, puis disparaissait dans les ténèbres des profondeurs.

À mon réveil, j'avais encore mal aux bras, mais je sentais mes mains, souples et détendues. L'odeur de vinaigre flottait encore dans la chambre, mais moins piquante que la fois précédente. Je réussis à me redresser sans trop de difficultés ; les rideaux blancs du baldaquin étaient fermés, et je distinguai en transparence la silhouette trouble de quelqu'un, assis sur le tabouret, en vigile solitaire. Je me souvins que Sophia était à cette place la dernière fois, et je sentis mon sang fuser dans mes veines à l'idée que ce soit elle. J'entendis les oiseaux du matin chanter dehors, et un élan de joie m'envahit en songeant que j'étais en vie. Mais, lorsque j'écartai les rideaux, je vis que cette silhouette était celle de mon père, assis sur le tabouret les coudes posés sur les genoux et le visage entre les mains, et, lorsqu'il leva la tête vers moi, je vis que ses petits yeux étaient lourds et injectés de sang.

« Nous l'avons perdu, dit-il en secouant la tête. Mon petit May est parti et c'est toute cette demeure, tout le comté d'Elm qui le pleure. » Il se leva alors, s'approcha et s'assit au bord du lit. Il tendit le bras et m'agrippa fermement l'épaule. Je baissai les yeux et me rendis compte que quelqu'un m'avait vêtu d'une longue chemise de nuit, que je reconnus tout de suite – c'était celle de Maynard. Je relevai la tête et vis passer sur le visage de mon père une expression étrange, comme s'il venait de prendre conscience de quelque chose ; une sorte de connivence secrète s'établit à cet instant entre nous, comme il n'en existe qu'entre un parent et son enfant, si monstrueux que puisse être leur lien. Il plissait ses petits yeux rougis par le chagrin, comme s'il s'efforçait de saisir un message, comme s'il cherchait à comprendre comment il était possible que tout ce qu'il lui restait fût là, devant lui – et que ce fût un esclave. Et, lorsqu'il en eut pris la pleine mesure, il recula, enfouit la tête entre ses mains, se leva, secoué de sanglots, et sortit de la chambre.

Je me levai et m'approchai de la fenêtre. La journée était belle, le ciel dégagé ; je voyais, à l'arrière du domaine de Lockless, se déployer tout le paysage jusqu'aux collines, brumeuses dans le lointain. Je me retournai et vis mon père qui rentrait dans la chambre, suivi de Roscoe, qui m'avait tiré de la Rue, tant d'années auparavant, pour m'amener ici. Sur le visage de ce dernier se lisait un air de gravité et d'inquiétude, et je me souvins alors qu'il y avait des gens qui me connaissaient et qui m'aimaient, des anciens, que mes chansons et mes petits tours enchantaient. Roscoe posa des habits sur la commode de Maynard – mes habits. Puis il enleva les draps du lit, les roula en boule sous son bras et sortit. Mon père se rassit sur le tabouret.

« Nous avons cherché sa dépouille dans la rivière, mais l'eau… » Sa voix se brisa. Il tremblait.

« Quand je songe à mon garçon au fond de cette rivière… Et je n'arrive à penser à rien d'autre, tu comprends, Hiram ? Quand je pense à lui, emporté par le fond… Pardonne-moi. Je ne peux qu'imaginer ce que tu as vu là-bas. Mais je te l'avoue à toi, parce que personne d'autre ne peut le comprendre : Maynard était tout ce qui me restait de sa mère. Quand la joie passait dans son regard, c'étaient ses yeux à elle que je voyais. Chaque fois qu'il était distrait, c'était elle que je reconnaissais dans ce trait de caractère. Lorsqu'il faisait preuve de compassion, ainsi qu'il le faisait toujours, c'était encore elle que je voyais. »

Il pleurait à présent. « Et maintenant qu'il n'est plus là, je suis deux fois endeuillé. »

Roscoe revint, apportant cette fois une serviette, une petite bassine remplie d'eau et une autre plus grande, vide. Il posa le tout sur la commode.

« Bon, eh bien voilà, fils, dit mon père. Nous allons prendre certaines dispositions. Sa mémoire ne mourra pas, où que son corps ait trouvé le repos. Ce que tu dois savoir, ce que tu sais sûrement, c'est que Maynard t'aimait, et je ne doute pas un seul instant qu'il a donné sa vie pour que tu puisses sortir sain et sauf de cette rivière. »

Quand mon père eut quitté la chambre, je pris la serviette et la bassine et fis une rapide toilette, mais mes mains tremblaient tandis que ces derniers mots insensés se bousculaient dans ma tête. *Maynard t'aimait*. La seule idée que Maynard ait aimé qui que ce soit, que Maynard ait pu donner sa vie pour qui que ce soit, et *a fortiori* pour moi, me sidérait. Mais, tandis que je m'habillais et ressassais ces paroles, je compris quelque chose – mon père croyait sincèrement à cette idée grotesque. Il ne pouvait faire autrement. Maynard, c'était lui-même, c'était sa femme, et ce portrait idéalisé coexistait avec l'admonition qu'il n'avait cessé de me répéter – de veiller sur Maynard, parce que celui-ci était incapable de prendre soin de lui-même. En descendant l'escalier, je songeai que les paroles de mon père ne pouvaient se comprendre qu'à travers le prisme singulier de la religion virginienne – la Virginie qui avait édicté que toute une race d'hommes devait être enchaînée ; la Virginie où c'était grâce au savoir-faire de ces mêmes hommes que le fer était battu et le marbre taillé dans les plus harmonieuses proportions, et où ils étaient pourtant traités comme des bêtes ; la Virginie où le même homme pouvait vous témoigner son affection et vous vendre l'instant d'après. Oh, les injures qui bouillonnaient dans mon esprit envers mon imbécile de père, envers ce pays où les hommes dissimulent le péché sous le faste et les fanfreluches, les crinolines et les cotillons, où ils cachent sa pratique en l'enfouissant dans les profondeurs, dans les caveaux de l'esprit, dans ces escaliers pour esclaves que je descendais à présent, dans le Terrier, dans cette cité secrète où battait le cœur d'un empire si formidable que nul n'osait prononcer son véritable nom.

De retour dans le Terrier, j'aperçus Thena, devant la porte de sa chambre, dans la pénombre, en train de discuter avec Sophia. Elle me lança un regard grave. Je lui souris. Elle s'approcha de moi en secouant la tête. Puis elle posa la main sur ma joue et me regarda droit dans les yeux. Elle me toisa des pieds à la tête, sans sourire, et j'eus l'impression qu'elle cherchait à s'assurer que j'étais bien revenu en un seul morceau.

« Bon, fit-elle. T'as pas trop l'air de quelqu'un qu'est tombé dans la rivière. »

Elle n'était pas chaleureuse, Thena, cette femme qui avait été une autre mère pour moi. De l'opinion générale, si elle ne vous envoyait pas à tous les diables ni ne vous chassait à coups de pied aux fesses, il n'était pas absurde de penser qu'elle était attachée à vous. Je répondais moi-même à cet attachement par une affection qui se passait de mots. Et il n'y avait rien de choquant à cela. Nous avions notre propre langage pour exprimer à quel point nous tenions l'un à l'autre.

Mais ce jour-là, sans même y réfléchir, j'adoptai un autre langage. Je pris Thena dans mes bras et la serrai fort contre moi, laissant libre cours à ma joie d'être en vie, comme si j'étais encore dans la Goose et elle un morceau de bois flotté auquel je me raccrochais.

Au bout de quelques secondes, elle se dégagea de mon étreinte et me dévisagea de nouveau. Puis elle tourna les talons et s'en alla.

Sophia la regarda s'éloigner, puis, quand elle eut disparu au bout du couloir, elle se tourna vers moi et se mit à rire.

« Elle t'aime beaucoup, cette bonne vieille Thena, et elle le sait », dit-elle.

Je hochai la tête.

« C'est vrai, ce que je te dis là. À moi, elle parle pas beaucoup. Mais, tout ce temps que t'étais dans les vapes, elle arrêtait pas de me poser des questions, l'air de rien, pour avoir de tes nouvelles.

– Elle est venue me voir ?

– Pas une seule fois – et c'est ça qui me fait dire qu'elle t'aime. Je lui demandais si elle voulait te voir, et elle s'agitait soudain, et je comprenais bien pourquoi – elle aurait pas supporté de te voir dans cet état. C'est pas facile, Hiram. Même pour moi c'était difficile, et encore, moi j'ai même pas d'affection pour toi, et de l'amour encore moins, alors tu imagines. »

Elle me donna une petite tape sur l'épaule en riant à ces mots, et je ris moi aussi, mais mon cœur cognait dans ma poitrine.

« Bon, alors, comment tu te sens ? me demanda Sophia.

– J'ai connu mieux, répondis-je. Mais je suis bien content d'être ici.

– Au lieu de flotter le ventre en l'air dans la Goose, tu veux dire.

– Oui, on peut dire ça comme ça. »

Un long silence s'installa alors entre nous, un peu gêné au début, puis de plus en plus inconfortable. J'invitai alors Sophia à entrer dans ma chambre. Elle accepta. Je tirai une chaise pour elle ; une fois assise, elle sortit de son tablier une pelote de laine, ses aiguilles, et elle se mit à tricoter l'un de ses mystérieux ouvrages. Je m'assis au bord de mon lit. Nos genoux se touchaient presque.

« Je suis bien contente de te voir remis d'aplomb, dit-elle.

– Oui, ça commence à aller mieux, acquiesçai-je. Ils n'ont pas perdu de temps pour me sortir de la chambre de Maynard, pas vrai ?

– C'est mieux comme ça, non ? Ça me dirait trop rien, moi, d'être dans le lit d'un mort.

– Oui, c'est mieux comme ça », dis-je.

Je fourrai la main dans ma poche, par habitude, à la recherche de ma pièce, mais elle ne s'y trouvait pas. Sans doute était-elle perdue à jamais, et j'en fus attristé. C'était mon talisman, le fétiche qui m'avait permis de quitter la Rue, même si les grands projets que j'avais échafaudés n'avaient abouti à rien.

« Comment ils m'ont trouvé ? demandai-je.

– Le gars de Corrine, répondit Sophia sans lâcher ses aiguilles. Tu le connais ? Hawkins ?

– Hawkins ? Où ça ?

– Sur la berge, dit Sophia. De ce côté-ci de la Goose. Face contre terre dans la boue. Comment t'as pu t'en tirer, dans une eau aussi glaciale, j'en ai aucune idée. Doit y avoir un ange qui veille sur toi.

– Peut-être bien », dis-je. Mais ce n'était pas à mon sauvetage que je pensais. Je pensais à Hawkins – au fait que je l'avais vu à deux reprises lors de cette journée aux courses, et au fait que c'était donc lui qui m'avait trouvé.

« Hawkins, hein ? répétai-je.

– Oui, dit Sophia. Lui, Corrine et Amy, y sont venus te voir presque tous les jours. Ce serait peut-être pas une mauvaise idée de le remercier.

– C'est sûr, dis-je. Je n'y manquerai pas. »

Elle se leva alors et, comme chaque fois qu'elle s'en allait, je sentis ma poitrine se serrer.

Après le départ de Sophia, je restai assis au bord de mon lit, à réfléchir à la tournure des événements. Quelque chose clochait. Hawkins m'avait trouvé sur la berge, m'avait dit Sophia. Or j'avais le souvenir distinct de m'être effondré dans le terrain en friche. Je me rappelais avoir vu le monument, la pierre dressée à cet endroit pour commémorer les premiers coups de pioche de l'ancêtre, Archibald Walker. Mais ces terres étaient situées à plus de trois kilomètres de la rivière, et je ne me rappelais absolument pas en revanche avoir marché jusque là-bas. Peut-être que cet épisode tout entier n'était que le fruit de mon imagination, qu'au moment de frôler la mort mon esprit avait fabriqué de toutes pièces cette ultime vision de mes origines – ma mère qui dansait, le monument du père fondateur –, en guise d'adieu à ce monde.

Je me levai et sortis de ma chambre. J'avais dans l'idée d'aller sur le terrain en friche, du côté du monument, dans l'espoir de trouver quelque chose là-bas, un indice susceptible de faire concorder ma mémoire avec l'histoire de Hawkins. Je longeai l'étroit passage où était située ma chambre, puis les quartiers de Thena, et m'engageai ensuite dans le tunnel qui menait à la sortie. Dehors, un soleil radieux m'éblouit. Je demeurai là quelques instants, à regarder autour de moi, la main gauche en visière tel le bord d'un chapeau. Une équipe de travailleurs asservis passa devant moi, sac sur le dos et pelle à la main, et parmi eux j'aperçus Pete, le vieux jardinier, qui, comme Thena, avait depuis toutes ces années réussi par sa seule ingénuité à échapper à Natchez.

« Salut, Hi, comment va ? me demanda-t-il lorsqu'il fut près de moi.

– Ça va, ça va.

– Tant mieux. Vas-y tranquille, p'tit gars, d'accord ? Et surtout n'oublie pas... »

Pete continua de me parler, mais la distance et mes propres pensées recouvrirent ses mots. Je les regardai, lui et les autres, disparaître dans cette lumière aveuglante, et à cet instant, pour des raisons que j'ignore, je fus envahi par un sentiment de panique. C'était à cause de Pete – à cause de cette vision de lui englouti par la lumière du soleil, comme je m'étais senti moi-même englouti, quelques jours plus tôt, mais dans l'obscurité. Je regagnai alors précipitamment ma chambre, toujours en proie à ce sentiment de panique, et me jetai sur mon lit.

Une fois de plus, je cherchai la pièce au fond de ma poche, par réflexe, et ne la trouvai pas. Je restai allongé ainsi toute la journée, repensant à l'histoire de Hawkins, qui m'avait retrouvé sur la berge. J'étais pourtant certain de m'être effondré au milieu des hautes herbes, je m'en souvenais distinctement, je me rappelais avoir vu le grand monument de pierre avant de perdre connaissance, et ma mémoire ne m'avait jamais fait défaut.

J'entendais partout autour de moi les bruits de la maison, ce lieu d'esclavage secret, qui s'intensifiaient à mesure que s'écoulait l'après-midi, puis se dissipaient peu à peu, indiquant que le soir approchait. Quand le silence fut revenu, je ressortis du tunnel, passai devant la lanterne et m'enfonçai dans la nuit. La lune se profilait derrière un fin rideau de nuages noirs, telle une flaque de lumière dans le ciel épinglé d'étoiles.

À la lisière de la pelouse de jeux, je vis quelqu'un avancer sur l'herbe rase ; la silhouette se rapprocha, et je reconnus Sophia. Elle était emmitouflée des pieds à la tête dans un long châle.

« Il est bien tard pour mettre le nez dehors, me dit-elle. Surtout dans ton état.

– J'ai passé la journée au lit, répondis-je. J'avais besoin d'air. »

Une douce brise soufflait vers l'ouest depuis le bosquet d'arbres. Sophia resserra son châle autour de ses épaules. Elle avait les yeux rivés sur la route, comme si quelque chose avait soudain accaparé son attention.

« Je crois que je devrais te laisser, dis-je. Je vais marcher un peu.

– Hein ? dit-elle en se tournant de nouveau vers moi. Oh, non, désolée, c'est cette mauvaise habitude que j'ai, je suis sûre que tu as déjà remarqué. Parfois je me laisse emporter par mes pensées et j'oublie où je suis. Enfin, des fois c'est bien pratique, je t'assure.

– Et à quoi pensais-tu ? »

Elle me regarda, secoua la tête et se mit à rire toute seule.

« Marcher un peu, tu disais ? demanda-t-elle.

– Oui.

– Et si je faisais un bout de chemin avec toi ?

– Avec plaisir. »

Je prononçai ces mots d'un ton désinvolte, mais si elle avait pu voir mon visage à cet instant, elle aurait perçu toute mon émotion. Nous avançâmes sur le chemin sinueux qui passait devant les écuries et menait jusqu'à la Rue, ce même chemin sur lequel j'avais couru, il y avait si longtemps, à la recherche de ma mère. Soudain, la route s'évasa et j'aperçus la longue rangée de cabanes à pignon où j'avais vécu jadis.

« Tu habitais ici avant, hein ? me demanda Sophia.

– Dans cette cabane, juste là, répondis-je en pointant le doigt. Et puis là-bas, un peu plus loin, quand je me suis installé chez Thena.

– Ça te manque ?

– Parfois, j'imagine. Mais, pour être honnête, je voulais partir. J'avais des rêves, à l'époque. De grands rêves idiots. Morts et enterrés aujourd'hui.

– Et tu rêves à quoi maintenant ?

– Après ce que je viens de traverser ? Respirer. Je rêve juste de pouvoir respirer. »

Alors que nous regardions la rangée de cabanes, deux silhouettes sortirent de l'une d'entre elles, à peine des ombres, et se figèrent sur le pas de la porte. L'une des ombres attira l'autre contre elle et elles restèrent ainsi enlacées pendant une ou deux minutes, puis, lentement, elles s'écartèrent. L'une des silhouettes retourna à l'intérieur ; l'autre contourna la cabane, disparut un instant, puis ressurgit dans les champs, filant en direction des bois. J'étais certain qu'il s'agissait d'un homme, et que l'autre, qui était rentrée dans la cabane, était sa femme. Ce n'était pas une scène inhabituelle à l'époque ; tant de couples se retrouvaient séparés, d'un bout à l'autre de l'immensité du comté. Quand j'étais petit, je me demandais comment on pouvait accepter une telle séparation. Mais à présent, debout aux côtés de Sophia, en regardant l'ombre bondir à travers champs, il me semblait soudain que je comprenais.

« Je viens de quelque part, moi aussi, tu sais, me dit Sophia. J'avais une vie avant tout ça. Une famille.

– Et c'était quoi, ta vie ?

– La Caroline, dit Sophia. C'est là-bas que je suis née, la même année que Helen, la femme de Nathaniel. Mais c'est pas elle ni lui. C'est ce que j'avais là-bas.

– Et tu avais quoi ? demandai-je.

– Eh bien, pour commencer, j'avais un homme. Un type bien. Grand. Costaud. On aimait danser, tu sais. On allait avec tous les autres dans ce vieux fumoir à moitié en ruine, le samedi, et on dansait à en mettre le feu au plancher. »

Elle se tut un moment, peut-être pour savourer ce souvenir.

« Tu danses, Hi ? me demanda-t-elle.

– Même pas rien qu'un peu, répondis-je. On m'a dit que ma mère avait ce don. Mais il faut croire que je tiens plutôt de mon père, de ce côté-là.

– Ça a rien à voir avec de qui tu tiens, Hi. Suffit de se lancer. Ce qu'il y avait de mieux quand on allait danser, c'est que ça avait aucune importance, qui avait le don et qui l'avait pas. Le seul tort qu'on pouvait avoir, c'était de passer la soirée tout seul dans son coin, adossé au mur de ce vieux fumoir.

– Ah oui ?

– Comme je te le dis. Mais bon, va pas te faire des idées non plus : j'étais un vrai danger public. Chaque fois que je commençais à me trémousser, ça mettait le bazar dans tout le poulailler. »

Elle se mit à rire, et moi aussi.

« Je regrette de ne pas avoir vu ça, dis-je. De ne pas t'avoir vue danser. Tout avait changé à l'époque où je suis arrivé, tu sais. Et puis je n'étais pas un gamin comme les autres. Aujourd'hui encore, d'ailleurs, je ne suis pas comme les autres.

– Oh oui, ça, je le vois bien, dit Sophia. Tu me rappelles un peu mon Mercury de ce point de vue-là. Lui aussi, c'était un taiseux. Même que c'était ça qui me plaisait chez lui. Y pouvait se passer ceci ou cela, je savais que ça resterait entre nous. J'aurais dû comprendre que ça tiendrait pas. Mais il dansait, tu vois. Bon sang, à l'époque, on préférait encore danser que de manger. À faire trembler les murs de ce vieux fumoir, et mon Mercury, avec ses gros godillots épais comme des brioches, il était plus léger qu'une colombe.

– Qu'est-ce qui s'est passé ? demandai-je.

– La même chose qu'ici. La même chose que partout. Y avait des gens autour de moi, tu sais, Kansas, Millard, Summer… Les miens, tu vois ? Enfin non, bien sûr, tu vois pas ; mais tu comprends.

– Oui, dis-je. Oui, je comprends.

– Mais y en avait pas un comme mon Mercury, continua-t-elle. J'espère qu'il a la vie douce aujourd'hui. J'espère qu'y s'est dégoté une bonne grosse matrone du Mississippi. »

Sophia se tut alors et tourna la tête.

« J'ai aucune idée pourquoi je te raconte tout ça », dit-elle encore. Je hochai la tête en l'écoutant. C'était toujours comme ça. Les gens me parlaient. Ils me racontaient leurs histoires, ils me les confiaient, et je les gardais précieusement, j'écoutais toujours et je me souvenais toujours.

Le lendemain matin, après avoir fait ma toilette, je sortis alors que le soleil se levait à peine au-dessus de la cime des arbres. Je passai devant la pelouse de jeux, puis devant les vergers, où Pete et ses hommes – Isaiah, Gabriel et Wild Jack – étaient déjà en train de ramasser des pommes dont ils remplissaient délicatement leurs grands sacs en toile de jute. Je marchai jusqu'au terrain en friche, envahi de girofles. Arrivé devant le monument de pierre, je demeurai là un moment et me laissai envahir par les réminiscences de cette scène – la rivière, la brume, les hautes herbes ondoyantes, noires sous le vent, puis l'apparition soudaine de la pierre de l'ancêtre fondateur. Je fis le tour du monument, une fois, deux fois, et c'est alors que je vis quelque chose étinceler sous les rayons du soleil matinal – et avant même de me baisser et de tendre le bras pour me saisir de cet objet, avant même d'en caresser le pourtour, avant même de le glisser dans ma poche, je sus que c'était ma pièce, le talisman qui m'avait permis d'accéder au Royaume – mais pas le Royaume que j'avais pendant si longtemps imaginé.

6

Je m'étais donc bel et bien trouvé là, sur le terrain en friche. Et si tel était le cas, alors tout le reste – la rivière, la brume, la lumière bleue – devait forcément s'être produit aussi. Je demeurai figé parmi la fléole et le trèfle, la pièce à présent dans ma poche, et j'avais l'impression que ma tête bouillonnait, que le monde entier tournoyait autour de moi. Je m'agenouillai dans les hautes herbes. J'entendais mon cœur cogner dans ma poitrine. Je tirai un mouchoir de ma poche et essuyai mon front soudain constellé de gouttes de sueur. Je fermai les yeux. Je pris plusieurs grandes respirations.

« Hiram ? »

Je rouvris les yeux et me retrouvai nez à nez avec Thena. Je me relevai, chancelant, le visage dégoulinant de transpiration.

« Mon Dieu, dit Thena en portant la main à mon front. Mais qu'est-ce que tu fais, mon garçon ? »

Je me sentais pris de vertige. J'étais incapable de parler. Thena me saisit un bras et le passa autour de son épaule pour m'aider à marcher. J'avais conscience que nous avancions, mais ma fièvre transformait tout le paysage autour de moi en un maelström indistinct de bruns et de rouges automnaux. L'odeur de Lockless, la puanteur des écuries, le brûlis du mort-bois, les vergers devant lesquels nous passions à présent, même l'âcre douceur de la sueur de Thena – toutes ces sensations étaient soudain décuplées et me tournaient la tête. Je me rappelle avoir vu le tunnel menant au Terrier apparaître dans un brouillard mouvant, et l'instant d'après j'étais plié en deux, en train de vomir dans une bassine. Thena attendit que je reprenne mes esprits.

« Ça va mieux ? me demanda-t-elle.

– Oui, ça va. »

Thena me raccompagna à ma chambre et m'aida à enlever ma chemise et mon pantalon. Puis elle me tendit des sous-vêtements propres et sortit le temps que je me change. Lorsqu'elle rentra dans la chambre, j'étais allongé sur mon matelas de chanvre, la couverture tirée jusqu'au menton. Thena prit la cruche de pierre sur le linteau et alla la remplir au puits. À son retour, elle posa la cruche sur la table, prit un verre, y versa de l'eau et me le tendit.

« Faut que tu te reposes, me dit-elle.

– Oui, je sais.

– Si tu sais, alors dis-moi un peu ce que tu fichais là-bas.

– Je... Comment tu m'as retrouvé ?

– Hiram, je te retrouverai toujours, me dit-elle. Je vais porter ces vêtements à laver. Tu les récupéreras lundi. »

Thena se leva et se dirigea vers la porte.

« Faut que j'y retourne, me dit-elle. Repose-toi. Fais pas l'idiot. »

Je m'endormis aussitôt et m'enfonçai dans un monde de rêves, mais peuplé de souvenirs. J'étais de nouveau dans l'écurie ; ma mère venait de disparaître. Je plongeais mon regard dans les yeux du Tennessee Pacer, les fixant jusqu'à m'y engouffrer tout entier, et refaisais surface dans cette mansarde où j'avais si souvent joué, cerné par les pensées du tout jeune garçon que j'avais été.

Le lendemain matin, Roscoe vint me voir. « Vas-y doucement, me dit-il. Ils te remettront à la tâche bien assez tôt. Pour le moment, repose-toi. »

Mais j'en étais incapable ; mille et une questions et suspicions tournoyaient dans ma tête – les mensonges de Hawkins, ma mère en train de danser sur le pont. Le travail était ma seule échappatoire. Je m'habillai, sortis du tunnel, fis le tour de la demeure, et me retrouvai soudain devant la calèche de Corrine Quinn qui remontait la route principale. Ses visites étaient devenues fréquentes depuis la mort de Maynard. Corrine arrivait avec Hawkins et sa femme de chambre, Amy, et passait l'après-midi à prier avec mon père. Ce genre de pratique religieuse n'avait jamais eu cours jusqu'alors dans la maison. Mon père était un Virginien et, fidèle aux reliques de ses pères révolutionnaires, tenant d'un certain athéisme hérité en droite ligne de l'ancien temps, d'une époque où l'ordre du monde tout entier était remis en cause. Mais à présent il avait perdu son seul héritier, son legs à la société, et il semblait que son Dieu chrétien fût tout ce qu'il lui restait. Je reculai de quelques pas dans le tunnel et regardai Hawkins aider sa maîtresse à descendre de la calèche, puis sa bonne, et tous trois montèrent les marches du perron. Je ne savais pas, à l'époque, pourquoi je les trouvais si hostiles. Tout ce que je savais, c'était que leur présence m'inspirait une terreur plus grande que n'importe quel Saint-Esprit.

Je songeai à reprendre mes vieilles habitudes et à essayer de me rendre utile dans la maison, comme lorsque j'étais enfant. Mais, des cuisines au fumoir, du fumoir à l'écurie et de l'écurie aux vergers, partout où j'allais, j'étais accueilli par des regards chagrinés, et il était évident que quelqu'un – Thena, Roscoe, ou les deux – avait donné pour instruction qu'on ne me confie aucune tâche. Je résolus donc d'en trouver une moi-même. Je retournai dans ma chambre, ôtai mes habits de ville et enfilai ma salopette et mes brodequins. Puis je me rendis à la lisière des bois, à l'ouest du bâtiment principal, où, dans un cabanon en brique, mon père avait remisé toute une collection de canapés, de tabourets, de secrétaires, de bureaux à cylindre et d'autres vieux meubles qui attendaient d'être restaurés. La matinée touchait à sa fin. Il faisait froid et humide. Les feuilles mortes collaient à mes semelles. J'ouvris le cabanon. Un carré de lumière filtrait par une petite fenêtre, éclairant une partie des meubles. J'aperçus un secrétaire Adams, un canapé à dos de chameau, un fauteuil de coin en noyer, un homme-debout en acajou, et d'autres antiquités, presque aussi vieilles que le domaine de Lockless lui-même. Je décidai de m'occuper de l'homme-debout, pour des raisons sentimentales. C'était dans ce meuble que mon père rangeait autrefois certains objets secrets et précieux – je le savais parce que Maynard fouillait souvent dedans et aimait me montrer ses trouvailles. Je retournai au Terrier, pris une lanterne et allai chercher dans le placard à fournitures une boîte de cire, un flacon de térébenthine et un pot en terre cuite. Devant le cabanon, je mélangeai la cire et la térébenthine dans le pot ; je laissai reposer cette mixture et sortis l'homme-debout, ce qui me coûta un tel effort que je fus pris d'un léger vertige et dus me pencher en avant, les mains sur les genoux, pour reprendre mon souffle. Quand je relevai la tête, je vis Thena, qui m'observait depuis la pelouse.

« Tu vas rentrer immédiatement ! » me cria-t-elle.

Je souris et lui adressai un petit signe de la main. Elle secoua la tête et s'en alla d'un pas contrarié.

Je passai le reste de la journée à poncer l'homme-debout. Je n'avais pas ressenti une telle tranquillité depuis longtemps ; j'avais l'esprit vide, paisible.

Je dormis à poings fermés cette nuit-là, d'un sommeil sans rêves, et me réveillai exalté à l'idée de poursuivre mon travail entamé la veille, de mener à bien cette tâche qui m'accaparait tout entier et me laissait l'esprit en paix. Dès que je me fus habillé, je retournai au cabanon. Le mélange de cire et de térébenthine était prêt. Avant midi, l'homme-debout brillait de tout son lustre sous le soleil. Je fis un pas en arrière pour contempler mon travail. J'étais sur le point de retourner au cabanon, dans l'espoir de dénicher un autre meuble à restaurer, lorsque je vis Hawkins qui traversait la pelouse et se dirigeait vers moi. Corrine, manifestement, était de nouveau venue nous rendre une petite visite pendant que je travaillais.

« Bonjour, Hi, me lança Hawkins. C'est comme ça qu'on t'appelle, je me trompe pas ?

– Parfois, oui », répondis-je.

Il se fendit d'un sourire qui ne faisait que souligner la dureté de son visage tout en os. Il était mince, le teint mulâtre, la peau si tendue qu'on voyait saillir par endroits les filaments vert pâle de ses vaisseaux sanguins. Ses yeux étaient enfoncés dans son crâne comme des pierres précieuses dans une boîte en étain.

« On m'a dit de venir te chercher, me dit-il. Miss Corrine voudrait te parler. »

Je regagnai la maison avec Hawkins, allai dans ma chambre troquer mes brodequins et ma salopette pour un costume et des mocassins, puis je remontai par l'escalier de service, poussai la porte dérobée et entrai dans le salon. Mon père était assis sur le canapé en cuir, Corrine à ses côtés. Il tenait sa main entre les siennes, affichant un air peiné ; on avait l'impression qu'il essayait en vain de capter son regard sous le voile noir du deuil qui dissimulait son visage. Hawkins et Amy se tenaient debout de part et d'autre du canapé, à distance respectueuse, l'œil aux aguets, prêts à obéir. Corrine s'adressait à mon père dans un quasi-murmure, mais d'une voix assez claire pour que je saisisse çà et là des bribes de la conversation depuis l'autre bout du vaste salon. Ils parlaient de Maynard, du chagrin que leur causait sa perte – ou du moins la perte d'un Maynard idéalisé, car je ne reconnaissais en rien le jeune homme qu'ils évoquaient, en qui ils semblaient voir un pécheur sur la voie de la repentance. Mon père écoutait Corrine en hochant la tête, puis il se tourna vers moi et lui lâcha la main. Il se leva et attendit que Hawkins ouvre les portes coulissantes du salon. Il me lança un dernier regard, toujours empreint d'affliction, puis sortit de la pièce. Hawkins referma les portes, et je me demandai si je ne m'étais pas mépris sur la teneur de leur discussion, car j'eus soudain le pressentiment que Maynard n'en était pas l'unique objet.

Je remarquai qu'ils étaient tous en habits de deuil, costume noir pour Hawkins, robe noire pour Amy qui arborait en outre un voile, comme Corrine, quoique moins élégant. Tous deux semblaient des incarnations de l'état d'esprit de leur maîtresse, des projections spectrales de son chagrin de veuve.

« Tu connais déjà mes gens, me dit-elle. N'est-ce pas ?

– Je crois bien que oui, m'dame, répondit Hawkins à ma place. Mais la dernière fois que j'ai vu ce garçon, il connaissait encore pas grand-chose même à sa propre vie.

– Je crois que je vous dois des remerciements, dis-je à Hawkins. On m'a rapporté que je serais mort à l'heure qu'il est si vous ne m'aviez pas vu sur le rivage.

– Je passais par là, c'est tout, dit Hawkins. Et là je vois un cerf allongé sur la berge. Alors je m'approche et je m'aperçois qu'en fait c'est un homme. Mais y a pas besoin de me remercier. C'est toi tout seul qui t'es tiré de là, ce qui est sacrément impressionnant. Tombé dans la Goose ? Parole, cette rivière-là, elle vous emporte comme un rien. Un homme qui s'en sort tout seul ? Eh ben, c'est une sacrée prouesse, et faut être un sacré bonhomme. La Goose, c'est une rivière puissante, très puissante, même en cette saison. Comme un rien, elle vous emporte.

– Quoi qu'il en soit, je vous remercie, lui dis-je.

– C'était rien, intervint Amy. Il a juste fait ce que n'importe qui aurait fait pour quelqu'un qu'allait bientôt être de sa famille.

– C'est vrai, nous étions sur le point de former une famille, dit Corrine. Et je pense que cela reste vrai. La tragédie ne doit pas nous désunir. Un homme qui s'engage sur une voie bien précise se souvient du chemin dans lequel il a mis ses pas, peu importe quel déluge peut s'abattre sur le pont.

« La femme a été créée pour compléter l'homme, poursuivit Corrine. Notre Seigneur l'a voulu ainsi. Nous joignons nos mains dans le sacrement du mariage, et la côte nous est rendue. Tu es un garçon intelligent, tous ici le savent. Ton père parle de toi comme d'un miracle. Il parle de ton génie, de tes dons, de tes lectures, mais d'une voix modeste, car la jalousie ronge les os de l'homme. C'est par jalousie que Caïn a tué son frère. Par jalousie que Jacob a trahi son père. Ainsi ton génie doit-il demeurer caché aux autres. Mais je sais ce qu'il en est. Je sais. »

La lumière était tamisée dans le salon, les tentures à demi tirées. Je ne distinguais du visage de Corrine et d'Amy que leurs contours. Corrine parlait d'une voix chevrotante, si bien qu'on avait l'impression d'entendre trois voix qui tremblaient en même temps, en une sorte d'harmonie étrange et inquiétante, issue d'on ne savait quelles ténèbres rôdant derrière son voile de deuil.

Et ce n'était pas seulement le ton de sa voix, mais la nature même de son discours qui paraissait inhabituelle. Il est difficile d'expliquer cela aujourd'hui, car c'était une tout autre époque alors, où prévalaient des rituels, une chorégraphie, tout un registre de convenances que se devaient d'observer diversement, selon le rang qu'ils occupaient dans leur classe sociale respective, les Distingués, les Asservis et les Inférieurs. Il y avait certaines choses qu'on pouvait ou ne pouvait pas dire, et chacun se comportait conformément à son rang. Les Distingués, par exemple, ne s'intéressaient pas à la vie intime de leurs « gens ». Ils connaissaient nos noms, et ils connaissaient nos parents. Mais ils ne nous *connaissaient* pas, car cette ignorance était essentielle à leur pouvoir. Pour vendre un enfant sous les yeux de sa propre mère, il est indispensable que vous en sachiez le moins possible sur cette mère. Pour dénuder un homme, le condamner à être battu, flagellé puis aspergé d'eau salée, vous ne devez pas ressentir ce que vous ressentez pour vos proches. Vous ne devez pas pouvoir vous identifier à lui, de peur que votre main n'hésite ; or votre main ne doit jamais hésiter, car à la moindre hésitation de votre part les Asservis comprendront que vous les prenez en considération, et que vous avez conscience de ce que vous faites. Ce moment de compréhension profonde serait votre perte, parce que vous ne pourriez plus dès lors faire respecter votre autorité. Vous ne pourriez plus vous assurer que la terre où pousse votre tabac soit bombée exactement ainsi que vous le désirez ; que les graines y soient semées exactement au moment voulu ; que les plants soient arrosés et sarclés avec diligence ; que les fleurs soient dûment coupées et les germes réservés ; que les feuilles soient laissées sur la tige, et les tiges brochetées et suspendues à distance idoine l'une de l'autre, pour que la plante sèche sans souffrir de moisissure ni de dessiccation, afin de donner ce fameux tabac blond de Virginie par quoi le commun des mortels peut se hisser jusqu'au panthéon des Distingués. Chaque étape est essentielle et doit être suivie avec le plus grand soin ; or il n'existe qu'un seul moyen d'obtenir d'un homme qu'il s'acquitte aussi soigneusement de cette tâche sans en percevoir aucune récompense, et ce moyen est la torture, le meurtre et la mutilation, c'est le rapt de ses enfants, c'est la terreur.

Il était bizarre d'entendre Corrine s'adresser à moi de la sorte, comme si elle tentait d'établir un lien humain entre nous – bizarre et bientôt effrayant, car j'étais certain que cette tentative elle-même cachait un dessein plus obscur. Et, comme je ne voyais pas son visage, je ne pouvais déceler aucun signe trahissant ce dessein. *Je sais*, avait-elle dit. *Je sais*. Songeant à ce que Hawkins avait raconté, et à ce qui s'était réellement passé, je me demandai ce qu'elle savait, au juste.

Je répondis en bafouillant : « Maynard avait ses charmes, madame », et elle me reprit aussitôt.

« Non, des charmes, certainement pas, dit-elle. C'était un rustre. Ne dis pas le contraire. N'essaie pas de me flatter, mon garçon.

– Non, bien sûr, madame.

– Je le connaissais bien, poursuivit-elle. Il n'avait aucun esprit d'initiative. Aucun talent. Mais je l'aimais, car je suis une guérisseuse, Hiram. »

Elle se tut quelques instants. Le soleil, en cette fin de matinée, pointait timidement à travers les persiennes vertes, et il régnait un silence étrange dans la maison, où l'on aurait dû entendre à cette heure s'activer de toutes parts les Asservis. Je brûlais de retourner au cabanon, de m'occuper du secrétaire, ou des fauteuils de coin peut-être. J'avais l'impression qu'une chausse-trappe allait s'ouvrir sous mes pieds d'un moment à l'autre.

« Ils se moquaient de nous, tu sais, reprit Corrine. Toute la bonne société ricanait... "La duchesse et le bouffon", nous surnommaient-ils. Peut-être sais-tu deux ou trois choses de cette "société". Peut-être as-tu déjà eu l'occasion de croiser ces hommes qui dissimulent leurs ambitions triviales sous le masque de la piété et de la noblesse. Maynard n'était pas de ces hommes. Il ne connaissait ni le charme ni la ruse. Il ne savait pas danser. Il se comportait en butor lors des grandes fêtes d'été. Mais c'était un honnête butor – mon butor à moi. »

Une nouvelle inflexion se fit entendre dans sa voix tremblante lorsqu'elle prononça ces derniers mots – celle d'un chagrin plus profond encore.

« En vérité, je suis brisée, dit-elle. Brisée. » Je l'entendis sangloter doucement sous son voile noir, et il me vint à l'esprit qu'il n'y avait peut-être aucune duplicité dans ses paroles après tout, qu'elle était telle qu'elle semblait, une jeune veuve accablée par le deuil, que ce besoin d'établir un lien avec moi n'était au fond que le besoin de se rapprocher de ceux qui l'avaient connu ; or, si j'étais un esclave, je n'en étais pas moins son frère, et ainsi y avait-il un peu de lui en moi.

« Toi-même, il me semble, il se peut que tu comprennes ce que l'on ressent lorsqu'on est brisé, dit Corrine. Tu étais son bras droit et, à présent que te voici privé de sa gouverne et de sa protection, je me demande ce que tu vas bien pouvoir devenir. Je ne dis pas cela par méchanceté. On m'a rapporté que tu l'empêchais de céder à l'emportement et à l'iniquité. Que tu lui étais de bon conseil dans l'épreuve. On me dit aussi que tu es un garçon intelligent. Or les idiots méprisent la sagesse et l'instruction. Et ton instruction, c'était auprès de lui que tu la trouvais, n'est-ce pas ? Mais, aujourd'hui, le bon Howell Walker me dit qu'on te voit errer sur le domaine, les mains affairées et l'esprit désœuvré.

« Es-tu donc saisi du même mal que moi, pareillement empressé de t'activer d'une manière ou d'une autre afin de tuer les heures, dans l'espoir d'éloigner de lui tes pensées ? Les femmes ne sont pas si différentes, tu sais. Chacun de nous a son labeur. Je me demande si, comme moi, tu le vois dans tous les ouvrages auxquels tu te consacres. Il est partout autour de moi, Hiram. Je vois son visage dans les nuages, dans la terre, dans mes rêves. Je le vois égaré dans les montagnes. Et je le vois pris au piège de la rivière, dans ces terribles derniers instants, luttant avec noblesse contre l'abîme. C'est bien ainsi qu'il était, n'est-ce pas, Hiram ?

« Toi qui es le dernier à l'avoir vu, toi seul peux témoigner. Je ne m'insurge pas contre son trépas, car je m'en remets toujours à mon Seigneur plutôt qu'à mon terrestre entendement. Mais je suis misérable en mon ignorance et mes conceptions. Dis-moi que sa mort fut digne de son nom et de son rang. Dis-moi qu'il est mort fidèle à la parole vraie dans laquelle il a vécu.

– Il m'a sauvé, Miss Corrine, c'est la pure vérité. » Je ne sais pas pourquoi je lui dis cela. J'avais passé très peu de temps en présence de Corrine Quinn, et tout en elle m'irritait. C'était mon instinct qui m'avait soufflé cette réplique, qui me disait de l'apaiser, d'alléger sa peine autant que possible, dans mon propre intérêt.

Elle leva ses mains gantées et les glissa sous son voile. Son silence m'obligea à poursuivre.

« J'étais en train de me noyer, madame, et j'ai tendu les bras. Je sentais l'eau tout autour de moi comme d'immenses lames, et j'étais bien persuadé que c'en était fini de moi. Mais il m'a hissé jusqu'à ce que j'aie assez de forces pour nager tout seul. La dernière fois que je l'ai vu, il était juste à côté de moi, mais le froid et le courant étaient trop puissants. »

Elle garda encore le silence quelques instants, puis me demanda, d'une voix toujours vacillante mais dure comme une barre de fer : « Tu n'as rien raconté de tout cela à Maître Howell ?

– Non, madame. Je lui ai épargné les détails, car la seule mention du nom de son fils disparu est un supplice à ses oreilles. Cette histoire nous attriste tous. Je n'en parle maintenant que parce que vous me l'avez si instamment demandé, et j'espère que cela vous apportera au moins quelque réconfort.

– Merci, me dit-elle. Ton mérite est plus grand que tu ne saurais l'imaginer. »

De nouveau, elle se tut. Debout devant elle, j'attendais sa requête suivante. Lorsqu'elle reprit la parole, sa voix avait retrouvé un certain aplomb. « Ainsi donc, ton maître t'a quitté. Tu es encore jeune – mais sans occupation désormais, à ce que je comprends. Que vas-tu faire de ta vie à présent ?

– J'irai là où on aura besoin de moi, madame. »

Elle hocha la tête. « Alors c'est peut-être à mon service que tu seras appelé. Maynard t'aimait tant. Tu suscitais chez lui certaines attentes. Mon champion était ton champion. Il a donné sa vie pour toi. Peut-être, en temps voulu, sauras-tu à ton tour te sacrifier. Comprends-tu, Hiram ?

– Je comprends », dis-je.

Et, de fait, je compris – sinon immédiatement, du moins dans les moments qui suivirent, lorsque je repensai à notre conversation. Le chagrin et les larmes de Corrine étaient peut-être authentiques, mais ses sombres desseins étaient plus indubitables encore – elle voulait m'arracher à Lockless et s'attribuer mon service, faire de moi sa propriété. Il faut se rappeler ce que j'étais : non pas un être humain, mais un bien, et un bien de valeur, qui était au fait de toutes les fonctions attenantes à la résidence, à la culture des terres, qui savait lire, qui était capable de divertir grâce à sa mémoire prodigieuse. J'étais réputé pour mon sérieux au travail, pour mon tempérament égal, pour ma droiture. Et la chose ne serait pas difficile. Je lui avais déjà été promis en quelque sorte, de par son alliance avec Maynard. Il lui suffirait dès lors de demander à mon père d'honorer cette disposition, de me livrer à elle au titre de sa perte et de son deuil. Et où irais-je vivre alors ? Tout le monde savait que Corrine possédait des terres dans le comté d'Elm, mais aussi plus loin à l'ouest, de l'autre côté des montagnes, dans une région de l'État moins développée. Telle était la source de sa fortune, disait-on, car en investissant dans diverses activités – le bois, les mines de sel, le chanvre – elle avait échappé à la ruine qui ravageait aujourd'hui le comté d'Elm. Quoi qu'il en soit, je compris, à la suite de cette entrevue, que je faisais désormais face à un nouveau danger – non plus Natchez, mais l'éloignement de Lockless, le seul foyer que j'avais jamais connu.

On ne retrouva jamais le cadavre de Maynard. Mais il fut décidé que tous les Walker de la région qui le pourraient se rassembleraient à Lockless pour Noël afin de rendre hommage à l'héritier disparu. Tout le mois qui précéda cette réunion fut consacré aux préparatifs. Nous passâmes des heures à nettoyer, balayer et dépoussiérer le salon du haut, resté en déshérence pendant des années, depuis la mort de la mère de Maynard. J'époussetai les miroirs remisés dans le cabanon, réparai deux vieux lits de corde et les fis transporter dans la maison, en même temps qu'un petit piano. Le soir, j'allais dans la Rue travailler avec Lorenzo, Bird, Lem et Frank. J'étais heureux de retrouver ces anciens camarades d'enfance. Nous retapions les cabanes abandonnées à mesure que le nombre des Asservis avait décliné. Nous consolidions les toits, enlevions les nids d'oiseaux et apportions des couvertures pour les paillasses, car il faudrait héberger non seulement les Walker, mais aussi tous les Asservis qui travaillaient à leur service.

Je me laissais abrutir par le travail, dont la cadence s'insinua bientôt au plus profond de nous, avec une telle force qu'elle poussait Lem à chanter :

Je m'en vais dans la grande ferme tout là-haut
Je m'en vais dans la maison là où y fait chaud
Quand tu me chercheras, Gina, je serai déjà bien loin.

Puis il répétait ce couplet, en nous laissant le temps cette fois de reprendre en chœur chacune des phrases. L'un après l'autre nous enchaînions avec des variantes, ou en inventant de nouveaux couplets, construisant ainsi notre ballade au fil de l'improvisation, de pièce en pièce, comme la grande maison évoquée dans la chanson. Quand vint mon tour, j'entonnai à pleins poumons :

Je m'en vais dans la grande ferme tout là-bas
Je m'en vais tout là-haut, mais je serai pas long
Je reviendrai, Gina, avec mon cœur et ma chanson.

Puis il fut décidé, par les anciens, que nous aussi nous aurions droit à un grand festin, et qu'il nous fallait une table digne d'une telle occasion. Un arbre fut abattu, écorcé, taillé, on y ajouta des pieds, et c'est ainsi que nous fabriquâmes notre propre table de banquet. Ce fut un travail harassant, mais au moins cela me permit de ne pas penser à toutes les questions épineuses qui me tourmentaient.

La veille de Noël, depuis le porche d'où je contemplais le soleil se lever derrière les montagnes qui avaient pris une teinte brun pâle, je vis arriver, en même temps que l'aube, le long cortège des Walker remontant le chemin. Je comptai dix voitures. Je descendis, accueillis les arrivants, puis, avec d'autres employés venus en renfort, aidai à transporter leurs bagages à l'intérieur. Je me rappelle que ce fut un moment joyeux, car il y avait, parmi toute cette cohorte de Walker, des Noirs qui m'avaient connu enfant, qui avaient connu ma mère et qui me parlaient d'elle avec beaucoup d'affection.

Comme il était d'usage à l'époque pour les fêtes, nous eûmes tous droit à une double ration de victuailles – deux quarts de boisseau de farine et de semoule, trois fois la part habituelle de lard et de porc salé, ainsi que deux carcasses entières de bœuf à nous partager comme bon nous semblait. De nos jardins, nous apportâmes quantité de choux et de raves, et tous les poulets prêts à être consommés furent tués et plumés. Le jour de Noël, nous nous divisâmes en deux groupes : le premier préparerait le festin de la résidence, le second celui qui se tiendrait ce même soir dans la Rue. Je passai le plus clair de la matinée à couper et à transporter du bois, pour la cuisine et le feu de joie. Puis, l'après-midi, je traversai la forêt pour aller chercher dix dames-jeannes de rhum et de bière. À la tombée du jour, les parfums savoureux de notre dîner – poulet frit, biscuits, pain de cendre et bouillon – embaumaient toute la Rue. Tous les hommes et toutes les femmes de Starfall qui avaient encore des proches à Lockless apportèrent des tartes et des friandises pour le dessert. Georgie et sa femme Amber dévoilèrent en souriant deux belles tartes aux pommes fraîchement sorties du four. J'aidai les hommes à installer les longs bancs que nous avions fabriqués quelques jours à peine auparavant, mais il n'y avait pas assez de place pour tous les convives. Nous allâmes donc chercher des boîtes, des tonneaux, des bûches, des pierres – tout ce qui pouvait servir afin que chacun puisse prendre place autour du feu de joie. Puis, une fois que les employés des cuisines nous eurent rejoints et que les prières eurent été prononcées, le festin commença.

À la lueur du feu de joie, lorsque tout le monde fut repu, on se mit à raconter les histoires des fantômes de Lockless, de tous ceux des nôtres qui avaient disparu corps et âme. Zev, le premier des cousins de mon père partis dans le Tennessee, était revenu avec son domestique, Conway, l'un de mes camarades d'enfance, et la sœur de ce dernier, Kat. Ils avaient vu mon oncle Josiah, qui avait une nouvelle épouse et deux petites filles. Ils avaient vu Clay et Sheila, qui, par extraordinaire, avaient été vendus, mais ensemble, ce qui avait atténué leur peine. Il y avait aussi Philipa, Thomas et Brick, qui étaient partis en même temps que Zev et qui étaient vieux à présent, mais toujours en vie. Puis on évoqua Maynard.

« On a plus pleuré ce gamin après sa mort qu'on l'a aimé de son vivant », déclara Conway, assis devant le feu, les mains tendues pour les réchauffer. « Le mensonge, c'est l'évangile de ces gens-là. Je vous jure, ils parlaient de ce garçon comme si c'était le plus grand échec de la nature, et aujourd'hui, à les entendre, on croirait que c'était le Christ ressuscité.

– C'est une façon de le ramener au bercail, dit Kat. Imaginez s'ils devaient passer en revue chacun de ses péchés ?

– Ça serait un début, dit Sophia. Moi, quand je m'en irai, je veux pas qu'on raconte des mensonges devant mon cadavre. Dites-leur ce que j'étais, sans rien cacher.

– La manière dont ça se passe pour nous autres, dit Kat, y a personne qui dit rien de toute façon, à part “Vas-y, creuse”.

– Quoi qu'il en soit, dit Sophia, pas de mensonges, c'est tout ce que je demande. Pas de fioritures. Je suis arrivée dans ce monde à la dure, j'ai vécu pareil et je mourrai pas autrement. Y a pas grand-chose d'autre à dire.

– C'est pas Maynard, le problème, dit Conway. Le problème, c'est eux, tous ceux qui profitent qu'un homme s'est noyé dans la Goose pour se dédouaner de toutes les crasses qu'ils lui ont faites en lui rendant hommage. Même moi j'y ai pas coupé, je vous le dis. Je me suis toujours moqué de ce gosse comme c'est pas permis. Jamais je l'ai considéré comme un homme. À ce que je me suis laissé dire, Maynard avait pas beaucoup changé. Et si c'est le cas, je parie qu'y se sentent tous bien penauds et qu'ils ont besoin de se décharger de leur culpabilité.

– Z'êtes bien tous aussi bêtes à bouffer du foin qu'on le dit », intervint Thena, debout près du feu, les yeux rivés sur les flammes. « Vous croyez vraiment que c'est Maynard, la question ? »

Personne ne répondit. Thena leva la tête et regarda chacun des membres de l'assemblée, l'un après l'autre. En vérité, tout le monde avait peur d'elle. Mais, face au silence auquel les réduisait cette peur, son emportement ne fit que redoubler.

« La terre, bande de nègres ! La terre ! Ces terres, ici même ! Y font tous la courbette à Howell, voilà ce qu'y font. » Thena s'interrompit de nouveau et toisa les autres. J'étais si près d'elle que je voyais les ombres du feu danser sur son visage et les petits nuages d'hiver qui sortaient de sa bouche. « C'est après son héritage qu'ils en ont. La terre, bande de nègres ! La terre et nous ! Tout ça, c'est rien qu'un jeu, et le gagnant remporte le droit de mettre la main sur ce domaine, et sur nous. »

Nous avions déjà compris. Mais c'était notre soirée d'adieu à nous aussi, peut-être la dernière fois que nous nous retrouvions ensemble, en tant que communauté. Et personne n'avait envie de gâcher ce moment en exprimant cette vérité à cor et à cri. Mais Thena, en raison des torts qu'elle avait subis et de son tempérament, était incapable de sourire, incapable de se laisser aller aux réjouissances et aux souvenirs. Elle secoua la tête, siffla entre ses dents, puis se drapa dans son long châle blanc et s'en alla à grands pas.

Tout le monde resta assis, les yeux baissés, sonné, ramené d'un coup à la réalité par les paroles de Thena. J'attendis quelques minutes, puis me dirigeai vers le bout de la Rue, vers la toute dernière cabane, la plus éloignée, celle devant laquelle Thena campait jadis avec son balai à la main pour faire déguerpir les gamins, celle où j'avais surgi un jour, tant d'années auparavant, parce que j'avais deviné que cette femme, plus qu'aucune autre, comprendrait à quel point je me sentais trahi. Je l'apercevais maintenant, debout devant cette vieille cabane, perdue dans ses pensées. Je m'approchai suffisamment pour qu'elle sente ma présence. Elle soutint mon regard pendant quelques instants, et je vis que son visage s'était radouci, puis elle se retourna vers la cabane.

Je restai un moment à ses côtés, puis la laissai à ses pensées et m'en allai rejoindre les autres. Autour du feu, la conversation avait repris et on racontait de nouvelles histoires, tirées d'un passé plus lointain, qui tenaient autant du mythe que de la mémoire.

« C'est jamais arrivé, dit Georgie.

– Et moi je te dis que si, insista Kat.

– Et moi je te dis que non, répliqua Georgie. Si c'était vrai que des Noirs ont disparu au bord de la Goose, je le saurais, crois-moi. »

Kat m'aperçut alors et dit : « Tu le sais bien, toi, Hi, que c'est vrai. C'était ta grand-mère, ta Santi Bess.

– Je ne l'ai pas connue, dis-je en secouant la tête. Tu sais ça aussi bien que moi. »

Georgie secoua la tête à son tour, leva les mains en direction de Kat d'un geste énervé et lui dit : « Laisse ce gosse en dehors de ça. Y sait rien. Je te le répète, si une esclave s'était échappée de Lockless en emmenant une cinquantaine d'entre nous avec elle, je le saurais. J'en ai assez d'entendre cette histoire. Chaque année, c'est la même chose.

– C'était avant que tu sois là, dit Kat. Ma tante Elma était là à l'époque. Elle disait qu'elle avait perdu son premier mari quand il avait disparu dans la Goose avec Santi Bess. Qu'il était rentré à la maison.

– Chaque année, répéta Georgie en secouant la tête. Chaque année le même fichu refrain. Mais je vous le dis – y a que moi qui le saurais, et personne d'autre parmi vous. »

Un grand silence s'abattit sur l'assemblée. C'était vrai. À chaque rassemblement, la même dispute éclatait autour de la mère de ma mère, Santi Bess, et de ce qui était advenu d'elle. Le mythe voulait qu'elle ait orchestré la plus grande évasion d'Asservis – quarante-huit âmes – jamais enregistrée dans les annales du comté d'Elm. Et ce n'était pas simplement le fait qu'ils se soient évadés, mais la destination qu'ils avaient rejointe, d'après la légende – l'Afrique. On disait que Santi Bess les avait tout simplement menés jusqu'aux berges de la rivière Goose, qu'ils étaient entrés dans l'eau, et qu'ils avaient refait surface de l'autre côté de l'océan.

C'était grotesque. Voilà ce que j'avais toujours pensé de cette histoire, forcément, parce qu'elle m'était parvenue dans un mélange de rumeurs et de murmures. Et ce récit improbable était d'autant plus sujet à caution que l'immense majorité des Asservis de sa génération et de la suivante avaient été vendus, si bien qu'il ne restait plus personne, dans le comté d'Elm de mon temps, qui eût connu Santi Bess de son vivant.

J'étais de l'avis de Georgie – je doutais qu'elle eût même jamais existé. Mais ce n'était pas la remise en cause de la légende de Santi Bess qui avait réduit tout le monde au silence, c'était la certitude de Georgie – « Je sais », avait-il dit.

Kat se leva et alla se planter directement devant lui. Elle sourit et lui dit : « Et comment ça se pourrait, Georgie ? Comment tu saurais ? »

Je ne quittai pas Georgie Parks des yeux. Le soleil s'était couché depuis longtemps, mais le feu éclairait son visage, figé par la gêne.

Amber se glissa alors tout près de lui. « C'est vrai, Georgie, dit-elle. Comment tu le saurais ? »

Georgie lança des regards autour de lui. Tout le monde le fixait. « Vous préoccupez pas de ça, dit-il. JE SAIS. »

Un grondement de rires nerveux fusa dans l'assemblée. Puis la conversation reprit et on se remit à parler de Maynard et des endroits lointains où vivaient désormais certains des nôtres. Il était tard, mais il régnait une telle atmosphère que personne n'avait envie de partir. Et je ne sais pas trop comment la chose se produisit, ni à quel moment, parce que j'avais l'esprit ailleurs, que je pensais encore à Thena, mais le temps que je revienne à moi, tout s'était déjà mis en branle. J'entendais battre le rythme, mais je n'y prêtais pas attention, jusqu'à ce qu'un petit groupe se forme de l'autre côté du feu de joie ; je levai les yeux et vis alors que l'un des hommes qui travaillaient dans les champs de tabac, Amechi, était allé chercher une chaise dans le quartier des Asservis, ainsi qu'une bassine à vaisselle et des baguettes dont il se servait pour marteler un rythme rapide et joyeux, puis deux et bientôt trois autres se mirent à frapper dans leurs mains et à se gifler les genoux, et je vis ensuite Pete le jardinier s'approcher avec un banjo, commencer à pincer les cordes, et tout sembla s'emballer d'un coup, les cuillers, les baguettes, les guimbardes – la danse s'était emparée de nous tous, comme surgie de manière spontanée ; un cercle s'était formé tout près du feu, une fille balançait les hanches en cadence avec la musique, l'ourlet de sa robe serré entre ses doigts, une jatte en terre cuite posée en équilibre au sommet du crâne, et, baissant les yeux sur son visage, je m'aperçus que c'était Sophia.

Je levai la tête vers le ciel de la nuit, piqué d'étoiles dont pas un nuage ne voilait l'éclat, et, à en juger par la position de la demi-lune dans le firmament, je devinai qu'il devait être près de minuit. Le feu se dressait haut et rugissait, repoussant le froid de décembre, et bientôt tout le monde dansait dans la Rue. Je m'éloignai lentement afin de contempler le spectacle. Nous étions des dizaines et des dizaines – toute une nation en mouvement. Certains dansaient en couple, d'autres en demi-cercle, d'autres encore seuls. Je tournai la tête du côté des quartiers d'habitation et j'aperçus Thena, assise sur le perron d'une cabane, qui hochait la tête en rythme avec la musique.

Je regardai Sophia, qui battait des bras et des jambes en tous sens, mais sans jamais perdre le contrôle, la jatte immobile sur sa tête, comme si elle ne faisait qu'une avec elle, et, lorsqu'un des hommes s'approcha un peu trop près d'elle, je la vis l'attirer à lui et lui murmurer quelque chose, des mots sans doute durs car il s'arrêta net et tourna aussitôt les talons. Puis, levant les yeux, elle m'aperçut, et alors elle sourit, s'avança vers moi, penchant légèrement la tête de sorte que la jatte se mit à glisser, et de la main droite elle l'attrapa par le col avant qu'elle ne tombe. Debout devant moi, elle en but une gorgée, puis me la tendit. Je l'approchai de ma bouche et j'eus un mouvement de recul lorsque le liquide toucha mes lèvres, car j'avais cru que c'était de l'eau. Elle éclata de rire et me dit : « Trop fort pour toi, hein ? »

La jatte remplie de bière toujours à la main, je regardai Sophia, puis bus une nouvelle rasade, sans la quitter des yeux, et je continuai de boire, encore et encore, jusqu'à vider la jatte avant de la lui rendre. Je ne sais pas ce qui me poussa à faire une chose pareille, ou du moins je ne le savais pas sur le moment, mais au fond j'étais conscient de la signification de ce geste, quand bien même je ne voulais pas l'admettre. Elle aussi le savait bien. Elle baissa la tête, posa la jatte par terre, courut à l'autre bout de la table, disparaissant quelques instants parmi les ombres, puis revint avec une dame-jeanne pleine à ras bord et me la tendit.

« Marchons un peu, me dit-elle.

– D'accord. Et où on va ?

– À toi de me le dire. »

Nous nous éloignâmes alors, laissant la Rue et le bruit de la musique s'estomper derrière nous, pour nous diriger vers les abords de la pelouse près de la résidence principale de Lockless. Il y avait un petit belvédère sur le côté, sous lequel se trouvait la glacière. Nous nous assîmes, nous passant la dame-jeanne de bière à tour de rôle, sans dire un mot, jusqu'à ce que la tête nous tourne.

« Bon, alors, dit-elle pour briser le silence. Thena.

– Oui.

– C'était pas un mensonge, pas vrai ?

– Non.

– Tu sais ce qui lui est arrivé ?

– Tu veux dire pour qu'elle soit devenue comme ça ? Oui, je sais. Mais je crois que c'est à elle de raconter cette histoire.

– Mais elle te l'a racontée, à toi, hein ? dit Sophia. Elle a toujours eu de la tendresse pour toi.

– Thena n'a de tendresse pour personne, Sophia. Même avant que lui arrive ce qui lui est arrivé, je crois qu'elle n'a jamais eu de tendresse pour personne autour d'elle.

– Ah. Et toi, alors ?
– Quoi, moi ?
– Toi aussi, t'as la dent dure envers les tiens ?
– En général, oui, dis-je. Mais bon, ça dépend de qui on parle, bien sûr. »

Je bus une nouvelle gorgée, puis passai la dame-jeanne à Sophia. Elle me regardait fixement à présent, sans sourire. Il m'apparaissait clairement que je n'étais plus le même homme depuis que j'étais tombé dans la Goose. Je me demandais comment j'avais pu tolérer tous ces allers-retours chez Nathaniel, assis à côté d'elle, comment j'avais pu être aussi aveugle. Elle était si merveilleuse, et j'avais envie d'être avec elle comme je n'en aurais jamais envie avec personne d'autre, avec une intensité comme on n'en connaît plus quand l'âge et l'expérience ont fait leur œuvre, c'est-à-dire que je la désirais tout entière, de sa peau couleur café à ses yeux bruns, de sa tendre bouche à ses longs bras, de sa voix douce à son rire espiègle. Je voulais tout d'elle. Et je ne songeais pas à la terreur qui accompagnait tout cela, à la terreur qui avait englouti sa vie. Je ne pensais qu'à la lumière qui dansait en moi, au rythme d'une musique dont j'espérais qu'elle seule était capable de l'entendre.

« Ah », lâcha-t-elle avant de détourner les yeux. Elle but une gorgée de bière, posa la dame-jeanne à ses pieds, puis leva la tête vers le ciel étoilé et, lorsque ses yeux se détachèrent des miens, j'éprouvai un élan de jalousie envers le ciel lui-même. Une foule d'autres pensées s'engouffra alors en moi. Je pensai à Corrine et à Hawkins, au fait que je passais peut-être mes derniers jours à Lockless, que j'allais partir – non pas à Natchez, mais partir quand même. Je pensai à Georgie, à tout ce qu'il savait probablement. Je sentis la main de Sophia se glisser dans le creux de mon bras. Elle soupira, la tête posée sur mon épaule, et nous restâmes ainsi, les bras enlacés, à contempler les étoiles au-dessus de la Virginie.

7

Les fêtes se terminèrent et nous nous fîmes nos adieux définitifs – aussi définitifs que possible en ce bas monde –, puis la Nouvelle Année fut bientôt passée elle aussi, et avec elle nos rangs se clairsemèrent encore. Corrine continuait de nous rendre visite tous les jours et d'évoquer mon destin à mots couverts ; à l'emprise qu'elle avait sur mon père, je compris que ces mots n'allaient pas tarder à devenir réalité. Mes jours à Lockless étaient comptés.

Mon père avait remarqué le travail de restauration que j'avais effectué sur l'homme-debout. Aussi m'attribua-t-il pour nouvelle tâche, par l'intermédiaire de Roscoe, de redonner pareillement vie à divers meubles antédiluviens. Je lus des documents, dans le bureau de mon père, qui dataient très précisément la fabrication ou l'achat de chacun d'eux, et certains remontaient à l'époque du fondateur du domaine, si bien que ces meubles en vinrent à composer à mes yeux une histoire de ma lignée. Une lignée qui prendrait fin avec moi – un esclave, vendu, exilé loin de ces terres, incapable de sauver ce domaine et tous ceux qui l'avaient bâti, qui l'avaient fait resplendir et prospérer, désormais voués à disparaître, séparés, éparpillés aux quatre vents, mais toujours enchaînés. Mes vieux rêves d'Oregon me revinrent à l'esprit au fil de mes lectures, plus puissants que jamais. Je ne pouvais pas sauver Lockless, mais un autre dessein ardent prenait forme en moi. S'il fallait que je quitte ces terres, peut-être pouvais-je les quitter à la manière de mon choix. Ces pensées me ramenèrent à Georgie Parks, et à ce qu'il savait.

Tout cela n'était encore qu'une vague idée, ce vendredi matin-là, lorsque je sortis pour accompagner Sophia chez Nathaniel comme à l'accoutumée. J'allai dans l'écurie atteler les chevaux à la calèche. Il faisait encore noir, mais j'avais fait ces gestes si souvent, et j'étais tellement habitué à travailler avant l'aube, que j'aurais pu m'acquitter de cette tâche les yeux bandés. Je venais tout juste de finir lorsque je levai la tête et l'aperçus.

« Bonjour, dit Sophia.

– Bonjour. »

Elle avait revêtu son uniforme – bonnet, jupe en crinoline, manteau long. Je me demandai à quelle heure elle avait dû se lever pour s'habiller ainsi de pied en cap. Et, en regardant ses mouvements gracieux lorsqu'elle prit appui sur ma main pour grimper dans la calèche, je songeai que la capacité de Sophia à adopter les postures d'une dame n'était pas un accident. Elle avait passé sa vie à aider Helen Walker, l'épouse regrettée de Nathaniel, à s'habiller, à accomplir le délicat rituel quotidien consistant à s'enduire le visage de crème et les ongles de vernis, à se glisser dans ses corsets et ses justaucorps. Elle maîtrisait ce rituel mieux que Helen elle-même.

Pendant le trajet, je me tournai vers Sophia et la vis qui regardait les arbres figés dans le froid, perdue dans ses pensées comme à son habitude.

« Qu'en penses-tu ? » me demanda-t-elle tout à trac. Je la connaissais depuis suffisamment longtemps pour ne plus être surpris par cette manière qu'elle avait de commencer une conversation dans sa tête, puis de la poursuivre à voix haute.

« Je crois que tu as raison », répondis-je. Elle se tourna alors vers moi, affichant un air incrédule.

« Tu ne sais pas du tout de quoi je parle, n'est-ce pas ? dit-elle.

– Non, pas la moindre idée. »

Elle laissa échapper un petit rire et dit : « Et tu allais me laisser continuer comme si de rien n'était ?

– Pourquoi pas ? Je me dis que je finirai bien par comprendre de quoi il s'agit.

– Et si c'est quelque chose que tu n'as pas envie d'entendre ?

– Ma foi, vu que je n'aurais aucun moyen de le savoir avant de l'entendre, disons que c'est un risque que je prends. Et puis, maintenant que tu es lancée, ce n'est pas comme si tu pouvais revenir en arrière.

– Oui, j'imagine que tu as raison, fit-elle en hochant la tête. Mais c'est personnel, Hi, tu comprends ? À propos de quelque chose qui remonte au temps où je n'étais pas encore à Lockless.

– Du temps de la Caroline.

– Oui, cette bonne vieille Caroline, dit Sophia d'une voix douce, en égrenant chaque syllabe dans un souffle.

– Tu étais la femme de chambre de l'épouse de Nathaniel, c'est bien ça ?

– Pas n'importe quelle femme de chambre, dit Sophia. Helen et moi, on était amies. Enfin, en tout cas on l'avait été, autrefois. Je l'aimais, tu sais. Je crois que je peux dire ça, oui, je l'aimais, et quand je repense à Helen, je ne pense qu'aux moments les plus heureux. »

Une note de nostalgie s'était glissée dans sa voix, et il me semblait comprendre comment les choses se passaient pour les filles comme elle. Cela commençait dans l'enfance, à l'époque où elles jouaient encore avec celle qui deviendrait un jour leur maîtresse, à un âge où la couleur de peau n'avait aucune importance, et où on leur disait de l'aimer comme elles auraient aimé n'importe quelle camarade de jeu. Elles grandissent ensemble et, à mesure que les jeux occupent de moins en moins de place dans leurs journées, le rituel change. On leur inocule à toutes deux la religion de la société, de l'esclavage, en vertu de laquelle, sans raison valable particulière, l'une d'elles vivra au palais tandis que l'autre sera reléguée au cachot. C'est une chose cruelle à infliger à des enfants, que de les élever comme s'ils étaient du même sang, puis de les opposer de sorte que l'une sera reine et l'autre servante.

« Nous nous laissions emporter par nos jeux, dit Sophia. Nous nous déguisions en grandes dames, vêtues de leurs robes majestueuses. Nous jouions ensemble dans les champs. Un jour, je suis tombée et j'ai roulé dans un buisson d'épines. Je crois que j'ai hurlé comme le diable en personne. Mais elle était là pour moi. Elle m'a aidée à me relever et à rentrer à la maison. Son souvenir ne me quitte pas, Hi, et quand je vois des buissons aujourd'hui, je ne pense pas à la douleur – je ne pense qu'à elle. »

Elle me raconta tout cela sans quitter des yeux la route une seule fois.

« Nous nous appartenions avant de lui appartenir, voilà ce que je suis en train de te raconter, continua Sophia. Nous étions quelque chose l'une pour l'autre, et tout cela est parti en fumée désormais. L'homme qu'elle aimait me voulait. Non pas parce qu'il m'aimait, Hiram. Pour lui, j'étais comme un bijou. Je le savais. Et puis mon Helen est morte, morte en portant son enfant, et tu n'imagines pas le chagrin et la culpabilité qui se sont abattus sur moi. »

Elle se tut et nous poursuivîmes notre route en silence ; on n'entendait plus que le bruit des sabots et des roues sur la route gelée. J'avais le pressentiment que tout cela menait à quelque terrible révélation.

« Tu sais, reprit Sophia, je la vois encore dans mes rêves.

– Ça ne me surprend pas, dis-je. Moi, je vois encore Maynard, même si je dois avouer que mes souvenirs sont loin d'être aussi magiques que les tiens.

– Rien de magique là-dedans, répliqua Sophia. Parfois, Hi, parfois… j'ai le sentiment qu'elle s'est enfuie et qu'elle m'a laissée entre les mains de… »

Elle cessa alors de regarder du côté des bois et se tourna vers moi.

« Il ne me laissera pas partir tant qu'il ne m'aura pas usée jusqu'à la corde, tu comprends ? Et alors il m'enverra quelque part, loin d'Elm, et il prendra une nouvelle fille noire pour son bon plaisir. On n'est rien que des bijoux pour eux. Je l'ai toujours su, je crois. Mais je vieillis, Hi, et il y a loin entre savoir quelque chose et le voir pour de vrai.

– Ça prend du temps », acquiesçai-je.

Elle se tut de nouveau et, pendant un moment, il n'y eut plus que le martèlement régulier des sabots du cheval sur la route.

« Ça t'arrive de penser au reste de ta vie ? dit Sophia. De songer à avoir des petits un jour ? De te demander ce que la vie te réserve ?

– Ces derniers temps, répondis-je, je me demande un tas de choses.

– Moi, je pense tout le temps aux enfants, poursuivit-elle. À ce que ça veut dire de donner la vie à un enfant, à une petite fille peut-être, dans un monde pareil. Et je sais que ça m'arrivera un jour. Ça ne dépend même pas de moi. Ça arrivera, Hiram, et je les verrai s'emparer de ma fille, comme ils se sont emparés de moi… Ce que j'essaie de te dire, c'est que tout ça me fait réfléchir à quelque chose d'autre, à une autre vie, loin de la Goose, loin des montagnes peut-être, loin de… »

Sa voix s'éteignit alors, son regard se perdit de nouveau du côté de la route, et il me semble aujourd'hui que c'est ainsi que la fuite commence souvent, qu'elle se décide, lorsque vous prenez conscience de l'immensité du péril auquel vous êtes confronté. Car ce n'est pas simplement de l'esclavage que vous êtes le captif, mais d'une sorte de vaste supercherie, qui donne aux bourreaux le visage de gardiens bienveillants, repoussant les assauts de la sauvagerie africaine, alors que ce sont eux les sauvages, eux le maléfique Mordred, eux le dragon camouflé sous les oripeaux de Camelot. Et lorsque vient ce moment de révélation, cette prise de conscience, la fuite n'est pas une idée, pas même un songe, mais une nécessité absolue, aussi impérieuse que la nécessité de fuir une maison en proie aux flammes.

« Hiram, dit Sophia. Je ne sais pas pourquoi je te raconte tout ça. Tout ce que je sais, c'est que tu as toujours été quelqu'un qui en voit plus, qui en sait plus que les autres. Et puis tu as sombré dans la Goose. On a tous cru que tu étais perdu. Tu étais là, aux portes de la mort, et je t'ai vu revenir, et depuis je me demande comment on peut revenir de là-bas et regarder le monde de la même façon.

– Je sais de quoi tu parles, lui dis-je.

– Je te parle de faits.

– Tu parles d'adieux, répliquai-je. Et pour aller où ? Comment peut-on vivre, d'une manière ou d'une autre, dans ce monde ? »

Elle posa une main sur mon bras. « Comment peux-tu ressortir vivant de la Goose et continuer de vivre *ici* ? Je te parle de faits.

– Tu n'as même pas de mots pour décrire ce dont tu parles, lui dis-je.

– Mais j'en ai pour décrire notre vie ici, et celle qui nous attend, quelle qu'elle soit. Nous pourrions partir ensemble, Hi. Tu as de l'éducation et tu sais des choses qui vont bien au-delà de Lockless et de la Goose. Tu dois forcément en éprouver le besoin. Tu dois forcément en avoir rêvé, et t'être souvent réveillé encore prisonnier de ce rêve. Tu dois forcément avoir en toi le désir de savoir tout ce que tu pourrais devenir, tout ce que nous pourrions devenir loin d'ici. »

Je ne répondis pas. Nous arrivions en vue de l'endroit où la route s'évasait, marquant la frontière du domaine de Nathaniel. Une fois franchi cet évasement, je bifurquai sur le sentier de traverse que nous empruntions d'habitude. Je fis halte au bout de ce sentier. J'apercevais la grande maison de brique de Nathaniel Walker à travers les arbres. Un Asservi élégamment vêtu vint à notre rencontre. Il hocha la tête en nous voyant, puis fit signe à Sophia, sans dire un mot. Elle descendit de la calèche et se retourna vers moi. Je me fis alors la remarque qu'elle n'avait jamais eu ce geste auparavant ; d'ordinaire, elle suivait son escorte en marchant droit devant elle, sans s'arrêter. Mais, aujourd'hui, elle marqua un temps, se retourna, et les mots qu'elle m'adressa dans ce silence étaient pleins de résolution, de certitude. Et je compris à cet instant, en lui rendant son regard, que nous devions nous enfuir.

Sur le chemin du retour, mes pensées me ramenèrent à Georgie Parks. Il fallait que j'aille le trouver. Je connaissais Georgie depuis toujours et je comprenais qu'il devait éprouver les mêmes craintes pour moi qu'un père pour le fils qui s'apprête à partir à la guerre. Je comprenais. Georgie avait vu tant d'entre nous attachés à l'estrade des enchères et envoyés à Natchez. J'avais même de la compassion. Mais je n'avais pas le choix : je devais fuir. Tout m'y incitait – le livre dans la bibliothèque, l'intrigante Corrine et le bizarre Hawkins, le sort même du domaine de Lockless, depuis toujours hasardeux, mais dépourvu désormais d'héritier, rendu aux dernières extrémités. Et Sophia, qui semblait partager mon désespoir, mon besoin d'aller voir ce qu'il y avait au-delà de ces trois collines, au-delà de Starfall, au-delà de la Goose et de ses nombreux ponts, au-delà de la Virginie elle-même. *Tu dois forcément en éprouver le besoin*. Oui, c'était vrai. Mais le seul chemin que je connaissais, je ne pouvais l'emprunter qu'en m'éclairant à la lanterne de Georgie Parks.

Le samedi suivant, je passai l'après-midi à restaurer les tiroirs d'un secrétaire en bois de cerisier ; satisfait de constater qu'ils coulissaient de nouveau parfaitement, j'allai faire ma toilette, me changer, puis je me rendis chez Georgie Parks. J'étais à peine arrivé à Starfall que je repérai Hawkins et

Amy devant l'auberge, tous deux encore en habits de deuil. Distraits par leur propre conversation, ils ne me virent pas ; je restai à bonne distance et les observai pendant un moment avant de poursuivre mon chemin. Je n'avais aucune envie de discuter avec eux, car leur manie de me sonder pour tout connaître de ma vie et de mes intentions, dans les moindres détails, m'était devenue intolérable. Toutes leurs questions ne menaient jamais qu'à d'autres questions.

Je trouvai Georgie debout devant sa maison, à quelques pas de la prison de Ryland. Je lui souris. Georgie demeura impassible. Il me fit signe de l'accompagner. Nous marchâmes le long de la route, puis nous tournâmes sur un chemin plus étroit en lisière de la ville, et un sentier de terre nous mena enfin à travers la végétation touffue jusqu'à une clairière où se trouvait un petit étang. Georgie n'avait pas dit un mot de tout le trajet ; il resta les yeux rivés sur l'étang pendant un moment avant de prendre la parole.

« Je t'aime beaucoup, Hiram, dit-il. Sincèrement. Si j'avais la chance d'avoir une fille de ton âge, tu serais mon unique choix. Tu es intelligent. Tu ne parles pas à tort et à travers, et tu as témoigné à Maynard plus de bonté qu'un tel homme n'en méritait. »

Il frotta sa barbe brun-roux et leva les yeux vers les arbres. Il me tournait le dos à présent. Je l'entendis continuer : « C'est pour cela que je n'arrive pas à comprendre, en toute bonne foi, pourquoi quelqu'un comme toi viendrait frapper à ma porte chercher les ennuis. »

Lorsqu'il se retourna vers moi, je vis briller une lueur au fond de ses yeux bruns. « Qu'est-ce qu'un garçon aussi respectable que toi irait trafiquer dans ces histoires ? dit-il. Et qu'est-ce qui a bien pu t'amener à penser que c'était à moi qu'il fallait s'adresser ?

– Georgie, lui répondis-je, je sais. Tout le monde sait. Tu as peut-être réussi à duper les Distingués, mais nous autres, nous avons toujours été plus malins qu'eux.

– Tu ne sais pas de quoi tu parles, fiston. Je te l'ai dit et je vais te le redire – rentre chez toi. Trouve-toi une femme. Et sois heureux. Y a rien ici.

– Georgie, je m'en vais, lui dis-je. Et je ne m'en vais pas seul.

– Comment ça ?

– Sophia part avec moi.

– La fille de Nathaniel Walker ? Tu as perdu la tête ? Si tu pars avec elle, c'est comme si tu crachais au visage de cet homme. Ce serait faire une terrible offense à l'honneur de n'importe quel Blanc.

– C'est décidé, Georgie. Et puis, ajoutai-je en laissant poindre dans ma voix un peu de la colère qui m'avait envahi, elle ne lui appartient pas. »

Ce n'était pas simplement la colère qui m'habitait. J'avais dix-neuf ans – j'étais un jeune homme de dix-neuf ans plein de prudence, qui avait tout fait pour ne pas succomber à ce genre de sentiments, si bien que, lorsque ces sentiments me rattrapèrent, dès l'instant où je compris que j'étais amoureux d'elle, ce ne fut à aucun moment une question de raison ou de rituel ; l'émotion qui s'était emparée de moi n'était pas de celles qui permettent de fonder une famille et un foyer, mais de celles, bien au contraire, qui les dévastent de fond en comble, un bouleversement irréversible.

« Là, je t'arrête tout de suite, dit Georgie. Si, elle lui appartient. Toutes, elles lui appartiennent, tu comprends ça ? Amber lui appartient. Thena lui appartient. Ta mère lui appartenait…

– Attention, Georgie, grondai-je. Fais très attention à ce que tu dis.

– Oh, il faut faire attention maintenant, hein ? C'est ça ? Mais attention à quoi, fiston ? Hiram, tu es leur *propriété*. Tu es un esclave, mon garçon. Je me fiche bien de savoir qui est ton père. Tu es un esclave, et ne va pas t'imaginer que je n'en suis pas un, moi aussi, rien que parce que j'en suis arrivé là, que je vis ici à Freetown. Et tant que tu leur appartiens, elle leur appartient aussi. Il faut que tu comprennes. Nous sommes des captifs. Nous avons été capturés. Et ça se résume à ça. Le projet dont tu me parles, ça a valu à des tas d'entre nous de passer une semaine entière à Ryland, à se faire tellement fouetter qu'ils auraient prié pour mourir. Tu as des sentiments dans le cœur, et ça je le respecte. Moi aussi j'ai eu les mêmes, comme n'importe quel jeune homme. Mais tu as failli mourir, Hi. Et si tu fais ça, tu finiras par regretter de ne pas être mort ce jour-là.

– Georgie, je suis en train de te dire que ce n'est pas une question de choix. Je ne peux pas rester. Et il faut que tu m'aides.

– Même si j'étais celui que tu t'imagines, je ne le ferais pas.

– Tu ne comprends pas, lui dis-je. Je m'en vais. C'est comme ça et pas autrement. Je te demande de m'aider, parce que je crois que tu es un homme honorable, engagé dans une cause honorable. Je te le demande, Georgie. Mais, quoi qu'il en soit, je m'en vais. »

Georgie fit les cent pas pendant un moment, ruminant ses propres calculs, car il avait compris à présent que j'allais partir, avec ou sans son aide, et que j'allais partir avec Sophia. Ce que je ne pouvais pas savoir, tandis qu'il me regardait les yeux grands ouverts, prenant la mesure de ma détermination, c'est qu'il avait déjà saisi la portée d'une telle action, qu'il en avait déjà tiré toutes les conclusions, et que, où que se dirigent sa haine et ses affections – surtout ses affections –, il ne voyait désormais qu'un seul chemin à suivre.

« Une semaine, dit-il. Tu as une semaine. Retrouve-moi ici même, avec ton amie. Et sache que je fais ça uniquement à cause de ce que tu viens de me dire et de ta résolution. »

Mon pouvoir avait toujours été celui de la mémoire, pas celui du discernement. En quittant Georgie, je ne pensais qu'à ma propre conception des choses, sans soupçonner une seule seconde à quel point leur réalité pouvait être bien plus vaste. Et même lorsque, passant devant l'épicerie, je tombai de nouveau sur Amy et Hawkins, aux regards de qui je ne pus cette fois me dérober, je fus incapable de voir comment les éléments s'emboîtaient.

Je n'avais pas pu les éviter, car j'étais à ce point perdu dans mes pensées, songeant à Georgie et à Sophia, qu'ils m'avaient repéré avant que je ne les aperçoive.

« Comment va, petit danseur ? demanda Hawkins.

– Très bien, merci », répondis-je. C'était le début de soirée et le crépuscule commençait à tomber. Les habitants du comté d'Elm venus en ville pour affaires regagnaient leurs calèches et leurs carrioles. Je regardais Hawkins d'un œil circonspect, essayant de trouver le moyen le plus rapide de me soustraire à la conversation.

« Qu'est-ce qui t'amène donc en ville ? » demanda-t-il en se fendant de son habituel petit sourire sournois. Je ne répondis pas et je vis, au changement soudain de son expression, qu'il avait compris qu'il s'était permis une familiarité qui n'avait pas lieu d'être. Mais cela ne l'empêcha en rien de poursuivre.

« Oh, je suis désolé, dit-il. Je voulais pas te blesser ou t'offenser. Mais, comme Madame disait que nous étions pour ainsi dire de la même famille…

– Je suis allé rendre visite à un ami.

– Un ami comme Georgie Parks, par exemple ? »

Il existait toutes sortes de façons d'être asservi en Virginie, autrement que dans les champs, les cuisines ou l'atelier. Certaines tâches n'étaient pas d'ordre matériel. Divertir, faire la conversation. Et puis il y avait des tâches plus lugubres. Être les yeux et les oreilles des maîtres, leur source de renseignements parmi les autres Asservis, afin qu'ils sachent qui leur souriait puis s'empressait de les railler dès qu'ils avaient le dos tourné, qui les volait, qui avait mis le feu à la grange, qui avait empoisonné, qui avait comploté. Il en résultait un climat de méfiance généralisée entre les Asservis, surtout à l'égard de ceux qu'on ne connaissait pas. Cela fonctionnait aussi dans l'autre sens, d'ailleurs, de sorte que, si vous étiez nouveau à Lockless, ou dans n'importe quelle autre maison de captivité, vous procédiez lentement, vous vous teniez à l'écart des affaires d'autrui, de peur qu'on ne vous prenne pour l'un de ces espions, l'un de ceux qui faisaient plus que s'acquitter simplement de leur devoir, et c'était là une position dangereuse, car alors vous pouviez vous-même vous retrouver la cible du poison et des complots. Mais Hawkins se moquait de tout cela, et sa question n'en était que plus sinistre.

« C'est rien, t'en fais pas, continua-t-il. Ma sœur Amy connaît des Asservis comme ça. Elle dit qu'elle te voit de temps en temps du côté de chez Georgie. »

Amy nous regardait à tour de rôle, et je remarquai qu'elle avait l'air nerveuse, comme si elle appréhendait quelque chose ou guettait au contraire un événement qu'elle ne voulait pas rater.

« Oui, répondis-je, toujours un peu mal à l'aise. Je connais Georgie.

– Hmm, fit Hawkins. Un sacré personnage, ce Georgie. »

Je me tournai vers Amy, qui avait cessé de nous scruter nerveusement et fixait désormais du regard le bout de la rue. Je vis alors mon ancien tuteur, Mr Fields, qui s'approchait de nous. C'était la deuxième fois en trois mois que je le croisais – deux fois en trois mois alors que je ne l'avais pas revu depuis sept ans. Qui plus est, Mr Fields se dirigeait manifestement droit vers Amy, comme s'il avait rendez-vous avec elle et Hawkins. Il m'aperçut avant d'être arrivé à sa hauteur et se figea sur place pendant un moment. J'avais l'impression qu'il venait d'être contrarié dans ses plans et qu'il aurait voulu tourner les talons. Au lieu de quoi il ôta son couvre-chef pour me saluer, comme cette fois-là, lors de la journée aux courses, tant de mois auparavant. Hawkins suivit mon regard et aperçut à son tour Mr Fields, qui se tenait à présent à côté d'Amy. Ils nous observaient et paraissaient perplexes. Hawkins ne souriait plus ; lui-même avait l'air nerveux à présent, sentant peser sur nous leurs regards. Mais son sourire refit surface dès qu'il se tourna de nouveau vers moi.

« Bon, eh bien, je crois qu'on m'appelle, dit-il.

– Je crois bien, oui », dis-je. Cette fois, ce fut à mon tour de sourire, et je ne saurais vraiment dire pourquoi, sinon que j'avais le sentiment que Hawkins m'avait menti, quant à l'endroit où il m'avait trouvé comme sur le motif véritable de ses questions. Je sentais que je l'avais enfin démasqué, que j'avais réussi à dévoiler au moins une partie de ses machinations secrètes, et c'était l'embarras qu'il en éprouvait qui me faisait sourire. Je le regardai rejoindre Amy et Mr Fields, puis je soulevai mon chapeau pour les saluer tous les trois tandis qu'ils s'éloignaient.

J'aurais dû accorder plus d'importance à cet épisode. J'aurais dû m'interroger sur la familiarité entre ces deux Asservis et un homme du Nord éduqué. J'aurais dû saisir le lien avec Georgie Parks. Mais mon esprit était submergé par l'océan de possibilités que m'avait ouvert l'assentiment de Georgie et, surtout, ma préoccupation principale n'était pas tant de percer à jour les projets d'autrui que de réfléchir au meilleur moyen de dissimuler les miens.

Le lendemain, je retournai chercher Sophia à la propriété de Nathaniel. Un quart d'heure à peine après m'être mis en route, alors que j'étais encore tout près du domaine, je fus arrêté par la patrouille des Blancs inférieurs – les Chiens de Ryland – qui hantaient les bois à la recherche d'éventuels fuyards. Je leur présentai mes papiers et, dès qu'ils virent le nom de Howell Walker, ils me laissèrent poursuivre mon chemin. Mais cette péripétie me fit trembler, car un changement radical s'était opéré en moi. D'Asservi, j'étais déjà devenu un fugitif. Je craignais tant qu'ils aient pu le deviner, à un sourire inconvenant ou à une gêne hors de propos. Mais les Chiens de Ryland étaient des Blancs – inférieurs peut-être, mais blancs néanmoins –, aveuglés comme tous les autres par leur pouvoir.

Sophia et moi retournâmes à Lockless en silence, sans échanger une seule parole. Juste avant d'arriver à destination, toutefois, je fis halte. La matinée touchait à sa fin ; il faisait froid. Il n'y avait personne sur la route et l'on n'entendait aucun bruit, hormis celui des branches nues fouettées par le vent – ainsi que mon cœur qui cognait dans ma poitrine. Je me demandai si Sophia avait été embrigadée dans je ne sais quel complot. Des spectres voletaient devant mes yeux, et l'espace d'un instant je les vis tous ensemble, tous de mèche – Howell, Nathaniel, Corrine, Sophia, et même Maynard, qui n'était pas mort et qui présidait à mes rêves, dans lesquels il surgissait des mâchoires glacées de la Goose pour égrener la litanie de mes péchés. Mais lorsque je me tournai vers Sophia et que je la vis, comme si souvent, le regard perdu vers la forêt, n'ayant pas même remarqué que nous nous étions arrêtés, l'air si placide et loin au-dessus des soucis de ce monde, les sentiments jaillirent de nouveau en moi, irrépressibles.

Et alors elle parla.

« Il faut que je parte d'ici, Hi, dit-elle. Je ne serai pas encore une vieille dame quand on me mettra dans mon cercueil. Je n'aurai pas d'enfant. Il n'y a pas de société ici. Pas de règles. Pas d'interdits. Ils ont tout emporté avec eux dans le Kentucky, le Mississippi, le Tennessee. Il ne reste plus rien. Tout est parti sur la route de Natchez. »

Elle se tut un instant, puis répéta, plus lentement cette fois : « Il faut que je m'en aille.

– Très bien, répliquai-je. Alors, allons-nous-en. »

8

Je suis tellement plus âgé aujourd'hui, suffisamment âgé pour comprendre comment un enchevêtrement d'événements peut être démêlé pour révéler un seul fil conducteur. Quant à ma liberté, voici où j'en étais : je savais que jamais je ne pourrais aller au-delà de la condition qui était la mienne par le droit du sang à Lockless. Et je savais que, quand bien même, Lockless, quelle qu'ait été sa gloire par le passé, était en train de tomber en ruine, comme tombaient en ruine tous les grands domaines esclavagistes, et que, lorsqu'ils se seraient tous effondrés, je ne serais pas libre, mais vendu ou transmis à d'autres. Je savais que mes talents propres ne me sauveraient pas – au contraire, ils feraient de moi un bien encore plus précieux. J'étais convaincu que c'était précisément ce qui avait attiré Corrine, qu'elle cherchait, aidée par les mensonges de ses semblables, à revendiquer son droit de propriété sur moi avant l'heure, pour des raisons qui demeuraient cependant mystérieuses. Et ma propre perception de cette revendication – comme de tout le reste – avait été transformée dès l'instant où j'étais sorti de la Goose. Tout cela – mes connaissances, mon destin, la façon dont j'avais réchappé à la mort – s'était aggloméré en moi pour fabriquer une sorte de bombe à retardement nichée dans ma poitrine, dont Sophia, avec ses projets, était le détonateur. C'est ainsi que je la voyais à l'époque, comme l'horizon ultime et incontournable de mes réflexions. Le sens de tout cela m'apparaissait avec évidence, mais eût été plus limpide encore si j'avais pris en considération le fait que Sophia était une femme indépendante d'esprit, animée d'intentions, de pensées et d'idées qui lui appartenaient en propre.

Elle vint me trouver plus tard cette semaine-là, alors que je travaillais dehors sur un ensemble de fauteuils de coin, et lorsque je l'aperçus, elle qui faisait couver en moi ce feu explosif, je me sentis envahi par une sorte d'audace.

Elle se planta devant moi et me sourit, jeta un coup d'œil au fauteuil que j'étais en train de restaurer, puis se dirigea vers le cabanon.

« Pas sûr que ce soit une bonne idée d'aller là-dedans, lui dis-je. Ce n'est pas vraiment un endroit convenable pour une dame.

– Je ne suis pas une dame », répliqua-t-elle en entrant dans le cabanon.

Je la suivis et la regardai écarter les toiles d'araignées, passer ses doigts sur les meubles pour juger de la quantité de poussière accumulée. Elle les examina l'un après l'autre, le fauteuil bas en bois d'érable, la table Hepplewhite, l'horloge Queen Anne dont la petite lucarne laissait filtrer un filet de lumière tranchante dans l'obscurité.

« Hmm, fit-elle en se tournant vers moi. Tu vas devoir t'occuper de tout ça ?

– Je crois bien, oui.

– Ordre de Howell ?

– Oui. Transmis par Roscoe. Mais c'est surtout moi qui en avais assez de me tourner les pouces en attendant leurs instructions. Et puis c'est comme quand j'étais petit. Je mettais la main à la pâte ici et là, partout où on avait besoin de moi.

– Tu pourrais toujours travailler dans les champs, dit Sophia. Ils ont toujours besoin de main-d'œuvre là-bas.

– C'est bon, j'ai fait ma part, merci bien, répondis-je. Et toi ? Tu as déjà été dans les champs ?

– J'avoue que non. »

Elle s'était rapprochée de moi, et je le remarquai parce que je prêtais attention désormais au moindre de ses gestes, et en particulier à la distance plus ou moins grande qu'elle mettait à tout moment entre elle et moi. Une partie de moi savait que tout cela était mal, mais c'était la partie que je n'écoutais plus, celle qui m'avait fait croire qu'une simple pièce pouvait renverser le cours des choses en Virginie.

« Y a pire, dis-je. Au moins, on ne les a pas sur le dos en permanence, en train de surveiller tout ce qu'on fait. »

Sophia se rapprocha encore.

« Et qu'est-ce que tu aurais à leur cacher ? » demanda-t-elle, si près de moi à présent que je me sentis perdre l'équilibre. Je me rattrapai en posant la main sur un meuble derrière moi, je ne sais plus lequel.

Elle me coula un long regard, puis elle éclata de rire et sortit du cabanon.

« Est-ce qu'on pourrait continuer de discuter ? me demanda-t-elle presque dans un murmure. De tout ça.

– Oui, bien sûr.

– Dans une heure, près du ravin ?

– Ça me va. »

Je ne sais même plus quel travail je réussis à abattre pendant l'heure qui précéda ce rendez-vous ; je la passai tout entière à ne penser qu'à Sophia. L'esclavage n'est qu'une longue frustration, c'est être né dans un monde de victuailles interdites et de tentations inaccessibles – la terre autour de vous, les habits que vous confectionnez, les gâteaux que vous préparez. Mais la nouvelle frustration qui me tenaillait à présent était grosse d'un avenir différent, un avenir où mes enfants, quels que soient les cahots de leur existence, ne connaîtraient jamais l'estrade aux enchères. Et dès que j'eus entr'aperçu cet autre avenir, mon Dieu, ce fut comme si le monde entier renaissait à mes yeux. J'étais en chemin vers la liberté, et cette liberté se trouvait au fond de mon cœur autant que dans les marais, si bien que jamais mon esprit ne fut aussi distrait que pendant cette heure d'attente. J'avais quitté Lockless avant même d'avoir commencé à courir.

« Bon, alors, comment c'est censé se passer ? » me demanda Sophia. Nous nous étions retrouvés près du ravin, à la lisière du pré sauvage qui donnait sur l'autre côté des bois.

« Je ne sais pas trop », répondis-je.

Sophia me lança un regard interloqué.

« Tu ne sais pas ?

– Je m'en remets à Georgie, dis-je. C'est tout ce que j'ai.

– Georgie, hein ?

– Oui, Georgie. Je ne lui ai pas posé beaucoup de questions – il faut que tu comprennes. Ces histoires dont il s'occupe, je crois que ça fonctionne en bonne partie sur ça, le fait de ne pas trop en parler. Donc mon idée est simple. On se présente au rendez-vous convenu, rien que nous deux, les mains dans les poches, et on s'en va.

– On s'en va où ? » demanda Sophia.

Je la regardai droit dans les yeux pendant un moment, puis tournai la tête vers le ravin.

« Dans les marais, dis-je. Ils ont bâti toute une société là-bas, tout un monde clandestin, où n'importe quel homme peut vivre comme tous les hommes devraient avoir le droit de vivre.

– Et les femmes ?

– Oui, je sais. J'ai pensé à ça. Peut-être que ce n'est pas l'endroit idéal pour une dame…

– Hi, je te l'ai déjà dit aujourd'hui, m'interrompit Sophia, je ne suis pas une dame. »

Je hochai la tête.

« Je saurai très bien me débrouiller, dit-elle. Fais-moi sortir d'ici, c'est tout ; le reste, je m'en charge toute seule. »

Ces deux derniers mots – *toute seule* – restèrent suspendus en l'air.

« Toute seule, hein ? » répétai-je.

Elle me lança un regard impassible, sans sourire.

« Écoute, Hiram, il faut que tu comprennes quelque chose. Je t'aime beaucoup, vraiment beaucoup. » Son regard était dur, ses yeux me transperçaient, et je sentais que ce qu'elle était en train de me dire venait du plus profond d'elle-même. « Je t'aime beaucoup et ils ne sont pas nombreux, les gens que j'aime, et quand je te regarde, je vois quelque chose d'ancien et de familier, quelque chose qui ressemble à ce que j'éprouvais pour mon Mercury. Mais je t'aimerai beaucoup moins si ton plan, c'est de m'entraîner dans ce monde clandestin et de devenir un nouveau Nathaniel. C'est pas ça la liberté pour moi, tu comprends ? Échanger un homme blanc contre un homme noir, c'est pas ça la liberté pour une femme. »

Je m'aperçus à cet instant qu'elle avait posé la main sur mon bras. Et qu'elle le serrait fort.

« Si c'est ça que tu veux, si c'est ça que tu as en tête, alors il faut que tu me le dises maintenant. Si ton idée, c'est de m'enchaîner à toi et de me faire des petits, alors dis-le-moi tout de suite et aie au moins la décence de me laisser décider par moi-même. Tu n'es pas comme eux. Fais-moi la grâce de me laisser le choix. Alors, dis-moi. Dis-moi quelles sont tes intentions. »

Je me souviens de sa férocité à cet instant. La journée avait été si paisible. C'était la fin de l'après-midi à présent, le soleil déclinait déjà, en cette saison de longues nuits, la saison parfaite, apprendrais-je bientôt, pour fuir. Je n'entendais ni les oiseaux, ni les insectes, ni le vent dans les branches – tous mes sens étaient concentrés sur les mots de Sophia, des mots qui, pour la première fois de ma vie, me parvenaient sans prendre la forme d'images, pour des raisons que je ne comprenais pas bien sur le moment. Ce que je comprenais, c'est qu'elle avait terriblement peur de quelque chose – de quelque chose en moi, et l'idée que je puisse, d'une manière ou d'une autre, devenir à ses yeux un autre Nathaniel, qu'elle puisse me craindre comme elle le craignait, me faisait à la fois honte et horreur.

« Non, lui dis-je. Jamais, Sophia. Je veux que tu sois libre, et je veux que les liens qui nous unissent, s'il doit y en avoir, soient toujours ceux de ton choix. »

Sa main se desserra alors et elle la laissa posée sur mon bras.

« Je ne vais pas te mentir, continuai-je. J'espère qu'un jour, à un moment ou à un autre, tu me choisiras. Je l'avoue. J'ai des rêves. Des rêves insensés.

– Et à quoi rêves-tu ? me demanda-t-elle, sa main me serrant de nouveau le bras.

– Je rêve d'hommes et de femmes qui auraient la liberté de se laver, de se nourrir et de s'habiller eux-mêmes. Je rêve de roseraies qui récompenseraient les mains qui les entretiennent. Et je rêve de pouvoir me tourner vers une femme pour qui j'ai des sentiments, et de pouvoir parler de ces sentiments, crier ces sentiments, sans devoir réfléchir à leur portée au-delà d'elle et de moi. »

Nous nous attardâmes un moment près du ravin, puis nous levâmes pour rentrer. Le soleil était presque couché sur Lockless. Nous nous arrêtâmes à l'orée des bois. « Je ferais mieux de continuer seule », dit Sophia. Je hochai la tête et la regardai s'éloigner. Puis je sortis à mon tour du couvert des arbres et me dirigeai vers la maison. Lorsque j'arrivai en vue du tunnel qui menait au Terrier, j'aperçus une silhouette debout devant l'entrée, les bras croisés – Thena.

Elle aussi m'apparaissait désormais sous un jour différent. J'étais sur le point de m'enfuir, au bras d'une jeune femme, vers une nouvelle vie, la première vie digne de ce nom que nous connaîtrions, le genre de vie que les plus anciens d'entre nous avaient peur de rechercher pour eux-mêmes. J'avais voulu les sauver, j'avais voulu sauver tout le domaine de Lockless, mais tout cela était derrière moi à présent. Ils étaient comme des agneaux résignés à l'abattoir. Les anciens savaient tous ce qui allait advenir. Ils savaient ce que murmurait la terre, car personne ne la connaissait mieux que ceux qui la travaillaient. La nuit, les yeux grands ouverts, ils écoutaient les gémissements des fantômes du passé, de tous ceux qui avaient été emportés. Ils savaient ce qui allait bientôt arriver, et pourtant ils l'attendaient sans faire le moindre geste. Et cet élan soudain de honte et de fureur, de rage et de ressentiment à leur égard, eux qui avaient laissé faire, eux qui avaient stoïquement regardé leurs enfants leur être arrachés, je le reportai tout entier sur Thena maintenant, si bien qu'à cet instant, lorsqu'elle me vit sortir des bois, lorsque je la vis là, les bras croisés, qui m'attendait et me regardait approcher, et que je lus la désapprobation sur son visage, je me sentis envahi par une incroyable colère.

« Bonsoir », lui dis-je. Elle leva les yeux au ciel pour toute réponse. Je m'engouffrai dans le tunnel pour regagner mes quartiers. Elle me suivit. Quand nous fûmes arrivés dans ma chambre, elle alluma la lampe posée sur le manteau de cheminée, puis ferma la porte. Elle s'assit sur une chaise dans le coin de la pièce et je vis la flamme de la lampe dessiner des ombres sur son visage.

« Qu'est-ce qui t'arrive, mon garçon ? me demanda-t-elle.

– Je ne sais pas de quoi tu parles.

– Tu as encore de la fièvre ?

– Thena…

– Tu te comportes de façon étrange depuis quelques semaines, oui, très étrange. Alors quoi ? Quelle mouche t'a piqué ?

– Je ne vois pas de quoi tu parles.

– D'accord, alors je vais te poser la question autrement. Qu'est-ce qui peut bien te passer par la cervelle pour qu'on te voie batifoler partout dans Lockless avec la fille de Nathaniel Walker ?

– Je ne batifole avec personne. Elle a les fréquentations qu'elle veut, comme moi j'ai les miennes.

– C'est comme ça que tu vois les choses, hein ?

– Oui, c'est comme ça que je vois les choses.

– T'es donc bien aussi bête que t'en as l'air. »

Je lançai alors un regard mauvais à Thena, comme je l'avais vu faire à des enfants indisciplinés face à leurs parents. Or j'étais moi-même un enfant, je sais cela aujourd'hui, un garçon débordé par ses émotions, bouleversé par une perte immense et capitale. Je le compris à cet instant, du reste, même si je n'aurais su l'exprimer par des mots, je ressentis tout ce que j'avais perdu au moment où ma mère avait sombré dans ce trou noir de ma mémoire, car je me trouvais à présent en face d'une autre femme que j'étais sur le point de perdre. Et je ne supportais pas l'idée de la perdre, de la regarder dans le blanc des yeux et de lui avouer mes projets, de quitter la seule mère que j'avais jamais connue. Aussi lui répondis-je d'une voix empreinte non pas de tristesse ou d'honnêteté, mais de colère et d'indignation.

« Qu'est-ce que je t'ai fait ? lui demandai-je.

– Quoi ?

– Qu'est-ce que j'ai bien pu te faire pour que tu me parles comme ça, bonté divine ?

– Pour que je te parle comme ça ? répéta-t-elle d'un air sidéré. Depuis quand tu te mêles de comment je te parle ? Tu m'es tombé dessus, sorti de nulle part, et moi j'avais rien demandé, mais qu'est-ce que je fais tous les soirs, alors que je me suis brisé le dos toute la journée pour les autres ? Qui c'est qui te prépare ton bacon et tes pains de maïs ? Est-ce qu'elle fait ça pour toi, cette fille ? Qui c'est qui te protège contre tous ces gens qui veulent rien que se servir de toi avec leurs petites manigances ? Et qu'est-ce que je t'ai demandé en retour, Hiram ? Est-ce que je t'ai jamais rien demandé ?

– Alors pourquoi tu commencerais maintenant ? » rétorquai-je. Je lançai à Thena un long regard sévère – d'une sévérité comme personne n'en méritait, certainement pas une femme qui m'avait aimé en tout cas, et moins encore celle qui m'avait prodigué tant de soins et d'affection.

Thena me regarda à son tour comme si je venais de lui tirer une balle en plein cœur. Mais la douleur fut éphémère. C'était comme si son ultime espoir de voir poindre quelque justice, quelque lumière dans ce monde cruel, venait de s'évanouir devant elle, et qu'il ne lui restait plus que ses yeux pour pleurer, comme elle s'y était attendue depuis toujours.

« Tu le regretteras un jour, me dit-elle. Tu le regretteras plus que tous les ennuis que t'apportera cette fille, et elle t'en apportera, crois-moi. Mais ce moment précis, ces mots-là que tu adresses à ceux qui t'ont choyé quand t'étais le plus fragile, ça, tu le regretteras. » Puis elle ouvrit la porte et ne se retourna que pour ajouter : « Un garçon comme toi devrait faire plus attention aux mots qu'il emploie. On peut jamais savoir si c'est pas les derniers qu'il prononcera. »

Je n'eus pas à attendre longtemps pour que les regrets annoncés bourgeonnent en moi, mais à cet instant ils étaient étouffés par une autre partie de moi, celle qui ne pensait qu'à ma fuite imminente, loin de ce vieux monde, de ces terres à l'agonie, de ces esclaves apeurés et de ces Blancs vils et vulgaires. J'allais bientôt laisser tout cela derrière moi pour rejoindre la liberté de la vie clandestine, et je ne ferais aucune exception, même pour Thena.

Les jours passèrent, puis arriva enfin le matin de la promesse fatidique de Georgie – il arriva comme la vie elle-même, à la fois longue et rapide. Je me réveillai ce jour-là empli de malaise. Je demeurai allongé dans mon lit, à espérer que cette journée demeure suspendue, mais j'entendis bientôt des bruits d'agitation dans le Terrier et dans la maison au-dessus de nous, et cet affreux vacarme annonçait que la journée avait bel et bien commencé, que ma promesse était un fait incontournable et que je ne pouvais plus y échapper désormais. Alors je me levai dans le noir et me rendis au puits avec ma cruche en terre cuite. En chemin j'aperçus Pete, déjà habillé, qui allait travailler dans le jardin, et je m'en souviens parce que c'est la toute dernière fois que je le vis. De loin j'aperçus ensuite Thena, près du puits, seule, en train de tirer de l'eau pour la lessive. C'était une tâche harassante – hisser l'eau hors du puits, démarrer le feu, battre le linge, préparer le savon – et elle faisait tout cela sans l'aide de personne. Je me rappelle l'avoir observée en songeant à quel point je lui avais fait du tort ; je l'avais méprisée, je lui avais manqué de respect, et j'en ressentais toute la honte, que j'étouffais sous ma colère, en me disant à moi-même : « Mais pour qui se prend-elle ? » J'attendis qu'elle ait fini, regardant depuis l'entrée du tunnel cette vieille femme noire tirer l'eau du puits toute seule, parfaitement conscient que je le regretterais un jour, que ces derniers mots que j'adressais de loin à Thena me hanteraient jusqu'à la fin de ma vie.

Quand elle fut partie, je m'approchai du puits, remplis ma cruche, puis retournai dans ma chambre faire ma toilette et m'habiller. Juste avant de pénétrer dans le tunnel, je regardai le soleil se lever sur Lockless, et je pris une dernière fois toute la mesure du pas que je m'apprêtais à franchir. Je songeai aux océans, à tous les explorateurs dont j'avais lu les aventures au fil de ces longs dimanches d'été passés dans la bibliothèque, et je me demandai ce qu'ils avaient ressenti au moment de quitter la terre ferme pour monter sur le pont, contemplant le grand large devant eux, les vagues qu'ils allaient devoir braver pour rejoindre un royaume inconnu. Je me demandai s'ils avaient eu peur, s'ils avaient été saisis au dernier moment par l'envie subite de tourner les talons pour se réfugier dans les bras de leur femme, embrasser leurs petites filles et rester là, avec elles, dans le monde qu'ils connaissaient. Ou étaient-ils comme moi, conscients que le monde qu'ils aimaient était en train de vaciller, qu'il allait lui aussi s'effondrer bientôt, que rien ne dérogeait à la règle du changement, que s'ils ne traversaient pas les océans, alors ce seraient les océans qui viendraient à eux ? Ainsi devais-je m'en aller, car mon propre monde était en train de disparaître, n'avait jamais rien fait que disparaître – j'entendais la voix de Maynard depuis les profondeurs de la Goose, Corrine depuis les hauteurs des montagnes, et, par-dessus tout, Natchez.

Je me forçai à sortir de ma rêverie. Je montai l'escalier et échangeai quelques mots avec mon père, qui m'avait trouvé une nouvelle tâche – travailler en cuisine avec les autres domestiques préposés au service, ou ce qu'il en restait, à partir du lendemain. « Un dernier jour de liberté », me dit-il. Mais je ne me souciais déjà plus de tout cela. Je me contentai de hocher la tête en l'observant, à l'affût du moindre signe trahissant qu'il avait compris. Mais il paraissait de bonne humeur, joyeux comme il ne l'avait pas été depuis plusieurs semaines. Il parla de Corrine Quinn, qui avait promis de nous rendre visite dans la semaine, et j'éprouvai un immense soulagement à l'idée que, lorsqu'elle viendrait, je serais déjà parti.

Je me rendis dans la bibliothèque. Je feuilletai les vieux volumes de Ramsay et Morton. Puis je regagnai mes quartiers. Je me fis invisible pendant tout le reste de la journée. J'étais incapable d'avaler quoi que ce soit. Incapable de voir qui que ce soit. J'en avais terminé désormais avec toutes les réminiscences et tous les rêves. Ce que je désirais plus que tout au monde, c'était que le moment attendu arrive enfin. Et il arriva, oh oui, il arriva. Le soleil se coucha, ouvrant la voie à la longue nuit d'hiver, le calme emplit peu à peu la maison et le bourdonnement de la journée s'estompa jusqu'à ce qu'on n'entende plus aucun bruit, hormis un craquement ici et là. Je n'emportais rien avec moi à part mon ambition, ni vêtements, ni nourriture, ni livres, pas même ma pièce fétiche, que je sortis de la poche de ma salopette, frottai une dernière fois, puis posai sur le manteau de cheminée. J'allai retrouver Sophia près du verger aux pêches. Nous longeâmes la route, mais sans sortir du couvert des bois, loin des regards, de peur qu'une patrouille ne nous repère. Chemin faisant, nous discutions en riant comme d'habitude, mais à voix basse, jusqu'au moment où, après un tournant, nous vîmes se profiler au loin le pont de la Goose. Sentant l'un et l'autre que l'heure était venue, que nous avions atteint le point de non-retour, nous fîmes soudain silence, figés par la peur et l'exaltation. Nous nous tenions là, immobiles, et nous regardions ce pont, qui n'était qu'une longue forme obscure élancée dans l'obscurité encore plus vaste de la nuit. J'entendais les créatures grouillantes de la terre s'appeler les unes les autres. Il n'y avait pas une seule étoile dans le ciel voilé de la nuit.

« Voilà, dis-je. La liberté.

– La liberté, répéta Sophia. À prendre ou à laisser. Plus d'hésitations. Plus de compromissions. Le tout pour le tout, quitte à mourir jeune. »

Alors nous sortîmes des bois pour continuer sur le chemin. À découvert, sous le ciel de la nuit, je lui pris la main ; je m'aperçus qu'elle ne bougeait pas, alors que la mienne tremblait. Nous avions confié nos vies à la parole d'honneur de Georgie Parks. Nous avions foi en la rumeur, nous croyions au Réseau clandestin. Nous franchîmes le pont sans nous retourner et nous dirigeâmes vers les bois, loin de Starfall. Les jours précédents, j'avais pris le temps de repérer les chemins de traverse, et j'avais trouvé le moyen le plus rapide et discret de rallier le lieu de rendez-vous convenu. Quand nous fûmes arrivés au petit étang où Georgie et moi nous étions retrouvés une semaine plus tôt, nous pûmes nous détendre un peu.

« Qu'est-ce que tu feras quand tu seras là-bas ? demandai-je à Sophia.

– Je ne sais pas. Je ne sais pas trop ce qu'une fille peut faire dans les marais. J'aimerais bien travailler – pour moi. Voilà ma plus haute ambition. Et toi ?

– M'éloigner de toi le plus possible, je crois. »

Cela nous fit rire tous les deux.

« Tu es vraiment folle, tu sais, lui dis-je. Me pousser à m'enfuir comme ça. Si on réussit à s'en sortir – *quand* on réussira à s'en sortir –, j'aurai eu assez des petites intrigues de Sophia.

– Hmm. Je serai pas mécontente, moi non plus, d'avoir un fardeau de moins, dit-elle. Les hommes m'ont jamais rien apporté que des tas d'ennuis, à moi et aux miens. »

Nous continuâmes à rire ensemble un moment. Je levai la tête vers le ciel sans étoiles, puis me tournai vers Sophia, qui reculait en direction de l'étang. Puis j'entendis des bruits de pas, des voix – quelqu'un approchait, et je compris que cette personne n'était pas seule. Je songeai à me cacher, mais je me ravisai en entendant distinctement la voix de Georgie parmi ces hommes. Puis les voix se turent et on n'entendit plus que les pas qui foulaient le sol. Je pris la main de Sophia et, jetant un œil à travers les frondaisons, j'aperçus la silhouette de Georgie Parks découpée dans l'obscurité.

Je me souviens que je souris alors. Et je vous assure que je me souviens de tout, comme depuis toujours, mais il est possible en l'occurrence que mon esprit me joue des tours, car il faisait nuit noire et je distinguais à peine Sophia à mes côtés, mais je jure que je me rappelle avoir vu le visage de Georgie Parks, et sur ce visage on lisait le chagrin et la tristesse, et je ne savais pas pourquoi. C'est alors que j'entendis de nouveau des bruits de pas et je vis cinq hommes surgir de l'obscurité, un par un, et je vis que l'un d'eux tenait une corde entre ses mains. Et, lorsqu'ils se furent montrés, ils se figèrent devant nous pendant un moment qui sembla durer une éternité, et j'entendis Sophia se mettre à gémir : « Non, non, non… »

L'un des hommes posa la main sur l'épaule de Georgie et dit : « C'est bien, Georgie, tu as fait ce qu'il fallait. » Sur ce, Georgie nous tourna le dos, s'enfonça dans la forêt, et nous nous retrouvâmes face à face avec ces hommes, et avec leur corde.

« Non, non, non », continuait de gémir Sophia.

Je jure qu'on aurait dit des fantômes, luisant comme des spectres dans la nuit noire, et je sus alors, sans le moindre doute, à leur silhouette et à leur attitude, qui étaient ces hommes.

9

Leurs pistolets braqués dans notre dos, les Chiens de Ryland nous firent avancer, sous la nuit sans lune et sans étoiles, à travers une obscurité si épaisse qu'on aurait pu la saisir à pleines mains, aussi épaisse que les cordes nouées autour de nos poignets. Et soudain je pris conscience du froid, du vent tranchant comme une lame, si bien que je me mis à frissonner, au grand amusement de nos ravisseurs ; je ne les voyais pas, mais je les entendais rire, se moquer de moi – « C'est plus l'heure de trembler, mon garçon » –, pensant que j'avais peur de ce qu'ils pourraient me faire. Le fait est que les Chiens de Ryland étaient effrayants, et si je n'étais pas en proie à la terreur absolue, c'était uniquement parce que d'autres émotions – la honte, la colère, le choc – surpassaient la peur en moi. Ils auraient pu disposer de nous comme bon leur semblait, ils auraient pu faire ce qu'ils voulaient de Sophia, car tel était le cours normal des choses. C'était le privilège des Blancs inférieurs, eux qui ne possédaient rien en propre, que d'exercer temporairement leur droit de propriété sur les fuyards, et de se déchaîner sur eux en donnant libre cours à leurs horribles passions. Dès lors que je vis Georgie disparaître, et les hommes de Ryland émerger des bois comme des spectres flottants, je sentis que nous n'échapperions pas à ce déchaînement. Pourtant, ce n'est pas ce qui se produisit. Ils nous firent simplement sortir des bois pour nous mener jusqu'à la prison de Starfall ; là, ils remplacèrent nos cordes par des chaînes et nous laissèrent dans la cour, comme les animaux que nous étions à leurs yeux, entravés dans le fer glacé, pour nos derniers moments ensemble, nos derniers moments sur cette terre telle que nous la connaissions.

Je me rappelle le poids nauséeux de ces chaînes qui me descendaient tout le long du corps, depuis le collier autour de mon cou, relié à des chaînes plus petites et à des menottes autour de mes poignets, jusqu'aux entraves fermement attachées par une autre chaîne encore à mes chevilles. Ce treillis de fer glacé était enroulé autour du barreau le plus bas de la clôture qui délimitait l'enceinte de la prison, de sorte que je me trouvais dans une position inconfortable en permanence, incapable de me redresser ou de m'asseoir, forcé de rester accroupi. Toute ma vie, j'avais été un prisonnier. Mais si les circonstances particulières de ma naissance m'avaient jusqu'ici autorisé à n'éprouver cette captivité que comme une marque ou un symbole, il n'y avait rien de symbolique à présent dans ce piège de fer massif. Je ne pouvais bouger le cou que dans une seule direction, et me retrouvai confronté alors à une douleur d'un autre genre, car j'aperçus Sophia, enchaînée tout comme moi, à quelques mètres de distance. Je brûlais de prononcer des paroles d'une gravité qui fût à la hauteur de notre situation. J'aurais voulu lui dire à quel point j'étais dévasté de l'avoir entraînée dans cette forme encore plus profonde et concrète d'esclavage. J'aurais voulu assumer pleinement devant elle la responsabilité de cette immense trahison. Mais lorsque j'ouvris la bouche, il n'en sortit que des mots pitoyables.

« Je… je suis désolé, lui dis-je, la tête baissée vers le sol. Je suis tellement désolé. »

Sophia ne répondit pas.

Ce que j'aurais voulu le plus au monde à cet instant, c'était tenir une lame entre mes mains, avec laquelle je me serais tranché la gorge. Continuer à vivre en ayant sur la conscience ce que j'avais fait, ce que j'avais fait subir à Sophia, m'était intolérable. Et il faisait si froid. J'avais l'impression que mes mains se pétrifiaient, que mes oreilles engourdies allaient disparaître dans la nuit, et je savais que je pleurais, car je sentais couler en silence des larmes qui gelaient sur mes joues.

À cet instant, absorbé par ma propre honte, j'entendis de faibles grognements, à intervalles réguliers, et à chacun de ces grognements la clôture frémissait. Je levai alors les yeux et vis que c'était Sophia qui ahanait. Elle tirait sur ses chaînes, en déplaçait tout le poids afin de se rapprocher, quelques centimètres à la fois, dans je ne sais quel but. Peut-être voulait-elle s'approcher de moi pour me murmurer quelque ancienne malédiction, ou m'arracher une oreille d'un coup de dents. Elle mettait toutes ses forces à se déplacer et, chaque fois qu'elle soulevait ses chaînes, la clôture se soulevait en même temps. Jamais je ne me serais douté qu'elle était si forte. Elle avait commencé lentement, reprenant son souffle entre deux mouvements, mais plus elle se rapprochait, plus ses gestes devenaient amples et rapides, si bien que je crus que son intention était peut-être de déraciner la clôture elle-même afin de nous libérer. Mais lorsqu'elle fut enfin arrivée à côté de moi, elle s'arrêta, épuisée, pantelante, et je pus la voir de près, détailler les traits de son visage et le regard qu'elle posait sur moi – un regard empreint de tendresse au début, d'une telle tendresse que, sur le moment, toute ma honte s'envola. Puis, luttant contre le poids de ses chaînes, Sophia tourna la tête pour m'indiquer un endroit, au-delà de la clôture, au-delà de la prison, et, même si je ne voyais rien dans le noir, je compris qu'elle me désignait Freetown. Elle se retourna ensuite vers moi, et le regard qu'elle me lança était si dur, cette fois, que je compris qu'elle aussi aurait voulu avoir un couteau à la main à cet instant, même si la gorge qu'il aurait servi à trancher n'était pas la sienne. Je vis alors tous les traits de son visage se tendre, ses dents se serrer. Sophia tira une dernière fois sur ses chaînes pour se retrouver tout près de moi – si près de moi que je sentais son souffle caresser ma joue et son bras frôler le mien, si près qu'elle pouvait se pencher contre moi, ce qu'elle faisait à présent, si près que je sentais la chaleur de son corps, si près que la froideur des ténèbres disparut d'un coup, et soudain je ne frissonnais plus.

II

« Si je devais vous parler des horreurs de l'esclavage (...) je voudrais vous prendre chacun à part et vous les murmurer au creux de l'oreille. »

William Wells Brown

10

Je vivais désormais dans la prison de Ryland. Je fus séparé de Sophia dès le lendemain. Qu'était-il advenu d'elle ? Je n'en savais rien – vendue à une maison close ? renvoyée à Nathaniel ? expédiée à Natchez ? – et il ne me restait plus que cette image d'elle, que je revois encore, luttant contre ses chaînes pour un bref moment de contact, son regard plein d'une hargne non pas ravalée, ni dirigée contre moi, ni contre elle-même, mais contre l'ignoble trahison de Georgie Parks. Je n'avais aucune idée, même alors, de l'ampleur de cette trahison ; mais j'en savais assez pour que bouillonne en moi une haine aussi épaisse qu'un ragoût d'hiver. Plus tard, bien des années plus tard, je comprendrais la situation impossible dans laquelle s'était retrouvé Georgie, la façon dont les Distingués avaient réduit son libre arbitre, de sorte que son existence ne tenait qu'à un fil, un fil aussi ténu que hasardeux nommé Freetown. Mais pour l'heure je le haïssais, et je me délectais de l'idée qu'un jour béni viendrait où je pourrais déverser sur lui toute ma colère.

Je fus jeté dans un cachot humide, avec une couverture sale et un grabat de paille pour tout couchage, et un seau pour mes besoins. Tous les jours, on me sortait de ma cellule pour me faire faire un peu d'exercice et me nettoyer. On m'appliquait du cirage dans les cheveux et on m'enduisait d'huile sur tout le corps. Puis je devais me tenir debout, avec tous les autres, dans le plus simple appareil, au milieu du grand hall de la prison. Les marchands de chair, les vautours de Natchez, faisaient alors leur entrée, et j'étais livré à leur bon plaisir. C'était une troupe effroyable, la lie de la caste des Blancs inférieurs, car, même s'ils étaient issus des couches les plus basses de la société, ces hommes, contrairement à leurs frères, avaient réussi à s'enrichir grâce au commerce humain, mais ils semblaient prendre un plaisir particulier à faire étalage, en une sorte de spectacle grotesque, de leur vulgarité, de leur mise négligée, de leurs bouches édentées, de leur odeur pestilentielle, de leur habitude de cracher du tabac à tout bout de champ. Les Distingués les méprisaient, car le commerce de l'esclavage était toujours considéré comme une activité déshonorante. Ils n'invitaient jamais ces marchands chez eux ni ne leur offraient une place sur leur banc à l'église le dimanche. Le temps viendrait où l'or serait plus fort que le sang. Mais nous étions encore dans la Virginie d'antan, où, en vertu de préceptes édictés par un Dieu douteux, ceux qui proposaient un homme à la vente étaient plus honorables que ceux qui se chargeaient de cette vente.

Ce mépris inspirait un grand ressentiment aux marchands, dont ils se vengeaient sur nous. Ils se livraient à leur besogne avec un tel entrain qu'on eût dit qu'ils dansaient lorsqu'ils s'approchaient de nous dans le hall de la prison, et quand ils m'agrippaient les fesses pour juger de leur fermeté, c'était avec vigueur et allégresse ; quand ils faisaient bouger mes mâchoires en les levant à la lumière, me tâtaient le crâne afin d'en prendre les mesures à l'aune de leurs théories phrénologiques, leurs visages étaient toujours fendus d'un petit rictus ; et quand ils m'enfonçaient les doigts dans la bouche pour vérifier que je n'avais pas les dents pourries, ou qu'ils me palpaient les bras et les jambes, à l'affût d'anciennes blessures qui m'auraient laissé des séquelles, ils fredonnaient et sifflotaient.

Je m'évadais en pensée durant ces « examens », car je n'avais pas tardé à comprendre que la seule façon de survivre à de telles intrusions était de rêver, de laisser mon âme s'envoler de mon corps, vers Lockless et vers d'autres temps, le temps où je chantais dans les champs – « Je reviendrai, Gina, avec mon cœur et ma chanson » –, le moment où j'avais vu s'illuminer les yeux d'Alice Caulley quand je lui avais récité son histoire, ou tous ceux encore que j'avais passés assis sous la tonnelle, avec un cruchon de bière, à songer à mes désirs et à mes ambitions. Mais tout cela n'était qu'un rêve. La réalité, c'est que je me trouvais là, piégé dans l'atrocité du moment présent, aux mains d'hommes qui jouissaient de leur pouvoir de réduire un autre homme à de la viande.

Voilà donc où j'en étais, tout au fond, dans le cercueil de l'esclavage, car, quoi que j'aie pu endurer à Lockless, il faut bien dire que ce n'était rien en comparaison, et moins encore par rapport à ce qui m'attendait certainement. Mais je n'étais pas seul. Il y avait deux autres captifs dans ma cellule. Le premier était un garçon aux cheveux brun clair, qui ne devait pas avoir plus de douze ans, un garçon qui ne souriait pas, n'ouvrait jamais la bouche et affichait l'air endurci d'un homme depuis longtemps asservi. Mais ce n'était qu'un garçonnet, comme l'attestaient, chaque nuit, les gémissements apeurés qu'il poussait dans son sommeil, et son petit bâillement le matin. Tous les soirs, après que nous avions ingurgité la maigre pitance qui nous servait de dîner, sa mère venait le voir. Je devinais, à ses vêtements, plus élégants que les habits de toile grossière habituellement portés par les Asservis, que c'était une affranchie, qui pour je ne sais quelle raison avait perdu la garde de son enfant. Elle s'asseyait par terre, devant notre cellule, la main tendue à travers les barreaux pour attraper celle de son fils, et ils passaient ainsi un long moment ensemble, main dans la main, jusqu'à ce que Ryland la congédie. Il y avait quelque chose de cruellement familier dans ce rituel, quelque chose qu'une partie de moi, ancienne et enfouie, reconnaissait, telle une scène tirée de quelque vie antérieure effacée de ma mémoire.

Mon autre compagnon de cellule était un vieil homme. Son visage était raviné par les ans, et sur l'océan de son dos se lisait la trace des nombreux périples du fouet de Ryland. Si grandes que soient les peines que je dus subir durant ce séjour à la prison de Ryland, elles étaient bien loin d'approcher celles de ce vieil homme. Le calcul dicté par l'intérêt et le profit nous protégeait, le garçon et moi. Mais les jours de labeur de ce vieillard étaient désormais derrière lui ; il n'y avait plus rien à en tirer que quelques piécettes et il ne valait guère mieux dorénavant que de la chair à pâtée pour les chiens. À tout moment de la journée, dès que l'envie leur en prenait, nos geôliers l'extirpaient de la cellule pour l'obliger à chanter, danser, ramper, aboyer, caqueter ou s'humilier devant eux d'une façon ou d'une autre. Et si, pour quelque raison, ils n'étaient pas satisfaits de sa performance, ils le rouaient de coups de poing et de botte, le flagellaient avec des rênes ou des fouets de cocher, le bombardaient de toutes sortes d'objets, des presse-papiers, des chaises, tout ce qui leur tombait sous la main. Ce genre de scène m'emplissait d'une honte cuisante, même si je ne l'identifiais pas comme telle sur le moment – la honte d'être moi-même totalement incapable de porter secours à ce pauvre homme.

Ce furent des heures bien sombres pour l'âme. Ma compassion pour mes deux compagnons d'infortune fut rapidement battue en brèche par le sentiment que c'était précisément à cause de ce genre de compassion idiote que je m'étais retrouvé ici. Les soupçons se bousculaient dans mon esprit agité. Peut-être que tout cela n'était qu'une vaste conspiration. Peut-être que Sophia en faisait partie. Peut-être que Thena les avait prévenus. Peut-être étaient-ils tous ensemble en ce moment même, avec Corrine Quinn, voire avec mon père, en train de rire à mes dépens, en train de se gausser de mes fantasmes grotesques de liberté. Ainsi la honte et la compassion cédèrent-elles bientôt la place à une dureté qui ne m'a jamais quitté depuis.

C'était la nuit. J'étais allongé sur le sol de pierre humide. La mère du petit garçon était partie. J'entendais Ryland, au bout du couloir, disputer une partie de poker généreusement arrosée.

Ce soir, pour je ne sais quelle raison, le vieil homme avait besoin de parler. Sa voix surgit tout à coup dans l'obscurité. Il commença par me dire, dans un murmure éraillé, que je lui rappelais son fils. Je l'ignorai et tentai de me réchauffer en me blottissant entre ma couche de paille et une couverture mangée aux mites. Il me répéta alors, d'une voix qui charriait tous les privilèges de son âge, que son fils et moi étions les mêmes.

« J'en doute, répondis-je.

– Que tu sois lui, oui, pour sûr, il y a toutes les raisons d'en douter, dit-il. Mais je t'ai bien observé, et je sais que vous avez à peu près le même âge et que vous devez avoir souffert de la même infamie. Nous sommes séparés l'un de l'autre, mais la nuit, quand je rêve de lui, c'est d'un homme trahi que je rêve. Et cet homme a un regard semblable au tien. »

Je restai silencieux.

« Comment as-tu atterri ici ? me demanda-t-il.

– En m'enfuyant. J'ai voulu échapper à l'Asservissement et je suis parti avec une fille qui appartenait à un autre homme.

– Mais ils ne t'ont pas tué, dit-il sans la moindre émotion. C'est que tu dois encore pouvoir servir. Probablement dans une autre contrée, où personne ne connaît ton nom et où tes exploits impies seront considérés comme les mensonges d'un homme enchaîné et diminué.

– Pourquoi s'en prennent-ils à vous comme ça ? lui demandai-je.

– Pour s'amuser, j'imagine. »

Je l'entendis ricaner dans le noir en prononçant ces mots.

« Je suis bon pour l'abattoir, continua-t-il. Ça se voit pas ?

– Comme nous tous, rétorquai-je.

– Non, pas toi. Pas encore. Et lui non plus, dit-il en désignant le garçon. Oui, je vais bientôt être rappelé auprès de mes ancêtres. Je sais que je suis voué à mourir ici, dans les tourments, car je suis souillé du pire des péchés. »

Le vieil homme était lancé et, malgré l'obscurité de la nuit, je le vis se redresser, la tête tournée vers le hall de la prison, où l'on voyait danser des ombres à la lueur de la lanterne tandis que Ryland laissait échapper de temps à autre un grand éclat de rire. On entendait le souffle du garçon endormi frémir par intermittence en un léger ronflement.

« J'ai vécu ainsi qu'il convient, poursuivit le vieil homme. Je n'ai pas vécu seul. Et lorsque je me suis retrouvé ici, tel le dernier homme, sans plus aucune société autour de moi pour faire respecter la loi véritable, j'ai su que mon heure était venue.

« Le monde avance, il continue d'avancer sans ce pays. Il fut un temps où le comté d'Elm était comme le fils unique, adoré du Seigneur. Un temps où ce pays était l'apogée de la civilisation, où les Blancs n'étaient que faste et splendeur, bruits de couloir et bals majestueux. J'étais là. Je sortais, très souvent, avec mon maître sur le fleuve. J'ai assisté à toutes leurs festivités. Toi, tu es né aux temps de la déchéance, mais je me souviens de l'époque où leur vie n'était qu'une grande fête, leurs tables ployant sous les pains les plus exquis, les cailles et les gâteaux aux groseilles, le vin, le cidre et toutes sortes de raffinements.

« Rien de tout cela ne nous était destiné, bien sûr, mais nous avions nos compensations. Notre compensation, c'était la terre ferme sous nos pieds. C'était une époque où un homme honorable pouvait fonder une famille, et voir ensuite ses enfants, puis les enfants de ses enfants, faire de même à leur tour. Mon grand-père fut témoin de tout cela, pour sûr. Amené ici depuis l'Afrique. Il trouva le Seigneur. Il trouva une femme et des générations se succédèrent sous sa gouverne. Ce n'était pas notre saison à nous, mais une saison si pleine de certitude que même un Asservi pouvait tracer le chemin de sa propre existence. Je pourrais t'en raconter, des histoires, mon garçon.

Je pourrais te parler des courses, et du jour où Planet galopa si vite qu'il s'arracha à ses propres sabots. Mais peu importe. Tu m'as déjà posé une question ; tu veux savoir pourquoi ils s'en prennent à moi comme ça, alors je vais te le dire. »

J'avais déjà entendu toutes ces histoires. Il était devenu banal de résumer ainsi l'esprit de cette époque, le réconfort tout relatif d'avoir connu sa mère, d'avoir des cousins dans tel ou tel domaine voisin, d'avoir été le témoin de grandes fêtes qui brillaient encore dans les mémoires. Mais ce réconfort n'est pas la liberté ; il permet peut-être de vivre dans la certitude, jamais dans la sécurité. C'était ce système fermement établi qui avait offert Sophia à Nathaniel, qui avait fait ce que j'étais. Il n'y avait pas de paix dans l'esclavage, car chaque jour passé sous le joug d'un autre est un jour de guerre.

« Comment vous appelez-vous ? demandai-je au vieil homme.

– Quelle importance ? rétorqua-t-il. La seule chose qui importe, c'est que j'ai aimé une femme, autrefois, et que dans cet amour j'ai oublié jusqu'à mon nom. Tel fut mon péché, à cause de quoi je me trouve ici aujourd'hui, avec toi, et avec ce garçon, livré à la merci de ces Blancs inférieurs. »

Il essayait de se lever à présent – s'accrochant aux barreaux pour se redresser. Je voulus l'aider, mais il me repoussa d'un geste de la main. Il parvint enfin à se hisser et à rester debout en s'appuyant contre les barreaux autour desquels il avait enroulé son bras gauche.

« Je me suis marié très jeune et j'ai connu pendant de nombreuses années tout le bonheur auquel un homme et une femme peuvent aspirer. Nous vivions parmi les Asservis, vois-tu, mais l'Asservissement n'a jamais été en nous. Nous avions un fils. Nous lui avons donné une éducation juste et chrétienne. Tout le monde le tenait en haute estime – les Distingués aussi bien que les Asservis et les Blancs inférieurs. Il travaillait la terre comme si elle lui appartenait, et pensait que nos maîtres seraient si impressionnés qu'ils finiraient par l'affranchir, à l'heure de leur mort peut-être.

« C'était un garçon d'une grande intelligence. Tout le monde le savait. Les filles se battaient pour porter la lignée de ce garçon. Il refusait de se marier. Il se réservait pour la plus honorable des épouses et ne voulait d'aucune qui ne soit pas digne de sa mère. Mais elle mourut, ma femme, le cœur de ma vie, oui, elle mourut. La fièvre me l'enleva. Sa dernière instruction était très simple : "Veille sur ce garçon. Ne le laisse pas vendre son héritage pour une brassée de petit bois."

« Je lui ai obéi. J'ai veillé à ce qu'il reste fidèle à la loi véritable. Et lorsqu'il a fini par se marier, avec une fille des cuisines, c'est comme si l'esprit de sa mère s'était réincarné, car c'était une fille d'honneur, qui s'acquittait de son devoir avec la même diligence que mon fils.

« Les années ont passé. Nous avons été transformés, reconfigurés en une nouvelle famille. J'ai eu la joie de voir arriver trois petits-enfants, mais un seul d'entre eux, un garçon, a survécu au-delà du berceau. À la mort des autres, nous avons beaucoup pleuré, tous ensemble, car les flots d'amour qui nous unissaient étaient puissants, aussi forts que ceux du fleuve James, et nous avons reporté tout cet amour sur le petit qui avait survécu.

« Mais la terre n'était plus ce qu'elle avait été, et les Distingués se sont lancés dans un nouveau commerce, et l'objet de ce commerce, c'était nous, et chaque semaine, au moment de l'appel, nous voyions de moins en moins de mains se lever.

« Et puis, un soir, après l'appel, le contremaître s'est approché et s'est adressé à moi seul. Il a dit : "Nous tous ici, ça fait longtemps qu'on pense que tu es quelqu'un de bien. Toi et les tiens, vous êtes comme des enfants pour nous, chers à nos cœurs. Mais toi qui sais écouter la terre, tu sais que c'est un chant de mort qu'elle chante aujourd'hui. Ça me brise le cœur de te dire ça, mais nous devons nous séparer de ton garçon. Je suis désolé. C'est pour notre bien à tous. Je suis venu te prévenir, par sens de l'honneur. Nous avons fait notre possible pour adoucir cette séparation. Le mieux que je puisse faire, c'est d'envoyer sa femme et son petit avec lui. C'est tout." »

Je m'étais levé à mon tour. Je ne quittais pas des yeux le vieil homme, de peur qu'il ne vacille. La lumière luisait encore dans le couloir. Les rires s'étaient atténués et l'on entendait moins de voix que tout à l'heure.

« Quand ils m'ont dit ça, poursuivit-il, je me suis effondré. J'ai regagné mes quartiers. Je tremblais. Je ne voyais plus rien. Je suis allé dans les bois implorer le Seigneur. Mais je n'ai pas pu prononcer le moindre mot. J'ai passé la nuit là-bas et je ne me suis pas présenté dans les champs le lendemain matin. Ils ont dû comprendre que je pleurais, car le contremaître n'est pas venu me chercher.

« Ce jour-là, j'ai erré dans les environs du domaine, avec mes pensées pour seules compagnes. J'ai marché, mais pas une fois je ne me suis mis à courir. Une idée me rongeait. Ces gens étaient si ignobles qu'ils étaient capables de séparer un père de son fils unique. Je savais bien ce que j'étais. Toute ma vie, j'avais été en sursis. J'étais né au fond du piège à vermine. Sans aucun moyen d'en sortir. Telle était mon existence. Mais j'avais beau me répéter tout cela, quelque chose de puissant en moi n'y avait jamais cru. Et puis ils m'ont enlevé mon garçon.

« Je suis allé le trouver ce soir-là. Je lui ai répété ce qu'ils m'avaient dit. Son visage était comme un roc. Il n'a montré aucune peur, il était trop fort pour cela, et cette force m'a tellement ému que j'ai fondu en larmes. "Pleure pas, papa, m'a-t-il dit. D'une façon ou d'une autre, nous aurons nos Grandes Retrouvailles."

« Deux jours plus tard, le contremaître m'a chargé d'une course en ville. Mais, avant de me mettre en route, je vois une calèche que je reconnais devant la maison. Et de cette calèche sort Ryland – et j'ai compris alors que le moment de la séparation était arrivé. Je suis parti en essayant de me consoler à l'idée que mon garçon avait une bonne épouse et qu'ils continueraient de prospérer, de mener une vie normale.

« Mais, à mon retour, sa femme était toujours là, et mon fils était parti. Le soir, je suis allé la voir, bouillonnant de rage, et elle m'a dit qu'ils avaient emmené mon fils et leur petit, que Ryland avait refusé de les prendre tous. Et elle s'est effondrée devant moi – en larmes, folle de chagrin. Quand elle s'est calmée, quand elle s'est relevée, ce n'est pas son visage que j'ai vu, mais le spectre de ma propre femme. Et je me suis souvenu alors de ses dernières paroles : "Veille sur ce garçon." C'est à ce moment-là que j'ai compris que ma vie était pour ainsi dire terminée. Parce qu'un homme qui ne peut pas honorer les derniers vœux de sa femme, ce n'est même plus un homme, et sa vie n'est même plus une vie.

« La fille a dit qu'elle préférait encore mourir. Elle avait déjà vu bon nombre des siens partir là-bas, vers Natchez. Personne ne pouvait savoir qui serait le prochain. Quelle cause justifiait que nous soyons séparés ainsi ? L'arbre de notre famille avait été tronçonné – des branches par-ci, des racines par-là –, tronçonné pour leur servir de bois de chauffe.

« Nous étions fous de tristesse. La fille a pris ma main et, quand elle s'est tournée vers moi, je l'ai revu, le visage de ma femme. Elle m'a entraîné dehors, dans la nuit. Elle s'est dirigée vers le bâtiment des cuisines et j'ai tout de suite compris ce qu'elle avait en tête. Ils nous auraient écorchés vifs. Je l'ai ramenée de force dans la maison et je l'ai mise au lit. Le lendemain matin, elle avait recouvré la raison, et elle a revêtu l'uniforme que tous les Asservis doivent porter pour survivre. »

Je savais à quoi le fils du vieil homme pensait, et je me reconnaissais dans ses ambitions, dans le projet qu'il avait caressé de prouver sa noblesse et de transformer ses désirs en réalité. Ce n'était pas bien difficile à comprendre. Mais l'Asservissement ne transige pas, ne tolère aucun compromis – il dévore.

« Au bout d'un certain temps, elle a fini par éprouver de la gratitude envers ma sagesse, si on peut appeler ça ainsi. Nous étions unis par notre chagrin. Séparés de nos proches.

Et vivre seul chacun dans son coin, en Virginie, c'était une vie insupportable. »

Le vieil homme marqua alors un temps et j'eus le sentiment terrible de savoir très exactement ce qu'il allait dire ensuite.

« Il était naturel que je l'aime, poursuivit-il. Il est naturel pour un homme et une femme de former une famille. Dans cette grande détresse, alors que tous les nôtres avaient été expédiés loin de nous, il était naturel que nous soyons ensemble. Et nous l'avons été, pendant quelques années. Je ne le renie pas. Je ne la dénonce pas. Je dirai simplement que j'ai péché dans un monde d'horribles pécheurs, que ce monde est ainsi fait qu'il sépare le père de son fils, le fils de sa femme, et que nous n'avons d'autre choix que de rendre les coups avec les armes que nous avons à notre disposition.

« Un jour, un Blanc qui était parti depuis longtemps s'installer dans le Mississippi est revenu. Il avait revendu ses terres, disait-il, parce qu'il ne supportait plus de vivre au milieu de ces sauvages. Il était revenu avec des hommes. Et j'ai appris que parmi ces hommes se trouvait mon fils bien-aimé.

« À cet instant précis, j'ai compris que ma vie était finie. Un homme revient d'entre les morts et découvre que son père a pris pour épouse sa propre femme. Cela ne pouvait pas être moi. Ce soir-là, je suis allé aux cuisines, comme ma fille, ma nouvelle épouse, avait voulu le faire jadis, et j'ai mis le feu au bâtiment. Je savais quel sort m'attendait. C'était inévitable. Mais, avant cela, je voulais expier ma part. Et je voulais rendre les coups.

– Alors ils vous ont battu sur ordre de votre maître ? demandai-je.

– Ils m'ont battu parce qu'ils le pouvaient, répondit-il. Parce que je suis vieux, et que je n'ai plus aucune valeur marchande. Un jour viendra où je rendrai l'âme. Je le sais. Mais qui sera là pour m'accueillir dans l'Au-delà ? »

Le vieil homme se laissa alors glisser le long des barreaux de la cellule. L'entendant sangloter, je m'approchai de lui.

Il tomba dans mes bras, leva les yeux vers moi et dit : « Que me dira la mère de mon fils unique ? Comprendra-t-elle que j'ai fait du mieux que j'ai pu ? Ou choisira-t-elle, elle qui m'a chargé d'un tel fardeau, d'une tâche dont aucun homme de couleur ne peut s'acquitter, de se détourner de moi à jamais ? »

Je ne répondis pas. Je n'avais aucune réponse à lui offrir. Je l'aidai à se relever et sentis sa peau sous mes doigts, comme du cuir craquelé qui tenait à peine sur ses os. Je l'aidai ensuite à regagner sa couche et à s'allonger, l'écoutant pleurer doucement et répéter sans cesse : « Oh, qui m'accueillera dans l'Au-delà ? » Je l'écoutai ainsi jusqu'à ce qu'il s'endorme, et quand, à mon tour, je me laissai glisser dans le sommeil, je rêvai de nouveau de ce champ que j'avais vu des mois plus tôt, un champ dans lequel se trouvaient tous les miens, et Maynard, mon frère, qui les tenait enchaînés.

Le garçon fut le premier à s'en aller, embarqué dans une caravane de Noirs qu'on envoyait à l'ouest. Je l'aperçus depuis la cour de la prison où ils nous avaient rassemblés, comme ils le faisaient régulièrement, afin de nous soumettre, une fois de plus, à une séance d'inspection et d'estimation. La mère du garçon avançait lentement à côté de la caravane, en cadence avec son fils. Elle n'était pas entravée par des chaînes. Mutique, habillée tout en blanc, dès qu'elle en avait l'occasion elle touchait l'épaule du garçon, lui serrait le bras ou lui tenait la main. Le cortège disparut bientôt au bout de la route. C'était le matin. Une belle journée. J'étais encore dans la cour, en train de me faire manipuler, bousculer, molester, violenter. J'essayais de toutes mes forces de me réfugier dans mes pensées, de m'extraire de ce moment. Mais la vision de ce garçon qui s'éloignait dans la file, et de sa mère – si familière, comme une réminiscence de quelque vie antérieure –, me ramena à la réalité.

Une demi-heure après que la caravane eut disparu, je me trouvais toujours dans la cour de la prison lorsque j'entendis des gémissements, des éclats de voix, et je vis que la mère du garçon était revenue. « Soyez maudits, bande de meurtriers d'enfants ! criait-elle. Soyez maudits, vous qui avez assassiné mes garçons ! Allez en enfer, et qu'un juste Seigneur éparpille jusqu'au dernier os de vos carcasses de bêtes ! »

Ses hurlements tranchaient l'air et toute la cour se tourna vers elle. Elle avançait vers nous en criant, en crachant des imprécations contre Ryland et tous ceux qui prenaient part à ce commerce barbare. Tant d'entre nous, lorsque venait l'heure de partir, partaient dans le respect et la dignité. Je songeai alors à quel point il était absurde de se raccrocher à toute idée de moralité lorsqu'on était entouré de gens qui n'en avaient aucune. Aussi le spectacle de cette femme en train de hurler, inconsolable, en appelant à la colère divine, souleva-t-il en moi un regain de vaillance. Elle semblait grandir à mesure qu'elle s'approchait de nous, et j'avais l'impression que chacun de ses pas faisait trembler le sol, si bien que même ces chacals venus du Sud s'interrompirent dans leurs petites affaires pour la regarder. C'était une jeune mère qui s'en était allée tout à l'heure sur la route ; mais c'était autre chose qui était revenu. Ses mains étaient des serres. Sa chevelure était vivante, incandescente. Ryland s'approcha de la clôture pour se mettre en travers de son chemin. Elle lui griffa les yeux. Elle attrapa son oreille entre ses dents. Il poussa un hurlement de douleur. D'autres hommes accoururent aussitôt, se jetèrent sur elle, la plaquèrent au sol, lui donnèrent des coups de pied et lui crachèrent dessus. Je ne bougeai pas. Comprenez bien : j'assistai à cette scène et je ne fis rien. Je regardais ces hommes vendre des enfants et rouer de coups une mère étendue au sol, et je ne faisais rien.

Deux cerbères la saisirent chacun par un bras et l'emmenèrent en la traînant. Ses vêtements blancs à présent souillés et déchirés. Je l'entendis continuer à hurler tandis qu'ils s'éloignaient ; on aurait presque dit une mélodie rythmée, comme les vieux chants de travail – « Assassins, vous n'êtes que des assassins ! Vendeurs de tous mes garçons perdus ! Chiens de Ryland, Chiens de Ryland ! Que la justice de Dieu vous réduise à de la viande pour vermine ! Que le plus noir des feux écorche jusqu'à la moelle de vos os infâmes et tordus ! »

Puis le vieil homme partit à son tour. Un soir, ils vinrent le tirer de la cellule pour s'amuser, et je ne le revis jamais. Il s'était confessé devant moi ; dès lors, il pouvait aller en paix chercher son ultime rétribution.

Rien d'aussi simple pour moi. Je n'en étais qu'au début de ma peine. J'étais là depuis trois semaines. J'avais faim, j'avais soif. Ils nous donnaient tout juste assez à manger pour que nous ayons la force de travailler, et nous affamaient tout juste assez pour que nous restions misérables. On me louait ici et là dans le comté pour effectuer divers travaux. Nettoyer des parcelles de terre gelée. Vider les latrines et enterrer les détritus. Transporter des cadavres, creuser des tombes. Durant ces semaines, je vis un grand nombre de Noirs – hommes, femmes et enfants – passer par la prison pour y être vendus. Je m'étonnais que mon séjour dure si longtemps. Je commençais à me demander si on n'avait pas décidé de me réserver un sort particulier. J'étais jeune, fort, on aurait pu me vendre à bon prix en quelques jours. Mais les jours passaient, les autres allaient et venaient, et moi je restais.

Enfin, alors qu'on commençait à sentir le printemps s'annoncer, un acheteur se présenta. Ryland me sortit de ma cellule, enchaîné et les yeux bandés. J'entendis l'un de mes geôliers déclarer : « Eh bien, l'ami, vous avez payé le prix fort, je sais, mais je crois que vous avez fait une sacrée bonne affaire. Ce garçon est jeune, en bonne santé – il pourrait bien abattre à lui seul le travail de dix hommes dans les champs. »

Il y eut un bref silence, puis un autre geôlier ajouta : « On l'a gardé ici bien plus longtemps qu'on aurait dû. Toute la Louisiane était à ses trousses. Et la Caroline aussi. » Je sentis des mains rugueuses se poser sur moi. Quelqu'un m'examinait ; j'y étais habitué désormais, et c'est peut-être là le pire – qu'un homme puisse en venir à trouver naturelles

les violences qu'on lui inflige. Mais c'était un peu différent cette fois, car le bandeau qu'on m'avait mis sur les yeux m'empêchait de voir l'acheteur potentiel et d'anticiper à quels endroits du corps il allait me palper.

« Et vous avez été grassement récompensés de votre temps, et de votre peine, répliqua l'acheteur. Mais pas de vos manières ni de votre conversation. Laissez-moi donc avec ce qui m'appartient de droit, et je vous laisse pour ma part vaquer à vos occupations.

– C'était juste histoire de parler, grommela le geôlier. De mettre un peu de cordialité dans tout ça.

– Personne ne vous a rien demandé de la sorte », rétorqua l'acheteur.

Et la discussion prit fin. On me transbahuta, comme l'objet que j'étais, à l'arrière de la carriole. J'avais toujours les yeux bandés, mais je sentais que nous roulions à vive allure, et pendant des heures je n'entendis pas un mot, pas même un murmure, rien que les bruissements divers des bois autour de nous et les cahots de la route qui filait sous nos roues. Puis la carriole finit par ralentir, à un endroit où la route devenait pentue ; je sentis que nous franchissions des collines, et enfin nous nous arrêtâmes. On me déchargea de la carriole. Des mains s'affairèrent à m'ôter mes chaînes. On me libéra les bras. On m'ôta mon bandeau.

J'étais par terre. Je levai la tête et m'aperçus qu'il faisait nuit. Puis je découvris mon nouveau propriétaire. Je m'étais imaginé un géant. Mais non, il était d'une taille normale et ne semblait en rien remarquable – c'était un homme quelconque. Il faisait trop sombre pour que j'arrive à distinguer les traits de son visage, et de toute façon je n'en aurais pas eu le temps. Je voulus me lever, mais mes jambes se dérobèrent et je retombai. Puis je réussis à me redresser, mais c'est lui cette fois qui me poussa et je m'écroulai derechef ; cependant, au lieu de heurter le sol comme je m'y étais attendu, je tombai plus loin, et en levant de nouveau les yeux je m'aperçus que je me trouvais à présent dans une fosse. Puis j'entendis se refermer au-dessus de moi la trappe de cette fosse dans laquelle j'étais tombé.

Je me relevai de nouveau, encore vacillant ; le sol tanguait sous mes pieds. À peine m'étais-je redressé que ma tête heurta un plafond de terre compacte. Je tendis les bras autour de moi et sentis des parois faites de racines et de bois qui empêchaient la fosse de se remplir de terre. Peu à peu, je pris la mesure des dimensions de mon cachot. Il était d'une profondeur à peu près égale à ma taille, et le double en longueur et en largeur. L'obscurité était totale ; on y voyait moins encore que dans la nuit, les yeux bandés ou même frappés de cécité peut-être. C'était comme si j'étais mort. Je repensai au *Livre des merveilles de Marvell*, à l'article sur les océans, dont la masse aurait pu engloutir des continents entiers, lesquels auraient pu engloutir à leur tour une quantité infinie de versions de moi-même. Je me revis, enfant, assis par terre dans la bibliothèque, me concentrant de toutes mes forces pour tenter de me représenter l'immensité de l'océan, poussant mes capacités de perception jusqu'à leurs dernières limites, jusqu'à ce que ma tête soit près d'imploser. Et j'eus alors l'impression, dans ces ténèbres, dans ce simulacre de mort, que j'étais égaré au milieu d'un océan, que je n'étais plus qu'un corps en train de couler au fond des flots infinis.

J'avais entendu parler de ces hommes blancs qui n'achetaient des Noirs que pour assouvir à leurs dépens leurs désirs les plus extravagants – des hommes blancs qui les enfermaient en cage tout simplement parce qu'ils en avaient le pouvoir ; des hommes blancs qui achetaient des hommes noirs pour jouir de leur meurtre ; des hommes blancs qui achetaient des hommes noirs afin de les dépecer, de se livrer sur eux à des expériences démoniaques au nom de la science. J'étais certain d'être tombé aux mains d'un de ces hommes blancs, de n'être plus désormais qu'un objet soumis à la vengeance impitoyable de la Virginie, du comté d'Elm, de mon père et de son cher petit May.

11

Le temps n'avait plus aucune signification. Je n'arrivais plus à distinguer les heures des minutes, et, sans lune ni soleil, le jour et la nuit étaient devenus des fictions. Au début je prêtai attention à l'odeur de la terre, aux sons occasionnels qui me parvenaient du dehors, mais bientôt – impossible de savoir quand exactement – ils ne me firent plus l'effet que de bruits parasites dont il n'y avait rien à tirer. La frontière entre le sommeil et le monde éveillé se dissipa, si bien que je ne faisais plus aucune différence entre mes rêves et les chimères, les illusions mentales qui commençaient à m'ensorceler. Je voyais tant de choses au fond de ma fosse, tant de gens. Et l'une de ces visions qui m'assaillaient en permanence en vint à prendre une importance toute particulière, car je ne tardai pas à me rendre compte qu'il s'agissait non pas d'une création de l'esprit, comme toutes les autres, mais d'un souvenir réel.

Nous étions jeunes ; j'étais au service de mon frère depuis moins d'un an. C'était un long samedi d'été et les maîtres de Lockless, qui s'ennuyaient, voulurent ajouter une touche d'originalité et de fantaisie à leurs brimades habituelles. Ainsi Maynard, qui n'était encore qu'un enfant, eut-il une idée perverse ; il demanda que tous les Asservis sortent du Terrier et se rassemblent sur la pelouse de jeux. Il me donna l'ordre de leur transmettre le message. J'obéis, et une demi-heure plus tard je les avais réunis sur la pelouse, où il leur fut annoncé par Maynard qu'ils allaient tous – vieux et jeunes sans distinction, certains encore épuisés de leur travail de la journée dans les champs, d'autres portant la livrée et les mocassins des domestiques de maison – participer à une grande course afin de le divertir. Sur l'échelle de toutes les humiliations possibles, et en regard des tourments divers et variés qu'on nous faisait subir alors, nous avions connu pire. Mais il s'agissait bel et bien d'une façon de nous humilier – d'autant plus pour moi qui n'avais pas encore compris quelle était ma place dans l'ordre des choses ; tandis que je regardais Maynard trier les Asservis pour former les équipes qui allaient s'affronter, il m'interpella : « Qu'est-ce que tu fiches, Hi ? Viens un peu par ici. »

Je ne bougeai pas, perplexe.

« Viens là, j'ai dit. » Je compris alors ce qu'il voulait. Moi aussi, j'allais devoir courir. On venait tout juste de me faire arrêter mes leçons avec Mr Fields cette année-là. Je me souviens que tous les Asservis rassemblés sur la pelouse avaient les yeux braqués sur moi, et ce que je vis dans ces regards, c'était à la fois de la compassion, sans doute imméritée, et de la répugnance à l'égard de Maynard. On me fit donc m'aligner avec trois autres Asservis et nous nous mîmes à courir sous la chaleur d'août. Quand nous eûmes atteint l'extrémité de la pelouse, j'avais déjà dépassé mes concurrents, car je ne sais pas ce qu'il en était pour eux, mais moi je courais pour de bon, je courais si vite que lorsque mon pied heurta quelque chose de dur qui dépassait du sol, une pierre ou une racine d'arbre, je fis un vol plané et m'étalai de tout mon long. Je rejoignis la ligne de départ en boitillant, sous les yeux de Maynard qui était en train d'aligner les prochains coureurs et qui avait l'air de s'amuser follement. Pendant les trois semaines suivantes, je m'acquittai de mes diverses tâches dans la résidence en traînant la patte, constamment rappelé à ma condition par une douleur lancinante à la cheville.

Cette scène me revenait sans cesse en mémoire comme si elle tournait sur un manège, entrecoupée par d'autres visions – Thena, le Vieux Pete, Lem, et la danseuse sur le pont, ma mère. Mais, pour l'essentiel, tout n'était que ténèbres, une obscurité totale, puis, à un moment, des heures, des jours ou des semaines après qu'on m'eut jeté dans ce trou, j'aperçus un rai de lumière fendre peu à peu le plafond de mon cachot. Je me recroquevillai précipitamment dans un coin, comme un rat effrayé. Puis j'entendis le bruit d'un objet tombant sur le sol, suivi d'une voix tonitruante à l'extérieur.

« Sors de là. Allez, sors. »

Je m'avançai et trouvai du bout des doigts les barreaux de l'échelle qu'on m'avait lancée. En levant la tête, j'aperçus, découpée dans la pénombre du crépuscule, la silhouette de l'homme quelconque qui m'avait amené là – mon geôlier.

« Sors de là », répéta-t-il.

Je grimpai à l'échelle. Arrivé au sommet, je pus à peine me tenir droit et restai voûté devant cet homme quelconque. Nous nous trouvions dans une petite clairière au milieu des bois. Je distinguai au loin les dernières brumes orangées du soleil mourant qui s'échappaient entre les doigts sombres des arbres. Dans cette clairière, mon geôlier avait installé un décor absurde pour me recevoir – deux chaises en bois de part et d'autre d'une table. Il m'indiqua l'une des chaises, mais je refusai de m'asseoir. L'homme me tourna le dos, se dirigea vers l'autre chaise, se retourna vers moi et me lança un paquet. Je tendis les mains pour l'attraper, le sentis m'échapper et m'accroupis pour le ramasser au sol. Un morceau de pain, enveloppé dans du papier. Je le dévorai et me rendis compte à cet instant que je n'avais encore jamais connu la faim, la vraie, avant d'avoir été enfermé dans ce trou. Je ne savais pas combien de temps j'y avais passé ; assez longtemps en tout cas pour que j'oublie la torture de la faim, tel un visiteur qui cesse de frapper à la porte une fois qu'il a compris que personne ne viendra lui ouvrir. Mais ce quignon de pain raviva ma faim. Je me figeai, soudain pris de crampes à l'estomac, puis je vis d'autres paquets posés sur la table, et quelque chose de plus essentiel encore – une carafe d'eau.

Je ne demandai même pas la permission. Je me précipitai sur la carafe et la vidai d'un trait, laissant l'eau ruisseler dans ma gorge et couler de ma bouche, le long de mon cou, sur ma chemise et ma veste, dont je m'aperçus alors qu'elle empestait. Le monde des sensations se rappela progressivement à moi. J'étais mort de faim et de froid. Je repris un morceau de pain et l'engloutis d'un coup, puis un autre, et je m'apprêtais à en prendre un troisième lorsque l'homme quelconque me dit, d'une voix très calme : « Ça ira comme ça. »

Je me retournai et le vis assis non loin de moi ; même si la nuit n'était pas encore tout à fait tombée, il faisait déjà trop noir cependant pour que je distingue les traits de son visage. Il était là, assis sur cette chaise, et ne disait rien. J'attendis, grelottant. Puis j'aperçus une lumière dans le lointain, qui grossissait en se rapprochant. J'entendis un grondement de roues sur le gravier de la route, et bientôt une longue carriole bâchée menée par un cheval s'arrêta devant nous. Un homme, assis à côté du cocher, tenait à la main une lanterne. Le cocher descendit, hocha la tête à l'adresse de l'homme quelconque, lequel me fit signe de monter à bord de la carriole. Je grimpai et découvris plusieurs Noirs déjà installés à l'arrière. Puis nous nous mîmes en route, la carriole vacillant et grinçant sur la route cahoteuse. Je regardai les autres hommes autour de moi, et me demandai quelles abominations nous attendaient à présent. Nous n'étions pas enchaînés ; c'était inutile. Car il suffisait de voir toutes ces têtes baissées autour de moi pour comprendre que ces hommes n'étaient pas seulement prisonniers – ils étaient brisés. Et j'étais l'un d'eux, projeté si loin dans les abîmes du désespoir que ma volonté se résumait désormais à un seul et unique objectif – survivre. Je n'étais plus qu'un animal. Et la chasse allait bientôt être ouverte.

Nous fîmes halte au bout d'une heure de route environ, et on nous fit descendre de la carriole, alignés en une triste cohorte dépenaillée que l'homme quelconque passa en revue comme les rangs d'une nouvelle fournée de conscrits. Même s'il faisait nuit noire à présent, j'y voyais parfaitement dans l'obscurité, comme si tout le temps que j'avais passé sous terre m'avait transformé, de sorte que le clair de lune me suffisait pour distinguer les traits de cet homme – ses longs cheveux lâchés à la diable sous son chapeau à large bord, la longue barbe grise et broussailleuse qui lui mangeait le visage. Nous le surpassions en nombre à cet instant, quoique exténués et démoralisés, mais nous savions qu'il n'était pas seul. Car les hommes blancs, en Virginie, n'étaient jamais vraiment seuls.

Et bientôt les autres arrivèrent en effet, annoncés par la lueur de leurs lanternes au loin, le martèlement des sabots de leurs chevaux et le grincement des roues de leurs carrioles. Il y en avait trois ; les hommes blancs en sortirent devant nous, brandissant leurs lanternes dont la lumière les cernait d'un halo jaunâtre leur donnant l'air de créatures fantastiques surgies du fond des âges – démons, spectres ou gorgones –, invoquées par les Distingués pour nous soumettre à leur vengeance. Mais, dès que je les entendis parler, je reconnus dans leur phrasé une cadence particulière qui m'indiqua que je me trouvais encore en Virginie, et que ces « créatures » n'étaient pas des apparitions surnaturelles, mais une meute de Blancs inférieurs. Ils parlaient avec rudesse. Leurs habits étaient élimés. Mon cœur s'emballa dans ma poitrine et je me sentis submergé par une nouvelle déferlante de terreur. J'aurais encore préféré me retrouver face à des monstres mythologiques plutôt qu'à ces hommes que je ne connaissais que trop bien. Les Inférieurs n'avaient que très peu de prise sur le paysage accidenté de la société, et leur situation était précaire, ce qui ne faisait qu'accroître la brutalité qu'ils réservaient aux Noirs de Virginie. Cette brutalité était la licence accordée par les Distingués à ces Blancs subalternes, la compensation qui les unissait. Et je songeai à présent que c'était là précisément le propos de cette soirée – un rituel barbare, au cours duquel nous autres, les captifs, allions servir d'offrande sacrificielle.

L'homme quelconque échangea quelques plaisanteries avec les Inférieurs, puis nous passa de nouveau en revue en nous jaugeant de la tête aux pieds. Il y avait quelque chose de théâtral à présent dans son attitude ; alors qu'il était resté solennel et réservé jusqu'ici, il paradait maintenant avec une morgue affichée. Les mains glissées sous son manteau, il tirait sur ses bretelles. Il s'arrêtait devant l'un d'entre nous, l'examinait attentivement, secouait la tête d'un air moqueur et sifflait entre ses dents.

Puis, une fois qu'il eut fini de nous scruter, il prit la parole.

« Vermines de Virginie, brailla-t-il. La justice a posé son regard aveugle sur vous. Voleurs ! Brigands ! Meurtriers ! Scélérats qui avez aggravé vos crimes en complotant pour vous soustraire à nos lois et franchir les frontières de ce pays sous de faux noms et des identités usurpées. »

Il se remit à défiler devant nous, mais cette fois il s'arrêta à la hauteur d'un homme qui se trouvait à ma gauche. « Toi, Jackson, tu as parlé d'assassiner ton maître – mais tu as trop parlé, mon garçon ! Tu as été démasqué, et maintenant tu vas devoir en répondre devant la justice de Virginie. »

L'homme quelconque reprit son inspection. « Et toi, Andrew, tu pensais pouvoir dérober une partie de la récolte de coton de ton maître, hein ? Et quand tes projets ont été découverts, tu as décidé de t'enfuir. »

Andrew resta imperturbable et silencieux. L'homme quelconque continua.

« Davis et Billy, dit-il en se dirigeant vers l'autre bout de la rangée. Et vous alors, mes gaillards, il paraît que vous étiez pourtant appréciés. Qu'est-ce qui a bien pu vous pousser à tuer un homme de bien et à lui voler ce qui lui appartenait ?

– C'était à nous, cria l'un des deux. C'était la dernière chose que mon oncle m'avait donnée, avant qu'on le mette sur l'estrade ! »

L'un des hommes aux lanternes l'interrompit sèchement : « C'était pas à toi !

– Allez au diable, rétorqua l'autre. C'était à mon oncle ! Je vous laisserai pas salir son nom ! »

Son voisin lui dit alors : « Tais-toi, Billy. On en a déjà assez entendu comme ça.

– T'inquiète pas, va, lança un autre des Blancs rassemblés dans le halo jaunâtre des lanternes, on va s'occuper de lui faire ravaler ses manières. »

L'homme quelconque vint alors se planter au centre de la rangée.

« Vous avez tous voulu fuir, dit-il. Ma foi, Dieu m'est témoin, je n'ai pas pour vocation de m'opposer à la volonté d'un homme, ou d'un nègre. »

Il regagna sa carriole, grimpa à bord et se mit debout sur le siège avant. « Voici ce que nous allons faire. Vous êtes à présent aux bons soins de ces messieurs de Virginie. Ils ont bien voulu vous accorder un certain temps d'avance pour vous en aller. Si vous réussissez à leur échapper jusqu'à la fin de cette soirée, la liberté est à vous. Mais s'ils vous rattrapent, votre vie tout entière sera entre leurs mains. Peut-être parviendrez-vous à vous en sortir, et alors vos péchés seront effacés. Mais il est plus probable que vous ne teniez pas une heure avant que la justice vous déniche. Quoi qu'il advienne, cela m'est parfaitement égal. J'ai accompli mon devoir. L'heure est venue pour vous d'accomplir le vôtre. »

Puis il s'assit, se saisit des rênes, et la carriole s'éloigna dans un grondement.

Nous restâmes figés, regardant autour de nous dans la nuit, nous regardant les uns les autres, cherchant à comprendre ce qui nous arrivait, attendant ou espérant peut-être, alors même que la peur nous tenaillait, qu'on nous annonce que tout cela n'était qu'une plaisanterie. La sidération nous clouait sur place. Je regardai les hommes blancs, ces apparitions en chapeau à large bord qui attendaient que nous prenions conscience de notre situation. Puis, à bout de patience, l'un d'eux rompit les rangs et s'avança vers notre petit groupe misérable. Il avait un gourdin à la main. Il s'approcha de l'un de ces Asservis désormais considérés comme des renégats et lui donna un grand coup sur la tête. Le pauvre homme, comme frappé d'incrédulité, ne fit pas le moindre geste pour parer le coup. Il poussa un cri, puis s'effondra au sol. L'homme au gourdin se tourna vers nous et dit : « Feriez mieux de vous magner le train, mes gaillards. »

Tout le monde détala aussitôt en tous sens. Je me mis moi aussi à courir, après avoir jeté un dernier regard à l'homme étendu au sol, petit tas sombre au milieu des ténèbres qui s'amassaient derrière moi. Je courus seul – comme tous les autres, je crois. Aucun des Asservis rassemblés ne cherchait à s'entraider – à part peut-être ces deux frères, Davis et Billy –, mais s'ils avaient été choqués autant que moi au moment où cet homme s'était fait fracasser le crâne, s'ils avaient été paralysés de terreur, sans doute n'avaient-ils pas le temps à présent de réfléchir, pas le temps de se préoccuper de loyauté.

Je me mis donc à courir – mais guère vite, ni guère loin. La faim sapait ma volonté. Perclus de crampes, j'avais les jambes comme deux morceaux de bois. Cinglé par le vent de la nuit, je boitillais plus que je ne courais, sur un terrain humide et accidenté où mes pieds s'enlisaient, alourdissant chacun de mes pas.

Et où pouvais-je aller ? Qu'est-ce que le Nord, sinon un mot vide de sens ? Le monde clandestin, les marais – rien qu'un mythe, répandu par la fourberie de Georgie Parks. Et quel espoir avais-je d'échapper à cette meute de prédateurs ? Pourtant, même en proie à la terreur et au désespoir, je ne songeai pas un seul instant à me laisser tomber de tout mon long sur la route ou à me rendre. La flamme de la liberté s'était réduite à une poignée de braises, mais elle brûlait encore en moi et, porté par les bourrasques de la peur, je continuai à courir, plié en deux, d'un pas raide et clopinant – mais je courais néanmoins, la poitrine en feu.

La nuit était éclairée par le pouvoir de mes yeux accommodés à l'obscurité – je voyais se déployer devant moi la forêt humide et hivernale dans toute son étendue. J'entendais mes brodequins s'enfoncer dans le sol à chaque pas, les brindilles craquer sous mes semelles. Puis un coup de feu retentit au loin ; je me demandai s'ils avaient attrapé l'un d'entre nous, s'ils l'avaient tué. Le martèlement du tambour dans ma poitrine redoubla d'intensité. Je vis se profiler le tronc chétif d'un arbre tombé en travers de la route et me dis que j'allais sauter par-dessus sans m'arrêter de courir. Mais mon corps me trahit. Je trébuchai et me retrouvai le nez dans la boue, la bouche pleine de terre. Je me rappelle avoir éprouvé alors un immense soulagement – le soulagement de sentir mes muscles enfin au repos. Mais même alors, même allongé là, je percevais encore la lumière de la liberté, bleue et brumeuse. J'entendais des voix à présent – des cris et des exclamations entremêlés –, et je compris qu'ils n'allaient pas tarder à me rattraper. *Debout*, m'exhortai-je. *Debout*. Alors, lentement, repliant les doigts pour m'agripper à la terre, poussant sur mes paumes, je réussis à me redresser sur les mains et les genoux. *Debout*. Je levai un genou, puis l'autre – et voilà, j'avais réussi.

Mais à peine m'étais-je relevé que je sentis le gourdin s'abattre dans mon dos. Et alors ils fondirent sur moi – une pluie de coups de pied et de poing, de crachats, d'insultes, de violence. Je ne me débattis pas. Je me sentis quitter mon corps, m'élever, m'envoler même, vers Lockless, retrouver la Rue, Thena, le Vieux Pete et son jardin, Sophia sous le belvédère, si bien que lorsqu'ils me ligotèrent les bras et me traînèrent au sol, puis lorsque je sentis les roues de la carriole se mettre en branle, c'est à peine si j'en eus conscience. Je me souviens de tout, je vous assure. Oui, de tout – sauf de ces moments-là, quand je renonçais à la mémoire, quand je quittais mon corps et que je m'envolais.

Ils me ramenèrent devant l'homme quelconque, ligoté, ficelé. Je ne lui accordai pas même un regard. Ils me bandèrent les yeux, me balancèrent à l'arrière d'une autre carriole, puis, après un bref trajet, ils me jetèrent de nouveau au fond de mon trou, là où mon calvaire avait commencé.

Ces séances de chasse à l'homme devinrent ma routine. On m'extirpait de la fosse, on me donnait un bout de pain et un peu d'eau, on me faisait aligner avec un groupe de renégats, à qui l'on faisait lecture de tous leurs crimes, puis on me forçait à courir. Je me souviens de leurs noms, que l'homme quelconque égrenait de sa voix grave et rocailleuse – Ross, Healy, Dan, Edgar. Chaque nuit, ils nous obligeaient à courir. Chaque nuit, j'étais vaincu. Chaque nuit, je retrouvais ma fosse. Étais-je donc mort ? Était-ce là l'enfer dont m'avait parlé mon père ? Certains soirs, je courais pendant des heures, au point que j'aurais juré apercevoir la douce lueur de l'aube, son liséré de lumière juste à portée du bout de mes doigts. Mais alors ils m'attrapaient, me rouaient de coups et me jetaient une fois de plus dans ma cellule sous terre, où m'attendait le carrousel de mes rêves et de mes hallucinations – je vois Sophia danser la danse de l'eau près du feu, je vois Jack et Arabella jouer aux billes dans la Rue, je rassemble les Asservis pour que Maynard s'amuse à leur faire faire la course.

Peu à peu, cependant, je regagnais des forces. Je courais de plus en plus vite. Et ce regain de forces se produisait d'abord dans ma tête plutôt que dans mon corps, car je m'aperçus que lorsque j'avais les idées claires je courais plus vite et plus loin, et si je voulais l'emporter un jour dans ce jeu tordu, il me faudrait mobiliser tous les soutiens que j'avais à ma disposition. Alors je me mis à convoquer en esprit les chants pleins de vaillance que Lem et moi avions entonnés à tour de rôle lors de nos dernières célébrations :

Je m'en vais dans la grande ferme tout là-haut
Je m'en vais dans la maison là où y fait chaud
Quand tu me chercheras, Gina, je serai déjà bien loin.

Cette chanson me redonnait courage et puissance, car elle me rappelait Lem et notre grande fête d'adieux, Thena et Sophia, cette soirée où nous avions tous été rassemblés. Même au plus profond de l'obscurité, une partie de moi se mettait alors à sourire.

Et puis il me semblait toucher du doigt la liberté, même de manière fugace, pendant ces longues nuits passées à courir. Bien que je fusse pourchassé, je la sentais présente partout, dans le vent glacial qui me fouettait le visage, la branche qui m'égratignait la joue, la boue qui collait à mes semelles, la chaleur nauséeuse de mon souffle. Rien pour me freiner – ni Maynard accroché à mes basques, ni mon père aux desseins insondables, ni la peur obscure que m'inspirait Corrine. Ici, dehors, tout était clair et dégagé. En courant, j'avais l'impression de défier le monde entier.

En outre, je devenais de plus en plus rusé. Je me rappelle être resté dehors, une nuit, pendant des heures qui me semblèrent une éternité. Et si je savais que mon calvaire avait duré plusieurs heures, c'est que, lorsqu'ils en eurent terminé avec moi et qu'ils m'eurent ramené aux pieds de l'homme quelconque après m'avoir battu comme plâtre, je vis quelque chose d'incroyable – le soleil se levant derrière des collines vertes que je distinguais pour la première fois. Et, me remémorant la promesse de liberté qui m'avait été faite, je sus que j'étais proche du but. J'appris à couvrir mes traces, à faire demi-tour en marchant dans mes propres pas afin de semer mes poursuivants, et je découvris aussi que je pouvais les traquer tout autant qu'ils me traquaient. Je compris enfin que je possédais un don qui pouvait m'être précieux – ma mémoire. C'étaient toujours les mêmes hommes qui nous couraient après, et leur méthode n'était guère originale. Mémoriser le terrain et leur mode opératoire me donna soudain un avantage sur eux. J'arrivais à les déborder par le flanc. Une nuit, ils se séparèrent. J'en fis tomber un et en frappai un autre. Cela me valut d'être bastonné plus sévèrement que jamais, et je dus bien reconnaître que ma marge de manœuvre était limitée. Je courais, alors que j'aurais eu besoin de m'envoler. Pas simplement en esprit, mais dans la réalité. Il aurait fallu que je puisse m'élever loin au-dessus de ces Blancs inférieurs, comme je m'étais élevé loin au-dessus de Maynard et de la rivière.

Mais comment ? En quoi consistait ce pouvoir capable d'arracher un homme aux profondeurs ? D'arracher un garçon aux écuries pour le projeter en un éclair dans sa mansarde ? Je tentai de reconstituer les événements. En ces deux occasions, une lumière bleue m'était apparue, et chaque fois, quoique de manière différente, je m'étais retrouvé en présence de ma mère, ou au bord du trou noir de ma mémoire où je l'avais perdue. Ce pouvoir devait donc avoir un rapport avec elle. Et j'avais besoin de ce pouvoir, parce qu'il fallait que je m'enfuie, ou bien je finirais par mourir en essayant d'échapper à cette meute de loups.

Peut-être ce pouvoir était-il lié d'une manière ou d'une autre à ce blocage de ma mémoire, auquel cas il me suffirait de trouver la clé de l'un pour trouver la clé de l'autre. Je me mis ainsi, comme une sorte de rituel tout au long de ces heures sans fin passées dans l'obscurité de la fosse, à tenter de reconstituer l'image de ma mère à partir de tout ce qu'on m'avait raconté d'elle et des visions que j'avais eues lorsque j'avais sombré dans les eaux de la Goose. Rose au cœur généreux. Rose la sœur d'Emma. Rose la belle. Rose la discrète. Rose la reine de la Danse de l'Eau.

C'était une nuit sans nuages, et je courais. Je sentais que le printemps était arrivé, car les nuits n'étaient plus aussi rudes qu'auparavant. Mon cœur ne cognait plus aussi fort dans ma poitrine quand je courais. Mes jambes avaient retrouvé de leur souplesse. Les chasseurs avaient dû le remarquer, du reste, car leurs rangs avaient grossi. Et, alors que naguère ils se scindaient en plusieurs groupes pour traquer un bataillon entier de fugitifs, je sentais désormais que toute l'escouade concentrait ses efforts sur moi plus que sur n'importe qui d'autre. Cette nuit-là, donc, alors que je les entendais se rapprocher, la forêt s'ouvrit tout à coup devant moi et je vis la surface luisante d'un étang, vaste et ténébreux. Je redoublai d'efforts pour contourner le plan d'eau. Je les entendais pousser des cris et des exclamations derrière moi. Je courus aussi vite que possible autour de l'étang, talonné par ces voix, et je n'osais pas jeter un regard derrière moi. C'est alors que mon pied se prit dans quelque chose, une branche ou une racine, je ne saurais dire, et je ressentis une douleur fulgurante, une douleur ancienne, à la cheville. Je me sentis tomber en avant et me retrouvai allongé au milieu des fougères, le visage trempé d'eau froide et boueuse. Je fis encore quelques mètres en rampant, mais, fou de douleur et conscient que la chasse était terminée, je me mis à chanter, non pas dans ma tête cependant, mais à voix haute et sans retenue :

Je m'en vais dans la grande ferme tout là-bas
Je m'en vais tout là-haut, mais je serai pas long
Je reviendrai, Gina, avec mon cœur et ma chanson.

Que virent les hommes qui me poursuivaient à cet instant ? M'entendirent-ils seulement chanter ? Ils étaient là, prêts à se saisir de moi, les mains déjà tendues peut-être.

Virent-ils l'éther s'ouvrir devant eux, la lumière bleue de toutes nos histoires fendre l'univers et illuminer la nuit ? Je vis, moi, les bois qui se repliaient soudain sur eux-mêmes, dans un rouleau de brume, dévoilant une étendue d'herbe rase que je reconnus aussitôt – la pelouse de Lockless. Voilà du moins ce qu'il me sembla sur le moment. Mais alors, à mesure que cette vision se précipitait vers moi – et c'est bien ainsi que la scène m'apparut, comme si le monde s'engouffrait en moi plus que je ne m'engouffrais en lui –, je pris conscience qu'il ne s'agissait pas du Lockless de mon époque, car j'y reconnaissais des Asservis qui n'étaient plus parmi nous depuis longtemps. Ils travaillaient sous la férule d'un homme, un homme qui n'avait pas changé depuis toutes ces années, hilare et désinvolte, tel que j'en avais gardé le souvenir – le petit May. Il hurlait, le doigt pointé en direction de la maison, et en suivant ce geste du regard je m'aperçus que c'était sur moi qu'il hurlait – non pas moi tel que je me trouvais à présent, en train de flotter au-dessus de cette scène, mais tel que j'avais été autrefois, les deux pieds campés sur le sol du domaine, pendant cette première année d'Asservissement, à l'époque où je venais tout juste d'être privé de l'enseignement de Mr Fields et où je cherchais encore ma place dans l'ordre du monde.

Ce moment n'avait rien à voir avec le carrousel de visions qui m'assaillaient dans la fosse ; c'était quelque chose d'entièrement inédit. Comme lorsque vous êtes endormi et qu'à aucun moment vous n'avez conscience, si absurde que soit la scène qui se déroule sous vos yeux, que vous êtes en train de rêver. La nature même de la logique et de l'enchaînement des événements était abolie, et l'insensé me paraissait normal, de sorte que je nous observais sans broncher, Maynard et moi, tels que nous avions été jadis, dans cet autre temps. Je regardai ce jeune avatar de moi-même sommé de rejoindre un petit groupe d'Asservis et aligné avec eux sur la ligne de départ, je me vis partir à fond de train, m'élancer dans la course, j'éprouvai même la sensation physique de courir, alors que mes jambes ne bougeaient pas, et je ne comprenais rien. Je me vis bientôt distancer mes adversaires, courir plus vite qu'eux, atteindre l'extrémité du terrain, puis faire demi-tour pour repartir dans l'autre sens et trébucher alors, pousser un cri et tomber en me tenant la cheville. Je me rappelle avoir eu envie de réconforter cet enfant, ce moi d'une autre vie. Mais, lorsque je voulus m'approcher de lui, le monde se déroba une fois de plus et je me retrouvai de nouveau dans le présent.

Mais pas au même endroit. Ma douleur à la cheville se rappela à moi. J'étais étendu au sol. Je hurlais. Je tentai de ramper. Puis je me mis debout. Je fis un pas. La douleur était insoutenable. Je m'écroulai. Et, alors que je me sentais sur le point de perdre connaissance, je levai la tête une dernière fois et je vis l'un de mes poursuivants, planté devant moi, qui me toisait.

Mais non. C'était quelqu'un d'autre.

« Calme-toi, mon garçon, dit Hawkins. Tu vas finir par réveiller les morts à force de beugler comme ça. »

12

Ma douleur à la cheville me fit reprendre connaissance. Ce n'était plus un élancement aigu, mais une pulsation sourde. J'ouvris les yeux et vis la lumière du jour, la merveilleuse lumière du jour que je n'avais pas vue depuis des semaines, se déversant par la fenêtre avec tant d'éclat que le reste du monde autour de moi n'était qu'un grand flou. Lentement, mes yeux s'y habituèrent et bientôt les contours des objets qui m'environnaient se précisèrent – une petite table de chevet, une pipe posée sur un récipient en forme de vaisseau, une grande horloge en face de moi, un baldaquin au-dessus de ma tête et des rideaux rouge vif tirés de part et d'autre de mon lit. Baissant les yeux, je m'aperçus qu'on m'avait nettoyé des pieds à la tête et vêtu d'un caleçon en coton et d'une chemise de nuit en soie. Il me vint à l'esprit que j'étais peut-être encore inconscient, que ce n'était qu'un nouveau décor du carrousel tournoyant de mes visions. Ou peut-être m'étais-je extirpé de l'enfer de mon cachot pour aller à la rencontre, enfin, de ma rétribution ultime. Mais la douleur lancinante à ma cheville me prouvait que le monde autour de moi était bien réel. Et je vis que je n'étais pas seul ; des silhouettes émergeaient çà et là du brouillard. Je reconnus

Hawkins, l'homme qui m'avait retrouvé, par deux fois à présent, à l'autre bout de ce voyage miraculeux. Il était assis sur une chaise et, à côté de lui, ne portant plus ses habits de deuil, je vis la veuve esseulée de Maynard Walker, Corrine Quinn.

« Bienvenue », dit-elle.

Elle souriait, d'un sourire plein de joie, même, et il m'apparut que je ne l'avais encore jamais vue sourire ainsi. C'était comme si elle venait de découvrir quelque chose qui s'était perdu depuis une éternité, une clé peut-être, ou la dernière pièce d'un puzzle qu'elle désespérait de pouvoir compléter depuis tout ce temps. Mais il y avait autre chose, quelque chose de particulier dans son attitude, car c'était bien *à moi* qu'elle souriait, et non pas *de moi*. Corrine avait toujours affecté des manières bizarres, différentes de toutes celles que j'avais pu remarquer chez les Distingués. Mais il s'agissait d'autre chose encore à présent, car il n'émanait d'elle aucune autorité, aucune certitude, aucune forme de domination – rien qu'un profond plaisir, la satisfaction d'avoir atteint je ne sais quel objectif mystérieux.

« Sais-tu ce qui t'est arrivé ? me demanda-t-elle. Sais-tu où tu es ? »

Une odeur de pot-pourri printanier flottait dans la pièce – mélange suave et capiteux de menthe, de thym et d'autre chose encore –, un parfum qui ne pouvait pas provenir de Lockless, où prévalait un esprit masculin qui ne ménageait guère de place à de tels effluves.

« Sais-tu pendant combien de temps tu as disparu ? » me demanda-t-elle encore.

Je ne répondis pas.

« Hiram, dit-elle. Sais-tu qui je suis ?

– Miss Corrine.

– Non, pas "miss", dit-elle, son sourire joyeux s'adoucissant alors en une expression rassurée. Corrine. Simplement Corrine. »

Je prenais peu à peu la mesure de l'étrangeté de ce moment. Je remarquai en tournant la tête que Hawkins ne se tenait pas comme un Asservi, debout et prêt à obéir, mais assis à côté de Corrine le dos bien droit, le port noble.

« Sais-tu où tu te trouves ? répéta-t-elle.

– Non, répondis-je. Je ne sais pas depuis combien de temps je suis parti. Je ne sais pas où je suis parti. Je ne sais même pas pourquoi.

– Hiram, dit-elle, nous allons passer un accord, tous les deux. Je vais te dire la vérité. Et toi, tu vas faire de même. »

Elle me regardait à présent d'un air grave et sérieux.

« Tu sais parfaitement pourquoi tu as été renvoyé, dit-elle. Tu t'es enfui, et tu es parti avec quelqu'un. Je suis sûre que tu as compris maintenant que nous avons des informations dont tu ne disposes pas toi-même. Je te dirai tout ce que tu voudras savoir, mais il faudra que tu fasses pareil. »

Je me redressai dans mon lit et ressentis une douleur aiguë au dos et dans les jambes. Mes pieds crevassés me faisaient mal. Portant la main à mon visage, je sentis une bosse au-dessus de mon œil gauche. Je me souvins alors du calvaire nocturne que j'avais enduré, de toutes ces heures passées au fond de la fosse.

« Ouais, on est vraiment désolés pour ça. Fallait qu'on soit sûrs. » Hawkins me lança un regard éloquent et continua : « On se doutait bien, mais, pour être vraiment sûrs, fallait qu'on t'emmène. »

On est désolés, avait-il dit – cela signifiait qu'il détenait un certain pouvoir, lui, Hawkins, un Asservi, qu'il avait une part de responsabilité non seulement ici, dans cette pièce, mais dans l'enfer que j'avais traversé pendant quoi, un mois ? plusieurs ?

« Hiram, reprit Corrine. Tu es tombé dans la Goose avec Maynard. Non, tu as entraîné Maynard dans la Goose. Il n'a pas eu le choix. Peut-être était-ce ton intention délibérée, mais, que tu l'aies voulu ou non, tu as tué un homme, et ce faisant tu as réduit à néant des projets échafaudés depuis longtemps. À cause de tes désirs et de ton impulsivité, à cause de ton crime, des hommes importants sont obligés d'envisager toute leur existence sous un nouveau jour et des armées entières de la justice américaine sont à présent en fuite. Tu ne comprends pas. Mais je crois que tu finiras par comprendre, car j'ai la conviction que, derrière tes agissements désordonnés et inconsidérés, un dessein était à l'œuvre, plus grand encore que le tien. »

Tout en parlant, Corrine s'empara de la pipe de la main gauche, et de la droite elle en ôta le couvercle, laissant s'échapper une odeur de tabac. Elle l'alluma, tira quelques bouffées, puis souffla un serpentin de fumée. Elle tendit ensuite la pipe à Hawkins, qui la ralluma et tira dessus avant de la lui rendre. Un panache de fumée blanche flottait autour d'eux, suspendu comme de la poussière dans les rayons du soleil à travers la fenêtre. Je repensai à notre dernière entrevue, dans la pénombre de ce salon à Lockless, à sa voix frêle et tremblante, et je me remémorai à quel point elle m'avait déjà paru bizarre alors, à quel point elle m'avait toujours paru bizarre, cette façon qu'elle avait de dédaigner la mode du temps présent pour affecter les manières de la Virginie d'antan, avec une insistance qui provoquait le malaise. Mais la vérité m'apparaissait tout à coup avec une telle évidence que je me demandai comment j'avais pu ne pas m'en rendre compte plus tôt. C'était un mensonge, tout cela n'était qu'une mise en scène – la tradition, le deuil, peut-être le mariage lui-même.

J'avais dû perdre tous mes pouvoirs de dissimulation pendant mon absence, car Corrine se mit à rire en me regardant : « Tu te demandes comment j'ai fait, n'est-ce pas ?

– Oui, c'est vrai.

– Oui, oui, je comprends, je t'assure, je comprends, dit-elle. Il est rare que le maître ou la maîtresse de maison parvienne à duper le serviteur. C'est un luxe que d'être trompé ainsi sur toute la ligne, de vivre dans le parjure et l'invention. Quelles que soient tes aspirations, Hiram, je sais que tu n'as jamais pris plaisir à toutes ces splendeurs. Tu es un scientifique. Forcément.

« Mais tous ces idiots, les Jefferson, les Madison, les Walker, tous ces hommes enivrés de théorie, eh bien, je suis convaincue que le plus indigent des travailleurs des champs, sur la parcelle de terre la plus misérable de tout le Mississippi, en savait plus à propos du monde que tous ces philosophes américains sentencieux et imbus d'eux-mêmes.

« Et les nobles gens de notre pays sont bien conscients de cela. C'est pourquoi ils adorent les danses et les chansons de ton peuple. C'est une bibliothèque vivante, une mine de connaissances sur ce monde tragique, qui défie le langage lui-même. Le pouvoir fait des maîtres des esclaves, car il les coupe du monde qu'ils prétendent comprendre. Mais moi, vois-tu, j'ai abandonné ce pouvoir, j'y ai renoncé, de sorte que je peux à présent commencer à voir véritablement. »

La pipe à la main, elle secoua la tête. « Oui, toi aussi tu vois, tu comprends, mais tu n'as pas encore atteint la sagesse. La poursuite de ce dessein, la confiance que tu as placée en un homme qui est en réalité un fourbe... eh bien, ce don que tu as, cette Conduction qui t'a tiré de la rivière, tu n'es pas le premier, tu sais ? Tu connais l'histoire – Santi Bess et les quarante-huit Noirs...

– Ça n'est jamais arrivé pour de vrai, l'interrompis-je.

– Oh si, répondit Corrine. Et les implications de cet événement sont la raison même pour laquelle tu te trouves ici devant nous. Savais-tu qu'avant sa fuite il n'y avait pas de Freetown à Starfall ? Savais-tu que la trahison de Georgie – une forme d'esclavage déguisée en libération – est en réalité la trahison des maîtres de ce pays ? »

En l'entendant prononcer le nom de Georgie, je sentis les souvenirs affluer – les vieux souvenirs d'un homme que je considérais presque comme un membre de ma famille.

Je songeai à Amber et à leur bébé. Amber était-elle au courant ? Je repensai à notre dernière conversation, quand elle avait essayé de me dissuader. Je me demandai à quel moment précis Georgie avait décidé de me dénoncer. Et je me demandai combien d'autres avant moi il avait ainsi trahis.

« C'est plutôt malin, intervint Hawkins. Faut lui reconnaître ça – ils protègent Georgie et ses copains, et lui, en retour, il reste à l'affût et les informe de tout ce qu'il voit. Comme ça, à la prochaine Santi Bess qui passe, il est là en embuscade.

– Mais une chose pareille ne peut pas arriver, n'est-ce pas, Hiram, dit Corrine. Parce que Santi disposait d'un autre pouvoir – celui-là même qui t'a permis de sortir de la Goose, le pouvoir qui t'a libéré de notre patrouille. »

Je lançais des regards autour de moi. Les choses commençaient à s'assembler dans mon esprit, et une myriade de questions affleuraient, mais je ne parvins à en formuler qu'une seule.

« Ici, cet endroit... qu'est-ce que c'est ? »

Corrine attrapa un sac à main et en sortit une feuille de papier qu'elle brandit devant moi.

« Tu m'as été confié, corps et âme, par ton père, expliqua-t-elle. Il s'est défait de toi parce que ta fuite l'a déshonoré. Son cœur, déjà affaibli par la perte de Maynard, en a été meurtri, et il a réagi à cette meurtrissure par la colère. Il ne voulait plus rien avoir à faire avec toi. Mais je l'ai persuadé que tu avais trop de valeur pour qu'on se débarrasse de toi, alors il t'a confié à moi. Contre une coquette somme, bien entendu. »

Corrine se leva alors et se dirigea vers la porte.

« Mais tu ne m'appartiens pas », dit-elle en ouvrant la porte. J'aperçus un escalier et le haut d'une rambarde. « Tu n'es pas un esclave. Ni celui de ton père. Ni le mien. Ni celui de personne. Tu voulais savoir ce que c'était, ici. C'est la liberté. »

Ces mots ne me remplirent pas de joie. Trop de questions se bousculaient dans mon esprit. Où avais-je été ? Pourquoi m'avait-on jeté dans un trou ? Combien de temps y étais-je resté ? Où était passé l'homme quelconque ? Et, surtout, qu'était-il advenu de Sophia ?

Corrine alla se rasseoir. « Mais la liberté, la vraie liberté, est elle aussi un maître, vois-tu – et un maître plus tenace, plus inflexible que le plus fruste des esclavagistes, dit-elle. Ce que tu dois désormais accepter, c'est que nous sommes tous liés à quelque chose. Certains s'attachent à la propriété humaine et à tout ce qui s'ensuit. D'autres se vouent à la justice. À chacun de nommer son maître. À chacun de choisir.

« Nous, Hawkins et moi, avons choisi ceci. Nous avons embrassé l'évangile qui dit que notre liberté est de déclarer la guerre à l'absence de liberté. Voilà ce que nous sommes, Hiram. Les Clandestins. Nous sommes ceux que tu cherchais. Mais c'est sur Georgie Parks que tu es tombé en premier. J'en suis navrée. À grands frais, et en risquant d'être démasqués, nous t'avons secouru. Nous avons fait cela non pas pour ton propre salut, mais parce que nous savons depuis longtemps que tu possèdes une chose d'une valeur inestimable, issue d'un monde perdu, une arme qui pourrait renverser le cours de cette interminable guerre. Tu sais de quoi je parle, n'est-ce pas ? »

Au lieu de répondre, je demandai : « Où est Sophia ? Que lui est-il arrivé ?

– Nos pouvoirs ne sont pas sans limite, Hiram, répondit Corrine.

– Mais vous dites que vous êtes le Réseau clandestin. Si c'est la vérité, alors pourquoi ne l'avez-vous pas libérée ? Pourquoi m'avez-vous laissé dans cette prison ? Pourquoi m'avez-vous laissé dans ce trou ? Est-ce que vous savez ce qui m'est arrivé ?

– Si on le sait ? dit Hawkins. Mais c'est nous qui avons fait en sorte que ça t'arrive. C'est nous qui en sommes responsables. Et pour ce qui est de la liberté, il y a une raison pour laquelle nous sommes clandestins. Et une raison pour laquelle nous sommes là depuis si longtemps pour nous battre. Il y a des règles. Il y a une raison pour laquelle tu as trouvé Georgie avant de nous trouver nous.

– Toutes les nuits, ces hommes me pourchassaient, dis-je, en proie à une colère grandissante. Et vous les avez laissés faire. Non, pire encore. C'est vous qui les avez envoyés ?

– Hiram, dit Corrine. Je suis désolée, mais cette chasse n'était qu'un avant-goût de ce qu'est ta vie désormais. Et ce cachot n'était qu'un aperçu du prix de ton échec. Tu étais condamné à la seconde où tu as accordé ta confiance à Georgie Parks. Aurais-tu préféré que nous t'abandonnions à ce sort ? Hawkins dit la vérité. Il fallait que nous soyons sûrs.

– Sûrs de quoi ?

– Que tu possédais véritablement le même don que Santi Bess, le pouvoir de la Conduction, dit Corrine. Et c'est le cas. À deux reprises, nous l'avons vu se manifester. C'est sans nul doute par la grâce du Seigneur que Hawkins t'a trouvé la première fois. Nous avons alors enquêté, et d'autres témoins nous ont confié que tu parlais jadis avec fougue d'un événement similaire qui s'était produit quand tu étais enfant. Nous devions attendre que cela se reproduise. Nous avons réfléchi à l'endroit où le pouvoir pourrait t'envoyer, et nous avons attendu que tu arrives.

– Que j'arrive où ?

– À Lockless, dit Corrine. Nous nous sommes dit que tu essaierais de retrouver le seul foyer que tu aies jamais connu. Des agents à nous te surveillaient toutes les nuits.

– Et te voilà, dit Hawkins.

– Me voilà où ? demandai-je.

– En sûreté, répondit Corrine. Dans le lieu où nous amenons tous ceux qui épousent notre cause. »

Elle se tut alors un bref instant. Je décelai un air de compassion sur son visage, et je compris qu'elle ne tirait aucun plaisir de tout cela, qu'elle avait conscience de ma souffrance et de ma confusion.

« Il y a tant de choses que tu vas devoir comprendre, je sais. Nous t'expliquerons tout, je t'en fais la promesse. Mais il faut que tu nous fasses confiance. Et il faut que tu nous fasses confiance parce qu'il n'y a pas de retour en arrière possible. À cet instant précis, plus rien d'autre n'est vrai en ce monde. Et tu t'apercevras bientôt qu'il n'y a rien de plus vrai que notre cause. »

Sur ce, Corrine et Hawkins se levèrent. « Bientôt, répéta Corrine en quittant la pièce. Bientôt tu comprendras tout. Bientôt tu appréhenderas les choses de manière singulière, et cette appréhension sera une nouvelle forme d'engagement pour toi, et dans cet engagement – ce noble devoir – tu découvriras ta nature véritable. »

Corrine s'arrêta devant la porte et prononça alors des paroles qui sonnaient comme une prophétie.

« Tu n'es pas un esclave, Hiram. Mais, par l'Esprit de Gabriel, tu serviras. »

13

Ce soir-là, toujours allongé dans mon lit, j'entendis des voix en bas et sentis monter une odeur – sans doute le dîner, en tout cas je l'espérais, car je n'avais pas mangé un seul repas décent depuis ma fuite de Lockless. Ces bruits et ces parfums me poussèrent à sortir de ma torpeur. J'aperçus alors, posés sur une commode, deux baquets remplis d'eau, une brosse à dents, du dentifrice et des habits propres. Je fis une rapide toilette, me changeai, puis descendis l'escalier d'un pas mal assuré, traversai un vestibule et débouchai dans une grande salle à manger où se trouvaient Corrine, Hawkins, Amy, trois autres Noirs, et nul autre que Mr Fields.

Je restai immobile sur le seuil pendant quelques instants avant qu'il s'avise de ma présence. Il riait en écoutant Hawkins raconter je ne sais quelle histoire, mais, lorsqu'il me vit, son sourire s'effaça, son visage devint grave et il se tourna vers Corrine, qui se tourna alors vers moi, et soudain toute l'assemblée me regarda d'un air empreint d'une profonde solennité. Ils étaient attablés autour d'un véritable festin, mais tous, Noirs et Blancs, hommes et femmes confondus, portaient des habits de travail.

« Je t'en prie, Hiram, dit Corrine. Joins-toi à nous. »

Je m'avançai timidement et m'assis à une place libre presque en bout de table, à côté d'Amy et en face de Mr Fields. Il y avait du ragoût de gombo et des patates douces. Des légumes verts et de l'alose au four. Du porc salé aux pommes. De la volaille farcie au riz et aux champignons. Du pain. Du pudding. Des ravioles. Du gâteau au rhum. De la bière. C'était le repas le plus fastueux auquel j'avais jamais eu droit, mais ce qui se passa ensuite fut encore plus incroyable.

Corrine se leva la première, bientôt suivie par les autres convives, et tous ensemble ils débarrassèrent la table et remirent la salle à manger en ordre. C'était un spectacle inouï. Il n'y avait aucune distinction entre les gens. Tout le monde s'affairait de concert – sauf moi. Je voulus aider, mais on m'en empêcha. Quand tout fut rangé, ils se retirèrent au salon et je les regardai jouer à colin-maillard jusque tard dans la nuit. Il me sembla, à les voir si joyeux et à suivre leurs échanges badins, que ce n'était pas une soirée ordinaire, qu'il s'était produit quelque chose, un événement particulier qui était la cause de cette soirée de fête – et que cet événement, c'était moi.

Je passai la nuit dans les quartiers de la maison réservés aux invités, et je dormis longtemps, jusque tard dans l'après-midi. Jamais encore je n'avais connu un tel luxe, même pendant les grandes célébrations de fin d'année. Je fis ma toilette, m'habillai, puis descendis. Tout était calme. Sur la table de la cuisine, je trouvai une assiette de muffins à la myrtille avec un petit mot m'invitant à me servir. Après en avoir dévoré deux, je nettoyai mon assiette, puis je sortis m'asseoir sur la véranda. Vue de l'extérieur, la maison était modeste et pittoresque, tout en bardeaux blancs. Il y avait un jardin foisonnant de perce-neige et de jacinthes en fleur, et, derrière, un petit bosquet ; dans le lointain, je distinguais les sommets majestueux des montagnes de l'ouest. Je devinai que je devais me trouver à la frontière de la Virginie, sans doute à Bryceton, le domaine familial de Corrine, où elle m'avait dit, quelques mois plus tôt, qu'elle me ferait venir.

Je vis se profiler deux silhouettes à l'orée des bois. Elles se dirigeaient vers la maison, et bientôt je parvins à les discerner ; c'étaient deux hommes blancs – un jeune et un plus âgé, peut-être un père et un fils. Lorsqu'ils me virent, ils s'arrêtèrent. Le plus jeune me salua d'un hochement de tête, mais le plus vieux le saisit alors par le bras pour faire demi-tour et ils disparurent dans les bois. Je restai assis là pendant une heure à regarder le paysage autour de moi, me laissant aller à la rêverie, puis, plus fatigué encore que je ne le pensais, je m'endormis et me mis à rêver pour de bon. Je me retrouvai projeté alors dans ma cellule, mais avec Pete et Thena cette fois, et quand mes gardiens m'amenèrent dans le hall de la prison, Pete et Thena étaient hilares ; je les entendis rire pendant tout le temps que dura mon calvaire, tandis que des hommes m'examinaient et me molestaient. À ce moment-là, je n'avais pas encore conscience de ce que j'étais en train de subir – une forme de viol. Il me fallut du temps pour apprendre à mettre des mots sur ce qui m'avait été infligé, pour être capable de raconter sans détour mon séjour à la prison de Ryland et ne plus me sentir privé de ma virilité. Il me fallut du temps pour comprendre que cette histoire constituait en réalité ma plus grande force. Sur le moment, lorsque je me réveillai et que ce rêve se dissipa, je ne ressentais qu'une colère ardente. Je n'avais jamais été un garçon violent. Je n'avais pas le sang chaud. Mais, pendant des années après cet épisode, je me surpris souvent à ruminer des pensées et à éprouver des sentiments d'une férocité dévastatrice, sans vraiment comprendre pourquoi.

Le bruit d'une porte qu'on fermait derrière moi me tira de mes songes. Je me retournai et vis Amy. Elle sortit de la maison et demeura un moment sur la véranda à regarder le coucher de soleil derrière les montagnes. Elle ne portait plus ni robe de deuil ni voile noir, mais une longue jupe à crinoline grise et un tablier blanc. Elle avait les cheveux attachés, cachés sous un bonnet.

« J'imagine que tu as des questions », me dit-elle.

Oui. J'en avais beaucoup. Mais je ne lui en posai pas une seule. Il me semblait que j'en avais déjà posé bien assez – je veux dire que je m'étais déjà suffisamment confié à eux, car j'avais appris, au cours de ma première vie, que les questions ne sont jamais à sens unique. « D'accord, dit Amy devant mon silence. Je comprends. Je suppose que si j'étais à ta place en ce moment, moi non plus je n'aurais pas très envie de parler. Mais je vais quand même te parler, moi. Parce qu'il y a certaines choses qu'il faut que tu saches, à propos de cet endroit, de cette nouvelle vie. »

Je la vis du coin de l'œil qui m'observait. Mais je continuai de fixer l'horizon devant moi et le soleil qui disparaissait peu à peu derrière les montagnes.

« Tu as sans doute deviné où tu te trouves – à Bryceton. Chez Corrine. Mais ce que tu ne sais pas encore, ce que tu ne peux pas savoir, c'est ce qu'est cet endroit en réalité. Autant te le dire tout de suite ; tu t'en rendras compte bientôt par toi-même.

« Bryceton appartenait à la famille de Corrine. Comme elle était fille unique, à la mort de ses parents, elle a hérité du domaine. J'imagine que tu as compris que Corrine n'est pas ce qu'elle paraît. Oh, c'est une fille de Virginie, pure et dure. Mais à cause de tout ce qu'elle a vu ici, et de ce qu'elle a appris dans le Nord, elle a, comment dire, un point de vue un peu différent sur la question de l'esclavage. Et ce point de vue, qui est aussi le mien, et celui de mon frère, est dicté par la colère et l'hostilité. »

Amy laissa alors échapper un petit rire, se tut un moment, puis continua : « Je ne devrais pas rire. Ce n'est pas drôle – enfin si, parfois. C'est-à-dire tout le temps, pour moi. C'est une bénédiction d'être ici, d'être en guerre contre eux. Nous sommes un avant-poste de cette armée que tu connais à présent sous le nom de Réseau clandestin. Tous ceux qui vivent ici font partie de cette armée, même si nous devons ne rien en laisser paraître. Si tu venais te promener avec moi, tout ce que tu pourrais observer te semblerait ordinaire – des vergers en fleur, des champs luxuriants. Et si nous organisions une grande réception, tu nous verrais tous à l'ouvrage, en train de chanter joyeusement. Mais tu dois bien comprendre que chacune de ces personnes que tu verrais chanter et travailler est avec nous et se consacre entièrement à répandre la lumière de la liberté dans le Maryland, la Virginie, le Kentucky, et jusque dans le Tennessee.

« Ce sont tous des agents du Réseau, même s'ils n'ont pas tous le même rôle. Certains travaillent dans la maison. Ils ont de l'éducation, comme toi, et ils en font bon usage. Le papier est très important – les documents d'affranchissement, les actes de succession, les testaments. C'est la maison, je sais, mais crois-moi, ce sont tous de furieux combattants. Les agents de la maison restent toujours aux aguets. Ils observent. Ils sont au courant des bruits qui courent. Ils savent ce que racontent les journaux. Ils connaissent toutes les personnes d'influence de leur région, mais personne ne sait qui ils sont réellement. Et puis il y a les autres. »

Amy s'interrompit et, quand je me tournai vers elle, je vis un demi-sourire s'esquisser au coin de sa bouche. Elle aussi à présent avait les yeux tournés vers les montagnes, qu'elle regardait avaler les dernières miettes du soleil couchant.

« Tu vois, ça ? » me demanda-t-elle. Je ne répondis pas. « Voilà, tout est là. Rester assis à regarder le coucher du soleil en prenant tout ton temps, sans aucune obligation ni personne pour te donner des ordres ou te menacer du fouet. Ça n'a pas toujours été comme ça, pour moi. Avec mon frère, nous étions attachés au service de l'homme le plus méchant au monde ; cet homme épousa Corrine, et puis… bref, cet homme n'est plus avec nous, et me voici, avec toi, libre de profiter de ce genre de petits plaisirs comme celui-ci.

« Mais d'autres parmi nous ne peuvent pas rester cantonnés à la résidence, parce qu'ils ont l'impression d'étouffer entre quatre murs. Ceux-là sont ceux qui se souviennent de la première fois où ils ont fui, et c'était un moment si glorieux pour eux, de se dresser ainsi contre tout ce qu'on leur avait dit. Jamais ils n'avaient éprouvé une telle liberté, et on les laisse poursuivre cette liberté. Ce sont les agents de terrain. Ce sont des agents d'une autre sorte. Ils vont dans les plantations et ils incitent les Asservis à se soulever. Les agents de terrain sont audacieux. Face à la menace des chiens, ils se sentent vivants. Les marais, les rivières, les ronces, les demeures abandonnées, les greniers, les vieilles granges, la mousse, l'Étoile du Nord – voilà le monde des agents de terrain.

« Et nous avons besoin les uns des autres. Nous travaillons ensemble. Une seule et même armée, Hiram. Une seule et même armée. »

Amy se tut de nouveau. Et nous restâmes là à regarder le ciel et les étoiles qui commençaient à briller dans le soir.

« Et toi, tu es quoi ? lui demandai-je.

– Hmm ?

– Dans la maison ou sur le terrain ? Tu es quoi ? »

Elle me regarda, lâcha un petit rire et répondit : « Un agent de terrain, évidemment. »

Puis elle tourna de nouveau la tête vers les montagnes, qui n'étaient plus qu'une grande masse sombre aux reflets bleus dans le lointain. « Hiram, je pourrais m'enfuir à n'importe quel moment, même si je suis libre, m'enfuir sans raison, au-delà de ces montagnes, de toutes les rivières, de toutes les prairies, dormir dans les marais, me nourrir de racines, et courir encore, sans jamais m'arrêter. »

Ainsi appris-je à devenir un agent, en m'entraînant dans les montagnes de Bryceton, le domaine familial de Corrine, en compagnie d'autres agents recrutés par le Réseau. Vous me pardonnerez de ne pas en dire plus sur ces derniers. Ceux que je mentionne dans ce volume sont soit encore en vie, et m'en ont donné l'autorisation, soit partis pour leur ultime voyage, à la rencontre du Grand Juge des Âmes. Le temps n'est pas encore venu où les comptes ont été réglés et les vengeances accomplies, aussi sommes-nous nombreux, aujourd'hui encore, à demeurer clandestins.

Je menais désormais une double vie. Je pus de nouveau me consacrer à mon intérêt pour le travail du bois et la restauration des meubles. Et, comme avant, je m'affairais à aider les gens qui travaillaient à Bryceton, même si leur façon de travailler me paraissait très singulière. Il n'y avait aucune division des tâches, dans quelque domaine que ce soit. Dans la cuisine, la laiterie ou l'atelier, tout le monde mettait la main à la pâte, sans distinction de genre ou de couleur de peau, de sorte qu'il était tout à fait naturel pour Corrine Quinn, si elle n'avait pas affaire ailleurs, de s'occuper des récoltes ou de servir le dîner avec Hawkins dans la salle à manger tout en longueur où nous nous retrouvions tous ensemble le soir.

Après le dîner, chacun retournait dans ses baraquements pour se changer, troquer ses habits du soir pour l'uniforme nocturne – chemise en flanelle, pantalon à taille élastique et chaussures en toile légères. Puis nous nous rassemblions pour la première phase de l'entraînement. Nous courions pendant une heure, soit entre huit et dix kilomètres, selon mes estimations, en faisant des pauses de temps à autre pour nous livrer à quelques exercices de gymnastique – bras levés, étirements, sauts, etc. Puis, après avoir couru, nous terminions par quelques exercices supplémentaires – assouplissements, développés, flexions, etc. Ce régime s'inspirait des Quarante-huitards allemands, ces hommes qui avaient combattu pour la liberté dans leur ancienne patrie et s'étaient retrouvés ici, dans le Réseau clandestin, autour d'une cause commune. Quelle que soit leur origine, en tout cas ces exercices me rendirent plus fort. Je n'avais plus la poitrine en feu dès que je me trouvais dans une situation un tant soit peu inconfortable, et je fus bientôt capable de couvrir de vastes distances en courant sans m'arrêter.

Il n'y avait pas d'Asservis parmi nos instructeurs, uniquement des Distingués et des Blancs inférieurs. J'en soupçonnais certains de faire partie des hommes qui m'avaient autrefois livré la chasse. Je ne suis pas sûr d'avoir jamais réussi à laisser cet épisode derrière moi. J'avais l'impression d'être à la merci de ces Virginiens, du moins de ceux parmi eux qui me semblaient les plus fanatiques. Et même si je sais qu'ils n'avaient pas le choix, qu'ils ne savaient pas se comporter autrement, cela signifiait qu'il y aurait toujours une certaine distance entre nous, car, si ces hommes étaient en guerre contre l'Asservissement en tant que tel, je voulais combattre, moi, pour tous ceux qui étaient asservis.

Un homme faisait exception, cependant, mais était-ce vraiment parce qu'il était originaire du Nord, et non pas de Virginie ? Je n'en suis pas si sûr aujourd'hui. Il s'agissait de Mr Fields, que j'allais retrouver pendant une heure, trois fois par semaine, après ma séance de gymnastique, dans l'immense sous-sol de la maison, auquel on ne pouvait accéder que par une trappe dérobée, ménagée dans le fond découpé d'une grande armoire en acajou. Deux volées de marches menaient à une porte ouvrant sur un petit bureau à l'atmosphère renfermée, éclairé à la lanterne, avec deux étagères remplies de livres de chaque côté. Au milieu de la pièce, une longue table et deux fauteuils à équidistance devant lesquels étaient posés un stylo et du papier.

Dans le coin au fond du bureau se trouvaient deux grands secrétaires, dont les cases contenaient divers documents relatifs au Réseau, servant aux agents de la maison que je voyais parfois, la nuit, assis à cette longue table, œuvrer en silence à leur mission furtive. Je m'installais à côté de Mr Fields, avec qui je repris mes leçons comme s'il ne s'était rien passé entre nous, comme si toutes ces années ne s'étaient même jamais écoulées.

Mon programme s'enrichit de nouveaux sujets d'étude, et j'en étais heureux : géométrie, arithmétique, un peu de grec et de latin. Puis, à la fin de nos leçons, j'avais le droit de passer une heure dans le bureau à compulser librement les volumes de la bibliothèque. Je crois que c'est là, au milieu de ces rayonnages, que commença à prendre forme mon propre livre, celui que vous tenez en ce moment même entre vos mains. Car, en plus de lire, je me mis bientôt à écrire. Au début, il s'agissait simplement pour moi de consigner tout ce que j'apprenais. Mais ces notes ne tardèrent pas à élargir l'horizon de mes réflexions, lesquelles à leur tour nourrissaient mes impressions, tant et si bien que je possédais dorénavant une trace de ce qui me traversait non seulement l'esprit, mais aussi le cœur. D'où put bien me venir une telle idée ? Je la dois sans doute en partie à Maynard. Parmi les effets qu'il avait dérobés dans le secrétaire à tiroirs de mon père se trouvait un vieux journal de notre grand-père, John Walker ; comme maints jeunes gens de sa génération, ce dernier était persuadé d'être engagé dans un combat décisif qui changerait la face du monde. Si je ne me berçais pas de telles prétentions, j'avais néanmoins le sentiment, si diffus soit-il, que j'avais touché, fût-ce de manière accidentelle, à quelque chose d'important qui allait bien au-delà de mon existence particulière.

Je suivis cette routine pendant un mois, sans qu'il se passe grand-chose d'autre, jusqu'à ce qu'un soir, descendant retrouver Mr Fields au sous-sol, je trouve Corrine à sa place.

« Alors, quelles sont tes impressions depuis que tu es ici ? me demanda-t-elle.

– C'est très étrange, répondis-je. Une autre vie. »

Corrine poussa un léger bâillement et s'assit. Un coude posé sur le bureau et le menton dans la paume, elle me regarda d'un air las. Ses cheveux noirs et bouclés étaient tirés en arrière. La lumière de la lanterne faisait danser des ombres sur son visage. Elle avait l'allure d'une ancêtre, alors qu'elle était à peine plus âgée que moi. Je me rappelais l'époque où elle était avec Maynard et j'étais sidéré par l'ampleur de sa supercherie. À quel point j'ignorais ce qu'elle était en réalité, son intelligence, son savoir-faire, sa ruse. Je me sentis alors envahi par une vague de terreur. Corrine Quinn, dissimulée sous le masque d'une Distinguée, était mystérieuse et puissante. Et je n'avais aucune idée de l'étendue de ses pouvoirs.

« Même vous, lui dis-je. C'est difficile à concevoir. J'ai du mal à… Enfin, je ne me serais jamais douté. Pas une seule seconde.

– Merci, dit-elle, manifestement ravie d'avoir réussi à me duper à ce point. Ça te plaît, d'écrire ?

– J'ai été témoin de tant de choses ces derniers temps, répondis-je. Je ressens le besoin de consigner ces expériences, surtout celles que je vis ici.

– Sois prudent à ce propos, dit-elle.

– Je sais. Je l'emporterai dans la tombe. Ça ne sortira pas d'ici.

– Hmm, fit-elle, une vive lueur au fond des yeux à présent. On me dit que tu as fait de la bibliothèque ton repaire de prédilection. Et que, certains soirs, il faut pratiquement t'en sortir de force.

– Ça me rappelle chez moi.

– Et tu retournerais là-bas si tu pouvais ? Chez toi ?

– Non. Jamais. »

Elle me fixa du regard sans rien dire pendant un moment, je n'aurais su dire pourquoi. Tout le monde me scrutait en permanence, dans cette pièce, je le sentais ; même mes camarades qui se formaient comme moi pour devenir agents, j'avais l'impression qu'ils ne cessaient de m'interroger, de m'observer dès qu'ils pensaient que je regardais ailleurs. Je leur répondais par le silence, autant que possible. Mais quelque chose chez Corrine me poussait à parler. Il émanait de ses propres silences une solitude profonde et singulière, et, même si nous ne parlions jamais directement des origines de ce sentiment, je sentais qu'il était semblable au mien.

« Quand j'étais là-bas, à Lockless, dis-je, je bénéficiais d'une certaine liberté – plus que les autres, en vérité. Mais je n'en restais pas moins la propriété d'un autre homme. Rien que d'en parler, ici, devant vous, c'est une humiliation pour moi.

– C'est vrai, acquiesça-t-elle. Et certains d'entre nous souffrent de cette humiliation depuis les temps anciens de

Rome. La société leur explique, dès leur naissance, que le savoir est naturellement hors de leur portée, et qu'ils ne sauraient jamais aspirer qu'à une forme décorative d'ignorance. »

Elle rit toute seule et me laissa quelques instants pour déchiffrer ses paroles. Puis, lorsqu'il lui sembla que j'avais compris ce qu'elle voulait dire, elle continua : « Les femmes sont faibles d'esprit – telle était l'idée reçue autrefois, vois-tu. Mais on dit aujourd'hui que toute femme désirant accéder au rang de dame doit posséder un minimum de lettres. Pas trop, cependant. Surtout pas d'études trop poussées. Rien qui soit susceptible d'abîmer leurs fragiles esprits de petites filles. Des romans. Des contes. Des proverbes. Ce genre de choses. Mais pas de journaux. Pas de politique. »

Corrine se leva alors, s'approcha du bureau et sortit du tiroir une grande enveloppe.

« Mais moi, je ne me suis pas laissé dicter leurs lois, Hiram, dit-elle en brandissant l'enveloppe. Et je n'ai pas seulement lu, mon garçon. J'ai appris leur langage et leurs mœurs – même celles qui étaient au-dessus de ma condition, *surtout* celles qui étaient au-dessus de ma condition, et c'est là l'origine de ma liberté. »

Elle s'avança et posa l'enveloppe devant moi.

« Ouvre-la », dit-elle.

J'obéis, et trouvai à l'intérieur la vie d'un homme. Il y avait des lettres écrites à sa famille. Des lettres de créance. Des certificats de vente.

« Je te confie ceci pour une semaine, dit Corrine. Nous ne pouvons pas garder les effets de cet homme éternellement. Ce n'est là qu'une petite sélection, suffisamment parcellaire pour qu'il ne s'alarme pas de sa disparition.

– Et que suis-je censé en faire ? demandai-je.

– Apprendre, bien entendu, répondit-elle. C'est une leçon, un moyen de connaître leurs mœurs. De comprendre toutes ces choses qui sont au-delà de ta condition. Il s'agit d'un gentleman, pourvu d'une certaine éducation et d'une certaine érudition, comme bon nombre des grands propriétaires esclavagistes de ce pays. »

Je dus afficher alors une expression perplexe, car Corrine me dit : « Que pensais-tu étudier ici ? »

Je ne répondis pas. Elle poursuivit : « Ce que nous faisons ici ne relève pas de l'exercice oisif ni de l'instruction chrétienne. Il te faut d'abord apprendre ce qu'ils savent, de manière générale. Puis apprendre à les connaître de manière spécifique – leurs paroles et leurs actes. Possède le savoir particulier d'un homme, et tu en posséderas la mesure. Alors tu seras capable de te confectionner le même costume, Hiram, et de l'ajuster à ta taille pour l'endosser. »

Je me mis au travail dès le lendemain. Très vite, je m'aperçus que tous les documents avaient été rédigés par une seule et même personne. À leur lecture, le portrait d'un homme commença à se dessiner. À partir des divers éléments concrets de la vie de l'auteur – ses livres de comptes, ses échanges épistolaires avec sa femme, certains décès consignés dans son journal, le bilan de ses récoltes consécutives –, cet homme émergeait peu à peu devant moi sous tous ses aspects. J'en vins à connaître ses petites habitudes, ses rituels quotidiens, sa conception particulière de l'existence, si bien qu'au bout du compte, sans l'avoir jamais vu de ma vie, j'aurais été capable de le décrire dans les moindres détails.

Corrine vint me retrouver dans la bibliothèque une semaine plus tard. Je lui livrai toutes les informations que j'avais recueillies et lui en dis plus encore en répondant à son interrogatoire rigoureux. Quelle était la fleur préférée de sa femme ? À quelle fréquence quittaient-ils leur domicile ? Cet homme aimait-il son père ? Était-il déjà grisonnant ? Quelle était sa place dans la société ? À quand remontait sa fortune ? Avait-il coutume d'infliger des actes de cruauté de manière intempestive ? Je répondis sans faillir à chacune de ses questions – ma mémoire prodigieuse m'avait permis de retenir tous les détails de la vie de cet homme. Mais Corrine m'interrogea ensuite sur des choses qui allaient bien au-delà des simples faits susceptibles d'être mémorisés et qui relevaient plutôt de l'interprétation. Était-ce un homme bon ? Qu'attendait-il de la vie ? Que convoitait-il ? Était-il du genre à se réjouir de l'injustice ? Le lendemain soir, Corrine reprit son interrogatoire et me poussa à dresser de cet homme un portrait d'une minutie n'omettant aucun détail, jusqu'au plus petit bouton de manchette. Le troisième soir, je me rendis compte que j'étais de plus en plus à l'aise avec les questions ressortissant au domaine spéculatif, et le dernier soir les réponses me venaient si facilement qu'elles me semblaient concerner ma propre vie. Et c'était précisément le but recherché par Corrine.

« Bien, me dit-elle. Tu connais désormais suffisamment cet homme pour savoir qu'il possède un bien particulier auquel il est très attaché.

– Le jockey, répondis-je. Levity Williams.

– Exact. Cet homme va avoir besoin d'un laissez-passer pour la route, d'une lettre de créance pour la suite du trajet, et enfin d'un acte d'affranchissement signé de la main de son maître. Et c'est toi qui vas les lui fournir. »

Elle sortit alors de son sac une petite boîte qu'elle me tendit. Je l'ouvris : elle contenait un stylo de la plus grande élégance et, à son seul poids dans ma paume, je devinai qu'il était identique à celui qu'employait si souvent mon objet d'étude.

« Hiram, le costume doit tomber parfaitement, dit Corrine. Le laissez-passer doit être rédigé de la même écriture désinvolte et empressée, les lettres doivent comporter tous les ornements officiels de rigueur, et l'acte d'affranchissement témoigner de la même arrogance caractéristique de ces gens ignobles. »

Restait une difficulté d'ordre pratique – copier sa signature et son écriture. Mais ma mémoire et mon talent pour l'imitation me permirent d'en triompher sans peine. Ce n'était pas différent de ce que j'avais réalisé, tant d'années auparavant, le jour où Mr Fields m'avait montré l'image du pont. Il me fut plus difficile de m'imprégner des convictions, des passions de cet homme, et de les restituer avec autant d'aisance et de confiance que si elles avaient été les miennes. Je ne devais jamais oublier cette leçon. Elle fut essentielle à ce que j'allais devenir, à ce que j'allais dévoiler et découvrir.

Je ne sais pas si ces documents permirent à Levity Williams de recouvrer la liberté. Tout ce que nous faisions était placé sous le sceau du secret le plus strict. Il n'en reste pas moins que la réalisation de ces contrefaçons fit surgir en moi une sensation nouvelle, et cette sensation nouvelle était celle du pouvoir. Un pouvoir qui prenait naissance dans mon bras droit et passait par la plume pour se projeter dans le vaste monde et toucher en plein cœur tous ceux qui nous condamnaient.

Bientôt, cela devint l'une de mes tâches régulières. Toutes les semaines, Corrine me confiait une nouvelle enveloppe. Et toutes les semaines j'enfilais un nouveau costume, si bien ajusté à mes mesures que, une fois le travail terminé, il m'arrivait parfois d'avoir moi-même un certain mal à faire la distinction entre moi et le maître dans les habits duquel je m'étais glissé. Je les connaissais. Je connaissais leurs enfants, leurs femmes, leurs ennemis. Leur humanité m'était douloureuse, car chez eux aussi les liens de famille existaient, chez eux aussi il y avait de jeunes amoureux forcés de se plier aux rituels de la cour, chez eux aussi on sentait un chagrin, une conscience funeste du péché que représentait l'Asservissement. Et l'on sentait qu'ils craignaient, en dernière instance, d'être eux aussi les esclaves de quelque Puissance, quelque Divinité, quelque Démon du vieux monde dont ils avaient innocemment déchaîné les forces dans le nouveau. J'en venais presque à les aimer. Mon travail n'exigeait pas moins de moi : je devais surmonter ma haine et ma souffrance personnelle, les envisager dans toute leur complexité, puis, d'un trait de plume, les frapper et les anéantir.

Chaque âme rendue à la liberté était un coup que nous leur portions. Et nous faisions bien plus encore. Nous corrigions et complétions les documents avant de les remettre à leur place. Nos contrefaçons incitaient à la sédition. Nous infléchissions le cours des enquêtes. Nous fournissions des preuves de fornication. Je donnais désormais libre cours à ma colère, qui n'était plus dirigée seulement contre Maynard et mon père, mais contre la Virginie tout entière, une colère que je rassasiais soir après soir, sous les lampes de la longue table de la bibliothèque.

Quand j'avais terminé mon travail, j'allais me coucher, exténué. Dans mon sommeil, j'échappais aux hommes dont je décortiquais la vie toute la journée pour rêver plutôt de quelque lieu loin de tout, d'une petite parcelle de terre au milieu de laquelle coulait un ruisseau qui emportait tous les tourments. Je rêvais de Sophia. Du moins les bons jours. Les mauvais jours, mes rêves étaient incendiaires ; je revoyais la prison, le garçon, sa mère qui faisait pleuvoir la colère de Dieu sur les Chiens de Ryland – « Que le plus noir des feux écorche jusqu'à la moelle de vos os infâmes et tordus ! » Je revoyais un homme qui avait aimé une femme et qui avait perdu jusqu'à son nom. Et toute la scène de la trahison dont j'avais moi-même été victime me revenait, les gloussements, les gémissements, la corde. Ces jours-là, je me réveillais empli d'un sentiment bien différent, d'une intensité toute particulière et sans détour, car je pensais alors à ce que je ferais si jamais je recroisais un jour le chemin de Georgie Parks.

On ne m'avait pas fait rejoindre le Réseau clandestin à des fins de vengeance, cependant, ni même pour mes seuls talents de faussaire, mais en raison du pouvoir dont on me croyait détenteur. Si seulement nous pouvions trouver le moyen de le déclencher, de le contrôler et de le maîtriser. Il existait quelqu'un qui en était capable, quelqu'un qui possédait le même pouvoir, mais qui, contrairement à moi, savait s'en servir. Dans la région du pays où cette personne vivait, elle était devenue si adulée et réputée pour ses exploits fantastiques que les Noirs de Boston, de Philadelphie et de New York l'avaient baptisée Moïse. Quant à son pouvoir, ils l'appelaient la « Conduction » – le même terme utilisé par Corrine pour désigner mon propre pouvoir –, parce qu'il pouvait, apparemment par le simple effet de la volonté, arracher les Asservis enchaînés aux champs du Sud pour les « conduire » dans les territoires affranchis du Nord. Mais cette dénommée Moïse gardait pour elle son secret et refusait de renseigner le Réseau clandestin de Virginie sur la manière dont elle procédait. Je ne pouvais donc m'en remettre qu'à moi-même – ou, plus exactement, à eux.

Nous décidâmes de tenter des expériences. En premier lieu, nous convînmes que, pour déclencher ce pouvoir, il fallait que je sois soumis à une forme de stimulation, que je sois confronté à une menace, voire à la douleur. Mes propres expériences antérieures tendaient également à prouver que ce pouvoir avait partie liée avec les moments les plus mémorables de ma vie – et, pour ma part, je me rappelais qu'il était sans doute lié de manière plus spécifique à ma mère. Mais comment convoquer ces souvenirs et les mettre à profit ? Corrine et ses lieutenants employèrent toutes sortes d'astuces à cette fin. Hawkins m'enchaîna et me demanda de me remémorer en détail la trahison de Georgie Parks. Mr Fields me banda les yeux, puis m'emmena en forêt et me demanda de lui raconter précisément ce qui s'était passé le jour où j'avais plongé dans la Goose. Amy et moi nous retrouvâmes devant les écuries et je lui dis tout ce que je savais du crime que mon père avait commis contre ma mère. Je montai avec Corrine à bord d'une carriole, un samedi, et m'efforçai de penser aux sentiments qui m'animaient chaque fois que j'emmenais Sophia chez son oncle. Mais rien ne se produisait jamais, ni lumière bleue ni Conduction, et lorsque j'arrivais au terme de mon récit, même si mes hôtes étaient captivés et mon propre cœur déchiré par tous ces souvenirs, je me trouvais immanquablement au même endroit qu'au début.

Un après-midi, le lendemain de notre excursion en carriole, après avoir tenté une nouvelle fois en vain de provoquer la Conduction, Corrine et moi regagnâmes la maison et entrâmes dans la salle à manger, où Mr Fields et Hawkins prenaient le café. Ils nous saluèrent, puis s'en allèrent. L'été avait pris ses quartiers, avec ses longues journées qui nous octroyaient moins de temps pour nos opérations nocturnes. Je me rappelle l'exaltation que j'éprouvais à voir la terre s'éveiller cette année-là et à sentir que j'étais moi aussi en train de sortir d'un long sommeil. Mais toujours pas de Conduction.

Assis à la table, nous continuâmes notre conversation jusqu'à ce que nous ayons épuisé nos réserves de banalités. Puis Corrine me dit : « Hiram, je dois avouer que tu es devenu, à tous égards, un excellent agent. Cela nous sera particulièrement profitable, car nous pourrons employer tes talents dans la mesure de nos besoins, et non pas de tes limites. Tu n'as peut-être pas conscience de ce que ça signifie – mais tu devrais. Tout le monde n'y arrive pas, tu sais. »

En réalité, si, j'avais pleinement conscience de la valeur de ce compliment. J'avais passé ma vie entière au service de mon père et de mon frère. Chacun de mes progrès, chacune de mes réussites, même celles qu'avait rendues possibles mon père, étaient interprétés comme une menace contre l'ordre établi. Pour la première fois de ma vie, j'étais aligné sur le monde qui m'entourait.

Mais je me demandais ce qu'il advenait de ceux qui n'y arrivaient pas, ceux qui avaient été initiés aux secrets du Réseau clandestin de Virginie, mais dont on avait fini par s'apercevoir qu'ils n'étaient pas fiables. J'en savais tellement désormais – trop, me disais-je, pour qu'on m'autorise jamais à retourner dans le monde normal.

« La vérité, c'est que nous ne nous attendions pas du tout à cela, continua Corrine. Nous savions que tu avais de l'éducation. Nous savions que tu avais une mémoire prodigieuse. Nous savions que tu avais été élevé dans une certaine proximité avec la société. Mais nous n'avions pas prévu que tu saurais porter le masque avec autant de facilité. Nous savions que tu avais été pourchassé. Mais nous n'imaginions pas à quel point tes talents s'étaient affinés pendant le temps que tu avais passé enfermé. »

Corrine s'interrompit, et je compris que nous étions sur le point d'aborder un aspect plus sombre de cette conversation. Elle avait les yeux baissés et cherchait manifestement ses mots. Je repensai alors à l'assurance dont elle avait fait preuve devant moi, du temps de Lockless, dans la bibliothèque de mon père, une assurance qui semblait à cet instant lui faire défaut, et je songeai alors que ce monde n'était qu'une chimère, que cet ordre établi n'était qu'une vaste mise en scène, un acte de sorcellerie, une illusion qui ne tenait que par des artifices élaborés, des rituels et des journées aux courses, des parades et des filles de joie, de la poudre et du maquillage – tout cela n'avait jamais été qu'un faux-semblant et, maintenant que le voile avait été levé, je voyais que nous étions simplement deux individus, un homme et une femme, assis face à face. J'eus soudain envie de la soulager de la gêne qu'elle ressentait à l'évidence, et je fis alors ce à quoi je me refusais si souvent. Je pris la parole.

« Mais ce n'est pas assez, dis-je. Courir, lire, écrire, ce n'est pas pour cela qu'on m'a fait venir ici. Donc ce n'est pas assez.

– Non, dit Corrine. Tu as raison. Hiram, il est des ennemis en ce monde qu'on ne peut pas se contenter de tenir à distance. Et un grand nombre d'entre nous demeurent enfouis dans le cercueil de l'esclavage, à de telles profondeurs que nous ne pouvons les atteindre – Jackson, Montgomery, Columbia, Natchez. Mais ce pouvoir – cette "Conduction" –, c'est la route grâce à laquelle un voyage d'une semaine peut se faire en un éclair. Sans lui, nous pouvons menacer notre ennemi ; avec lui, la distance n'est plus rien pour nous, et nous pouvons le frapper à n'importe quel endroit. Bref, nous avons besoin de toi, Hiram – pas simplement du Hiram qui sait courir et contrefaire des documents, mais de celui qui peut rendre ce peuple, notre peuple, à la liberté qui revient de droit à chacun d'entre nous. »

Je comprenais parfaitement ce qu'elle me disait. Mais je pensais encore à ceux qui ne réussissaient pas à se montrer à la hauteur de ces attentes.

« Et que ferez-vous de moi si je n'y arrive jamais plus ? lui demandai-je. Vous me garderez prisonnier ici pour toujours, au milieu de vos contrefaçons ? Vous me jetterez de nouveau au fond du trou ?

– Bien sûr que non, dit Corrine. Tu es libre. »

Libre. Quelque chose dans la façon dont elle prononça ce mot me fit tiquer. Il résonnait de manière étrange, même si je n'aurais su dire pourquoi.

« "Libre", dites-vous. Et pourtant je sers. Vous l'avez dit vous-même – et je sers selon vos ordres et votre bon vouloir. Je fais ce que vous voulez que je fasse. Je vais où vous me dites d'aller.

– Tu te méprends sur l'importance de mon rôle, répliqua Corrine.

– Qui d'autre alors ? demandai-je. En quoi consiste ce Réseau, au-delà de ce que j'ai vu ici ? Qui faites-vous passer ? Je n'ai vu personne. Et que sont devenus les miens ? Sophia ? Pete ? Thena ? Ma mère ?

– Nous avons des règles, dit-elle.

– Des règles pour quoi ?

– Des règles pour décider qui peut être libéré et comment.

– Très bien. Alors, montrez-les-moi.

– Quoi, les règles ? demanda Corrine d'un air interloqué.

– Non. Montrez-moi l'action. Montrez-moi ces gens que nous aidons à fuir. Non. Mieux encore. Vous dites que j'ai surpassé toutes vos attentes. Alors, laissez-moi mener moi-même cette action.

– Hiram », dit Corrine d'une voix sourde et empreinte d'inquiétude. Je crois qu'elle comprit à cet instant qu'elle risquait de me perdre ; que, si elle ne m'apportait pas la preuve que tout cela n'était pas une vaste supercherie, je partirais, emportant avec moi tout espoir de voir se produire une nouvelle Conduction.

« Très bien, dit-elle. Tu veux que je te montre. Je vais te montrer.

– Vraiment ? demandai-je. Tout cela est donc bien réel ?

– Plus encore que tu ne le crois. »

14

Avant de me donner accès au cœur du Réseau, toutefois, Corrine devait s'assurer que je ne partirais jamais. C'est pourquoi elle exigea de moi que je fasse quelque chose qui me lierait pour de bon à la cause. Et ce qu'elle voulait, c'était la destruction de Georgie Parks.

J'en avais moi-même rêvé, en prison, dans la fosse, puis ici ; je réfléchissais depuis longtemps à toutes les façons dont je pourrais me venger de Georgie. Mais à présent que cette vengeance était à ma portée, que l'épée était dans ma main, toute ma colère se dissipait à la perspective du geste concret que j'allais devoir accomplir.

« Tu n'es pas le premier qu'il ait trahi, me dit Corrine. Ni le dernier. Il est toujours à Starfall, en ce moment même, et continue de pratiquer son petit commerce infâme. » C'était la nuit. J'étais dans la bibliothèque avec Hawkins et Corrine. Je venais tout juste de finir mon travail du soir. Et je compris, en les écoutant, que je n'avais pas encore pris la pleine mesure de tout ce que Georgie avait fait. Une partie de moi voyait encore en lui le personnage mythique qu'on avait fait de lui – Georgie l'Asservi qui avait conquis sa propre liberté. Admettre pleinement sa trahison, c'était admettre pleinement le sort qui nous avait été infligé, reconnaître à quel point nous étions sous leur emprise, de sorte que même nos héros, nos mythes, n'étaient que des outils permettant à l'Asservissement de se perpétuer.

Le plan, m'expliquèrent Hawkins et Corrine, était d'utiliser nos talents d'imitateurs et de faussaires pour impliquer Georgie dans une trahison – à ceci près que, cette fois, ce ne seraient pas des Asservis qu'il trahirait, mais ses propres maîtres.

« Vous savez ce qu'ils lui feront, dis-je.

– S'il a de la chance, ils le pendront, répondit Hawkins.

– Et s'il n'en a pas, dis-je, ils lui mettront les chaînes. Ils le sépareront de sa famille. Ils l'enverront à Natchez. Et ils le feront trimer à mort. Sans parler de ce que lui feront les autres Asservis si jamais ils découvrent pourquoi on l'a envoyé là.

– Probable qu'ils seront mis au parfum, dit Hawkins.

– On est en train de franchir une ligne, déclarai-je. À moins que vous ne l'ayez déjà franchie, et que vous ne me demandiez simplement de vous suivre.

– Moi, je suis d'avis qu'on le tue, purement et simplement, dit Hawkins sans réagir à mon inquiétude.

– Tu sais très bien qu'on ne peut pas faire ça », dit Corrine.

Elle avait raison – même si ce n'était pas une question de principe moral. C'était trop voyant ; et si jamais nous réussissions à échapper aux représailles, tous les autres Asservis de la région, eux, y auraient droit. Non. Il fallait se débarrasser de Georgie Parks, mais il fallait que ce soient ses propres maîtres qui s'en occupent. Nous nous contenterions pour notre part de les y encourager discrètement.

« Ces gens, je les connais bien, dit Corrine en secouant la tête. Quel que soit l'accord qu'ils ont passé avec Georgie, croyez-moi, ils font moins confiance à un affranchi qu'à un esclave. Et Georgie est un menteur patenté, même s'il est à leur service, un homme qui s'agenouille devant le pouvoir.

Est-il si difficile d'imaginer qu'il s'agenouille devant un autre pouvoir ?

– Le Réseau, dis-je.

– Ou ce qu'ils prennent pour le Réseau, continua Corrine. Et si jamais on trouvait des documents, dans une résidence distinguée, qui prouveraient l'ampleur de ses péchés, son implication dans les deux camps, ses regrettables accointances avec ce Réseau ? Et si on en trouvait d'autres encore – de faux laissez-passer, des actes d'affranchissement, de la littérature abolitionniste et des missives témoignant de sa volonté de partir vers le Nord – chez Georgie lui-même, ou sur lui ?

– Ça reviendrait à l'assassiner, dis-je.

– Exactement, fit Hawkins.

– Par la corde ou les chaînes, dis-je. On est en train de parler d'assassiner cet homme.

– Cet homme avait l'intention de te tuer, dit Corrine, une lueur de colère au fond de ses yeux gris. Il voulait te tuer, Hiram. Il en a déjà tué beaucoup et, si nous ne faisons rien, il continuera de tuer. C'est un homme qui s'empare des derniers espoirs de liberté d'autrui et qui gagne sa vie en les brûlant. Des petites filles, des vieillards, des familles entières – il les brûle tous. As-tu déjà été dans le Sud profond ? Moi, oui. C'est l'enfer, pire que tout ce qu'on a pu te raconter. Un labeur sans fin. Un avilissement sans fin. Personne ne mérite un sort pareil, mais si quelqu'un le méritait, ce seraient les maîtres en premier lieu, et ensuite des hommes comme Georgie Parks. »

La logique de ce raisonnement était parfaitement claire. Mais je me sentais entraîné à présent dans quelque chose de plus sombre, bien loin de la romance que j'avais imaginée le soir où j'étais parti avec Sophia. L'Asservissement était un piège. Même Georgie était pris au piège. Et qui donc était Corrine Quinn pour juger un tel homme ? Qui étais-je moi-même, moi qui m'étais enfui sans aucun noble dessein en tête, sans autre objectif que celui d'assouvir mes propres passions et de sauver ma peau ? Je comprenais maintenant ce qu'était cette guerre à laquelle se livrait le Réseau. Ce n'était pas un vieux et honorable combat. Nulle armée rassemblée en lisière du champ de bataille. Pour chaque agent, il fallait compter cent Distingués et, pour chaque Distingué, un millier de Blancs inférieurs qui leur avaient juré allégeance. La gazelle ne lutte pas contre le lion – elle fuit. Mais nous ne faisions pas que fuir. Nous complotions. Nous provoquions. Nous sabotions. Nous empoisonnions. Nous détruisions.

« C'est sur nous que ça retombe, dit Hawkins. Tu comprends, ça, que c'est sur nous que ça retombe ? Il brise des familles, il expédie des gens en prison, sur l'estrade aux enchères, et il le fait en notre nom.

– Nous n'avons rien demandé, Hiram, dit Corrine. Tu as raison, ce n'est pas notre travail normal. Mais que devrions-nous faire ? Y a-t-il une autre solution à laquelle nous n'aurions pas encore pensé ? »

Non, il n'y en avait aucune.

Corrine sortit alors un nouveau dossier et le posa devant moi sur la table. Je devinai ce qu'il contenait – l'ensemble habituel de documents dérobés grâce auxquels je pourrais me glisser dans la peau d'un Distingué. Puis Corrine me regarda fixement, et il n'y avait ni pitié ni chagrin dans ce regard – il y avait du feu.

Un mois plus tard, alors que je sortais de mes quartiers, vêtu de mes habits en flanelle, pour entamer ma routine du soir – c'était le plein été, les nuits avaient raccourci et les journées de juillet s'étiraient sans fin –, je croisai Hawkins et Mr Fields, encore dans leur tenue de jour. Hawkins faisait la conversation tandis que Mr Fields jetait des regards alentour. J'eus l'impression qu'il se passait quelque chose. Hawkins me détailla des pieds à la tête et me dit : « Pas de travail ce soir. Ni demain. Va te reposer. »

Je lui lançai un regard appuyé, pour être sûr que j'avais bien compris.

« On en tient un », me dit-il.

Mais je ne me reposai pas – ni ce soir-là, ni pendant la nuit, ni le lendemain matin. Je n'avais qu'une très vague idée de la manière dont le Réseau procédait sur le terrain, et mon esprit se perdait en conjectures à force d'essayer d'imaginer quelles étaient leurs méthodes. Nous nous retrouvâmes dehors le lendemain soir. Je portais un pantalon confortable, une chemise, un chapeau et les brodequins avec lesquels j'avais tenté de m'enfuir. Je m'efforçais de contenir mon excitation, mais quand je croisai le regard de Hawkins, celui-ci éclata de rire.

« Quoi ?

– Rien, dit Hawkins. C'est juste que tu ne peux pas faire demi-tour. Tu ne peux pas laisser tomber. Tu sais ça, n'est-ce pas ?

– Ça fait longtemps que le point de non-retour est derrière moi, dis-je.

– En effet. Mais c'est une lourde responsabilité qu'on fait peser sur toi. Et je ressens tout ce que tu t'apprêtes à ressentir, en ce moment même, en te regardant. Et je me souviens de ce que j'ai éprouvé la première fois qu'ils m'ont embarqué là-dedans. Tu verras.

– Il ne peut pas savoir, intervint Mr Fields. Et puis il n'y a plus le choix maintenant. »

Nous nous éloignâmes des baraquements pour nous diriger vers la résidence principale du domaine de Bryceton et entrâmes dans l'un des bâtiments adjacents.

Il y avait une table avec trois tasses et une carafe de cidre. Hawkins nous servit. Il but une gorgée, aspira un filet d'air, puis déclara : « D'un certain point de vue, rien de très compliqué. Environ une journée de route vers le sud. Et une autre pour le retour. Un seul homme.

– Et d'un autre point de vue ? demandai-je.

– On parle d'un homme, en chair et en os, dit-il. Il ne s'agit plus simplement de sauter en l'air, de courir ou de traficoter de la paperasse dans la bibliothèque. On parle d'une vraie patrouille, de vrais chiens qui n'aimeraient rien tant que te mettre le grappin dessus. »

Hawkins passa la main dans ses cheveux et secoua la tête. J'avais l'impression qu'il avait encore plus peur pour moi que moi-même.

« Bon, écoute bien, dit-il. Il s'appelle Parnel Johns. Il a fait quelque chose qui l'a mis dans le pétrin avec les Asservis du coin. Il a monté toute une arnaque. Il volait à son maître et revendait à des Blancs inférieurs. Son maître se doutait qu'il y avait quelque chose de pas net, mais il n'arrivait pas à savoir quoi.

– Alors il s'en est pris à tous les autres, dis-je.

– Tout juste, fit Mr Fields. Et sans perdre de vue son intérêt, en forçant toute la plantation à doubler la cadence pour combler ses pertes, et ceux qui ne rapportaient pas assez avaient droit au fouet.

– Johns a continué à voler ? demandai-je.

– Non, il a arrêté, dit Mr Fields. Mais ça n'a rien changé. Son maître a continué à appliquer cette méthode, et maintenant c'est la nouvelle théorie en vigueur sur son domaine.

– Le maître se venge sur les Asservis..., dit Hawkins.

– ...et les Asservis se vengent sur Johns, enchaînai-je.

– Et plutôt deux fois qu'une, dit Hawkins. Il ne peut plus compter sur personne, maintenant. Son pays n'est plus son pays. Et il veut s'en aller.

– Ça m'a l'air d'un drôle de lascar, dis-je en secouant la tête. Il doit tout de même sûrement y avoir des Asservis plus dignes de justice.

– Bien sûr, dit Hawkins. Mais nous, c'est pas à Johns qu'on veut faire rendre justice. C'est à son maître.

– Comment ça ?

– Il faut que tu comprennes, dit Hawkins. Johns est peut-être un sale type, mais ça n'en reste pas moins un fichu esclave. Et il est bien plus encore. C'est comme qui dirait un génie – il joue du violon. Il travaille même le bois, comme toi.

– Mais quel rapport avec la liberté ? demandai-je.

– Aucun. C'est pas une question de liberté. C'est une question de guerre. »

Je demeurai silencieux et les dévisageai tous les deux.

« Non, commence pas, dit Hawkins. Recommence pas à réfléchir. Rappelle-toi où ça t'a mené la dernière fois. Il y a autre chose en jeu ici. Des intérêts plus grands.

– Ah, et lesquels ? demandai-je.

– Hiram, dit Mr Fields, c'est pour ton bien. Pour notre bien à tous. Il vaut mieux pour toi que tu ne saches pas tout. Fais-nous confiance, c'est tout. »

Il s'interrompit, le temps de vérifier que je suivais son raisonnement, puis continua : « Je comprends que ce soit difficile pour toi de nous accorder ta confiance. Crois-moi, je comprends vraiment. Tu n'as pas cessé d'être confronté à des faux-semblants depuis que nous nous sommes rencontrés. J'en suis navré. La vie que nous menons n'est pas toujours très honorable. Alors, peut-être que cela t'aiderait de connaître une partie de la vérité, même si en l'occurrence elle est sans rapport avec notre expédition de ce soir. Je tiens à ce que tu saches mon véritable nom, Hiram. Ce n'est pas Isaiah Fields. En réalité, je m'appelle Micajah Bland. "Mr Fields" est un nom d'emprunt que j'ai choisi pour les besoins de ma mission ici, en Virginie. Je te saurais gré de continuer à m'appeler ainsi tant que nous sommes ici, mais ce n'est pas le nom sous lequel je suis né.

« Voilà. Je viens de te confier quelque chose de très important, quelque chose qui pourrait causer ma perte. Veux-tu bien à ton tour nous donner ta confiance ? »

Ainsi donc, nous nous lançâmes dans notre expédition – Hawkins, moi-même et Micajah Bland. En dépit de tout l'entraînement dont nous avions bénéficié, nous ne courions pas ; nous marchions. Mais nous avancions d'un pas vif, évitant les routes principales, passant par les bois et les collines, à l'écart de tout chemin balisé ; bientôt le paysage devint plus plat et je devinai que nous nous dirigions vers l'est, ce que me confirmait notre position par rapport aux étoiles. La terre était sèche, la nuit tiède. Je savais que c'était la saison la moins favorable à nos activités, tout simplement parce que la brièveté des nuits ne nous laissait pas beaucoup de temps pour nous déplacer. La saison de prédilection de l'agent de terrain, c'était l'hiver. En été, notre temps d'action étant réduit, il nous fallait déterminer nos horaires de départ et d'arrivée avec une précision absolue. Nous continuâmes de marcher pendant environ six heures en direction du sud-est.

Johns nous attendait à l'endroit convenu – au croisement de deux sentiers en forêt, marqué par un petit tas de bois sur la droite. Cachés derrière les arbres, nous le vîmes en train de faire les cent pas nerveusement. C'était ma première mission et mon rôle était d'établir le contact. Nous travaillions par équipes. Mais un seul homme établissait le contact. Grâce à cette méthode, si jamais nous tombions dans une embuscade, un seul d'entre nous se ferait prendre.

Je sortis de notre cachette derrière les arbres et m'approchai. Johns se figea. Il avait obéi à toutes les instructions et n'avait rien sur lui, aucun paquetage ; uniquement ses faux papiers, au cas où il croiserait les patrouilles de Ryland. En l'observant, je dois avouer que j'étais tiraillé entre divers sentiments. Il avait toujours existé des hommes comme lui, des hommes qui, pour leur seul plaisir, mettaient en péril un groupe entier d'Asservis. Du temps de ma grand-mère, Santi Bess, on savait s'occuper de ce genre d'individus. Une chute accidentelle dans les bois. La ruade d'un cheval soudain effrayé. Une pincée de vigne de Judée. Et voici que je devais tout faire à présent pour libérer l'un de ces scélérats, alors que tant d'autres, plus honorables que lui, hommes, femmes et enfants, demeuraient sous le joug.

Je le regardai droit dans les yeux et lui dis : « Y a pas de lune sur le lac ce soir.

– C'est parce que le lac s'est déjà bien assez abreuvé de soleil.

– Par là », lui dis-je. Il resta immobile pendant une seconde, tourna la tête du côté des bois et fit un geste. Alors, de derrière les arbres, surgit une jeune fille, âgée de dix-sept ans peut-être, vêtue d'une salopette de travail, les cheveux attachés sous un fichu. Voilà pourquoi on donnait de la vigne de Judée aux hommes comme Parnel Johns. Le moindre témoignage de compassion était pour eux une invitation à demander toujours plus. Vous leur donniez un veau, ils exigeaient tout le troupeau. L'idée me traversa de les planter là tous les deux. Mais c'était à quelqu'un de plus élevé dans la hiérarchie du Réseau de prendre ce genre de décision. Je gardai donc le silence et les menai jusqu'à la petite clairière au milieu de la forêt où Hawkins et Bland nous attendaient.

« Bon sang, mais c'est qui, elle ? s'écria Hawkins.

– Elle est avec moi, répondit Johns.

– Mais qu'est-ce que tu me chantes ? On s'était mis d'accord sur un seul passager, et maintenant t'essaies de charger la mule ?

– C'est ma fille, Lucy.

– Ce serait ta mère que ça changerait rien, rétorqua Hawkins. Tu sais très bien ce qui était prévu. Non mais, à quoi tu joues, là ?

– Je pars pas sans elle, dit Johns.

– Ça va, intervint Bland. C'est bon. » Hawkins et Bland étaient amis. Je le savais parce que Hawkins faisait rire Bland, et pas seulement glousser, mais hurler de rire ; or Micajah Bland n'était pas un homme facile à dérider.

Hawkins secoua la tête d'un air contrarié. Puis il regarda Johns et lui dit : « Au moindre signe que Ryland traîne dans les parages, je vous lâche tous les deux. Pigé ? On connaît la route pour rejoindre le Nord. Toi, non. Si je sens qu'il se passe quoi que ce soit de bizarre, on vous lâche ici et vous vous débrouillez tout seuls face aux chiens. »

Mais il ne se passa rien de bizarre – en tout cas, pas dans le sens que craignait Hawkins. Nous marchâmes d'un pas vif pendant toute la nuit et, quand l'aube parut, nous avions déjà franchi une bonne distance. Hawkins et Bland avaient bien repéré les lieux. Ils avaient trouvé une tanière où nous pourrions nous reposer à mi-parcours et nous y arrivâmes juste au moment où le soleil commençait à se lever sur les collines. Nous décidâmes de dormir et de monter la garde à tour de rôle. Contrairement à ce qu'avait affirmé Hawkins, nous ne pouvions pas abandonner nos deux passagers dans la nature. Le secret de notre mode opératoire aurait pu en être compromis et nous ne pouvions pas prendre ce risque. S'ils finissaient par représenter un trop lourd fardeau, je craignais qu'il ne nous faille recourir à une autre solution.

Nous changions de quart toutes les trois heures. Je pris le dernier tour de garde – de la fin d'après-midi à la tombée de la nuit. Tout le monde dormait sauf moi et Lucy, qui avait du mal à s'ajuster à ces horaires. Je la vis sortir de la tanière. Je n'essayai pas de l'arrêter, mais la suivis. Ce n'était pas la fille de Johns, j'en étais certain. Il n'y avait pas la moindre ressemblance entre eux. Il avait le teint clair tandis qu'elle était aussi noire que l'Afrique elle-même. Mais d'autres indices les trahissaient : la façon dont ils marchaient, se tenaient par la main et se murmuraient à l'oreille.

« Je sais pas pourquoi il a menti, dit-elle.

– La nervosité », dis-je. Nous étions juste devant la tanière. Je m'étais assis sur une souche, derrière elle. Elle regardait le soleil se coucher à l'ouest.

« Il voulait pas faire ça, dit Lucy. Il faut pas lui en vouloir. C'est à cause de moi. Vous savez qu'il a une famille, n'est-ce pas ? Une vraie famille – une femme, là-bas, deux filles. »

Je ne sais pas pourquoi les gens éprouvaient toujours le besoin de se livrer ainsi devant moi. Mais je savais, à l'entendre évoquer la famille de Parnel Johns, où elle voulait en venir. Et je ne me trompais pas.

« Maître Heath, à qui nous appartenons, avait une jeune épouse, dit Lucy. Elle était terriblement cruelle. Je suis bien placée pour le savoir, j'étais sa servante. C'était le genre de femme à vous donner le fouet parce qu'il pleuvait dehors ou parce que le lait était trop chaud. Elle était aussi jolie que méchante, et tous les hommes en ville la connaissaient. Maître Heath lui tenait la bride serrée, de peur de la perdre. Il était très jaloux. Et puis voilà qu'un beau jour cette jeune épouse se pique de religion. C'était pas sincère, pour autant que je sache, mais c'était un moyen pour elle de voir un peu du monde extérieur.

« Elle est devenue amie avec ce vieux pasteur qui venait tous les jours s'occuper du salut de nos âmes. Et c'était très clair à mes yeux – mais pas à ceux de Maître Heath – que c'était pas la seule chose dont il s'occupait. »

Lucy se mit à rire à son propre sous-entendu, puis se tourna vers moi pour voir si j'avais compris, et même si c'était le cas je ne laissai paraître aucune réaction, ce qui la fit rire encore plus, bizarrement. Puis elle continua : « Et devinez quoi, un jour ils sont partis. Envolés, comme ça, du jour au lendemain. Pour s'en aller ensemble et tout recommencer à zéro, j'imagine. Je la haïssais, cette fille, et dans une autre vie plus juste, je le jure, c'est moi qui tiendrai le fouet et elle qui prendra les coups. Mais je voyais quand même ce que ça avait de beau, de partir comme ça, vous comprenez ?

« On en parlait, poursuivit Lucy. On en rêvait – on en rêvait tout le temps. C'était quelque chose de puissant, vraiment. Mais on savait que ça pourrait jamais nous arriver. Nous, on était des Asservis. »

Elle tourna alors la tête et je l'entendis sangloter doucement. « Et puis c'est arrivé, reprit-elle. Vous savez, j'ai peut-être l'air jeune, mais je le suis pas tant que ça. J'ai déjà été quittée par un homme avant. Je sais à quoi ça ressemble. Je la connais, la tête qu'ils font. Et il est venu me trouver en faisant cette tête, et avant même de prononcer un mot il s'est effondré et il s'est mis à pleurer, parce qu'il savait que j'avais compris qu'il allait partir. Faut pas lui en vouloir. Il voulait pas dire où. Ni même comment. Juste que le lendemain matin il serait plus là et qu'il partirait sans moi.

« Tout le monde dit que Parnel est une crapule, eh bien moi aussi. Et lui, c'est ma crapule à moi. Son crime, c'est de pas vouloir d'une vie juste – comment un homme pourrait vouloir ça, quand tout n'est qu'injustice autour de lui ? Les autres lui en veulent à cause de ce que Maître Heath leur fait subir. Mais moi, c'est à Maître Heath que j'en veux.

« Je l'ai suivi hier soir. Je l'ai surpris sur le chemin, juste avant qu'il vous rejoigne. Et je lui ai dit, soit il m'emmenait avec lui, soit je faisais demi-tour et j'allais leur raconter qu'il voulait s'enfuir. Je l'aurais jamais fait. Je suis pas ce genre de personne, mais... Je vous dis tout ça pour que vous compreniez – c'est à cause de moi. Il était trop faible pour me quitter.

– Ça rend pas les choses plus justes pour autant, lui dis-je.

– Qu'est-ce que j'en ai à fiche, de ce qui est juste ou pas ? Qu'est-ce que j'en ai à fiche, de vous ou de vos hommes ? Vous savez très bien ce qu'ils nous faisaient là-bas. Vous avez oublié ? Vous vous rappelez pas ce qu'ils font aux filles là-bas ? Et, une fois qu'ils vous ont fait ça, ils vous tiennent. Ils vous prennent au piège avec vos bébés, ils vous attachent à ce lieu en se servant de votre propre sang, jusqu'à ce que vous ayez trop à perdre pour vous en aller. Je vais vous dire, j'ai autant le droit de m'enfuir que Parnel. Autant que vous ou n'importe qui d'autre. »

Lucy ne pleurait plus ; elle avait vidé son sac. Elle rentra dans la tanière, où les autres commençaient à se réveiller. Hawkins me regarda d'un air circonspect. Je le vis, mais n'y prêtai pas attention. Je continuai d'observer Lucy, qui s'était approchée d'un Parnel Johns tout sourire et qui l'enlaçait en riant.

Nous allâmes bon train cette nuit-là. À minuit, la lune haute me permit d'apercevoir les montagnes au loin et je devinai que nous n'étions plus très loin de Bryceton. Nous continuâmes notre route, dépassant le domaine. Une ou deux heures plus tard, nous arrivâmes devant une petite cabane. De la fumée sortait de la cheminée et la lueur d'un feu vacillait derrière la fenêtre.

Hawkins siffla. Il attendit un moment, puis siffla de nouveau. Attendit. Puis siffla une dernière fois. Le feu s'éteignit à l'intérieur. Nous attendîmes encore quelques minutes. Hawkins contourna alors la cabane et nous le suivîmes. Une porte s'ouvrit et une vieille femme blanche apparut sur le seuil. Elle s'approcha de nous et dit : « Le train de deux heures cinquante a été en retard toute la semaine.

– Non, répondit Hawkins, je crois qu'ils ont juste changé les horaires. »

La femme enchaîna alors : « Vous aviez dit qu'il n'y en aurait qu'un.

– Exact, dit Hawkins. J'y suis pour rien. Vous faites comme vous voulez avec eux. »

Elle toisa notre petite troupe pendant quelques instants, puis dit : « Bon, d'accord, venez, dépêchez-vous. »

Nous entrâmes dans la cabane et aidâmes la vieille femme à ranimer le feu. Hawkins ressortit ensuite avec elle. Ils s'entretinrent un moment, puis revinrent à l'intérieur. « Bon, dit Hawkins, je crois qu'il est temps pour nous d'y aller. »

Micajah Bland se tourna vers Parnel Johns. On lisait sur son visage éclairé par les flammes une expression de grande bienveillance. « Ne vous inquiétez pas, lui dit-il. Tout ira bien. »

Johns hocha la tête. Puis, tandis que nous nous en allions, il demanda : « Quand on sera en lieu sûr, je pourrai envoyer un mot à mon père pour le prévenir ? »

Hawkins laissa échapper un petit rire et se retourna. « Mais certainement, dit-il. Seulement, si le Réseau apprend ça, ce sera ton ultime mot. »

Cette mission accomplie, et au vu des actions que j'avais entreprises contre Georgie Parks, Corrine et les autres estimèrent qu'il était temps pour moi de découvrir d'autres aspects des activités du Réseau, de quitter les terres esclavagistes pour me rendre dans le Nord. Philadelphie serait mon nouveau port d'attache.

Je ne fus prévenu que quelques jours à l'avance, et je pouvais déjà m'estimer heureux. Le Réseau ne voulait pas me laisser le temps de me poser trop de questions, car si nous rêvions tous de rejoindre le Nord, toutes sortes de craintes pouvaient assaillir celui dont le rêve s'apprêtait à devenir réalité. Il y a toujours une part en nous qui ne veut pas gagner, qui préfère rester cantonnée à son petit univers modeste et familier. Je n'eus donc pas le temps de réfléchir et de céder à mes instincts les plus lâches. Je passai les dernières journées précédant mon départ à prendre conseil et à méditer. Je discutai avec Micajah Bland de ce qui m'attendait. Je fis de longues promenades dans les bois en songeant à tout ce qui me paraissait aller de soi et dont j'allais bientôt être privé.

Ceux d'entre nous qui partaient en mission sur un nouveau terrain devaient changer d'identité et se doter de nouveaux papiers. L'agent de maison ne fabriquait jamais les siens ; ils lui étaient fournis par d'autres agents, postés ailleurs, car il était entendu que nul ne pouvait être l'auteur de sa propre vie. Ils commencèrent par me trouver une occupation ordinaire – menuisier dans une compagnie locale qui servait de couverture aux opérations du Réseau. Je serais un homme qui avait acheté sa liberté et qui s'était enfui en raison de l'instauration récente de certaines lois restreignant les droits des Noirs affranchis dans le Sud. On me donna deux tenues de travail et une autre pour l'église. Je conserverais mon nom, auquel fut cependant ajouté celui de Walker.

Restait à savoir comment, concrètement, j'allais rejoindre Philadelphie. Les Chiens de Ryland furetaient partout, sur les routes, les quais, les voies ferrées. Nous étions aidés par le fait qu'aucune alerte ne serait publiée pour signaler ma fuite ; les brigades de Ryland ne seraient donc pas à la recherche d'un homme répondant à ma description. Il fut décidé que je prendrais le train. Hawkins et Micajah Bland m'escorteraient. Notre plan était simple. J'étais un affranchi ; Hawkins était un esclave et Bland – un homme blanc – son propriétaire. Si jamais, à un moment ou à un autre au cours de mon voyage, quelqu'un émettait le moindre doute quant à l'authenticité de mes papiers, Bland se porterait garant de mon identité.

« Adopte le comportement d'un affranchi, me conseilla Hawkins. Lève la tête. Regarde-les dans les yeux – mais pas trop longtemps non plus. Tu restes quand même un homme noir. Incline-toi devant les dames. Veille à emporter quelques-uns de ces bouquins auxquels tu tiens tant. Rappelle-toi bien : impose ton autorité, ou ils te démasqueront. »

Le jour de notre départ, je repensai à tous ces conseils et, chaque fois que je me sentais sur le point de perdre mon sang-froid – au moment d'acheter mon billet, par exemple, ou de confier ma valise au bagagiste sur le quai, ou lorsque le train démarra et que je laissai derrière moi le Sud et tout ce que j'avais connu jusqu'ici –, je me répétais simplement cette phrase, qui devait devenir ma vérité : *Je suis libre*.

15

Je partis sans emporter grand-chose, et sans avoir eu droit à de vrais adieux. Je ne vis ni Corrine ni Amy le dernier soir ; elles devaient être accaparées par leurs propres petites intrigues. Je quittai Bryceton sous la chaleur d'un lundi matin d'été, quatre mois après mon arrivée. Nous marchâmes pendant une bonne partie de la journée, Hawkins, Bland et moi, et passâmes la nuit dans la petite ferme d'un vieux veuf acquis à notre cause. Puis, ce mardi-là, nous poursuivîmes notre route séparément jusqu'à la bourgade de Clarksburg, point de départ de la première étape de notre périple. Le plan était de traverser tout l'État à bord d'un train de la Northwestern Virginia Railroad, puis, une fois dans l'ouest du Maryland, nous prendrions la Baltimore & Ohio, direction l'est puis le nord jusqu'aux territoires libres de la Pennsylvanie et à notre destination finale, Philadelphie. Il existait un itinéraire plus court, tout droit par le nord, mais la présence des Chiens de Ryland le long de cette voie ferrée avait récemment causé quelques problèmes, et nous étions d'avis que cette audacieuse approche directe par le port esclavagiste de Baltimore présentait l'avantage d'être imprévisible.

Lorsque j'arrivai à la gare de Clarksburg, j'aperçus Hawkins et Bland assis sous le toit rouge d'un abri voyageur. Hawkins s'éventait avec son chapeau. Bland regardait les rails, dans la direction opposée à celle d'où le train surgirait. Une nuée de merles était posée sur l'auvent. Sur le quai, je vis une femme blanche, portant un bonnet et une robe bleue à crinoline, qui tenait par la main deux bambins élégamment vêtus. Un peu plus loin, à l'écart de l'ombre projetée par l'auvent, un Blanc inférieur avec un baluchon qui devait contenir tout ce qu'il possédait au monde fumait du tabac à rouler. Je me mis sur le côté afin de ne pas attirer la suspicion en cherchant la fraîcheur de l'ombre. Le Blanc finit sa cigarette, puis salua la femme. Ils étaient encore en train de discuter quand soudain les merles s'envolèrent de l'auvent et le monstre de fer fit entendre son rugissement au bout du virage, approchant dans un panache de fumée noire et un vacarme assourdissant. Je regardai ses roues décélérer progressivement, puis s'immobiliser dans un grincement aigu. Je n'avais jamais rien vu de pareil, à part dans les livres. Je présentai mon billet et mes papiers au conducteur d'un geste hésitant. Il y jeta à peine un coup d'œil. Cela semble difficile à croire aujourd'hui, en ces temps funestes, mais à l'époque il n'y avait pas de wagons « réservés aux nègres ». Pourquoi y en aurait-il eu ? Les Distingués ne quittaient pas d'une semelle leurs Asservis, les surveillant d'aussi près qu'une dame son sac à main, et même plus encore, car, à ce moment de notre histoire, il n'y avait rien qu'un homme pût posséder de plus précieux, n'importe où en Amérique, qu'un autre homme. Je me dirigeai vers l'arrière du wagon, me faufilant dans la travée entre les deux rangées de sièges. Le train resta à quai pendant quelques minutes. Je m'efforçais de ne pas paraître nerveux. Mais lorsque j'entendis le conducteur crier, et le monstre se remettre à rugir, je me sentis envahi par un immense soulagement et je pus enfin me détendre.

Le voyage dura deux jours ; j'arrivai à la Gray's Ferry Station, sur les hauteurs de la rivière Schuylkill, le jeudi matin. Je débarquai du train au milieu d'une foule de gens qui cherchaient leurs amis, leur famille. À peine avais-je posé le pied sur le quai que j'aperçus Hawkins et Bland, mais ils gardèrent leurs distances, car tout le monde savait que même ici, en ville, les brigades de Ryland rôdaient à la recherche de fugitifs. On ne m'avait fourni aucune description de mon escorte. J'avais pour seule instruction d'attendre. Il y avait un omnibus à l'arrêt devant la gare, tiré par des chevaux. Plusieurs passagers du train montèrent à bord.

« Monsieur Walker ? »

Je me retournai et vis un Noir habillé comme un gentleman.

« Oui, c'est moi.

– Raymond White », dit-il en me serrant la main. Il ne souriait pas.

« Par ici », m'indiqua-t-il, et nous montâmes à notre tour dans l'omnibus. Le cocher fit claquer son fouet et nous démarrâmes, prenant la direction opposée à la rivière. Nous nous adressâmes à peine la parole pendant le trajet, ce qui n'avait rien de surprenant compte tenu de la nature des affaires qui nous réunissaient. J'eus néanmoins tout loisir d'observer ce Raymond White. Sa mise était impeccable. Il portait un costume gris coupé à la perfection qui tombait avec élégance de ses épaules à sa taille cintrée. Il était coiffé avec soin, la raie bien tracée de côté. Quant à son visage, on eût dit un bloc de pierre gravé, qu'aucune expression – ni souffrance, ni contrariété, ni joie, ni humour, ni inquiétude – ne vint animer pendant toute la durée du trajet. Il me sembla toutefois déceler dans son regard une certaine tristesse qui – en dépit de l'élégance tout en retenue de Raymond – racontait une histoire, et je devinai, sans rien connaître de lui, que sa vie avait été marquée d'une façon ou d'une autre par l'Asservissement. Et de cette même tristesse je déduisis que ses manières raffinées, sa noblesse de port étaient des qualités non pas innées, mais conquises de haute lutte à force de labeur.

S'éloignant toujours plus de la rivière, l'omnibus s'engouffra au cœur de la ville. Il y avait des gens partout dans les rues. Je les voyais derrière la vitre – ils étaient si nombreux que j'avais l'impression de me retrouver au milieu de la foule un jour de courses, mais une foule cent fois plus grosse, comme si le monde entier s'était rassemblé en ce lieu dans le but exprès de courir d'un endroit à un autre, des ateliers de réparation aux épiceries en passant par les boutiques de fourrure, d'arpenter sans fin les rues pavées de la ville et d'inhaler son air rance. Il y avait des gens de tous milieux et appariés selon toutes les configurations imaginables – parents et enfants, riches et pauvres, Noirs et Blancs. Je remarquai que les riches étaient en grande majorité des Blancs, et les pauvres le plus souvent des Noirs, mais on apercevait çà et là des membres de ces deux tribus appartenant à l'une ou l'autre classe indifféremment. Cette vision fut un véritable choc pour moi, car si le pouvoir était entre les mains des Blancs dans cette ville – et c'était assurément le cas –, ils n'en avaient manifestement pas le monopole. Et croyez-moi, jamais jusqu'à ce jour je n'avais vu d'aussi misérables spécimens de la race blanche, ni d'aussi resplendissants spécimens de la race noire. Les Noirs, ici, ne se contentaient pas de survivre, comme à Starfall ; ils arboraient parfois des tenues plus élégantes que mon père n'en avait jamais porté. Et ils évoluaient là, dans le ventre trépidant de la cité, mains gantées et couvre-chef sur la tête, les femmes à leur bras protégées sous une ombrelle, avec la plus grande majesté.

Ce tableau étonnant contrastait avec les odeurs de la ville – les plus révoltantes qu'on ait jamais connues de mémoire d'homme. Je n'avais pas tant l'impression de respirer l'air que d'y être englué. Il semblait monter tout droit des égouts pour se mêler à la puanteur des carcasses de chevaux morts jonchant les rues, puis rejoindre les fumées des usines, formant un brouillard invisible qui planait au-dessus de toute la ville et dont les relents de fruit pourri évoquaient un verger laissé à l'abandon. J'étais habitué aux odeurs nauséabondes du bétail, mais adoucies par les parfums émanant des jardins, des buissons de fraises, des bois alentour. Philadelphie ne pouvait, hélas, s'enorgueillir de ce genre d'harmonie olfactive – la puanteur était partout, elle envahissait les rues, les boutiques, les tavernes, et je n'allais pas tarder à m'apercevoir qu'elle pouvait, si l'on n'y prenait garde, s'insinuer jusqu'à l'intérieur des maisons et des chambres à coucher.

Nous descendîmes de l'omnibus au bout d'une vingtaine de minutes pour entrer dans une maison en briques au coin d'une rue, où Hawkins et Bland nous attendaient déjà, installés dans un petit salon, juste après le vestibule, en train de prendre le café avec un autre homme noir bien habillé. À notre arrivée, ils se tournèrent vers nous avec de grands sourires. L'inconnu se leva, s'avança et me serra vigoureusement la main en souriant de plus belle. Je devinai, tant ils se ressemblaient, qu'il avait un lien de parenté avec Raymond White. Ils avaient le même visage de pierre – mais pas le même stoïcisme, en revanche.

« Otha White, se présenta-t-il. Tout s'est bien passé, pas de problème durant le voyage ?

– Non, pas que je sache, répondis-je.

– Venez, asseyez-vous, dit Otha. Je vais vous apporter un café. »

Je pris place à côté de Raymond et de Bland, qui discutaient. Otha revint avec le café et la réunion commença.

« Prenez bien soin de cet homme, d'accord ? dit Hawkins en buvant son café. Il en vaut la peine, et ce ne sont pas des paroles en l'air. Je l'ai vu couler au fond d'une rivière et en ressortir à la seule force de ses mains. Il a subi tous les tourments possibles et imaginables, et il est toujours debout. C'est vous dire. »

C'étaient les paroles les plus aimables qu'ait jamais prononcées Hawkins à mon endroit.

« Vous connaissez mon engagement, répliqua Raymond. J'ai voué ma vie entière à cette cause. Et nous sommes heureux de l'accueillir au sein de notre entreprise.

– Votre aide nous sera très utile, ajouta Otha. Je ne vous connais pas, Hiram Walker, mais moi non plus je n'ai pas grandi ici. Cependant j'ai appris, et je crois que vous apprendrez, vous aussi. »

Hawkins hocha la tête et but une nouvelle gorgée de café. Il paraissait plus à l'aise avec Otha, qui était né dans les fers, qu'avec Raymond, un enfant du Nord. Il me semble aujourd'hui, avec le recul, que c'était lié à la manière dont nous fonctionnions. En Virginie, nous étions des hors-la-loi, un statut que nous en vînmes très vite à considérer comme un honneur, de sorte que nous revendiquions avec fierté notre indifférence à l'égard de règles morales édifiées sur le socle d'une Loi à nos yeux maléfique. Nous n'étions pas chrétiens. Les chrétiens exerçaient leur office dans les terres du Nord, où le Réseau clandestin était si puissant qu'il n'avait rien de clandestin en réalité. Je me rappelle aujourd'hui toutes ces soirées passées dans quelque taverne de Philadelphie à écouter des hommes que nous venions d'exfiltrer raconter leur fuite en fanfaronnant. La ville grouillait de fugitifs qui, rassemblés au sein de diverses congrégations, s'organisaient en comités de vigilance grâce auxquels ils veillaient les uns sur les autres et montaient la garde face aux patrouilles de Ryland. Au Nord, les agents du Réseau n'étaient pas des hors-la-loi – bien au contraire, ils étaient pour ainsi dire les représentants de leur propre loi. Ils prenaient d'assaut les prisons, attaquaient les troupes de la police fédérale et luttaient pied à pied contre les Chiens de Ryland. Les hommes comme Hawkins s'activaient dans l'ombre ; les hommes comme Raymond agissaient au grand jour.

Mais, pour Otha, c'était différent. Il émanait de lui, dans les origines qu'on lui devinait et dans ses manières sans détour, quelque chose qui suscitait le respect chez Hawkins, si profondément enfoui ou même inconscient que fût ce sentiment chez ce dernier, car Hawkins faisait profession de sauver les âmes, mais n'était pas homme à les sonder – et la sienne moins qu'aucune autre. Je suis suffisamment au fait de ce qu'était le domaine de Bryceton, avant sa transformation sous l'égide de Corrine, et des atrocités qui s'y déroulaient, pour savoir que ce genre d'introspection était un luxe.

« Bien, dit Hawkins en se levant. Ce garçon ne sait rien. Je compte sur vous pour lui fournir toutes les informations nécessaires. Nous avons fait notre part. Puisse-t-il servir la cause ici aussi bien qu'il l'a servie là-bas, par chez nous. »

Je me levai à mon tour et Hawkins se tourna vers moi, me serra la main et me dit : « Je doute qu'on se revoie bientôt, si on se revoit un jour. Continue de marcher droit, c'est tout ce que je peux te dire. »

Je hochai la tête. Hawkins serra la main aux autres, y compris à Bland, dont il était convenu qu'il resterait à Philadelphie pendant quelques semaines pour régler des affaires personnelles. Après le départ de Hawkins, Otha me conduisit à l'étage, où je prendrais mes quartiers, tandis que Raymond et Bland continuaient de discuter dans le salon. Ma chambre était petite, mais après avoir vécu pendant des mois dans des baraquements, et avant cela au fond d'un trou, et avant cela encore en prison, c'était un véritable paradis. Quand Otha m'eut laissé seul, je m'allongeai en travers du lit. D'en bas me parvenait le bruit étouffé de la conversation entre Bland et Raymond, ponctuée de grands éclats de rire, me sembla-t-il. Un peu plus tard, Otha m'emmena dîner dans une taverne du quartier. Il m'expliqua que j'aurais tout le week-end pour apprendre à me repérer dans la ville. Prévoyant de passer la journée du lendemain à explorer les lieux, je rentrai directement me coucher. Otha dormait là aussi, dans une chambre voisine de la mienne. Raymond, lui, habitait en dehors de la ville, avec sa femme et ses enfants.

Je me levai de bonne heure le lendemain pour partir à la découverte de Philadelphie. Je m'engageai dans Bainbridge Street, l'une des plus grandes artères de la ville, au croisement de nos bureaux sur la Neuvième Rue, et regardai passer sous mes yeux la vie humaine dans son infinie diversité, toute une ménagerie de désirs, de besoins et d'intentions qui fourmillait avec effervescence dans les rues – et il n'était que sept heures du matin. J'aperçus une boulangerie de l'autre côté de l'avenue, derrière la vitrine de laquelle je vis un homme noir en train de travailler. Je traversai la rue, entrai et fus accueilli par un parfum délicieux, parfait antidote au brouillard pestilentiel de la ville. Sur le comptoir était présenté un assortiment réjouissant de gourmandises – gâteaux, beignets et viennoiseries en tout genre – disposées sur des feuilles de papier sulfurisé. Et il y en avait d'autres encore derrière le comptoir, empilées sur des plateaux glissés dans des chariots à compartiments.

« T'es nouveau par ici, toi, pas vrai ? »

Je levai la tête et vis le type me sourire. Il devait avoir une dizaine d'années de plus que moi et me regardait avec un air de sincère gentillesse. J'avais dû me raidir en entendant sa question, car il ajouta alors : « Je dis ça, c'est pas pour être indiscret. Pas du tout. C'est juste que tu fais la même tête que tous les nouveaux. Ébloui par un rien. C'est pas un problème, fiston. Y a rien de mal à être nouveau. Rien de mal à être ébloui. »

Je ne dis rien.

« Je m'appelle Mars, continua le type. C'est ma boutique, ici. Moi et ma chère Hannah. Tu crèches du côté de la Neuvième, pas vrai ? Avec Otha ? Raymond et Otha – des cousins à moi, tous les deux – des parents de mon Hannah – et puisque t'es avec eux, ça fait qu'on est de la même famille, toi et moi. »

Je restai toujours muet. Comme j'étais fruste à l'époque. Soupçonneux, toujours sur mes gardes.

« Tiens, attends voir », dit Mars. Il se retourna, prit un rouleau de papier sulfurisé, en déchira une feuille et disparut dans l'arrière-boutique. Puis il revint et me tendit quelque chose de tiède, enveloppé dans le papier.

« Vas-y, me dit-il. Goûte. »

Je défis l'emballage et une odeur d'épices monta jusqu'à mes narines. Ce parfum suscita en moi une émotion singulière, à la fois douce et triste, dont je sentais qu'elle était liée à je ne sais quel souvenir enfoui rôdant sur un chemin sinueux et noyé de brume tout au fond de mon esprit.

« Combien je vous dois ? lui demandai-je.

– Combien ? fit Mars. On est de la même famille, toi et moi, qu'est-ce que je viens de te dire ? On fait tous partie de la même famille ici. »

Je hochai la tête, balbutiai de vagues remerciements, puis sortis de la boulangerie. Je restai planté un moment au milieu de Bainbridge à regarder la ville autour de moi, le pain d'épices tiède toujours dans ma main. Je regrettais de ne pas lui avoir souri. Je regrettais de ne pas avoir dit quelque chose en retour de sa gentillesse. Mais je débarquais à peine de Virginie, de mon trou ; je pensais encore à Georgie Parks, et à ma Sophia perdue. Je remontai Bainbridge vers l'ouest, traversant des rues uniquement signalées par des numéros qui se suivaient par ordre croissant, ébahi par les dimensions absurdes de cette ville où les rues étaient si nombreuses qu'on s'était apparemment retrouvé à court de noms pour les désigner. Je continuai de marcher et finis par atteindre les quais, où je vis une foule d'hommes, Noirs et Blancs confondus, décharger des cargaisons et travailler sur le pont des bateaux.

Je longeai la rivière qui formait une courbe enserrant le port, puis s'évasait de nouveau vers le large. Ses berges étaient encombrées d'ateliers, de petites usines et de cales sèches. La puanteur oppressante de la ville était atténuée par la fraîcheur de la brise marine. J'atteignis une petite promenade. Il y avait un grand espace vert, segmenté par des allées où s'alignaient des bancs. Je m'assis un moment. Il était à peu près neuf heures du matin. Vendredi, dernier jour de la semaine de travail. Un beau ciel bleu. Des Philadelphiens de diverses origines et couleurs de peau déambulaient sur la promenade. Des dames marchaient au bras de messieurs en canotier. Un petit groupe d'écoliers, assis en cercle dans l'herbe, écoutaient sagement la leçon de leur maître. Un homme traversa le parc sur un monocycle en riant. Je songeai alors que jamais de toute ma vie je n'avais connu une telle liberté. Et je savais que j'aurais pu m'en aller, ici et maintenant, abandonner le Réseau à n'importe quel moment et me laisser engloutir, disparaître dans cette ville aux allures d'immense journée aux courses, me laisser dériver au fil de ses effluves empoisonnés.

Je sortis le pain d'épices de son emballage et, dès que je le portai à ma bouche, quelque chose en moi s'ouvrit en grand, de manière totalement inattendue. Le chemin que j'avais entrevu tout à l'heure, dans la boulangerie de Mars, celui qu'avait fait jaillir à mon esprit l'odeur des épices, surgit de nouveau devant moi, et cette fois la brume s'était dissipée ; du reste, ce n'était plus un chemin que je voyais, mais une pièce. Une cuisine, que je reconnus aussitôt – elle faisait partie du domaine de Lockless. Et soudain je ne me trouvais plus sur ce banc, ni même sur la promenade. J'étais debout dans cette cuisine, et j'avais sous les yeux, étalés sur le plan de travail, des cookies, des gâteaux et toutes sortes de pâtisseries, disposés sur des plateaux recouverts de papier sulfurisé, exactement comme dans la boulangerie de Mars. Et il y avait un autre comptoir, adjacent à celui-ci, derrière lequel se tenait une femme noire qui fredonnait doucement en pétrissant de la pâte ; lorsqu'elle me vit, elle sourit et me demanda : « Pourquoi t'es toujours aussi silencieux, Hi ? »

Et elle recommença à pétrir sa pâte en chantonnant. Quelques instants passèrent, puis elle leva de nouveau la tête, me regarda et se mit à rire. « Si tu crois que je te vois pas lorgner sur les biscuits au gingembre de Maître Howell, dit-elle. T'es peut-être pas bavard, mais tu vas me mettre dans un sacré pétrin à zyeuter comme ça ces biscuits. »

Elle secoua la tête, sans cesser de rire. Au bout d'un moment, toutefois, son visage se figea en une expression inquiète tandis qu'elle levait un index et le posait sur ses lèvres serrées. Elle s'approcha de la porte, jeta un coup d'œil furtif par l'embrasure, puis revint se glisser derrière l'autre comptoir, celui où refroidissaient toutes ces pâtisseries, et détacha deux biscuits au gingembre collés au papier sulfurisé.

« Entre membres d'une même famille, faut veiller les uns sur les autres, me dit-elle en me tendant les deux petits gâteaux. Et puis, moi je dis, tout ça t'appartient de toute façon. »

Je pris les deux biscuits. Sans doute comprenais-je ce qui était en train de se passer. Quel que soit l'endroit où je me trouvais à cet instant, sans doute avais-je conscience, au moment même où se déroulait cette scène, qu'il ne s'agissait pas du Lockless d'aujourd'hui – ni même de celui d'hier, probablement. C'était comme si j'avais plongé dans un rêve. Cette femme devant moi, j'aurais été incapable de dire comment elle s'appelait, mais j'avais le sentiment distinct, presque douloureux, de la reconnaître, à quoi s'ajoutait une autre sensation tout aussi aiguë – celle de la perte. Ces impressions me submergèrent avec une telle puissance que je me précipitai alors dans ses bras, les deux biscuits toujours dans ma main gauche, et je serrai cette femme contre moi, longuement, de toutes mes forces. Puis je relâchai mon étreinte pour regarder son visage et elle souriait, un sourire grand comme le ciel, aussi radieux que celui que m'avait adressé le boulanger Mars ce matin même.

« N'oublie pas, me dit-elle. La famille. »

D'un coup, alors, le brouillard ressurgit, envahissant la cuisine de toutes parts, et tout se déroba à mon regard, le comptoir, les plateaux, et la femme, qui me lança, juste avant de disparaître : « Va, continue. »

Et je me retrouvai de nouveau assis sur le banc. J'étais soudain épuisé. Je regardai mes mains – elles étaient vides. Je levai les yeux vers la rivière, le long de la promenade. L'homme au monocycle retraversa le parc, m'adressant un petit signe de la main au passage. Je tournai la tête vers les autres bancs, à ma gauche, puis à ma droite. Ils étaient tous pareils ; mais soudain un détail attira mon attention – sur l'un d'entre eux, le troisième à partir du mien, il y avait un bout de pain d'épices à moitié entamé, et un peu plus loin, dans l'herbe, son emballage de papier, qu'une douce brise d'été faisait tourbillonner au ras du sol.

16

Maintenant, je savais. C'était ça – la Conduction. Son pouvoir était encore en moi, je le sentais, même si je ne le maîtrisais pas. Je retournai d'un pas traînant, exténué, jusqu'à nos locaux, et à peine m'étais-je allongé que je m'endormis, alors qu'il faisait encore jour dehors, et je ne me réveillai que le lendemain matin. L'idée m'effleura d'essayer de déclencher à nouveau ce phénomène, mais l'épuisement et la sensation de malaise qui, je m'en rendais compte à présent, suivaient systématiquement chaque Conduction m'en dissuadèrent. Je décidai alors de retourner à la boulangerie de Mars afin de m'excuser pour mon impolitesse de la veille. Puis je pourrais peut-être continuer à arpenter les rues de la ville, puisque j'en avais la liberté, me diriger vers l'est cette fois et rejoindre le fleuve Delaware, ou même le traverser, pourquoi pas, et m'aventurer dans le hameau de Camden, où vivaient Raymond et sa famille. Mais, alors que j'enfilais mes brodequins, j'entendis frapper à la porte de ma chambre, puis la voix d'Otha.

« Hiram, tu es là ? »

J'ouvris la porte et vis Otha qui descendait déjà l'escalier. Il se retourna vers moi sans s'arrêter et me dit : « Faut y aller. »

Je le rejoignis dans le salon, où nous trouvâmes Raymond en train de faire les cent pas, une lettre à la main. Dès qu'il nous vit, il fonça vers la porte, attrapa son chapeau et, sans un mot, se précipita dehors. Nous le suivîmes dans la Neuvième Rue, puis sur Bainbridge, où bouillonnait déjà le grand brouet tumultueux de Philadelphie.

« La loi de notre État est très claire, commença-t-il de but en blanc quand nous l'eûmes rattrapé. Aucun individu, homme ou femme, ne peut être maintenu en esclavage – même s'il l'était au moment de son arrivée ici. À partir du moment où la demande en a été faite, l'asile doit être automatiquement accordé. Mais il est indispensable que la demande soit faite. On ne peut pas les amener à la liberté contre leur gré. On ne peut pas les forcer en les amadouant.

– Oui, mais les maîtres, dit Otha en se tournant vers moi. Cette loi, ils font comme si elle n'existait pas. Ils mentent aux gens, ils leur font peur. Ils les menacent en se servant de leur famille et de leurs amis.

– Peut-être, mais quand nous avons affaire à quelqu'un qui a clairement exprimé ses intentions, rétorqua Raymond, nous sommes en droit de tout mettre en œuvre pour que ces intentions soient respectées. Or cette femme, Bronson, a formulé la demande – et son propriétaire refuse de l'honorer. Désolé de vous presser, mais nous n'avons pas beaucoup de temps. Si nous voulons faire en sorte que cet homme obéisse à la loi, il nous faut agir tout de suite. »

Nous nous dirigions vers l'est, par le même chemin que j'avais pensé emprunter le matin même. Bientôt nous arrivâmes sur les quais et j'aperçus les eaux de la Delaware qui venaient lécher doucement la coque des bateaux. Nous étions samedi. Il faisait une chaleur étouffante, comme je n'en avais jamais connu même en Virginie. L'ombre n'avait aucune signification dans cette ville. La chaleur vous collait à la peau aussi sûrement que la puanteur, et il n'y avait qu'ici, au bord de l'eau, qu'on pouvait espérer y échapper un tant soit peu.

Nous longeâmes les quais vers le sud et nous arrêtâmes devant une passerelle à laquelle était arrimé un bateau de transport fluvial. Nous montâmes à bord d'un pas vif. Raymond regarda les passagers autour de nous, mais ne trouva pas cette madame Bronson dont il nous avait parlé. Puis un homme noir lui dit : « Ils sont en bas, monsieur White. »

Nous nous dirigeâmes vers l'arrière du bateau, où une volée de marches permettait d'accéder à l'intérieur, et là, dans le ventre de l'embarcation, nous découvrîmes un autre groupe de passagers. Je reconnus la fameuse madame Bronson avant Raymond, sans qu'on me l'ait décrite. Deux jours dans cette ville m'avaient suffi pour comprendre à quoi ressemblaient les Asservis ici. Ils étaient aussi bien habillés que les affranchis, sinon mieux, comme si leurs propriétaires cherchaient à camoufler les chaînes au bout desquelles ils les tenaient. Mais, en les observant attentivement, on devinait, à leurs manières, à leur posture singulière, qu'ils étaient sous l'emprise d'une puissance d'un autre genre. Or cette madame Bronson était particulièrement bien habillée, costumée, aurait-on même pu dire, comme Sophia en son temps revêtait un costume pour se rendre chez Nathaniel, et je remarquai qu'un homme blanc, grand et mince, la tenait fermement par le bras, tandis qu'elle-même serrait celui d'un petit garçon à ses côtés, qui ne devait pas avoir plus de six ans. Je vis ses yeux se braquer sur Raymond, qui la cherchait encore, puis son regard croisa le mien, et alors elle tourna la tête et baissa les yeux vers son fils.

Raymond avait fini par la repérer. Il s'approcha d'elle et déclara : « Mary Bronson, je crois comprendre que vous avez formulé une requête. Nous sommes ici pour que cette requête soit exaucée, conformément à la loi de notre État, qui n'a, à l'égard des pratiques esclavagistes » – et, en prononçant ces mots, il regarda droit dans les yeux le grand type blanc élancé –, « ni respect ni considération ».

Je débarquais de Virginie, je venais tout juste de quitter un monde où notre travail s'accomplissait dans le plus grand secret, un monde où j'étais un criminel, qui n'avait d'autre choix que d'obéir aux lois qu'il cherchait précisément à abattre. Mais j'étais désormais à Philadelphie, et je regardais un agent du Réseau clandestin opérer au grand jour, sans mise en scène, sans déguisement. Les mots de Raymond me faisaient l'effet d'une bombe ; et l'homme blanc qui tenait Mary Bronson captive en ressentit toute la déflagration.

« Allez au diable, dit-il en tirant sèchement cette dernière par la main, avec une telle brusquerie qu'elle en perdit légèrement l'équilibre. J'ai la ferme intention de rentrer chez moi avec ma propriété. »

Raymond l'ignora.

« Vous n'êtes absolument pas dans l'obligation d'obtempérer, dit-il à Mary. Cet homme ne vous retiendra pas tant que je m'y opposerai et, si vous venez avec moi, je vous garantis que les lois de cet État appuieront mes efforts.

– Allez au diable, répéta l'autre, elle est à moi ! » Il prononça ces mots avec violence ; mais il ne tenait plus le bras de Mary. Je n'aurais su dire si c'était elle qui s'était libérée de sa prise, ou lui, tout à sa colère contre Raymond, qui l'avait lâchée par inadvertance. Un petit attroupement s'était formé autour de nous, certains pour prendre parti, d'autres pour voir ce qui avait provoqué cet esclandre. Les gens se parlaient, s'informaient les uns les autres des détails de l'affaire. Ils grondaient en se rapprochant du type, lequel ne semblait pas se rendre compte que ses soutiens, déjà peu nombreux, étaient en train de se réduire comme peau de chagrin. Mais Mary, elle, avait parfaitement saisi ce qui se passait. Enhardie par la foule, elle prit son enfant par la main et s'avança vers Raymond. Furieux, le type lui ordonna de revenir, mais elle l'ignora, se positionnant fermement aux côtés de Raymond, l'enfant derrière elle.

« Bon sang, dit le type en lançant à Raymond un regard incendiaire. Je te jure, si on était chez moi, je te remettrais à ta place et je te briserais comme il faut. » À ces mots, le grondement de la foule laissa place à une véritable éruption d'insultes, de cris et de menaces.

Il y a un moment, que connaissent certains Noirs touchés par la grâce au cours de leur vie orageuse, un moment de révélation, où le ciel s'entrouvre et les nuages se dissipent, laissant passer un rayon de soleil qui apporte du haut des cieux une sagesse infinie, et ce moment ne vient pas de la religion chrétienne, mais de la vision d'un homme noir s'adressant à un homme blanc comme le fit Raymond White en se tournant vers lui.

« Mais tu n'es pas chez toi. »

Puis il se retourna vers la foule, et l'homme, le suivant du regard, prit conscience de la situation dans laquelle il se trouvait. Toute sa colère et toute sa détermination s'envolèrent d'un coup, remplacées par la peur et la panique. Il pâlissait et semblait rapetisser à vue d'œil. La foule, exacerbée par les menaces qu'il avait proférées, discutait à présent à voix basse du sort qu'il convenait de lui réserver.

Après avoir regardé le bateau quitter le port, nous regagnâmes la Neuvième Rue, où Otha et moi restâmes avec Mary Bronson et son fils ; Raymond, de son côté, était aussitôt parti en quête d'un logement pour elle, et il espérait également pouvoir l'aider à trouver très vite un emploi. La coutume ici voulait que soit officiellement consigné le récit des épreuves traversées par tous ceux qui transitaient par l'antenne de Philadelphie. C'était là encore une idée totalement inconcevable en Virginie, ce genre de témoignages pouvant impliquer des fugitifs. Mais Raymond avait la conviction de participer à l'histoire en marche et pensait qu'il était essentiel de recueillir scrupuleusement tous les événements qui s'y rapportaient.

Otha prépara du café et donna des jouets au fils de Mary – de petites figurines en bois représentant des vaches, des chevaux et d'autres animaux de la ferme. J'en profitai pour faire un tour à la boulangerie de Mars, où ce dernier me présenta à sa femme, Hannah. Je fis l'effort de sourire en la saluant et priai Mars de bien vouloir excuser mon comportement de la veille. Il me tendit deux miches de pain chaud et me dit : « Inutile de t'excuser. Comme je disais – la même famille. »

De retour à nos locaux, je trouvai Mary, assise par terre dans le salon, en train de jouer avec son fils. J'allai poser le pain dans la cuisine, où je dénichai un couteau, un plateau et des assiettes, ainsi qu'un pot de confiture et un morceau de fromage, avec quoi j'improvisai quelques tartines que j'apportai sur la table de la salle à manger. Otha nous servit le café et invita Mary et son fils à se mettre à table. L'atmosphère était au soulagement, et cette collation avait presque des airs de fête.

Après le repas, Mary nous aida à débarrasser. Puis nous passâmes au salon pour recueillir son témoignage. Je regardai le fils de Mary saisir un petit cavalier en bois dans chaque main, le visage froncé en une grimace menaçante, puis entrechoquer les deux chevaux en sifflant bruyamment entre ses dents.

« Comment s'appelle-t-il ? demandai-je.

– Octavius, dit Mary. Me demandez pas pourquoi, c'est pas moi qu'ai choisi son nom. C'est le maître qu'a décidé, comme pour tout le reste. »

Otha invita Mary à s'asseoir sur le canapé. Je montai dans ma chambre prendre du papier et deux crayons. Puis je m'installai à la table. Otha poserait les questions ; je prendrais les notes.

« Je m'appelle Mary Bronson, dit-elle à Otha. Et je suis née esclave.

– Mais vous ne l'êtes plus, dit Otha.

– Non, je le suis plus, répéta Mary. Et je veux vous remercier pour ça. Vous avez pas idée de ce que j'ai vécu là-bas, de ce qu'on a tous vécu. J'aurais fait n'importe quoi pour échapper à cet homme, simplement je savais pas comment faire.

Vous savez, c'était même pas la première fois que je venais en ville, et c'était même pas la première fois que j'avais dans l'idée de m'enfuir. Je sais pas pourquoi je l'ai pas fait avant.

– D'où venez-vous, Mary ? demanda Otha.

– De l'enfer, répondit-elle. Tout droit de l'enfer, monsieur Otha.

– Pourquoi dites-vous cela ?

– J'avais deux autres garçons, en plus du petit Octavius, deux autres garçons et un mari. Il faisait la cuisine, comme moi. Tout le monde dans la maison appréciait mon travail.

– Et vous, est-ce que vous l'aimiez, ce travail ?

– Ça a jamais été mon boulot d'aimer ou pas. Mais j'étais différente, vous voyez. Même que j'avais un accord avec mon maître. Je faisais à manger, mais j'étais pas la seule dans la cuisine. Alors, des fois, mon maître, il me louait à d'autres gens, et ensuite il me donnait la moitié de ce que j'avais gagné. L'idée, c'était de mettre de côté de quoi acheter notre liberté, moi et ma famille. Je partirais la première, comme ça j'aurais plus à partager ce que je gagnais, et puis je ferais venir mon homme, Fred, c'est comme ça qu'il s'appelait, je le ferais venir et comme ça on serait deux à travailler. Et puis ensuite, tous les deux, on ferait venir les petits.

– Et que s'est-il passé ?

– Le vieux maître est mort. Ils ont tout morcelé le domaine et c'est un Blanc inférieur qu'a repris les rênes – le type que vous avez vu tout à l'heure. Après ça, mon travail, je l'ai plus aimé tellement. Il gardait tout l'argent pour lui, il disait qu'il en avait rien à fiche que j'avais passé un accord avec mon ancien maître, ou que j'avais mis des sous de côté. Alors j'ai commencé à ruser. Je me suis mise à être plus lente dans mon travail, plus négligée. Mais il a pas tardé à comprendre à quoi je jouais. »

Mary Bronson s'interrompit un moment, rassemblant son courage pour continuer son récit.

« C'est là qu'il a commencé à me battre. Il fixait un chiffre pour chaque semaine. Et si j'atteignais pas ce chiffre, il disait, ce serait sur mon dos qu'il se vengerait. Il menaçait de vendre mon mari, mes fils – tous mes garçons. Alors j'ai travaillé dur, monsieur Otha, aussi dur que je pouvais. Mais il les a quand même vendus. Sauf le petit dernier, lui il l'a épargné » – Mary hocha la tête en direction du garçonnet, toujours occupé à jouer avec ses figurines par terre –, « mais c'était pas qu'il avait de la compassion ou du souci. C'était pour peser sur moi. Tant qu'il pouvait menacer de me prendre ce gosse, il me restait encore quelque chose à perdre.

– Pourquoi vous emmenait-il en ville avec lui ? demanda Otha.

– Il avait de la famille ici, répondit Mary. Il se vantait devant eux comme quoi je travaillais bien. Il me faisait travailler pour sa sœur. Dans la cuisine à sa sœur.

– Ici ?

– Ici, oui. Mais je lui ai bien montré, pas vrai ?

– Absolument.

– Les chaînes, c'est quelque chose de puissant, monsieur Otha, très, très puissant. Je pensais à toutes les fois que je suis venue dans le Nord et que je me suis pas enfuie. Et je pensais à comment ils me tenaient. Et je savais bien que ce gosse, d'ici un an, ils l'enverraient dans les champs ou quoi, et je savais que lui aussi, à partir de là, il leur appartiendrait. »

Mary Bronson se mit à sangloter doucement, le visage entre les mains. Otha se leva et alla s'asseoir à côté d'elle. Puis il l'attira à lui et la serra dans ses bras en lui donnant de petites tapes affectueuses dans le dos. Mary se laissa alors aller à son chagrin, et j'entendis dans ses pleurs un chant pour son mari, ses enfants et tout ce qu'elle avait perdu.

Je n'avais encore jamais vu un agent se comporter ainsi – Otha la réconfortait, la traitait avec dignité, en femme libre et non pas en esclave. Il la berça dans ses bras jusqu'à ce qu'elle ait recouvré son calme, puis il se leva et lui dit :

« Nous allons vous trouver un endroit où vous installer, vous et votre garçon, dans les jours qui viennent. Raymond est déjà en train de s'en occuper. Vous êtes tous les deux les bienvenus ici en attendant. »

Mary Bronson hocha la tête en signe d'assentiment.

« Vous serez bien ici, madame, ajouta Otha. Et nous avons du poids dans cette ville. Mais si vous ne voulez pas rester, je comprendrai. Quoi que vous décidiez, nous vous aiderons. Vous verrez, conquérir la liberté n'est que le début. Vivre libre, c'est une tout autre histoire. »

Il y eut un moment de silence. J'avais cessé de prendre des notes, pensant que l'entretien était terminé. Mary Bronson ne pleurait plus. Elle s'essuya les joues avec le mouchoir que lui tendit Otha. Puis elle leva les yeux et dit : « Ça veut rien dire, vivre libre, si ça veut dire vivre sans mes garçons. »

Elle avait retrouvé tout son sang-froid. Ses souffrances et ses craintes étaient en train de se métamorphoser en autre chose. « Je veux pas entendre parler de votre église. Je veux pas entendre parler de votre ville. Mes garçons – c'est eux, la seule ville dont j'ai besoin. Vous avez trouvé le moyen de nous sortir de là, Octavius et moi, et Dieu m'est témoin que je vous suis reconnaissante. J'ai été bien élevée – je suis pas ingrate. Mais retrouver mes autres garçons, *tous mes garçons perdus*, c'est ça la seule chose qui m'intéresse.

– Madame Bronson, dit Otha. Ce n'est pas comme ça que nous fonctionnons. Ce n'est tout simplement pas en notre pouvoir.

– Alors vous avez pas le pouvoir de la liberté, répliqua-t-elle. Si vous pouvez pas les empêcher de séparer une mère de son fils, un mari de sa femme, alors vous avez rien. Ce gamin, c'est tout ce que j'ai. C'est pour lui que je me suis enfuie, pour qu'il ait la chance de connaître un autre monde. Toute seule, je serais morte comme je suis née – comme une esclave. Ce gosse, c'est lui qui m'a libérée, vous comprenez ? J'ai tellement de dettes envers lui. Je lui dois son père et ses frères, surtout. Si vous pouvez pas les empêcher de briser notre famille comme ils sont en train de faire, si vous pouvez pas nous réunir, alors elle vaut rien, votre liberté, et votre église et votre ville elles ont rien à m'offrir. »

Le lundi suivant, je me rendis à l'atelier de menuiserie, tout près des quais de la Schuylkill, au coin de Locust et de la Vingt-troisième Rue, pour mon premier jour de travail. Le propriétaire était un associé de Raymond White, et un grand nombre de ses employés étaient d'anciens fugitifs. Je travaillerais là trois jours par semaine et trois pour le Réseau.

En fin de journée, en général, je partais marcher seul dans la ville, m'imprégnant de l'extraordinaire alchimie de sons, d'odeurs et de sensations qui se poursuivait jusque tard dans la nuit. Pourtant, au milieu de cet incroyable amalgame d'individus, je me sentais en proie à la solitude. C'était à cause de Mary Bronson – son désir, sa soif d'une liberté qui s'étendrait à tous les siens. Car que pouvait bien signifier être libre, dans une ville comme celle-ci, quand tous les êtres qui vous étaient chers se trouvaient toujours asservis ? Qu'étais-je sans Sophia, sans ma mère, sans Thena ? Thena. *Un garçon comme toi devrait faire plus attention aux mots qu'il emploie*, m'avait-elle dit. *On peut jamais savoir si c'est pas les derniers qu'il prononcera*. Elle avait raison, j'aurais dû faire plus attention, je le savais, même sur le moment. Mais j'avais bien vieilli depuis, embarqué dans une vie qui n'était pas celle d'un garçon de vingt ans, et la mélancolie que m'inspiraient les paroles de Thena était celle d'un homme bien plus âgé que moi. La façon dont je m'étais comporté avec elle était la pire chose que j'avais faite de toute ma brève existence. Je me rendais compte à présent que je n'étais qu'un gamin à l'époque, un gamin dévoré par ses rêves. Aujourd'hui ces rêves avaient disparu, comme les garçons de Mary Bronson avaient disparu, emportés dans un abîme si lointain et profond que le Réseau lui-même n'avait pas les moyens de les atteindre.

Un vendredi matin, alors que je m'apprêtais à partir au travail, Otha s'approcha de moi et me dit : « C'est pas bon pour un homme de rester trop longtemps sans famille. »

Je le regardai sans rien dire.

Il sourit. « Bon… Mais ça pourrait quand même être agréable de se retrouver entouré d'un peu d'affection. Dîner ? Ce soir ? Chez ma mère. Qu'est-ce que t'en dis ? Y aura toute la famille. On est des gens bien, crois-moi sur parole, et on serait heureux de t'accueillir comme l'un des nôtres.

– D'accord, Otha, lui dis-je.

– Formidable ! » s'exclama-t-il. Puis il me donna les indications et me dit : « Alors à ce soir. »

La famille White habitait sur l'autre rive de la Delaware. Je pris le ferry ce soir-là, puis empruntai une petite route pavée qui se prolongeait par une allée en terre battue avant de finir en un simple sentier. La chaleur, l'air moite et suffocant de la ville se dissipèrent dans mon dos, et le tourbillon léger d'une brise rafraîchissante m'accompagna tout le long du chemin. C'était agréable d'être au grand air. C'était la première fois depuis mon arrivée que je me retrouvais dans un endroit rappelant la campagne, et je pris alors conscience que certaines choses de mon vieux Sud natal me manquaient – le vent dans les champs, les arbres inondés de soleil, la douce torpeur de l'après-midi. Ici, à Philadelphie, tout arrivait en même temps, la vie tout entière était un précipité insensé de sensations.

Les parents de Raymond et Otha vivaient dans une grande maison entourée d'une véranda, au jardin orné d'un petit étang. Je restai un long moment sur cette véranda, debout devant la porte. J'entendais des voix à l'intérieur, des voix d'enfants et de mères, de pères et de frères, dont les rires et les conversations entremêlés laissaient deviner un bonheur qui ravivait en moi le souvenir des grandes fêtes de fin d'année dans la Rue. Avant même d'avoir franchi le seuil de cette maison, j'étais submergé par le concentré d'affection que ces gens irradiaient. C'était une sensation que j'avais déjà éprouvée par le passé. Sous les flots de la Goose. Là où j'avais retrouvé une mère dont je n'avais aucun souvenir. Là où j'avais vu mes cousins, et Honas, et Petit P. Et à peine cette sensation m'effleura-t-elle de nouveau que tout s'engouffra à sa suite. La brise d'été devint soudain glaciale. Je me mis à frissonner. Tout devint bleu autour de moi. La porte de la maison des White se dupliqua en une série infinie de portes alignées, qui s'écartaient les unes des autres comme des soufflets. Je me sentis vaciller. Une porte s'ouvrit. Je regardai à l'intérieur. Je vis émerger du brouillard la main tendue de ma mère. Elle s'avança vers moi, sa main cherchant la mienne, et, lorsqu'elle l'attrapa, le bleu se dissipa et la chaleur dorée de cet après-midi d'été revint. Et sur le seuil je vis une femme, qui n'était pas ma mère, mais qui avait à peu près le même âge que celle-ci aurait eu aujourd'hui. Et derrière elle j'aperçus Otha, qui, en me voyant, se figea, me salua d'un signe de la main et me sourit.

« Hiram ? » dit la femme. Et, avant que j'aie eu le temps de répondre, elle enchaîna : « Oui, ça doit être toi. On dirait que tu viens de voir le diable en personne. »

Elle saisit fermement ma main, puis me regarda droit dans les yeux. « Oh, oh. Je connais ce regard : c'est celui d'un homme affamé. Raymond et Otha ne te donnent donc rien à manger, là-bas ? Eh bien alors, ne reste pas planté là – entre ! »

J'avais à peine fait deux pas qu'elle s'arrêta et se retourna vers moi : « Viola White, se présenta-t-elle. Je suis la mère de Raymond et Otha. Mais appelle-moi Tante Viola, parce que c'est ce que je suis pour toi. Quiconque travaille avec Otha et Raymond fait partie de ma famille. »

Je suivis donc Viola White – il me faudrait un certain temps pour m'habituer à l'appeler « Tante Viola » – jusque dans le salon, où se pressait toute une ribambelle de cousins et de tantes. Debout devant la cheminée, Raymond discutait avec un homme plus âgé. Mars, le propriétaire de la boulangerie, se précipita vers moi et m'entraîna au milieu de cette grande mêlée familiale, me présentant à tout le monde et discourant sur l'effet qu'avait eu sur moi son fameux pain d'épices.

« Il essayait de rester impassible, comme si ça lui faisait ni chaud ni froid, dit Mars à sa femme, Hannah. Mais, dès qu'il a approché son nez du papier d'emballage, j'ai bien vu que je l'avais ferré. »

Hannah s'esclaffa – et je me surpris à rire, moi aussi. Il était en train de se passer quelque chose. Des murs tombaient, toutes les murailles que j'avais érigées autour de moi à l'époque de la Rue. Mon silence, ma méfiance étaient autant de murs. L'amour existait là-bas, et comment, un amour d'une force et d'une profondeur comme j'en avais même rarement connu – mais la Rue était un endroit brutal et imprévisible. Les passions s'exprimaient souvent à travers les cris et la violence, même entre nous. Mais l'attitude défensive qui m'avait tant servi à Lockless semblait cruelle et inutile ici, parmi les White, et voici que je me mettais soudain, avec maladresse et timidité, à sourire, à rire et, surtout, à parler.

Après le dîner, tout le monde se retira au salon pour prendre le thé. Il y avait un piano, et l'une des plus jeunes filles commença à jouer. Plus encore que de sa virtuosité, je me souviens surtout de la fierté qui brillait dans les yeux de tous les membres de la famille White devant les talents de cette enfant. Cela me rappela que moi aussi j'avais été un enfant doué de certains talents, mais que mon propre père eût préféré les voir chez son cher petit May. J'étais une attraction, une source d'amusement. En regardant cette fillette dont on encourageait la vocation, dont on applaudissait le don singulier – qu'elle possédait assurément, comme chacun d'entre nous possède les siens –, je songeai à tout ce dont j'avais été privé, à tout ce dont étaient systématiquement privés les millions d'enfants noirs élevés sous le joug de l'Asservissement. Mais, plus encore, je voyais, pour la première fois de ma vie, des Noirs jouir de cette authentique liberté que convoitait si ardemment Mary Bronson, cette liberté dont j'étais moi-même affamé lorsque je déambulais dans les rues de la ville, cette liberté que j'avais entr'aperçue au fond de la Goose.

J'avais entendu mentionner à plusieurs reprises, au fil de la conversation, les noms « Lydia » et « Lambert », et j'avais deviné, à la façon dont on parlait d'eux, qu'il s'agissait de membres de la famille toujours asservis. Après le récital de la jeune fille, je rejoignis Otha qui était allé s'asseoir sous la grande véranda et contemplait les bois verts et luxuriants, au-delà de la route, éclairés par le crépuscule d'été. Je m'assis à côté de lui et lui dis : « Je tiens à te remercier de m'avoir invité ici, Otha. Ça me touche beaucoup. »

Otha se tourna vers moi et me sourit. « C'est rien du tout, Hiram. Je suis content que tu sois venu. Le travail que nous faisons est parfois très lourd à porter.

– Ta mère, lui dis-je en jetant un coup d'œil derrière moi, vers l'intérieur de la maison. J'imagine qu'elle est au courant.

– Ils sont tous au courant. Les petits n'ont qu'une vague idée, bien sûr. Mais comment pourraient-ils ne pas savoir ? C'est pour eux qu'on fait tout ça.

– Eh bien, en tout cas, tu as une famille merveilleuse », lui dis-je.

Il demeura silencieux un moment, puis tourna de nouveau ses regards vers les bois.

« Otha, lui demandai-je, Lambert et Lydia ?

– Lambert était mon frère. Et Lydia est ma femme. Lambert est mort quand j'étais encore là-bas. Et Lydia y est toujours. Je ne l'ai pas vue depuis des années.

– Des enfants ?

– Oui. Deux filles. Un garçon. Toi ? »

J'attendis un moment avant de répondre.

« Non. Je n'ai que moi.

– Ah. Je ne sais pas ce que je ferais sans mes gosses. Je ne sais même pas *qui* je serais. Tout ça, le Réseau, c'est pour eux que je fais ça. »

Otha se leva et jeta un coup d'œil à l'intérieur. On entendait le bruit de la vaisselle, des va-et-vient et des conversations sérieuses entrecoupées par les piaillements joyeux des enfants. Il alla s'asseoir au bout de la véranda, contre la rambarde en bois.

« Je ne suis pas comme eux, dit-il. Je n'ai pas grandi ici. Mon père est vieux et voûté aujourd'hui, mais c'était un sacré bonhomme à son époque. Né asservi. Il n'avait pas encore vingt et un ans quand il est allé voir son maître et lui a déclaré de but en blanc : "Je suis adulte maintenant. Et je préfère mourir que de continuer à vivre sous le joug." Le maître a réfléchi à ça pendant une journée, puis il est allé trouver mon père, avec un fusil dans une main et ses papiers dans l'autre. Et il lui a dit, avec la même franchise : "La liberté aussi est un joug, mon garçon. Tu ne tarderas pas à t'en rendre compte." Puis il lui a tendu ses papiers et il lui a dit : "Et maintenant fiche le camp de mes terres, parce que la prochaine fois qu'on se verra, toi et moi, y en aura qu'un seul qui restera debout." »

Otha se mit à rire. « Sauf qu'il y avait cette fille, Viola – ma mère –, qui était asservie là-bas, elle aussi. Et on était déjà deux à ce moment-là – moi et mon frère, Lambert. Papa s'était dit qu'il irait dans le Nord, qu'il trouverait du travail et qu'il gagnerait de quoi acheter notre liberté. Il a commencé sur les quais, et il mettait de côté tout ce qu'il pouvait en prévision du jour où il pourrait nous faire venir. Mais ma mère avait d'autres projets en tête. Elle s'est enfuie, avec Lambert et moi, grâce au Réseau – enfin, tel qu'il était à l'époque. Mon père en a fait une syncope quand elle a débarqué sur les quais comme une fleur.

« Ils se sont mariés, un vrai mariage, et ils ont eu deux autres enfants – Raymond et Patsy. La petite qui jouait du piano tout à l'heure, c'est la fille de Patsy. Faut entendre comment elle chante, cette gamine, une voix d'ange. Le maître avait laissé partir mon père – pourquoi ? qu'est-ce que j'en sais ? Avec les Blancs, de toute façon, on ne comprend jamais rien. Mais que ma mère – une fille – veuille reprendre le contrôle de sa vie, là, c'était trop. C'est peut-être la manière dont elle s'y est prise – partir comme ça, du jour au lendemain. Ou alors c'était nous, je ne sais pas. Ma mère, c'était la poule ; mais nous, on était les œufs d'or.

« Le type a envoyé les chiens nous chercher en ville. Ils nous ont mis le grappin dessus, moi, mon frère Lambert, ma mère, Raymond et Patsy – toute la famille, sauf mon père. Et ils nous ont ramenés. Quand on est arrivés, ma mère a prétendu que la fuite, tout ça, c'était une idée de mon père. Elle a dit au maître qu'elle n'avait jamais eu l'intention de s'enfuir. Elle a essayé de le convaincre, à force de flatteries, qu'il faisait partie des gentils Blancs. Et faut croire que le maître a été convaincu. Peut-être qu'il avait besoin de l'être, qu'il avait besoin de penser que c'était une manière de faire le bien, ce qu'il faisait, séparer les membres d'une même famille et les maintenir en esclavage.

« Bref, pas longtemps après ça, maman s'est refait la malle. Mais elle ne s'y est pas prise pareil, cette fois. Elle m'a réveillé en plein milieu de la nuit. Je devais avoir six ans, Lambert huit ou quelque chose comme ça, mais je m'en souviens comme si c'était hier, je revois toute la scène comme si je l'avais sous les yeux. Elle était assise au bord de notre lit. “Mes chéris, faut que je parte, elle a dit. Faut que je parte pour Raymond et faut que je parte pour Patsy. Ils vont mourir ici. Je suis désolée, mes petits chéris, je suis tellement désolée, mais faut que je m'en aille.”

« Aujourd'hui, je comprends pourquoi elle a fait ça. Même à l'époque, j'ai compris. Mais j'en ai éprouvé de la haine, une haine sourde et pesante, qui me brûlait de l'intérieur. Tu imagines, Hiram, haïr ta propre mère ? Après ça, le maître nous a vendus et on a été envoyés dans le Sud – deux garçons perdus expédiés tout là-bas. Il a fait ça pour punir ma mère, pour lui montrer que si elle avait le projet de revenir nous chercher un jour, Lambert et moi, elle pouvait faire une croix dessus. J'avais une vie complètement différente là-bas. J'ai rencontré une fille – Lydia – et on a construit une famille. Je travaillais dur. J'étais un homme estimé en tant qu'esclave – autrement dit, je n'étais pas estimé en tant qu'homme.

« Lambert savait. Peut-être parce qu'il était plus âgé que moi, il avait conscience de tout ce qu'on nous avait pris. Et sa haine à lui était immense, elle le consumait tout entier. Alors Lambert... Lambert est mort là-bas, loin de chez nous, loin de la mère qui l'avait mis au monde et du père qui l'avait élevé. »

Otha s'interrompit alors. Je ne voyais pas son visage, mais j'entendais sa voix s'étrangler, et je sentais brûler tout autour de lui le halo de la souffrance.

« Il y a tellement de trous en moi, tellement de morceaux de moi qui ont été arrachés. Toutes ces années perdues, ma mère, mon père, Raymond et Patsy, ma femme et mes enfants. Tout ce que j'ai perdu.

« Finalement, j'ai réussi à m'échapper. Mon maître avait plus besoin de l'argent que de moi et, grâce à la bonté de certaines personnes, j'ai pu m'en sortir. Je suis venu ici, dans cette ville, à la recherche de ma famille, sur la foi de rumeurs qui disaient qu'on était passés par ici autrefois. Et bientôt j'ai entendu parler de ce type, Raymond White, que c'était la personne à aller voir si je voulais retrouver ma famille. Alors je suis allé le trouver.

– Vous vous êtes reconnus ? demandai-je.

– Même pas vaguement. Et je n'avais pas de nom de famille. Il m'a fait asseoir à côté de lui, comme on a fait avec Mary Bronson, et je lui ai raconté toute mon histoire. Plus tard, Raymond m'a avoué qu'il avait frémi à chaque détail de mon récit. Mais Raymond, tu sais, c'est un roc. Je suis donc là, à lui raconter tout ce que je sais. Et je me demande comment il le prend, parce qu'il ne montre aucune réaction, du début à la fin. Et ensuite il me dit de revenir le voir le lendemain. Même heure.

« Je reviens donc le lendemain, et elle était là, Hiram. J'ai tout de suite su que c'était elle. Je n'ai pas eu besoin de réfléchir une seule seconde ou de fouiller dans mes souvenirs. C'était ma mère. Et elle me dit alors que cet homme, ce roc, c'est mon frère. C'est la seule et unique fois où j'ai vu des larmes dans les yeux de Raymond.

« Quand on était jeunes, Lambert et moi, on inventait tout un tas de stratagèmes pour s'échapper. On savait qu'il y avait des gens comme nous qui étaient libres, quelque part. Mais, chaque fois que nos plans s'effondraient, on était rattrapés par le désespoir, comme par une ombre. Tu vois, on était différents des hommes comme toi, Hiram. On avait compris, du jour où notre mère avait disparu, que la liberté était un droit naturel. Si ma mère avait droit à la liberté, si mon père avait droit à la liberté, alors nous aussi on devait forcément y avoir droit.

– Je crois que c'est comme ça pour tout le monde, dis-je. Simplement, chez certains, ce sentiment est enterré très profond.

– Sauf que, dans notre cas à nous, il n'a jamais été enterré. Lambert se souvenait parfaitement de cette nuit-là. Il se souvenait des caresses de notre mère sur son front, de la toute dernière fois où sa main avait touché sa peau. Quand Lambert est mort, Hiram, j'ai compris que moi, je ne pouvais pas. Que je devais continuer à vivre, et trouver le moyen de m'échapper. Et j'ai compris que la colère ne servait à rien. Je repense aux paroles de ma mère, la nuit où elle est partie. J'y pense tout le temps depuis que je me consacre à ça, depuis que je me suis engagé dans le Réseau. "Faut que je parte pour Raymond et faut que je parte pour Patsy. Je suis désolée, mes petits chéris, mais faut que je m'en aille." Et moi, moi qu'étais juste un gosse qui aimait très fort sa maman, je lui ai demandé : "Maman, pourquoi on peut pas partir avec toi ?" Et ma maman m'a dit alors… elle m'a dit : "Parce que je peux pas porter tout le monde, et ceux que je peux porter, je peux que jusqu'à un certain point." »

17

Les Conductions étaient plus fréquentes, désormais. Le monde disparaissait tout à coup, et quelques instants plus tard je reprenais connaissance au fond d'une allée, dans une cave, au beau milieu d'un champ, dans un entrepôt. Chaque fois, le phénomène semblait déclenché par un souvenir, tantôt entier, tantôt parcellaire, réduit à une simple image, comme celle de la femme qui me donnait en douce des biscuits au gingembre. Mais, en rapiéçant toutes ces visions grâce aux histoires que j'avais entendues dans la Rue, j'arrivais à reconstituer grossièrement un tableau : la femme qui m'avait donné ces biscuits, c'était ma tante Emma, dont les talents derrière les fourneaux étaient devenus légendaires dans les cuisines de Lockless. Et je songeai par ailleurs que ce n'était pas un hasard si c'était cette même tante Emma qui dansait la danse de l'eau dans les bois avec sa sœur, ma mère.

J'avais l'impression que quelque chose essayait de se révéler à moi, qu'une partie de mon esprit, depuis longtemps cadenassée, cherchait à présent à se libérer. Peut-être aurais-je dû accueillir le dénouement de ce mystère, ce dévoilement de nouvelles informations, avec soulagement. Mais, après chaque Conduction, j'avais la sensation qu'on venait de me briser tous les os avant de les remettre en place. J'en ressortais épuisé et, bizarrement, plus accablé encore par le sentiment d'avoir perdu quelque chose, si bien que j'étais perpétuellement en proie à un tourment sourd et lancinant, à une mélancolie si profonde qu'il me fallait puiser dans mes dernières ressources pour trouver la force de me lever le lendemain matin. Et il me fallait plusieurs jours, après chaque Conduction, pour réussir à m'extraire de cette torpeur maussade. Cette expérience, pour moi, n'avait désormais plus grand-chose à voir avec la liberté.

C'est pourquoi, un jour, je sortis des locaux de la Neuvième Rue bien décidé à quitter Philadelphie et le Réseau clandestin, à m'éloigner de tout ce qui était susceptible de déclencher en moi les souvenirs qui me jetaient dans les affres de la dépression. Ce n'était pas une décision mûrement réfléchie. Je n'avais pas fait mes bagages. Je partis tout simplement, déterminé à ne plus jamais revenir. Mon départ n'inquiéterait personne, me disais-je, dans la mesure où l'on était habitué à me voir sortir pour marcher dans les rues de la ville. Mais, cette fois, je continuerais à marcher et je ne reviendrais pas.

Je me dirigeai vers les quais de la Schuylkill. De tous les gens que je croisais dans cette ville, il m'avait toujours semblé que les marins étaient les plus libres ; ils n'étaient liés à rien ni à personne, sinon les uns aux autres ; ils se chambraient et se chamaillaient comme des gosses, soudés par un esprit de camaraderie grivois qui les mettait en permanence au comble de l'hilarité. Il leur arrivait de se battre. Mais peu importent leurs querelles, ces hommes formaient à mes yeux une fraternité. Et, quoiqu'ils fussent libres, d'une certaine façon ils me rappelaient le pays de mon enfance. Peut-être à cause de leurs visages durs et crasseux, leurs mains calleuses, leurs doigts tordus, leurs ongles cassés et rongés. Ou peut-être à cause de leur manière de chanter, car ils chantaient comme les Asservis.

Je restai un moment sur les quais à les regarder travailler, dans le vague espoir que l'un d'entre eux m'appelle, me demande de venir donner un coup de main ; mais personne ne m'appela. Alors je m'en allai et passai le reste de la journée à errer dans les rues. Je traversai la rivière, longeai un cimetière, des voies ferrées, et m'arrêtai devant un hospice devant lequel s'amassaient les indigents de la ville. Puis je poursuivis mon chemin jusqu'à Cobbs Creek, en lisière d'une forêt au sud-ouest de la ville. Il était tard. Je n'avais pas de plan et la nuit commençait à tomber. Je n'avais aucun moyen de m'échapper, en réalité, d'échapper au Réseau ou à l'emprise des souvenirs. Alors je fis demi-tour, l'esprit embrumé par une foule de pensées qui m'accompagnèrent tout le long du chemin me ramenant à la Neuvième Rue, à mon destin, des pensées qui m'empêchèrent de rester sur mes gardes, ainsi qu'on m'y avait entraîné. Soudain, je me retrouvai nez à nez avec un homme blanc qui semblait surgi de la nuit elle-même. Il me demanda quelque chose, mais je n'entendais rien. Je me penchai et le priai de répéter sa question. Je sentis alors un coup violent s'abattre sur l'arrière de mon crâne. Un flash de lumière blanche. Un autre coup. Puis plus rien.

À mon réveil, je m'aperçus que j'étais – une fois de plus – enchaîné, bâillonné, les yeux bandés. Je me trouvais à l'arrière d'une carriole et je sentais les cahots de la route. Dès que j'eus repris mes esprits, je sus exactement ce qui m'était arrivé, car j'avais entendu des histoires similaires. C'étaient les chasseurs d'hommes – les Chiens de Ryland du Nord – qui m'étaient tombés dessus. Ils enlevaient des Noirs en pleine rue et les expédiaient dans le Sud contre une certaine somme, sans se soucier de savoir s'ils étaient affranchis ou fugitifs.

Je les entendais rire, sans doute en train de calculer combien allait leur rapporter la pêche du jour. Je n'étais pas seul dans cette carriole. Quelqu'un sanglotait doucement à côté de moi – une fille. Mais je gardai le silence. J'avais voulu quitter le Réseau – j'avais eu ce que je cherchais. Je me sentais en partie soulagé, car au moins j'allais retrouver l'Asservissement que je connaissais.

Nous roulâmes pendant plusieurs heures sur de petites routes de campagne. Ryland, me disais-je, préférerait éviter les villes, les routes à péage et les ferrys, car, aussi sûr que nous vivions dans la crainte de Ryland, Ryland, lui, craignait les comités de vigilance, les alliés du Réseau qui montaient la garde contre les attrapeurs d'hommes cherchant à prendre au piège les affranchis. Nous nous arrêtâmes afin de dresser le campement pour la nuit ; je sentis des mains rugueuses se saisir de mes bras – on me traîna sur quelques mètres, puis on me jeta au sol. « Fais gaffe, Deakins, dit l'un d'entre eux. Esquinte ce gamin et c'est toi que j'esquinterai. » Le Deakins en question m'adossa contre un arbre. Je n'arrivais à bouger que les doigts. J'écoutais leurs voix, essayant de déterminer combien ils étaient, lorsque je perçus une lumière vive à travers le bandeau. Un feu de camp. Les hommes s'installèrent autour et commencèrent à bavarder. Je comptais quatre voix à présent ; à leurs paroles et aux bruits qu'ils faisaient, je compris qu'ils étaient en train de manger. Leur dernier repas.

Je ne l'entendis pas approcher, et Ryland non plus, sans doute. La détonation d'un pistolet, une deuxième, un cri, des bruits de lutte, puis deux autres coups de feu, suivis d'une sorte de gémissement, comme celui d'un enfant, mais pas l'enfant que j'avais entendu dans la carriole, encore un coup de feu, puis plus rien pendant un moment. J'entendis alors quelqu'un fureter autour de moi comme s'il cherchait quelque chose, puis je sentis de nouveau des mains qui se posaient sur moi. Un bruit de cadenas, et mes chaînes tombèrent à mes pieds. Avec une fureur qui me surprit moi-même, je repoussai ces mains, cet homme qui venait de me délivrer, j'arrachai mon bandeau et mon bâillon, et à la lueur du feu je le vis – Mr Fields, Micajah Bland, qui me regardait fixement, le visage impassible.

Je me relevai et m'appuyai contre l'arbre pour retrouver mon aplomb. Je vis deux autres prisonniers encore entravés. Bland s'empressa de les détacher. Je tournai la tête et distinguai quatre cadavres au sol. Comment expliquer ce qui se produisit alors, la colère aveuglante et inconsciente qui s'empara de moi ? C'était comme si j'avais quitté mon propre corps et contemplais cette scène de l'extérieur. Et ce que je vis, c'était moi-même en train de rouer de coups de pied ces cadavres, de toutes mes forces. Bland s'approcha de moi pour m'en empêcher ; je le repoussai de nouveau et recommençai à frapper de plus belle l'un des hommes abattus – Deakins, peut-être. Bland n'essaya pas de m'arrêter, cette fois. À cet instant, toute la rage accumulée en moi à cause de tout ce qui m'était arrivé, à cause de ma mère, de Maynard, de Sophia, de Thena et de Corrine, à cause de tous les mensonges, tout ce que j'avais perdu, tout ce que j'avais subi en prison, tous ces outrages, mon impuissance devant mes compagnons de cellule, le gamin, le vieillard qui était tombé amoureux de la femme de son fils, devant les hommes qui m'avaient donné la chasse dans les bois – j'étais soudain submergé par tous ces souvenirs et je me défoulais sur un mort pour les exorciser.

À bout de forces, je finis par tomber à genoux. Le feu de camp était presque éteint. Mais j'arrivais encore à distinguer Bland, debout devant moi, à côté d'une fille et d'un homme, et cet homme s'était placé devant la petite pour la protéger de ma colère ; je compris alors que c'était son père.

« Ça y est, tu as fini ? me demanda Micajah Bland.

– Non, répondis-je. Je n'en aurai jamais fini. »

Nous sommes tous clivés. Parfois, une partie de nous-mêmes s'exprime pour des raisons que nous ne comprendrons que des années plus tard. La voix qui m'avait éloigné du Réseau était ancienne et familière. C'était la voix qui m'avait dit de quitter la Rue. C'était la voix qui gardait ma mère prisonnière dans les « lointains » de mon esprit. C'était la voix qui avait parlé à Thena avec rudesse et m'avait incité à lui tourner le dos sans pitié. C'était la voix de la liberté, la froide liberté de la Virginie – la liberté pour moi seul et les élus de mon choix. Mais une nouvelle voix montait en moi à présent, empreinte de la chaleur du foyer de Viola White et de la présence fantomatique de ma tante Emma qui m'admonestait, quelque part au plus profond de moi : *N'oublie pas – la famille.*

Nous traversâmes les bois et arrivâmes dans une petite ville où Bland avait laissé ses chevaux et sa carriole. Le coup que j'avais pris tout à l'heure se rappelait à moi par un élancement de douleur dans le crâne à chacun de mes pas. Je pris place dans la carriole avec la fillette et son père. Un liséré de lumière bleue et orangée à l'horizon annonçait le point du jour. Au bout de quelques kilomètres, Bland s'arrêta. Je le vis parler avec une petite femme qui se tenait au bord de la route, enveloppée des pieds à la tête dans un grand châle. Puis elle se retourna et se dirigea vers l'arrière de la carriole. Lorsqu'elle fut près de moi, elle posa une main sur ma joue, puis sur mon front et sur mon crâne toujours douloureux. À en juger par son apparence, elle ne devait guère être plus âgée que moi, mais sa démarche, son assurance et son sang-froid me donnaient l'impression qu'elle était beaucoup plus mûre.

« Vous les avez eus, hein ? lança-t-elle à Bland sans retirer la main de mon visage.

– Oui, répondit-il. Ces imbéciles avaient à peine fait un bout de chemin qu'ils ont décidé de s'arrêter pour ripailler. »

Elle pivota vers Bland et dit : « Tant mieux. » Puis elle se tourna de nouveau vers moi et me dit d'une voix douce : « Mais toi, mon garçon, qu'est-ce qui t'a pris ? Quel genre d'agent laisse les chiens lui sauter dessus comme ça ? Hmm. Ils ont bien failli t'emmener. »

Je ne dis rien, mais je sentis le feu me monter aux joues. Elle rit et retira sa main.

« Bon, allez, dit-elle à Bland. Fichez le camp, maintenant. »

La carriole grinça et les chevaux se mirent en branle. La femme nous adressa un petit signe de la main, puis disparut dans les bois derrière nous. Je sentis une sorte d'effervescence dans la carriole ; l'homme et la fillette commencèrent à parler avec agitation. Comme je ne me joignais pas à leur conversation, l'homme se pencha vers moi et me dit : « Vous ne savez donc pas qui c'était ?

– Non, pas spécialement, répondis-je.

– Moïse », dit-il. Puis il demeura silencieux pendant un moment, comme pour se remettre du choc qu'avaient provoqué sur lui ses propres paroles.

« Mon Dieu… » Et de nouveau un bref silence. « C'était Moïse. »

Elle semblait posséder autant de noms qu'il y avait de légendes sur son compte. La Générale. La Nuit. L'Escamoteuse. Moïse de la Rive, qui invoquait le brouillard et séparait les eaux du fleuve. Celle-là même dont Corrine et Hawkins m'avaient parlé, la grande prêtresse de la Conduction. Sur le moment, je ne pris pas la mesure de tout cela. Il s'était passé trop de choses, et j'étais encore sonné par ma mésaventure.

Une heure plus tard, la fillette dormait, la tête posée au creux des jambes de son père. Bland s'arrêta sur le bas-côté et me demanda de le rejoindre à l'avant. Nous continuâmes notre route sans rien dire pendant quelques minutes, puis je décidai de briser le silence.

« Comment m'avez-vous retrouvé ? »

Il s'esclaffa. « Nous sommes tous sous surveillance, Hiram.

– Si vous me surveilliez, alors pourquoi ne les avez-vous pas empêchés de me tabasser et de m'emmener loin de la ville ? »

Bland secoua la tête. « Ces hommes, ceux qui t'ont enlevé, cela fait un certain temps qu'ils sévissent à Philadelphie. Ils traquent les affranchis. En particulier les enfants, qui leur rapportent beaucoup. On ne peut pas vraiment les en empêcher. Mais parfois l'occasion se présente de leur envoyer un message, de leur faire comprendre à quels dangers ils s'exposent en se livrant à ce trafic humain.

– Alors c'était votre plan ?

– Non. Mais tu m'as demandé pourquoi nous ne sommes pas intervenus plus tôt. Précisément pour cette raison – pour leur transmettre un message, un avertissement. Pour qu'ils prennent conscience des périls de leur petit commerce. C'est un message qu'on ne pouvait pas envoyer tant qu'on était à proximité de la ville. Mais ici, en pleine campagne, sans aucun témoin...

– Vous les avez assassinés, dis-je.

– Assassinés ? Tu sais ce qu'ils t'auraient fait ?

– Oui, je sais. » Et je repensai alors à cette nuit terrible, quand je m'étais retrouvé enchaîné à cette clôture, à côté de Sophia. Je me rappelai mon envie furieuse de baisser les bras, de me laisser mourir, mais aussi la façon dont Sophia m'avait aidé à tenir le coup, sa façon de me parler sans prononcer un seul mot, la force dont elle avait fait preuve au moment où j'avais le plus besoin d'elle, et la bêtise avec laquelle je m'étais comporté quand à son tour elle avait eu besoin de moi. Elle n'était plus là à présent, tombée aux mains de Ryland, des chiens, et Dieu sait ce qu'ils avaient fait d'elle.

« Vous ne me connaissez pas aussi bien que vous le pensez, dis-je. Vous savez qu'il y avait une fille, Sophia, avec qui je me suis enfui. Mais vous ne savez pas ce que je ressentais pour elle, à quel point je souffre de la savoir prisonnière de ces gens tandis que moi, je respire à l'air libre. Mais je peux vous dire une chose : cette fille valait mieux que moi. Il m'arrive même de penser que vous n'avez pas recruté le bon candidat pour devenir agent ; c'est elle que vous auriez dû choisir. »

Je me mis à pleurer. Des larmes discrètes, silencieuses, mais qui me forcèrent tout de même à m'interrompre un moment avant de pouvoir reprendre.

« Sophia croyait tellement en moi. Mais j'ai failli. Et je l'ai entraînée dans ma chute. Et voilà ensuite que j'atterris ici, dans le Nord, alors qu'elle… Je ne sais même pas où elle est. Ce que je sais, en revanche, c'est qu'elle méritait mieux que moi. Elle méritait mieux qu'un homme qui la mène droit dans les mâchoires de Ryland. »

Et en prononçant ces mots, incapable de me retenir plus longtemps, j'éclatai en sanglots. Tout sortait enfin. J'avais conduit une femme que j'aimais jusque dans l'antre de la bête. Et je me délestais à présent du poids qui pesait depuis sur ma conscience. Bland n'essaya pas de me réconforter. Les yeux toujours braqués sur la route, il attendit que j'aie pleuré tout mon soûl pour prendre la parole.

« Tu sais, les sentiments que tu éprouvais pour cette femme, Sophia ? me dit-il. Ce déchirement que tu ressens quand tu t'interroges sur ce qu'il est advenu d'elle ? Tous ces moments perdus à te demander si tu aurais pu agir différemment ? Et toutes ces nuits blanches à te demander si elle est même encore en vie ? Hiram, ces sentiments, ce sont ceux qu'éprouve une nation tout entière maintenue en esclavage. C'est tout un pays qui lève les yeux vers le ciel et se demande ce que sont devenus ses pères et ses fils, ses mères et ses filles, les cousins, les neveux, les amis, les amants.

« Tu dis que j'ai assassiné ces hommes, là-bas. Mais je t'affirme, moi, que j'ai sauvé la vie d'innombrables inconnus. Ces hommes qui veulent te tuer, t'arracher à toute ta famille et à tous tes amis, sans que cela leur fasse ni chaud ni froid – on ne peut pas accepter qu'ils puissent continuer de vivre ainsi, sans être poursuivis par la crainte, par le spectre d'une menace, et si cela relève du meurtre à tes yeux, eh bien, je le revendique sans le moindre scrupule. »

Nous poursuivîmes notre route en silence pendant un moment.

« Merci, lui dis-je. C'est la première chose que j'aurais dû faire. Vous remercier.

– Inutile de me remercier, Hiram. Ce travail, cette guerre, c'est ce qui donne un sens à ma propre vie. Je ne sais pas ce que je serais sans ça. Et si tu veux mon avis, je pense que toi aussi, si tu essayais vraiment, tu pourrais trouver un sens… »

Bland continua de parler, mais mon mal de tête prit le dessus, et bientôt, à mon grand soulagement, le monde autour de moi s'évanouit et je perdis connaissance.

Je me réveillai tard le lendemain, engourdi et perclus de douleurs. Je m'habillai, descendis et trouvai Raymond, Otha et Bland en grand conciliabule. Ils m'invitèrent à les rejoindre et je m'assis face à eux. À leur expression, j'eus comme l'impression qu'ils avaient honte de quelque chose – peut-être de la bêtise dont j'avais fait preuve en me laissant capturer. Je crus alors qu'ils avaient décidé de prendre des mesures graves, mais nécessaires.

« Hiram, dit Raymond. Bland est l'un de mes vieux amis. Je lui fais confiance comme s'il était de ma propre famille, et même, pour être tout à fait honnête, plus encore qu'à certains membres de ma famille. Comme tu le sais, en tant qu'agent, il n'est pas exclusivement attaché à ce poste. Il a des accointances un peu partout dans le Réseau, et ces liens l'amènent, de temps à autre, à accomplir certaines missions que je n'aurais pas approuvées à titre personnel. Et je crois que tu étais l'objet d'une de ces missions. »

Je perçus le début d'un changement d'ambiance dans la pièce.

« Je suis parfaitement au courant des méthodes et de la réputation de Corrine Quinn. Je ne cautionne pas ces méthodes, Hiram, peu importe leur objectif. »

Raymond secoua alors la tête et baissa les yeux. « Cet enterrement rituel, la chasse, la traque – tout cela me répugne.

C'est pourquoi j'éprouve le besoin de te dire que nous te devons des excuses. Ma conviction est que ce qu'on t'a fait subir, quel qu'en ait été le but, était mal.

– Ce n'est pas vous qui en êtes responsable, lui dis-je.

– Certes, mais c'est la cause que je défends. L'armée à laquelle j'appartiens. Or, si je ne suis pas comptable des décisions de Corrine, je suis responsable des miennes, en revanche. Et non seulement ce qu'elle t'a fait était mal, mais cela fait du tort à notre cause. » Raymond marqua alors une pause avant de relever les yeux vers moi. « Peu importe quel pouvoir palpite au fond de ta poitrine.

– Je comprends, lui dis-je. Ce n'est pas grave. Je comprends. »

Raymond prit une grande respiration. « Non, Hiram, dit-il. Je ne pense pas que tu comprennes vraiment.

– J'en sais plus que tu ne crois, Hiram, dit Bland.

– Que voulez-vous dire ?

– Je veux dire que j'étais au courant de tout. Sophia, tes sentiments pour elle – je savais. C'est mon métier de savoir. C'est pourquoi non seulement je sais ce que tu as ressenti alors, ou ce que tu ressens en ce moment, mais je sais aussi très exactement où se trouve Sophia.

– Quoi ? » Ma tête se mit tout à coup à bourdonner presque aussi fort que la veille.

« Nous étions forcément au courant, dit Bland. Quel genre d'agents serions-nous si nous ne savions pas avec qui tu t'es enfui et ce qui lui est arrivé ensuite ?

– Mais j'ai posé la question à Corrine, et elle m'a dit que ce n'était pas en son pouvoir.

– Je sais, Hiram, je sais. C'était mal. Je n'ai rien à dire pour sa défense. Je ne peux te dire que ce que tu sais déjà – que lorsqu'on opère selon les méthodes de Corrine Quinn, quand on a franchi cette ligne, on raisonne différemment. C'est inévitable. Et tu faisais partie de ce raisonnement. »

Je m'efforçai d'ignorer mon mal de tête et demandai : « Où est-elle ?

– Chez ton père. À Lockless. Corrine l'a convaincu de reprendre Sophia.

– Mais... vous ne l'avez pas libérée ? Avec tout le pouvoir que détient votre Réseau, vous n'avez pas...

– La Virginie a ses propres lois. Nous leur avons pris ce que nous pouvions. Nous n'avons pas pu tout prendre.

– Et c'est tout, dis-je, vous allez juste l'abandonner à son sort ?

– Non, dit Otha. On n'abandonne personne. Jamais. Ils ont leurs lois. Mais nous aussi, pardieu, nous avons les nôtres.

– Hiram, dit Raymond. Nous ne sommes pas là uniquement pour te présenter des excuses. Nous n'avons pas que de belles paroles à t'offrir, mais des actes en conséquence.

– Vois-tu, dit Bland, nous savons non seulement où se trouve Sophia, mais aussi comment la sortir de là. »

18

Pendant les jours qui suivirent, quand je marchais dans les rues de Philadelphie, ou que je maniais mon burin et mon tour à bois, ou que j'œuvrais à contrefaire des lettres et des laissez-passer, je ne parvenais guère à penser à autre chose qu'à Sophia. Je la revoyais danser devant le grand feu de joie. Je nous revoyais sous le belvédère, partageant une cruche de bière. Je me rappelais la caresse de ses longs doigts sur les meubles poussiéreux du cabanon. Je nous revoyais près du ravin et j'étais pris d'un atroce remords de ne pas l'avoir embrassée ce jour-là. Et je songeais à la vie que nous pourrions avoir ici, ensemble – une famille à nous, des souvenirs partagés autour d'un pain d'épices, nos filles qui chanteraient après le dîner, de longues promenades au bord de la Schuylkill. Je brûlais d'envie de lui faire découvrir ce monde, et je me demandais ce qu'elle aurait pensé de tout cela – les trains, la foule, les omnibus –, tout cet univers qui jour après jour me devenait de plus en plus familier.

Deux semaines après mon kidnapping, Raymond me demanda de venir chez lui, de l'autre côté du fleuve. Il m'accueillit sur la véranda et m'annonça qu'il était seul ; sa femme et ses enfants étaient en ville – et je devinai à son expression que c'était intentionnel. Il y avait tant de secrets, tout le temps.

Nous montâmes à l'étage. Là, Raymond tira doucement sur un anneau de fer encastré dans le plafond ; une trappe s'ouvrit, d'où se déroula une échelle, et nous grimpâmes dans les combles de la maison. Il se dirigea vers un coin où étaient empilées plusieurs petites caisses en bois. Il en choisit deux ; nous redescendîmes, Raymond referma la trappe derrière nous et nous allâmes dans le salon avec les deux caisses.

Il en ouvrit une et me dit : « Jette donc un œil, Hiram. »

Je trouvai à l'intérieur divers documents, des correspondances avec des fugitifs – emplis de mots bienveillants, de renseignements familiaux et d'informations cruciales sur les mouvements des Chiens de Ryland, sur les agissements et les manigances du Pouvoir esclavagiste, et, en grande majorité, de requêtes pour la libération de tel ou tel proche. Je remarquai qu'il avait mis d'un côté celles dont il s'était déjà occupé et, de l'autre, celles qu'il espérait pouvoir honorer un jour. Ces documents avaient une valeur inestimable – et Raymond en avait des caisses entières –, car ils nous en apprenaient long sur les actions de nos ennemis ; mais si jamais ces derniers s'en étaient emparés, c'est nous qui aurions été démasqués. Entre de mauvaises mains, ces papiers auraient pu compromettre d'innombrables agents du Réseau.

« Toutes ces histoires dépassent ce que personne pourrait jamais imaginer – même ceux d'entre nous qu'elles concernent directement », dit Raymond. Je continuais de les compulser, sidéré par leur ampleur. J'avais l'impression qu'il y avait là les témoignages de presque tous ceux qui avaient subi l'Asservissement et qui avaient été sauvés par l'antenne de Philadelphie. Je songeai que celui de Mary Bronson, que j'avais moi-même consigné, devait se trouver là aussi. « C'est important de se rappeler pourquoi nous faisons ce que nous faisons. J'ai travaillé avec des agents venus de tous horizons, et je ne pourrais pas affirmer qu'ils sont tous animés par les motifs les plus purs.

– Sans doute qu'aucun d'entre nous n'est pur, dis-je. Sans doute que chacun a ses raisons d'agir comme nous le faisons.

– C'est vrai, dit Raymond. Est-ce que je serais ici en ce moment si ma famille n'était pas liée à cette histoire ? Est-ce que je serais aussi impliqué ? Bien sûr que non. Et une famille, c'est bien ça qu'on t'a promis, n'est-ce pas ? Ta Sophia bien-aimée, qui s'est enfuie avec toi – votre histoire n'est pas si différente de toutes celles que contiennent ces dossiers, pas si différente de celle de mes propres parents.

– Un peu différente tout de même, dis-je. Nous n'avons pas eu le temps d'envisager sérieusement une possible vie ensemble. Nous étions très jeunes. C'est étrange à dire, je sais. Ça ne fait même pas un an que je me suis fait capturer. Mais il y avait quelque chose entre nous, quelque chose qui était en germe et qui aurait pu s'épanouir pour former une famille, j'en suis sûr. Ou peut-être que non. Peut-être que c'est moi qui me faisais des idées.

– Qui sait, dit Raymond. Quoi qu'il en soit, tu mérites qu'on te donne la possibilité d'en avoir le cœur net.

– Oui, je crois aussi.

– L'affaire est un peu compliquée. Mais tu as été suffisamment manipulé comme ça, Hiram, alors je vais t'expliquer la situation pour tout ce qui te concerne directement, et ensuite je t'exposerai le reste. »

Je pris une grande respiration, prêt à l'écouter.

« Nous n'avons pas encore établi le contact avec elle – ce qui va être assez délicat, comme tu peux l'imaginer, et demander un certain temps. Mais Bland a mis au point un plan pour la faire sortir. Il s'est même proposé pour diriger personnellement les opérations. Il y a toutefois une complication – pas du côté de Sophia, mais du nôtre. Tu es intervenu à un moment un peu particulier, alors que nous avions déjà entamé une autre mission. Otha t'a parlé de sa femme ?

– Lydia ?

– Oui, Lydia. Et pas seulement elle, mais leurs enfants aussi… mes nièces et neveux. Cela fait longtemps que nous voulons les libérer. Otha a surgi comme d'un rêve. Nous le pensions perdu. Mais par chance, et par la grâce de Dieu, il nous est revenu. Et si heureux qu'il soit d'être de nouveau parmi nous, si heureux que nous soyons de l'avoir retrouvé, nous ne sommes pas encore tous réunis.

« Lydia se trouve en Alabama. Nous avons essayé à plusieurs reprises de racheter sa liberté, mais son propriétaire a toujours refusé. Pire encore, nous pensons que nos requêtes l'ont rendu plus soupçonneux et vigilant. Lydia et les enfants sont vraiment au fond du cercueil, Hiram, et, chaque jour qui passe, les clous s'enfoncent un peu plus.

– Je comprends, dis-je. Tout le monde – mais chacun en temps et en heure.

– Exactement, dit Raymond. En temps et en heure. Il y a encore autre chose. Non seulement cette opération revêt une dimension personnelle, mais elle est coûteuse. Nous avons besoin de quelqu'un pour aider Bland, quelqu'un qui puisse faire en sorte qu'il parte pour l'Alabama au bon moment.

– Bien sûr. C'est pour ça que je suis là.

– Non. C'est une affaire personnelle. Ça n'a rien à voir avec les méthodes du Réseau tel que tu le connais, et encore moins avec celles de Corrine. Certaines personnes pourraient désapprouver ce projet, alors j'ai besoin que tu comprennes bien – ta participation ne dépend que de ton libre arbitre. Si tu ne peux pas nous aider, ça ne changera rien, nous ferons quand même tout pour sauver ta famille. Comme je te l'ai dit, mon sentiment est que tu as déjà enduré plus que tu n'aurais dû. Nous faisons cela pour toi afin de rétablir une forme de justice, peu importe la vision des choses de Corrine.

– Oui, j'ai compris, dis-je. Ce n'est pas vraiment le genre d'opération dans laquelle s'investirait Corrine. Je crois que c'est quelqu'un de bien. Et qu'elle mène, avec les siens, un combat juste. Mais ce que j'ai vu ici, ce que j'ai vu de ta mère, de tes cousins, de tes oncles, ça va au-delà du combat. J'ai vu le futur. J'ai vu pour quoi nous combattons. J'éprouve de la gratitude envers Corrine. Je suis heureux de livrer ce combat avec vous. Mais je suis heureux, par-dessus tout, d'avoir entrevu tout ce qui nous attend à l'avenir. »

Je fis alors quelque chose de très curieux – je souris. Un sourire franc et généreux, inspiré par une émotion que j'avais rarement eu l'occasion d'éprouver – la joie. Oui, cet avenir, et le rôle que j'allais y jouer, m'emplissaient de joie.

« Je suis avec vous, Raymond, dis-je. Quoi que cela implique, je suis avec vous.

– Parfait. » Raymond sourit et ajouta : « Et tu peux rester ici aussi longtemps que tu le souhaites, à éplucher ces correspondances. Comme tu l'as vu, il y en a encore beaucoup d'autres dans le grenier. Ma femme sera de retour bientôt, et mes enfants dans l'après-midi, mais que ça ne t'arrête pas. Poursuis tes explorations autant que nécessaire. Puissions-nous ne jamais perdre de vue pourquoi nous faisons cela, Hiram. »

Je passai donc le reste de la journée plongé dans les dossiers de Raymond, dont la lecture était aussi palpitante qu'*Ivanhoé* ou *Rob Roy*. Le soir, je me joignis à la famille pour dîner et acceptai leur invitation à passer la nuit chez eux, ce qui me permit de poursuivre mes lectures à la lueur d'une lanterne. Je partis le lendemain matin après un petit déjeuner léger. J'avais absorbé tellement d'informations que la tête me tournait ; je commençais à peine, grâce à tous ces documents, à prendre la mesure de l'ampleur des opérations du Réseau, et à me rendre compte jusqu'à quelles extrémités étaient allés ses clients pour échapper à l'Asservissement. Là, sous mes yeux, dans ces dossiers, les légendes prenaient vie – la résurrection de « Box » Brown, la saga d'Ellen Craft, la fuite de Jarm Logue. Ces histoires étaient toutes plus incroyables les unes que les autres, et, à les considérer dans leur ensemble, je commençais à comprendre pourquoi Raymond et Otha étaient prêts à tenter quelque chose d'aussi audacieux que de libérer des Asservis enfermés dans le cercueil de l'Alabama. Ils avaient déjà fait preuve de tant d'audace. En Virginie, ce qui comptait était immédiat et invisible. Et si Raymond ne voulait pas que ces documents soient révélés au grand jour, en tout cas pas pour le moment, la sécurité que lui procurait le fait de vivre dans un État libre le rendait intrépide. La liberté – voilà ce qui importait à ses yeux. La liberté – voilà ce qui constituait son évangile et son pain quotidien.

En feuilletant ces dossiers, j'avais eu l'impression de voir ces histoires s'incarner, comme si j'y avais moi-même pris part, si bien que durant tout le trajet du retour, tandis que je marchais pour rejoindre le ferry, traversais le fleuve, puis regagnais nos locaux de la Neuvième Rue, des légions entières de Noirs et le panorama spectaculaire de leurs évasions se surimposaient au paysage – je les voyais tous devant moi, affluer des quatre coins du pays, de Richmond et de Williamsburg, de Petersburg et de Hagerstown, de Longgreen et de Darby, de Norfolk et du comté d'Elm. Je les voyais s'enfuir de Quindaro, trouver refuge à Granville, passer la nuit à Sandusky, puis crier victoire en arrivant par l'ouest en vue de Bird-in-Hand, tout près de Millersville, à une poignée de kilomètres de Cedars et des faubourgs de Philadelphie.

Je les voyais s'enfuir au bras de filles irlandaises, avec des objets en souvenir de leurs enfants perdus, un peu de porc salé et des biscuits secs, des petits gâteaux, des tranches de bœuf, je les voyais humer les restes de la soupe de tortue du maître, avaler les dernières gouttes de ses bouteilles de rhum, puis repartir dans l'hiver, pieds nus, sans penser à rien d'autre qu'à la liberté au bout du chemin. Je voyais courir des domestiques noires caressant le rêve d'embrasser les liens sacrés du mariage, armées de dagues et de pistolets à double canon qu'elles dégainaient lorsqu'elles se retrouvaient nez à nez avec des chiens en criant : « Feu ! Feu ! » Je les voyais fuir avec des enfants engourdis de sommeil, avec des vieillards qui se traînaient dans la neige, qui mouraient sous le ciel au milieu des bois en laissant s'échapper de leurs lèvres ces derniers mots : « L'homme a fait de nous des esclaves, mais Dieu a voulu que nous soyons libres. »

Et dans chacun de ces mots, chacune de ces histoires, je voyais à l'œuvre autant de magie que j'en avais vu au fond de la Goose, je voyais toutes ces âmes arrachées à l'abîme aussi sûrement que je m'étais moi-même arraché aux flots de la rivière. Et je les voyais arriver le long des chemins ferrés, sur des barges, des barques, des canots et des calèches clandestines ; à cheval dans le blizzard et la neige fondue du printemps. Ils arrivaient vêtus d'étoffes et de costumes dérobés à leurs maîtres, ils arrivaient les dents plombées, ils arrivaient le bras en écharpe, ou en haillons indignes du baquet de la lavandière – mais toujours ils arrivaient. Ils graissaient la patte des Blancs inférieurs et volaient des chevaux. Traversaient le Potomac au mépris des vents, des orages et de la nuit. Ils arrivaient, comme j'étais moi-même arrivé, galvanisés par le souvenir de mères et d'épouses vendues au Sud pour avoir commis le crime capital de résistance à la lubricité des maîtres. Ils arrivaient dévorés par le givre. Ils racontaient les ivrognes endurcis et les contremaîtres qui jouissaient de faire claquer leur fouet. Ils arrivaient cachés dans des barils au fond des cales de bateaux comme des cargaisons de café, ayant bravé les effluves de térébenthine, balafrés et brûlés par l'onction de l'eau salée, ravagés par la culpabilité de s'être laissé briser au point de consentir à leur propre flagellation, d'avoir forcé leurs propres frères à rester immobiles sous le fouet du maître.

Dans toutes ces histoires, ce jour-là, je les vis s'enfuir en courant dans la forêt, serrant contre eux un sac en canevas et criant : « Je ne me laisserai jamais prendre ! » Je les vis monter à bord de ferrys, fredonnant à voix basse, pour eux-mêmes :

Dieu a créé les oiseaux, dans la forêt mis le chêne
Et à chacun donné compagnie, sauf à moi,
pauvre âme en peine.

Je les vis ce jour-là sur les quais de Philadelphie, en train de prier : « Donne asile au réprouvé, ne trahis pas le fugitif. » Je les vis errer sur Bainbridge et pleurer tous leurs morts, ceux qui avaient appareillé pour le dernier port d'où nul ne revient jamais. Tous, ils vinrent à moi, surgis de ces papiers, de ces souvenirs, soustraits au Pandémonium, à l'Esclavage, arrachés aux mâchoires de l'Abomination, jaillis de sous les roues de la grande broyeuse, saluant de leurs chants le sortilège de ce Réseau clandestin.

Le lendemain soir, j'allai trouver Micajah Bland. J'étais encore secoué après m'être fait kidnapper en pleine ville. Je regardais tout le monde de loin, d'un œil circonspect. Chaque fois que quelqu'un me talonnait d'un peu trop près, je m'arrêtais pour le laisser me dépasser. Je me méfiais tout spécialement des Blancs inférieurs arborant une certaine tenue, une certaine allure, car ils étaient souvent à la solde des chiens. Et il y en avait partout, à Philadelphie ; ils représentaient même la classe sociale majoritaire dans la ville, et ils étaient particulièrement nombreux dans le quartier où habitait Bland, près des quais de la Schuylkill. Mais il y avait aussi des Noirs, dans cette partie de la ville. Arrivé devant la maison de Bland, j'attendis dix bonnes minutes avant de traverser la rue. Je vis un Noir, habillé en guenilles, sortir précipitamment de l'immeuble d'à côté. Il descendit la rue à toute vitesse, jouant des coudes au milieu de la foule, pourchassé par une femme noire qui l'agonissait de toutes sortes d'insultes, elle-même suivie d'une autre Noire, plus âgée, qui hurlait tandis que deux petites filles noires pleuraient à chaudes larmes sur le pas de la porte. Je me dis que je devrais peut-être intervenir, mais la vieille dame – une grand-mère, sans doute – revint alors sur ses pas et fit rentrer les deux fillettes à l'intérieur, laissant la porte ouverte.

J'avais entendu parler de cette autre catégorie de Noirs, bien différents de Raymond et de sa famille, qui vivaient dans la plus grande précarité, constamment aux abois et chassés de leur travail parce qu'ils avaient l'outrecuidance de prétendre à des emplois soi-disant « réservés aux Blancs ». Je ne les avais pas remarqués tout de suite, parce que j'avais surtout été frappé au début par la relative opulence des autres Noirs de la ville. Mais en observant cette scène, de l'autre côté de la rue, je me rappelai avoir entendu Otha mettre en garde les clients du Réseau qui couraient le risque de se retrouver dans cette situation, car ces Noirs étaient eux-mêmes des fugitifs, bien souvent, des hommes et des femmes qui n'avaient forgé aucun lien avec la société, avec telle ou telle communauté religieuse, et pour qui la liberté était difficile à vivre. Je songeai alors que la peur que je ressentais, la méfiance que m'inspirait chaque visage croisé dans la rue, c'était ce que ces gens éprouvaient en permanence, et pire encore, car si jamais ils se faisaient attraper par les chiens, ils ne pouvaient pas, eux, compter sur un Bland pour les sauver.

Lequel Bland, cependant, m'attendait tranquillement chez lui. Une jeune femme m'ouvrit la porte, me sourit, puis l'appela pour le prévenir de mon arrivée. Elle s'appelait Laura, me dit-elle, et me fit comprendre qu'elle était la sœur de Bland. La maison était modeste – quoique ce fût l'une des meilleures du quartier, on était loin des foyers luxueux de Raymond ou de la famille White, sur l'autre rive du fleuve. Mais elle était propre et bien aménagée.

Nous nous serrâmes la main et échangeâmes quelques badineries d'usage. J'étais terriblement soulagé d'avoir accompli le petit exploit de me rendre chez Bland sans me faire agresser en chemin. Cet obstacle franchi, je m'aperçus que je brûlais d'impatience à l'idée de me mettre au travail en vue de rendre sa liberté à Lydia, puis à Sophia – *ma Sophia*. Elle existait dans mon esprit non pas comme un être doué de ses propres idées et conceptions, mais comme une idée elle-même, un concept en elle-même, de sorte que penser à *ma Sophia*, c'était penser à une femme pour qui j'éprouvais des sentiments authentiques et sincères, mais c'était aussi penser à *mes rêves* et à *ma rédemption*. Il est important que je vous dise cela. Il est important que vous voyiez à quel point je tenais peu compte de ses propres rêves, de sa rédemption à elle. Je sais aujourd'hui qu'elle avait essayé de m'en parler, mais moi, qui me vantais de savoir si bien écouter, je n'avais tout simplement rien entendu.

Quoi qu'il en soit, c'est dans cet état d'esprit, tendu et bouillonnant, que je me présentai devant Micajah Bland, si bien qu'il s'était à peine écoulé cinq minutes depuis que je m'étais assis en face de lui que je lui demandai tout à trac, avec brusquerie : « Alors, comment on va s'y prendre ?

– Pour Sophia ? dit Bland.

– Eh bien, je pensais plutôt à Lydia et aux enfants. Mais on peut commencer par Sophia si vous préférez.

– Sophia, c'est le plus facile. Il faut simplement que j'arrive à convaincre Corrine et à mobiliser certaines ressources, mais ce sera fait.

– Corrine… » Ma voix s'étrangla lorsque je prononçai ce nom. « C'est elle qui a laissé Sophia là-bas.

– C'est elle qui dirige cette antenne, Hiram. Elle mérite d'être prise en considération et, plus encore, elle mérite d'être consultée.

– Corrine…, répétai-je en secouant la tête.

– Tu connais toute l'histoire de cette femme ?

– Non, répondis-je. Tout ce que je sais, c'est qu'elle a abandonné Sophia au fond du cercueil. »

Un phénomène étrange se produisit alors, dont je n'eus pas conscience sur le moment. Je ne sais pas si cela relevait de la possession, mais je sentis une colère monter en moi, une colère liée à ma propre histoire, aux outrages que j'avais subis, à la prison, à tout ce que j'avais enduré. Mais ce n'était pas *ma* colère. Et la voix qui se fit entendre alors par ma bouche n'était pas la mienne, mais une voix qui m'avait récemment marqué. Une voix qui disait à présent : *Vous savez très bien ce qu'ils nous faisaient là-bas. Vous avez oublié ? Vous vous rappelez pas ce qu'ils font aux filles là-bas ? Et, une fois qu'ils vous ont fait ça, ils vous tiennent. Ils vous prennent au piège avec vos bébés, ils vous attachent à ce lieu en se servant de votre propre sang…*

À cet instant, Bland, d'ordinaire si calme, imperturbable, se décomposa, et je vis passer sur son visage une expression que je ne lui avais encore jamais vue, et que je ne lui verrais plus jamais par la suite – l'expression de la peur. Puis les murs s'effondrèrent tout à coup, remplacés par un vaste néant à perte de vue. La table et les chaises étaient toujours là, mais cernées, comme Bland lui-même, par un halo bleu désormais familier. J'avais conscience d'être là aussi, et j'avais conscience de ressentir une profonde colère – même si c'était surtout une douleur sourde au creux du ventre que je ressentais –, une colère qui ne m'avait pas quitté depuis le jour où j'avais laissé Maynard couler au fond de la rivière. Mais le plus important, c'est que, pour la première fois, j'étais conscient de ce qui était en train de se passer, au moment même où cela se passait, si bien qu'il me vint à l'idée d'essayer de contrôler ce phénomène, de le diriger, un peu comme on essaierait de diriger un rêve. Mais dès cet instant, dès que je tentai d'intervenir directement sur le monde qui m'environnait, tout redevint comme avant. Le grand néant se mit à vibrer et à chatoyer, jusqu'à ce que les murs se dressent de nouveau autour de nous. Le halo bleu s'estompa, et je vis que nous étions toujours assis, comme tout à l'heure – à ceci près que Bland et moi avions échangé nos places. Je me levai pour toucher les murs. Je sortis de la pièce, fis quelques pas titubants dans le vestibule, puis m'appuyai contre le mur. La même sensation de vertige que les fois d'avant – en revanche, la fatigue était moins grande. Je retournai dans la salle à manger et me rassis face à Bland.

« C'est ça, n'est-ce pas ? lui demandai-je. C'est ça que veut Corrine.

– Oui, répondit-il. C'est ça.

– Vous avez déjà vu ça avant ?

– Oui. Mais pas comme ça. »

Je demeurai silencieux pendant de longues minutes. Bland se leva et quitta le salon, sans doute par compassion à mon égard, car il avait compris, me sembla-t-il, que j'avais besoin d'un moment pour me remettre de mes émotions. Il revint avec sa sœur, Laura. Elle annonça qu'ils allaient bientôt dîner et me demanda si je voulais rester.

« Joins-toi à nous, dit Micajah Bland. Je t'en prie. »

J'acceptai leur invitation.

Après le dîner, Bland et moi allâmes nous promener dans les rues de Philadelphie. Nous ne disions rien. Puis je finis par lui demander : « Qui avez-vous déjà vu faire ça ? Moïse ? »

Il acquiesça.

« Et c'était elle, l'autre soir ?

– Oui.

– Et c'est comme ça que vous nous avez sauvés ?

– Non. Pas besoin de faire appel à des puissances mystiques pour ces types-là.

– Bland, si Moïse est capable de faire ça, pourquoi ne pas l'envoyer, elle, chercher la famille d'Otha ?

– Parce que c'est Moïse, pas Jésus. Elle a ses propres promesses à tenir. Il y a des limites à tout. Je respecte Corrine. Je respecte ce qu'elle voulait faire avec toi. Mais elle ne comprend pas vraiment ce pouvoir, ni la façon dont il fonctionne. »

Nous continuâmes à marcher en silence. Le soleil se couchait derrière nous. Je n'étais plus sorti me promener le soir depuis que les Chiens de Ryland m'avaient agressé près des quais. Mais je me sentais en sécurité avec Micajah Bland. C'était mon plus vieil ami au sein du Réseau – si tant est que j'eusse des amis. Et c'était lui qui, à sa manière, avait le plus cru en moi.

« Mais comment diable vous êtes-vous retrouvé embarqué dans les affaires de Corrine ? lui demandai-je.

– Ce n'est pas comme ça que ça s'est passé, répondit Bland. Quand j'ai rencontré Corrine, elle était étudiante, dans un institut à New York où les Virginiens de bonne famille envoyaient leurs filles afin qu'elles reçoivent une éducation convenable – cours de français, arts ménagers, histoire de l'art, un peu de littérature. Mais Corrine était précoce, et la ville la fascinait. Elle sortait souvent en douce pour aller assister aux réunions des abolitionnistes. C'est comme ça que nous nous sommes rencontrés.

« Certains d'entre nous, vois-tu, pensaient depuis longtemps qu'il fallait étendre nos opérations au Sud. Nous n'avons eu aucun mal à la recruter, et nous l'avons entraînée en vue de faire d'elle une arme pour frapper au cœur du Démon esclavagiste. Et elle s'est révélée l'arme parfaite – l'incarnation de la belle du Sud dans toute sa chaste splendeur, le fleuron de leur civilisation, retourné contre eux. Elle a prouvé sa valeur à maintes reprises, Hiram. Tu n'as pas idée des sacrifices qu'elle a consentis.

– Ses propres parents.

– De nombreux sacrifices, Hiram, dit Bland. Des sacrifices terribles, tels que Raymond et Otha, et même notre chère Moïse, n'approuveraient jamais, et que moi-même je n'exigerais jamais d'eux. C'est à peu près à cette époque que je t'ai rencontré. J'étais alors en mission de reconnaissance, sous l'identité de Mr Fields. C'est là, à Lockless, que j'ai entendu parler pour la première fois de Santi Bess, mais au début je n'ai pas fait le rapprochement avec toi, le fameux garçon à la mémoire invincible, et avec la Conduction. Lockless était l'un des vieux domaines, parmi d'autres, que Corrine avait pris pour cible, mais c'était le seul dont l'héritier putatif, pensions-nous, pourrait être manipulé sans trop de difficultés. Alors qu'elle se rapprochait de l'objectif, cependant, elle a compris que l'antenne de Virginie cherchait à mettre la main sur un domaine qui non seulement comptait parmi les plus anciens du comté d'Elm, mais grâce auquel nous étions susceptibles de nous emparer d'un pouvoir extraordinaire.

– Mais vous aviez déjà Moïse.

– Non, Hiram. Personne *n'a* Moïse. Et sûrement pas Corrine. Moïse a ses propres allégeances, et celles-ci sont liées principalement à cette antenne, ici même, à Philadelphie. Corrine recherchait le même genre de pouvoir, mais en Virginie.

– Alors tout le monde est innocent, hein ? Tout le monde est irréprochable ?

– Non, Hiram. Elle n'est pas "innocente". Elle a raison d'agir comme elle le fait. As-tu jamais songé à ce qu'ils lui feraient si elle était démasquée ? Est-ce que tu imagines ce qu'ils feraient, plus particulièrement, à une telle femme, qui s'est ri de leurs principes les plus sacrés et s'est attaquée à leur mode de vie tout entier ? »

Je m'aperçus que nous étions arrivés devant les locaux de la Neuvième Rue. Submergé par mes émotions, je ne m'étais pas rendu compte que Bland m'avait raccompagné chez moi. Je me tournai vers lui et secouai la tête en riant doucement.

« Quoi ? dit-il. On ne va tout de même pas prendre le risque de te retrouver une fois de plus matraqué et ligoté au fond d'un sac, non ? »

Je m'esclaffai pour de bon, cette fois ; Bland, alors, passa un bras autour de mon épaule et éclata de rire à son tour.

19

Cette nuit-là, je restai éveillé à me rejouer la scène de la petite Conduction que j'avais provoquée chez Bland. Le pouvoir était en moi, mais je ne le contrôlais pas ; c'était plutôt lui qui me contrôlait, car lorsqu'il se manifestait, lorsque le halo bleu apparaissait et que les rideaux de brouillard se refermaient sur moi, je n'étais plus qu'un passager à l'intérieur de mon propre corps. Il fallait que je comprenne, et pour cela j'avais besoin de quelqu'un qui avait déjà compris – et ce quelqu'un ne pouvait être que Moïse.

Mais, d'abord, il fallait s'occuper du sort de Lydia White et de ses enfants. Le lendemain, nous nous retrouvions tous les quatre dans le salon, Micajah, Otha, Raymond et moi, pour discuter des divers moyens par lesquels nous pourrions les délivrer.

« Il nous faut des laissez-passer, dit Bland. Et il faut qu'ils soient établis au nom de Daniel McKiernan. Hiram, ce McKiernan est l'homme qui détenait Otha autrefois, et qui détient aujourd'hui sa famille. Ces papiers devront avoir l'air aussi authentiques que possible. Le trajet sera long, et nos agents sont susceptibles de se faire prendre pour la moindre broutille – être dehors sur les routes à une heure proscrite par la loi du couvre-feu, s'être trompé sur l'heure d'arrivée du ferry, ou avoir tout simplement joué de malchance.

– Je peux fabriquer ces laissez-passer, dis-je. Mais je vais avoir besoin d'originaux pour me faire une idée de son style. Le plus de documents possible. Les papiers d'affranchissement d'Otha, peut-être ?

– Non, dit Otha. Ça ne marchera pas. Je m'étais débrouillé pour qu'un autre homme m'achète à McKiernan, et c'est cet homme qui m'a donné mes papiers.

– Il y a un autre moyen, dit Raymond. À une époque, il n'y a pas si longtemps, de l'autre côté du fleuve, il était légal de posséder un homme – et, d'une certaine façon, c'est toujours le cas. Mais, parmi tous ceux qui ont le plus tiré profit de l'esclavage, un homme a eu une importance particulière pour ma famille – Jedikiah Simpson. C'est à ce monsieur Simpson que nous appartenions tous, moi, ma mère, mon père, et Otha.

– C'est de chez lui que votre mère s'est échappée ? demandai-je. C'est lui qui a vendu Otha au Sud ?

– Lui-même, dit Raymond. Jedikiah Simpson est mort depuis longtemps. Mais son fils a repris les rênes du vieux domaine familial. Il possède également une propriété ici même, à Philadelphie, juste au nord de Washington Square. La fortune d'Elon Simpson lui vaut d'être considéré comme un parfait gentleman dans les cercles les plus respectables de la ville. Mais nous savons qu'il est très loin d'être un homme respectable. Nous savons, par exemple, qu'il a continué à investir dans la traite des hommes en vendant ses esclaves un peu plus loin au sud.

– Vous avez déjà croisé son chemin ? demandai-je.

– Non, pas encore, dit Raymond.

– Mais on le surveille, dit Otha. Ici et dans sa propriété du Sud. Et, d'après nos renseignements, Elon Simpson fait toujours affaire avec Daniel McKiernan. »

Tout le monde resta silencieux pendant un moment, m'observant pour voir si j'avais compris où ils voulaient en venir. Mais c'était inutile : le plan avait déjà commencé à se dessiner dans mon esprit à mesure qu'ils parlaient. Je me tournai vers Otha et hochai la tête pour lui confirmer que j'avais compris.

« Une lettre, un reçu, peu importe, dis-je. J'ai juste besoin d'un échange écrit entre Simpson et McKiernan. Un cambriolage, peut-être ?

– Non, dit Raymond. Bland a quelque chose de plus subtil que ça en tête. »

Ils souriaient tous les trois à présent, comme des enfants partageant un secret.

« Dites-moi.

– Viens, je vais te montrer », dit Bland.

C'est ainsi que je me retrouvai, ce même soir, dans une allée, avec Bland, d'où nous pouvions observer à loisir tout ce qui se passait dans la rue, à la lueur d'un réverbère, sans que personne puisse nous voir. Nos regards étaient braqués sur la demeure d'Elon Simpson. Nous étions tout près de Washington Square, un quartier où se dressaient des maisons de ville cossues aux volets fermés et un parc qui remontait aux origines de la nation. C'était là, pour l'essentiel, que résidaient les Distingués de la ville – et là que résidaient nos morts.

Je m'étais, depuis le temps, amplement renseigné sur Philadelphie, et je savais donc qu'à une époque reculée, quand l'Asservissement était encore en vigueur en Pennsylvanie, une épidémie de fièvre s'était abattue sur la ville. Et parmi les hommes qui avaient combattu cette fièvre se trouvait un célèbre médecin du nom de Benjamin Rush, dont la renommée est difficile à concevoir aujourd'hui au vu de la théorie qu'il avança alors pour sauver la ville. Les Noirs étaient immunisés contre la fièvre, déclara-t-il aux bonnes gens de Philadelphie, et, mieux encore, leur présence même avait la capacité d'altérer la qualité de l'air – nous pouvions absorber le fléau et le retenir à l'intérieur de nos poumons pestilentiels. C'est ainsi que, sur la foi de la prétendue magie noire de nos corps, on fit venir des Asservis par centaines. Ils moururent jusqu'au dernier. Et lorsque leurs cadavres commencèrent à envahir les rues de la ville, les autorités se mirent en quête d'un lieu où les évacuer, à l'écart des Blancs qui avaient eux aussi succombé à la maladie. Ils choisirent une parcelle de terrain où personne n'habitait, et creusèrent des fosses où ils nous jetèrent. Des années plus tard, alors que l'épidémie n'était plus qu'un souvenir lointain et que la guerre avait engendré cette nouvelle nation, ils bâtirent d'élégantes maisons, alignées à perte de vue, juste au-dessus de ces cadavres enfouis, agrémentées d'un parc auquel ils donnèrent le nom de leur général libérateur. J'étais frappé de constater que même ici, dans le Nord, les splendeurs de ce monde avaient été érigées littéralement sur notre dos.

« Comment en êtes-vous arrivé là ? » demandai-je à Bland. Nous observions la maison depuis des heures, tapis dans l'allée.

« Tu veux dire, comment un Blanc a-t-il pu intégrer le Réseau ?

– Non. Vous en particulier. Comment y êtes-vous entré ?

– Mon père est mort quand j'étais enfant, et ma mère ne pouvait pas subvenir seule à nos besoins. J'ai fait ce que j'ai pu. J'ai exercé toutes sortes de métiers, malgré mon jeune âge. Mais Laura et moi avons été séparés et, dès que j'ai été assez grand pour le faire, je suis parti de chez moi aussi loin que possible. J'étais un jeune homme en quête d'aventure. Je suis allé dans le Sud, où j'ai combattu pendant les guerres séminoles, et ça m'a transformé à jamais. J'ai vu des hommes incendier des campements indiens, tirer sur des innocents et voler des enfants. J'ai compris que mes combats personnels n'étaient rien à côté de ces grandes luttes.

« J'ai pris conscience de ma naïveté quant aux raisons pour lesquelles les hommes se battaient. J'avais toujours été très curieux du monde, mais je n'avais pas eu la chance de faire des études. Quand ma mère est morte, je suis rentré chez moi pour m'occuper de Laura. Je travaillais sur les quais. Mais, dès que j'avais un moment de libre, j'allais m'enfermer dans les bibliothèques de la ville. Et c'est là que j'ai découvert la cause abolitionniste, puis le Réseau. J'ai commencé à m'impliquer dans divers endroits – l'Ohio, l'Indiana, le Massachusetts, et enfin New York, où j'ai rencontré Corrine, et c'est comme ça que j'ai atterri à Lockless. »

Bland allait poursuivre son récit lorsque l'objet de notre mission se montra enfin. Un homme blanc sortit de la maison d'Elon Simpson, se posta sur le trottoir et attendit. Bland prit alors un cigare dans la poche de son manteau et l'alluma. Il tira une bouffée, puis se tourna vers moi, et dans le rougeoiement du cigare je le vis sourire. Il sortit ensuite de l'allée pour se montrer. L'homme se dirigea aussitôt vers lui à pas vifs. Bland se remit à couvert dans l'allée ; l'autre le suivit.

« On m'avait dit que vous seriez seul, dit l'homme. Que ce serait rapide et facile. »

Je me demandai l'espace d'un instant s'il s'agissait d'Elon Simpson en personne, mais même dans l'obscurité je voyais bien qu'il n'avait pas l'allure d'un gentleman.

« Rien dans la vie n'est rapide et facile, Chalmers, dit Bland. Rien d'important, en tout cas.

– Mouais, eh bien, j'ai fait ma part, dit-il en tendant un paquet à Bland.

– Il faut qu'on examine tout ça de près, dit Bland. Allons à l'intérieur.

– Hors de question ! s'exclama Chalmers. Rapide et facile, c'est ce que vous m'aviez dit. Vous m'avez déjà entourloupé en venant avec *lui*, là, et maintenant vous voudriez que je…

– Je voudrais que vous nous fassiez entrer, dit Bland. C'est vraiment très simple. Vous m'avez promis des papiers adressés à une certaine personne. Il faut que je vérifie que c'est bien le cas. Pour cela, il faut que je puisse les lire. Pour les lire, il me faut de la lumière, et la source de lumière la plus proche se trouve dans la maison de votre maître.

– Mr Simpson n'est pas mon maître, répliqua Chalmers d'un ton acerbe.

– C'est vrai, vous avez raison. Votre maître, c'est moi. Et vous allez nous faire entrer pour qu'on regarde de près ces papiers. Sinon, nous les enverrons à cet homme, cet Elon Simpson qui n'est pas votre maître. Et ces documents l'informeront de la nature exacte de toutes ces petites promenades que vous semblez avoir pris l'habitude de faire en douce avec sa sœur chaque fois qu'elle est de passage en ville. Je suis sûr qu'il sera enchanté d'apprendre que vous avez décidé de tout mettre en œuvre pour plonger sa famille dans l'indignité. »

Impossible de voir l'expression de Chalmers, dans l'obscurité, mais il fit un pas en arrière. J'imaginais ce qu'il devait ressentir à cet instant – l'envie subite de s'enfuir à toutes jambes, sans doute. Peut-être avait-il déjà préparé ses valises. Peut-être avait-il déjà averti cette sœur. À moins qu'il n'en eût rien fait, préférant la laisser seule faire face aux conséquences de ce scandale. Peut-être avait-il commandé une calèche, qui l'emmènerait un peu plus loin au nord, où il trouverait refuge dans les bras miséricordieux de sa famille. À moins encore qu'il ne parte à l'aventure dans l'Oregon de mes fantasmes, ou qu'il ne s'embarque dans la compagnie des marins qui me plaisaient tant.

« Réfléchissez bien, Chalmers, continua Micajah Bland. Vous pouvez tenter votre chance face à un gentleman aux ressources conséquentes ; ou vous pouvez nous faire entrer. Personne n'en saura rien. Ce sera comme un rêve. Rien que nous trois. Personne d'autre ne sera au courant, je vous le promets. Nous pouvons mettre un terme à toute cette histoire, ici et maintenant. En un clin d'œil. »

Chalmers hésita un moment, puis il tourna les talons et se dirigea vers la maison. Nous montâmes les marches du perron à sa suite, et il nous fit entrer. Au bout du couloir, derrière le salon, se trouvait une pièce qui servait de bureau à Elon Simpson. Chalmers alluma la lampe et Bland s'installa derrière le bureau pour examiner les documents contenus dans l'enveloppe. Il y jeta un bref coup d'œil.

« Non, dit-il. Rien de tout cela ne fera l'affaire. Rien du tout.

– On m'a dit que vous aviez besoin de quelques papiers de Mr Simpson, protesta Chalmers. Qu'il suffisait que je vous donne ça, et ensuite je serais libre.

– Non, je crois qu'on vous a dit bien plus que ça, répliqua Bland. Avez-vous seulement pris la peine de regarder à qui ces lettres étaient adressées ?

– On m'a dit de vous apporter des papiers. Je vous ai apporté des papiers.

– Bon, fit Bland en me fixant des yeux. On va avoir besoin de plus que ça. »

Il hocha la tête à mon intention, se leva et se mit à inspecter la pièce à l'aide de sa lanterne. Je savais ce que j'avais à faire ; je m'assis derrière le bureau et commençai à examiner le contenu des tiroirs. Je feuilletai un journal intime, lus en diagonale quelques lettres à des amis proches, quelques invitations, mais ne trouvai pas le moindre document explicitement adressé à McKiernan ou signé de la main de ce dernier. Lorsque je relevai la tête, toutefois, je vis que Bland s'intéressait maintenant de très près à un petit buffet en noyer dans un coin de la pièce. Il s'agenouilla et passa la main sur la serrure. Puis, se remettant debout, Bland plongea la main dans sa poche et en sortit une petite sacoche, d'où il tira un fil de fer. Je le regardai tenter de forcer la serrure, puis me tournai vers Chalmers, qui n'arrêtait pas de remuer, assis sur un fauteuil à dossier haut, en proie à une extrême nervosité. Bland continua à s'affairer sur la serrure pendant encore une ou deux minutes, puis il tourna la tête vers Chalmers et sourit tandis que le coffre s'ouvrait dans un grincement.

Bland en sortit une grosse pile d'enveloppes décachetées avec soin, qu'il posa sur le bureau. Dès que je commençai à les examiner, il m'apparut clairement qu'il s'agissait là d'une correspondance d'un tout autre genre. C'étaient des récépissés concernant des transactions – la gestion, la vente et l'achat d'êtres humains. Le volume de ces transactions était éloquent, et les chiffres mentionnés montraient sans l'ombre d'un doute que ce commerce était au fondement de la fortune d'Elon Simpson. Je n'avais rencontré aucun des Simpson ; mais je ne pouvais m'empêcher d'imaginer le fils, ici même, parmi les Distingués du Nord, se présentant sous les allures d'un homme bien né, bien élevé, aux fréquentations et aux activités honorables. Mais dans ce coffre, soigneusement dissimulée aux regards, se trouvait la preuve manifeste de ses agissements coupables – la preuve d'un crime terrible, de son appartenance à la société obscure qui lui permettait de vivre dans cette demeure opulente, laquelle était elle-même bâtie sur un vaste cimetière, en plein cœur de cette ville soi-disant dépourvue d'esclaves.

Il y avait plusieurs lettres de McKiernan. Je les pris toutes, afin de disposer du plus grand nombre possible d'échantillons.

« Mais il va s'apercevoir qu'elles ont disparu ! protesta Chalmers.

– Pas si vous ne lui dites rien », répliqua Bland.

Chalmers nous suivit jusque sur le pas de la porte.

« Quelqu'un vous contactera bientôt, dit Bland. D'après nos informations, Mr Simpson, votre non-maître, ne sera pas de retour avant la semaine prochaine. Les lettres vous seront retournées. Remettez-les dans le coffre et refermez-le à clé. Après quoi vous n'entendrez plus parler de nous. Rapide et facile. »

Il ne me fallut que deux jours pour établir les laissez-passer, ainsi que quelques lettres d'attestation dont Bland pourrait avoir l'usage lorsqu'il traverserait certaines régions particulièrement dangereuses. Chalmers récupéra les documents le lendemain, et nous ne le revîmes plus jamais. Même après coup, à aucun moment les soupçons ne remontèrent jusqu'à Raymond, Otha ou quiconque au sein de notre antenne. Bland partit pour l'Alabama peu de temps après. Je n'eus pas l'occasion de lui dire au revoir. J'ai si peu souvent eu droit à des adieux. Cette fois, pourtant, j'aurais plus que jamais souhaité pouvoir le faire, compte tenu du plan que finit par m'exposer Raymond dans son intégralité.

C'était l'opération la plus audacieuse jamais tentée à Philadelphie. Bland ferait route vers l'ouest ; il s'arrêterait à Cincinnati, où il trouverait refuge auprès de l'un des meilleurs agents de la région, puis, remontant le fleuve Ohio, il atterrirait en lieu sûr, soit dans l'Indiana, soit dans l'Illinois. De là, il s'enfoncerait au cœur des terres esclavagistes, jusqu'au fond du cercueil – Florence, en Alabama –, et établirait le contact avec Hank Pearson, un vieil ami d'Otha en qui ce dernier avait toute confiance et qui travaillait toujours pour McKiernan. Hank arrangerait ensuite une rencontre avec Lydia – celle-ci reconnaîtrait Bland grâce à un châle que celui-ci aurait sur lui, qu'elle avait donné à Otha afin qu'il se souvienne d'elle. Puis, se faisant passer pour leur propriétaire, Bland repartirait avec Lydia et le reste de la famille. Si jamais, pour une raison ou une autre, ils devaient se retrouver séparés en cours de route, les attestations certifieraient que Lydia et ses enfants avaient le droit de se déplacer. C'était un plan périlleux non seulement dans son déroulement proprement dit, mais aussi en termes de calendrier. Nous étions au début du mois d'août – Bland ne pourrait donc pas compter sur les nuits d'hiver interminables qui permettaient aux agents du Réseau d'agir à couvert. Mais nous ne pouvions pas attendre, car le bruit courait que les affaires de McKiernan n'étaient pas florissantes, ces derniers temps, et qu'il était susceptible à tout moment de vendre une partie de sa main-d'œuvre – auquel cas les renseignements dont nous disposions ne serviraient plus à rien, et notre plan tomberait à l'eau.

20

L'été touchait à sa fin ; c'était la saison calme pour les opérations du Réseau, si bien que nous n'avions pas grand-chose d'autre à faire que d'attendre des nouvelles de la mission de Bland. Heureusement, c'est à cette période que se tenait le grand rassemblement annuel de tous ceux qui menaient le combat contre l'esclavage de manière ouverte et légale – des citoyens engagés qui, par le biais des journaux, des tribunes et des urnes, se battaient pour l'abolition. Nous autres, au sein du Réseau, menions une guerre secrète, clandestine, fervente, violente, mais nous étions les discrets alliés de ces défenseurs officiels de la cause, et le rassemblement du mois d'août était la seule occasion de l'année où nos deux factions, composées de gens venus de tout le pays, pouvaient se retrouver. La perspective de retourner en Virginie et de revoir Corrine me remplissait d'appréhension. Après le départ de Bland, nous commençâmes nos préparatifs et, deux semaines plus tard, nous prenions la route à bord d'une diligence privée, Raymond, Otha et moi, pour rejoindre la région de New York, au nord, tandis que Bland continuait de traverser le Sud.

J'avais fini par comprendre que Raymond et Otha livraient bataille sur les deux fronts : ils comptaient tous deux parmi les figures les plus éminentes de la cause abolitionniste, tout en continuant d'agir dans les coulisses obscures où j'avais été moi-même embrigadé. Aucune autre antenne à l'est du Mississippi ne libérait plus d'esclaves noirs que celle de Philadelphie, ce qui lui valait un prestige encore amplifié par l'odyssée d'Otha depuis les tréfonds de l'Alabama jusque dans les bras de la famille dont il avait été séparé et qui l'avait si longtemps attendu. Au deuxième soir de notre voyage, cependant, nous fûmes rejoints par quelqu'un dont le renom surpassait le nôtre. Moïse.

Ce n'était plus seulement une figure légendaire, pour moi ; je la connaissais désormais à travers ses nombreux exploits, détaillés dans les dossiers de Raymond. Pourtant, lorsqu'elle monta à bord de notre diligence, nimbée de l'aura que lui conféraient toutes ses aventures, j'en fus si ébloui que je parvins à peine à balbutier deux mots. Elle échangea quelques plaisanteries avec Raymond, salua Otha d'un hochement de tête, puis se tourna vers moi et me regarda fixement.

« Alors, mon jeune ami, vous tenez le coup ? » me demanda-t-elle. Je mis quelques secondes à me souvenir que, la dernière fois qu'elle m'avait vu, je n'étais pas encore remis de mon kidnapping.

« Oui, ça va », répondis-je.

Elle avait une canne, comme cette nuit-là dans les bois, et à présent, à la lumière du jour, je remarquai que des symboles étaient gravés sur toute sa longueur. Voyant que je l'observais avec curiosité, elle me dit : « Mon fidèle bâton de marche, fabriqué à partir d'une branche de copalme d'Amérique. Je ne m'en sépare jamais. »

Nous reprîmes notre route. J'avais le plus grand mal à ne pas la dévisager. Même en faisant abstraction de son pouvoir de Conduction, c'était la plus intrépide de tous les agents du Réseau clandestin. J'étais assez au fait des choses de ce monde, et j'avais suffisamment compulsé les dossiers de Raymond, pour savoir que son âme avait été brûlée – mais non pas brisée – par les pires atrocités de l'esclavage. Je repensai alors au temps que j'avais passé enterré dans la fosse, au temps que j'avais passé en prison et à toutes ces nuits où j'avais été réduit à une proie pourchassée. Peut-être avais-je besoin de tout cela. Peut-être avais-je besoin d'aller encore plus loin dans mon exploration du mal, afin de savoir jusqu'à quelles abominations il pouvait s'enfoncer. Raymond ne l'appelait pas Moïse, mais Harriet – un nom qu'elle préférait, disait-elle, à tous ses autres titres. Il ne lui en témoignait pas moins le même respect qu'un soldat envers un général couronné de gloire, répondant à toutes ses questions sans lui en poser en retour, se tenant constamment à sa disposition, prêt à satisfaire toutes ses demandes, quoiqu'elle en formulât très rarement.

Le lendemain, nous arrivâmes à la Convention, un campement établi dans un vaste champ dégagé, non loin de la frontière canadienne. Ce terrain appartenait à l'un des principaux mécènes du Réseau qui, disait-on, avait le projet de bâtir une communauté d'affranchis à cet endroit, où ils pourraient travailler à leur compte. Il avait plu, la veille de notre arrivée, et nous pataugions dans la gadoue en déchargeant la diligence. Nous nous installâmes un peu en lisière du campement, en hauteur, puis nous nous dispersâmes, chacun allant repérer les lieux de son côté.

Je vis des tentes, striées de boue, déployées jusqu'à l'orée des bois, entre lesquelles allait et venait une foule de participants qui discutaient d'humeur joyeuse ; dans les plus grandes d'entre elles, je vis des orateurs qui prêchaient pour la réforme, juchés sur des estrades improvisées. Ils n'aimaient rien tant que se donner en spectacle et semblaient se livrer à une compétition, chacun cherchant à rallier le plus de monde à sa cause. Je baguenaudai un moment parmi la foule et m'arrêtai devant un homme blanc, vêtu d'un pantalon en calicot et coiffé d'un chapeau haut de forme, qui pleurait à chaudes larmes dans la manche de son manteau. Entre deux sanglots, il racontait une histoire qui semblait tenir en haleine son public – le rhum et la bière, expliquait-il, lui avaient coûté sa maison et sa famille ; il ne possédait plus rien aujourd'hui hormis les vêtements qu'il portait, et il était déterminé, ajouta-t-il en retrouvant de son aplomb, à ne plus quitter cette tenue tant que ce pays n'aurait pas été purgé du fléau de l'alcool.

Je continuai mon chemin et m'arrêtai un peu plus loin devant une petite foule compacte rassemblée autour de deux femmes, toutes deux en salopette et le crâne rasé, qui défendaient le droit des femmes à disposer des mêmes libertés que les hommes, dans tous les domaines. À mesure qu'elles déroulaient leurs arguments, leur discours se chargeait d'une véhémence toujours plus retentissante, au point que bientôt elles prirent à partie les spectateurs eux-mêmes – car si nous, qui nous trouvions présentement dans cette assemblée, n'embrassions pas à notre tour la cause du suffrage féminin, alors nous étions complices de cette grande conspiration visant à priver de ses droits la moitié de l'humanité.

Or l'injustice ne s'arrêtait pas là, apparemment, comme je pus le constater devant une autre tente où un homme blanc, debout à côté d'un Indien mutique en costume traditionnel, parlait des grandes déprédations dont il avait été témoin, des exactions sans fin auxquelles étaient prêts à se livrer tous ces citoyens de la Géorgie, de la Caroline et de la Virginie, au nom de la terre. Une terre dont je ne savais que trop bien, pour ma part, à quel sort elle était vouée, le péché du vol venant s'ajouter à celui de l'esclavage.

Plus loin, j'aperçus des enfants alignés en rang derrière un homme qui vociférait contre les usines de cette nation. Ces enfants, vendus par leurs parents qui n'avaient plus les moyens de les élever, avaient été forcés de travailler, jusqu'à ce que vienne les sauver la société de charité dont cet homme était le porte-parole. Par le seul effet de cette action caritative, ces enfants allaient désormais pouvoir aller à l'école et être soustraits aux griffes maléfiques du capital. Devant une autre tente encore, j'entendis un discours assez similaire, dans la bouche d'un syndicaliste affirmant que les propriétaires nantis de toutes les usines du pays auraient dû être privés de leurs actions et que celles-ci auraient dû être intégralement reversées à ceux qui y trimaient sang et eau.

J'entendis enfin défendre un autre point de vue apparenté, ce jour-là, à savoir qu'il fallait rejeter l'ensemble du système industriel, condamner en bloc cette société qui ne pouvait mener qu'à l'impasse, et pousser les hommes et les femmes de ce pays à s'organiser au sein de nouvelles communautés, où tout le monde travaillerait ensemble et où toutes les richesses seraient mises en commun. Et ce n'était même pas là le summum du radicalisme : tout au fond du campement, je tombai sur une vieille fille qui voulut me convaincre, moi et le reste du monde, d'aller jusqu'à dénoncer les liens du mariage – lequel, affirmait-elle, était en soi une sorte d'appropriation, une forme d'esclavage – pour épouser la doctrine de l'« amour libre ».

C'était la fin de matinée. Le soleil cognait dans un ciel d'août sans nuages. Je m'épongeai le front d'un revers de manche et m'assis un moment sur une souche, loin des tentes et de la cohue des participants à la Convention. Ils étaient si nombreux – on eût dit qu'une université tout entière s'était réunie dans ce champ. De nouvelles façons d'être, de nouvelles conceptions de la liberté faisaient soudain irruption dans ma vie. Encore un an plus tôt, je les aurais toutes rejetées. Mais j'avais déjà découvert tant de choses – plus encore qu'il n'y en avait dans les livres de mon père. Y avait-il une limite à tout cela ? Je n'en savais rien, et cela me peinait et me remplissait de joie en même temps.

Je levai les yeux et j'aperçus une jeune femme noire, à peine plus âgée que moi, qui se tenait légèrement en retrait du campement dont je venais de sortir et qui m'observait attentivement. Lorsque nos regards se croisèrent, elle me sourit et se dirigea droit vers moi. Elle avait un beau visage au teint clair, encadré par une épaisse chevelure de jais qui cascadait le long de ses joues et jusqu'aux épaules.

Je me levai, par politesse, et son sourire disparut alors. Elle me dévisagea de la tête aux pieds, comme si elle voulait s'assurer de quelque chose, puis me posa la dernière question à laquelle je m'attendais.

« Comment vas-tu, Hi ? »

Si j'avais entendu ces mots ailleurs, dans un autre contexte, j'en aurais éprouvé un grand soulagement, car cela m'aurait rappelé ma vie d'avant. Mille questions se mirent aussitôt à tourbillonner dans ma tête, au premier rang desquelles celle de savoir comment cette femme connaissait mon nom.

« T'en fais pas, dit-elle. Y a aucun problème. » Puis elle me tendit la main et dit : « Je m'appelle Kessiah. »

Je ne lui serrai pas la main, mais elle poursuivit sans s'en offusquer.

« Je viens du même endroit que toi – le comté d'Elm, en Virginie. Lockless. Tu te souviens pas de moi. Tu te souviens de tout, mais pas de moi. C'est pas grave. Je m'occupais de toi quand t'étais tout bébé. Ta mère te confiait à moi quand elle devait…

– Qui ça ?

– Ta mère – Momma Rose, on l'appelait –, elle me demandait de te garder. Et, d'après ce que j'ai compris, tu connais la mienne aussi – Thena, elle s'appelle. Elle a perdu ses enfants, y a de ça des années. Tous les cinq, vendus au champ de courses de Starfall et expédiés Dieu sait où. Mais je suis ici maintenant, avec le Réseau, et je me suis laissé dire qu'y avait quelqu'un d'autre qu'était arrivé là comme moi, et je me suis laissé dire que ce quelqu'un d'autre, c'était toi.

– On peut marcher un peu ? demandai-je.

– Bien sûr qu'on peut. »

Je l'emmenai à l'écart de la Convention, sur les hauteurs du terrain où nous avions attaché notre diligence et planté notre tente. Je l'aidai à grimper sur la banquette, puis grimpai à mon tour et m'assis à côté d'elle.

« C'est la vérité, me dit-elle en regardant droit devant elle. La stricte vérité. Je peux te raconter comment ça s'est passé, si tu veux.

– Évidemment que je veux.

– Eh bien, c'est comme je te disais. Je suis la fille de Thena – son aînée. On vivait dans la Rue, et j'ai de merveilleux souvenirs de cette époque. Mon père était un homme important, il était meneur dans les champs de tabac, ce qui signifie qu'il était à peu près aussi important qu'on peut l'être quand on est un Asservi.

« On avait notre maison à nous, au bout de la Rue, à l'écart des autres et plus grande, aussi. Je pensais que c'était à cause de mon père et de l'estime qu'avaient pour lui ceux qui dirigeaient le domaine. C'était un homme dur. Je me rappelle pas qu'il parlait beaucoup, mais je me souviens que, quand les Distingués venaient le voir, ils s'adressaient à lui avec une sorte de respect qu'ils avaient pour personne d'autre parmi les Asservis. »

Kessiah s'interrompit alors un bref instant, et son visage changea d'expression, comme si elle venait subitement de comprendre quelque chose. « Ou alors tout ça, c'est dans ma tête, dit-elle. C'est peut-être rien que les souvenirs d'une gamine, qui essaie de se rappeler les choses comme elle aurait voulu qu'elles soient. J'en sais rien. En tout cas, c'est comme ça que je me les rappelle, ça c'est sûr. Je me rappelle les jeux auxquels on jouait. Les billes. Le jokari. Chat perché. Mais surtout je me souviens de ma mère, qui était la femme la plus tendre et la plus gentille que j'aie jamais connue. Je me souviens des dimanches qu'on passait affalés, agglutinés sur ses genoux, tous les cinq, comme des chatons. Mon père était un homme dur, mais je crois que je savais, même à l'époque, qu'on était protégés grâce à lui, qu'il faisait ou qu'il avait fait quelque chose pour qu'on puisse vivre dans cette grande cabane au bout de la Rue. On avait notre jardin à nous, nos camélias. Et voilà, c'était ça, ma vie. »

Kessiah regardait du côté des tentes dont nous nous étions éloignés, perdue dans ses rêveries. J'étais moi-même perdu dans les miennes ; je revoyais Thena, toutes ces années auparavant, tirer sur sa pipe en se remémorant l'homme qu'elle aimait, Big John. Il me semblait incroyable que cette Kessiah puisse être leur fille, et qu'elle soit là aujourd'hui, devant moi.

« Mais j'ai grandi, reprit-elle, et bientôt on m'a mise au travail – au début, j'apportais l'eau à ceux qui trimaient dans les champs, et après ça j'ai travaillé dans les champs, moi aussi. Mais ça me dérangeait pas ; tous mes amis étaient là-bas et j'étais près de mon père. C'était dur, j'en avais bien conscience, mais ça m'a jamais fait peur de travailler dur, d'ailleurs c'est grâce à ça que j'ai pu rejoindre le Réseau. Mais, à l'époque, mon univers, c'étaient les champs et la Rue, et c'est comme ça que je t'ai connu, Hi, et que j'ai connu ta mère et ta tante Emma. Le week-end, quand les vieux allaient dans les bois faire leurs petites danses, ils me confiaient la garde des bébés, et parmi eux y avait toi. Je suis pas surprise de te retrouver ici. Tu as toujours été différent. Tu regardais, tu regardais de tous tes yeux, et quand je t'ai vu ici, je me suis dit que t'avais pas changé, que t'étais toujours là à tout observer. C'est une bénédiction de te retrouver, de te revoir ici, si loin de l'Asservissement.

« C'était tellement différent à l'époque, et ça m'étonne moi-même de dire ça, j'en ai même presque honte, mais j'étais heureuse, je crois vraiment que j'ai été heureuse, pendant un temps en tout cas, et je me rappelle très bien à quel moment ça a changé. Quand mon père est parti. La fièvre, tu sais. Ma mère, ça l'a dévastée. Elle était toujours aussi douce avec nous, mais elle était ravagée par le chagrin. Tous les soirs, elle pleurait et elle nous faisait venir près d'elle – "Venez faire un câlin à votre maman", elle nous disait –, et nous, ses petits chatons, on se blottissait contre elle, et alors elle se mettait à pleurer, et nous aussi on pleurait avec elle. Mais je vais te dire, Hi, tout ça, c'était rien par rapport à ce qui allait arriver ensuite. Au moins, quand mon père est mort, on était encore tous ensemble. Mais, bientôt, même ça c'était fini – c'est comme si on avait disparu les uns après les autres, comme si on était tous morts et que chacun avait été condamné à un enfer différent. »

Kessiah se tourna vers moi et dit : « Il paraît que tu connaissais ma mère, un peu. »

Je lui répondis d'un simple hochement de tête ; je n'avais pas l'intention d'en dire plus, car je n'arrivais pas encore à accepter toute cette histoire. Mais Kessiah me fixait d'un regard plein d'espoir ; un espoir que je connaissais bien.

« Elle n'était pas vraiment comme tu la décris, lui dis-je. Mais je crois qu'on parle bien de la même femme. Et je crois qu'elle avait de bonnes raisons d'être comme elle était, telle que je l'ai connue. Mais je ne crois pas que ça soit très important. Ce qui compte, c'est la bonté qu'elle a eue à mon égard ; c'est le fait que Thena, pour moi, c'était ce qu'il y avait de meilleur à Lockless. »

Kessiah enfouit sa tête entre ses mains et se mit à pleurer doucement, sans faire de bruit.

Puis elle dit : « Alors t'es au courant, pour le champ de courses, les enchères ?

– Oui.

– Imagine un peu. Moi et tous les autres, tous mes frères et sœurs, amenés là-bas et vendus. Tu te rends compte que je les ai jamais revus ? J'ai tout essayé pour les retrouver. Mais ils sont si nombreux à avoir disparu, Hi. Comme de l'eau entre mes doigts. Disparus.

– Je… Oui, je sais. Je n'ai pas toujours su. Mais aujourd'hui je sais. Ta mère – elle a essayé de m'expliquer. Je ne comprenais pas vraiment à l'époque ce que ça voulait dire, d'être traité comme ça. Mais aujourd'hui je comprends.

– Là-bas, dit Kessiah, tout le monde disait que ton père était un Blanc.

– C'est vrai.

– Mais ça t'a pas sauvé, hein ?

– Non. Ça n'a jamais sauvé aucun d'entre nous.

– Non, jamais, et si je suis devant toi aujourd'hui, c'est uniquement grâce au hasard. La plupart des gens de ma famille ont été emmenés du côté de Natchez, mais moi, on m'a envoyée dans le Maryland, travailler dans une scierie, et, pas longtemps après ça, j'ai rencontré un homme, Elias, et on se plaisait bien. C'était un affranchi, il travaillait pour son propre compte et il avait dans l'idée de me racheter à mes maîtres pour que je sois libre moi aussi.

« Le travail à la scierie, c'était dur, mais je me suis trouvé une nouvelle famille là-bas. J'ai changé, je me suis adaptée à cette nouvelle vie, qui tournait désormais autour de cet homme, et j'ai atteint une forme de bonheur, ou pas loin. Je savais que je pourrais plus jamais être une petite fille. Je savais que j'avais été marquée, très durement, par tout ce qui m'était arrivé avant. Mais j'avais trouvé quelque chose, et de ce moment-là, Hi, je peux te dire qu'ils ont tout fait pour me remettre sur l'estrade. Sauf que cette fois je leur réservais un tour auquel ils s'attendaient pas, tu vois. J'étais rentrée dans une famille un peu particulière et, parmi les membres de cette famille, y avait celle que tu connais sous le nom de Moïse. »

Kessiah riait maintenant en repensant à cet épisode. « T'aurais dû voir ça. Elias et moi, on s'était dit adieu. C'était horrible. Et puis, le jour dit, il débarque devant l'estrade et il se met à participer aux enchères ! J'ai le cœur qui bondit dans ma poitrine, parce que c'est lui face à un type qui venait du Texas. Et ils enchérissent sans fin, l'un après l'autre, jusqu'au moment où mon Elias me lance le regard le plus triste du monde. Alors je comprends qu'il a perdu, que c'est Mr Texas qu'a gagné. Ensuite, il allonge l'argent et il m'enferme dans une cellule. T'aurais dû l'entendre déblatérer sur tout ce qu'il avait l'intention de faire. Tellement prétentieux et sûr de son pouvoir. Au lever du soleil on s'en va, qu'il me dit. Ha ! Le lever du soleil. Il se doute de rien. Le soleil se pointe, pour sûr – sauf que Moïse s'est pointée avant lui. »

Moïse. La Conduction.

Kessiah se tourna vers moi. « Tout ça, c'était un plan, tu comprends. Faire monter les enchères le plus haut possible. Faire raquer le type, et ensuite me sortir de là. Mon Dieu, après avoir vu ça, après avoir vu ce que Moïse leur a fait, jamais j'aurais pu retourner à cette vie-là. Je pensais à l'enfer qu'ils m'avaient fait subir. Et je me disais que ça faisait sacrément du bien de leur rendre la monnaie de leur pièce. Je pensais à tout ce que j'avais souffert, et à tous ceux qui souffraient encore, et du coup, après ça, je voulais plus qu'une seule chose, c'était faire partie du Réseau.

« Je suis restée avec Moïse depuis ce jour-là. C'est comme ça que j'ai eu de tes nouvelles, Hi. J'entends parler de ce garçon qui vient de Virginie – du comté d'Elm, le même que moi. Alors je commence à me renseigner, j'entends ton nom et voilà, j'arrivais pas à le croire, mais si, Seigneur Dieu, c'était bien toi. Dès que je t'ai vu ici, en train de déambuler et de tout observer, j'ai su que c'était toi. »

Kessiah se jeta alors à mon cou et me serra dans ses bras – et, à ma grande surprise, ce geste me remplit d'émotion. J'étais parti de chez moi depuis si longtemps. Et voici qu'un souvenir de cette époque avait surgi devant moi, quelqu'un qui avait fait le même voyage. Il commençait à être tard ; il fallait qu'elle rejoigne son groupe, et moi le mien. Nous nous serrâmes de nouveau dans les bras et Kessiah me dit : « On aura plus de temps, toi et moi. On passera d'autres journées ensemble ici. »

Puis elle me regarda dans les yeux et dit : « Oh, mais au fait – j'ai tellement parlé de moi, je sais même pas comment j'ai pu oublier de te poser la question. Comment va Momma Rose ? Comment va ta mère ? »

Je me frayai de nouveau un chemin parmi les tentes, où les prêches avaient cédé la place aux distractions. Il y avait des jongleurs qui se lançaient des fruits et des bouteilles.

Des funambules qui marchaient sur un câble tendu entre deux arbres en dansant et en sifflotant. Des acrobates qui faisaient des roulades et des sauts périlleux.

Et ma mère – oui, comment allait-elle ? Comment se portait Momma Rose ? Je n'avais toujours aucun souvenir d'elle, rien que des bribes d'histoires recueillies auprès de gens comme Kessiah qui l'avaient connue, si bien que, lorsque je pensais à elle, il me semblait voir l'esquisse d'une scène tirée de quelque mythe ancien ; cela n'avait rien à voir avec mes souvenirs de Sophia, ou de Thena – Thena qui n'avait jamais été aussi vivante dans mon esprit qu'à ce moment-là, quand Kessiah m'avait parlé d'elle, quand les souvenirs de sa fille s'étaient mêlés aux miens. Il me semblait que je comprenais tant de choses, à présent, que je savais pourquoi elle avait été si dure avec moi. Ces mots qu'elle m'avait assenés : *Je suis plus une mère pour toi, ici, maintenant, que ce type blanc sur son cheval sera jamais ton père.*

Nous nous retrouvâmes tous pour dîner – Otha, Raymond, Kessiah, Moïse et moi –, puis, lorsque le soleil eut presque disparu derrière l'horizon, un petit groupe se rassembla autour d'un feu de joie. Ils se mirent à chanter, de la voix la plus lente et la plus spectrale, ces chansons qui ne pouvaient provenir que du fond du cercueil. Je ne les avais pas entendues depuis que j'étais parti, et les entendre de nouveau me serrait le cœur ; sous la chaleur d'août, j'en avais presque le vertige. Alors je me levai et m'éloignai, emportant mes pensées, dans les allées boueuses qui serpentaient entre les tentes alignées.

Je trouvai une petite parcelle d'herbe sèche où m'asseoir, juste derrière les tentes, d'où j'entendais encore mes amis chanter au loin. La journée que je venais de passer me donnait le tournis – Kessiah, les souvenirs de Thena et de Big John, tous ces discours et ces débats sur les femmes, les enfants, le travail, la terre, la famille, la richesse. Je songeai que la question de l'Asservissement mettait en lumière non seulement les crimes propres à la Virginie, au vieux monde d'où je venais, mais la nécessité d'en fonder un entièrement nouveau. L'esclavage était au cœur de cette lutte. Car on disait que les enfants étaient réduits en esclavage dans les usines ; que le corps des femmes était réduit en esclavage lorsqu'elles étaient enceintes ; et que l'âme des hommes était réduite en esclavage par le rhum. Ce que me fit comprendre à cet instant ce tourbillon d'idées, c'est que la guerre secrète que nous menions n'avait pas pour seul ennemi les Maîtres asservisseurs de Virginie, que nous ne cherchions pas seulement à améliorer le monde, mais à le remodeler de fond en comble.

Je fus tiré de mes réflexions par un homme qui s'approchait de moi d'un air empressé – un messager, qui me tendit une enveloppe dont je reconnus immédiatement le sceau. C'était la marque de Micajah Bland. Mon cœur fit un bond dans ma poitrine. Je brûlais d'ouvrir ce pli séance tenante. Mais il s'agissait de la famille d'Otha ; c'est lui qui devait être informé le premier du sort des siens. Je le trouvai en compagnie de Raymond, toujours près du feu de joie, captivé par les chansons d'esclaves qui résonnaient dans le crépuscule. Je tendis la lettre à Raymond, qui savait mieux lire. Le visage d'Otha, éclairé par la lueur du feu, trahissait une bien compréhensible appréhension. Mais Raymond sourit alors et nous dit : « Micajah Bland est avec Lydia et les enfants. Ils ont quitté l'Alabama. À l'heure où il rédigeait cette lettre, ils étaient en train de traverser l'Indiana.

– Mon Dieu, dit Otha. Mon Dieu. »

Il se tourna vers moi et dit : « C'est pour de vrai. Enfin. Après toutes ces années, ma Lydia, mes garçons – tous. Seigneur, j'aurais tellement voulu que Lambert soit encore là pour voir ça. »

Otha se tourna alors vers Raymond et fondit en larmes. Raymond le serra dans ses bras et se mit à pleurer lui aussi, tombant le masque solennel qu'il affichait d'ordinaire. Je m'éloignai afin de les laisser profiter seuls de ce moment, moi-même bouleversé par cette journée si déconcertante.

21

Autrefois j'avais rêvé de commander, comme mon père jadis, à Lockless, et il est difficile pour moi de le dire ainsi, d'admettre que tel était mon rêve, même si je n'avais rien échafaudé de très précis. Mais j'avais trouvé le Réseau clandestin, ou plutôt le Réseau m'avait trouvé, et cela me rendait heureux, enfin. Au sein du Réseau, j'avais trouvé du sens. Auprès de Raymond White, auprès d'Otha, de Micajah, j'avais trouvé une famille. Et, à présent, en rencontrant Kessiah, j'avais l'impression d'avoir retrouvé une part de moi-même qui s'était perdue.

Le lendemain soir, au terme d'une nouvelle journée de harangues et de distractions, je décidai d'aller marcher dans les bois, sur les hauteurs de la colline qui surplombait le champ, et c'est là que je la vis, Moïse, assise en tailleur sur un gros rocher. Elle était immobile, paisible, et je me dis que je ferais sans doute mieux de la laisser à ses pensées, mais à peine avais-je commencé à m'éloigner que j'entendis une voix rompre le silence.

« Bonsoir. »

Je me retournai et la vis qui s'approchait déjà de moi, le regard fixé sur le haut de mon crâne. Quand elle fut tout près, elle tendit le bras pour toucher l'endroit où j'avais reçu le coup de matraque de Ryland. Puis elle fit un pas en arrière et me dit en souriant : « Je savais que le moment viendrait pour nous de parler, et c'est très bien que cela se passe ici, loin des autres. J'ai déjà entendu beaucoup de choses sur toi, ajouta-t-elle. Et Kessiah m'a dit que vous avez discuté tous les deux, hier.

– Oui. Il se trouve que nous venons du même endroit.

– Elle m'a dit, oui. C'est bon de voir quelqu'un de chez soi, pas vrai ? Ça te rappelle d'où tu viens. Ça doit être dur pour toi d'être si loin de chez toi.

– Est-ce que nous ne sommes pas tous loin de chez nous ?

– Non, dit Moïse. Moi, par exemple, je suis chez moi assez souvent, même si ça ne plaît pas aux maîtres. Je travaille dans un seul lieu, celui que je connais le mieux – la côte du Maryland, chez moi. Un jour, je retournerai là-bas pour de bon, mais pas comme ça, pas en tant qu'agent, mais au grand jour, sous le soleil éclatant. En attendant, je suis là-bas assez souvent, et c'est bon de rentrer chez soi, c'est bon de se souvenir.

– Des souvenirs, je n'en manque pas, répliquai-je.

– Oh, je sais bien. À ce qu'il paraît, tu es si doué que tu travailles aussi bien dans la maison de Philadelphie que dans les champs de Virginie. Et je me suis même laissé dire, surtout, que tu pourrais travailler encore plus.

– Oui, j'ai entendu dire ça, moi aussi. Mais c'est des mots en l'air, de la fumée sans feu.

– Hmm, fit Moïse. Attends, tu verras.

– Je crois que ça ne dépend pas vraiment de moi. Je veux libérer les miens. Mais je me rends bien compte. Ils sont si nombreux. Et je les vois tous, à présent.

– Oh, je suis si contente de t'entendre dire ça. » Moïse me regardait maintenant avec un sourire malicieux. J'avais l'impression – non, la certitude – d'être déjà impliqué dans quelque chose. « Je t'explique, mon jeune ami. Je travaille modestement, et je travaille seule. Je procède à mon rythme et je m'en remets à ma propre vigilance. Mais, pour cette mission-là, j'ai besoin d'un homme qui court au moins aussi bien qu'il écrit, et, d'après ce qu'on m'a dit, tu es l'un des rares agents, de ce côté-ci du Réseau, qui correspondent au profil.

– Je ne comprends pas pourquoi vous auriez besoin de mon aide. Je sais qu'on vous appelle Moïse. Et ce nom, c'est bien parce que vous possédez un pouvoir grandiose qu'on vous l'a donné, n'est-ce pas ?

– Grandiose, répéta-t-elle. C'est un bien grand mot pour quelque chose d'aussi simple.

– Mais toutes ces histoires... Je les connais. Quand elle était petite, Moïse conduisait les bœufs et sarclait les champs comme un homme. Moïse qui parle aux loups. Moïse qui fait descendre les nuages jusque sur la terre. L'acier de la lame qui fond au contact des vêtements de Moïse. Le fouet qui tombe en poussière dans la main du maître. »

Elle éclata de rire. « On raconte tout ça, hein ?

– Et bien plus encore.

– Bon, alors écoute bien ce que je vais te dire. Mes méthodes n'ont pas vocation à être partagées. C'est le Réseau clandestin, pas le cirque. Ce n'est pas un spectacle. Je ne fais pas de grandes démonstrations, comme Box Brown. Face à quelque chose qu'ils ne comprennent pas, les gens ont tendance à bavarder – et à exagérer. Quoi qu'il en soit, sache bien que toutes ces rumeurs, ce n'est pas de moi qu'elles viennent. Je n'ouvre la bouche que lorsque c'est strictement nécessaire, et ensuite je laisse mes passagers embellir et broder comme bon leur chante. Quant à mon nom, je n'en ai qu'un – Harriet.

– Pas de Conduction, alors ? lui demandai-je.

– Des mots, tout ça, répondit-elle. De grands mots. Tout ce qui m'importe, c'est de savoir si tu es prêt à travailler. Je vais rentrer chez moi. Et tu m'as été recommandé, on m'a dit que tu pourrais être d'une aide précieuse. Alors : tu veux travailler, ou tu préfères perdre ton temps à me poser des questions ?

– Bien sûr que je veux travailler. Quand partons-nous et quelle est notre cible ? »

Ce n'est qu'à cet instant que j'entendis la ferveur dans ma propre voix, mon désir puissant de travailler avec cette femme au sujet de laquelle j'avais entendu tant de récits.

« Pardon, lui dis-je. Je me tiens à votre disposition dès que vous aurez besoin de moi.

– Rejoins le campement, dit-elle. Profite du spectacle. »

Elle retourna s'asseoir sur son rocher et ajouta, en me tournant le dos : « C'est pour bientôt, t'en fais pas. Et va savoir, peut-être même bien que tu finiras par voir brûler ce feu derrière la fumée. »

Le lendemain matin, je fus réveillé par des bruits d'agitation devant notre tente. Je distinguai la voix d'Otha au milieu du raffut, confuse et au bord de l'hystérie, puis celle de Raymond et d'autres encore que je ne reconnaissais pas. Ils essayaient de le calmer, et je crois que j'ai tout de suite compris ce qui se passait, car, quelles que soient les difficultés auxquelles nous nous heurtions, Otha ne se laissait jamais aller à ce genre de débordement. Il avait dû arriver quelque chose de vraiment terrible. Je sortis de la tente. Le jour était à peine levé, mais je vis clairement la tête d'Otha enfouie dans le creux de l'épaule de son frère, et il vacillait, presque incapable de tenir sur ses jambes.

Raymond m'aperçut le premier. Il écarquilla les yeux et secoua la tête. Otha, ayant peut-être senti ma présence, se dégagea de l'étreinte de son frère et se tourna vers moi. Son visage était un cimetière.

« Tu es au courant ? me demanda Otha. Tu as appris ce qu'ils ont fait ? »

Je ne répondis pas.

« Hiram, dit Raymond. On t'expliquera tout plus tard. Il faut qu'on... » Il s'interrompit alors et secoua de nouveau la tête d'un air incrédule en essayant d'emmener Otha plus loin. « Viens, Otha. Allez, viens, on y va...

– Où ça ? dit Otha. Où tu veux qu'on aille, Raymond, hein ? Pour faire quoi ? C'est fini. Tu comprends pas que c'est fini ? Ils ont mis Lydia dans le cercueil. Où on pourrait aller ? Micajah Bland est mort. Où est-ce que tu veux qu'on aille ? »

Otha se tourna alors vers moi. « Tu as entendu, Hiram ? » me demanda-t-il, le chagrin sur son visage cédant la place à un élan de rage. « Tu sais ce qu'ils ont fait ? Ils l'ont tué. Ils l'ont ligoté avec des chaînes, ils l'ont assommé et ils l'ont jeté dans le fleuve. »

Otha éclata en sanglots en prononçant ces mots, et Raymond et quelques autres l'entraînèrent à l'écart. Il résista violemment au début, hurlant, vociférant, donnant des coups de pied, jusqu'à ce que Raymond le ceinture. Puis ils l'emmenèrent, le portant presque à bout de bras, et je l'entendis continuer à hurler : « Tu sais ce qu'ils lui ont fait ? Micajah Bland est au fond du fleuve ! Qu'est-ce qu'on va devenir maintenant ? »

Je les regardai s'éloigner puis demeurai là un moment, pétrifié, frappé de stupeur. Lorsque je retrouvai mes esprits, je m'aperçus que tout le monde s'agitait autour de moi. La nouvelle se répandait dans le campement. Les gens se rassemblaient en petits groupes, chacun passant de l'un à l'autre pour partager ce qu'il savait ou avait entendu dire à propos du sort de Micajah Bland. J'aperçus alors une sacoche abandonnée par terre, non loin de là où se trouvaient Otha et Raymond un peu plus tôt. Mû par je ne sais quel instinct, je m'en emparai et la rapportai dans ma tente pour l'ouvrir. Elle contenait plusieurs journaux dans lesquels était relatée la saga de Micajah Bland et Lydia White. Le premier exposait les faits – « Des Noirs fugitifs capturés ». Le deuxième confirmait qu'il s'agissait bien de la famille d'Otha White. Mes mains tremblèrent lorsque je feuilletai le troisième – « Le voleur de Noirs ramené en Alabama ». Il y avait enfin une missive d'un agent de l'Indiana, nous informant de la nouvelle avec une immense tristesse – le corps de Micajah

Bland avait été retrouvé ce matin-là, échoué sur le rivage. Le crâne fracassé. Les mains liées dans le dos par des chaînes.

J'étais entraîné depuis longtemps à encaisser les coups durs. À cet instant, ce n'est donc pas à Micajah Bland que je pensai, mais tout simplement au fait que je devais retrouver Raymond et Otha pour leur rendre ces documents. Je me faufilai parmi la foule. Deux ou trois personnes, qui étaient au courant que j'étais affilié à l'antenne de Philadelphie, essayèrent de m'arrêter en chemin pour me demander ce que je savais. Je les ignorai et regardai autour de moi, en quête d'un indice susceptible de me révéler où ils avaient emmené Otha. J'aperçus quelques agents du Réseau de l'Ouest rassemblés devant une tente. L'un d'eux me fit signe – « Ici », me dit-il. Un autre ouvrit les pans de la tente et, en entrant, je découvris Otha assis à côté de Raymond. Il s'était calmé, même si je sentais qu'il fulminait encore. Il y avait d'autres personnes présentes, manifestement des agents haut placés dans la hiérarchie informelle du Réseau. Harriet était là, et j'eus un choc en apercevant également, tranquillement assise, Corrine Quinn.

Je n'eus guère le temps de m'interroger sur les raisons de sa présence. La conversation s'interrompit lorsque j'entrai.

« Pardon, dis-je en m'avançant vers Raymond pour lui tendre la sacoche, mais je me disais que vous auriez peut-être besoin de ça. »

Raymond me remercia et je ressortis aussitôt pour les laisser poursuivre leur réunion. Je m'éloignai du campement et m'enfonçai dans les bois, jusqu'à l'endroit où j'avais croisé Harriet la veille. Je m'assis sur le même gros rocher qu'elle. Si seulement je pouvais ouvrir une porte, ici même dans ces bois, pensai-je alors, et transporter tous les champs de coton de l'Alabama jusque dans les forêts de New York. Mais j'étais impuissant. Il y avait en moi un pouvoir, mais, n'ayant pas la moindre idée de la façon dont je pouvais l'invoquer ou le contrôler, j'étais démuni.

Je retournai au campement, où régnait toujours une ambiance funèbre. C'était l'après-midi. J'allai m'allonger dans ma tente et m'endormis. À mon réveil, je vis Otha, assis sur une chaise à côté de moi. C'était un homme doué d'une grande sensibilité, mais il n'était jamais extravagant dans l'expression de ses passions ni enclin à laisser exploser sa colère. Je ne l'avais encore jamais vu ainsi, submergé par la joie deux jours plus tôt et, ce matin, par la souffrance.

« Otha, dis-je. Je suis désolé. Je... je ne sais même pas quoi dire. Je n'ai jamais rencontré Lydia ou tes enfants, mais j'ai tellement entendu parler d'eux qu'aujourd'hui c'est comme s'ils faisaient partie de ma propre famille.

– C'était mon frère, Hiram, dit Otha. Nous n'étions pas liés par le sang, mais Micajah Bland était comme mon frère, au point qu'il était prêt à mourir pour moi et les miens. Rien de tout cela n'est nouveau pour moi. J'ai vécu toute ma vie séparé de ma famille, je me suis fait des frères partout où je suis allé, et j'ai pleuré chaque fois que nous avons dû nous séparer – et nous finissions *toujours* par devoir nous séparer. Mais jamais, pas une seule seconde, je n'ai renoncé à ce lien, à l'amour.

« Je suis désolé de m'être mis en colère ce matin. Raymond ne méritait pas ça, et je suis désolé que tu m'aies vu dans cet état.

– Tu n'as aucune raison de t'excuser, Otha. »

Il garda le silence pendant quelques minutes. Je ne disais rien ; ce moment lui appartenait.

« Je voudrais te raconter l'histoire d'un rêve. Je veux te la raconter à toi en particulier parce que je sais que tu as beaucoup enduré pour atteindre ton but, pour atteindre ce pouvoir que tu possèdes, à ce qu'on dit. Et si, dans mon chagrin, je peux te donner quelque chose, alors cela m'apaisera moi aussi. »

Je me redressai sur mon lit de camp et l'écoutai.

« J'ai rencontré ma femme, Lydia, peu de temps après la mort de Lambert. Il était plus vieux que moi, plus fort, et plus courageux. Il était mon cœur, ma conscience, et chaque fois que j'étais sur le point de céder au désespoir, c'est sa confiance inébranlable qui me faisait relever la tête. Alors, quand il s'est effondré, j'ai cru que nous ne réussirions jamais à rentrer chez nous, que Dieu nous avait bel et bien maudits. Un torrent de sentiments ignobles a déferlé sur moi. J'ai passé des soirées entières dans l'état où tu m'as vu ce matin. Tu la connais peut-être, toi aussi, cette douleur qui surgit et qui te tombe sur le cœur comme la nuit.

« Je ne trouvais de réconfort que dans le travail, tout Asservi que j'étais. Mon esprit se dissolvait dans mes mains, et travailler dans les champs m'apaisait. Les Blancs y voyaient un signe de ma grande force morale. Il leur semblait que j'endurais le fouet avec noblesse. Mais je les haïssais tous, Hiram, car, aussi sûr qu'ils m'avaient arraché au berceau, ils avaient assassiné mon frère.

« C'est à ce moment-là que j'ai rencontré Lydia. Étant née en Alabama, peut-être était-elle plus habituée à la dureté de la vie en esclavage, et mieux armée pour en supporter le fardeau. Quand j'enrageais, elle riait, et bientôt je me mettais à rire avec elle. Mais la colère me reprenait aussitôt, parce qu'elle m'avait fait baisser la garde en me poussant à rire. Puis j'éclatais de rire de nouveau devant l'absurdité de toute cette situation. Nous devions nous marier, et je me sentais renaître au monde. J'étais attaché à quelque chose, tu comprends.

« Quelques jours avant notre mariage, je suis allé voir Lydia ; elle avait le dos meurtri. Tout le monde parmi les Distingués l'appréciait et avait une grande considération pour son travail ; elle n'avait jamais été condamnée au fouet. Elle m'a raconté que c'était le contremaître. Il la poursuivait de ses avances ; elle n'avait pas voulu céder. Alors il l'avait fouettée, pour la punir, disait-il, de son comportement insolent.

« Quand j'ai appris ça, mon sang n'a fait qu'un tour. Je me suis levé pour partir, sans dire un mot. Elle m'a demandé ce que je comptais faire. "Le tuer, j'ai répondu.

« – Je t'en prie, non, ne fais pas ça, a dit Lydia.

« – Et pourquoi pas ?

« – Parce qu'ils te tueront, et tu le sais parfaitement.

« – Ça, on verra bien, ai-je dit. Mais, sur mon honneur, il faut que justice soit faite.

« – Au diable ton honneur et maudit sois-tu si jamais tu touches ne serait-ce qu'à un cheveu de cet homme blanc.

« – Mais tu es à moi, Lydia, ai-je dit. Et c'est mon devoir de te protéger.

« – Et tu les empêcheras aussi de me mettre sous le joug ? a-t-elle répliqué. Ce n'est pas par hasard que je t'ai choisi. Tu m'as raconté ton histoire, et je sais qu'il y a autre chose qui t'attend que cette vie-là. Otha, ça ne peut pas s'arrêter à ça. Ça ne peut pas être qu'une question de colère ou d'honneur. On a des projets, toi et moi. Et ce n'est pas là que ça se termine pour nous. Ce n'est pas comme ça qu'on mourra, toi et moi."

« Ces paroles ne m'ont jamais quitté, tu comprends, Hiram. Je les entends encore en rêve – *Ce n'est pas là que ça se termine pour nous. Ce n'est pas comme ça qu'on mourra, toi et moi*. C'est elle qui avait reçu le fouet ; mais c'est moi qui prétendais avoir été blessé. J'étais censé l'aimer ; mais la seule chose que j'aimais, en vérité, c'était ma propre estime.

« Je sais que tu n'as aucun mal à te représenter l'horreur que nous avons traversée quand nous étions ensemble, l'horreur qu'en ce moment même ils continuent de traverser, ma Lydia, mes enfants. Mais ce que je voudrais que tu puisses concevoir, c'est ce que j'essaie de sauver aujourd'hui, ce qui a causé la perte de Bland, tout ce que ma Lydia et moi avons bâti ensemble – les plaisanteries qui n'appartenaient qu'à nous, ces enfants qui sont notre bénédiction, ces sentiments si profonds qu'ils nous relient d'un bout à l'autre de ce continent. Lydia m'a sauvé la vie, Hiram, et je ferais n'importe quoi pour sauver la sienne.

« Micajah Bland savait tout cela. Et c'est pour ça qu'ils l'ont tué. Ma douleur est plus grande que tu ne saurais l'imaginer. »

Otha se leva alors et entrouvrit les pans de la tente.

« Ma Lydia vivra libre, dit-il. Ce n'est pas comme ça que nous mourrons. Ma Lydia vivra libre. »

22

Le lendemain matin, l'heure était venue de lever le camp. Après avoir préparé mon sac, j'allai faire un tour dehors et regardai l'extraordinaire cité qui avait jailli au milieu de ce champ, constituée d'idées nouvelles, de visions et d'avenirs libérés, d'hommes et de femmes, retourner au néant. J'allai me promener dans les bois, afin de profiter de l'air de la campagne une dernière fois avant de retrouver les entrailles de la ville pleines de crasse et de fumée. À mon retour, Raymond, Otha et Harriet terminaient de se préparer pour le voyage. J'aperçus Kessiah en train de ficeler un bagage. Lorsqu'elle me vit, elle porta une main à sa bouche, s'approcha de moi, me serra contre elle et me dit : « Je suis tellement désolée, Hi. Tellement, tellement désolée.

– Merci, lui répondis-je. Mais tu n'as pas à t'inquiéter pour moi. C'est de la famille disparue d'Otha que nous devons nous soucier.

– Oui, je sais. Mais je sais aussi que Micajah Bland représentait beaucoup pour toi », dit-elle. Et elle m'agrippa le bras, presque comme une mère serrant le bras de son enfant.

« Avant toi, dis-je, il était le lien le plus fort que j'avais avec ma vie d'avant. Bien sûr, j'aurais souhaité que ça n'arrive pas, mais c'est vraiment étonnant qu'il nous ait quittés au moment même où tu es arrivée.

– Oui, c'est vrai, dit-elle. Peut-être que quelqu'un veille sur toi. »

Elle sourit et je sentis passer une onde de chaleur entre nous. Je ne connaissais Kessiah que depuis trois jours, mais j'étais déjà très attaché à elle. C'était la grande sœur dont je n'aurais jamais cru avoir besoin ; elle venait combler un manque dont je n'avais même pas conscience.

« Merci, Kessiah. J'espère qu'on se reverra bientôt. Et si tu as le temps, je serais très heureux que tu m'écrives à l'occasion.

– Avec plaisir, dit-elle. Mais je suis une fille des champs, alors je ne suis pas sûre que mon éloquence soit à la hauteur de la tienne. En attendant, on va redescendre à Philadelphie avec vous – Harriet et moi. La disparition de Micajah Bland a un peu changé la donne. Et nous aussi, probablement, nous allons devoir changer. »

Nous nous serrâmes de nouveau dans les bras. Je pris son bagage et le hissai à l'arrière de la diligence. Lorsque je me retournai, je vis que Raymond, Otha et Harriet avaient été rejoints par Corrine et, à ma grande surprise, j'aperçus également Hawkins et Amy. Ils étaient tous en grande conversation, s'étreignaient et adressaient à Otha des paroles affectueuses. Je n'avais jamais vu ces gens se témoigner autant de tendresse les uns aux autres, mais il est vrai que je n'avais encore jamais connu le Réseau endeuillé par la perte de l'un de ses membres. Corrine avait l'air différente. Elle avait remisé son masque de Virginie : ses cheveux lâchés lui descendaient aux épaules ; elle portait une robe ivoire toute simple ; elle n'avait ni poudre sur les joues ni rouge sur les lèvres. Quand Hawkins me vit, il hocha la tête et m'adressa le regard le plus empreint de sollicitude dont il était capable.

Notre convoi était formé de trois voitures : Otha, Raymond et moi dans la première, Corrine, Hawkins et Amy dans la deuxième, et, fermant la marche, Harriet, Kessiah et leur chauffeur, un jeune homme récemment délivré par Harriet, à qui il vouait une allégeance absolue. Nous passâmes la nuit dans une petite auberge, à environ une heure de route de l'île de Manhattan. Mais je fus incapable de trouver le repos, car à peine avais-je fermé les yeux que je fus assailli par de funestes cauchemars – j'étais dans l'eau, dans la rivière Goose, englouti par les flots, et, chaque fois que j'arrivais à remonter à la surface, je revoyais May en train de se noyer. Croyant revivre cette scène, voyant déjà la lumière bleue se condenser autour de moi, et sachant désormais que j'avais en moi ce pouvoir, je décidais que cette fois les choses se passeraient différemment. Je tendais alors la main, Maynard se retournait – et je m'apercevais que ce n'était pas lui, mais Micajah Bland.

Je me réveillai en proie à une pensée horrible. C'est moi qui avais fabriqué les sauf-conduits, moi qui avais rédigé les fausses lettres. Tout ce qui était arrivé était forcément ma faute. Je repensai à Simpson. À McKiernan. À Chalmers. Je me repassai tous les événements de cette nuit-là. Je repensai aux jours qui avaient suivi, à tous ces documents falsifiés. Et je me souvins que, parfois, c'était la perfection qui trahissait l'agent de maison, que parfois les laissez-passer étaient si bien réalisés, si léchés, qu'ils provoquaient le soupçon. C'était ma faute, j'en étais certain.

J'avais tué Micajah Bland. J'avais failli tuer Sophia. Peut-être avais-je aussi causé la perte de ma mère, d'une manière ou d'une autre, et peut-être était-ce pour cette raison que je n'arrivais pas à me souvenir d'elle. J'avais la poitrine serrée. Je ne parvenais pas à respirer. J'allai m'asseoir sous la véranda, plié en deux, et tentai désespérément de reprendre mon souffle. En me relevant, j'aperçus un jardin derrière l'auberge. Il était encore tard dans la nuit. Je m'avançai dans ce jardin et, en me rapprochant, j'entendis des voix familières. Hawkins, Corrine et Amy étaient assis tous les trois sur des bancs disposés en cercle, fumant chacun un cigare.

Nous nous saluâmes et je pris place à leurs côtés. Dans le clair de lune, je vis Corrine expulser un long serpentin de fumée. Et, pendant de longues minutes, on n'entendit que la petite musique nocturne des insectes. Puis Corrine résolut de briser le silence pour évoquer le sujet que nous avions tous à l'esprit.

« C'était un homme singulier, dit-elle. Je le connaissais bien – et je l'aimais plus encore. Il était vraiment singulier. C'est lui qui m'a trouvée, il y a de cela si longtemps. Qui m'a sauvée. Il m'a fait voir un monde dont je ne soupçonnais même pas l'existence. Je ne serais pas là sans lui. »

Le silence retomba et je regardai autour de moi les visages éclairés par le rougeoiement des cigares. « Moi aussi, il m'a sauvé, dis-je, envahi par un sentiment de culpabilité. Il m'a arraché aux griffes de Ryland. Guéri de toutes ces conceptions absurdes qui ont cours dans les marais. C'est lui qui m'a fait découvrir les livres. Ma dette envers lui est incommensurable. »

Amy hocha la tête, puis plongea la main dans son sac. Elle me tendit un cigare. Je le pris, la remerciai d'un signe de la tête, et commençai à le faire rouler entre mes doigts. Puis je me penchai vers Hawkins, qui avait gratté une allumette. Je tirai longuement sur mon cigare et ajoutai : « Mais j'ai appris. Vous pouvez me croire, il m'en a appris, des choses.

– Oui, on le sait tous, Hiram, dit Hawkins. Je me suis laissé dire que tu allais partir dans le Maryland, rejoindre Moïse, à ce qu'il paraît.

– Si elle veut toujours de moi.

– Oh, pour ça, pas d'inquiétude, dit Hawkins. Moïse ne s'arrêtera pas à cause de ce qui est arrivé à Bland, pas plus que Bland ne se serait arrêté s'il lui était arrivé quelque chose à elle. Ça prendra peut-être un peu de temps, mais elle continuera. C'est vraiment terrible, ce qui s'est passé. Mais ça s'est passé exactement comme il aurait voulu – un homme singulier, oui, pour sûr –, il est parti comme n'importe lequel d'entre nous aimerait partir. »

Je sentis alors la nausée monter en moi. Je me rappelai mon rêve. « Comment ça ? dis-je.

– Tu es sûr de vouloir savoir ? » demanda Amy. Elle me posa cette question d'une voix très douce, et j'en ressentis le choc d'autant plus fort. Mais je voulais bel et bien savoir. Je voulais en savoir autant que possible, et ma culpabilité m'avait débarrassé de toute ma réserve, si bien que, lorsque je tirai de nouveau sur mon cigare, je me mis à tousser et à étouffer, ce qui fit éclater de rire Hawkins, entraînant l'hilarité générale. Et je les regardai rire jusqu'à ce qu'ils retrouvent leur calme et que le silence revienne. Je dis alors, d'une voix posée : « Les papiers. C'est moi qui ai fait les papiers. Je crois que c'est à cause de moi que cet homme est mort. »

Mes mots déclenchèrent une nouvelle salve de rires, mais seulement chez Hawkins et Amy cette fois.

« C'est moi qui ai fait ces papiers, répétai-je. Un homme comme Bland ne se serait jamais fait prendre, autrement.

– Comment ça, "autrement" ? dit Hawkins. Il aurait pu se faire prendre de plein d'autres façons.

– Surtout en Alabama, dit Amy.

– Les papiers, insistai-je. C'est ça qui l'a trahi.

– Non. Ce n'est pas du tout comme ça que ça s'est passé, dit Corrine. Ça n'avait rien à voir avec les papiers.

– Alors quoi ? demandai-je.

– Il était si près du but, dit Corrine. Si près. Il avait passé des semaines entières à explorer les rives de l'Ohio pour trouver l'endroit idéal où débarquer. On ne sait pas exactement comment il a fait, mais il a trouvé Lydia avec ses enfants et il a descendu le Tennessee en se faisant passer pour leur propriétaire jusqu'à ce qu'ils soient arrivés en terre libre, dans l'Indiana. Mais à ce moment-là, si j'ai bien compris, l'un des enfants est tombé malade, et voyager de nuit est devenu de plus en plus difficile.

– C'est comme ça qu'ils se sont fait prendre, enchaîna Hawkins. Un Blanc les a arrêtés pour les interroger. Il a trouvé que l'histoire de Bland n'était pas nette, alors il les a emmenés dans une prison locale, le temps de vérifier si des avis de recherche avaient été diffusés récemment concernant des fugitifs.

– Et c'était le cas, dit Amy.

– Bland aurait pu s'en aller, dit Hawkins. Ils n'avaient rien contre lui. Mais, d'après les journaux et les rapports des agents stationnés dans la région, il a insisté pour que Lydia et les enfants puissent venir avec lui, et ils ont fini par le mettre derrière les barreaux lui aussi.

– On ne sait pas au juste comment il a été tué, dit Corrine. Mais, connaissant Bland, il a dû tout tenter pour s'échapper. Et j'imagine que ceux qui l'avaient capturé se sont dit qu'il serait plus facile pour eux de livrer leurs Noirs et de récupérer la prime probable à la clé, sans ajouter dans le lot un agent déterminé à les faire sortir de là.

– Seigneur, Seigneur, me mis-je à gémir.

– Qu'est-ce qui vous a pris, aussi, de l'envoyer là-bas ? dit Hawkins. En Alabama ? Il y a plein de façons de se faire attraper. Dans la tombe pour quelques bébés ? »

J'aurais pu dire à Hawkins tout ce que j'avais appris. J'aurais pu lui parler d'Otha White. J'aurais pu lui parler du pain d'épices. J'aurais pu lui parler de Thena et de Kessiah. J'aurais pu lui dire que le Réseau ne se réduisait pas à des questions de calcul et de stratégie, à des missions.

Mais Hawkins portait le deuil à sa façon, je le savais. Je le ressentais d'autant plus à présent que l'accumulation des chagrins et des pertes commençait à prendre une ampleur effrayante. Sophia, Micajah Bland, Georgie, ma mère. Je n'étais même pas en colère. Je savais désormais qu'accepter la perte faisait partie du travail. Mais je refusais de les perdre tous.

23

De retour à Philadelphie, je repris ma routine, alternant entre mon travail à la scierie et mes missions au sein du Réseau. Je n'eus guère le temps de pleurer la disparition de Micajah Bland. Nous étions maintenant en septembre et la haute saison approchait. Le Réseau était un peu inquiet à l'idée que Bland ait pu être trahi. Nous procédâmes à une révision complète de nos méthodes. Les codes furent changés. Nos modes de déplacement entièrement revus. Certains agents firent l'objet d'une enquête. Nos rapports avec la branche Ouest du Réseau ne furent plus jamais les mêmes, car on la soupçonnait d'avoir joué un rôle, volontairement ou non, dans la chute de Bland.

Je vis souvent Kessiah durant ce mois-là. C'était la seule chose positive qui était ressortie de cet épisode, car j'avais vraiment l'impression de découvrir en elle un membre de ma famille depuis longtemps perdu de vue. Début octobre, Harriet vint me rendre visite. Elle proposa que nous allions nous promener ensemble dans les rues de la ville. Nous nous dirigeâmes vers les quais de la Schuylkill, puis traversâmes le pont de South Street en direction des franges ouest de la ville.

C'était un bel après-midi. Il faisait frais. Les feuilles avaient commencé à changer de couleur et les gens à s'emmitoufler dans leurs grands manteaux noirs et leurs écharpes en laine. Harriet portait une longue robe brune, un pagne en coton enroulé autour de la taille et un sac en bandoulière. Pendant une vingtaine de minutes, nous discutâmes de choses et d'autres. Puis, à mesure que nous nous éloignions et que la foule se faisait moins dense, nous abordâmes le véritable sujet de notre conversation.

« Tu tiens le coup, mon jeune ami ? me demanda Harriet.

– Pas vraiment, répondis-je. Je ne sais pas comment qui que ce soit peut tenir le coup face à tout ça. Bland n'est pas le premier, n'est-ce pas ? Pas le premier agent que vous perdez, je veux dire. Vous en particulier.

– Non, mon ami, ce n'est pas le premier, dit Harriet. Et ce ne sera pas le dernier. Il faut que tu comprennes bien ça.

– Je sais, je comprends.

– Non, je ne crois pas, dit Harriet. Nous sommes en guerre. Les soldats qui font la guerre combattent pour toutes sortes de raisons, mais ils meurent parce qu'ils ne supportent pas de vivre dans le monde tel qu'il est. Et c'est exactement ce que ressentait le Micajah Bland que je connaissais. Il ne pouvait pas continuer à vivre. Pas ici, pas comme ça. Il a tout mis dans la bataille – sa vie, ses liens personnels, le cœur de sa sœur – parce qu'il savait que c'est la bataille que nous devons tous continuer à livrer. »

Nous nous arrêtâmes de marcher un moment.

« Je sais que tu ne comprends pas, dit Harriet. Mais tu t'habitueras à ces choses-là. Tu n'auras pas le choix. Cela se reproduira. Ça pourrait être toi. Ça pourrait être moi.

– Non, pas vous, jamais, lui dis-je en souriant.

– Un jour, si, ce sera moi, dit-elle. J'espère juste que les seuls chiens auxquels j'aurai à me confronter seront ceux du bon Dieu. »

Notre conversation retrouva aussitôt son sérieux.

« Tu es donc avec moi désormais, mon jeune ami, dit Harriet. Ce n'est pas le cercueil, c'est vrai, mais le Maryland reste quand même une terre de Pharaon. Je sais ce qu'on raconte sur moi, mais dis-toi bien que ce n'est jamais comme ça que je parle de moi-même. Nous sommes tous logés à la même enseigne quand les chiens reniflent une piste. Quand la hache s'abat, n'importe qui peut servir de petit bois. Et si c'est à moi que ça arrive, tout ce que j'ai appris ne représentera rien du tout, pas plus qu'une poignée de terre sur la grand-route. Tu ne me verras jamais placer ma foi dans mes propres miracles, mais dans les principes les plus stricts du Réseau. »

Puis Harriet esquissa un sourire et ajouta : « Mais il y a tant de miracles. Quand j'ai entendu parler de cet homme, par exemple, qui possédait non seulement le pouvoir de la Conduction, mais aussi celui de la résurrection, un homme qui s'était sorti seul de l'eau glacée et qui, lorsque les chiens le poursuivaient, éprouvait un désir si féroce de rentrer chez lui qu'il lui suffisait de cligner des yeux et, soudain, il s'y trouvait.

– C'est ce qu'on raconte, hein ?

– C'est ce qu'on raconte, dit Harriet. Je ne t'ai jamais raconté ce qui m'est arrivé à moi, n'est-ce pas ?

– Vous ne parlez pas beaucoup de vous de manière générale. Pas le genre à raconter des histoires, vous me l'avez dit vous-même.

– Oui. C'est vrai, j'ai dit ça. Celle-ci peut donc attendre encore un peu. Ça n'a pas grande importance, de toute façon. La seule chose que je te demande, c'est de t'en remettre à moi plutôt qu'à tes propres faiblesses. »

Nous fîmes demi-tour pour rentrer à Bainbridge Street, sans presque échanger un mot. Une fois arrivés, nous allâmes nous installer dans le salon.

« Donc, le Maryland, dis-je.

– Le Maryland. » Harriet sortit alors de son sac un paquet de lettres.

« J'ai besoin de deux choses : d'abord un laissez-passer, rédigé d'une écriture identique à celle-ci. Il faut qu'il soit valable pour deux personnes. »

Je me mis à prendre des notes.

« Ensuite, j'ai besoin d'une lettre écrite par un esclave. Adresse-la à Jake Jackson, de Poplar Neck – comté de Dorchester, Maryland. De la part de son frère Henry Jackson. Beacon Hill, Boston. Donne-lui des nouvelles, avec toute l'affection d'un frère, et écris ce que tu voudras, selon ton inspiration. Mais débrouille-toi pour inclure cette phrase en particulier : *Dis à mes frères de prier avec constance, et de se tenir prêts à embarquer quand viendra le bon vieux navire de Sion.*

Je hochai la tête sans cesser d'écrire.

« Poste cette lettre demain. Il faut lui donner le temps de parvenir à son destinataire et de faire son effet. Ensuite, nous nous mettrons en route. Départ dans deux semaines. Une nuit de voyage. »

Je m'arrêtai d'écrire et la regardai d'un air perplexe.

« Attendez, dis-je. Une nuit ? Mais on n'aura pas le temps de rejoindre le Maryland en une seule nuit. »

Harriet se contenta de soutenir mon regard en souriant.

« On n'aura jamais le temps », répétai-je.

Deux semaines plus tard, pourtant, en pleine nuit, je sortais de l'antenne de la Neuvième Rue, descendais Market Street, où tout était endormi, et retrouvais Harriet sur les quais de la Delaware. Nous nous dirigeâmes vers le sud, passant devant le dépôt de charbon, le ponton de South Street où le ferry de la compagnie Red Bank tanguait doucement à l'amarrage, pour arriver enfin devant un alignement de pontons plus anciens et délabrés – ce n'étaient guère plus que quelques planches de bois pourries qui grinçaient et craquaient, ballottées par les remous d'une eau noire comme la nuit. Plus loin encore, on n'apercevait plus de ces ruines spectrales que quelques morceaux de bois à moitié immergés.

Le vent d'octobre soufflait sur le fleuve. Dans le ciel, d'épais nuages occultaient les étoiles et la lune, qui nous servaient si souvent de guides. Le brouillard roulait en volutes. Debout sur le ponton, Harriet regardait droit dans la nuit, à travers la brume, vers les rives invisibles de Camden – mais bien au-delà en réalité. Elle s'appuyait sur son fidèle bâton de marche, celui que j'avais remarqué lors de notre voyage à New York. « Pour Micajah Bland », dit-elle. Puis elle avança jusqu'au bout du ponton vétuste et continua de marcher jusque dans l'eau du fleuve.

Je la suivis, sans poser la moindre question ; c'est dire à quel point j'avais foi en Harriet désormais. Elle était notre Moïse et j'étais convaincu, en dépit de la peur qui me tenaillait, qu'elle allait fendre en deux les flots qui se dressaient devant nous. Alors je marchai dans ses pas.

J'entendis Harriet dire : « Pour tous ceux qui ont vogué vers le port d'où nul ne revient jamais. »

Le bois détrempé du quai gémissait sous mon poids, mais les planches semblaient solides. Je me retournai, mais le brouillard nous avait encerclés de toutes parts, si dense à présent que je ne distinguais même plus la ville derrière moi. Harriet continuait de marcher devant.

« Nous n'avons rien oublié, toi et moi, dit Harriet. Oublier, c'est demeurer esclave. Oublier, c'est mourir. »

Harriet s'immobilisa alors. Une lumière commençait à percer à travers l'obscurité ; je crus au début que c'était Harriet qui avait allumé une lanterne, car c'était à peine une faible lueur tamisée. Mais je m'aperçus bientôt que cette lumière était d'un vert fantomatique, plutôt que dorée, et je vis qu'elle émanait non pas d'un objet dans la main de Harriet, mais de Harriet elle-même.

Elle se retourna vers moi, les yeux brûlant de la même lueur verte qui venait de jaillir dans la nuit.

« Se souvenir, mon ami, dit-elle. Car la mémoire est le char, et la mémoire est la route, et la mémoire est le pont qui permet de quitter la malédiction de l'esclavage pour rejoindre la bénédiction de la liberté. »

C'est alors que je me rendis compte que nous étions dans l'eau. Ou plutôt non, pas *dans* l'eau, mais *au-dessus*. Nous aurions dû nous trouver *sous* l'eau, car je savais que le ponton n'était plus là et que nos pieds ne reposaient plus sur rien qui fût de ce monde. Le fleuve Delaware est assez profond pour qu'un bateau à vapeur puisse accoster dans ce port ; et pourtant l'eau venait à peine lécher mes bottes.

« Reste avec moi, mon ami, dit Harriet. Tu n'as aucun effort à faire. C'est comme si tu dansais. Accroche-toi au son, à l'histoire, et tout ira bien. L'histoire, c'est celle que je t'ai racontée, la même pour tous ceux qui ont été offerts en sacrifice aux mâchoires du Démon. Toute notre vie nous l'avons connue, nous la connaissons depuis toujours. Tu es tout petit quand elle commence, un âge où tu as à peine conscience du monde, mais même alors il se peut que tu aies l'intuition qu'il ne tourne pas rond. Je sais que c'était le cas pour moi. »

Ce qui se produisit ensuite s'apparente à une sorte de communion, une chaîne mémorielle qui nous reliait, elle et moi, une chaîne plus chargée de sens que je ne saurais l'exprimer ici par des mots, car elle était profondément enracinée dans un lieu inaccessible, là où vivait ma tante Emma, là où vivait ma mère, là où vivait un grand pouvoir, et cette chaîne allait puiser tout aussi profondément en Harriet, où tous les proches qu'elle avait elle-même perdus continuaient de veiller. Je levai les yeux alors et je les vis, des spectres qui voletaient et qui tournoyaient, comme ce jour-là sur la funeste rivière Goose, et je savais exactement ce qu'étaient ces spectres, et ce qu'ils représentaient pour Harriet.

Alors, quand je vis apparaître dans la brume, à côté de nous, ce jeune garçon nimbé de vert fantomatique, un garçon qui ne devait pas avoir plus d'une douzaine d'années, je sus qu'il s'appelait Abe, et je sus qu'il faisait partie de ceux qui avaient été envoyés sur la route de Natchez, sur l'autre rive du « fleuve sans nom ». Et la voix de Harriet s'éleva de nouveau, depuis les tréfonds de cet endroit où la chaîne était ancrée et enracinée.

« Tu n'as pas connu Abe, dit-elle. Mais, par la lumière de cette Conduction, tu le connaîtras très bien. Je regrette qu'il ne puisse se joindre à nous sur le chemin du retour. C'est le regret que j'ai de lui qui m'a menée vers le Réseau. »

La lumière émanant de Harriet se fit alors plus vive, comme si elle s'ouvrait, et je vis un chemin devant nous, au-dessus de cette étendue d'eau qui n'était pas de l'eau. Aucun ponton ne se profilait dans le lointain, mais j'apercevais çà et là, surgissant par intermittence de l'obscurité, les fantômes de la mémoire de Harriet – ils dansaient, comme ils avaient dû danser à l'époque où elle les avait connus. Et, à mesure que nous avancions et passions devant chacun d'eux, ces spectres disparaissaient.

« Tu me connais bien, mon ami, dit Harriet. Je suis née sous le fouet. Je n'avais que sept ans le jour où Maître Broadus m'a envoyée traquer de la vermine dans les marais. J'aurais pu perdre un bras ou une jambe là-bas. Mais j'en suis ressortie entière – de la cage, pas de la jungle. Quand j'avais neuf ans, ils m'ont fait venir dans la Grande Maison, et on m'a chargée de m'occuper du salon. Je commettais de nombreuses erreurs. Ma maîtresse me battait, tous les jours, avec une corde. J'ai commencé à me dire que Dieu en avait voulu ainsi. Que j'étais vraiment une créature misérable, ne méritant pas mieux que les tourments qu'ils m'infligeaient.

« En dépit des humiliations que je subissais, il restait toutefois certains recoins de l'enfer dans lesquels, Dieu merci, je ne fus pas conviée. Je parle de la traversée du sans-nom, de la longue marche vers Natchez, de la macabre marche vers Baton Rouge. J'ai tout vu, mon ami. Tiens, mon oncle Hark, par exemple, il a perdu la moitié d'un bras rien qu'en pensant au sans-nom, rien qu'en regardant les Blancs le regarder d'un peu trop près ; un matin, il se lève et se dit qu'ils auraient bien du mal à vendre un éclopé, alors d'une main il brandit la hache et il offre l'autre au Seigneur. "Je suis peut-être estropié, dit Hark après ça. Mais je ne serai pas séparé."

« Hark était singulier. La plupart des autres partaient sans rien dire, laissant derrière eux des femmes éplorées, des maris dévastés, et des orphelins. Et puis il y avait notre petit Abe – dont le large et merveilleux visage m'apparaît à cet instant même aussi naturellement qu'il m'apparaissait dans cette autre vie –, un garçon bien élevé, sage et obéissant. Sa mère était morte en le mettant au monde, et son père avait été vendu depuis longtemps. Il ne parlait jamais de la peine que pouvaient lui inspirer ces deux séparations. Il ne parlait que comme il convient à un enfant – quand les adultes l'y invitent ; et les adultes, connaissant son malheur, même s'il n'en disait jamais rien, le traitaient avec douceur et indulgence.

« Mais pour les plus durs d'entre eux, pour ceux qui vénéraient le fouet, Abe représentait un danger dont il fallait se méfier. Crois-moi sur parole, mon ami, ce garçon, personne ne pouvait l'attraper. Il aurait fait un sacré agent, car il courait comme s'il avait les poumons d'un lion. Il suffisait que l'idée de le châtier effleure l'esprit de Maître Broadus pour que le gamin prenne ses jambes à son cou.

« Parfois, le contremaître nous demandait de l'aider à le tenir immobile. Nous faisions mine de nous exécuter, mais dans notre cœur nous étions du côté d'Abe. Tu sais ce que c'est – il n'y a pas de petite victoire pour les Asservis. Et si, comme nous, tu avais vu Abe détaler dans les champs de blé, courir en sautant par-dessus les épis de maïs, tu aurais vu s'incarner notre plus profond désir secret à tous – la liberté, mon ami, la liberté. Dans ces moments-là, quand il courait, il était libre, délesté du fardeau des séparations, soustrait aux lanières du fouet. Et c'est en le regardant que j'ai ressenti pour la première fois ce qu'était la Conduction, le pouvoir immense que recelait même la plus modeste des échappées. »

Harriet s'interrompit un instant et nous continuâmes d'avancer en silence. J'étais captivé par son récit dont je voyais toutes les péripéties se déployer sous mes yeux. La lumière brillante qu'elle irradiait était si intense qu'elle nimbait de vert tous les détails du paysage que nous traversions.

« J'étais devant le grand magasin de la ville, tranquillement occupée à mes petites affaires, quand tout à coup je vois passer le jeune Abe, fusant comme l'éclair. Il saute pardessus un banc, se jette sous une carriole, se relève, repart comme une flèche. Et, juste derrière lui, je vois arriver le vieux Galloway au petit trot, titubant et pantelant.

« Galloway interpelle un Asservi : "Eh, toi, là ! Aide-moi à arrêter ce gamin." Ils réussissent à acculer Abe dans un coin, mais autant essayer d'attraper un courant d'air. Il plonge et se faufile entre les jambes de Galloway, aussi facilement qu'un bateau sous un pont, et Galloway explose de rage, maudissant ses propres mains. J'aurais dû passer mon chemin, mais j'étais hypnotisée par la scène qui se déroulait sous mes yeux. Plus ça continue, plus la foule s'en mêle, et je les vois tous là, les Asservis, les Blancs inférieurs et Galloway, hors d'haleine, pliés en deux, humiliés.

« À ce stade, Galloway est prêt à jeter l'éponge, mais l'attroupement fouette son orgueil et il continue. Hors de question pour un esclavagiste de laisser ses nègres faire preuve d'indocilité. Alors Galloway reprend son souffle et repart à l'assaut. Je les regarde valser comme ça encore un moment, et soudain Abe se tourne vers moi. À cette époque, je ne sais pas encore trop quoi penser de l'esclavage. J'aimerais bien pouvoir travailler à mon compte, évidemment. Mais je suis jeune. Je n'ai pas de religion, mais voir Abe filer comme ça, c'est comme une révélation pour moi.

« Abe fonce alors vers moi. Et j'entends Galloway me crier, comme à tous les autres : "Arrêtez-le !" Mais je ne peux pas. Je ne veux pas. Je ne suis le contremaître de personne. Et si je l'étais, je ne serais pas assez bête pour m'obstiner à vouloir attraper un garçon comme Abe. Il s'échappe, il court, il bifurque de nouveau vers moi. Alors Galloway, égaré par la frustration, ramasse un pavé et le lance en direction d'Abe. Je ne sais pas à quoi il s'attendait, parce qu'Abe avait des yeux derrière la tête.

« Mais la pauvre petite Harriet ne pouvait pas en dire autant. »

Harriet était cernée à présent d'un halo si ardent qu'elle paraissait illuminée par vingt lanternes, la lumière vert pâle virant presque à la plus pure blancheur. Il n'y avait pas d'eau. Je ne sentais plus mes jambes. Je ne sentais même plus aucune partie de mon corps. Je n'étais plus qu'une présence, une essence menée par une voix.

« Le pavé est passé à côté d'Abe et est venu me heurter en pleine tête. Me fracasser le crâne. Et alors la longue nuit du Seigneur s'est abattue sur moi.

« Je ne me suis pas réveillée à Dorchester, mais dans une autre époque. Je voyais Abe courir dans la nature et ses foulées incendiaient les arbres. Les forêts étaient carbonisées. La cendre retombait en pluie sur le sol. Puis le vent la soulevait et elle s'agrégeait pour former toute une troupe d'hommes noirs vêtus de bleu, fusil à l'épaule. Et j'étais là avec eux, Hiram. Et nous étions légion. Dans les yeux de cette armée rassemblée devant moi, je contemplais les humiliations de l'esclavage, qui brûlaient comme un feu. Et chacun de ces hommes avait le visage du jeune Abe.

« Je me tenais sur une haute falaise, entourée de soldats. À nos pieds se déployait le panorama de notre pays enchaîné, ses champs cultivés, enracinés dans la chair et irrigués par le sang. Et une chanson s'élevait parmi les rangs que formaient ces hommes – ce régiment d'Abe à l'infini –, et cette chanson était un vieux sentiment familier transfiguré en hymne, et à mon signal nous chargeâmes contre ce pays corrompu, et notre cri de bataille était aussi puissant qu'un grand fleuve charrié par une haute et étroite vallée.

« Je me suis réveillée. J'ai vu ma mère, qui pleurait. J'étais restée inconsciente pendant plusieurs mois. Tout le monde me croyait perdue ; personne ne savait que j'avais été retrouvée, au contraire. J'ai passé toute cette année-là à récupérer. Des semaines entières s'écoulaient sans que je prononce un seul mot. Mais les mots se bousculaient dans ma tête. Et je savais, malgré mon jeune âge, que la saison viendrait où nous cesserions de courir, où nous remporterions autant de victoires que nous le souhaiterions, au lieu de nous contenter de celles qu'on voulait bien nous concéder, et où nous prendrions d'assaut ce pays animé par l'esprit de tous ceux qui avaient été emmenés sur l'autre rive du sans-nom. Et nous ravagerions Natchez. Et nous brûlerions Baton Rouge. »

La lumière de Harriet commençait maintenant à diminuer d'intensité, progressivement, comme elle avait augmenté. Et, peu à peu, je sentis mon corps me revenir – les battements de mon cœur, les soulèvements de ma poitrine, mes mains, mes jambes et mes pieds qui se posaient à présent non pas sur l'eau, mais sur la terre ferme.

« Petit Abe. Je ne t'ai pas oublié. Avant les Réseaux et les Conductions, avant les agents et les orphelins, avant Micajah Bland, quand je n'étais encore qu'une jeune fille, c'est toi le premier qui m'a fait entrevoir ce que pouvait signifier la liberté. J'ai entendu dire qu'ils t'ont capturé près de Hampton's Mark, pas si loin d'Elias Creek. On dit que tu étais, enfin, épuisé, mais qu'il a tout de même fallu une ville entière pour te mettre à terre. Je ne crois pas ce que les gens racontent. Tous ceux qui t'ont vu connaissent la vérité. Tu es peut-être estropié, mais tu ne seras jamais séparé. »

La lumière n'était plus qu'une infime lueur verdâtre à présent. Mes yeux avaient retrouvé leurs facultés. Je regardai autour de moi. Les quais, le fleuve, les pontons – tout avait disparu, et en levant la tête je vis, là où tout à l'heure il y avait des nuages, un ciel limpide, au milieu duquel brillait l'Étoile du Nord. Je me trouvais sur un affleurement rocheux ; derrière nous, un petit bosquet ; devant nous, en contrebas, un immense champ dégagé. Je me retournai pour regarder le chemin par lequel nous étions arrivés là, mais il n'y avait rien – rien que les bois. J'entendis Harriet gémir et je la vis appuyée sur son bâton de marche. D'une voix tremblante, elle dit : « Fumée… Feu. »

Elle fit un pas en arrière et tomba à la renverse. Je courus vers elle et me penchai pour relever sa tête. Ses yeux se révulsèrent. Elle continuait de gémir doucement. C'est alors que j'entendis la corne de brume. Je reposai délicatement la tête de Harriet, je me retournai, et je les vis, là, même s'ils ne semblaient que des ombres – des Asservis qui sortaient dans le champ. Je compris alors que nous n'étions plus à Philadelphie. Une porte s'était ouverte. La terre s'était repliée comme un morceau de tissu. La Conduction. La Conduction. La Conduction.

24

J'étais en terre inconnue – les arbres, les odeurs, les oiseaux –, et à cet instant le soleil se leva, et tout le paysage s'anima sous mes yeux. Je ne pouvais pas me déplacer sur les routes. Ryland était aux aguets. Sans compter les Asservis à la loyauté douteuse susceptibles de convoiter la forte récompense sans doute promise à ceux qui parviendraient à capturer Moïse. Je restai un moment au sommet de cette falaise, contemplant le panorama à mes pieds. L'or du soleil commençait tout juste à s'étaler sur l'horizon. Je soulevai Harriet et la pris sur mon épaule, aussi délicatement que possible. Je me baissai, ramassai son bâton de marche, puis je m'enfonçai dans les bois, à pas lents mais résolus, écartant les branches et les broussailles à l'aide du bâton pour me frayer un chemin. Au bout d'une heure de marche, entrecoupée de quelques pauses pour reprendre mon souffle, je repérai une rigole à sec, sous un massif. Il y avait tout juste la place pour allonger Harriet, mais pas assez pour moi. Qu'elle soit à l'abri – voilà ce qui importait avant tout. Je pourrais me débrouiller. Je continuai de m'enfoncer dans les bois, en songeant que, si jamais je me faisais capturer, je préférais être capturé seul. À la nuit tombée, je retournerais chercher Harriet, qui, espérais-je, aurait repris connaissance entre-temps.

Au début de l'après-midi, j'entendis des bûcherons, sans doute venus d'une scierie proche, qui repéraient les lieux. Je restai parfaitement immobile et silencieux, ce qui ne me coûta aucun effort, comparé aux heures interminables que j'avais passées enterré dans ma fosse en Virginie. Plus tard, j'aperçus deux Blancs inférieurs et leurs chiens sur le sentier de chasse. Mais j'avais pris soin de répandre des poignées de terre sèche derrière moi, afin de camoufler mes traces. Je vis un groupe d'enfants – des Distingués et des Asservis – qui étaient sortis jouer dans les bois, et j'eus peur qu'ils ne prennent ma cachette pour la leur. Mais ils détalèrent bien vite. Puis, au terme de la journée la plus longue de toute ma vie, je me réjouis de voir enfin l'ombre de la nuit recouvrir la terre. La lune monta haut dans le ciel, et je la sentis s'élever dans mon cœur inquiet autant que dans le firmament.

Je retournai vers la ravine, écartant les broussailles sur mon chemin. Harriet était toujours là ; elle n'avait pas bougé, le bâton de marche posé en travers de la poitrine, tel un pharaon dans sa tombe. Je tendis la main pour toucher son visage, comme elle avait si souvent touché le mien. Sa peau était froide. Je baissai les yeux et vis sa poitrine se soulever, puis, regardant de nouveau son visage, je m'aperçus qu'elle avait ouvert les yeux. « Bonsoir, mon ami », dit-elle en souriant.

Quelques minutes plus tard, elle était debout. Comme si elle venait de s'éveiller d'une petite sieste. Nous marchâmes le long d'un sentier pendant quelque temps, mais sans sortir des bois, afin de pouvoir repérer toute éventuelle patrouille avant que celle-ci ne nous tombe dessus.

« Toutes mes excuses, mon ami, dit Harriet. Je pensais avoir assez d'énergie pour y arriver sans devoir en passer par l'une de ces crises. Le saut est déclenché par le pouvoir du récit. Il s'appuie sur nos histoires personnelles, toutes nos amours, toutes nos pertes. Grâce à l'invocation de ces sentiments, par la puissance du souvenir, nous sommes transportés. Cela demande parfois plus d'énergie qu'à d'autres moments, et dans ces cas-là, eh bien… tu as vu ce qui se passe. Pourtant, j'ai accompli ce saut si souvent ; j'ignore pourquoi celui-ci m'a terrassée à ce point. »

Nous continuâmes d'avancer et sortîmes des bois pour déboucher sur une clairière où des bûcherons avaient établi leur campement. Au fond de cette clairière se dressait une cabane ; on voyait vaciller derrière la fenêtre la lueur d'un feu de cheminée.

« Nous voici arrivés, dit Harriet. Mais j'imagine que tu as des questions. Nous n'aurons pas beaucoup de temps après ça, alors je te suggère de les poser maintenant. » Nous nous assîmes tous deux sur des souches. La nuit était fraîche. Une brise légère venue de la forêt soufflait sur les champs.

Dans la Rue, nous vivions dans un monde d'histoires et de légendes, de pratiques vaudou, de prétendues incantations, et d'interdits – ne jamais saigner un porc à la pleine lune, ne jamais marcher dans la maison avec une seule chaussure. Je ne croyais pas en ce monde. J'étais conscient de tout ce qui m'était arrivé – comment j'étais venu jusqu'à Thena, comment j'étais sorti de la Goose –, mais je pensais que tout cela était compréhensible, qu'on pouvait en trouver l'explication dans les livres. Et peut-être y a-t-il une explication en effet ; peut-être même se trouve-t-elle dans ce livre-ci. Néanmoins, après avoir fait l'expérience de la Conduction, ma conception du monde, de ses mystères et de ses pouvoirs, changea du tout au tout.

« Ma grand-mère était de pur sang africain, dis-je. On l'appelait Santi Bess. Les gens disaient qu'elle savait si bien raconter certains contes africains qu'on avait parfois l'impression en l'écoutant d'être dans la chaleur de la savane quand on était en réalité aux premiers frimas de l'hiver. »

Harriet, assise sur sa souche, ne dit rien.

« Et le don qu'avait Bess pour raconter des histoires était si apprécié que les Distingués la faisaient venir à leurs soirées, et elle mettait ces histoires en rythme et en chansons comme ils n'en avaient jamais entendu. Elle les distrayait et ils lui lançaient des pièces. Bess les ramassait dans son tablier en souriant. Elle ne les gardait jamais ; elle les donnait aux enfants du quartier. Elle prétendait ne pas en avoir besoin, et je crois que je sais pourquoi aujourd'hui.

« À ce qu'on raconte, Bess est allée voir ma mère un soir pour lui dire qu'elle allait devoir partir, dans un endroit où ma mère ne pourrait pas la suivre. Elles étaient nées dans deux mondes différents, lui a-t-elle dit – celui de ma mère était ici, mais celui de ma grand-mère était ailleurs, très loin. Et Bess devait maintenant raconter une de ses histoires, la plus ancienne qu'elle connaissait, une histoire qui inverserait le cours du temps et qui la ramènerait à l'endroit où ses pères avaient été enterrés dignement et où ses mères récoltaient leur propre maïs. Cette nuit-là, Bess est allée à la rivière, en plein hiver, et elle a disparu.

« Mais Bess n'a pas disparu seule. Cette même nuit, quarante-huit Asservis ont quitté leur plantation et on ne les a jamais revus. Et ils étaient tous de pur sang africain, tout comme Santi Bess.

« Je n'ai jamais trop su quoi penser de cette légende, Harriet. Ma mère n'avait plus de famille. Son père avait été vendu. Et elle aussi, ensuite. Je croyais que toute cette histoire était derrière moi. J'arrive à peine à me rappeler son visage ; je n'ai plus aucun souvenir d'elle aujourd'hui. Mais cette légende, et cette Santi Bess… » Ma voix se brisa, se refusant à prononcer les mots qui se formaient dans ma gorge. Je me tournai vers Harriet, abasourdi. « Comment avez-vous fait ?

– J'ai l'impression que tu le sais déjà, mon ami, répondit Harriet. Imagine des îlots au milieu d'un grand fleuve. Imagine ensuite des gens normaux qui voudraient aller d'un îlot à l'autre et qui seraient obligés de le faire à la nage ;

imagine que ce soit le seul moyen à leur disposition. Mais toi, mon ami, tu es différent. Parce que toi, contrairement aux autres, tu es capable de voir un pont qui enjambe ce fleuve, plusieurs ponts, même, qui relient ces îlots les uns aux autres, une myriade de ponts, construits chacun à partir d'une histoire différente. Et non seulement tu es capable d'envisager ces ponts, mais tu peux les traverser, les franchir, en embarquant avec toi des passagers, aussi sûrement qu'un conducteur de train sait piloter sa machine. C'est ça, la Conduction. Cette myriade de ponts. Cette myriade d'histoires. Le chemin qui conduit de l'autre côté du fleuve.

« C'est une pratique que les anciens connaissaient bien. Et j'ai entendu dire que, même sur les bateaux négriers, les esclaves sautaient par-dessus bord et se laissaient porter par les vagues qui les reconduisaient chez eux, dans leur terre natale africaine. » Harriet soupira, secoua la tête et continua : « Mais nous sommes ici, maintenant. Et nous avons oublié les vieilles chansons et perdu tant de nos histoires.

– Il y a tellement de choses, dis-je. Tellement de choses dont je n'arrive pas à me souvenir.

– Moi, j'ai l'impression que tu te souviens de beaucoup de choses, au contraire, dit Harriet.

– Oui, c'est vrai. De tout. Je me souviens de tout jusque dans les moindres détails, mais il y a une béance dans ces souvenirs, une béance en moi, une béance à l'endroit où devrait se trouver ma mère. Quand je regarde en arrière, je vois mon enfance qui se déroule comme un spectacle sur une scène, là, sous mes yeux, mais l'acteur principal n'est qu'un grand brouillard.

– Hmm », fit Harriet. Puis elle s'appuya sur son bâton de marche et se releva. « Est-ce qu'il t'est déjà arrivé de te dire que tu ne veux pas voir en réalité ?

– Non, répondis-je. Pas vraiment. J'ai même le sentiment que c'est tout le contraire. Que j'essaie désespérément de voir. »

Harriet hocha la tête, puis me tendit son bâton. Je le fis tourner entre mes mains, observant attentivement les symboles gravés de chaque côté.

« Ces marques ne peuvent pas avoir de sens pour toi. Elles sont écrites dans une langue que moi seule suis capable d'entendre. Et ce qui compte, ce ne sont pas ces gravures, c'est le bâton lui-même. Taillé dans une branche de copalme d'Amérique. Il me rappelle le temps où on me faisait travailler à la scierie. La pire époque de ma vie. Mais c'est cette époque-là qui a fait de moi ce que je suis. J'y repense, parfois, je repense à tout ce qui s'est passé là-bas, et alors je pourrais m'effondrer en pleurs. C'est une chose terrible, ce qu'ils nous ont fait. Et une part de moi voudrait oublier. Mais quand je m'agrippe à cette branche de copalme, je ne peux pas m'empêcher de me souvenir.

« Je ne sais pas ce qui t'est arrivé, Hiram. Mais si je devais hasarder une hypothèse, je dirais que quelque chose en toi veut oublier, cherche à oublier de toutes ses forces. Et ce dont tu as besoin, c'est de quelque chose qui se situe hors de toi, au-delà de toi, un levier qui libère cette chose que tu as verrouillée en toi. Toi seul sais ce qu'est cette chose. Mais je crois que si tu arrives à trouver ce levier, alors tu retrouveras ta mère, et quand tu auras retrouvé ta mère, tu trouveras ce pont.

– C'est comme ça que ça a marché pour vous ? Vous avez posé les mains sur cette branche de copalme et tout est apparu ?

– Non. Ce n'est pas comme ça que ça s'est passé. Mais je ne suis pas comme toi. Kessiah m'a un peu raconté ton histoire. On a peut-être été asservis tous les deux, mais pas de la même manière. Tu vois, quand j'ai émergé de ce profond sommeil, non seulement je me souvenais, mais j'étais capable d'entendre les couleurs, de voir les chansons, de toucher les odeurs variées du monde. Des voix m'assaillaient de toutes parts, et des souvenirs aussi vieux que des ancêtres surgissaient, non pas éteints comme de faibles lueurs, mais vifs comme des torches enflammées. Je les regardais danser sous mes yeux, et partout où j'allais, comme tu as dit, c'est tout un théâtre de souvenirs qui m'accompagnait.

« Les gens disaient que j'avais un don. Alors j'ai appris à maîtriser le pouvoir, à invoquer certaines voix et à en faire taire d'autres. Parfois elles étaient trop fortes et elles me renversaient, comme hier soir. Mais quand je me relevais ensuite, je me relevais sur une terre différente. C'était le pont, Hiram.

– Sorti comme ça, de nulle part ?

– Non, dit Harriet. L'histoire est toujours réelle. Ce n'est pas moi qui l'invente. Ce sont les gens qui la font. Certains aspects de l'histoire sont fixés de manière immuable, comme la base d'un pont, et personne ne peut les altérer, ni moi, ni Santi, ni toi.

– Je ne sais pas, dis-je. J'ai l'impression que ça dépend entièrement du hasard. Que je pourrais me retrouver à n'importe quel endroit – dans les écuries, sur un vrai pont, dans un champ. N'importe où.

– Est-ce qu'il y avait une auge dans cette écurie ? demanda Harriet.

– Oui. Remplie d'eau. C'est comme si elle m'avait aspiré.

– Ça ne m'étonne pas. Le hasard n'a rien à voir là-dedans.

– Je ne comprends pas.

– Tu ne vois donc pas, mon ami ? Tu te trouvais sur la rampe du pont. Dans chacune de ces histoires – Santi dans le fleuve, toi dans la Goose, nous deux sur le ponton… »

Je restai coi.

Je ne saisissais toujours pas. Harriet se mit alors à rire.

« L'eau, Hiram. L'eau. Pour que la Conduction se produise, il faut qu'il y ait de l'eau. »

Ma mâchoire avait dû se décrocher, car le rire de Harriet redoubla. Et elle avait toutes les raisons de s'en amuser. Cela paraissait tellement évident à présent. Chaque fois que j'avais ressenti cette force d'attraction, la puissance du flot de la Conduction – l'auge dans l'écurie, la Goose qui nous avait fait chavirer du pont en nous attirant, Maynard et moi, la Schuylkill près de chez Bland –, il y avait toujours eu de l'eau à proximité. Et je repensai alors aux efforts absurdes de Corrine pour accéder au pouvoir – jamais, pas une seule fois nous n'avions remarqué cet élément récurrent qui me sautait aux yeux maintenant.

« Pourquoi ne l'avez-vous pas utilisé pour Lydia ? » demandai-je à Harriet. Nous nous dirigions à présent vers la cabane.

« Parce que, pour raconter une histoire à quelqu'un, il faut savoir comment elle se termine, répondit-elle. Je ne suis jamais allée en Alabama. Je ne peux pas me transporter dans un lieu que je n'ai jamais vu. Et quand bien même je connais aussi bien la fin que le début, il faut forcément que je sache quelque chose du passager que je transporte pour l'amener à bon port. Et, en général, je n'ai pas ce luxe. C'est pour ça que mes ressources normales sont exactement les mêmes que celles de n'importe quel autre agent. Mais, cette fois, il s'agit de gens que je connais. »

Nous atteignîmes la cabane, où les gens en question nous attendaient. La porte s'ouvrit à notre approche, laissant s'échapper une bouffée d'air chaud. C'était le milieu de la nuit, mais à l'intérieur régnait une grande agitation. Nous fûmes accueillis par un petit groupe dépareillé composé de quatre hommes, tous en habits de travail. Deux d'entre eux ressemblaient suffisamment à Harriet pour que je devine aussitôt qu'ils étaient apparentés. Un troisième s'occupait du feu que j'avais vu rougeoyer par la fenêtre. Mon regard s'attarda sur le quatrième, qui me faisait une impression étrange, jusqu'à ce que je me rende compte qu'il s'agissait en réalité d'une femme, au crâne presque entièrement rasé. Je repensai aux deux femmes que j'avais vues à la Convention, celles qui prêchaient l'égalité pour tous dans tous les domaines, mais je savais que celle-ci n'était pas du même genre.

« Hiram, voici Chase Piers, dit Harriet en désignant l'homme qui s'occupait du feu. C'est notre hôte, et nous lui sommes très reconnaissants de son aide. »

Puis, souriant aux deux autres hommes dont j'avais compris qu'ils étaient de sa famille, elle ajouta : « Je n'aurai pas autant de bienveillance à l'égard de ces deux vauriens. » Elle les serra alors dans ses bras et ils éclatèrent tous de rire.

« Je te présente mes frères, Ben et Henry, dit Harriet. Ça aura pris le temps, mais on a enfin réussi à insuffler un peu de courage à ces garçons. Cela dit, je crois que si Henry n'était pas resté dans le coin, il n'aurait jamais rencontré sa femme. »

Harriet s'approcha alors de la femme rasée et passa la main sur son crâne rond comme un œuf en riant de nouveau.

« Toutes ces manigances sont entièrement de ton fait, dit la femme d'un air à la fois souriant et agacé. Je suis bien certaine que le Seigneur va nous tirer du cercueil, parce qu'il n'accepterait jamais qu'une fille comme moi se sépare d'un seul de ses cheveux si c'était pour retourner dans les chaînes.

– Ça a marché, pas vrai ? » dit Harriet.

La fille hocha la tête, affichant un large sourire dénué de toute contrariété à présent.

« Et voici Jane, me dit Harriet. La femme de Henry. »

Jane tourna vers moi son sourire. L'absence de cheveux sur sa tête soulignait d'autant plus les traits de son visage, ses pommettes ciselées, ses petits yeux et ses grandes oreilles. On la sentait animée d'une confiance joyeuse, comme tous ceux qui étaient réunis devant le feu. J'avais participé à suffisamment d'opérations de sauvetage pour savoir que ce n'était pas normal. Ce qui était normal, c'était la peur. Les murmures. Mais ces quatre-là s'esclaffaient comme s'ils avaient déjà atteint le Nord. Leur comportement était à l'opposé de ce que j'avais vu chez les autres, que ce soit en Virginie ou à l'antenne de Philadelphie. La différence, c'était Harriet, qui, grâce à la Conduction et à la légende qui s'était tissée autour d'elle, incarnait à elle seule la guerre livrée contre l'Asservissement, et en particulier contre le comté qui avait fait d'elle ce qu'elle était devenue. Lorsque je vis cela, même après avoir été témoin de la Conduction, je fus convaincu que toutes les histoires qu'on racontait à son propos étaient vraies. Oui, elle avait réellement tiré sur le lâche. Elle avait réellement franchi un fleuve en hiver. Le fouet s'était réellement désintégré entre les mains du contremaître. Parmi tous les agents du Réseau, c'était la seule qui n'avait jamais échoué, la seule qui n'avait jamais perdu un passager en cours de route. Et même si c'est là l'histoire que l'on raconte aujourd'hui, elle était déjà connue de ceux qui se réchauffaient à présent devant l'âtre de la cabane. Car, lorsqu'ils évoquaient leur fuite, ils en parlaient comme d'un droit divin. Ils étaient sur le point de voir se réaliser une prophétie, et devant eux se tenait leur prophète, Moïse, leur insufflant toute la conviction du monde.

Harriet exposa alors son plan. « La tradition veut que nos opérations restent modestes et simples, et ce n'est pas seulement une question de tradition, mais aussi de sagesse, dit-elle. Mais je vous connais bien, chacun d'entre vous, et j'ai accepté vos conditions comme vous avez accepté les miennes, qui se résument à une formule très simple – *personne ne fera demi-tour*. »

J'eus le sentiment, à cet instant, peut-être plus encore que lors de la Conduction proprement dite, que tous les surnoms qu'on avait donnés à Harriet étaient mérités. Son attitude, calme et résolue, aurait suffi à m'en convaincre. Mais c'était surtout l'effet qu'elle avait sur les autres. Personne ne parlait. On aurait dit que la nuit elle-même s'était figée et que notre attention tout entière était concentrée sur Harriet. Et quand elle prononça cette sentence – *personne ne fera demi-tour* –, cela ne nous inspira aucune frayeur, car ces mots ne résonnaient pas comme une menace, mais comme une prophétie.

« Jane et Henry, vous resterez ici, chez Chase. Ne mettez pas le nez dehors jusqu'à demain soir. On sera dimanche, donc il devrait se passer un certain temps avant que quiconque s'aperçoive que vous manquez à l'appel. Ben, je sais que tu n'es pas censé travailler, mais rends-moi service, fais en sorte qu'on te voie – juste au cas où. Il ne faut pas que le vieux Broadus et ses gens se doutent du piège qu'on est en train de leur tendre. À la même heure demain soir, on se retrouve chez papa, on se repose un peu, et ensuite on s'en va. »

Elle s'interrompit, se redressa, puis se releva en s'aidant de son bâton de marche.

« C'est là que ça se complique un peu. Hiram, il y a quelqu'un d'autre, qui n'est pas parmi nous ce soir. Mon frère Robert attend un bébé, et il aimerait autant ne pas partir du tout, sauf que Broadus est prêt à l'envoyer sur l'estrade aux enchères. Robert n'a pas le choix, il doit s'enfuir, mais il a insisté pour rester avec sa femme jusqu'au dernier moment. J'aurais préféré que la situation soit différente, mais la famille gouverne le cœur et change la donne, et, ma foi, il en résulte souvent des décisions peu avisées.

« J'ai néanmoins consenti, à la condition qu'il ne soit pas mis au courant de notre plan dans son ensemble. Je l'en informerai comme je vous en informe en ce moment même, quand je l'aurai en face de moi. Il faudra donc aller chercher Robert, et c'est toi, Hiram, qui auras cette charge, mon ami. »

C'était une mission inédite pour moi, même si ce n'était pas tout à fait inattendu. Harriet avait été volontairement évasive dans sa description des dangers qui nous guettaient – sans doute pour m'empêcher de trop réfléchir et de me laisser envahir par l'appréhension. Nous n'étions plus en Virginie, et j'allais devoir agir seul.

« J'aurais aimé m'en charger moi-même, continua Harriet. Mais Robert est sur la plantation familiale et on me surveille comme le lait sur le feu, là-bas. Ils seront à l'affût. Tu es moins susceptible que moi d'éveiller les soupçons et, si jamais cela arrive, tu auras tes sauf-conduits, qui vous assureront le droit de passage sur les routes, à toi et à Robert. »

Je hochai la tête. « Quand partons-nous ?

– Tout de suite, mon ami, répondit Harriet. Tout de suite. Il faut que tu arrives chez Robert avant le lever du jour. Ensuite, tu attends, tu restes à couvert et, dès que la nuit tombe, Robert et toi allez chez mon père – Robert connaît le chemin.

– Entendu.

– Une dernière chose, Hiram. » Harriet se tourna alors vers Chase Piers. « Chase, donne-lui. »

Chase alla ouvrir un petit buffet et en sortit un objet enveloppé dans du tissu. Il le tendit à Harriet, qui ôta le morceau de tissu, et je vis alors, posé dans sa paume, un pistolet qui brillait à la lueur du feu. « Prends ça, me dit-elle en me le tendant. C'est pour eux. Mais c'est surtout pour toi. Si tu dois t'en servir, alors c'est qu'il sera probablement trop tard, auquel cas il vous sera utile à tous. »

Je repartis donc dans les bois, suivant à la lettre les instructions de Harriet. Des signaux secrets guidaient mon chemin et, bien qu'il fasse nuit, ils étaient visibles au clair de lune, d'autant que je savais ce que je cherchais – une étoile gravée dans le tronc d'un chêne noir ; cinq branches mortes attachées en fagot, deux d'entre elles pointant vers l'est ; une grosse pierre sur laquelle étaient dessinés un croissant de lune sur le dessus et une pelle en dessous. J'en manquai certains, ce qui m'obligea plusieurs fois à retracer mes pas, mais je réussis néanmoins à atteindre la maison de Robert avant même le lever du soleil, avec un peu d'avance. La plantation Broadus n'était pas aussi luxuriante que mon vieux domaine de Lockless, et les quartiers d'habitation ne consistaient guère qu'en quelques cahutes disséminées çà et là dans la forêt. Broadus n'avait même pas pris la peine de défricher les environs. Je songeai alors que si le sort réservé aux Asservis sur cette propriété était à l'image de cette disposition chaotique, je comprenais parfaitement que Harriet ait voulu oublier cet endroit.

C'était un dimanche matin, ce qui voulait dire pas de travail, donc pas d'appel ; le contremaître ne remarquerait pas l'absence de Robert avant le lendemain. Nous serions déjà rentrés à Philadelphie entre-temps, auprès de Raymond et d'Otha, en train d'élaborer nos prochaines manœuvres en vue de rejoindre le Canada ou New York. Le plan, d'après ce que j'avais compris, était que Robert sorte de chez lui juste avant l'aube, siffle une fois, puis se rende à notre lieu de rendez-vous, dans les bois. Quand il s'approcherait, je devrais prononcer une phrase convenue d'avance pour lui faire connaître mes intentions, et il me répondrait de même. Si l'une ou l'autre de ces instructions n'était pas respectée, alors je saurais qu'un problème était survenu et je devrais retourner sans délai à la cabane de Chase Piers. J'attendis donc, à bonne distance ; au bout d'un moment, j'aperçus une silhouette sortir dans l'obscurité et regarder alentour. J'entendis ensuite siffler, puis je vis l'homme s'éloigner de la cabane et se diriger vers les bois. Je m'avançai vers lui et dis : « Le train pour Sion va bientôt arriver.

– Et j'aimerais beaucoup monter à bord », répondit Robert. C'était un homme d'une corpulence normale, à l'allure empreinte de tristesse, tout à l'opposé de l'exubérance et de la confiance qu'avaient manifestées les autres membres de la famille de Harriet. Un lourd fardeau semblait peser sur ses épaules, et j'avais encore rarement vu un homme aussi accablé à l'idée d'être arraché à l'Asservissement.

« Nous partons à la tombée de la nuit, lui dis-je. Faites ce que vous avez à faire, puis retrouvez-moi ici. »

Robert hocha la tête et retourna dans sa cabane.

J'allai me poster plus loin encore dans les bois. Même si personne ne travaillerait aujourd'hui, je voulais éviter d'attirer l'attention. Je m'enfonçai donc jusqu'à ce que le terrain s'élève légèrement et, après avoir grimpé une colline, je finis par trouver une grotte où je me terrai jusqu'à la tombée de la nuit. Puis, peu avant l'heure convenue, je fis demi-tour pour aller à notre lieu de rendez-vous. Mais Robert n'était pas là. J'attendis un moment et, comme il ne se montrait toujours pas, je me demandai s'il avait peut-être mal compris l'heure – j'étais certain, pour ma part, de ne pas m'être trompé. J'étais prêt à partir sans lui, car Harriet ne tolérait aucune exception à la règle, et je crois que si j'avais été encore en Virginie, je l'aurais fait. Mais les mois passés m'avaient changé, et il m'arrivait souvent de repenser, depuis la Convention de New York, à la façon dont Micajah Bland était mort, au fait qu'il aurait pu abandonner Lydia et revenir seul, sain et sauf. Mais il aurait encore préféré retrouver Otha dans une autre vie plutôt que dans celle-ci en ayant commis un tel acte. Et puis j'avais mes laissez-passer, qui pourraient encore me servir. Je pris donc la décision, seul, de rentrer avec Robert, le frère de Harriet – ou de ne pas rentrer du tout. Je m'éloignai des bois et m'approchai de la cabane.

J'entendis une femme crier à l'intérieur, et je la vis par l'embrasure de la porte ouverte en train d'arpenter nerveusement la pièce tandis que Robert, assis sur le lit, se prenait la tête entre les mains. Je les observai de l'extérieur pendant un moment ; la femme vociférait, déversant sur Robert un torrent de colère et de chagrin.

« Je sais très bien que tu me laisses toute seule ici pour aller retrouver cette petite Jennings, disait-elle. Je te connais, Robert Ross. Je sais que tu es en train de me quitter, et tu pourrais au moins montrer un minimum de dignité et avouer la vérité.

– Mary, je te l'ai déjà dit : je vais voir mon frère et mes parents, répliqua Robert. C'est juste un dimanche comme tous les autres. Tu le sais bien. Tiens, regarde, voilà Jacob. » Robert tendit alors le bras vers la porte en me désignant du doigt. « Je t'ai déjà parlé de lui. De chez Harrison. Il a de la famille par là-bas, lui aussi, pas vrai, Jacob ? »

Mary se tourna vers moi, planté sur le pas de la porte, me dévisagea, puis leva les yeux au ciel.

« Je l'ai jamais vu, ton Jacob, dit-elle.

– Eh bien, il est juste là ! dit Robert.

– T'as jamais eu besoin de quelqu'un pour t'accompagner quand t'allais te promener avant, dit-elle. Qu'est-ce qui a changé ? J'ai jamais vu ce type. Je sais qu'il est pas d'ici. Et si c'était moi qu'allais me promener avec toi, hein ? Je sais ce que tu trafiques, Robert Ross. Je sais tout sur cette fille, la petite Jennings. »

J'étais resté pendant tout cet échange sur le pas de la porte ; je décidai à présent d'entrer. Et je découvris Mary – une petite femme débordant d'une juste colère. Sans doute connaissait-elle bien Robert, mais elle ne savait rien de ses projets immédiats. Elle me dévisagea de nouveau et dit : « Jacob, hein ? Et si j'allais chez les Jennings leur poser deux, trois questions sur vous ?

– Nous n'allons pas faire ça, répliquai-je.

– Y a pas de "nous". Je vais y aller toute seule, et tout de suite.

– Non. Je ne peux pas vous laisser faire ça.

– Tiens donc. Et alors quoi, c'est vous qu'allez m'arrêter ?

– Mon idée, madame, lui dis-je, c'est que vous vous arrêtiez de vous-même. »

Mary me lança un regard incrédule. Il fallait que j'agisse vite.

« Vous avez raison, lui dis-je. Il n'y a personne du nom de Jacob ici. Mais si vous faisiez ce que vous dites vouloir faire, cela ne vous attirerait que du malheur, à vous et à tous ceux que vous aimez, un malheur bien plus grand que celui que vous éprouveriez si vous deviez surprendre Robert en train de fricoter avec cette fille. »

J'entendis Robert dans mon dos gémir et supplier : « Mon bébé…

– Madame Mary, continuai-je. Il me semble que vous n'avez pas été mise au fait de tous les éléments de la situation. Vous avez raison. Robert va bel et bien s'en aller. Robert doit s'en aller, et vous ne devriez pas chercher à l'en empêcher.

– Ben tiens, un peu que je vais l'en empêcher, rétorqua-t-elle.

– Non, madame. Je crois vraiment que vous ne devriez pas faire ça. Je sais qu'il n'a pas été honnête avec vous, mais moi, je vais vous expliquer les choses comme elles sont. Broadus est sur le point de mettre cet homme aux enchères. Et quand il l'aura fait, vous aurez plus de chances de marcher sur l'eau que de revoir un jour votre mari.

– Ça fait un an maintenant que Robert travaille pour eux, dit-elle, et ils ont rien fait. Il travaille trop dur pour qu'ils se passent de lui.

– C'est précisément parce qu'il travaille dur qu'ils veulent se passer de lui. Un gaillard comme ça ? Ils sont sûrs d'en tirer un bon prix. Et depuis quand épargne-t-on un nègre parce qu'il travaille dur ? Vous faites donc confiance à ce point à ces gens ? J'ai bien examiné ce domaine. Il est au bord de la faillite. J'en ai vu beaucoup d'autres dans la même situation. Ils vendent la main-d'œuvre parce qu'ils n'ont pas le choix. J'ai déjà vu ça, croyez-moi. Et je vous le dis en toute franchise, votre Robert a deux choix – soit rester avec Broadus et se retrouver sur l'estrade aux enchères, soit s'enfuir avec moi. »

S'il avait existé un règlement officiel du Réseau clandestin, j'aurais enfreint ses articles les plus essentiels. Les agents se donnaient beaucoup de mal pour que seuls leurs passagers les voient. Et ils ne révélaient jamais leur véritable occupation, qu'ils dissimulaient sous divers prétextes de leur invention. Mais je m'étais entièrement dévoilé, dans l'espoir – compte tenu de notre étroite fenêtre de tir – de convaincre Mary de nous laisser partir.

« Le Réseau pourra vous réunir, lui dis-je. Je déteste l'idée de devoir vous séparer. Je sais ce que c'est, croyez-moi. Moi-même, j'ai connu ce genre de séparation – il y a une fille en Virginie à qui je pense à chaque minute de chaque heure de chaque jour. On nous a séparés de force. Mais mieux vaut être contraint de partir au Nord que plus loin encore au fond du cercueil. C'est le seul moyen, je vous assure.

« Je crois savoir que vous attendez un enfant, et je sais à quel point cela doit vous peser. Je suis un orphelin, madame Mary. Ma mère a été vendue, et mon père ne valait rien. Je sais que vous devez avoir peur à l'idée que cet enfant vienne au monde sans père, et vous n'imaginez pas à quel point je compatis.

« Mais il faut que vous compreniez quelque chose, madame. Quelqu'un va prendre votre Robert – que ce soit eux ou nous, quelqu'un va l'emmener. Vous savez qui nous sommes. Vous savez ce que nous faisons. Vous connaissez notre réputation. Nous sommes des hommes et des femmes d'honneur, madame. Et je vous assure, je vous en donne ma parole, que nous ne cesserons d'œuvrer pour que votre Robert et vous soyez bientôt de nouveau ensemble. »

Elle resta figée un moment, sidérée, puis recula d'un pas en secouant la tête et en gémissant : « Non, non. » Je me remémorai alors les gémissements de Sophia quand les chiens nous encerclaient. Mais un autre épisode me revint aussitôt en mémoire – en Virginie, à Bryceton, avant que nous partions sauver Parnel Johns. Je me rappelai la méfiance que m'inspirait ce plan, et Isaiah Fields qui avait tombé le masque pour révéler sa véritable identité, Micajah Bland, la confiance qu'il m'avait témoignée et qui m'avait donné à mon tour la confiance de traverser toutes les épreuves qui avaient suivi. C'est cet esprit-là que j'invoquai alors.

« Mon nom, dis-je. Mon nom est Hiram, madame. Votre Robert Ross est mon passager, et je suis celui qui doit le conduire. Sur ma vie, madame, je vous jure qu'il ne sera pas perdu. Et vous non plus. »

Une larme roula doucement sur la joue de Mary. Elle prit un moment pour rassembler ses esprits, puis elle s'approcha de Robert, me frôlant au passage. « Je te jure, Robert, s'il y a une fille derrière tout ça, je te retrouverai, et je peux t'assurer que cet homme, ce Hiram et ses grands discours, ne pourra rien pour toi. »

Je sentis qu'il fallait que je m'efface. Ils méritaient que je les laisse partager ce moment, car ils n'en auraient plus l'occasion ensuite. Mais je repensais à tout ce que je venais de dire, à la Virginie, à Sophia, et j'étais incapable de bouger.

Robert l'attira contre lui. Il l'embrassa tendrement. « Je m'enfuis pas à cause d'une fille, Mary, dit-il. Je m'enfuis pour sauver une fille, et cette fille, c'est toi. »

Cette dispute entre Robert et Mary nous fit prendre du retard. Sans cela, nous aurions pu retraverser les bois et rejoindre la maison des parents de Harriet largement à temps avant notre départ. Mais à présent nous n'avions pas d'autre choix que de nous y rendre par la route, ce qui n'était guère idéal. Harriet, en bonne prophétesse, avait prévu cette éventualité – j'avais les sauf-conduits sur moi. La route, donc. Je m'en remettais désormais à Robert, qui nous guida jusque chez leur mère et leur père, Ma Rit et Pop Ross. Harriet avait veillé à ce que les divers aspects du plan restent cloisonnés ; ainsi, au cas où l'un d'entre nous se ferait prendre, aucun – même sous les coups et le fouet – ne serait capable de le divulguer dans son ensemble.

Robert demeura silencieux pendant tout le début du trajet, n'ouvrant la bouche que pour indiquer la direction. Je le laissai tranquille. Même si j'étais curieux d'en savoir plus, la séparation avec Mary avait été bien assez pénible, et je n'avais aucune intention de la lui faire revivre. Mais au bout d'un moment, comme cela m'arrivait sans cesse, il se mit de lui-même à me parler.

« Vous savez que le plan, c'était de la laisser, n'est-ce pas ? dit-il.

– Oui. Tout s'est passé exactement comme prévu, répliquai-je.

– C'est pas ce que je voulais dire. Le plan, c'était de la laisser pour de bon. De la quitter pour continuer mon chemin tout seul et démarrer une nouvelle vie dans le Nord.

– Et votre enfant ?

– Y a pas d'enfant – enfin, pas de moi en tout cas. Je le sais parfaitement. Et elle aussi. »

Nous restâmes silencieux pendant un moment.

« Broadus, dis-je.

– Le fils de Broadus, oui, dit Robert. Mary et lui ont à peu près le même âge. Ils jouaient ensemble quand ils étaient gamins. Et puis on les a séparés, comme nous tous. Je crois qu'il en pinçait pour elle, même à l'époque. Et maintenant que c'est un homme, il a dû se dire qu'il allait honorer ces sentiments, peu importe que Mary ait déjà un homme et qu'elle lui soit loyale. Peut-être qu'elle ressentait la même chose. Ce qui est sûr, en tout cas, c'est qu'elle a rien fait pour l'empêcher.

– Et comment aurait-elle pu ? lui demandai-je.

– J'en sais rien, moi, rétorqua Robert d'un ton agacé. Comment on peut faire quoi que ce soit ici, de toute façon ? Mais je jure que je veux bien être pendu si elle croyait que j'allais élever le gosse d'un Blanc.

– Alors vous avez décidé de vous enfuir.

– J'ai décidé de m'enfuir, oui.

– Donc Broadus n'avait pas l'intention de vous vendre ?

– Oh, si. Je sais pas quand, mais il l'aurait fait. Pendant un moment j'ai cru que ce serait un soulagement pour moi, vu la situation. J'avais aucune envie de voir Natchez, mais si ça pouvait m'aider à oublier Mary, et mon humiliation, peut-être que c'était pour le mieux.

– Vendre un homme, c'est jamais pour le mieux.

– Oui, je sais, dit Robert. Harriet et la famille sont venus me trouver et m'ont tiré du désespoir. Ils m'ont dit qu'une autre vie m'attendait peut-être dans le Nord. Ils m'ont posé des questions sur Mary et le bébé, évidemment, et j'ai dit à Harriet, pas question que je m'occupe de l'enfant d'un autre homme. Ça lui a pas plu, pas du tout, mais je lui ai dit, soit ce serait une nouvelle vie sur tous les plans, soit je tenterais ma chance avec Broadus.

« Mais quand l'heure est venue de partir, quand j'ai dû me confronter pour de bon à ce que ça voulait dire de quitter ma Mary, j'ai... Je sais pas. Tout ce que je peux dire, c'est que j'ai craqué, et j'ai commencé à me dire que tout était peut-être pas si mal dans la vie d'avant. Et ensuite vous avez débarqué avec vos promesses...

– Je suis désolé, je pensais que...

– Y a pas à être désolé de quoi que ce soit. Tout ce que vous avez dit tout à l'heure, en fait, c'est exactement ce que je ressentais. Je peux pas vivre sans Mary. Je veux pas de la liberté si ça veut dire que je serais pas avec elle... C'est juste qu'il y a ce gosse, l'idée d'élever le gamin d'un autre, c'est pas quelque chose de facile à accepter pour un homme, enfin je sais pas comment dire...

– Oui, j'imagine », dis-je. Et c'était sincère. Je comprenais. Mais je commençais aussi à comprendre d'autres choses, car je ne pensais pas seulement à ma propre histoire avec Sophia, pas seulement à Robert et Mary, mais à ce jour-là, dans le Nord, quand j'avais rencontré Kessiah. Et je repensais à cette immense université d'esclavage et d'asservissement, et à ces femmes en salopette, et à la grande conspiration visant à piller la moitié du monde. Et je pensais à mon propre rôle dans ce pillage, à mes rêves, au Lockless que j'avais bâti dans mon esprit, bâti essentiellement à partir de *ma Sophia*.

« On peut jamais rien avoir de pur, dit Robert. C'est toujours plus compliqué que ça. Toutes ces histoires de princesses et de chevaliers, c'est pas pour nous. Pour nous, les choses sont jamais pures. Jamais parfaites.

– Oui, c'est vrai, dis-je. Mais pour eux non plus. Ce n'est pas rien de livrer votre propre fils ou votre propre fille à l'Asservissement, c'est quelque chose de sale et de terrible. Pour moi, la pureté, ça n'existe pas, et c'est nous qui avons de la chance, car nous, nous le savons.

– De la chance, hein ?

– Oui, de la chance, parce que nous ne sommes pas obligés en permanence de prétendre à la pureté. Je vous avoue qu'il m'a fallu un certain temps pour comprendre ça. Il a fallu que je sois séparé de mes proches et que je fasse vraiment l'expérience de la perte. Mais j'ai été tout au fond, et j'en ai connu bon nombre parmi ceux qui sont tout en haut, et je vous assure, Robert Ross, je préférerais encore vivre tout au fond, en ayant tout perdu, au milieu de toute cette saleté, de toute cette boue, plutôt que de vivre parmi ces hommes qui sont eux aussi enfoncés dans la boue, à leur manière, mais une boue par laquelle ils sont tellement aveuglés qu'ils s'imaginent qu'elle est pure. Il n'y a pas de pureté, Robert. Il n'y a pas de perfection. »

25

La nuit était tombée quand nous atteignîmes un petit sentier, lequel débouchait sur une clairière et menait jusque chez les Ross. J'aperçus une maison, et derrière celle-ci une étable. Je me souvins alors que les parents de Harriet étaient libres, et que leurs enfants ne l'étaient pas.

« Y faut pas que ma mère me voie, dit Robert.

– Pourquoi ?

– Elle sait pas cacher ses émotions, et si elle me voyait débarquer comme ça, si elle apprenait ce qui se passe, elle se mettrait à pleurer toutes les larmes de son corps, et si jamais les Blancs venaient l'interroger, elle serait incapable de mentir. Harriet est partie y a dix ans. Je l'ai revue depuis, mais elle a jamais reparlé à ma mère. Et c'est pas qu'elle a pas envie. Mais comment elle pourrait ? »

Robert siffla alors. Au bout de quelques minutes, un vieil homme, sans doute son père – Pop Ross, comme il l'appelait –, sortit et, sans regarder dans une direction en particulier, tendit le bras vers l'arrière de la maison. Nous fîmes le tour en nous faufilant à travers les bois qui bordaient la petite propriété. En longeant le côté de la bâtisse, nous aperçûmes Ma Rit par la fenêtre, en train de balayer le sol. Robert se figea, prenant subitement conscience qu'il risquait de ne plus jamais la voir, puis il se remit en marche. Derrière la maison, nous trouvâmes l'étable, à l'intérieur de laquelle tout le monde nous attendait, assis, en silence. Nous ne prononçâmes pas un mot. Harriet sortit de l'ombre et s'avança vers nous, les yeux braqués sur Robert. Elle l'attrapa par les revers de son veston, le secoua, puis le serra très fort contre elle. Ensuite, tout le monde se mit à son aise en attendant qu'il fasse suffisamment nuit pour pouvoir agir en toute sécurité. Certains grimpèrent dans la mansarde pour dormir. Pop Ross nous apporta à manger, mais ne jeta même pas un regard à l'intérieur ; il se contenta d'ouvrir la porte, la tête tournée vers l'extérieur et le bras tendu, attendant que l'un de nous prenne le plateau.

Je vis la vieille dame sortir à deux reprises de la maison, s'avancer jusqu'au bord de la route et regarder au loin, puis rentrer chez elle. Je me demandais si elle avait l'intuition que Robert était là.

Il se mit à pleuvoir. Ben et Robert collèrent leur œil à une fente dans le bois de la paroi, à travers laquelle ils avaient vue sur la fenêtre à l'arrière de la maison, et ils aperçurent Ma Rit, au coin du feu, en train de tirer sur sa pipe, le visage accablé par le poids de ses enfants perdus. Harriet, qui n'avait pas revu sa mère depuis des années, n'avait pas envie de la voir maintenant. Elle ne regarda pas par la fente. Elle ne voulait pas se risquer à des adieux, même à distance.

Enfin, Ma Rit éteignit le feu et alla se coucher. Je jetai un œil au-dehors ; un épais brouillard avait recouvert tout le paysage. Harriet nous regarda l'un après l'autre. L'heure était venue. Nous sortîmes de l'étable. Pop Ross se tenait devant la porte, les yeux bandés.

« Quand ils me demanderont si j'ai vu l'un ou l'autre d'entre vous, dit-il, je pourrai répondre, sans mentir devant Dieu, que je n'ai vu personne. »

Nous avançâmes dans le brouillard. Jane et Henry aidèrent le vieil homme en le prenant chacun par un bras, et nous

nous engouffrâmes dans les bois détrempés. Chemin faisant, le père de Harriet se mit à fredonner doucement, comme pour lui-même, puis entonna le chant familier du départ, et l'un après l'autre ils le reprirent en chœur, accompagnant nos pas de sa mélodie à peine murmurée.

Je m'en vais dans la grande ferme tout là-haut
Je m'en vais là-haut, car on m'a fait bien du mal ici
Les jours sont si courts, Gina, et si longues les nuits.

Puis nous sortîmes des bois pour arriver devant un grand étang, dont la brume et l'obscurité nous empêchaient de voir toute l'étendue. Les voix se turent peu à peu, et bientôt l'on n'entendit plus que le crépitement de la pluie sur les feuilles au-dessus de nous et celui des gouttes tombant sur la surface étale de l'eau.

« Eh bien, mon vieux père, dit Harriet en se tournant vers Pop Ross, je crois que le moment est venu pour moi de prendre le relais. »

J'eus l'impression qu'ils savaient tous, sans qu'il soit besoin de rien dire, ce qui allait se passer à présent, car, dès que Harriet eut prononcé cette phrase, Jane et Henry s'écartèrent et tout le monde avança dans l'eau. Henry, Robert et Ben se mirent en rang, tournés vers l'étang. Jane me prit par la main et me plaça juste derrière eux. Je tournai la tête et vis Pop Ross, debout sur la berge, les yeux toujours bandés. Harriet s'approcha, fit un tour complet autour de lui, comme pour le graver dans sa mémoire sous toutes les coutures, puis elle lui embrassa tendrement le front. Elle posa ensuite la main sur la joue du vieil homme, et je vis la lumière verte de la Conduction commencer à briller, éclairant les larmes qui coulaient sur les joues de Pop Ross.

Ils restèrent ainsi pendant quelques secondes. Puis Harriet se retourna, vint se placer devant ses frères, et se mit à avancer droit dans les profondeurs de l'étang. Ses frères la suivirent en silence ; Jane et moi fermions la marche. Je fus le seul à me retourner, et je vis alors Pop Ross, toujours immobile, les yeux bandés. Et, tandis que nous nous enfoncions dans l'eau, il s'effaça doucement, comme les souvenirs s'effacent parfois, dans l'obscurité, dans la brume.

Comme la fois d'avant, ce n'était plus de l'eau à présent dans laquelle nous avancions. Harriet scintillait déjà. Elle se tourna vers moi et me dit : « Ne crains rien, il n'y aura pas de crise. Cette fois, je suis avec un chœur ; et le chœur est avec moi. »

Elle continua d'avancer, toujours plus lumineuse à chaque pas, fendant le rideau de brume devant nous comme la proue d'un bateau fend les flots de la mer. Puis, soudain, elle se figea, et notre petite procession s'arrêta aussi. Harriet dit alors : « Nous faisons ce voyage au nom de John Tubman.

– John Tubman, cria Ben en écho.

– Qui, pour mon chagrin éternel, n'a pas pu nous suivre. Nous le faisons pour Pop Ross et Ma Rit, dont je sais qu'ils seront bientôt de nouveau avec nous.

– Bientôt ! cria Ben. Bientôt !

– Nous voici devant un chemin de fer.

– Bientôt !

– Nos vies sont les rails, nos histoires sont le train, et moi la machiniste qui guidera cette Conduction.

– Conduction ! cria Ben.

– Mais ceci n'est pas une histoire triste.

– Continue, Harriet, continue !

– Car le temps de pleurer est passé pour moi depuis longtemps. »

Les autres frères de Harriet se mirent à leur tour à entonner les réponses.

« Continue ! Continue ! criaient-ils.

– John Tubman, mon premier amour, le seul homme que j'aie jamais jugé digne de suivre.

– Bien parlé !

– J'en ai fait le serment en signant de mon nom, Tubman.
– Bien parlé ! Bien parlé !
– Tout a commencé quand j'étais haute comme trois pommes, car l'esclavage a forcé mes mains d'enfant à broyer des pierres.
– Dur, Harriet ! Dur !
– J'ai failli succomber à la rougeole.
– Dur ! Dur !
– Le poids m'a brisée. Et la vigilance m'est venue.
– Conduction !
– Je suis allée dans les bois. J'ai été témoin. J'ai vu le chemin.
– Conduction !
– Mais il a fallu que je grandisse avant de pouvoir l'emprunter.
– Bientôt ! Bientôt !
– J'ai travaillé comme un homme.
– Oui, continue, Harriet, continue !
– Je me suis trouvé un attelage à bœuf.
– Harriet s'est trouvé un bœuf !
– J'ai trimé. J'ai retourné les champs.
– Harriet avait un bœuf ! Harriet retournait la terre !
– Le Seigneur m'a soumise à bien des épreuves. Il m'a endurcie comme Moïse devant Pharaon.
– Continue, Moïse, continue !
– Mais c'est à propos de John Tubman que je chante.
– Tubman !
– Un homme, ça n'aime pas être dans l'ombre d'une femme.
– Moïse retournait la terre !
– Mais John Tubman n'était pas ce genre d'homme.
– Exactement !
– Ma force l'honorait. Mon labeur l'attendrissait.
– Continue, Moïse ! Continue !
– Et je l'aimais parce que je savais qu'une femme doit aimer celui qui l'aime.

– Moïse avait un sacré bœuf !

– John Tubman aimait ma force. Il aimait mon labeur.

– Forte, Moïse ! Sois forte !

– Alors je savais qu'il m'aimait.

– John Tubman !

– On avait le projet de gagner la liberté à force de patience, de constance et de travail harassant.

– Dur, Moïse ! Dur !

– On avait des plans. Une terre à nous. Des enfants à nous. Auprès de mon bœuf.

– Moïse avait un bœuf !

– Mais il y en avait un autre qui m'aimait plus encore que John Tubman.

– Bien parlé ! Bien parlé !

– Le Seigneur m'a donné la vigilance. Le Seigneur a éclairé le chemin.

– Conduction !

– Le Seigneur m'a appelée à Philadelphie.

– Conduction !

– Mais mon John ne voulait pas venir.

– Dur ! Dur !

– Je suis partie du Nord. J'ai vu des choses nouvelles.

– Moïse avait un bœuf !

– Et quand je suis revenue, je n'étais plus la même.

– Moïse retournait la terre !

– Mais je suis restée fidèle à ma parole.

– Forte, Moïse !

– Et je suis revenue pour mon John.

– Oui, tu es revenue !

– Et je l'ai trouvé dans les bras d'une autre fille.

– Dur, Moïse ! Dur !

– J'ai ruminé un moment. J'ai pensé à aller les trouver tous les deux, à faire un esclandre.

– Moïse avait un bœuf !

– Et tant pis si je hurlais. Tant pis si Broadus m'entendait exploser de rage.

– John Tubman !

– Tant pis si on me remettait dans les fers de l'esclavage.

– Dur ! Dur !

– Mais un homme m'en a empêchée.

– Sois forte, Moïse !

– Mon père, Big Ben Ross. Il m'a secouée et m'a dit : Harriet doit aimer celui qui aime Harriet.

– Continue, Pop Ross ! Continue !

– Et, mes frères, je vous le dis comme Pop Ross me l'a dit : vous devez aimer ceux qui vous aiment.

– Continue !

– Et c'est mon Seigneur qui m'a toujours aimée le plus.

– Continue !

– Mon John m'a quittée, mes frères. Mais je sais que c'est moi qui ai quitté cet homme en premier.

– John Tubman !

– Mon âme était prisonnière du Seigneur, car c'est Lui, plus que tous les autres, qui m'aimait le plus.

– Moïse avait un bœuf.

– John Tubman.

– Sois forte, Moïse.

– Où que tu sois.

– Forte, Moïse, sois forte.

– Je connais ton cœur et tu connais désormais le mien.

– Sois forte, Moïse.

– Puisse le vice t'épargner. Puissent tes nuits être paisibles.

– Forte.

– Puisses-tu trouver la paix, même au fond du cercueil.

– Bientôt.

– Puisses-tu trouver un amour qui t'aime, même en ces temps enchaînés.

– Bien parlé. »

26

Et le lendemain matin, avant même le lever du soleil, nous étions là, sur les quais de la Delaware Avenue, de l'autre côté de la Conduction. Du fleuve montaient des nappes de brume qui dissimulaient la ville à nos regards. Je me tournai vers mes compagnons et vis Harriet, affaiblie, les bras passés autour des épaules de Henry et de Robert. Je pris les commandes et guidai notre petit groupe vers le lieu de rendez-vous convenu, un entrepôt situé à deux minutes à pied de l'endroit où nous avions atterri. Otha et Kessiah nous y attendaient. Henry et Robert allongèrent Harriet sur une rangée de palettes. « Allez, dit-elle, ne commencez pas à vous ronger les sangs pour moi, compris ? Je vous avais bien dit que tout irait bien tant que mes proches seraient auprès de moi. Et ça n'a pas trop mal marché, non, qu'en pensez-vous ?

– C'était magnifique, Harriet, lui dis-je. Je n'ai jamais rien vu de pareil.

– Tu le reverras, mon ami, dit-elle en plantant son regard dans le mien. Tu le reverras. »

Kessiah caressa doucement le front de Harriet pendant un moment, puis elle se tourna vers moi. Elle sourit sans rien dire et hocha la tête, et à cet instant je sentis l'importance de tout ce que je venais de voir me submerger en une vague immense où se mêlaient la tristesse et la joie. Quelque chose que je cherchais depuis longtemps, un besoin que je ressentais sans être capable de le nommer, m'apparaissait à présent avec la plus grande clarté. C'était Harriet, ses frères, son père, une famille entière luttant pour rester ensemble. Et je songeai qu'il ne pouvait pas y avoir de guerre plus sacrée ni plus juste que celle-ci. En regardant Kessiah, qui était le pont grâce auquel je pourrais retrouver la Virginie, retrouver ma mère, retrouver Thena, je la vis comme un membre de ma propre famille, si bien que le geste que je fis alors me sembla le plus naturel du monde : je la pris par les épaules et la serrai contre moi, humant le parfum de fleur de sa chevelure, la douceur de sa joue contre la mienne. Tout cela était si nouveau. Et moi-même j'étais un homme nouveau. Un poids s'envolait, et ce poids n'était pas seulement la réalité de l'Asservissement, de ses peines et de ses tourments, mais tous les mythes qui le sous-tendaient – mon père en sauveur, mon projet de quitter la Rue, l'idée que j'avais le pouvoir de sauver Lockless à moi tout seul. Mon amnésie. J'avais oublié ma mère. Puis j'étais entré dans la résidence de Lockless comme si je n'avais jamais eu de mère. Et j'avais ensuite été conduit, exhumé du cercueil, arraché à l'esclavage. À présent, je me sentais délivré de tous ces mensonges, comme débarrassé d'une ancienne peau, de sorte qu'un Hiram plus vrai et plus resplendissant commençait à émerger.

« Ne t'inquiète pas, Hiram, me dit Kessiah. Tout ira bien. » Et elle me tapota et me caressa le dos, comme on apaiserait un enfant. Je sentis un goût de sel sur mes lèvres, et je m'aperçus que je pleurais – je sanglotais entre ses bras, et j'en éprouvai de la honte. Mais alors, relevant les yeux, je vis que tout le monde autour de moi, tout le petit groupe amené jusqu'ici par Harriet, Otha, Kessiah – tout le monde s'étreignait et pleurait.

Nous nous séparâmes en plusieurs équipes pour rejoindre en carriole les bureaux de la Neuvième Rue, afin de ne pas attirer l'attention. Au lever du soleil, tout le monde était déjà là-bas. Tout était parfaitement minuté. Raymond nous servit du café et des muffins à la farine de seigle, du pain complet et des tartelettes aux pommes de la boulangerie de Mars. Nous étions tous affamés, et nous dévorâmes ce petit déjeuner sans trop nous soucier des bonnes manières.

« C'est donc ça, hein ? » dit Robert. Il se tenait à l'écart, dans un coin du salon, près de la fenêtre, et regardait les autres manger.

« Ça et bien plus encore, lui dis-je. Parfois du bon, parfois du mauvais.

– Mais, dans l'ensemble, mieux que d'être retenu en captivité, c'est ça ?

– Dans l'ensemble, oui, répondis-je. Mais bon. Il y a certains aspects de la vie auxquels on ne peut pas échapper, et j'ai dû apprendre, ici, qu'au bout du compte, d'une façon ou d'une autre, nous appartenons tous à quelque chose. La différence, ici, c'est que tu peux choisir à qui et à quoi tu appartiens.

– Je crois bien que je pourrais m'y faire, dit Robert. Et je dois avouer que je commence même à me dire que je devrais appartenir de nouveau à ma Mary.

– Aimer ceux qui vous aiment, dis-je.

– Faut croire.

– Tu as parlé à Harriet ?

– Non. Je ne sais pas comment lui demander…

– Je le ferai. C'est moi qui ai fait cette promesse, après tout. »

Raymond recueillit le témoignage de tous les passagers. Je pris des notes. Cela dura toute la journée. Le soir, ils allèrent s'installer chacun dans une maison différente, en ville ou à Camden. On leur conseilla de rester à l'intérieur, car désormais leur évasion devait avoir été remarquée, et Harriet serait la principale suspecte. Avant la fin de la semaine, Ryland écumerait les rues de Philadelphie à leur recherche – mais eux-mêmes, entre-temps, seraient déjà partis plus au nord. Ce soir-là, je descendis m'asseoir dans le salon. Harriet était à l'étage, en train de se reposer dans ma chambre – elle dormait sans discontinuer depuis notre arrivée aux bureaux de la Neuvième Rue.

Raymond était sur le point de sortir avec Jane et Henry pour les accompagner à leur logement. Juste avant de partir, il me dit : « Je pensais que ceci pouvait attendre ton retour. » Et il me tendit une lettre en ajoutant : « Hiram, je veux que tu comprennes bien que tu ne dois plus rien à personne. Ni à moi. Ni à Corrine. »

Je m'installai au salon, l'enveloppe à la main. Le sceau indiquait qu'elle avait été postée depuis l'antenne de Virginie ; je devinai ce qu'elle contenait avant même de l'ouvrir. La fange me rappelait. Les paroles de Raymond m'avaient touché, mais il était hors de question que je ne retourne pas là-bas. Je me sentais désormais appartenir de plein droit au Réseau clandestin. C'était ma nouvelle identité, et je ne sais pas ce que j'aurais pu faire de ma vie autrement. Et puis il y avait cette promesse que j'avais faite, à peine un an auparavant – même si j'avais l'impression que cela remontait à une décennie –, la promesse de libérer Sophia. À présent, et même si Bland n'était plus là, je commençais à entrevoir un moyen d'y parvenir.

Une heure environ après le départ de Raymond, Harriet descendit l'escalier d'un pas mal assuré, son bâton de marche à la main. Elle s'assit sur le canapé et prit une grande respiration.

« Alors ça y est, c'est fini ? lui demandai-je.

– Oui, dit-elle. Terminé.

– Oui, enfin… pas tout à fait.

– Comment ça ?

– Je ne vous l'ai pas dit, mais pour faire sortir votre frère Robert, j'ai dû faire une promesse. C'est Mary. Elle ne voulait pas le laisser partir. Je lui ai tout dit.

– Tout ?

– Je sais. Ce n'était pas très avisé.

– Non, pas vraiment, en effet », dit Harriet. Puis elle tourna la tête et expira longuement. Nous restâmes assis un moment en silence.

« Bon, finit par dire Harriet, à ta décharge, j'avoue que je n'étais pas là. Je t'ai dit ce qu'il fallait faire. Peu importe la façon dont tu t'y es pris, tu as réussi. Et je t'en remercie. C'est ce que Robert veut ?

– Oui.

– Ce garçon est intenable.

– Et il y a autre chose encore.

– Quoi, qu'est-ce que tu veux maintenant ? Qu'on fasse évader tout l'État ?

– Non, lui répondis-je en riant. Je voulais vous prévenir que je m'en vais. Harriet, je rentre chez moi.

– Ah. Oui, je me disais aussi. Surtout maintenant que tu as vu le pouvoir.

– Ce n'est pas ça. D'ailleurs, pour ma part, je ne le possède pas encore tout à fait.

– Tu le possèdes bien assez. Suffisamment, en tout cas, pour que je te dise ceci. Je veux que tu te souviennes que c'est à toi et à toi seul que j'ai révélé cela. Et je l'ai fait parce que toi seul es porteur de ce pouvoir. Ne l'oublie pas. Une fois que tu auras lancé ce train sur les rails, tu rencontreras tout un tas de gens qui croiront savoir comment le conduire. Tu comprends ce que je veux dire. J'ai une immense affection pour les agents de Virginie, parce qu'ils ont le cœur sincèrement dirigé vers le Seigneur. Mais ne les laisse pas t'entraîner dans leurs manigances, Hiram. Ils essaieront de t'embarquer dans toutes sortes d'équipées, mais souviens-toi qu'il y a toujours un prix à payer. Tu l'as vu quand nous sommes descendus là-bas, toi et moi. Et tu l'as vu encore aujourd'hui. Ce n'est pas par hasard que nous oublions. Et pour ceux d'entre nous qui se souviennent, eh bien… c'est difficile. Ça nous épuise. Même aujourd'hui, je n'ai pu réussir que grâce à l'aide de mes frères.

« Si tu as besoin d'en parler, si tu doutes, écris à Kessiah. Je ne suis jamais très loin d'elle. Si tu as besoin de quoi que ce soit, si tu te sens débordé, viens en discuter plutôt que d'essayer de t'en sortir tout seul. Il est facile de se perdre sur ce chemin, et nul ne sait où l'histoire peut t'amener. Viens me voir, Hiram, tu as compris ? »

Je hochai la tête et me renfonçai dans le canapé. Nous discutâmes encore un moment, puis Harriet, gagnée par la fatigue, remonta dans la chambre. Je m'endormis dans le salon. Le lendemain, je fus réveillé par les bruits d'une conversation joyeuse. Je me levai, allai dans la salle à manger et trouvai Otha, Raymond et Kessiah attablés.

« On vient de trouver quelque chose », dit Otha d'un ton enthousiaste. Je n'avais jamais entendu autant d'espoir dans sa voix depuis la capture de Lydia et la mort de Bland.

« Quoi ? demandai-je.

– Lydia et les enfants, Hiram, expliqua Otha. Nous pensons avoir trouvé un moyen.

– Comment ?

– McKiernan, répondit Raymond. Il veut vendre. Nous sommes entrés en contact avec lui par le biais d'un intermédiaire. »

Kessiah sortit alors un petit livre d'une sacoche.

« Ce n'est pas dans nos habitudes, dit-elle. Mais nous devons raconter nos histoires. »

Elle me tendit le livre et je lus sur la couverture : *L'Enlèvement et la Rançon*. Je compris en le feuilletant qu'il s'agissait de l'histoire d'Otha White, du récit de sa fuite vers la liberté.

« Ça alors, dis-je en rendant le livre à Kessiah. Et donc, quel est le plan ?

– Otha et quelques autres vont aller faire une tournée dans le Nord, dit Raymond. Ils vendront le livre au public acquis à la cause abolitionniste et les recettes serviront à racheter Lydia et la famille.

– Et McKiernan, il va rester là les bras croisés ? demandai-je. Après le coup qu'on a essayé de lui faire ?

– Tu veux dire après le coup qu'il nous a fait, répliqua Otha. Bland est mort. Au fond du cercueil – littéralement. On n'abandonnera jamais Lydia, et ce type le sait. Alors oui, ça me dégoûte de devoir payer une rançon pour ma propre famille, mais je crois que ce n'est pas le moment de camper sur ses grands idéaux.

– Non, dit Kessiah. Si tu as les moyens de les libérer, Otha, fais-le, peu importe comment. Reste en règle avec toi-même, et laisse la justice au Seigneur.

– Tout à fait, acquiesçai-je. À ce propos, il faut que je vous dise quelque chose…

– L'heure est venue de rentrer chez toi, c'est ça, hein ? dit Otha.

– Oui, répondis-je. Je… Je ne suis pas celui que j'ai été. »

Je ne sais même pas s'ils comprirent. Kessiah, peut-être. Mais, même s'ils ne comprenaient pas, je voulais que cela soit dit, je voulais qu'ils sachent que j'avais été transformé par Philadelphie, par Mars, par Otha, par Mary Bronson, par eux tous. Je voulais qu'ils sachent que je comprenais. Mais toutes ces années passées à retenir mes mots, à écouter sans jamais rien dire, m'avaient durablement marqué, si bien que je ne réussis à exprimer ces sentiments qu'en balbutiant : « Je ne suis pas lui. Je ne suis pas lui.

– On sait », dit Otha en se levant pour me serrer dans ses bras.

27

Avant de retourner au fond du cercueil, cependant, j'avais des promesses à honorer. Par un froid dimanche de novembre, j'allai me balader avec Kessiah sur la promenade des quais de la Schuylkill. Le vent s'engouffrait dans la belle artère de Bainbridge – belle, oui, j'en étais venu à la trouver belle, car là où je ne voyais auparavant que chaos, j'envisageais désormais la ville comme une grande symphonie, jusque dans ses allées miséreuses, ses odeurs abominables, la diversité infinie de ses habitants qui se déversaient en masse de leurs taudis de brique, s'entassaient dans l'omnibus, se serraient dans les bazars, se chamaillaient dans les merceries, se prenaient le bec pour de simples provisions.

Nous continuâmes de marcher, croisant toutes ces rues numérotées, jusqu'au bord du fleuve, que nous suivîmes pour atteindre la promenade, quasi déserte en ce dimanche matin. Kessiah s'emmitoufla dans son châle et dit : « Nous ne sommes pas faits pour tout ça, tu sais. Nous sommes un peuple des tropiques – enfin, à ce qu'on dit.

– Moi, c'est ma saison préférée, répliquai-je. Le monde est si beau à cette période de l'année. Comme si tout était recouvert d'un voile paisible, même ici. Comme si le monde ressortait exténué de l'été et qu'en octobre les gens n'avaient plus qu'une envie, rester chez eux pour se reposer.

– Je ne sais pas », dit Kessiah en secouant la tête. Elle laissa échapper un petit rire et resserra encore son châle autour de ses épaules. « Ce vent qui souffle du fleuve ? Très peu pour moi. Je veux le printemps ; les champs verdoyants ; les fleurs.

– La saison du renouveau, hein ? Non, moi, je préfère cette saison de la perte, la saison de la mort ; à mes yeux, c'est à ce moment-là que le monde révèle son vrai visage. »

Nous nous assîmes et restâmes un moment sans rien dire. Kessiah prit ma main, la garda dans la sienne, puis se rapprocha de moi et m'embrassa sur la joue.

« Comment tu vas, Hi ? me demanda-t-elle.

– Je suis ballotté entre plein de sentiments différents, répondis-je.

– Oui, j'imagine. Toutes ces allées et venues, mon Dieu, moi aussi je ressens ça chaque fois que je pars loin de mon Elias, comme si on m'arrachait le cœur de la poitrine.

– Et lui ?

– Elias ? Je n'en sais trop rien ; j'aime à penser que ça ne lui fait pas trop plaisir de me voir m'en aller. Mais je ne lui pose pas la question. Et puis je te rappelle que je n'ai jamais été le genre de femme à rester sagement au foyer. Très peu d'hommes auraient accepté ça. Mais mon Elias était différent. Et je crois que c'est surtout à cause de Harriet. On est de la même trempe, elle et moi ; alors, quand on s'est rencontrés avec Elias, mon caractère ne lui a pas paru si bizarre que ça. C'est peut-être même pour ça qu'il est tombé amoureux de moi, va savoir. J'étais le genre de femme auquel il était habitué. Je me comportais comme toute femme devrait se comporter à ses yeux.

« Il y a beaucoup à faire à la maison, cela dit. Beaucoup de travail. Et je ne m'en occupe pas vraiment. Il n'arrête pas de dire qu'on devrait engager une fille pour nous aider. Libre à lui, je lui réponds toujours, mais au risque d'en perdre une autre ! »

Cela nous fit rire tous les deux, puis je lui dis : « Mais peut-être que non.

– Oh, je t'assure que si ! répliqua Kessiah. Ne te laisse pas embobiner par toutes ces histoires d'"amour libre" que tu as pu entendre à la Convention.

– Je ne parlais pas d'amour libre. Je parlais de ta mère. »

Kessiah se tourna vers le fleuve, le regard dans le vague, et se tut.

« Ce n'est pas juste, dis-je. Ce n'est pas juste, ce qui s'est passé.

– Ce n'est juste pour personne, Hi, dit Kessiah. Et alors quoi, tu vas aussi déclarer la guerre à la Virginie ?

– Certaines promesses ont été faites, dis-je. Avant la mort de Bland.

– Pas pour Thena.

– Non. Pas pour Thena. Tout n'est pas encore très clair dans mon esprit. Mais j'ai le sentiment qu'on me doit quelque chose. Je suis heureux d'être entré dans le Réseau, d'avoir vécu tout ça. Mais on ne m'a jamais demandé mon avis. On m'a enrôlé. Je ne crois pas que ce soit trop demander à la Virginie de libérer la femme grâce à qui j'ai pu survivre, il y a si longtemps.

– Non, ce n'est pas trop demander. Et ici, rien qu'avec Raymond et Otha, ou même avec Harriet dans le Maryland, ça serait déjà fait. Mais en Virginie… les gens sont différents là-bas.

– Je sais. J'ai passé près de la moitié de ma vie aux prises avec eux d'une manière ou d'une autre. Mais crois-moi, je suis bien décidé à faire sortir Thena. Je ne saurais pas te dire quand ni comment. Mais je la ferai sortir. »

Kessiah s'adossa contre le banc et tourna de nouveau les yeux vers le fleuve. Une volée de moineaux jaillit des arbres à tire-d'aile ; je vis un busard plonger et tournoyer au milieu de la nuée pour les pourchasser.

« Ma foi, j'aimerais qu'elle soit là, ce n'est pas moi qui vais te dire le contraire, dit Kessiah. Mais excuse-moi si je ne suis pas aussi remontée que toi sur ce sujet. J'ai fait mes adieux il y a bien longtemps, Hi, et crois-moi, ce n'est pas facile de dire adieu à sa mère.

– Oui, je sais.

– Si jamais tu parviens à la retrouver et à la ramener, eh bien… Il y a une place pour elle ici. Une charmante petite ferme, un peu plus à l'ouest. Du côté de Lancaster. Un endroit merveilleux, vraiment. Et qui n'attend qu'elle. »

Le lendemain matin, je revêtis une tenue semblable à celle que j'avais vu les Asservis porter ici, ceux qui s'habillaient bien au-dessus de leur condition – pantalon élégant, gilet damassé et chapeau haut de forme. Il était encore tôt, le soleil venait tout juste de se lever, mais quand je descendis, Raymond, Otha et Kessiah étaient déjà là. Nous discutâmes de tout et de rien pendant quelques minutes. Raymond avait loué un attelage privé pour nous conduire à la gare de Gray's Ferry – ils tenaient tous à m'accompagner. La carriole arriva bientôt et nous grimpâmes à bord, mais, alors que nous nous apprêtions à démarrer pour descendre Bainbridge, j'aperçus Mars qui courait vers nous en criant, brandissant un sac dans une main et nous faisant de grands gestes de l'autre.

« Hé, la compagnie ! » dit-il en s'approchant de nous. Je le saluai d'un sourire en soulevant mon chapeau.

« J'ai entendu dire que tu allais nous quitter pendant un bout de temps, dit Mars. Je voulais te donner un petit quelque chose avant que tu partes. »

Il me tendit alors le sac. Je l'ouvris et vis à l'intérieur une bouteille de rhum ainsi qu'un pain d'épices dans un emballage en papier.

« N'oublie pas, me dit-il. La famille.

– Je n'oublierai pas, lui répondis-je. Au revoir, Mars. »

Lorsque nous arrivâmes à la gare, le train était à quai et les passagers réglaient leurs derniers préparatifs avant de monter à bord. Je parcourus des yeux la foule et aperçus mon contact, un agent blanc qui viendrait à ma rescousse en cas de problème. Je me tournai vers mes amis et leur dis : « Bon, eh bien, je crois qu'il est l'heure d'y aller », puis je les serrai l'un après l'autre dans mes bras. Je me dirigeai vers le quai pour me mêler à la foule des voyageurs ; je présentai mon billet, montai dans le train et trouvai ma place, suffisamment éloignée pour que je ne puisse pas voir ces compagnons qui étaient devenus pour moi une nouvelle famille, car je craignais d'être submergé par l'émotion si je devais les voir disparaître dans le lointain quand le train quitterait le quai. Je me mis alors à penser à Sophia, et je songeai à quel point j'aurais aimé la faire venir ici, qu'elle puisse rencontrer ces gens, écouter le récit de leurs folles aventures, manger du pain d'épices avec moi en se baladant sur la promenade et regarder passer des Blancs sur leurs monocycles qui nous salueraient d'un petit signe joyeux de la main. Puis j'entendis le machiniste crier, le monstre d'acier se mettre à rugir, et ma plongée dans les mâchoires du Sud commença.

Bien avant que nous ayons atteint la frontière, avant Baltimore, avant que le contrôleur passe dans les wagons pour vérifier les papiers de tous les passagers noirs, avant que nous ayons franchi les montagnes de l'ouest du Maryland pour entrer en Virginie, je sentis l'atmosphère changer. Être asservi, c'est porter un masque, et ce qui m'apparut clairement alors, c'est que Philadelphie allait me manquer, parce que jamais je n'avais pu être aussi fidèle à moi-même que dans cette ville de fumées toxiques, affranchi des désirs et des rituels d'autrui, de sorte que le changement qui s'empara de moi – ma poitrine serrée tout à coup, mes yeux baissés, mes mains ouvertes et ballantes, mon corps tout entier avachi sur le siège – était une négation absolue de moi-même, un mensonge total. Et lorsque je descendis du train, en gare de Clarksburg, j'eus l'impression de sentir les chaînes se refermer sur mes poignets, le garrot se serrer autour de mon cou. Après avoir vécu ce que je venais de vivre, après avoir goûté à ma propre liberté, après avoir vu cette société où tous les Noirs évoluaient librement, ce poids me semblait soudain plus lourd que jamais.

Le lendemain soir, un mardi, j'étais à Bryceton, installé dans mon ancienne cabane. Corrine me laissa profiter de la journée du lendemain. Je la passai à marcher dans les bois, en imaginant que c'était les rues de Philadelphie que j'arpentais, comme je l'avais si souvent fait. Je repensais à Sophia, au désir brûlant que j'avais de l'emmener là-bas, et d'emmener Thena aussi, et je me dis, ce jour-là, que j'étais heureux d'être de retour, car jamais plus je ne voulais respirer l'air de la liberté tant que ces deux femmes seraient encore dans les fers.

Bland m'avait promis qu'il convaincrait Corrine d'organiser le sauvetage de Sophia. Mais Bland était mort. Il me fallait trouver le moyen, par moi-même, de la convaincre de les délivrer toutes les deux. D'autres obstacles se dressaient devant ce projet, outre la mort de Bland. Sophia était la propriété de Nathaniel Walker, sa propriété personnelle ; une telle opération provoquerait à coup sûr sa colère et éveillerait les soupçons. Compte tenu de son âge, l'antenne de Virginie du Réseau clandestin s'opposerait probablement à son sauvetage, car on estimait qu'il fallait faire accéder à la liberté en priorité ceux qui seraient capables de mettre le mieux à profit cette nouvelle vie. Mais j'avais dit à Kessiah que nous y arriverions, et j'étais déterminé à honorer ma parole.

Je retrouvai Corrine et Hawkins, tôt le lendemain matin, dans le salon de la résidence, et, au moment de franchir le seuil de cette porte, je fus soudain rattrapé par les souvenirs du passé, de ma première visite à Bryceton et du dévoilement de ses incroyables secrets. Je revis mon vieux précepteur, mon cher Mr Fields, mon cher Micajah Bland, rire en écoutant Hawkins raconter je ne sais quelle histoire, et je le revis se tourner vers moi avec un regard d'une infinie gravité, et je vis dans ces yeux la conscience terrible de toutes les épreuves par lesquelles j'allais devoir bientôt passer.

« Hiram, dit Corrine après que nous fûmes tous les trois confortablement installés. Lorsque tu es tombé dans la rivière avec Maynard, cela a entraîné deux choses. D'abord, pour moi, le soulagement – tu m'as soustraite au mariage avec cet homme et à toutes les horreurs qui en auraient découlé, comme tu peux l'imaginer. Et, pour cela, je te remercie.

– Je n'y ai pris aucun plaisir, dis-je. Mais au moins votre sort en a-t-il été amélioré.

– Deux, mon garçon, intervint Hawkins. Elle a dit deux choses.

– Malheureusement, enchaîna Corrine, tu as aussi empêché cette antenne d'avoir accès aux rangs les plus nobles du comté d'Elm.

– Il n'y avait rien de noble chez Maynard, rétorquai-je.

– Certes, mais tu comprends ce que je veux dire, fit Corrine. Me voici aujourd'hui condamnée au célibat, et coupée de la bonne société des dames de ce pays. Si j'avais épousé Maynard, une telle sociabilité aurait grandement renforcé le Réseau et nous aurait permis de récolter des renseignements précieux. Je pense que tu vois de quelle manière.

– Oui, je vois.

– Ainsi donc, avec la mort de Maynard, c'est tout un investissement que nous avons perdu. Des mois de préparation. Et nous avons dû nous débrouiller dès lors avec ce qui restait.

– C'est-à-dire toi, intervint de nouveau Hawkins sur un ton peiné. On a été obligés de te faire sortir.

– Et si tu n'as pas pu nous donner tout ce que nous pouvions escompter en nous servant de Maynard, tu as fait plus que ta part. Nous savons ce que tu as accompli à Philadelphie et dans le Maryland. As-tu enfin découvert les pouvoirs dont tu n'avais qu'une vague idée il y a encore un an ? »

Je ne répondis pas. Je les avais découverts en effet, mais il me manquait encore quelque chose, le levier qui me permettrait de libérer à volonté les souvenirs les plus enfouis et de conduire à ma guise ce train sur les rails. Et quand bien même j'en aurais eu l'entière maîtrise, je me rappelais l'avertissement de Harriet, et je la croyais quand elle disait que ce pouvoir était pour moi, pas pour eux.

« Nous ne sommes pas sans reconnaissance ni sans admiration à ton égard, Hiram, dit Corrine. Mais cela ne signifie pas pour autant que nous sommes quittes.

– Je suis là, lui dis-je. Et, dans la mesure du possible, de mon plein gré. Dites-moi de quoi vous avez besoin, et je m'exécuterai.

– Bien, dit Corrine. Très bien. Tu te souviens du domestique de ton père, Roscoe ?

– Bien sûr. C'est lui qui m'a fait monter là-haut.

– Eh bien, il est décédé. Son heure était venue.

– Je suis navré de l'apprendre.

– Dès que Roscoe a commencé à décliner, dit Hawkins, ton vieux père Howell a envoyé une lettre à Corrine. Il veut que tu retournes auprès de lui – à la place de Roscoe.

– Souviens-toi, mon union avec Maynard était censée nous permettre d'avoir accès à de nombreuses informations, dit Corrine. Peut-être est-ce toi à présent qui pourrais nous les fournir. Nous aimerions connaître la situation exacte de ton père et les perspectives futures du domaine de Lockless. Es-tu prêt à nous aider ?

– Oui », répondis-je du tac au tac. Mon absence totale d'hésitation parut les surprendre, car je m'engageais ainsi à retourner auprès de l'homme qui était mon maître, même s'il était également mon père. « Mais j'ai besoin que vous m'accordiez quelque chose en retour.

– Nous t'en avons déjà accordé beaucoup, dit Corrine.

– Pas plus que je ne méritais », rétorquai-je.

Corrine sourit et hocha la tête. « C'est vrai, dit-elle. Eh bien ? Que veux-tu ?

– Il y a deux personnes là-bas – une femme et une fille. Je veux qu'elles soient libérées.

– La fille, j'imagine, est celle avec qui tu t'es enfui, dit Corrine. Sophia. Et la femme, sans doute celle qui veillait sur toi au tout début, quand tu es arrivé à la résidence. Thena.

– Exactement. Je veux qu'on les conduise jusqu'à Philadelphie, à l'antenne de la Neuvième Rue, auprès de Raymond White.

– Hors de question, dit Hawkins. Ça ne ferait qu'attirer l'attention de Ryland, et probablement le conduire droit vers nous. La fille qui s'est enfuie avec toi, envolée de nouveau alors que tu viens à peine de rentrer ? Et l'autre avec elle, qui est comme une mère pour toi ? Non, c'est pas possible.

– Et puis cette Thena, ajouta Corrine. Rien ne justifie une telle opération dans son cas, étant donné son grand âge.

– Je suis conscient des dangers, et je suis conscient des problèmes, dis-je. Et ce n'est pas forcément maintenant. Mais je veux que ce soit planifié. Je veux que vous me promettiez que, quand le moment sera propice, vous les ferez sortir. Écoutez, je ne suis plus le même homme. Je sais ce que signifie cette guerre, et je suis dans votre camp. Mais je ne peux pas me battre pour des symboles. Ces deux femmes sont ma famille, la seule que j'aie jamais eue. Et je veux qu'elles soient libres. Je ne pourrai pas dormir en paix tant qu'elles ne seront pas libres. »

Corrine me toisa en silence pendant un moment. Puis elle dit : « Je comprends. Nous le ferons. Le moment venu. Mais nous le ferons. Pour l'instant, prépare-toi. Tu pars demain. J'ai déjà informé ton père. Il t'attend. »

Ainsi, à la première heure le lendemain matin, je me levai, fis ma toilette et enfilai mes vieux vêtements, les habits d'un Asservi, et, lorsque je sentis l'étoffe rugueuse frotter contre ma peau, j'eus la vision d'une porte noire qui se refermait en claquant devant mes yeux. Voilà, j'étais de retour sous le joug. J'en éprouvai un étrange soulagement, car la sensation d'irritation que me procuraient ces vêtements me reliait à la peine que ressentaient tous les Asservis. Je savais que Corrine avait brûlé le décret qui condamnait mon âme à l'esclavage, mais cela n'avait pas la moindre signification dans ce lieu où j'étais encore et toujours un esclave aux yeux de la société tout entière. Et je me souvins alors de Georgie Parks, dont la liberté douteuse dépendait de l'arrestation de tous les Noirs qui aspiraient à s'émanciper comme lui-même y était parvenu. Je n'étais pas Georgie. Je ne pouvais pas jeter au feu le décret qui me tenait captif tant que l'Asservissement lui-même n'aurait pas été réduit en cendres.

Je retrouvai Hawkins à l'écurie et nous menâmes les chevaux jusque devant la résidence. Nous attendîmes Corrine sans échanger un mot et, lorsqu'elle sortit avec Amy, je compris véritablement la noblesse des efforts entrepris par l'antenne de Virginie. Je connaissais les deux visages de Corrine, si différents l'un de l'autre qu'on avait du mal à croire qu'ils étaient ceux d'une seule et même personne. Il y avait la Corrine du Réseau clandestin de Virginie et de la Convention de New York, avec ses cheveux lâchés jusqu'aux épaules et son rire franc et tonitruant. Et puis il y avait la Corrine qui venait d'apparaître devant nous, guindée, avançant d'un pas majestueux, impeccablement maquillée, parée de ce teint de rose tant prisé par les Distinguées. Mais elle portait de nouveau ses habits de deuil, et sa parure était plus élaborée encore qu'autrefois : une longue traîne noire filait dans son dos, et son voile était si grand que, lorsqu'elle le releva pour le rabattre derrière sa tête, il lui tombait jusqu'à la taille. Sans doute remarqua-t-elle mon étonnement, car elle ne put s'empêcher de rire sous cape. Puis, avec l'aide d'Amy, elle remit son voile devant son visage, donnant le coup d'envoi de notre petite mascarade.

C'était étrange de revoir ce pays sous un angle nouveau. De voir les bois dans lesquels j'avais si souvent couru, toute la géographie que j'avais explorée de long en large quand j'avais été soumis aux rigueurs de l'entraînement. Tous les bouleaux, les ostryers de Virginie et les chênes rouges déployaient leur éventail resplendissant d'or et de bruns. Les montagnes derrière nous, leurs cimes et leurs vastes pentes dégagées où le monde s'ouvrait, offrant à perte de vue le spectacle foisonnant de la morte-saison. Mais mon cœur ne battait à cet instant que de la peur d'être de retour en terre d'esclavage, et de savoir que ce monde avait à présent les yeux braqués sur moi.

Nous arrivâmes à Starfall en fin d'après-midi, et je compris, presque instantanément, que le déclin qui s'était amorcé à l'époque où j'étais parti s'était accéléré. Tout était trop calme. C'était un jeudi, un jour ouvré, mais lorsque nous entrâmes dans la ville, seules les feuilles mortes balayées par le vent le long de Main Street nous accueillirent. En passant devant la place principale, naguère encore débordante d'activité à cette heure du jour, je vis que la tribune sur laquelle les plus éminents Distingués grimpaient pour s'adresser à leurs concitoyens n'était plus qu'un pauvre échafaud de bois pourri et fendillé qu'on avait laissé à l'abandon. Les bâtiments qui abritaient jadis des boutiques de fourreurs, des ateliers de charrons et des bazars avaient été désertés. La clôture de bois entourant le champ de courses, d'où je regardais autrefois les chevaux courir, s'était effondrée, et l'herbe sauvage avait commencé d'empiéter sur la pelouse.

Je me retournai vers Hawkins, qui tenait les rênes, assis derrière moi, et lui demandai : « Les courses ?

– Pas cette année, dit-il. Peut-être plus jamais. »

Nous attachâmes les chevaux devant les écuries, puis nous dirigeâmes vers l'auberge, de l'autre côté de la rue. En entrant, voici ce que je découvris : une grande salle dans laquelle étaient installés dix Blancs, des Inférieurs selon toute apparence, éparpillés çà et là. Personne ne se parlait ; chacun restait dans son coin, à siroter sa bière ou perdu dans ses pensées. Tout à droite, reclus dans un étroit vestibule, un réceptionniste était penché sur son registre. Personne ne réagit à notre arrivée. Il y avait quelque chose de bizarre dans l'air, mais je n'arrivais pas à mettre le doigt dessus. Je restai derrière Corrine, qui s'avança jusqu'au comptoir d'accueil ; le réceptionniste ne leva même pas la tête.

« Des nouvelles du train Comet du Kentucky ? » demanda-t-elle.

Le réceptionniste leva alors les yeux, ne bougea plus pendant quelques secondes, puis dit : « Il a déraillé ce matin. »

À ces mots, Corrine se tourna vers Hawkins en hochant la tête. Ce dernier se hâta d'aller fermer à clé la porte de l'auberge. Deux des hommes attablés relevèrent le nez de leur chope de bière et allèrent tirer les stores aux fenêtres. Et c'est la deuxième fois, en une seule journée, que je perçus tout le génie de Corrine Quinn. Croyez-moi, j'en étais à un point de ma vie où j'avais été témoin de tant de choses que j'aurais été prêt à croire que c'était elle qui avait semé la désolation dans les champs de tabac de Virginie, car ce dont je m'aperçus alors, en regardant autour de moi, c'est que tous les visages de tous ces Blancs inférieurs ne m'étaient pas du tout étrangers en réalité – c'étaient tous des hommes que j'avais croisés lors de ma période d'entraînement à Bryceton, et je compris dès lors très exactement ce qui s'était passé. Ici, au cœur même du comté d'Elm jadis légendaire, Corrine Quinn avait créé l'antenne de Starfall du Réseau clandestin.

Moins d'une heure plus tard, les réunions allaient bon train. J'avais été dispensé d'y participer, étant appelé à ma propre mission qui commencerait le lendemain. Je sortis de l'auberge par l'arrière et fis le tour du bâtiment pour regagner la rue. Je relevai le col de mon manteau jusqu'aux joues et baissai mon chapeau sur mon front. Une curiosité dévorante s'était emparée de moi quelques minutes plus tôt – qu'était-il advenu de Freetown ? D'Edgar et Patience ? De Pap et Grease ? D'Amber et son bébé ? J'aurais pu poser toutes ces questions à Hawkins ou à Amy, mais je crois que je savais ce qu'ils m'auraient répondu, car en vérité, au plus profond de mon cœur, je n'étais frappé ni de stupeur ni de perplexité devant un tel spectacle, car je savais pertinemment quel était le prix à payer pour ce que nous avions fait à Georgie Parks.

Je trouvai ainsi exactement ce à quoi je m'attendais, là-bas, à l'ombre de la prison de Ryland – où croupissaient la moitié des âmes qu'il restait à Starfall. Freetown était en ruine, mais pas le genre de ruine où avait sombré le reste de la ville. Les cahutes avaient été presque entièrement détruites ; il ne restait plus que quelques planches de bois noircies par le feu, des cendres, et des portes arrachées à leurs gonds dans les rares bâtisses encore debout, comme si quelque puissance prodigieuse les avait défoncées. Ainsi de l'ancienne maison de Georgie Parks, dans laquelle je pénétrai alors. À l'intérieur, tout était détruit – le lit cassé en deux, une commode brisée en son milieu comme par un grand coup de hache, la vaisselle en mille morceaux, une paire de lunettes écrasée. Je demeurai un moment à contempler le résultat de mes actes, les fruits de la terrible vengeance du Réseau, qui s'en était pris non seulement à Georgie Parks, mais à tout le quartier de Freetown. Et je sentis alors monter en moi une honte immense et profonde. C'est à cet instant que je le vis – dans un coin, un petit cheval de bois, celui que j'avais offert à Georgie pour la naissance de son enfant. Je me baissai pour le ramasser, puis sortis de la cahute dévastée. Le soir commençait à tomber. À quelques mètres de là se dressait la prison de Ryland, bloc de pierre et de silence. Au loin, le soleil se couchait derrière les arbres. Il me sembla percevoir une sombre menace planer sur la rue à l'abandon. Je glissai le petit cheval de bois dans la poche de mon manteau, puis continuai mon chemin.

III

« Les Noirs, cependant, qui avaient sauté par-dessus bord, continuaient de danser au milieu des vagues, et dans la mélodie qu'ils entonnaient à tue-tête il me sembla entendre un chant de triomphe. »

ALEXANDER FALCONBRIDGE

28

Le lendemain après-midi, je sortis le cheval et la carriole de l'étable et quittai Starfall pour rejoindre Lockless par la route principale, en évitant de passer par le pont de pierre, Dumb Silk Road et la barrière de Falling Creek. J'étais assailli par toutes sortes de sentiments, et ce n'était pas la perspective de revoir mon père, ni la honte que j'éprouvais en repensant aux derniers mots que j'avais adressés à Thena, ni même l'idée de retrouver Sophia, qui me préoccupait le plus ; tout cela, je le ressentais bel et bien, mais j'étais surtout envahi par un espoir aussi profond que puéril, l'espoir que Lockless ait été épargné par la déliquescence dont j'avais vu les traces partout dans le comté d'Elm.

Qui sait pourquoi nous aimons ce que nous aimons ? Pourquoi nous sommes ce que nous sommes ? Vous le savez, j'étais désormais lié par une dette au Réseau. Tout ce que je savais de ce qu'est véritablement l'humanité, de l'allégeance et de l'honneur, je l'avais appris au cours de l'année passée. J'avais placé ma foi dans le monde de Kessiah, Harriet, Raymond, Otha et Mars. Et pourtant, le petit garçon en moi n'était pas mort. J'étais ce que j'étais, et je ne pouvais pas plus choisir ma famille – même une famille qui m'avait été refusée – que je ne pouvais choisir un pays qui refusait ne serait-ce que de nous accepter.

Mais lorsque je pris le virage de West Road pour pénétrer dans le domaine de Lockless, je compris, presque immédiatement, que mon vœu ne serait pas exaucé. Comme la piste du champ de courses, l'allée principale avait commencé à se laisser déborder par la prolifération sauvage de la forêt. Je constatai en passant devant les champs que la main-d'œuvre avait beaucoup diminué, et je ne reconnus aucun des hommes que je croisai.

Je perçus une lueur d'espoir en traversant le verger, près de la résidence, qui semblait parfaitement entretenu et n'exhalait pas la moindre odeur de fruit pourri abandonné au sol. Et, juste devant la maison, le jardin d'asters tardifs était encore plus resplendissant. J'arrêtai la carriole devant l'étable, attachai le cheval, et je remarquai alors que, à part celui qui m'avait conduit jusqu'ici, il n'y avait plus dans l'étable qu'un seul cheval. Le mien pantelait, assoiffé. Je portai l'auge jusqu'à la source, la remplis d'eau et allai la reposer dans l'étable – et, lorsque je regardai l'eau, il me sembla la voir chatoyer, miroiter pour moi seul. Bientôt, me dis-je. Puis je me dirigeai vers le palais blanc de Lockless.

Je le vis avant qu'il ne se rende compte de ma présence. J'étais debout, tout au bout de l'allée, face à la demeure ; il était assis sur la véranda, derrière la moustiquaire, en tenue de chasse, son fusil posé à côté de lui, sa liqueur de l'après-midi de l'autre côté. J'avais dans les mains un petit caisson – des cadeaux de la part de Corrine. C'était presque le soir. Le soleil d'automne commençait à peine à décliner. Je restai un moment à le regarder, sans bouger, puis lui lançai : « Bonjour, monsieur. » Je le vis s'extraire de ses pensées, cligner des paupières et, lorsqu'il comprit, il ouvrit des yeux grands comme des soucoupes. Il s'avança vers moi précipitamment, et on aurait dit qu'il nageait plutôt qu'il ne courait, se laissant aller à un abandon bizarre, agitant les bras comme s'il brassait de l'eau. Il m'attira contre lui et me serra dans ses bras, sans la moindre retenue, et je replongeai soudain dans son odeur sauvage et familière.

« Mon garçon », dit-il. Puis il recula d'un pas pour me regarder, me tenant par les épaules, des larmes roulant doucement sur ses joues. « Mon garçon », répéta-t-il en secouant la tête.

Je ne sais pas à quel genre d'accueil je m'étais attendu en revenant chez mon père. J'avais le pouvoir de la mémoire – pas celui de l'imagination. Mais mon père était là à présent, en face de moi, et lorsqu'il m'eut guidé vers la véranda pour que nous nous asseyions ensemble, je pus le jauger à ma guise. On aurait dit qu'il était devenu l'incarnation en miniature de la ville de Starfall elle-même. Je n'étais parti que depuis un an, mais il en paraissait aujourd'hui dix de plus. Il était plus frêle. Ses traits sévères s'étaient adoucis et son corps tout entier semblait affaissé dans son fauteuil. Il avait de lourdes poches sous les yeux ; son visage était pâle et grêlé. Je sentais que chaque battement de cœur lui coûtait un effort.

Mais il y avait autre chose – une sorte de joie, suscitée par mon retour, la même joie que j'avais devinée, toutes ces années auparavant, le jour où j'avais attrapé au vol la pièce qu'il m'avait lancée.

« Seigneur Dieu, dit-il en me dévisageant. Il va falloir qu'on t'habille mieux que ça. La dignité, mon fils. Tu te souviens du vieux Roscoe ? Toujours tiré à quatre épingles, Dieu ait pitié de son âme.

– Oui, monsieur, lui dis-je.

– Je suis content de te revoir, fils. Cela fait bien longtemps, bien trop longtemps.

– Oui, monsieur.

– Comment te sens-tu chez Miss Corrine, mon garçon ?

– Bien, monsieur.

– Pas trop à ton aise non plus, j'espère.

– Comment ça, monsieur ?

– Elle ne t'a donc rien dit, fils ? Tu vas revenir ici, à Lockless. Qu'en penses-tu ?

– J'en pense que cela me convient très bien.

– Tant mieux, tant mieux. Voyons voir ce que tu m'as apporté là. »

Je l'aidai à sortir les cadeaux de Corrine – quelques douceurs et friandises, diverses babioles, un volume de Sir Walter Scott. L'heure du dîner approchant, j'aidai mon père à monter à l'étage pour passer sa tenue du soir.

« Parfait, parfait, me dit-il. On dirait que tu as fait cela toute ta vie. Mais va donc te changer, toi aussi. Il me semble que le vieux Roscoe était plus petit que toi. En revanche, je pense que certains des vêtements de Maynard pourraient t'aller. Ce garçon avait une garde-robe extravagante. J'avoue qu'il me manque ; mais, mon Dieu, ce garçon me causait du tracas.

– C'était un honnête homme, monsieur.

– Oui, c'est vrai. Inutile de laisser tous ces beaux habits se détériorer, cela dit. Va donc trouver de quoi t'accoutrer avec un peu d'élégance. Tu pourras t'installer dans l'ancienne chambre de ton frère, ici à la résidence, plutôt que dans ces tunnels en bas.

– Oui, monsieur.

– Une chose encore, mon garçon. Il y a eu beaucoup de changement ici depuis que tu es parti. Cette vieille demeure n'est plus ce qu'elle était. Nous avons perdu tant de gens. Mais j'ai fait ce que j'ai pu, et pour le reste je n'ai pas pu faire autrement. Mon fils, je suis vieux. Tout ce qui me préoccupe aujourd'hui, cependant, c'est de m'assurer que cette maison et nos gens puissent compter sur un héritier bienveillant. Je veux que tu saches que c'est là quelque chose de très important pour moi, tu comprends ?

– Oui, monsieur.

– J'ai commis une erreur en te laissant partir, mon garçon. J'étais en deuil, et cette fille, Corrine, je dois dire qu'elle a diablement insisté. Mais, depuis ton départ, je n'ai cessé de tout tenter auprès d'elle pour que tu reviennes, pour te ramener là où je sais que tu désires vivre. Et Dieu m'est témoin, j'ai réussi. Te voici de retour, mon garçon. Tu te débrouilleras parfaitement à la place du vieux Roscoe, je n'ai aucun doute là-dessus, comme autrefois à la place de mon cher petit May. J'attends autre chose de toi, cependant. Jadis, c'étaient tes mains qui m'étaient utiles. Mais j'en ai déjà plus qu'il ne m'en faut. Aujourd'hui, c'est de tes yeux que j'ai besoin. Tout doit rester en ordre. Est-ce que je peux compter sur toi, mon garçon ?

– Oui, monsieur.

– Bien. Très bien. Je ne peux pas m'empêcher d'éprouver certains remords. J'ai commis deux erreurs dans ma vie. La première a été de laisser partir ta mère ; la seconde, de te laisser partir, toi. Et chaque fois de manière horriblement abrupte. Plus jamais ça. Je suis peut-être un vieil homme, mais je suis aussi un homme nouveau. »

C'est ainsi que je me retrouvai, ce soir-là, à occuper la chambre de mon frère mort, et à porter ses habits. Lorsque sonna l'heure du dîner, je me rendis dans les cuisines, et je ne reconnus aucun visage. Deux personnes travaillaient là – autrefois, il y en avait cinq. Deux personnes d'un certain âge, qui plus est, ce qui en disait assez long sur les difficultés auxquelles était confronté aujourd'hui le domaine de Lockless. Dans la mesure où ils n'étaient pas susceptibles d'avoir des enfants ni de travailler pendant de nombreuses années, les esclaves âgés étaient ceux qui coûtaient le moins cher. Ces deux-là avaient entendu parler, par leurs propres sources, de « toute cette histoire avec Ryland », mais ils semblaient bizarrement ravis de voir mon père si heureux de mon retour, et ils évoquèrent longuement sa fierté et ses regrets, en dépit de mon évasion. Sans doute pensaient-ils – ou espéraient-ils, même – que ma présence allait contribuer à réinstaurer une certaine stabilité au sein du domaine.

Je servis le dîner – soupe de tortue et côtelettes –, aidai les domestiques à débarrasser, puis accompagnai mon père dans son bureau, un digestif à la main. Une fois ces devoirs accomplis, je me retrouvai seul à seul avec ma honte. Je laissai mon père assis dans son fauteuil, en veston et bras de chemise, perdu dans sa nostalgie du Lockless d'antan, et me glissai derrière le mur coulissant du bureau pour rejoindre l'escalier secret menant au Terrier dans les sous-sols de la maison. Ils étaient si nombreux à être partis ; les lieux, autrefois grouillants de vie, étaient désertés, fantomatiques, les chambres laissées à l'abandon ; derrière les portes grandes ouvertes, on apercevait divers objets que les Asservis n'avaient pas emportés avec eux – une bassine, des billes, une paire de lunettes. En inspectant le Terrier à l'aide d'une lanterne, passant la main sur l'encadrement des portes tapissé de toiles d'araignées, là où jadis avaient vécu Cassius, Ella, Pete, je sentis monter en moi une immense colère – non pas simplement parce que je savais qu'on les avait emmenés, mais parce que je savais de quelle façon, séparés les uns des autres, comme j'avais été moi-même séparé dès la naissance. Je pris la mesure, comme jamais auparavant, de l'ampleur de ce crime, du caractère absolu de cette spoliation – les petits instants précieux, la tendresse, les querelles et les corrections, tout avait été volé à ces gens, afin que d'autres hommes, tels que mon père, puissent vivre comme des dieux.

Mon ancienne chambre était telle que je l'avais laissée – la bassine, la cruche, le lit. Mais je n'étais pas d'humeur à m'attarder sur ces souvenirs. C'est alors que j'entendis, dans la chambre mitoyenne, une voix de femme qui chantonnait ; une voix que je connaissais. Je sortis de ma chambre, m'approchai de la porte légèrement entrouverte et découvris Thena, assise sur son lit, fredonnant pour elle-même, deux épingles coincées entre les dents, en train de rapiécer un vêtement posé sur ses genoux. Je restai un moment sans bouger, attendant qu'elle s'aperçoive de ma présence ; mais, comme elle ne levait pas la tête, je finis par entrer, tirai une chaise et m'assis face à elle.

« Thena. »

Elle continua de fredonner, sans même lever les yeux. Je savais, depuis le temps, quel était le prix de mon silence, ce qu'il m'en avait coûté de retenir mes mots afin de me protéger le cœur. Je savais ce qu'on ressentait lorsqu'une personne qu'on aimait profondément n'était plus là et qu'on ne pouvait plus lui dire à quel point elle avait compté. Mais assis là, devant Thena, que je croyais avoir perdue à jamais, et qui avait plus encore d'importance et de caractère à mes yeux depuis ma rencontre avec Kessiah, je sentais qu'une deuxième chance m'était offerte, et j'étais bien décidé à ne pas la laisser passer.

« J'ai eu tort », lâchai-je. Je n'avais aucune prétention. Je ne savais pas quoi faire d'autre. Toutes les émotions de l'année passée étaient inédites pour moi, et j'étais toujours, à bien des égards, un petit garçon qui ne savait que faire de telles émotions. Mais je savais du moins que trop de choses étaient restées tues entre nous. Et nul ne savait combien de temps encore il nous serait accordé de passer ensemble.

« Je suis venu te dire que je suis conscient de t'avoir mal parlé la dernière fois que nous nous sommes vus, de m'être mal comporté avec toi – toi qui es la seule famille qu'il me reste, toi dont je me sens plus proche que de n'importe qui d'autre ayant jamais vécu dans cette maison. »

Thena leva alors enfin les yeux, brièvement, avant de les baisser de nouveau, sans cesser de chantonner. Et, quoiqu'il n'y eût pas une once de compassion dans le regard glacial qu'elle me lança, même sa méfiance était une sorte de pas en avant.

« Ce n'est pas facile pour moi de te dire ça. Tu me connais depuis toujours. Tu sais que ce n'est pas facile. Mais je suis désolé. Et j'ai craint pendant si longtemps que ces mots ne soient les derniers que je t'aurais jamais adressés. Alors te voir ici, de nouveau... te revoir... Écoute-moi. J'ai eu tort. Je suis désolé. »

Cessant de fredonner, elle releva la tête une nouvelle fois, et posa sur le lit près d'elle le pantalon qu'elle était en train de recoudre. Puis elle saisit ma main droite dans les siennes et la serra très fort, sans jamais me regarder en face, et je l'entendis inspirer puis expirer profondément. Elle lâcha ensuite ma main, reprit le pantalon et me dit : « Passe-moi ce morceau de velours, là. »

Je pris la pièce de tissu sur le dessus de sa commode et la lui tendis. Et à cet instant je sentis quelque chose en moi se remettre en place. J'avais perdu ma mère. C'était vrai. Mais devant moi se trouvait une femme qui avait aussi connu la perte, une femme que cette perte, précisément, ce manque, avait rapprochée de moi, et qui était devenue ma seule famille fiable et fidèle à Lockless, ainsi qu'elle me l'avait elle-même dit un jour. Et, alors que j'avais redouté qu'elle ne me tienne à jamais rigueur des paroles que je lui avais adressées, je décelai à présent chez elle, jusque dans la brusquerie de ses gestes, la joie qu'elle éprouvait de me revoir sain et sauf. Je n'avais pas besoin de la voir sourire. Je n'avais pas besoin de la voir rire. Je n'avais même pas besoin qu'elle me dise combien elle m'aimait. J'avais tout simplement besoin, au fond, qu'elle me prenne la main.

« Bon, eh bien… je suis installé en haut, maintenant, lui dis-je. Dans l'ancienne chambre de Maynard. Je ne peux pas dire que ça m'enchante, mais c'est Maître Howell qui décide. Fais-moi signe si tu as besoin de moi. »

Elle se remit à fredonner pour toute réponse. Mais, alors que je m'apprêtais à passer la porte, je l'entendis me dire : « T'as manqué le dîner. »

Je me retournai et répondis : « Ça, et bien plus encore. »

J'allai ensuite dans mon ancienne chambre récupérer quelques effets – ma cruche, mes livres, mes vieux vêtements, et je retrouvai même ma pièce porte-bonheur, qui n'avait pas bougé du linteau où je l'avais laissée. Je mis tout cela dans ma bassine, puis remontai par l'escalier secret dans le bureau, où mon père s'était tranquillement assoupi. J'allai poser mes affaires dans l'ancienne chambre de Maynard et redescendis, pris mon père par le bras pour le faire monter dans sa chambre, l'aidai à se déshabiller puis à se glisser sous les couvertures, et lui souhaitai bonne nuit.

Le lendemain matin, je m'habillai, aidai de nouveau mon père à se préparer, puis je pris la calèche pour aller à Starfall chercher Corrine, Amy et Hawkins. Corrine et mon père déjeunèrent, puis firent une petite promenade dans la propriété, seul à seul. Ils revinrent une heure plus tard et prirent le thé. Le soir, après le départ des visiteurs, je servis le dîner à mon père, puis descendis voir Thena dans le Terrier.

Autrefois, c'était toute une humanité qui fourmillait dans le Terrier, des Asservis qui allaient et venaient, se croisaient, chantaient, se racontaient leurs histoires et échangeaient leurs complaintes ; ils formaient un monde à part entière, si bien qu'avec un peu d'imagination on pouvait presque oublier que cet endroit était une prison. Mais, aujourd'hui, toute cette chaleur humaine avait disparu, et le Terrier révélait son véritable visage – celui d'un cachot dans les sous-sols d'un château, humide et gris, dont l'aspect lugubre était plus encore souligné par la rangée de lanternes depuis longtemps hors d'usage qui plongeaient des couloirs entiers dans l'obscurité.

Thena n'était pas dans sa chambre. Je décidai de l'attendre. Elle arriva quelques minutes plus tard, me regarda et dit : « Bonsoir.

– Bonsoir.

– T'as mangé ?

– Non. »

Elle me servit un peu de lard avec des légumes et du pain de cendre. Nous partageâmes ce repas en silence, comme lorsque j'étais enfant. Puis, après avoir débarrassé, je lui souhaitai bonne nuit et remontai dans ma chambre. Cela devint notre petit rituel pendant une semaine. Puis, par une soirée inhabituellement douce pour la saison, je lui suggérai que nous emportions nos assiettes pour dîner dehors, à la sortie du tunnel par où, si longtemps auparavant, j'avais pénétré avec elle dans le Terrier pour la première fois. Nous mangeâmes ainsi à la belle étoile en regardant le soleil se coucher sur le paysage.

« Alors, dit Thena, tu as vu Sophia ?

– Pas encore. J'imagine qu'elle passe l'essentiel de son temps chez Nathaniel, maintenant.

– Non, dit Thena. Elle est là-bas, dans la Rue. Nathaniel est presque toujours fourré dans le Tennessee, ces temps-ci. Du coup, elle a pas trop de raisons d'aller là-bas. Mais Corrine, Howell et lui ont passé une sorte d'arrangement entre eux à propos d'elle. J'ai pas trop bien compris, mais en gros ils la laissent s'occuper de ses petites affaires dans son coin.

– Ses petites affaires ?

– Le temps de décider ce qu'ils vont faire d'elle, j'imagine. C'est pas non plus comme s'ils me mettaient dans ce genre de confidences, tu sais.

– Je devrais aller la voir.

– Seulement si t'es prêt, dit Thena. Mieux vaut pas trop se précipiter. Y a beaucoup de choses qu'ont changé par là-bas. »

Le lendemain était un dimanche, mon jour de repos. Je ne pus aller voir Sophia jusqu'à l'après-midi. Puis, conscient qu'il fallait bien que je me lance à un moment ou à un autre, et que je ne serais jamais vraiment prêt de toute façon, je me mis en route vers la Rue, vers le berceau de mes origines. Comme je m'y étais attendu, je découvris un endroit livré à la ruine. Les poules qui couraient en tous sens autrefois avaient disparu, et les mauvaises herbes avaient envahi les jardins. C'était le crépuscule de cette partie du vaste Empire du Sud dont la Virginie était le siège ancestral. Certains ont affirmé que cette décadence était entièrement la faute de ses maîtres, et que peut-être, si les Distingués s'étaient accrochés aux dérisoires vertus d'antan, cet empire aurait pu perdurer pendant un millénaire encore. Mais cette déliquescence était prévisible de toute éternité, car l'esclavage rendait les hommes enclins à se vautrer dans la dépense et la paresse. Maynard était vulgaire, et c'était là son plus grand crime. Il était, à cet égard, le représentant le plus fidèle de la caste des Distingués. Simplement, il n'était pas assez malin pour le dissimuler.

La première morsure de l'hiver s'était abattue sur le comté d'Elm, m'inspirant la nostalgie des dimanches d'été et des jours lointains où je retrouvais mes amis pour jouer aux billes et à chat perché. Thena m'avait dit que Sophia s'était installée dans la cabane tout au bout de la Rue où elle et moi avions nous-mêmes vécu après la disparition de ma mère. Je regardais toutes ces cabanes alignées quand je vis soudain apparaître, sur le seuil de notre ancienne maison, une femme qui portait un enfant sur sa hanche. Elle le fit sauter dans ses bras deux ou trois fois, puis elle leva la tête et m'aperçut. Elle me lança alors un regard perplexe, puis m'adressa un signe d'assentiment en hochant la tête, et rentra à l'intérieur. Je restai figé un instant, dans l'expectative, et la femme ressortit, sans le bébé cette fois, et ce n'est qu'alors que je compris que cette femme était Sophia.

Lorsqu'elle apparut sur son perron, elle était différente. Elle était là, immobile, à quelques mètres de moi, tout au bout de la Rue, Sophia, ma Sophia, le visage fermé. Je ne savais pas quoi penser de cette attitude. Était-elle en colère après moi parce que je l'avais menée droit dans les griffes de Ryland ? Cette soirée que nous avions passée ensemble jadis, unis, n'avait-elle été qu'un rêve ? Une simple amourette enfantine ? En aimait-elle un autre aujourd'hui ? Et qui était ce bébé ?

« Tu vas rester planté là toute la journée ? » me cria-t-elle. Puis elle rentra dans l'ancienne cabane de Thena. Je m'approchai, m'arrêtai sur le seuil, et je me revis soudain, débarquant chez Thena avec mon sac de victuailles. Mais ce n'était pas le moment de se laisser aller aux souvenirs. Jetant un œil par la porte restée ouverte, j'aperçus Sophia qui avait repris le bébé dans ses bras et le faisait sauter sur ses genoux, comme tout à l'heure, en lui chantant une chanson.

« Bonjour, dis-je.

– Tiens, tiens, mais qui voilà, répliqua-t-elle. Bonjour, Hiram. » Il y avait quelque chose de malicieux dans sa voix, et je n'arrivais pas à savoir si c'était sa taquinerie habituelle ou autre chose, quelque chose de plus profond. Elle s'assit sur une chaise, près de la fenêtre, et m'invita à m'asseoir sur le lit. Le bébé, qui avait la peau de la même teinte brun clair que moi, babillait paisiblement dans les bras de Sophia. C'est seulement alors que je me mis à essayer de faire le rapprochement. Quelque chose dans mon expression dut trahir mes réflexions, peut-être avais-je haussé un sourcil ou écarquillé les yeux, car Sophia laissa échapper un petit claquement de langue, leva les yeux au ciel et me dit : « T'inquiète pas, va. Elle est pas de toi.

– Je ne m'inquiétais pas, lui répondis-je. Plus rien ne m'inquiète. »

À ces mots, je la vis se radoucir très légèrement, même si elle s'efforçait de maintenir entre nous la même froideur distante que lorsque j'étais entré. Elle se leva et se mit à la fenêtre, sans cesser de bercer la petite.

« Comment s'appelle-t-elle ? demandai-je.

– Caroline, dit Sophia en regardant dehors par la fenêtre.

– C'est un très joli prénom.

– Mais je l'appelle Carrie.

– C'est très joli aussi. »

Sophia vint alors se rasseoir en face de moi, sans toutefois lever la tête. Elle gardait les yeux rivés sur le bébé, mais de telle sorte que je compris que c'était simplement un moyen de ne pas me regarder en face.

« Je pensais pas que tu reviendrais un jour, dit-elle. Personne revient jamais ici. J'ai entendu dire que Corrine Quinn t'avait mis le grappin dessus. Que tu étais quelque part du côté des montagnes. Dans les mines de sel, à ce qu'on m'a dit.

– Ah ? Et qui ça, “on” ? demandai-je avec un sourire en coin.

– C'est pas drôle, dit Sophia. J'étais inquiète pour toi, Hiram. Je plaisante pas, je me faisais un sang d'encre.

– Eh bien non, je n'étais pas du tout dans les mines. Mais oui, j'étais dans les montagnes. À Bryceton. Pas l'ombre d'une mine, là-bas. C'était pas mal, d'ailleurs. C'est très beau, là-haut. Tu devrais aller y faire un tour, un de ces jours. »

Sophia se mit alors à rire et dit : « Et t'en es revenu transformé en petit plaisantin, je vois ?

– Faut bien rire, Sophia, répondis-je. Si j'ai appris une chose dans la vie, c'est qu'il faut bien rire.

– Oui, tu as raison, dit-elle. Même si je trouve ça de plus en plus dur à chaque jour qui passe. Il faut se forcer à penser aux bonnes choses et à des temps meilleurs. Tu sais que je parle souvent de toi, Hi ?

– De moi ? À qui ?

– À ma petite Carrie. Je lui raconte tout.

– Ah. Il semblerait qu'il n'y ait pas grand-chose d'autre à raconter, faut dire. C'est devenu désert par ici.

– Oui, dit Sophia. Tellement de gens ont disparu. Partis. Perdus du côté de Natchez. Tuscaloosa. Cairo. Expédiés tout là-bas, dans ce grand nulle part. Et c'est pire de jour en jour. Long Jerry, de MacEaster Place, est passé y a de ça deux semaines à peine. Je me suis dit qu'il devait sûrement être trop vieux pour qu'ils l'embarquent lui aussi. Il était là, ici même, les bras chargés de patates douces, de truites et de pommes. Thena est même descendue. On a fait frire tout ça et on a dîné tous ensemble. C'était y a deux semaines. Et maintenant, il est parti.

« Y en a eu tellement, Hi. Tellement. Je sais pas comment ils arrivent à tenir la baraque. Y avait une jeune fille, Milly, qu'est passée par ici y a quelques mois. Une beauté – c'est d'ailleurs ce qui a causé sa perte. Elle a pas duré une semaine. Natchez. Les maisons de joie.

– Mais toi, tu es toujours là.

– Toujours, oui, c'est vrai. » La petite Caroline se mit alors à gigoter et à se tortiller dans les bras de sa mère jusqu'à ce qu'elle arrive à tourner la tête pour me fixer des yeux. Et elle soutint mon regard avec une intensité délibérée, m'observant comme le font les enfants lorsqu'on leur présente un inconnu. Je n'ai jamais su quoi faire face à un tel regard. J'en perds tous mes moyens. Mais il y avait plus encore, en l'occurrence, car ce regard, cette façon de me scruter, elle les avait hérités en droite ligne de sa mère. Peut-être mon trouble était-il dû à tous les moments que j'avais passés à invoquer ce visage, à le raviver dans ma mémoire jusqu'aux moindres détails. Mais c'était autre chose encore, une impression qui allait au-delà du simple calcul. Caroline avait les mêmes yeux pailletés d'or que sa mère, mais leur couleur – un gris-vert singulier – venait d'ailleurs. Je le savais parce que c'était la couleur de mes propres yeux, et cette couleur était un trait de la famille Walker, dont avait également hérité mon oncle, Nathaniel.

Mon expression dut me trahir de nouveau, car Sophia fit claquer sa langue, serra Caroline contre elle, se leva et me tourna le dos.

« Je te l'ai déjà dit. Elle est pas de toi. »

Je sais aujourd'hui ce que c'est que de ressentir des choses qu'on n'a pas le droit de ressentir – je le savais aussi à l'époque, même si je n'aurais pas su trouver les mots pour décrire cette sensation. Ce dont je me souviens, c'est qu'une part de moi avait envie de fuir Sophia, de ne plus jamais lui adresser la parole de ma vie, de disparaître dans les méandres du Réseau et de couper les ponts avec cette fille qui ne voulait pas être *ma* Sophia. Mais une autre part de moi – celle qui avait été directement engendrée par les souffrances de ma mère, puis éduquée par le Réseau, éblouie par cette « université » dans le Nord, celle qui avait trouvé la sagesse de dire à Robert que la pureté n'existait pas et que c'était très bien ainsi – était choquée de constater que je nourrissais encore un tel ressentiment.

Je regardai Sophia s'occuper du bébé pendant un moment, puis me tournai de côté et lui demandai : « Et donc, combien d'entre nous reste-t-il ?

– J'en sais rien, répondit Sophia. Déjà que j'ai jamais trop su combien on était au juste. Et, pour m'épargner trop de peine, j'ai fini par arrêter de compter les disparus. Ce qui est sûr, c'est que Lockless vit ses derniers jours. Ils sont en train de tous nous tuer, Hi. Et pas seulement ici. Partout dans le comté. Ils sont en train de tous nous tuer. »

Sophia se rassit avec Caroline.

« Mais toi, tu es revenu, reprit-elle. Et tu as l'air plutôt en forme. C'est une vraie bénédiction pour moi de te voir revenir comme ça, renaître, et pour la deuxième fois en une seule vie – d'abord en sortant de la Goose, et aujourd'hui des mâchoires de Ryland. Il doit y avoir un sens très puissant à tout ça, parce que nous ne sommes pas à Natchez, mais ici, l'un en face de l'autre. Un sens à nous deux, je veux dire. Oui, ça doit avoir une signification vraiment très forte. »

Mais la découverte de cette signification devrait attendre. De retour à Lockless, ce soir-là, après m'être occupé de mon père et lui avoir servi son repas, je descendis retrouver Thena dans le Terrier pour le dîner. Il n'y avait pas la moindre activité, ni dans les coursives du sous-sol, ni dans la maison au-dessus. On aurait dit que nous étions seuls au monde, dans quelque coin reculé de l'univers, et il me sembla comprendre ce qu'avait pu être Lockless au tout début, quand il n'y avait là que le père fondateur et sa petite troupe d'Asservis, cernés par la nature sauvage.

Après avoir mangé, Thena et moi allâmes nous asseoir dehors, à l'entrée du tunnel menant au Terrier.

Thena se tourna vers moi et me dit : « Alors, t'es allé la voir. »

Je baissai les yeux et secouai la tête.

Thena se mit à rire.

« Tu aurais pu me prévenir, lui dis-je.

– Comme toi tu aurais pu me prévenir, tu veux dire ?

– C'est différent.

– Non, c'est exactement la même chose. Tu estimais que tout ça me regardait pas. J'étais pas d'accord. Mais j'ai beau essayer, j'arrive pas à comprendre ce que ça aurait pu être d'autre que du commérage de bonne femme si je t'avais prévenu que cette fille était devenue une jeune mère célibataire livrée à elle-même. Il y a des choses entre vous deux qui me concernent pas. »

Elle avait raison. Je repensai au moment où je l'avais vue pour la dernière fois avant de m'enfuir, à la violence des paroles que je lui avais adressées, et je savais que, quand bien même je pouvais lui présenter mes excuses pour toute la souffrance que je lui avais infligée, la rupture était réelle. L'enfant avait quitté le nid ; il ne pourrait jamais revenir.

« Je ne suis même pas fâché contre elle, dis-je. Ce n'est pas non plus comme si elle avait jamais vraiment été mienne.

– Non. »

Caroline, me disais-je, devait être âgée de quatre mois environ, ce qui voulait dire que, au moment où nous nous étions enfuis tous les deux, Sophia était déjà enceinte. Et, connaissant son intelligence et son indépendance, et en repensant à toutes les conversations que nous avions eues, je compris que non seulement elle était déjà enceinte quand nous nous étions enfuis, mais qu'elle avait sans doute décidé de s'enfuir avec moi *précisément* parce qu'elle était enceinte.

« Thena, j'ai le sentiment qu'elle avait des raisons de s'enfuir, des raisons qu'elle n'a pas voulu partager avec moi.

– Oui.

– Et ça m'a laissé… des choses sur le cœur. Je m'étais mis à nu devant cette fille. Et quand j'ai décidé de m'enfuir, je l'ai fait en lui expliquant toutes mes raisons. Sans rien lui cacher.

– Sans rien lui cacher, hein ?

– Oui.

– Bon, écoute, je vais te dire une bonne chose – y a jamais personne qui cache rien, Hi. Surtout pas deux jeunes gens comme vous. Toqués l'un de l'autre comme vous étiez.

– Je n'ai pas menti.

– Hmm. “Sans rien lui cacher”, répéta Thena en secouant la tête. T'es bien sûr de ça ? T'es bien sûr d'avoir tout dit ? Je t'avouerai que moi, en tout cas, j'ai pas l'impression d'avoir entendu le fin mot de l'histoire, loin de là. Et je serais prête à parier ma pitance de la semaine prochaine que Sophia non plus. »

29

L'automne céda bientôt la place à l'hiver et les journées se firent plus grises, plus froides, nos nuits plus sombres et mélancoliques. Durant ces premiers jours après mon retour, je m'acquittai des mêmes tâches que Roscoe autrefois, même si la charge de travail était plus légère dans la mesure où nous recevions moins d'invités. L'époque de la splendeur du comté d'Elm, des ombrelles et des visages poudrés, des gâteaux somptueux et des parties de cartes, l'époque où je sidérais toute une assemblée de convives grâce à ma mémoire prodigieuse, était révolue. De temps à autre, de vieux amis de mon père – aussi âgés que lui – venaient lui rendre visite. Ils passaient des heures à vilipender la nouvelle génération de Distingués qui, subjugués par les terres de l'Ouest réputées illimitées, avaient tourné le dos à leur droit de naissance virginien. Il restait mon oncle, Nathaniel Walker, dont Sophia était la propriété et qui, bon an mal an, avait réussi à se maintenir et à garder toutes ses terres. Mais tous ses Asservis, excepté une poignée d'entre eux restés pour s'occuper de la maison, étaient partis à l'Ouest. Harlan était toujours là, lui aussi, poussant les Asservis à extraire tout ce qu'ils pouvaient d'une terre à l'agonie. Mais sa femme, Desi, ne dirigeait plus la résidence de Lockless, qui faute d'activité n'avait plus besoin de ses services. La présence la plus constante aux côtés de mon père était Corrine, qu'en dépit de la mort de Maynard il continuait de considérer comme la fille qu'il n'avait jamais eue. Elle arrivait, conduite par Hawkins, en grande tenue de deuil. Elle réconfortait mon père. Elle le laissait lui parler des heures durant de cet âge d'or lointain, avant que les terres soient livrées à la jachère, quand les domaines foisonnaient de tabac éternellement florissant.

Pour l'essentiel, cependant, c'était à moi que revenait le devoir d'accompagner mon père au jour le jour. Ainsi, tous les soirs, après avoir préparé son dîner et pris le mien avec Thena, je m'occupais du feu de cheminée dans le salon, je servais du cidre chaud, et j'écoutais le dernier des seigneurs de Lockless dévider l'écheveau de ses regrets. Nos rapports prirent un tour étrange, celui-là même dont j'avais si souvent rêvé en secret lorsque j'étais plus jeune. Je travaillais pour lui, mais la nature de notre relation évolua tant et si bien que désormais, lors de ces longues soirées maussades, à la lueur du quinquet qui projetait sur les murs du salon les ombres allongées des vieux bustes de famille, il me priait de venir m'asseoir à ses côtés et de boire avec lui. Il me semblait, dans ces moments-là, que le monde entier avait disparu, englouti tout au fond du gouffre de Natchez, et qu'il ne restait plus que moi pour en porter témoignage. L'un de ces soirs, alors qu'il avait déjà beaucoup bu, mon père évoqua l'objet de ses plus grands regrets – Maynard Walker.

Au début, on aurait dit que ses propos n'avaient aucun but particulier, mais peu à peu ses paroles se firent plus précises, exprimant une tristesse qui allait bien au-delà du seul Maynard.

« Mon père ne m'a jamais aimé, dit-il. C'était une autre époque, mon garçon. Rien à voir avec aujourd'hui – tous ces jeunes gens qu'on voit baguenauder, désinvoltes et dépourvus de la moindre décence. Mon père n'avait qu'une seule préoccupation : tenir son rang. Et toutes mes actions ne devaient tendre que vers un seul objectif : faire honneur à ma lignée. Bien sûr, la femme que j'ai épousée – Dieu ait son âme – était d'une grande beauté. Mais jamais elle ne m'a inspiré des sentiments ardents, et elle le savait. Alors, quand Maynard est arrivé, je me suis juré de tout faire pour qu'il ne se retrouve pas dans la même situation.

« Je voulais qu'il soit ce que son propre tempérament lui commandait de devenir. Je lui ai donc donné les coudées franches – un peu trop, s'est-il avéré. Il ne savait pas se tenir. Il ne savait pas se comporter en société et, n'ayant moi-même jamais eu un goût très prononcé pour les mondanités, je n'ai rien fait pour l'encourager dans cette voie. Et puis, quand sa mère nous a quittés, eh bien… C'était mon fils. »

Il se tut et se prit la tête entre les mains. Je sentais qu'il se retenait de toutes ses forces de craquer et de fondre en larmes. Puis il releva la tête et resta les yeux fixés sur le feu de cheminée pendant un long moment.

« J'ai presque le sentiment que la disparition de May a mis fin à ses tourments, reprit-il. Elle a mis fin aux miens, en tout cas. C'est terrible de dire une chose pareille, je sais bien. Mais il n'y avait rien pour lui ici, tu comprends ? Je ne l'avais pas équipé pour cette vie. C'est à peine si moi-même j'avais les armes pour l'affronter. Et tous les jeunes gens aujourd'hui partent vers l'Ouest. Il se serait fait scalper par un Indien, ou plumer par le premier gredin venu. Je le sais bien, ce garçon n'était pas préparé, et la faute m'en incombe entièrement.

« Je ne suis pas un homme bien, Hiram. Tu le sais mieux que personne. Je n'ai pas oublié ce qui t'a été infligé. »

Je me souviens qu'il prononça ces mots sans quitter des yeux les flammes dans la cheminée. Jamais il n'avait été si près de se confesser, et de demander pardon, pour un acte dont je savais qu'il avait été commis, mais dont je n'avais aucun souvenir. Et alors même que nous étions assis là, tous les deux, à partager un cidre chaud, aussi proches l'un de l'autre que pouvaient l'être un Distingué et un Asservi en Virginie, il n'arrivait toujours pas à me regarder dans les yeux pour me dire toute la vérité. Il était tout aussi incapable d'exprimer le repentir que Maynard de gouverner. Son monde – le monde de la Virginie – avait été bâti sur un socle de mensonges. Les faire voler en éclats d'un coup, à cet instant, à son âge, aurait sans doute pu le tuer.

« La terre, l'intendance des Noirs, tout cela requiert certaines compétences, dit-il. Je ne les ai jamais eues. Et le plus étrange, c'est que j'ai toujours eu le sentiment que toi, tu les possédais. Tu étais plus froid que nous tous, plus que Maynard, plus que moi, peut-être à cause de ce que tu as subi, justement. Mais tu avais l'étoffe, et je suis persuadé qu'en d'autres temps nous aurions pu échanger nos domaines respectifs, et qu'alors, peut-être, j'aurais pu être le Noir et toi le Blanc. »

J'entendis ces mots comme un vieil homme entendrait ceux d'un amour de jeunesse déçu évoquant les sentiments qu'il avait éprouvés à cette époque lointaine – le mélange de futilité et de nostalgie, une vieille blessure rouverte par la pluie, le fantôme d'une émotion jadis intense et profonde, mais réduite désormais au souvenir fugace de ce qui semble un autre monde.

Dans ce monde-ci, cependant, je me tournai vers mon père, qui piquait du nez. Je pris mon verre de cidre, encore à moitié rempli, et montai dans son bureau à l'étage. Dans un coin de la pièce, j'aperçus l'homme-debout en acajou, celui que j'avais remis à neuf un an à peine auparavant. Je bus une gorgée de cidre, posai mon verre sur le rebord de la fenêtre, puis ouvris l'un des tiroirs du meuble. À l'intérieur, je trouvai trois épais livres de comptes. Je passai une heure entière à les compulser et à les graver dans ma mémoire. Tous ces documents formaient un tableau – un sombre tableau – qui, d'après Corrine, m'aiderait à remplir ma mission : établir une estimation précise de la situation dans laquelle se trouvait le domaine de Lockless.

Lorsque j'en eus terminé, je refermai les registres et les rangeai dans l'homme-debout. Je repensai à Maynard, qui passait son temps à fouiller dans les affaires de son père, quand nous étions jeunes. Je me mis à rire tout seul, et j'ouvris un autre tiroir. Je découvris à l'intérieur une petite boîte en bois, de dimensions modestes mais délicatement ouvragée. L'idée me vint de la sortir du tiroir et de l'ouvrir, mais, songeant de nouveau à Maynard, je me rappelai la honte que j'éprouvais chaque fois qu'il chapardait les affaires de notre père. Je refermai donc le tiroir et redescendis. Mon père ronflait doucement. Je le réveillai pour l'emmener se coucher dans sa chambre.

« J'ai des projets pour toi, mon garçon, me dit-il. Oui, des projets. »

Je hochai la tête et l'aidai à s'extirper de son fauteuil. Mais il me regarda alors tel un condamné à mort, comme s'il craignait, s'il s'endormait, de ne jamais se réveiller.

« Raconte-moi une histoire, me dit-il. S'il te plaît. Une histoire, peu importe laquelle. »

Alors je le lâchai et retournai m'asseoir, me calai bien au fond de mon fauteuil, et je me sentis devenir vieux tout à coup, car je vis s'animer devant moi les spectres des Caulley, des Mackley, des Beacham et de toutes ces familles de Distingués qui m'avaient jadis demandé un jour ou l'autre de leur raconter une histoire ou de leur chanter une chanson. Non, me dis-je. Pas ça ; ce n'était pas assez lointain. Alors, avec mes mots, je pris mon père par la main et le ramenai jusqu'aux temps les plus reculés, à l'époque du monument de pierre dans le champ, des couteaux Bowie, des pumas et des ours, des Asservis charriant la roche et domptant les cours d'eau, l'époque de notre ancêtre fondateur.

Le lendemain, Hawkins revint avec Corrine de Starfall, où elle s'était installée pour quelque temps. Le domaine de Bryceton avait été confié à la garde d'Amy, assistée de quelques agents chargés de maintenir notre couverture. Lors de ces visites, je discutais avec Hawkins et lui transmettais tous les renseignements que j'avais pu dénicher. Ainsi ce jour-là. Nous marchions dans la Rue, parmi les cabanes pour la plupart abandonnées, ce qui nous permettait de parler en toute discrétion. Je gardais l'espoir d'apercevoir Sophia, même si j'avais pris certaines distances avec elle. Je me sentais partagé. Les sentiments ardents que j'éprouvais encore un an plus tôt n'avaient pas diminué d'intensité – bien au contraire –, de sorte que la savoir ici, à Lockless, mais pas avec moi, me rendait malade. Et j'en étais effrayé, car je savais désormais que mon bonheur reposait en bonne part entre les mains de quelqu'un qui avait ses propres motivations et ses desseins secrets.

« Alors, ton avis ? » me demanda Hawkins.

Nous nous étions installés dans l'une des cabanes abandonnées les plus proches de la demeure principale du domaine et les plus éloignées de celle où vivait Sophia. Nous apercevions au loin les champs de tabac, presque entièrement livrés à la jachère.

« Je ne sais pas trop, répondis-je. Vraiment, je ne sais pas.

– Oui, je sais, dit Hawkins en regardant les champs. Cet endroit a l'air mort.

– C'est tout le comté qui a l'air mort. Plus personne ne vient lui rendre visite. Plus de thé l'après-midi. Plus de grands dîners. Plus de mondanités.

– Oui, je vois pas trop ce que Corrine pense pouvoir tirer de tout ça. C'est peut-être pas plus mal qu'elle ait pas épousé ce garçon, finalement.

– Je peux te dire une chose en tout cas, c'est qu'elle aurait épousé un monceau de dettes. »

Hawkins se tourna vers moi. « Des dettes ? Combien ?

– Eh bien, je n'ai pas réussi à récolter beaucoup de renseignements du côté des visiteurs, vu qu'il n'y en a plus, répondis-je. Mais j'ai jeté un coup d'œil aux registres, hier soir. Il est endetté jusqu'au cou. Pas un centimètre carré de la propriété qui ne soit pas hypothéqué. Il essaie de gagner du temps, dans l'espoir que quelqu'un vienne le tirer d'affaire.

– Bigre, dit Hawkins. Pas étonnant, au fond. La richesse, c'était la terre, et la terre, aujourd'hui, c'est plus rien qu'un vaste tas de poussière. Mon père me racontait comment c'était avant, comme la terre était rouge. Mais ils l'ont épuisée à force de vouloir y faire pousser leur tabac. Quelle misère. Ils ont saigné à blanc ce comté et, maintenant qu'ils en ont tiré tout ce qu'ils pouvaient, ils se carapatent tous à l'Ouest.

– En emmenant les Asservis avec eux.

– Tout juste. Et son frère ? Nathaniel ? Il donne un coup de main ?

– À en croire les registres, il lui a prêté pas mal de main-d'œuvre. Howell ne lui a jamais rien remboursé. Après l'argent du crime, l'argent du sang.

– Hmm, fit Hawkins. Nathaniel est malin. Aussi malin qu'on peut l'être dans ce genre d'affaires. Il est dans le Tennessee, maintenant. Parti tant qu'il était temps. C'est tout le principe, tu vois ? Épuiser un domaine et passer au suivant. Un jour, ils finiront par plus en avoir du tout, de la terre, et, ce jour-là, je me demande bien ce qu'ils feront. »

Nous allâmes rejoindre Corrine à la demeure. Juste avant d'arriver à l'allée principale, Hawkins s'arrêta.

« T'as dit un truc tout à l'heure qui continue de me trotter dans la tête, dit-il. Son propre frère l'a laissé en rade, c'est bien ça ?

– Apparemment.

– Continue à éplucher les comptes. Y a peut-être quelque chose à creuser de ce côté-là. »

Cette situation nouvelle présentait des avantages inattendus pour certains. Thena s'était mise en partie à son compte ; elle s'occupait dorénavant du linge non seulement à Lockless, mais aussi pour d'autres vieux domaines voisins qui avaient vendu leurs lavandières. Et elle avait passé un accord avec mon père, en vertu duquel elle pouvait garder une partie de ses gains et ainsi, à terme, racheter sa liberté.

« Où iras-tu ? » lui demandai-je un jour. Nous nous dirigions ensemble vers l'écurie – car j'avais été moi-même enrôlé dans cette nouvelle entreprise, en qualité de chauffeur.

« Plus loin que toi », dit-elle en se fendant d'un petit sourire sardonique.

Nous grimpâmes dans l'une des vieilles carrioles – elle datait de la jeunesse de mon père, mais était toujours vaillante – et nous mîmes en route. À l'intersection de la route principale du domaine, j'aperçus Sophia, la tête recouverte d'un châle, ainsi que la petite Carrie emmitouflée dans ses bras. Thena m'ordonna de m'arrêter ; je m'exécutai, puis descendis de la carriole.

« Elle vient avec nous ? demandai-je à Thena.

– Cache ta joie, dit Sophia.

– Elle m'accompagne de temps en temps », dit Thena en prenant Carrie des bras de Sophia, laquelle monta à l'arrière, sans attendre que je l'aide. Je remontai sur mon siège, tirai sur les rênes pour faire repartir le cheval, puis demandai : « Depuis combien de temps vous faites ça ?

– Pas mal de temps, depuis ton départ, dit Sophia. Quand je suis revenue, j'ai eu envie de me rendre utile, mais pas de la même façon qu'avant. J'ai commencé à aider Thena pour le linge, et puis Caroline est arrivée – après ça, j'avais plus trop le temps.

– Ça nous a permis de mettre à plat deux ou trois choses, dit Thena. On a pas mal parlé, toutes les deux.

– De quoi ? demandai-je.

– De toi », dit Thena.

Je secouai la tête, poussai un soupir dédaigneux, puis nous continuâmes notre route en silence, jusqu'à ce que nous atteignions Hookstown Road et que les vieux souvenirs rejaillissent à la mémoire de Thena.

« J'avais de la famille un peu partout dans ce coin-là, dit-elle. Des oncles, des tantes, des cousins. C'était pas évident de savoir avec qui je pouvais me marier ou pas. On s'était tous tellement mélangés. Fallait s'en remettre à la mémoire des anciens. Ils savaient, eux, qui était de votre famille et qui l'était pas.

– C'est pour ça qu'ils sont là, dit Sophia. Pour garder les histoires. Veiller aux liens du sang.

– Mais ils ont tous disparu, maintenant, dit Thena. Tous ceux qui détenaient ce savoir ont disparu, et on en est réduit à jouer aux devinettes à partir de la forme d'un nez ou d'un sourcil, d'une démarche particulière. Enfin, pas que ça ait beaucoup d'importance. Il reste si peu d'entre nous, et puis encore une année comme ça et Elm sera plus qu'un champ de poussière. »

Nous poursuivîmes notre route, nous arrêtant en chemin pour récupérer le linge sale de plusieurs vieux domaines. Les arbres avaient commencé à virer de couleur et à tapisser de brun le sol des bois. La lumière d'automne nimbait d'un halo spectral les vieilles demeures qui, un an encore auparavant, étaient animées par le souffle de la dernière énergie. Dans la plupart d'entre elles, comme à Lockless, il ne restait plus que le strict minimum de personnel, et je sentis alors que l'hiver était sur le point de s'abattre non seulement sur la Virginie, mais sur le comté d'Elm en particulier, et qu'il n'en partirait plus jamais.

J'entendis Carrie s'agiter à l'arrière. Thena me demanda de m'arrêter et nous regardâmes Sophia emmener la petite dans un champ tout près de là pour l'apaiser en la berçant et en lui chantant des chansons. Thena sortit de son emballage un morceau de porc salé qu'elle partagea avec moi.

Sophia revint avec Carrie, qu'elle continuait de bercer en chantant :

Qui donc est venu quand je n'étais pas là ?
Une jolie petite fille vêtue d'une robe lilas.

Nous reprîmes notre route et Thena se replongea dans ses souvenirs.

« Ce chemin, là, c'est celui qu'on prenait autrefois pour aller chez les Phinny, dit-elle. Je connaissais un tas de gens par ici. J'avais une tante qui était cuisinière du temps du tout premier Phinny. Et, à une époque où vous étiez pas plus grands qu'un petit pois, tous les deux, y avait les fêtes les plus incroyables que vous pourriez jamais imaginer, dans ce coin-là.

– Oui, j'en ai entendu parler, dis-je. De mon temps, Phinny, deuxième du nom, était surtout réputé pour sa méchanceté. À ce qu'on raconte, il a tué Pap Wallace – massacré, même, parce qu'il refusait de se soumettre à la punition.

– Qui c'est qui t'a raconté ça ? demanda Thena.

– Mon oncle Creon », répondis-je.

Nous continuâmes de rouler en silence. C'était la fin d'après-midi à présent, et nous devions encore faire un arrêt au domaine Granson avant de rentrer à Lockless.

« C'était ton oncle ? demanda Thena.

– Oui.

– Il venait nous voir dans la Rue, le soir. Il traînait du côté de chez ta mère, grappillait ce qu'elle pouvait lui donner. Il était pas au mieux à cette époque. Je me souviens bien de lui.

– Moi aussi, je me souviens de lui, dis-je. Mais c'est tout ce que je me rappelle de ce temps-là. Je le revois devant la porte, et tout le reste est plongé dans le brouillard.

– C'est peut-être pas plus mal, dit Sophia. Va savoir ce qui se tapit derrière ce brouillard.

– Rien de bon », dis-je.

Nous arrivâmes au domaine Granson. Caroline s'était endormie. Sophia l'enveloppa dans son châle et lui creusa un petit nid au milieu de la pile de linge attachée par des draps. Puis elle voulut hisser un ballot de linge dans la carriole.

« Je m'en occupe, dis-je.

– Attends, je vais t'aider.

– Tu as déjà bien assez aidé comme ça », rétorquai-je sur un ton involontairement agressif. Sophia écarquilla les yeux, mais ne dit rien. Elle retourna s'asseoir dans la carriole pendant que Thena et moi finissions de charger le linge.

Le soleil frôlait la cime des arbres quand nous arrivâmes à Lockless. Sophia descendit, dit au revoir à Thena, puis se tourna vers moi. Ce n'est qu'à cet instant que je m'aperçus que quelque chose n'allait pas.

« Alors c'est comme ça, hein ? » dit-elle. Elle avait noué son châle en écharpe pour porter Carrie dans son dos.

« Quoi ? dis-je d'un ton indigné.

– C'est ça que tu es devenu ? C'est comme ça que tu reviens ?

– Je ne vois pas de quoi...

– T'avise pas de me mentir. T'as pas intérêt – pas après être revenu. Je te jure que t'as pas intérêt. Je croyais que tu vaudrais mieux que ça. Je t'ai dit qu'il fallait que tu sois mieux que ça. Je t'ai dit que j'échangerais pas un Blanc pour un Noir. Mais regarde-toi un peu, furieux parce que tu possèdes pas quelque chose – quelque chose qu'aucun homme devrait jamais essayer de posséder. Je croyais que tu vaudrais mieux que ça. »

Puis elle tourna les talons et s'éloigna d'un pas vif, tremblant de colère.

Arrivés à la résidence, je déchargeai le linge tandis que Thena allait préparer le dîner. Puis je me rendis dans la cuisine pour monter à mon père son repas du soir. Il avait envie de compagnie. Je restai donc là à le regarder manger et m'interrogeai sur ma journée. Je me refermai sur moi-même, jusqu'à ce que mon visage se fige en un masque servile. Ensuite, je descendis par l'escalier secret rejoindre Thena dans sa chambre. Nous nous mîmes à table et dînâmes en silence, comme toujours. Le repas terminé, elle me regarda et dit : « Tu cherches à punir cette fille.

– Mais je… »

Thena me coupa la parole. « Tu veux la punir. »

Je remontai et trouvai mon père dans la bibliothèque, en train de feuilleter un volume. J'allai dans la salle à manger débarrasser la table. Puis je fis réchauffer son cidre, lui en apportai un verre et me retirai dans ma chambre à l'étage. Le petit cheval de bois que j'avais sculpté pour le fils de Georgie était posé sur le linteau. Je le pris et le caressai du bout des doigts. Je repensais aux paroles de Sophia, à son injonction – *être mieux que ça*. Je quittai ma chambre, retraversai la bibliothèque, où mon père était déjà assoupi, descendis dans le Terrier et sortis par le tunnel. Je marchai le long du chemin du verger pour m'enfoncer dans les bois et rejoindre la Rue, me dirigeant droit vers la dernière cabane, tout au bout, où je trouvai Sophia assise sur son perron, seule.

Elle me jeta un regard d'une froideur absolue, puis rentra à l'intérieur. Je m'approchai de la porte et risquai un coup d'œil. Carrie était allongée sur le lit, endormie. Sophia me tournait le dos. Je m'assis à côté d'elle.

« Je suis désolé, lui dis-je. Je suis tellement désolé. Pour tout ce que je t'ai fait subir, je suis vraiment, terriblement désolé. »

Je glissai mes doigts entre les siens. Toutes les journées que j'avais passées à rêver d'elle, toutes ces heures à me demander si elle avait disparu, ma stupéfaction en apprenant qu'elle était de retour ici, et toutes les questions que je m'étais alors posées, sur ce qu'elle était devenue, si elle aimait quelqu'un, si quelqu'un l'aimait, toutes ces heures peuplées de songes, de fantômes et de murmures mélancoliques, tout cela était bien réel à présent, juste là, entre mes doigts.

« Je veux être meilleur, lui dis-je. J'essaie d'être meilleur. »

Sophia porta alors ma main à ses lèvres et l'embrassa, puis elle leva les yeux et me dit : « Tu veux que je sois à toi, je sais. Je l'ai toujours su. Mais ce qu'il faut que tu comprennes, c'est que, pour être à toi, je ne dois pas t'appartenir, jamais. Tu comprends ce que je dis ? Je ne dois appartenir à aucun homme. »

Sophia, ma Sophia – toutes les idées que je m'étais faites, toutes les vies que je pensais pouvoir construire avec elle, toutes ces vies et toutes ces idées n'avaient jamais existé que dans mon esprit, fondées uniquement sur mes propres ambitions égoïstes. Je restai assis là, plongeant mon regard dans ses grands yeux pailletés d'or. Elle était si belle, aussi belle qu'on le disait de ma mère. Et je compris, en la regardant ainsi, à cet instant, que toutes ces idées, toutes ces vies, n'avaient jamais pris en compte Sophia telle qu'elle se considérait elle-même. *Ma Sophia* n'avait jamais véritablement été une femme, pour moi, mais un emblème, un ornement, le symbole de quelqu'un que j'avais perdu depuis longtemps, quelqu'un que je ne pouvais plus apercevoir qu'à travers un écran de brume, quelqu'un que j'étais incapable de sauver. Oh, ma chère mère égarée dans les ténèbres. Les cris. Les voix. L'eau. Tu m'as échappé, je t'ai perdue, et je n'ai rien pu faire pour te sauver.

Mais nous devons raconter nos histoires, et non pas les laisser nous prendre à leur piège. Voilà ce que je me dis ce soir-là, dans cette vieille cabane du bout de la Rue. Et c'est pourquoi je sortis alors de ma poche le petit cheval de bois que j'avais récupéré dans les décombres de la maison de Georgie pour le poser dans la main de Sophia.

« Pour Carrie », lui dis-je.

Sophia se mit alors à rire doucement. « Elle est encore un peu jeune pour ce genre de jouets, Hi, me dit-elle.

– Je fais de mon mieux, lui répondis-je en souriant. Je fais vraiment de mon mieux. »

30

Au bout du compte, il n'y avait plus que nous – Thena, Sophia, la petite Carrie et moi-même – pour tenir Lockless. Nous étions unis par les pouvoirs du sang. Sophia avait été choisie par Nathaniel, et Carrie était sa fille. Moi, j'étais le fils de mon père et, quant à Thena, elle était pour ce dernier le symbole de toute une époque, désormais révolue. Il avait vendu ses enfants, et cette action, à ses yeux, était le tournant fatidique qui avait sonné le glas de la Virginie telle qu'il la connaissait. Il ne l'avoua jamais en ces termes, mais mon père évitait en général de parler à Thena et, quand il lui arrivait de la croiser lorsqu'il se promenait dans la propriété, il lui tournait le dos. Je crois qu'il avait l'ambition, en l'autorisant à monter sa petite entreprise de blanchisserie, d'apaiser la culpabilité qui le taraudait d'avoir livré les enfants de cette femme à l'estrade aux enchères.

Quoi qu'il en soit, Thena y trouva son salut, et tous les quatre, en cette grise saison, nous formions une sorte d'équipe. Nous avions nos petites habitudes. Nous prenions nos repas ensemble. Ensuite, j'allais m'occuper de mon père, puis je raccompagnais Sophia et Caroline chez elles, dans la

Rue. Un soir, tandis que nous avancions tous les trois, Sophia me dit, à propos de Thena : « Elle se fait vieille, tu sais.

– Oui, je sais, répondis-je.

– C'est une vie bien rude, Hi, bien rude pour une femme – faire la lessive, porter le linge, frotter, savonner. Je l'aide autant que je peux, mais c'est dur. Je suis contente que tu sois revenu. Elle a besoin de souffler un peu. Dis-lui de prendre sa journée, demain. On s'occupera du linge, toi et moi. Et on fera la tournée lundi. »

À mon retour, je transmis le message à Thena. Elle me regarda avec de grands yeux, fit mine de protester et finit par accepter, à la seule condition que Sophia lui confie la garde de Caroline pendant que nous travaillerions. Le lendemain, un dimanche, Corrine devait passer prendre mon père pour l'emmener à l'église, sous l'escorte de Hawkins ; j'aurais donc tout loisir de m'occuper du linge avec Sophia. Ce soir-là, allongé dans mon lit, je pensai à Thena et à ses projets. Elle espérait toujours pouvoir vivre ses derniers jours en femme libre, grâce à l'argent qu'elle gagnait avec ses travaux de blanchisserie. Quant à moi, je m'accrochais à mes propres projets – ceux du Réseau clandestin. L'hiver s'annonçait ; les nuits rallongeaient. Je songeais à Kessiah, à la tête qu'elle ferait en voyant sa mère enfin délivrée, et je me disais que sa joie serait pour moi non seulement la récompense d'une promesse tenue, mais aussi un moyen de refermer une très ancienne blessure.

Laver le linge n'était pas une partie de plaisir. Je retrouvai Sophia ce matin-là dès l'aube, sous un ciel encore noir, piqué d'étoiles et illuminé par un croissant de lune. Nous passâmes la première heure à tirer de l'eau du puits pour remplir nos chaudrons. Puis, tandis que j'allais ramasser du bois pour le feu, Sophia tria les vêtements, mettant de côté ceux qui avaient besoin d'être rapiécés. Elle apporta ces derniers à Thena, que nous eûmes le plus grand mal à empêcher de nous prêter main-forte, afin qu'elle les recouse. Pendant que l'eau chauffait dans les cuves, nous tendîmes les habits et les draps sales pour les battre. Je laissai Sophia finir seule pour aller dans le Terrier chercher trois grandes bassines que j'installai près des chaudrons où l'eau commençait à bouillir. Les étoiles avaient pâli à présent, et la blancheur de la lune se dissolvait peu à peu dans le bleu foncé de l'aube finissante. Une fois les bassines en place, Sophia et moi enfilâmes nos gants de travail pour soulever les chaudrons et transvaser l'eau brûlante. Puis nous passâmes des heures à frotter, rincer et essorer – une, deux, trois fois de suite.

Le soir tombait quand nous en eûmes enfin terminé. Après avoir pendu le linge à sécher, nous allâmes nous asseoir sous le belvédère, comme cet autre soir, une éternité plus tôt. Nous avions les bras et le dos brisés, les mains à vif. Nous restâmes là pendant vingt minutes, sans rien faire d'autre que de profiter de la paix du soir, avant de rejoindre Thena pour le dîner.

« Pas si facile, hein ? » dit cette dernière, à quoi nous acquiesçâmes par un silence épuisé qui valait tous les mots. Je raccompagnai ensuite Sophia chez elle et m'attardai un moment pendant qu'elle donnait son bain à Caroline et lui mettait ses vêtements de nuit. Je sortis et tapotai du bout des phalanges les planches rafistolées de la cabane ; un morceau de bois tomba au sol.

Je rentrai et dis à Sophia : « Le torchis commence à se désagréger. Je me disais que je pourrais venir m'en occuper un de ces jours. »

Sophia était en train de changer les langes de la petite en chantonnant à voix basse. Elle se tut, puis me demanda : « Carrie… c'est un problème pour toi ? »

Je laissai échapper un petit rire nerveux. « Eh bien, il faut le temps de s'habituer.

– Et tu vas t'y habituer ou pas ?

– J'en ai bien l'intention », répondis-je.

Je m'assis sur le lit à côté de Sophia.

« Rappelle-toi où elles nous ont menés la dernière fois, tes intentions, dit-elle.

– Je n'ai rien oublié, répliquai-je. Mais ce dont je me souviens, ce n'est pas des chiens, ni de tout ce qui s'est passé ensuite ; ce dont je me souviens, c'est de toi. Je me rappelle la clôture à laquelle on était attachés, et je me rappelle avoir pensé à ce moment-là que j'allais mourir, mais quand je me suis tourné vers toi, il n'y avait pas la moindre résignation à mourir dans ton regard – peu importe ce que nous avait fait Georgie.

– Georgie. » Lorsqu'elle prononça ce nom, je vis passer sur son visage une expression de rage. « Il était parti quand je suis revenue. Tant mieux pour lui, d'ailleurs. Tu n'imagines pas la cruauté des pensées qui me venaient quand je songeais à me venger de cet homme.

– C'est peut-être mieux ainsi, dans ce cas.

– Pour lui, dit-elle. Pour lui. »

Nous restâmes silencieux pendant un moment. Sophia avait posé Caroline en travers de son épaule et lui massait doucement le dos.

« Hiram, dit-elle. Pourquoi es-tu parti ?

– Je ne suis pas "parti", ce sont eux qui m'ont emmené, répondis-je. Tu as bien vu.

– Comme ça, hein ? Ils t'ont juste emmené ?

– Tu sais bien comment ça se passe, dis-je. Nous n'étions pas les premiers. Les chiens t'attrapent. Et puis ils t'embarquent.

– Oui, sauf que... moi, j'ai comme l'impression que ce n'est pas exactement ça qui s'est passé. Qu'il y a certaines choses dont tu ne peux pas parler, peut-être, des choses dont il ne faut pas parler. C'est peut-être à cause de ton lien de parenté avec les Walker. Mais j'ai le sentiment qu'il y a autre chose, parce que je sais que les hommes, par ici, les hommes qui croient à l'Asservissement, comme Howell Walker, eh bien, ils n'hésiteraient pas une seule seconde à vendre un membre de leur propre famille, ne serait-ce que pour ne plus avoir sous les yeux le fruit de leurs péchés.

– Mais je suis un Asservi, répliquai-je. Tout autant que toi. Le sang ne peut rien changer à ça. C'est aussi simple que ça en a l'air. Corrine avait besoin de quelqu'un ; Howell a voulu m'envoyer auprès d'elle, en guise de consolation après la mort de Maynard. Et le fait qu'on se soit enfuis a facilité les choses.

– Oui, eh bien justement, à propos de ça. Pendant que tu étais parti, j'ai beaucoup vu Corrine – plus souvent encore que Nathaniel. Elle venait ici régulièrement, toutes les deux ou trois semaines. Je ne comprends pas quelles raisons elle avait de vouloir me voir. Et je ne comprends pas pourquoi on ne m'a pas envoyée à Natchez. Pourquoi on est toujours là, Hiram ? Pourquoi on est restés ?

– Ça, c'est plutôt à Nathaniel qu'il faudrait poser la question.

– Hi, dit Sophia, je ne suis même pas sûre qu'il soit au courant qu'on a tenté de s'enfuir. Toutes les fois où je l'ai revu, depuis – et je ne l'ai pas vu très souvent –, il n'a pas fait la moindre remarque.

– Je ne sais pas quoi te dire. Je ne suis pas dans sa tête.

– Ce n'est pas ce que je voulais dire.

– Tu parles… Tu veux toujours dire quelque chose. »

Elle me donna une petite gifle sur l'épaule en fronçant les sourcils. De nouveau, le silence retomba entre nous. Je pensais à Corrine ; je me demandais pourquoi elle aurait pu éprouver le besoin de garder un œil sur Sophia, et je m'interrogeais sur tout ce qu'on m'avait dit. Puis je me tournai vers Sophia, qui avait allongé Carrie sur ses genoux et lui chantait une berceuse, douce et apaisante. La petite donnait de faibles coups de poing en l'air, luttant contre le sommeil, ses yeux se fermant malgré elle.

L'espace d'un instant, je fus de nouveau transporté à Philadelphie, et je revis Mars, qui s'était si généreusement ouvert à moi, la famille White, qui m'avait témoigné elle aussi tant de générosité, et je songeai à ce que cela avait signifié pour moi, à la générosité de Bland également, à ses mots qui avaient su me libérer de la culpabilité que m'inspirait la mort de Maynard. Et je me dis alors que Sophia méritait bien que je partage avec elle cette expérience.

« Je sais qu'avoir un enfant n'est pas uniquement quelque chose de joyeux, lui dis-je. Je l'ai constaté. Mais j'ai si souvent vu des femmes qui ne voulaient pas d'enfant et dont la vie avait pourtant fini par tourner entièrement autour de ça. Et j'ai bien vu que toi aussi, aujourd'hui, ta vie entière tourne autour de cette petite, qu'elle était devenue toute ta vie avant même de venir au monde. Tu serais prête à t'enfuir pour elle. Tu serais prête à tuer pour elle. Je vois bien comment tu la regardes, et je me souviens. Je me souviens de ce que tu m'as dit. "Ça arrivera, Hiram, tu m'as dit, et je les verrai s'emparer de ma fille, comme ils se sont emparés de moi." Je ne peux pas faire comme si ces mots n'avaient jamais été prononcés. Et même si je me souviens de tout, je ne peux pas affirmer que j'entends tout ; mais j'entends ce que tu dis aujourd'hui, et j'entends bien plus encore.

« Je sais quelles atrocités les hommes peuvent faire subir à un enfant quand il n'est pas de leur sang. Peut-être que moi-même je pourrais être l'un de ces hommes. Tellement absorbé par mon propre intérêt, ma colère et ma haine, que je... » Je secouai la tête. « Ce que j'essaie de te dire, c'est que Carrie n'est pas un problème pour moi, et toi non plus. C'est moi, le problème. » Je m'interrompis un moment, et Sophia prit ma main dans la sienne.

« Ce que j'essaie de te dire, poursuivis-je, c'est que j'ai compris qui était son père pratiquement à la seconde où je l'ai vue. C'était dans l'ordre des choses. Je reviens, et je te vois avec ce bébé, Caroline, qui n'est pas de mon sang... »

À cet instant, je le jure, on aurait dit que Carrie comprenait ce que je disais, car elle se tourna et tendit un bras vers moi. Je retirai ma main de celle de Sophia et l'approchai de la petite, qui referma ses doigts de toutes ses forces autour de mon index.

« Sauf que si, nous sommes bel et bien du même sang, elle et moi, continuai-je. Elle a le même teint clair que moi, les mêmes yeux gris-vert – mais pas seulement comme moi.

Ces yeux, ces cheveux, ce sont aussi ceux des Walker, jusqu'au premier d'entre eux – je le sais pour avoir lu des descriptions de lui dans des livres sur l'histoire du comté.

« Le plus étrange, c'est que ces yeux gris-vert, Maynard n'en avait pas hérité, lui, alors qu'on les remarque déjà de manière frappante dans le visage de ce bébé, de ta petite Caroline.

« Et il y a quelque chose de douloureux à ça. Quelque chose d'impur. De sale. J'ai dit la même chose à d'autres hommes autrefois, même si aujourd'hui c'est moi qui dois me forcer à avaler ma propre potion amère. Je veux que tu saches ce que j'ai vu, je veux te parler des hommes que j'ai rencontrés depuis que je suis parti. Des hommes qui ont dû décider de choisir ce qu'ils aimaient le plus – la vie telle qu'elle se présentait à eux, dans toute sa beauté et toute sa dureté, ou leur propre colère et leur propre intérêt. Et moi, je choisis l'impureté du monde, Sophia. Je choisis la vie telle qu'elle se présente. »

Sophia avait les larmes aux yeux.

« Est-ce que je peux la prendre ? » lui demandai-je.

Elle se mit alors à rire entre deux sanglots et me dit : « Fais attention quand même. Elle pourrait bien te kidnapper ! »

Elle me sourit, souleva le bébé en glissant une main sous son dos et en lui tenant les épaules de l'autre, et me le tendit. Je vis alors la petite Carrie braquer sur moi ces yeux gris-vert, ce regard enfantin toujours aussi résolu. Je tendis les bras à mon tour, essayant de mimer les gestes de Sophia du mieux que je pouvais, plaçant mes mains juste en dessous des siennes, puis les glissant pour prendre la fillette et l'attirer tout contre moi, sa tête au creux de mon coude. Lorsqu'elle fut confortablement installée, sans avoir poussé un cri ni le moindre gémissement, quand je sentis ce petit paquet tiède entre mes bras, je pensai à mon père, qui ne m'avait jamais tenu ainsi, ni physiquement, ni même de manière symbolique. Je me souvins que j'avais passé mon enfance à lui courir après, avide de partager avec lui un moment semblable. Et je pensai à la femme qui m'avait offert ce genre de moments, car c'est ce qu'on m'avait toujours raconté – que ma mère m'aimait plus que tout au monde, que sa vie entière tournait autour de moi, jusqu'au jour où elle m'avait été arrachée, ma mère, dont je n'arrivais pas à me souvenir.

Lockless déserté, le Terrier hanté par des fantômes et la morte-saison cédant peu à peu le pas à l'hiver, Caroline était notre source de lumière dans un monde de grisaille. C'était Thena, puisqu'il n'y avait personne d'autre pour s'en charger, qui avait aidé Sophia à accoucher ; aussi éprouvait-elle une tendresse particulière pour ce bébé, dont elle s'occupait de temps en temps afin de soulager Sophia. C'est ce qu'elle fit le dimanche suivant, tandis que je réparais le torchis effrité de la cabane de cette dernière. J'y travaillai pendant une petite heure, puis entrai à l'intérieur. Sophia avait fait du feu. Elle était recroquevillée devant la cheminée, les mains tendues vers les flammes.

Elle se tourna vers moi. « Tu n'as pas froid ? me demanda-t-elle.

– Si, je suis frigorifié ! répondis-je. Tu veux voir ? » Je posai alors mes mains sur ses joues, les laissant glisser jusqu'à son cou. Elle rit et s'écria : « Oh, mon Dieu, arrête ça ! »

Elle s'enfuit en courant et je la poursuivis dans la Rue pendant quelques minutes, jusqu'à ce que nous nous écroulions par terre tous les deux, hilares.

« Bon, maintenant je suis vraiment gelé !

– C'est ce que je n'arrête pas de te dire », répliqua-t-elle.

Nous rentrâmes nous réchauffer devant le feu. « Un jour comme aujourd'hui, dit-elle, je ne cracherais pas sur un petit verre. Mon Mercury, en Caroline, je peux t'assurer que ce n'était pas le dernier non plus. » Puis elle me regarda et dit : « Pardon, Hi, je ne voulais pas remuer de vieux sentiments.

– Tu es avec moi, pas *à* moi, répondis-je. D'ailleurs, tiens, ça me donne une idée. Ne bouge pas. »

Je retournai à la résidence et descendis dans le Terrier. Je m'arrêtai devant la chambre de Thena ; la porte était entrouverte, et j'aperçus Caroline endormie sur le ventre de Thena, comme Kessiah elle-même quand elle était bébé, ainsi qu'elle me l'avait raconté. Puis j'allai dans ma chambre prendre la bouteille de rhum que Mars m'avait offerte le jour de mon départ de Philadelphie. À mon retour, je trouvai Sophia toujours assise devant la cheminée, les mains coincées sous les aisselles, et, lorsque je brandis la bouteille, son visage s'éclaira d'un grand sourire. « Y a vraiment quelque chose de pas net chez toi, dit-elle. Je ne sais pas où tu étais passé pendant tout ce temps, mais ça doit avoir un rapport. »

J'ouvris la bouteille et elle poursuivit : « Tu n'es pas le même homme qu'avant. Tu peux bien essayer de me faire croire le contraire autant que tu veux, tu n'es plus le même, je le vois bien, Hi. Tu ne peux pas faire semblant avec moi. »

Je lui passai la bouteille ; elle porta le goulot à sa bouche, renversa la tête en arrière, comme pour boire de l'eau de pluie, et avala une grande rasade. « Oooh, fit-elle en s'essuyant la bouche d'un revers de manche. Je confirme, tu as dû aller dans des endroits pas nets…

– Mais je suis ici, maintenant, dis-je en buvant une gorgée à mon tour. Et toi alors, hein ?

– Quoi, moi ? Qu'est-ce que tu veux savoir ? Vas-y, demande-moi, je te dirai tout. »

Je repris une gorgée, puis posai la bouteille par terre.

« Qu'est-ce qui s'est passé ? lui demandai-je. Qu'est-ce qui s'est passé après cette nuit-là, quand on était enchaînés tous les deux à cette clôture ?

– Ah, ça, dit Sophia. Eh bien, ils m'ont laissée croupir dans cette prison, comme toi, j'imagine. Je savais que mon compte était bon, j'en étais sûre et certaine. Natchez. Ils allaient m'envoyer à Natchez. Et une fille comme moi, enceinte ou pas enceinte, je savais que j'atterrirais dans une maison de joie. J'étais terrifiée, tu n'as pas idée. Dieu sait que j'ai essayé d'être forte, ce soir-là, Hi, et si j'ai réussi, c'est parce que tu étais là, et que je m'inquiétais pour toi, et que tant qu'il en serait ainsi, je n'avais pas le temps de m'inquiéter pour moi-même.

« Mais ce jour-là, quand les chiens m'ont jetée dans ce cachot, ça m'est tombé dessus d'un seul coup, j'ai compris tout le mal qu'ils allaient me faire. J'avais envie de pleurer, mais il fallait que je reste forte. Alors j'ai parlé à ma petite Caroline, pendant tout ce temps. Je lui ai parlé et tu n'imagines pas à quel point elle m'a apaisée. Soudain, j'avais l'impression de ne plus être seule. C'est comme tu disais, je n'avais pas demandé à ce qu'elle vienne au monde, mais à cet instant j'étais si heureuse de l'avoir avec moi, même si elle n'était encore qu'une toute petite chose qui grandissait dans mon ventre.

« Je crois que c'est à ce moment-là que je suis devenue une mère pour elle. J'étais en colère à cause de ce que cet homme, Nathaniel, m'avait fait. Ce qu'il m'avait fait subir. Et même si je suis reconnaissante qu'elle soit là aujourd'hui, je ne lui serai jamais reconnaissante à lui. Caroline m'appartient – à moi et au Seigneur. Je lui ai donné le nom de mon ancien foyer, ma Caroline perdue, mon havre, le pays auquel on m'a arrachée contre mon gré. Voilà, c'est tout – dans cette prison, alors que j'avais le couteau de Natchez sous la gorge, Caroline – mon havre –, c'est elle qui m'a sauvée. »

Je lui passai la bouteille et elle but une nouvelle rasade. « Mmmm », fit-elle en frissonnant. Elle s'essuya la bouche, puis ne dit plus rien pendant un moment, et je restai assis à la regarder, la laissant à son silence. Lorsqu'elle se tourna de nouveau vers moi pour me repasser la bouteille, j'eus l'impression qu'elle était différente, comme si les reliefs de son récit étaient passés sur son visage.

« Mais ce n'est pas tout, en réalité, reprit-elle. Plus tard ce même soir, au milieu de la nuit, alors que je m'endormais, roulée en boule dans un coin de ma cellule infestée de rats, transie par les courants d'air, j'ai levé la tête et j'ai aperçu une ombre penchée sur moi. Puis cette ombre a disparu, et je me suis demandé si j'étais en train de rêver. Mais elle est revenue au bout d'un moment, avec l'un des chiens, qui a ouvert la porte du cachot et m'a dit : "Allez, sors de là."

« Il n'avait pas besoin de me le dire deux fois. Je me suis levée, et je me suis rendu compte que ce n'était pas du tout une ombre – c'était Corrine Quinn, dans ses habits de deuil. Quand je suis sortie, sa calèche était là, avec ses domestiques. Ils m'ont fait monter à l'arrière avec elle, et elle m'a dit qu'elle savait ce qui m'attendait, quel sort me serait réservé si jamais Nathaniel avait vent de ma petite escapade. Mais il n'était pas obligé d'en entendre parler. Personne n'était obligé de savoir. Je pourrais reprendre ma vie comme avant. La seule chose qu'elle me demandait en retour, c'était de pouvoir venir me rendre visite de temps en temps dans la Rue, discuter avec moi.

– Discuter de quoi ?

– De la situation ici, répondit Sophia. Et donc, comme je te disais, elle venait de temps à autre et elle me demandait qui était encore là et qui était parti pour Natchez. Ça m'a toujours semblé un peu bizarre, tu vois ce que je veux dire ? Mais, après la naissance de Caroline, mon seul et unique désir était de protéger mon bébé. Le reste, je m'en fichais pas mal.

« Je lui ai quand même posé des questions, moi aussi, ajouta Sophia en glissant son bras sous le mien. Des questions sur toi. Je lui ai demandé ce qu'ils allaient faire de toi. Elle m'a dit de ne pas m'inquiéter. Que tu serais parti pendant un certain temps, mais que tu reviendrais. Un jour.

« Je t'avoue que je ne l'ai pas crue, Hi. J'avais déjà perdu tant de choses par le passé ; pour moi, ce qui avait disparu avait disparu pour de bon, point final.

« Sauf toi. Toi, tu es revenu », dit-elle en plantant ses yeux dans les miens, me transperçant de son regard acéré comme une lame. J'eus l'impression que tout se mettait à tournoyer autour de moi dans la pièce. « J'ai encore du mal à le croire, mais tu es bel et bien revenu. Tu m'es revenu. »

Plus aucune pensée ne me traversait l'esprit. J'avais l'impression que les poutres, les planches et le plafond de la cabane se distordaient, et que c'étaient les poutres, les planches et le plafond de l'univers tout entier qui ployaient en même temps pour nous encercler, se refermer autour de nous. La nature tout entière semblait prise de vertige, si bien que lorsque je sentis le goût du rhum sur les lèvres de Sophia, c'est le sucre de la vie elle-même que je goûtai.

Ce n'est qu'à cet instant que je compris que je ne me souvenais pas de tout, en réalité, qu'il y avait certaines choses, en dehors de ma mère, que j'avais choisi d'oublier – non pas des images, mais les émotions qui se cachaient derrière. J'avais oublié à quel point Sophia me manquait, à quel point je la désirais ; oublié tous ces moments, à Philadelphie, où j'aurais voulu que Raymond et Otha me laissent en paix, seul avec le souvenir d'elle en train de danser près du grand feu de joie. Et j'avais oublié la nausée profonde et lancinante du désir qui pulsait dans toutes les veines de mon corps, tel un train lancé sur les rails. J'avais oublié que j'avais fini par accepter ce malaise, comme une fièvre dont je ne pourrais jamais me débarrasser ; oublié toutes ces journées pendant lesquelles, plié en deux, les bras serrés sur le ventre, je sentais la solitude me consumer. Je l'aimais, et peut-être parce que j'étais conscient du danger que représentait un tel sentiment pour ceux qui vivaient sous le joug de l'Asservissement, de l'esclavage, y compris pour ceux qui faisaient partie du Réseau, j'avais tout fait pour l'oublier, même si ce sentiment, lui, ne m'avait pas oublié. Il était là à présent, avec nous, entre nous, et lorsqu'elle me caressa le visage, lorsqu'elle me serra le bras, elle le fit non pas avec douceur mais avec force et volonté, et je sus alors que tout cela – toutes ces émotions, tout le désir qui m'habitait, toute l'ardeur refrénée de la jeunesse aveugle et violente, et le sourd besoin de lui donner libre cours –, je n'étais pas le seul à l'éprouver.

Quelques heures plus tard, nous étions allongés dans la mansarde, les yeux au plafond. Le bras posé en travers de ma poitrine, Sophia me caressait l'épaule du bout des doigts comme si elle jouait du piano.

« Mon Dieu, c'est bien toi, dit-elle. Tes mains. Tes yeux. Ton visage. »

La nuit était tombée depuis longtemps, bientôt le matin approcherait, et alors les poutres de l'univers desserreraient leur étau ; nous retrouverions notre place au sein du monde, et nos devoirs à Lockless. Mais certaines choses étaient irréversibles, parmi lesquelles ce sentiment inédit qui s'était à présent emparé de moi, ce même sentiment qui habitait Otha White jusqu'à l'obsession, cette certitude qu'il ne pourrait jamais vraiment trouver le repos sans Lydia à ses côtés. Pour la première fois, je compris ce qu'était la Conduction – une chaîne de sensations, un assemblement d'instants si saisissants qu'ils en devenaient aussi réels que la pierre et le fer, aussi tangibles que le monstre d'acier lancé sur les rails dont le rugissement fait s'envoler la nuée de merles perchés sur l'auvent.

Alors que je me rhabillais, sous le regard de Sophia restée en haut dans la mansarde, j'aperçus sur le linteau de la cheminée le petit cheval de bois que j'avais récupéré chez Georgie Parks, et je vous jure qu'il me sembla le voir briller. Sophia descendit et vint se plaquer derrière moi, m'entourant de ses bras, la tête posée contre mon dos, tandis que j'examinais le cheval de bois entre mes mains.

« Vas-y, me dit-elle. Prends-le. Je t'ai dit, elle est encore un peu jeune pour ce genre de jouets, de toute façon.

– Oui, tu as raison, j'imagine. »

Je me retournai alors vers elle, le petit cheval de bois toujours à la main, et une dernière fois, là, dans le noir, le monde attira mes lèvres jusqu'aux siennes, et nous restâmes enlacés ainsi comme si nous nous tenions agrippés au mât d'un navire pris dans la tempête.

« Bon, finis-je par dire. Je ferais probablement mieux d'y aller.

– Probablement, oui.

– Bon », répétai-je, et lorsque je sortis de la cabane, dans un monde entièrement changé, c'est à reculons que je m'éloignai, afin de graver dans mon esprit cette image d'elle dans la lumière bleue du petit matin et de la garder en moi le plus longtemps possible.

Tout aurait été beaucoup plus facile si j'avais simplement regagné le Terrier, ciré mes brodequins et fait ma toilette. Mais cette nouvelle appréhension du monde, la découverte de ces émotions très anciennes, m'en empêchèrent. Au lieu de rentrer, je pris un chemin qui me mena, dans l'obscurité, jusqu'à Dumb Silk Road. C'était m'exposer au danger de croiser les chiens, qui patrouillaient encore dans cette zone, à l'affût des derniers fugitifs d'un comté d'Elm exsangue. Mais, chemin faisant, je caressais le petit cheval de bois serré dans ma main et j'avais la certitude que, quand bien même nous aurions encore été à la grande époque de Lockless, les chiens n'auraient rien pu contre moi.

Vingt minutes plus tard, j'étais de retour au bord de la rivière Goose, qui semblait moins une rivière à cet instant qu'une énorme masse ténébreuse s'étendant sur la terre à perte de vue. Je me dirigeai vers cette masse jusqu'à ce que le clapotis de l'eau sur les berges se fasse entendre. Le ciel était nuageux ; pas le moindre rayon de lune pour illuminer les alentours. Mais, quand je fus arrivé au bord de la rivière, je tendis la main dans laquelle je tenais le petit cheval de bois, et je vis alors briller la lumière bleue de la Conduction. Et lorsque je levai les yeux vers la rivière, je vis s'avancer vers moi les volutes du rideau de brume que je connaissais bien désormais.

Ce qui se produisit ensuite, je n'avais eu besoin de personne pour apprendre à le faire. Ce fut un geste instinctif, presque animal, un geste tout simple – une infime pression exercée sur le petit cheval de bois au creux de ma main –, et je vis alors cette brume surgie au-dessus de la rivière se précipiter vers moi, telle une créature mythique déployant ses longs tentacules diaphanes, pour m'engloutir entre ses mâchoires.

31

L'invocation d'une histoire, l'eau, et un objet qui rendait la mémoire aussi tangible que la brique : voilà en quoi consistait la Conduction. Mon souci immédiat, cependant, n'était pas tant de savoir ce que j'allais faire d'un tel pouvoir que d'arriver à tenir jusqu'à la fin de cette journée. J'étais exténué, assommé de fatigue comme la fois d'avant, et comme Harriet après sa propre Conduction. Je réussis, je ne sais trop comment, à m'acquitter de mes devoirs, mais une fois mon travail terminé je m'écroulai sans même dîner et je dormis jusqu'au lendemain. Après m'être réveillé, j'allai aider Howell à s'habiller, lui préparai son petit déjeuner, et l'assistai dans les diverses tâches de sa journée. Quand vint l'heure du dîner, quelque chose en moi se mit à briller aussi intensément que lors de la Conduction, car je savais que j'allais revoir Sophia. Et lorsque enfin nous nous retrouvâmes, ce soir-là, c'est comme si j'avais franchi le seuil d'un autre monde. Je me demandais si tout cela n'avait été qu'un rêve ; mais elle était bien là, avec Thena, et la petite Caroline, et quand elle me vit, elle sourit et me dit simplement : « Tu es revenu. »

Nous passâmes les jours suivants ensemble, au comble du bonheur. Au début, nous tentions de cacher aux autres cette nouvelle situation. Après le dîner, Sophia prenait congé de nous de manière ostentatoire ; j'apportais alors son cidre chaud à mon père, je restais quelques instants avec lui, le mettais au lit, puis je me dirigeais vers la Rue. À l'aube, je regagnais la résidence pour me recoucher dans mon lit, où je restais allongé une petite demi-heure avant d'entamer ma journée de travail. Ce n'était pas aussi étrange que cela peut le paraître. Pendant longtemps, pour de nombreux Asservis qui avaient femme et enfants dans une autre maison que celle où ils travaillaient, tel avait été le rituel. Mais c'était particulièrement bizarre dans mon cas parce que tout ce dispositif semblait dépendre de l'aveuglement de Thena. Or elle n'était pas aveugle. Je ne fus donc pas surpris lorsqu'un soir, après le dîner, alors qu'elle tenait la petite Caroline dans ses bras, elle me dit : « Je suis heureuse pour toi. » Et la discussion s'arrêta là.

Mais Thena n'était pas notre seul sujet de préoccupation. Nathaniel Walker jouissait toujours officiellement d'un droit particulier sur Sophia et Caroline, et je connaissais fort bien le sort réservé aux Asservis qui passaient outre ce genre de droit. Corrine nous avait peut-être sauvés une fois par le passé, mais rien ne pourrait nous sauver, ni l'un ni l'autre, face à la colère orgueilleuse de Nathaniel. Ce fut une période de bonheur, l'une des plus heureuses que j'aie connues de toute ma longue existence, mais elle reposait encore et toujours sur les fondations fragiles de l'Asservissement, et nous savions que tôt ou tard le sol se déroberait de nouveau sous nos pieds.

Début décembre, nous apprîmes que Nathaniel Walker était de retour ; une semaine plus tard, inévitablement, Sophia était sommée de se rendre chez lui. Mon père, qui ne savait toujours rien de ce qui se tramait autour de lui, me demanda d'accompagner Sophia. Je ne peux pas dire que cela me réjouit. Mais j'avais retenu la leçon – si je voulais que Sophia soit à moi, je devais renoncer à ce qu'elle m'appartienne. Et le lien qui nous unissait n'avait rien à voir avec une quelconque notion de propriété ; il était fondé sur la promesse que nous nous étions faite de rester l'un avec l'autre, par tous les moyens, aussi longtemps que possible. Telle était l'illusion à laquelle nous continuions de nous accrocher, en ce matin d'hiver, lorsque je la conduisis chez Nathaniel Walker.

Nous partîmes de bonne heure. Sophia dormit pendant tout le début du trajet. Puis nous discutâmes.

« Alors ? Quel était le caprice du jour de Corrine ? me demanda-t-elle. Une baignoire à pattes de lion ? Cinq servantes blanches, toutes en tenue d'Ève ? »

Je me mis à rire avec elle.

« Tu ne nies pas, dit Sophia.

– Je ne nie rien, répondis-je. Je n'ai rien à cacher.

– Sauf ce que tu as fait pendant ton absence, répliqua-t-elle. Mon Dieu, mais qu'est-ce que ces gens t'ont fait ?

– Rien, je t'assure. Enfin, je veux dire, il n'y a vraiment pas grand-chose à raconter.

– Ce n'est pas toi qui m'intéresses, Hi. Ce qui m'intéresse, c'est de savoir pourquoi elle se préoccupe tant de moi. J'ai beau me creuser la cervelle, je n'arrive toujours pas à comprendre pourquoi elle ne les a pas laissés m'expédier à Natchez.

– Je n'en sais rien. Peut-être pour te protéger parce qu'elle t'aime bien, c'est tout.

– Des Blancs qui protègent l'esclave d'un autre ? Où tu as vu ça, toi ? »

Je ne répondis pas.

« Je me suis laissé dire qu'elle voyage pas mal. Il paraît qu'elle n'arrête pas de rebattre les oreilles de ton père en lui racontant toutes les choses scandaleuses dont elle a été témoin dans le Nord. J'imagine qu'elle n'emmènerait jamais un Noir avec elle quand elle part en balade comme ça.

– Peut-être. Je ne sais pas.

– Mais si, tu sais, Hi. Soit tu as été là-bas, soit tu n'y as pas été. »

Je gardai les yeux fixés sur la route.

« Ben voyons, dit Sophia. N'essaie pas de me faire croire ça. Tu n'as jamais mis un pied en dehors de ce comté, et encore moins dans le Nord. Si c'était le cas, je suis bien certaine que je ne t'aurais plus jamais revu.

– Ah, et pourquoi donc ?

– Parce que si tu avais été là-bas, parmi tous ces affranchis, il aurait fallu que tu sois bête comme une oie pour revenir ici. Crois-moi, si jamais je devais remettre ne serait-ce qu'un orteil en terre libre, tu n'entendrais plus jamais parler de moi.

– Ah. Et nous deux, alors, ce serait terminé, j'imagine.

– Allez, tu sais bien que tu n'as absolument pas la trempe qu'il faut pour s'enfuir. Tu as essayé une fois ; mais tu es trop attaché à Lockless. La preuve, tu es revenu.

– Pas de mon plein gré, lui dis-je. Pas de mon plein gré. »

Nous arrivâmes chez Nathaniel Walker en fin de matinée, entrant sur la propriété par la contre-allée, où nous devions attendre un envoyé qui viendrait à notre rencontre, puis disparaîtrait avec Sophia, après quoi je n'aurais d'autre choix que de les laisser à leurs petites affaires. Quels sentiments éprouvais-je ? Il est de plus nobles missions que d'escorter la femme qu'on aime chez un autre homme, c'est certain. Mais j'étais habitué depuis des années à cacher mes sentiments, et je savais que Sophia devait souffrir plus encore que moi de cette situation. Par ailleurs, j'avais vieilli. Je comprenais certaines choses qui m'auraient paru inconcevables encore quelques mois auparavant, de sorte que mon plus grand désir, à cet instant, était de soulager sa peine. Aussi, quand je remarquai qu'un silence tendu s'était installé entre nous, et qu'elle ne plaisantait pas comme à son habitude, je lui demandai : « Comment faisais-tu pour venir ici, tout le temps où je n'étais pas là ?

– J'ai marché, répondit-elle.

– Tu as marché ?

– Oui. Accoutrée de pied en cap. Dieu merci, Thena était là pour garder Carrie ce week-end-là. Je n'ai dû faire ça que cette seule fois, mais crois-moi, quand j'ai été convoquée, j'étais dans tous mes états. Je l'ai fait, pourtant. Je me suis maquillée, j'ai mis ma robe et j'ai enfilé mes dessous, juste là, derrière ces buissons.

– Seigneur…

– De toutes les bassesses auxquelles j'ai dû me plier, c'est celle-là qui m'a le plus coûté. Devoir me mettre dans le plus simple appareil cachée derrière ces buissons, terrifiée à l'idée que quelqu'un passe par là à ce moment et me tombe dessus. Alors je me suis mise à chanter toute seule à voix basse, pour me donner du courage. »

Sophia poussa un long soupir et ajouta : « Ne doute pas une seule seconde que je les hais. N'en doute pas, je t'en conjure. »

Lorsqu'elle prononça ces mots, son visage se figea sous le masque d'un bourreau. Pas le moindre froncement de sourcils. Pas le moindre frémissement de sourire à la commissure des lèvres. Pas la moindre lueur dans ses yeux bruns. Son visage était le reflet fidèle de cette haine dont elle me parlait à présent. Elle secoua la tête et dit : « La vengeance que je leur ferais subir, Hi. Les choses dont je serais capable. Telle que tu me vois, là, j'ai l'air si frêle… Mais si j'avais les mains et les bras de ces hommes, tu n'imagines pas ce que je ferais de ma force. J'y ai souvent pensé, tu sais. Même frêle comme je suis, Seigneur, j'ai si souvent pensé à ce que je lui ferais dans son sommeil, avec un couteau de cuisine, ou en versant du poison dans son thé, un peu de poudre blanche dans son gâteau… J'y pensais sans cesse, et puis ma petite Caroline est arrivée et ça a été terminé. Je ne suis pas une femme mauvaise, Hi, crois-moi. Mais si tu savais ce que je pourrais leur faire, si l'occasion m'en était donnée, si tu savais... »

Elle laissa le reste de sa phrase en suspens, perdue dans ses pensées. Au bout d'une vingtaine de minutes, un Asservi en livrée de majordome apparut sur le petit chemin boisé. Il s'approcha de la calèche et nous lança un regard plein de sévérité et de désapprobation. « Il ne peut pas vous recevoir aujourd'hui. Il vous fera appeler. »

Puis il fit demi-tour.

« Est-ce qu'il a dit autre chose ? » lui cria Sophia alors qu'il était déjà loin. Mais il ne se retourna pas, et quand bien même il l'avait entendue, de toute évidence il n'avait aucune intention de lui répondre.

Nous restâmes là sans bouger pendant quelques instants, indécis. Puis Sophia se tourna vers moi avec un petit sourire ironique et me dit : « Tu es bien content, hein ?

– Je ne suis pas malheureux, répondis-je. Et, vu ce que tu viens de me raconter, j'imagine que tu ne l'es pas non plus.

– Évidemment, dit-elle, évidemment. Mais c'est bizarre. C'est la première fois que ça arrive. »

Elle resta silencieuse un moment, réfléchissant, ruminant une hypothèse qui s'était imposée dans son esprit.

« Quoi ?

– Ça doit être toi, dit-elle. Je ne sais pas comment tu as fait, mais je parie que c'est toi qui t'es débrouillé pour que ça se passe comme ça. »

Je secouai la tête en riant et lui dis : « C'est fou ce dont tu me crois capable, comme si j'avais le moindre pouvoir sur ces Blancs. Comme si j'avais des dons de sorcellerie ou je ne sais quoi.

– En tout cas, tu as des dons, ça je le sais », dit-elle en riant, et moi avec elle.

Je tirai sur les rênes et nous repartîmes vers Lockless.

« Je suis désolée, Hiram, dit Sophia. Tu sais bien que je ne veux pas retourner là-bas. Je voudrais pouvoir rester aussi loin que possible de cet endroit. Mais si je n'ai pas le choix, alors je préfère autant me débarrasser de cette corvée. Je déteste être suspendue à ça. Quand je suis avec lui, je suis une esclave. Mais, depuis que tu es revenu, je ne me suis jamais sentie aussi libre. Et même si je sais bien que ce n'est pas vraiment ça, la liberté, c'est déjà quelque chose. Et c'est ce que je veux. »

Elle se pencha alors vers moi et m'embrassa sur la joue. « Je veux en profiter autant que possible. »

Oh, être de nouveau là-bas, et être jeune de nouveau. Retourner à l'aube de ma vie, quand le soleil était encore à peine levé au-dessus de l'horizon et que toutes les promesses et toutes les tragédies de l'existence étaient encore devant moi. Être assis là de nouveau, dans cette calèche, avec un sauf-conduit pour la journée, aux côtés d'une fille que j'aimais plus que tout au monde, au cœur de la vieille Virginie dévastée qui vivait alors ses mornes derniers jours. Oh, retourner à cette époque où j'avais toute la vie devant moi, où je pouvais rêver de partir avec Sophia aussi loin que pourrait nous mener cette route du comté d'Elm jusqu'à ce que la fortune nous abandonne.

Chemin faisant, nous évoquions à présent nos souvenirs du passé et de tous les Disparus du comté d'Elm – Thurston, Lucille, Lem, Garrison. La façon dont ils étaient partis, la façon dont Natchez les avait emportés. Certains en silence. D'autres en chantant. Certains en riant. D'autres encore en dansant.

« Et Pete ? demandai-je. Qu'est-ce qu'il est devenu ?

– Expédié de l'autre côté du pont environ un mois avant ton retour, répondit Sophia.

– Je n'aurais jamais cru que Howell se séparerait de lui, dis-je. Personne ne savait entretenir les vergers comme lui.

– Ils sont tous partis maintenant, dit Sophia. Natchez. Comme tous les autres avant eux. Comme nous tous, un jour ou l'autre. Tous disparus. Tous condamnés.

– Non. Toi et moi, je crois que nous sommes des survivants. Par la grâce du Diable, peut-être, mais nous avons survécu. Et quand bien même nous ne serions pas grand-chose d'autre, au moins nous sommes cela, j'en suis convaincu : des survivants. »

L'hiver n'avait pas encore donné toute sa puissance, et nous roulions sous un beau ciel clair et frais. Depuis les hauteurs de la route, j'apercevais la Goose, la lisière de Starfall sur la rive opposée et, au loin, le pont grâce auquel je m'étais transporté dans cette autre vie.

« Et si ce n'était pas le cas, Sophia ?

– C'est-à-dire ?

– Si nous n'étions pas tous disparus, tous condamnés ? S'il existait un moyen de nous hisser au-delà de tout le malheur que nous avons connu ici ?

– Encore un de tes rêves délirants ? Toujours tes chimères. Tu te rappelles comment ça a fini, non ?

– Je me rappelle parfaitement. Mais nous sommes liés, comme tu le dis. Nous sommes plus vieux que notre âge. À cause de cet endroit, de tout ce que nous avons vu. Nous sommes hors du temps, toi et moi. Toute leur gloire est en train de s'effondrer sous nos yeux. Mais imagine si nous n'étions pas obligés de nous effondrer avec eux ? Nous savons très bien qu'ils sont au bord de la chute, Sophia. Et si nous n'étions pas obligés de tomber avec eux ? »

Elle me regardait bien en face à présent.

« Je ne peux pas, Hiram, dit-elle. Pas comme ça. Je ne peux pas recommencer. Je sais bien que tu penses à quelque chose. Et quand tu seras prêt à me dire de quoi il s'agit, alors je serai avec toi. Mais je ne peux pas partir comme ça, à l'aveugle, je ne peux plus. Je ne suis plus toute seule, alors si tu as quelque chose en tête, il faut que je sache tout. Je te l'ai dit. Je serais prête à tuer pour partir d'ici, pour sauver ma fille.

– Ce n'est pas quelque chose qu'on peut tuer.

– Non. On ne peut que s'enfuir. Mais il faut que je sache comment, et pour aller où. »

Nous ne parlâmes plus beaucoup après cela, trop occupés l'un et l'autre à réfléchir à ce que nous nous étions dit et aux événements de la journée. Mais, en arrivant à Lockless, nous découvrîmes Thena, assise devant le tunnel du Terrier, la tête entre les mains, ceinte d'un pansement. Elle portait ses habits de travail, sans son manteau. La petite n'était pas avec elle.

« Thena ! m'écriai-je.

– Oui ?

– Qu'est-ce qui s'est passé ? demanda Sophia. Où est Caroline ?

– À l'intérieur. Elle dort », répondit Thena.

Sophia se précipita dans le Terrier. Je m'accroupis devant Thena et portai la main à sa tempe, où un peu de sang avait imbibé le pansement.

« Thena, qu'est-ce qui s'est passé ?

– Je ne sais pas, dit-elle. Je... je ne me souviens pas.

– Bon, dis-moi ce que tu as fait.

– Je... je ne..., balbutia-t-elle en plissant les yeux.

– D'accord, d'accord, ce n'est pas grave. Allez, viens, rentrons à l'intérieur. »

Alors que je passais son bras autour de mon cou pour l'aider à se relever, je vis Sophia ressortir du tunnel.

« Elle va bien, dit-elle. Elle dort. Apparemment, Thena l'a couchée dans ton lit, et... je comprends pourquoi. » Elle se mit alors à pleurer. « Hiram, ils ont tout pris. Je sais ce qu'ils voulaient. Ils ont tout pris. »

Nous fîmes quelques pas, et je sentis que Thena avait du mal à tenir debout. Alors je la soulevai dans mes bras. « Accroche-toi », lui dis-je. En passant devant la chambre de Thena, j'aperçus une moitié de chaise par terre et des éclats de bois partout. Puis j'allai jusqu'à ma chambre, où la petite Caroline commençait tout juste à se réveiller. Sophia tira la couverture et la prit dans ses bras. Je rebroussai chemin pour aider Thena à s'allonger et la bordai.

Je me tournai vers Sophia. « Bon sang, mais qu'est-ce qui s'est passé ? »

Elle secoua la tête, toujours en larmes.

Je retournai dans la chambre de Thena. On aurait dit que quelqu'un avait tout défoncé à coups de hache – le lit, la cheminée, l'unique chaise, tout était en miettes. Puis, regardant autour de moi, je finis par trouver ce qu'ils cherchaient – le petit coffre de Thena, brisé en deux. Je m'agenouillai ; autour du coffre étaient éparpillés quelques vieux objets qui devaient avoir une valeur sentimentale pour Thena – des perles, des lunettes, deux cartes à jouer. Mais ce que je ne trouvai pas, c'est l'argent de ses lessives, qu'elle mettait consciencieusement de côté, chaque semaine, en vue de pouvoir racheter un jour sa liberté. Je restai là, abasourdi, me demandant qui avait bien pu faire une chose pareille. J'avais déjà entendu parler de maîtres qui avaient passé ce genre d'accord, puis étaient revenus sur leur parole, gardant tout l'argent pour eux-mêmes. Mais ça n'avait aucun sens dans le cas de Thena – qui était âgée et toute disposée à dédommager Howell en échange de sa liberté, afin de se soustraire à sa charge. Et cette violence, les coups de hache – tout cela indiquait sans conteste qu'il s'agissait de quelqu'un qui n'avait pas d'autres moyens de contraindre Thena, et je compris alors que le coupable devait forcément être un Asservi.

On ne sait jamais à quel point on a besoin des siens jusqu'au jour où ils ne sont plus là. Il ne devait plus rester à ce moment-là qu'une vingtaine de personnes à Lockless. Mais ce n'était plus comme avant, du temps où, même si nous étions beaucoup plus nombreux, tout le monde se connaissait. Aujourd'hui, seule une poignée d'entre eux m'étaient familiers dans la Rue, et moins encore dans le Terrier. Jadis, il y avait parmi les Asservis des médecins qui auraient pu s'occuper de Thena. Mais ils étaient tous partis, envoyés Dieu sait où, et nous ne pouvions plus compter que sur nous-mêmes. Je repensai à Philadelphie, à la chaleur humaine qui régnait là-bas, où il y avait toujours quelqu'un sur qui s'appuyer, et j'eus le sentiment que Lockless, à l'inverse, avait sombré dans une sorte d'anarchie. À qui pouvais-je parler de l'agression dont avait été victime Thena ? Mon père ? Mais comment réagirait-il ? En expédiant une nouvelle fournée d'Asservis de l'autre côté du pont ? Et comment être sûr que le vrai coupable se trouverait parmi eux ?

Pendant la semaine qui suivit, nous procédâmes à de nombreux changements. Nous quittâmes tous le Terrier pour aller nous installer dans l'ancienne cabane de Thena, dans la Rue. Nous nous sentirions plus en sécurité là-bas, et cela m'obligerait simplement à me lever plus tôt le matin pour arriver à temps au chevet de mon père et m'acquitter de mes devoirs. Nous ne voulions pas laisser Thena seule. Sophia se chargerait désormais de la lessive et je l'aiderais de mon mieux le dimanche pour aller puiser l'eau, ramasser le petit bois et essorer le linge avec elle. Au bout d'une semaine, Thena avait plus ou moins repris le cours normal de sa vie. Mais la violence terrifiante de cette agression l'avait changée et, pour la première fois depuis que je la connaissais, je lisais à présent la peur sur son visage, la peur de ce qui pourrait lui arriver si elle restait plus longtemps ici, à Lockless. Je repensai alors à Kessiah, et je compris que l'heure était venue pour moi de tenir mes promesses.

Je ne m'inquiétais pas seulement à propos de Thena. Un peu plus tard, j'appris par mon père que Nathaniel n'était jamais rentré du Tennessee, malgré ses sommations, et qu'il avait été retenu là-bas par des affaires urgentes. Quelles affaires ? Je n'en savais rien. Mais je commençai à me demander si par hasard ses intentions à l'égard de Sophia n'allaient pas au-delà de ce que j'avais imaginé jusqu'alors. Et je n'étais pas le seul à me poser la question.

« Ça t'arrive de penser à ce qui se passerait si je devais aller là-bas ? » me demanda Sophia un soir.

Nous étions dans la mansarde, plongés dans l'obscurité, les yeux rivés aux poutres de la cabane. Caroline dormait, calée entre nous deux ; Thena, couchée en bas, ronflait légèrement.

« Oui, j'y pense, répondis-je. Surtout ces derniers temps.

– Tu sais ce que j'ai entendu dire ?

– Quoi ?

– Que ce n'est pas pareil dans le Tennessee. Que la société là-bas n'a rien à voir avec celle d'ici, qu'ils ont des coutumes différentes et qu'il y a des Blancs qui épousent des Noires. Et je m'interroge sur Nathaniel et sur certains détails de son comportement, notamment sur son désir que je me fagote comme… »

Elle laissa sa phrase en suspens, comme si elle essayait de démêler son propre raisonnement, puis elle continua : « Hiram, est-ce que cet homme a des projets pour moi ? Est-ce qu'il a l'intention de rompre avec la tradition et de m'emmener dans le Tennessee pour faire de moi son épouse légitime ?

– C'est ça que tu veux ? lui demandai-je. Le Tennessee ?

– Bon Dieu, tu crois vraiment que c'est ce que je veux ? rétorqua-t-elle. Tu n'as donc pas encore compris ? Je veux ce que j'ai toujours voulu, ce que j'ai toujours affirmé vouloir. Je veux que mes mains, mes jambes, mes bras, mon sourire, mon corps tout entier m'appartiennent, à moi et à moi seule. »

Elle se tourna alors vers moi, et même si je ne bougeai pas, les yeux toujours au plafond, je sentais son regard posé fixement sur moi.

« Et si je devais éprouver un jour le besoin, le désir d'offrir tout cela à quelqu'un, alors il faudrait que ce besoin et ce désir soient les miens, pas ceux d'un autre. Tu comprends, Hiram ?

– Oui.

– Non, tu ne comprends pas. Tu ne peux pas comprendre.

– Alors pourquoi tu me dis tout ça ?

– Ce n'est pas à toi que je le dis, mais à moi-même. Je me rappelle les promesses que je me suis faites, à moi-même et à ma Caroline. »

Nous n'échangeâmes plus un mot après cela, et bientôt le sommeil eut raison de nous. Mais cette conversation resta gravée dans ma mémoire. Cela me paraissait évident : le moment était plus que jamais venu d'agir. J'avais accompli tous mes devoirs avec diligence, tenant Hawkins informé au jour le jour. Et j'avais percé en outre le secret de la Conduction, par mes propres moyens. Il me semblait que l'heure était venue pour Corrine Quinn d'honorer sa part du marché.

Les fêtes approchaient, mais elles seraient bien peu festives en vérité. Le clan Walker ne viendrait pas cette année et, maintenant que Maynard avait disparu, mon père s'apprêtait à affronter seul ces jours de réjouissance. Corrine Quinn, qui s'était de plus en plus rapprochée de lui, vint toutefois soulager sa solitude en débarquant à Lockless avec sa propre cohorte – qui pour une fois ne se résumait pas à Hawkins et Amy. Elle arriva accompagnée de cuisiniers, de femmes de chambre et de divers domestiques, ainsi que d'une flopée de cousins et d'amis pour distraire mon vieux père. Ce dernier fut d'ailleurs enchanté de se retrouver parmi tous ces invités, qui lui fournirent l'occasion de raconter de nouveau, devant un public conquis et bouche bée, les vieilles légendes de la Virginie d'antan.

Tout cela n'était qu'une vaste mise en scène, bien évidemment. Chacun de ces cuisiniers, domestiques et cousins était en réalité un agent du Réseau – j'avais côtoyé certains d'entre eux durant ma formation à Bryceton, tandis que d'autres venaient de l'antenne établie par Corrine à Starfall. Le plan m'apparaissait désormais très clairement. À mesure que le comté d'Elm déclinait, sombrant peu à peu dans l'obsolescence et déserté par les Distingués, le Réseau s'engouffrerait dans la brèche pour mener ses actions et étendre le front de guerre. Aujourd'hui, avec le recul des années, je confesse bien volontiers mon admiration. Corrine était audacieuse, impitoyable, ingénieuse, et alors que la Virginie vivait dans la peur de voir arriver un nouveau prophète Gabriel ou Nat Turner, la véritable menace était là, en son sein, sous l'apparence de la plus noble féminité, d'un parangon d'aristocratie, d'une élégance de porcelaine et de la grâce la plus immortelle.

Mais, à l'époque, je fus incapable de percevoir tout le génie de cette mascarade, car, même si nous poursuivions un objectif commun, Corrine et moi nous étions engagés sur des chemins diamétralement opposés pour y parvenir. Les Asservis étaient des êtres humains à mes yeux, pas des armes ; non pas une marchandise, mais des individus qui possédaient chacun une existence propre, une histoire et un héritage, tous consignés dans ma mémoire, et, depuis que j'étais entré dans le Réseau, ce sentiment n'avait pas diminué d'intensité – bien au contraire. C'est ainsi que ce jour-là, alors que l'année touchait à son terme, lorsque je défendis avec insistance mon point de vue sur la marche à suivre, Corrine et moi nous retrouvâmes en désaccord complet.

Nous étions descendus dans la Rue. Nous avions concocté un petit scénario tout simple – Corrine désirait visiter les anciens quartiers d'habitation et je lui servirais de guide. Je l'avais donc escortée depuis la demeure principale et nous avions bavardé de tout et de rien en chemin, jusqu'à ce que les jardins et les vergers soient loin derrière nous et que nous ayons atteint le petit chemin sinueux qui menait à la Rue.

« Quand je suis revenu auprès de Howell, dis-je à Corrine, c'était contre la promesse qu'une certaine famille serait conduite dans le Nord. Le moment est venu.

– Et pourquoi maintenant ? demanda-t-elle.

– Il s'est produit un incident ici, il y a deux semaines. Quelqu'un s'en est pris à Thena. On l'a assommée avec le manche d'une hache avant de mettre à sac sa chambre. Tout l'argent des lessives qu'elle avait économisé a disparu.

– Mon Dieu », dit Corrine, et je vis percer une inquiétude sincère sous le masque guindé de la noble dame. « Vous avez trouvé le responsable de ce crime ?

– Non. Elle ne se souvient de rien. Et puis, avec tous les gens qui vont et viennent par ici ces derniers temps... Difficile à dire. Je connais mieux les membres de la petite troupe avec laquelle vous avez débarqué que les gens qui travaillent ici tous les jours.

– Tu penses que nous devrions enquêter ?

– Non. Il faut la faire sortir d'ici.

– Mais pas seulement elle, n'est-ce pas ? Il y a quelqu'un d'autre – ta Sophia.

– Pas *ma* Sophia, répliquai-je. Sophia tout court.

– Eh bien, regardez-moi ça, dit Corrine en se fendant d'un léger sourire. Se peut-il que tu aies tant mûri en un an à peine ? C'est remarquable. Tu es bel et bien devenu l'un des nôtres. Pardonne-moi, mais je suis vraiment impressionnée. »

Elle me regardait avec de grands yeux ébahis, même si je pense aujourd'hui que ce n'était pas réellement moi qu'elle regardait à cet instant, mais plutôt le fruit de ses propres efforts – autrement dit, ce n'était pas par moi que Corrine était impressionnée, mais par ses propres pouvoirs.

« Es-tu enfin parvenu à te souvenir ? me demanda-t-elle.

– Me souvenir ?

– De ta mère, dit-elle. Les souvenirs que tu as d'elle sont-ils remontés à la surface ?

– Non, répondis-je. Mais j'étais préoccupé par d'autres choses.

– Bien sûr, pardonne-moi. Sophia.

– Je crains que Nathaniel Walker ne revendique sa propriété et ne la fasse venir dans le Tennessee.

– Oh, tu n'as aucune inquiétude à avoir de ce côté-là, dit Corrine.

– Pourquoi ?

– Parce que j'ai passé un accord avec lui, il y a un an. Dans une semaine, c'est moi qui récupérerai officiellement son titre de propriété.

– Je ne comprends pas. »

Corrine me regarda d'un air de perplexité amusée.

« Vraiment ? Elle a eu un enfant de Nathaniel, n'est-ce pas ?

– Oui.

– Alors tu comprends, dit-elle. Toi aussi, après tout, tu es un homme, une simple créature animée de divers intérêts aussi impérieux que fugaces, soumise aux saisons changeantes du désir. Tout comme ton oncle, ton parent distingué, Nathaniel Walker. Et, maintenant qu'il est dans le Tennessee, il dispose d'un champ infini pour assouvir ses passions. Pourquoi aurait-il besoin de Sophia ?

– Mais il l'a fait venir, répliquai-je. Il y a deux semaines à peine, il l'a convoquée chez lui.

– Je n'en doute pas, dit-elle. En souvenir du bon vieux temps, peut-être ? »

Corrine Quinn comptait parmi les agents les plus fanatiques que j'aie jamais rencontrés au sein du Réseau. Tous ces fanatiques étaient des Blancs. L'esclavage représentait à leurs yeux une offense ou un affront d'ordre personnel, une tache sur leur réputation. Ils avaient vu des femmes transformées en filles de joie, un père qu'on avait dépouillé de ses habits et battu devant son enfant, ou des familles entières entassées comme des porcs à bord de trains, de bateaux, ou au fond d'une geôle. L'esclavage était pour eux une humiliation, parce qu'il allait à l'encontre de la conception fondamentale du bien qu'ils croyaient posséder. Et lorsque c'étaient leurs propres cousins qui se livraient à cette pratique abjecte, cela leur rappelait qu'ils auraient très facilement pu en faire autant. Ils méprisaient leurs frères barbares, mais ils n'en restaient pas moins leurs frères. Ainsi leur répugnance relevait-elle d'une forme de vanité, et ils haïssaient l'esclavage bien plus qu'ils n'aimaient les esclaves. Corrine ne faisait pas exception ; c'est pourquoi, si acharnée fût-elle dans sa détermination à combattre l'esclavage, elle pouvait sans battre des cils me condamner à croupir dans une fosse, condamner Georgie Parks à la mort, et se gausser des outrages qu'avait subis Sophia.

Tout cela, je ne l'avais pas encore compris, à l'époque. Ce n'était pas l'esprit de logique, mais la colère qui m'animait – et une colère suscitée non pas par les torts qu'on m'avait faits à moi, mais par ceux qu'avait subis une personne qui m'avait aidé à tenir debout dans la nuit la plus sombre de toute mon existence. Je me retins cependant de donner libre cours à cette colère. J'étais habitué à porter le masque depuis longtemps, depuis bien avant ma rencontre avec Corrine. Aussi me contentai-je de lui dire : « Je veux qu'on les fasse sortir d'ici. Toutes les deux.

– Inutile, répliqua Corrine. Je détiens le titre de propriété de cette fille. Elle est donc d'ores et déjà sauvée.

– Et Thena ?

– Ce n'est pas le moment, Hiram, dit-elle. Nous avons de grands projets en préparation, et nous devons veiller à ne pas les mettre en péril. Les pouvoirs du comté d'Elm ont diminué, et nous gagnons chaque jour en puissance, mais nous devons continuer à faire attention. Et j'ai déjà fait tant de choses susceptibles d'éveiller les soupçons. Ce que nous avons accompli à Starfall. Le fait que vous vous soyez enfuis tous les deux, que cette fille se soit enfuie. T'a-t-elle dit que j'ai veillé sur elle ?

– Oui, elle me l'a dit.

– Alors tu dois comprendre. Les enjeux sont trop grands. Si jamais nous étions démasqués, nous serions si nombreux à en souffrir les conséquences. » Elle avait remisé son ton moqueur et en était presque à m'implorer à présent. « Hiram, écoute-moi, poursuivit-elle. Tu as déjà apporté une contribution précieuse au Réseau. Les renseignements que tu nous as donnés sur ton père nous ont ouvert des perspectives que nous n'imaginions même pas. Quand bien même tu ne maîtriserais jamais la Conduction, tu as largement prouvé que nous avons eu raison de te faire sortir. Mais il y a beaucoup d'éléments dont nous devons tenir compte. Que penserait-on si la favorite de Nathaniel Walker disparaissait juste après que j'ai récupéré son titre de propriété ? Et cette femme, Thena, qui a lancé sa petite entreprise de blanchisserie – tu ne crois pas que les gens se poseraient des questions si elle arrêtait de faire ses tournées du jour au lendemain ? Nous devons nous montrer extrêmement prudents, Hiram.

– Vous m'avez fait une promesse, lui dis-je.

– Oui, c'est vrai. Et j'ai l'intention de l'honorer. Mais pas maintenant. Il va nous falloir du temps. »

Je la regardai fixement, d'un œil noir. C'était la première fois que je lui lançais un tel regard, dépourvu du respect exigé par les coutumes de Virginie. Ce qu'elle disait n'était pas absurde. À vrai dire, elle avait même raison. Mais sa façon de se moquer de Sophia m'avait mis hors de moi, à quoi s'ajoutaient mes propres sentiments, la honte que j'éprouvais à l'idée d'avoir si souvent accompagné Sophia chez Nathaniel, la livrant à tous les outrages, à l'idée d'avoir abandonné Thena pour m'enfuir, puis de ne pas avoir été là lorsqu'elle s'était fait agresser, à l'idée que ma mère avait été vendue, que je n'avais pas pu la protéger et que je ne pouvais pas la venger. Tout cela bouillonnait en moi, condensé dans le regard que je lançais à présent à Corrine.

« Tu ne peux pas faire ça, dit-elle. Tu auras besoin de nous, et nous n'y consentirons pas. Nous ne nous exposerons pas à la lame de l'épée pour tes petites toquades éphémères. Tu ne peux pas faire ça. »

Puis elle changea subitement d'expression, comme si elle venait de prendre conscience de quelque chose, et un air horrifié se peignit sur son visage. Elle avait compris.

« À moins que tu n'en sois bel et bien capable, dit-elle. Hiram, tu déclencherais une catastrophe qui nous emporterait tous. Réfléchis. Réfléchis et laisse de côté tes émotions. Ta culpabilité. Tu n'as pas le droit de mettre en danger tous ceux qui pourraient être sauvés. Réfléchis, Hiram. »

Mais c'était précisément ce que je faisais. Je pensais à Mary Bronson et à ses enfants perdus. À Lambert, brisé par le joug en Alabama, et à Otha, qui continuait en ce moment même de remuer ciel et terre aux quatre coins du pays pour libérer sa Lydia. Lydia, qui avait enduré toutes les souffrances pour préserver sa famille.

« Réfléchis, Hiram, répéta Corrine.

– Vous m'avez dit un jour que la liberté n'était jamais qu'un autre maître. Qu'elle nous gouvernait. Vous m'avez dit qu'aucun d'entre nous ne peut s'envoler, que nous sommes tous pieds et poings liés. "Je le sais, m'avez-vous dit. Et c'est parce que je le sais que je dois servir."

– Tu sais bien que je ne suis pas dénuée de compassion, dit-elle. Je sais ce que tu as traversé.

– Non, vous n'en savez rien, rétorquai-je. Vous ne pouvez pas savoir.

– Hiram, dit-elle, promets-moi que tu ne provoqueras pas notre perte.

– Je promets que je ne provoquerai pas notre perte », dis-je. Mais elle ne fut pas dupe de mon petit jeu de mots, et mieux vaut passer sous silence le reste de notre conversation, car j'éprouve aujourd'hui, toutes ces années après, le plus grand respect à l'égard de Corrine. Elle parlait avec franchise et conviction. Tout comme moi.

32

J'étais donc livré à moi-même, désormais, et si je voulais mener à bien cette opération, je ne pourrais y parvenir que par mes propres moyens. Il me semblait que les circonstances de mon départ ne pouvaient plus rester secrètes – il fallait que je leur dise tout, à toutes les deux, Sophia et Thena. Je décidai de leur en parler séparément, car la confession que je devrais faire à Thena avait des implications qui allaient bien au-delà du Réseau. Je commencerais donc par l'aveu qui me paraissait le plus simple des deux, en allant tout raconter d'abord à Sophia.

Thena s'était mise à faire des cauchemars, sans doute à cause de son agression. Aussi, quand les nuits étaient difficiles, nous prîmes l'habitude de laisser la petite Caroline dormir en bas avec elle, entre ses bras, ce qui avait la vertu de l'apaiser. C'est pendant l'une de ces nuits que je décidai qu'il était temps.

« Sophia, je suis prêt à te dire le pourquoi, et je suis prêt à te dire le comment. »

Elle était allongée dans la mansarde, les yeux au plafond ; elle se tourna alors sur le côté, se blottit dans la couverture en coton rêche, et me regarda.

« C'est en rapport avec l'endroit où je suis parti, dis-je. L'endroit où j'étais et ce qui s'est passé quand j'étais là-bas.
– Ce n'était pas Bryceton, dit-elle.
– Si. Mais seulement au début. »

Même dans le noir, je voyais ses yeux, et son regard était presque insoutenable. Alors je lui tournai le dos, puis je pris une grande inspiration.

Je lui racontai que, pendant mon absence, j'avais vu un autre pays, respiré l'air libre du Nord, que là-bas je pouvais me réveiller à l'heure qui me plaisait et me déplacer à ma guise, qu'on m'avait envoyé à Baltimore, que j'avais déambulé parmi la cohue des rues de Philadelphie et poussé jusqu'au nord de l'État de New York, et que j'avais fait tout cela parce que j'étais entré dans cette organisation qui luttait pour la liberté et dont elle n'avait jamais entendu parler que sous la forme de rumeurs et de légendes – le Réseau clandestin.

Je lui racontai comment j'en étais arrivé là – comment Corrine m'avait retrouvé, l'entraînement que j'avais suivi à Bryceton, la complicité de Hawkins et d'Amy. Je lui parlai de la vengeance exercée sur Georgie Parks, et du rôle que j'avais joué dans sa ruine. Je lui parlai de la famille White, de l'affection qu'ils m'avaient témoignée, du sauvetage de Mary Bronson, du sacrifice de Micajah Bland. Je lui parlai de ma rencontre avec Moïse, et de Kessiah, de la manière dont elle avait échappé à l'estrade aux enchères, de ses souvenirs de Thena, de la promesse que je lui avais faite de délivrer cette dernière, et de mon projet de la délivrer elle aussi.

« J'ai promis de te faire sortir, lui dis-je. Et j'ai l'intention de tenir cette promesse. »

Je me retournai vers elle et me trouvai de nouveau face à ces yeux qui m'attendaient. Il y avait quelque chose d'impassible à présent dans ce regard qui ne trahissait aucune expression, ni de choc, ni de surprise, pas la moindre émotion.

« C'est pour ça que tu es revenu, dit-elle. Pour tenir ta promesse.

– Non. Je suis revenu parce qu'on m'a ordonné de revenir.

– Et si on ne te l'avait pas ordonné ?

– Sophia, jamais je n'ai cessé de penser à toi, pendant tout ce temps, lui dis-je en lui caressant le visage. Je m'inquiétais pour toi, j'avais peur de ce qu'ils avaient pu te faire…

– Mais pendant que toi tu t'inquiétais, dit-elle, moi, j'étais ici, et je ne savais rien. Ni de ce qui allait m'arriver, ni de ce qui t'était arrivé à toi. Je ne savais rien des intentions de cette femme, Corrine.

– Elle a racheté à Nathaniel ton titre de propriété, lui dis-je. Tu n'iras pas dans le Tennessee. »

Sophia secoua la tête. « Et qu'est-ce que je suis censée penser de tout ça, hein ? dit-elle. Tu reviens, tu me racontes toute cette histoire, et je te crois, je te jure que je te crois, mais, Hiram, toi, je te connais ; eux, je ne les connais pas.

– Oui, mais moi, tu me connais vraiment. Et je suis désolé de tout ce qui s'est passé, mais je t'ai entendue, j'ai enfin entendu tout ce que tu dis depuis le début. Et je comprends qu'il ne s'agit pas seulement de toi, mais aussi de Caroline. Écoute-moi bien : je vais te faire sortir. Et Thena aussi.

– Et toi ?

– Moi, je reste ici, jusqu'à nouvel ordre. Je suis impliqué, désormais. Tout cela est plus important que moi et ce que je désire.

– Plus important que moi aussi, répliqua-t-elle. Plus important que cette petite fille dont tu disais qu'elle était du même sang que toi. »

Il y eut un long silence, puis Sophia se rallongea sur le dos.

« Tu ne m'as toujours pas expliqué le comment, dit-elle. Je te l'ai dit, j'ai besoin de savoir comment.

– Comment, hein ?

– Oui. Comment.

– Alors, viens.

– Quoi ?

– Tu dis que tu veux savoir comment. Alors – tu veux savoir ou pas ? »

J'avais déjà commencé à descendre de la mansarde par l'échelle. J'enfilai mes brodequins et ma veste de travail devant la porte, puis je me retournai et vis Sophia qui regardait la petite Carrie, toujours endormie sur le ventre de Thena.

« Suis-moi », lui dis-je.

Nous longeâmes la route qui était dorénavant sacrée pour moi. Je m'étais entraîné, explorant les pouvoirs et la portée de ma mémoire, si bien que lorsque nous atteignîmes les berges de la rivière Goose, quelques minutes plus tard, je sentais que j'avais la pleine maîtrise de mes moyens.

« Prête ? » dis-je en me tournant vers Sophia. Elle leva les yeux au ciel et secoua la tête. Je la pris par la main, serrant dans mon autre poing le petit cheval de bois.

Puis je m'avançai avec elle jusqu'au bord de la rivière, tout en lui parlant de cette nuit-là, lors des dernières fêtes de fin d'année que nous avions passées tous ensemble, et c'était pour moi bien plus qu'une simple évocation ; je revivais ce moment, je le voyais prendre consistance sous mes yeux – Conway et Kat, Philipa et Brick, la rage de Thena devant le feu de joie – « La terre, bande de nègres ! disait-elle. La terre ! » Georgie Parks, Amber et leur petit garçon me revinrent alors en mémoire, ainsi que tous les affranchis – Edgar et Patience, Pap et Grease. Et à peine m'étais-je mis à penser à eux que je sentis Sophia sursauter à mes côtés ; elle serra ma main, et je compris alors que la Conduction avait commencé.

Un banc de brouillard recouvrait la rivière, au-dessus duquel nous les vîmes soudain flotter et voleter, nimbés de ce bleu spectral – tous les fantômes des personnes présentes avec nous lors de cette nuit de fête. Georgie Parks jouait de sa guimbarde, Edgar grattait les cordes de son banjo, Pap et Grease chantaient à tue-tête, et tous les autres dansaient en cercle autour du feu. Nous les entendions – leur musique nous parvenait non pas aux oreilles, mais de quelque part au plus profond de nous, sous la peau. On eût dit que le banc de brouillard était vivant, ses doigts éthérés oscillant en cadence avec la musique et se rapprochant de nous à chaque pulsation comme pour nous inviter à entrer dans la danse.

Rien ne fut plus simple que d'accepter cette invitation – il me suffit de serrer dans ma paume le petit cheval de bois. Aussitôt, ces doigts de brume jaillirent pour s'emparer de nous et nous propulser en avant, puis nous relâchèrent. Je sentis Sophia trébucher et je la rattrapai par la main. Quand elle eut retrouvé ses esprits, elle me lança un regard stupéfait. Alors nous nous rendîmes compte que la forêt était maintenant devant nous, tandis que le brouillard et les fantômes étaient dans notre dos. Jetant un coup d'œil en arrière, nous comprîmes ce qui venait de se passer – nous avions été transportés de l'autre côté de la rivière.

À nos pieds, les filaments de brume bleue se retirèrent peu à peu, et nous entendîmes de nouveau monter la musique, de plus en plus fort – la guimbarde de Georgie, le banjo d'Edgar, et tous les autres qui chantaient et dansaient, et les doigts de la brume se rapprochèrent alors en suivant le rythme pour nous attirer. Je sortis de ma poche le petit cheval de bois et le brandis en l'air – il brillait d'un éclat bleuté dans ma paume. Je regardai Sophia, serrai le petit cheval dans ma main, et la brume fondit sur nous et nous ramena de l'autre côté de la rivière. Quand elle nous eut déposés sur la berge, Sophia perdit l'équilibre et tomba. Je la relevai ; nous nous retournâmes ; la musique recommença et, une fois de plus, la brume tendit vers nous ses longs doigts.

« C'est comme une danse », dis-je à Sophia.

Et je serrai derechef le petit cheval de bois, mais cette fois Sophia se pencha de tout son poids vers la brume, s'y abandonnant, si bien qu'elle atterrit sur ses deux pieds sans vaciller. Une nouvelle pression de la main, et nous fûmes de nouveau transportés. Pression, conduction. Pression, conduction. Puis je concentrai mes pensées sur la vieille cabane où j'avais vécu autrefois avec Thena, sur ce qu'elle avait représenté pour moi durant toutes ces années, je serrai le petit cheval, les filaments bleus s'emparèrent de nous – et cette fois, quand ils nous relâchèrent, nous nous retrouvâmes de retour dans la Rue, et la dernière image que nous offrit la brume en se retirant fut celle d'une femme en train de danser la danse de l'eau, une jatte sur la tête, s'éloignant de nous en chaloupant, puis, avec la grâce la plus extraordinaire, elle pencha la tête pour faire glisser la jatte, la rattrapa par le col, la porta à ses lèvres en riant et la tendit à quelqu'un d'autre, qui nous demeura invisible, avant de disparaître.

De retour dans notre cabane, Sophia grimpa dans la mansarde. Je voulus la suivre, mais les forces me manquèrent et je m'effondrai au sol à grand fracas, réveillant Thena en sursaut.

« Bon sang, mais qu'est-ce que vous fichez, tous les deux ? cria-t-elle.

– On est juste sortis prendre un peu l'air, dit Sophia.

– Prendre l'air, hein ? » répéta Thena d'un ton sceptique.

Sophia me tendit la main pour m'aider à monter à l'échelle, et dès que je fus arrivé en haut je m'écroulai, sombrant dans un sommeil sans rêves. Je me réveillai tôt le lendemain matin et accomplis ma journée de travail en me traînant.

Le lendemain soir, Sophia et moi étions allongés dans notre mansarde, à discuter jusque tard dans la nuit, comme d'habitude, quand je lui demandai : « Où est-ce que tu as vu la danse de l'eau pour la première fois ?

– Je ne m'en souviens même pas, répondit-elle. Là d'où je viens, tout le monde le fait. Certains mieux que d'autres. Mais on est initiés très jeunes. C'est une vieille coutume là-bas, tu ne savais pas ?

– Non. Je n'ai jamais su d'où ça venait.

– D'une légende, dit Sophia. L'histoire d'un grand roi qui avait été emmené d'Afrique avec son peuple à bord d'un bateau négrier. Quand ils sont arrivés près du rivage, ils se sont emparés du bateau, ils ont tué et jeté tous les Blancs par-dessus bord, puis ils ont essayé de rentrer chez eux. Mais le bateau s'est échoué, et quand il s'est relevé, sur la terre ferme, le roi a vu une armée de Blancs prête à déferler sur lui. Alors il a dit à son peuple d'avancer dans l'eau, en chantant et en dansant, que la déesse de l'eau les avait amenés sur ces rivages, et que la déesse de l'eau les ramènerait chez eux.

« Et quand nous dansons comme ça, avec l'eau en équilibre sur la tête, nous rendons hommage à ceux qui ont dansé dans les vagues. Nous avons inversé l'histoire, tu comprends ? Puisque nous n'avons pas le choix, nous faisons au mieux avec ce qui nous est donné. Ce n'est pas ce que tu as fait, hier soir ? C'est bien ça que tu prétends faire, non ? Inverser le cours des choses. C'est bien ce que faisait Santi Bess, non ? Je n'ai pas pu m'empêcher de penser à elle quand nous sommes passés de l'autre côté, hier soir. Ce roi. La danse de l'eau. Santi Bess. Toi.

« "C'est comme une danse." C'est bien ce que tu as dit, n'est-ce pas ? C'est aussi ce que faisait Santi Bess. Elle ne marchait pas dans l'eau ; elle dansait, et elle t'a transmis cette danse.

« Et c'est pour ça que le Réseau est venu te chercher.

– Oui. Je l'avais déjà fait avant, mais sans le vouloir. Et ils en ont entendu parler, ils ont gardé un œil sur moi, et puis, après que Maynard…

– C'est donc ça qui s'est passé, hein ? C'est comme ça que tu es sorti de la Goose. C'est comme ça que tu comptes nous faire sortir de Lockless.

– Oui. Mais il reste un problème dont je n'ai pas encore trouvé la solution. Ça fonctionne grâce aux souvenirs, et plus le souvenir est enfoui, plus il te transporte loin. Mon souvenir de cette nuit-là est lié à Georgie, et à ce cheval de bois que je lui avais offert, pour son petit garçon. Mais, pour vous conduire tous plus loin que ça, il me faut un souvenir plus profond encore, et un autre objet lié à ce souvenir pour me servir de guide.

– Et cette pièce que tu avais toujours dans ta poche ?

– J'ai essayé. Mais ça ne m'emmène pas assez loin. Franchir une rivière, c'est une chose ; tout un pays, c'en est une autre. Il faut remonter plus loin que ça. »

Sophia resta silencieuse pendant un moment, puis me dit : « C'est un sacré pouvoir. Tu dois être quelqu'un de très important, pour le Réseau.

– C'est ce que prétend Corrine.

– Et c'est pour ça qu'elle ne veut pas te laisser partir.

– Il n'y a pas que ça, dis-je. Mais en gros, oui.

– Mais dis-moi, Hiram, quelles sont tes intentions envers moi, envers Caroline ? Comment tu envisages notre vie ?

– Je ne sais pas, répondis-je. Je me disais que je pourrais vous installer quelque part. Et venir vous voir de temps en temps.

– Non.

– Comment ça, non ?

– On ne partira pas.

– Sophia, c'est ce que nous voulions. C'est pour ça que nous nous sommes enfuis.

– Oui, "nous", Hiram, dit-elle. "Nous." Tu comprends ?

– Sophia, je voudrais tant pouvoir partir avec vous, laisser tout ça derrière moi. Mais tu vois bien pourquoi c'est impossible. Après tout ce que je t'ai raconté, après ce que je t'ai dit de cette guerre dans laquelle nous sommes engagés, tu comprends pourquoi je ne peux pas partir.

– Je ne te demande pas de partir. Je te dis simplement que nous, Carrie et moi, nous ne partirons pas sans toi. J'ai vu trop de familles déchirées par la séparation depuis le temps que je vis ici. Et moi, aujourd'hui, j'en ai fondé une, avec toi, avec un homme qui, comme tu l'as dit toi-même, est lié par le sang à ma Caroline. Elle est de ta famille, et j'ai conscience que c'est horrible à dire, mais je te le dis quand même : tu es son père, plus qu'aucun autre homme ne pourrait jamais être un père pour cette petite.

– Tu te rends compte de ce que tu dis ? Tu sais à quoi tu renonces ?

– Non, dit Sophia. Mais, un jour, je comprendrai et, quand ce jour arrivera, c'est avec toi que je comprendrai. »

Je sentis à cet instant monter en moi quelque chose de très profond et de très beau. Quelque chose qui était né ici, dans la Rue, et dans toutes les Rues d'Amérique. Quelque chose qui avait été nourri et engendré dans les entrailles du Terrier. C'était la chaleur de la boue. C'était la délivrance des gens de peu. La confrontation à la réalité, la fuite loin des Distingués, la gravité et la fange du vrai monde où nous vivons tous.

Je tournai le dos pour m'endormir et je sentis Sophia se coller tout contre moi, passer un bras sous le mien, et sa main glisser pour aller se nicher dans la douce tiédeur au creux de mon corps.

« Tu as conscience que tu te mets des chaînes à toi-même ? »

Pendant un moment, elle me caressa la nuque de son souffle chaud pour toute réponse, puis elle me dit : « Ce ne sont pas des chaînes si c'est moi qui les choisis. »

Le lendemain, je repartis sur les routes avec Thena pour récupérer le linge des domaines voisins. Puis nous passâmes la journée suivante à remplir les cuves et les bassines, à battre les vestes et les pantalons, à suspendre les habits dans le séchoir du Terrier. Sophia n'était pas avec nous, car elle devait s'occuper de la petite Carrie qui était malade – mais ce n'était qu'un prétexte ; personne n'était malade, cela faisait partie de notre plan. Un plan toutefois malavisé, car à la fin de la journée, alors que nous étions épuisés, les mains à vif et les bras ankylosés, son absence semblait avoir suscité la contrariété de Thena.

« C'est quoi son problème, Hi ? » me demanda-t-elle. Nous regagnions la Rue à pas lents. Le soleil s'était couché depuis longtemps et nous avancions comme des ombres sur le chemin, à travers les bois et les vergers. « J'aurais préféré que tu choisisses une fille un peu plus robuste. Cette Sophia ne sait pas travailler.

– Elle travaille très bien, répliquai-je. Elle a travaillé pour toi quand je n'étais pas là.

– Oui, enfin, si on peut appeler ça travailler, dit Thena. Moi, ce que je vois, c'est qu'elle s'y est vraiment mise que depuis que tu es revenu. Comment tu veux t'en sortir avec une femme comme ça, Hi ? Avec tout ce qu'un homme doit faire dans la vie, comment tu vas y arriver avec une femme qui sait pas faire autre chose que semblant de travailler ? Quand j'étais jeune, j'abattais deux fois plus de travail que tous les hommes du domaine, tous, même le mien. J'étais la terreur des champs de tabac, et je tenais la maison en plus. Bon, évidemment, parfois je me demande bien ce que ça m'a rapporté – à part me faire briser le crâne et voler le petit pécule qui devait m'offrir la liberté. Alors bon, je me dis que cette fille sait peut-être quelque chose que moi je sais pas.

– J'ai vu Kessiah », lui dis-je à brûle-pourpoint. Toute la journée, j'avais essayé d'aborder le sujet au détour de la conversation. N'ayant trouvé aucun moyen subtil et délicat d'y parvenir, et sachant qu'il fallait bien que je lui en parle tôt ou tard, je me résolus à emprunter le chemin le plus direct.

Thena s'arrêta net et se tourna vers moi. « Qui ?

– Ta fille, lui dis-je. Kessiah. Je l'ai vue.

– Qu'est-ce qu'y a, t'es en colère à cause de ce que j'ai dit sur Sophia, c'est ça ?

– Je l'ai vue, répétai-je avec toute l'assurance dont j'étais capable.

– Où ça ?

– Dans le Nord. Elle vit tout près de Philadelphie. On l'a emmenée dans le Maryland, quand on te l'a enlevée, et de là elle s'est enfuie pour gagner le Nord. Elle a une famille. Un mari qui la traite bien.

– Hiram…

– Elle veut que tu la rejoignes, poursuivis-je. Elle veut que tu ailles vivre là-bas, avec elle. Thena, je suis sérieux. Quand je suis parti, je lui ai dit que je te ramènerais auprès d'elle. Je le lui ai promis et, aujourd'hui, j'ai la ferme intention d'honorer cette promesse.

– Honorer ta promesse ? Comment ? »

Et là, au milieu des bois, comme avec Sophia, j'expliquai à Thena ce qui m'était arrivé, ce que j'étais devenu.

« Alors, c'est le Réseau ? dit-elle.

– Oui, répondis-je. Et, en même temps, non.

– Bon, alors quoi, c'est eux ou c'est pas eux ?

– C'est moi, lui dis-je. C'est moi. Et je te demande de me faire confiance.

– Kessiah ? dit Thena sans s'adresser à personne en particulier. La dernière fois que je l'ai vue, elle était si petite. Têtue comme pas possible. Elle adorait son papa, tu sais ? Et lui, il était si dur. On avait des camélias. C'était une autre époque, une autre époque... Elle allait dans le jardin et elle en cueillait jusqu'au moment où je... »

Thena s'interrompit, l'air soudain égarée.

« Kessiah... », dit-elle à voix basse. Alors les larmes coulèrent, lentes et silencieuses, sans un cri, sans un gémissement. Elle répéta de nouveau le nom de sa fille, puis leva les yeux et me demanda : « Et les autres, tu les as vus aussi ?

– Non, répondis-je en secouant la tête, je suis désolé. »

C'est à ce moment-là qu'elle se mit à sangloter – une plainte sourde, profonde et gutturale, et elle gémit – « Oh, Seigneur, oh, Seigneur » – en secouant la tête.

« Pourquoi tu me ramènes à tout ça ? Pourquoi tu fais ça ? Toi et ton Réseau ? Comme si ça m'intéressait. C'est derrière moi, tout ça. Pourquoi tu me fais une chose pareille ?

– Thena, je...

– Non, t'as dit ce que t'avais à dire, maintenant c'est mon tour. Tu sais ce que j'ai fait ? Tu devrais pourtant le savoir, surtout toi. Toi que j'ai recueilli – me faire ça ! Me faire ça à moi ! Moi qui t'ai recueilli quand t'étais encore rien qu'un gosse, et maintenant tu me fais ça ? Tu sais combien ça m'a coûté de faire ma paix avec ça ? »

Elle s'éloignait de moi à reculons.

« Thena...

– Non, t'approche pas de moi. Toi et ta bonne femme, vous approchez pas de moi. »

Elle se mit à courir dans la nuit et je me lançai à sa poursuite, essayant de la retenir par le bras, mais elle se débattit à coups de coude et de poing pour se dégager.

« T'approche pas, j'ai dit ! hurla-t-elle. T'approche pas ! Comment tu peux oser me faire une chose pareille ! Reste aussi loin de moi que possible, Hiram Walker ! Je veux plus jamais entendre parler de toi ! »

Je n'aurais pas dû être surpris. Je savais désormais quel fardeau fait peser sur nous le passé. Je le savais mieux que personne. Je savais qu'on avait forcé des hommes à tenir immobile leur propre femme sous le fouet. Je savais qu'on avait forcé des enfants à regarder ces hommes maintenir ainsi leur mère. Je savais qu'on avait forcé des enfants à vivre dans la soue avec les porcs. Mais surtout, pire que tout, je savais que le souvenir de ces scènes nous transformait à jamais, que nous ne pouvions pas y échapper, que ces atrocités finissaient par faire partie intégrante de nous. Et je devais le savoir depuis longtemps déjà, depuis que j'étais tout petit. Comment expliquer autrement que ce seul et unique souvenir, le souvenir de ma mère, m'ait été dérobé et soit enfermé à double tour dans ma mémoire ?

Qui étais-je donc, à cet instant, en regardant Thena disparaître dans la nuit, pour lui reprocher son désir d'oublier ? Oh, je ne la comprenais que trop bien. Je retournai à notre vieille cabane et restai assis là de longues heures durant, songeant que je comprenais parfaitement la colère de Thena. Et je passai la nuit entière à y réfléchir, allongé auprès de Sophia, la petite Caroline couchée entre nous deux, jusqu'au moment où je compris ce que je devais faire. Kessiah rappellerait toujours à Thena tout ce qu'elle avait perdu, tout ce qui lui avait été arraché ; aussi, pour revoir sa fille, devait-elle d'abord se souvenir. Et je savais que je ne pouvais en aucun cas lui demander de faire cela si je n'étais pas prêt à le faire moi-même.

33

Je me levai à l'aube le lendemain, allai puiser de l'eau pour faire ma toilette, puis me dirigeai vers le palais blanc de Lockless, songeant en chemin à toutes les pièces qui s'étaient assemblées sous mes yeux, aux miettes de pain dispersées le long de la route. Je repensai à ce vieux roi africain qui avait renversé le cours des choses, dansé dans les vagues, comme ma grand-mère, et par cette danse, avec la bénédiction de la déesse de l'eau, ramené son peuple chez lui. Et quelle était la signification de la vision que j'avais eue ce soir-là, avec Maynard, la vision de ma mère en train de danser la Juba sur le pont, dansant sur l'eau et sous l'eau, renversant le cours des choses ?

Même si Thena se ravisait et décidait de partir, il faudrait faire appel à un souvenir très puissant pour la transporter. Alors, ce matin-là, après avoir servi le petit déjeuner à mon père et l'avoir accompagné faire le tour de sa propriété, pendant qu'il se reposait dans le salon, je montai dans son bureau, où il rangeait sa correspondance, et rédigeai un bref message à l'intention du Réseau de Philadelphie. Il fallait que je sois prudent, bien sûr. J'utilisai un alias et adressai ma missive à l'une de nos planques sur les quais sud de la Delaware, et j'informai Harriet de mon projet, en langage codé et en indiquant de fausses pistes. Je ne sais pas ce que j'escomptais ; en outre, je ne savais pas, même si c'était la famille qui était en jeu, dans quel camp se rangerait Harriet. Mais elle m'avait dit de la prévenir, si jamais j'avais besoin de son aide – et c'est ce que j'avais fait.

J'allai ensuite chercher mon père pour que nous passions en revue les dernières lettres de ses divers correspondants, presque tous installés dans l'Ouest, désormais. Sa vue avait baissé et il n'avait presque plus de force dans les mains ; je lui fis donc lecture à voix haute de ces lettres, écrivis ses réponses et préparai les plis. Nous retournâmes ensuite dans sa chambre, où je l'aidai à revêtir une tenue de travail appropriée, puis je descendis dans le Terrier enfiler moi-même ma salopette avant de le retrouver dans le jardin derrière la résidence et, armés d'une bêche et d'un râteau, nous travaillâmes ensemble jusqu'à ce que le soleil commence à décliner dans le ciel. Nous rentrâmes, nous changeâmes de nouveau, puis je servis à mon père sa liqueur de l'après-midi, après quoi, comme à son habitude, il s'endormit. Le moment était venu.

Je remontai dans le bureau, jetai un coup d'œil à l'homme-debout en acajou et repensai avec honte à Maynard s'amusant à fouiller dans des affaires qui n'étaient pas les siennes. Cette honte était absurde – rien dans cette maison, sur ce domaine, ni même sur cette Terre, ne pouvait être considéré à proprement parler comme appartenant à Howell Walker. Et pourtant, cela n'avait jamais empêché le Distingué, le pirate qu'il était, de revendiquer son droit de propriété. Il était tout naturel que Maynard ait fait de même. Peut-être aurais-je dû, moi aussi.

Quand j'ouvris le petit tiroir du bas et vis la boîte en bois de rose, son fermoir d'argent brillant, je ne peux pas dire que je savais ce qu'elle renfermait ; mais lorsque je passai la main sur le dessus de la boîte, j'eus le sentiment que, si je décidais de l'ouvrir, rien ne serait plus jamais pareil. Et je ne me trompais pas.

J'aperçus à l'intérieur un collier de coquillages, et je sus immédiatement qu'il s'agissait du même collier que celui que j'avais vu le soir de la mort de mon frère, tressautant autour du cou de la danseuse, autour du cou de ma mère. Alors je le levai à mon propre cou pour l'attacher, et lorsque l'agrafe se referma derrière ma nuque, se mettant en place telle la dernière pièce d'un puzzle, je sentis une onde passer à travers mes doigts, mes poignets, mes bras et jusqu'au plus profond de moi, me faisant perdre l'équilibre et tomber en arrière. Quand je recouvrai mes esprits, je compris que cette onde, dont l'effet commençait à peine à s'estomper, était la puissance du souvenir. Le souvenir de ma mère. Et, à présent, tout ce que je n'avais jamais connu qu'à travers les mots des autres prenait forme et me révélait un portrait, des images. La brume et la fumée de mon passé se dissipèrent, et je vis apparaître ma mère, pleinement visible, telle qu'elle était pendant les quelques années où nous avions été ensemble, et je vis aussi sa fin, et je vis très exactement comment cette fin était advenue, et je vis précisément qui en était responsable.

Croyez-moi, j'eus toutes les peines du monde à me retenir de dévaler les escaliers pour foncer dans le jardin, m'emparer de la bêche et du râteau que nous avions laissés plantés dans la terre froide, et soulager mon père de la dernière petite étincelle de vie qui brillait encore dans sa carcasse mortelle. Si je m'en abstins, ce fut uniquement parce que j'étais conscient des enjeux, parce que je pensais à ceux que j'aimais, qui comptaient sur moi, je le savais, pour me souvenir – or, pour me souvenir, il fallait que je reste en vie.

Je refermai la boîte et la remis dans le tiroir de l'homme-debout. Puis je glissai le collier de coquillages sous ma chemise et redescendis au salon, où mon père s'était réveillé. Voyant par la fenêtre que le soir tombait, je compris que plusieurs heures s'étaient écoulées, alors que j'avais l'impression de n'avoir passé que quelques minutes à l'étage. Je me rendis dans la cuisine, où l'on était en train de préparer le dîner de mon père, et je me rappelai qu'il ne dînerait pas seul ce soir. J'apportai l'entrée – de la soupe de tortue avec du pain – et le trouvai attablé en compagnie de Corrine Quinn. Elle ne trahit pas une seule seconde notre connivence, ce soir-là, mais à la toute fin du repas, alors que mon père et elle passaient au salon pour prendre le thé, elle me dit avoir cru comprendre que Hawkins souhaitait me toucher un mot.

Je sortis le retrouver du côté des écuries, devinant très bien ce qu'il avait à me dire. Il était loyal au Réseau et à la parole de Corrine ; celle-ci devait penser, sans doute, que si elle-même n'était pas capable de m'arrêter, quelqu'un d'autre peut-être, quelqu'un qui avait vu autrefois le monde à travers les mêmes yeux que moi, saurait me faire entendre raison. Il était tard. Il faisait froid. La lune brillait, haut dans le ciel. Hawkins, installé dans la calèche, fumait un cigare. Lorsqu'il me vit arriver, il sourit et tendit la main pour m'inviter à m'asseoir à ses côtés.

« Je sais pourquoi tu es là, lui dis-je. Rien de ce que tu pourras dire ne peut changer le cours de l'histoire.

– Ah, fit-il en glissant la main dans sa veste. Ma seule intention était de t'offrir un cigare.

– Ce n'est pas ta seule intention, répliquai-je.

– Non, en effet. »

Il me tendit le cigare.

« J'ai l'impression d'avoir été un peu dur avec toi, dit-il. C'est dû à ma position, mais aussi à ce que j'ai vu et à la façon dont j'en suis arrivé là. Tu as compris que moi et mon Amy, nous avons été délivrés par Corrine, n'est-ce pas ?

– Oui, je le sais.

– Et tu sais qu'on était déjà à Bryceton avant qu'elle arrive ? »

Je hochai la tête.

« Alors, tout ce que je voudrais que tu saches, c'est à quel point on a traversé l'enfer là-bas. C'était pas le petit train-train habituel. C'était pas simplement l'Asservissement. Edmund Quinn était le plus vicieux de tous les hommes blancs que ce monde ait jamais connus, je suis convaincu de ça. Et tu vois comment c'est là-bas, aujourd'hui ? Tu vois le masque que revêt Bryceton chaque fois que des Distingués traînent dans les parages ? On dirait la bonne vieille Virginie d'antan, pas vrai ? Et, dès qu'ils s'en vont, on se remet au travail.

« Cette duplicité a toujours existé à Bryceton – mais, avec Edmund Quinn, c'était encore différent. Pendant des années, je l'ai regardé jouer à l'homme pieux et honorable, lever son verre au cours des soirées mondaines, donner de l'argent aux œuvres de charité – l'argent qu'il se faisait sur notre dos. Tu m'excuseras, Hiram, mais je peux pas te raconter ce qu'il nous faisait subir. Tout ce que je peux te dire, c'est que j'aurais fait n'importe quoi pour échapper à son emprise, pour nous soustraire, moi et tous les miens, à la fureur de cet homme. Et c'est Corrine Quinn qui m'a donné cette chance.

« J'éprouve de la reconnaissance envers elle, une immense reconnaissance – à l'égard de ce qu'elle a fait pour ma sœur et moi, et pour chacune des âmes qui sont passées par le Réseau clandestin. Y a pas grand-chose que je serais pas prêt à faire pour elle, parce que c'est grâce à elle qu'on a été débarrassés de ce démon, et non seulement ça, mais c'est aussi elle qui nous a confié cette nouvelle tâche – débarrasser le monde du Démon plus grand encore dont il était le serviteur. »

Hawkins se renfonça sur son siège et tira sur son cigare, faisant rougeoyer la braise dans le noir et s'élever de fines volutes de fumée blanche.

« Alors, quand elle est venue me dire que l'un des nôtres, qu'on avait délivré de l'Asservissement comme tant d'autres avant lui, avait l'intention de se retourner contre elle, contre nous, et qu'elle m'a demandé de lui parler pour que la vérité et la sagesse le ramènent à la raison, je pouvais que lui obéir.

– C'est inutile, lui dis-je. Tu ne sais pas ce que j'ai vu. »

Mais il continua comme si je n'avais rien dit.

« J'ai vu des tas de gens passer par cette antenne de Virginie, et tu peux pas savoir tous les problèmes qu'ils causent à chaque fois. Rien se passe jamais comme prévu. Tu l'as vu toi-même. Bland, dans l'Alabama. Le gars qui avait amené sa fiancée avec lui, l'année dernière. Enfin, tu sais de quoi je parle. Ça se déroule jamais comme tu l'avais planifié au départ. Et quand t'es sur le terrain, ça peut être dur parfois si les gens font pas ce que t'as besoin qu'ils fassent.

« Tiens, regarde, toi, par exemple. Ce qu'on avait entendu dire, c'est que tu étais l'élu. Que tu allais ouvrir la porte. Claquer des doigts ou froncer le nez, et hop, des plantations entières disparaîtraient. » Hawkins se mit à rire. « Eh bien, ça s'est pas tout à fait passé comme ça.

– J'ai essayé, répliquai-je. J'ai fait… » Mais il me coupa de nouveau la parole.

« Je crois que c'est ça, la grande leçon. Des fois, on l'oublie – ce que nous servons, c'est la liberté, et ce que nous combattons, c'est l'Asservissement. Et la liberté, pour un homme, ça veut dire pouvoir faire comme il veut, pas comme nous on voudrait. Et tu t'es peut-être pas révélé celui qu'on pensait, mais tu as agi comme tu étais censé le faire. »

Hawkins se tut alors et nous restâmes un moment sans parler, à fumer nos cigares, le vent froid s'engouffrant entre nous.

« Je sais pas ce que t'as vu, Hiram. Je sais pas ce qui est arrivé à ces gens que tu veux sauver à tout prix. Et j'aimerais pouvoir te dire, sincèrement, que ce que tu fais n'est pas ce que moi je ferais. Mais je peux pas dire une chose pareille en toute honnêteté, car qui sait de quoi j'aurais été capable pour me sortir de là, et pour faire sortir mon Amy ? Tu es libre, et tu dois faire ce que te dicte ta raison. Pas ce que te dicte la mienne. Ni celle de Corrine.

– Peu importe, dis-je. Apparemment, elles ne veulent pas s'en aller de toute façon. »

Hawkins laissa échapper un petit rire.

« Mais si, dit-il. Comme tout le monde. La question, c'est pas de savoir si elles veulent sortir de là. Tout le monde veut en sortir. La seule question, c'est comment. »

Le dimanche suivant, tôt le matin, je retrouvai Thena pour livrer le linge propre, plié et rangé dans des caisses. Nous fîmes notre tournée en silence et, quand j'eus garé la calèche et attaché le cheval, elle s'en alla sans dire un mot. Je la suivis dans le tunnel et la trouvai dans son ancienne chambre, où elle s'était réinstallée depuis une semaine.

« Oui ? me dit-elle d'une petite voix sardonique en levant les yeux.

– Alors c'est comme ça, hein ?

– Faut croire.

– Bon, très bien », dis-je, et je repartis vers ma cabane. Mais le lendemain, quand je vins m'occuper de mon père, elle était là, au pied de l'escalier secret qui menait du Terrier aux étages supérieurs de la résidence. Je devinai, à la lueur de la lanterne, qu'elle avait pleuré. Lorsqu'elle me vit, elle secoua la tête et s'essuya les joues.

« C'est beaucoup demander, Hi. Pour n'importe qui, ça ferait beaucoup. C'est un poids. Une tâche d'un tout autre genre.

– Je sais, lui dis-je. J'ai tout vu désormais, je me souviens de tout, et je sais.

– Vraiment ? Parce que moi, je n'en suis pas si sûre. Je crois que tu sais de ton point de vue, le point de vue de l'enfant qu'on a arraché au sein. Mais est-ce que tu es capable d'envisager les choses autrement ? Est-ce que tu sais à quel point ça a été dur pour moi de t'aimer comme je t'ai aimé, Hiram ? De jouer de nouveau ce rôle, après ce qu'ils avaient fait à mon Silas, ma Claire, mon Aram, mon Alice, ma Kessiah ? C'était tellement difficile. Mais je t'ai vu dans cette mansarde, ton regard sur moi, et je savais que les miens ne reviendraient jamais, et que les tiens ne reviendraient jamais non plus, et même s'il n'y avait rien entre nous, au moins nous avions ça en commun.

« Et Dieu sait si je t'ai aimé, Hi. Oui, j'ai repris ce rôle. Et quand tu m'as laissée, quand tu es parti avec cette fille, j'ai passé un mois à m'endormir en pleurant tous les soirs. J'avais tellement peur de ce qu'ils pourraient vous faire. J'arrivais à peine à le croire ; j'en avais encore perdu un – mais pas à cause de l'Asservissement, cette fois. Alors ça devait être moi. Quelque chose en moi qui repoussait tout ce que j'aimais. Ça m'a torturée à un point que tu n'imagines pas. Et puis tu es revenu – sauf que tu n'es pas revenu seul. Tu es revenu avec des histoires, des histoires qui me ramènent à cet endroit où j'ai subi tant de violences, tant d'outrages. Et maintenant tu me dis qu'il faut que je retourne là-bas ?

« Qu'est-ce que je vais lui dire, Hi ? Qu'est-ce que je serai pour elle ? Qu'est-ce que je ferai quand je la regarderai et que tout ce que je verrai, à travers elle, c'est tous ceux que j'ai perdus ? »

La tête entre les mains, Thena pleurait doucement, silencieusement. Je l'attirai contre moi, posai sa tête contre ma poitrine et la serrai un long moment dans mes bras – et c'est ainsi que commença le compte à rebours de nos dernières heures à Lockless.

Nous n'aurions jamais pu rester dans cet endroit, tel qu'il était aujourd'hui – et moins encore tel qu'il deviendrait bientôt, pensions-nous. Sophia était protégée désormais par Corrine, qui, quels que soient ses torts, avait toujours été fidèle à sa parole. Mais pour ce qui était de Thena, son âge avancé et l'agression dont elle avait victime rendaient la situation urgente à mes yeux. Mon père était entièrement accaparé par la gérance et la vente de sa domesticité, se démenant pour se maintenir à flot par tous les moyens possibles et échapper aux créanciers qui semblaient le cerner de toutes parts. Il ne pouvait pas continuer ainsi – du reste il n'y parviendrait pas, même si je ne l'avais pas encore compris. Et quand bien même je m'en serais aperçu, cela n'aurait rien changé – j'avais fait une promesse à Kessiah et j'étais résolu à la tenir.

Pendant deux semaines, j'attendis une réponse de Harriet. N'en recevant aucune, j'en déduisis que je ne devais m'attendre à aucune aide de sa part, et je ne pouvais en concevoir ni colère ni inquiétude. Je faisais partie du Réseau depuis un an seulement et, connaissant l'intensité du travail, je comprenais qu'il soit nécessaire de préserver ses allégeances. Je ne pouvais donc m'en remettre qu'à mes propres moyens – j'étais devenu une antenne du Réseau à moi tout seul. J'avais réussi, à l'échelle la plus modeste possible, sur les berges de la Goose, mais mener à bien une Conduction telle qu'en avaient accompli le vieux roi africain, Santi Bess ou Moïse semblait une prouesse extravagante. J'avais mes souvenirs, cependant. Tous mes souvenirs. Et je possédais l'objet qui pourrait me permettre, espérais-je, de canaliser les énergies de toutes ces années perdues et désormais retrouvées.

La dernière soirée que nous passâmes tous ensemble fut la plus froide de cette saison. C'était un samedi – nous avions choisi ce jour à dessein, car cela me donnerait une journée entière pour récupérer puis retourner à mes devoirs, le lundi suivant, sans éveiller les soupçons. Nous préparâmes ensemble un dîner qui, à ce moment-là, représentait pour nous un véritable festin – pain de cendre, poisson, porc salé et chou fourrager. Nous mangeâmes en silence, puis restâmes dans la cabane, où Thena était revenue s'installer. Celle-ci régala Sophia de quelques anecdotes de sa jeunesse, soulevant de grands éclats de rire. Puis ce fut l'heure. Nous nous fîmes de rapides adieux. Je dis à Sophia de m'attendre là, et d'aller me trouver sur les berges de la rivière si je n'étais pas de retour à l'aube pour venir la chercher.

Dehors, sur le seuil de la cabane, je levai les yeux vers le ciel de la nuit, immense et limpide, au milieu duquel brillait une lune aussi radieuse qu'une déesse, autour de laquelle les étoiles figuraient tous ses enfants, ses Parques, ses dryades et ses nymphes, disséminés jusqu'aux confins du cosmos. Puis je pris Thena par la main, m'éloignai de la cabane avec elle et la menai par les petits sentiers à travers les bois, la terre craquant et crissant sous nos pas, jusqu'au bord de la Goose. Je n'avais pas dit à Thena à quoi elle devait s'attendre. Je ne savais pas comment lui en parler. Tout ce qu'elle savait, c'est que j'avais trouvé la voie de Santi Bess et que Sophia s'était portée garante de son authenticité. Je ne fus donc pas surpris quand Thena, fermement agrippée à ma main, se figea tout à coup et, lorsque je me retournai, je vis qu'elle regardait le ciel d'un air stupéfait – la nuit, jusqu'alors si vaste et lumineuse, était soudain entièrement voilée de nuages. Des volutes de fumée blanche flottaient à la surface de la rivière, dont on ne pouvait que deviner la présence au clapotis de l'eau sur le rivage. Je sentais la chaleur du collier de coquillages contre ma peau.

Nous continuâmes d'avancer, longeant les berges par le côté sud, jusqu'à ce que les volutes de fumée commencent à s'agglomérer pour former un épais banc de brume, au-delà duquel nous voyions se profiler dans l'obscurité le pont qui avait emporté tant d'entre nous sur la route de Natchez. Nous avions pris ce chemin détourné afin d'éviter les patrouilles de Ryland qui, même affaiblies et infiltrées, continuaient de hanter les routes du comté. Nous continuâmes d'avancer par les chemins de traverse, jusqu'à ce que le pont soit tout proche ; à cet endroit, le brouillard était tellement dense qu'on aurait dit que les nuages eux-mêmes étaient tombés du ciel pour recouvrir toutes choses sur la terre. Pas tout, cependant, car au loin, là où devait se trouver la surface de l'eau – ou, plutôt, là où se trouvait l'eau auparavant –, je voyais s'élever partout dans les airs la lueur bleue des halos, bruissant comme autant de souvenirs, et le collier était brûlant à présent, et brûlant d'une lumière aussi vive que l'Étoile du Nord. Je le sortis par-dessus ma chemise.

Le moment était venu.

« Pour ma mère, dis-je. Pour les mères innombrables qui ont traversé ce pont d'où nul retour n'est possible. »

Je tournai la tête vers Thena ; son visage était illuminé par la douce lueur bleue émanant du collier.

« Pour toutes les mères qui sont restées, continuai-je, une main serrant la sienne et l'autre posée sur sa joue. Qui persévèrent au nom de tous ceux qui ne reviennent jamais. »

Je me retournai alors pour avancer vers le pont, noyé dans les filaments de brume, et les lueurs bleues dansaient au loin, de l'autre côté – mais ce ne serait pas notre destination ce soir.

« Thena, dis-je. Ma chère Thena. Je t'ai beaucoup parlé de moi, mais je ne t'ai jamais révélé l'essence de tout ce qui m'a guidé, car elle m'est restée longtemps dissimulée à moi-même, enfouie sous un brouillard aussi épais que celui qui nous cerne à présent. Il devait en être ainsi, car j'étais trop jeune pour supporter ce qui était arrivé, trop jeune pour survivre avec un tel souvenir.

« Tu sais que ma mère est Rose. Et que mon père est Howell Walker. Je suis le fruit de cette union immonde. Je n'étais pas seul. Mon frère, Maynard, est né deux ans avant moi, fils de la maîtresse de Lockless, et son sang était censé charrier tout ce qu'il y avait de bon et de noble dans ce vieux domaine, de sorte qu'un jour il en serait le digne héritier, plein de sagesse et de discernement, car le sang était tout à la fois magie, science et destin. Mais j'ai défié le sang, et donc défié le destin, et je crois aujourd'hui, sachant tout ce que je sais, que c'est ma mère perdue qui me l'a permis.

« Pendant si longtemps je ne voyais rien, je ne me souvenais de rien, mais je vois tout à présent. Ses yeux brillant de joie, son sourire, sa peau foncée aux reflets cuivrés. Et je me souviens des histoires qu'elle racontait sur le monde d'avant, des histoires venues de très loin au-delà de l'eau, qu'elle avait ramenées avec elle et qu'elle me racontait le soir, avant que j'aille me coucher, si j'avais été bien sage ce jour-là. Je me souviens que ces histoires scintillaient dans mon esprit, tapissant mes nuits de mille couleurs. Je me souviens de Cuffee, qui avait un tambour caché au creux des os. Et de Mami Wata, qui vivait dans un paradis sous la mer, où nous irions tous la rejoindre, après avoir servi, pour toucher notre ultime rétribution. »

Le brouillard se resserra autour de nous, et je sentis alors le pont disparaître sous mes pieds. Thena s'accrochait toujours à ma main ; la chaleur du collier irradiait partout autour de moi, et l'onde de la rivière n'était plus qu'un lointain murmure.

« Mais Cuffee, celui au tambour caché dans les os, vivait dans le temps présent, pris dans l'Asservissement. Et ma mère aussi avait dans chacun de ses os les pulsations du tambour. On racontait des histoires lorsqu'elle dansait, des histoires plus vraies sans doute que celles qu'elle me racontait. Je me souviens d'elle dansant la Juba avec sa sœur Emma, du tressautement du collier de coquillages, de la jatte d'eau immobile sur sa tête. C'était aux temps heureux – oui, les temps heureux – sous le joug de l'Asservissement. Mais l'Asservissement reste l'Asservissement, et je crois que ma mère et ma tante Emma dansaient ainsi parce qu'elles savaient que ces temps ne dureraient pas. »

Et ils arrivèrent alors – les fantômes que j'avais vus voleter lors de cette soirée fatidique. Ils nous cernaient de toutes parts, et je compris qu'ils célébraient la fin de l'année. Je m'en souvenais – j'avais cinq ans à l'époque, c'était du temps où le comté d'Elm était encore au faîte de sa splendeur, et Howell Walker avait envoyé des bouteilles pour nous dans la Rue. Et là-bas, près du feu de joie, je les vis, ma mère et ma tante Emma, qui dansaient l'une après l'autre, se passant le relais. Je m'arrêtai pour les regarder ; même si c'était moi qui avais invoqué cette vision, je voulais la savourer, mais, dès que j'essayai, elles commencèrent à s'estomper et à s'éloigner de moi, comme la vie et la mémoire des mortels, et je compris alors qu'il fallait que je poursuive mon récit.

« Puis le monde changea. Le tabac dépérit. Je me souviens du visage inquiet d'hommes inconnus. Je me souviens de la terre qui avait durci et des vieilles demeures, le long de la Goose, abandonnées aux opossums et aux rats des champs. Et je me souviens qu'il n'y avait plus beaucoup d'oncles dans les parages ; que les cousins partaient pour de longues expéditions dont ils ne revenaient jamais. Et je me souviens qu'on nous faisait franchir le pont pour nous emmener à Natchez. Et je m'en souviens parce que j'y étais. »

Alors, là où les fantômes dansaient auparavant, nous vîmes s'avancer vers nous ces mêmes hommes et ces mêmes femmes, et sur leurs visages tout à l'heure illuminés de joie se lisait maintenant le chagrin, et dans leurs yeux une nostalgie plus profonde que la rivière elle-même, et leurs bras et leurs jambes, qui quelques instants plus tôt s'agitaient frénétiquement au rythme de la danse, étaient à présent entravés par des chaînes.

« Je me souviens de ma mère qui s'agenouille au bord de mon lit, me réveille et m'emporte dans ses bras en pleine nuit. Pendant trois jours et trois nuits nous avons vécu dans la forêt, parmi les animaux, dormant le jour et courant la nuit. Tout ce qu'elle voulait bien me dire, c'est que nous devions nous en aller avant de finir comme Tante Emma, et, même si j'étais tout petit, j'ai compris que ma tante Emma avait été vendue. Atteindre les marais, tel était son objectif, puis, une fois là-bas, nous pourrions nous enfuir, car elle était incapable de courir sur l'eau comme sa mère.

« Mais ils nous ont rattrapés – Ryland. Rattrapés et ramenés. Jetés dans leur prison de Starfall. J'étais là avec ma mère, et je ne comprenais pas bien ce qui se passait. Et j'étais si perdu que, lorsque mon père est arrivé, j'ai vraiment cru qu'il venait nous apporter le salut. Il était si doux, Thena. Il a posé une main sur ma joue et, quand il s'est tourné vers ma mère, il avait l'air peiné.

« "Pourquoi es-tu partie ? lui a-t-il demandé. Que t'ai-je fait pour que tu veuilles t'enfuir ?"

« Mais il n'a eu droit pour toute réponse qu'à un regard muet et, lorsqu'il lui a de nouveau posé la question, elle a continué de garder le silence. J'ai vu alors sa tristesse céder la place à la colère, et j'ai compris que si mon père était blessé, ce n'était pas pour ma mère, ni pour moi, mais pour lui-même. Car ma mère l'avait percé à jour, elle avait vu ce qu'il y avait derrière la noble façade et elle savait qui il était vraiment – voilà ce que voulait dire sa fuite ; elle avait compris qu'il finirait par la vendre, comme il avait vendu sa sœur, comme il vendrait son propre fils.

« Mon père est parti et ma mère a compris. Elle a ôté son collier de coquillages et me l'a donné en me disant : "Quoi qu'il arrive, tu es dans mes souvenirs à présent. N'oublie rien de ce que tu as vu. Bientôt, je ne serai plus qu'un fantôme pour toi. J'ai essayé, du mieux que j'ai pu, d'être une bonne mère. Mais notre heure est venue."

« Puis mon père est revenu avec les chiens et ils m'ont arraché à elle, dans les cris et les pleurs, ils m'ont arraché à ma mère, ils l'ont laissée là, prête à être vendue, et ils m'ont ramené à Lockless. »

Maintenant, pour la première fois depuis le début de notre voyage, Thena était comme un poids au bout de mon bras. C'était très étrange – comme si une force essayait de la détacher de moi pour la ramener au fond du trou. Les mots que je prononçais étaient un pouvoir. Nous traversions le brouillard en flottant plutôt qu'en marchant. Ma poitrine était brûlante et je sentais l'éclat de la lumière bleue tenter d'en jaillir. Je ne pouvais pas lâcher.

« Nous sommes retournés à Lockless avec un cheval – voilà ce qu'il avait obtenu en échange de Rose. Il m'avait pris ma mère. Mais ce n'était pas assez. Il m'avait pris aussi mes souvenirs d'elle, car, lorsque nous sommes partis, mon père, dans un état de rage comme je l'avais rarement vu, m'a arraché le collier de coquillages. Alors je me suis enfui. Et, le lendemain matin, j'ai couru à l'écurie, où j'ai vu le cheval contre lequel il avait troqué ma mère, et là, près de l'auge, j'ai senti s'allumer en moi la première étincelle de ce que je t'offre à présent – la Conduction.

« Je suis resté assis là, dans l'étable, en pleurs. J'étais submergé par une douleur qui me déchirait la peau, me déboîtait les os et arrachait tous mes petits muscles à leurs tendons. Je me suis blotti contre moi-même pour me contenir. Mais une vague a déferlé en moi et m'a poussé à sortir de l'écurie et à foncer à travers le verger et le champ pour retourner dans ma cabane.

« La douleur de ma mémoire, ma mémoire si claire et acérée, était insoutenable, si bien que, pour la seule fois de ma vie, j'ai oublié – même si je n'ai rien oublié d'autre. J'ai oublié le nom de ma mère, l'injustice faite à ma mère, le pouvoir de Santi Bess, de Mami Wata, et j'ai tourné mes regards vers la grande résidence de Lockless. »

J'éprouvai alors une sensation de déchirure ; Thena me paraissait si lourde que j'avais l'impression que mon bras allait être arraché, et tout autour de moi n'était que brume et lumière bleue.

« Ils sont si nombreux… si nombreux à m'avoir donné les mots… mais ils n'ont pas pu me rendre la mémoire. Ils ne pouvaient pas me donner l'histoire… »

Les mots se dérobaient à présent. Et je sentis que nous étions en train de tomber en arrière… de sombrer dans quelque chose… dans le brouillard.

« Mais je resterai… et Sophia restera… Et l'enfant, Caroline, connaîtra l'Étoile du Nord, qui… »

Puis les mots me manquèrent tout à fait, étouffés par la chaleur au creux de ma poitrine. J'avais la sensation que nous avions été précipités du haut d'une falaise. Et, tandis que je tombais, une gerbe de souvenirs s'éparpillait autour de moi comme des feuilles dans le ciel ocre de septembre. Je mange des biscuits au gingembre sous le saule. Sophia me passe la dame-jeanne. Georgie Parks me dit de ne pas partir. Je tombe.

Puis une voix surgit du fond de la brume ; à mesure que la lumière en moi diminuait, une autre à présent – verte et brillante – m'appelait dans le lointain.

« …en vertu de laquelle nul n'étendra son filet à l'approche des oiseaux, les oiseaux que nous sommes, Hi, même si l'on nous a arrachés à notre azur pour nous installer dans la vallée des chaînes. »

Puis, de nouveau, je flottais. Thena me tenait la main.

« Qu'est-ce qui se passe ? » cria-t-elle dans le brouillard.

La lumière verte se rapprocha et lui répondit : « C'est la Conduction, mon amie. C'est la voie ancienne, qui demeure et toujours demeurera. »

Je regardai la lumière droit devant moi et je l'aperçus alors : Harriet, agrippée d'une main à son bâton de marche et tenant de l'autre – mon Dieu – Kessiah.

« Désolée pour ce léger retard, Hiram Walker, dit Harriet. Mais ça n'a pas été facile. »

J'étais muet de stupéfaction. Ses mots étaient comme une corde à laquelle j'étais suspendu dans le vide à présent. Je regardai du côté par où Harriet était arrivée et je vis, au milieu de la brume, les quais de la Delaware.

« C'est bon, petit gars, c'est bon, me dit Kessiah. Rentre, maintenant. On s'occupe d'elle. Tout ira bien. »

L'histoire ne s'arrête pas là, croyez-moi. Mais je ne saurais décrire la fatigue et la douleur qui s'étaient abattues sur moi. J'aurais voulu vous offrir une dernière image, un aperçu de l'expression sur le visage de Thena lorsqu'elle retrouva sa fille, surgie d'entre les disparus. Mais j'étais en train de tomber de nouveau, de dégringoler parmi tous les souvenirs de mon existence, parmi les années, les Micajah Bland et les Mary Bronson, parmi mes vies innombrables, les partisans de l'amour libre et les esclaves des usines, les frères White – je retombais dans le monde.

34

Je me réveillai dans un lit inconnu, et comme cet autre matin, un an plus tôt, quand la Conduction m'avait fait sombrer dans la rivière avec Maynard, tous mes muscles étaient ankylosés. Je tournai la tête et vis le soleil briller timidement derrière les stores fermés. J'étais en proie à la confusion agitée dans laquelle on se trouve si souvent lorsqu'on vient tout juste de s'extraire de la torpeur du sommeil, mais peu à peu les souvenirs de cette nuit me revinrent.

Je me levai et, cherchant à savoir l'heure, me dirigeai d'un pas hésitant vers la fenêtre, tirai sur la lanière des stores, et le soleil inonda la pièce. C'était une splendide et lumineuse journée de janvier. Quand je me retournai pour m'éloigner de la fenêtre, je m'effondrai au sol, et je serais sans doute resté allongé là si Hawkins n'était pas entré à cet instant.

« Tu l'as emmenée, hein ? » dit-il en me tendant la main pour m'aider à me relever et à regagner mon lit. Je réussis à m'asseoir et mes jambes retrouvèrent leurs sensations. « T'as réussi à l'emmener », répéta-t-il.

Je me frottai les yeux, me tournai vers Hawkins et lui demandai : « Comment ?

– Ça, t'es sans doute mieux placé que moi pour le dire.

– Non, comment ? répétai-je. Comment suis-je arrivé ici ?

– Ta fiancée nous a appelés. Ta Sophia. Elle a dit qu'elle t'avait trouvé hier matin, devant sa cabane, grelottant sur le sol glacé, fiévreux et marmonnant. Elle a envoyé quelqu'un nous chercher à Starfall. On savait. On a parlé à Howell. Il a dit qu'il fallait t'emmener en ville voir un médecin, évidemment.

– Évidemment.

– Sauf qu'on avait aucune idée de ce que tu allais bien pouvoir raconter, dans l'état où t'étais, à qui tu pourrais parler et aux oreilles de qui ça pourrait revenir. Alors on s'est dit qu'il valait mieux te garder ici. Et on a bien fait, parce que cette Thena a disparu, et même si Howell est pas exactement au fait de tout ce qui se passe autour de lui, il finira par s'en rendre compte. Et c'est quand même un peu étrange qu'elle s'évapore dans la nature juste au moment où tu tombes malade, non ? Mais nous, on sait rien de tout ça, n'est-ce pas ? Même ici. Parce qu'il est impossible que tu aies quelque chose à voir là-dedans. Impossible que tu sois allé contre les directives de Corrine. Impossible que tu aies mis en péril le Réseau de Virginie.

– Impossible, en effet.

– C'est bien ce que je me disais. Dès que tu te sentiras d'attaque, tu pourras t'habiller et aller le dire toi-même à Corrine. »

Le soir venu, j'avais à peu près récupéré. Je m'habillai et me rendis à l'auberge de Starfall. À la table du fond étaient assis trois hommes, des agents, une bière à la main. Au comptoir, un serveur était en grande conversation avec Corrine, qui riait à je ne sais quelle blague ou anecdote. Elle avait revêtu son costume de dame – maquillage, robe bouffante et petit sac à main. Je restai un moment sur le côté, près de l'escalier, à l'observer en me demandant pourquoi – pourquoi elle ? Et qu'y avait-il de particulier ici, en Virginie, ou dans le Nord, pour que s'y soit à ce point éveillé l'esprit de la révolution ? Et qu'est-ce qui avait bien pu pousser cette femme, cette dame, qui avait tout, à tout risquer ? Je regardais autour de moi et j'étais sidéré en voyant ce que Corrine avait accompli, ici même, à Starfall ; elle avait réussi à s'enraciner au cœur même de la terre esclavagiste.

Elle tourna la tête à cet instant et m'aperçut ; son air joyeux s'évanouit aussitôt. Elle me fit signe de la rejoindre à une table près du feu. « Alors tu l'as fait », me dit-elle avant même que nous soyons tous les deux assis.

Je ne dis rien.

« Inutile de répondre. Nous savions ce que tu étais, et nous savions depuis longtemps qu'une telle chose pouvait arriver, depuis les histoires de ta grand-mère. Hawkins savait.

– Pas moi, dis-je. Et ça n'a pas vraiment marché comme je l'escomptais.

– Mais elle est partie.

– Oui, elle est partie.

– Je n'aime pas ça, dit Corrine. C'est un problème. Je dois pouvoir compter sur mes agents. Je dois connaître toutes leurs pensées. »

Je secouai la tête en riant. « Est-ce que vous vous entendez parler, parfois ? »

Corrine se tut pendant un moment, puis sourit.

« Oui, dit-elle. Oui. Mais j'ai besoin qu'on me le rappelle de temps à autre.

– Je ne doute pas de vous, lui dis-je. Mais ma grand-mère, Santi Bess, elle était là bien avant tout ça, et cette Conduction, ça appartient à quelque chose de plus ancien que le Réseau. Et, aussi sûr que je dois vous être fidèle, je dois rester fidèle à ça.

– Et l'autre fille, cette Sophia ? Tu vas l'emmener, elle aussi ?

– Je lui serai fidèle, dis-je. C'est tout ce que je peux vous dire. Par égard pour ce qu'elle a fait pour moi. C'est la deuxième fois qu'elle me sauve la vie. Je ne peux pas oublier ce pour quoi je travaille, et il ne peut pas y avoir de distance entre ce pour quoi je travaille et ceux pour qui je travaille. »

Le serveur nous apporta deux cidres chauds. Les agents continuaient de bavarder entre eux. Je bus une gorgée et poursuivis : « Ces gens ne sont pas une marchandise, pour moi. Ils sont le salut. Ils m'ont sauvé, et si jamais je dois me retrouver dans une situation, quelle qu'elle soit, où je sens qu'il est de mon devoir de les sauver à mon tour, alors je le ferai.

– Bon, eh bien, dans ce cas, nous devons faire en sorte que ce genre de situation ne se présente pas, dit Corrine.

– Et comment ? Nous sommes en plein dedans, dans les mâchoires de la bête. Même si vous détenez son titre de propriété. Que pourriez-vous bien faire de plus ? »

Ce fut alors au tour de Corrine de rester muette, et elle ne dit plus un mot, en effet, buvant son cidre et regardant la salle autour d'elle, admirant son œuvre.

Une année encore s'écoula avant que je comprenne enfin le sens des paroles sibyllines de Corrine, mais je crois aujourd'hui que j'aurais dû en percevoir les contours depuis le début. Mon père mourut à l'automne suivant, et l'enquête qui suivit révéla toute la vérité sur ses derniers jours. Il avait noyé Lockless sous les dettes – mais il avait été sauvé par Corrine Quinn, à la condition expresse que le domaine tout entier et tous ceux qui y vivaient deviennent sa propriété.

Ainsi, dans le mois qui suivit sa disparition, nous commençâmes à transformer les lieux pour les rendre à l'image de Bryceton, dans leur forme comme dans leur fonction – c'est-à-dire pour en faire, à première vue, un domaine typique de la vieille Virginie, mais en réalité, à l'intérieur, une antenne du Réseau clandestin. Nous fîmes en sorte que les quelques Asservis encore employés soient discrètement dispersés dans le nord de l'État de New York, en Nouvelle-Angleterre et dans certaines régions du Nord-Ouest, où les hommes du Réseau possédaient des terres.

Ils furent remplacés l'un après l'autre par des agents, qui continuèrent d'œuvrer partout en Virginie et même plus loin encore, dans les États voisins. Aux yeux du monde extérieur, Lockless était désormais la propriété de Corrine. Mais c'est à moi que fut confiée la gouvernance du domaine. Ce n'est pas ainsi que j'avais imaginé les choses. Et voici pourtant ce que je devins – seigneur putatif du manoir, et agent de l'antenne de Lockless.

Deux jours après le départ de Thena, Hawkins me ramena à Lockless. Le soir était tombé quand nous arrivâmes, et mon père était en train de dîner. Je vins le voir et il me sourit.

« On dirait que tu vas mieux », me dit-il.

Je me penchai vers lui, et le collier de coquillages, qui ne m'avait pas quitté, glissa de sous ma chemise.

« Oui, beaucoup mieux », dis-je sans prendre la peine de le regarder. Sa réaction ne m'intéressait pas. Mais je voulais qu'il sache que je savais désormais tout ce qu'il savait, que le pardon était hors de propos, mais que l'oubli était la mort.

Puis je me rendis tout au bout de la Rue. Sophia était dans la cabane, devant le feu de cheminée, en train de faire à dîner. Carrie, couchée sur le lit, tirait sur la couverture en babillant. Quand Sophia me vit, elle sourit, s'approcha et m'embrassa tendrement. Puis, pendant qu'elle finissait de préparer le repas, je jouai avec Carrie. Nous dînâmes ensemble dans le coin de la cabane, là où Thena et moi nous installions autrefois pour manger. Carrie était assise sur mes genoux et je lui donnais de petits morceaux de pain de cendre. Sophia nous regarda un moment, puis elle se mit à manger.

Nous allâmes dormir tous les trois dans la mansarde, ce soir-là, car, même si Thena n'était plus là, il nous semblait plus respectueux, d'une certaine manière, de lui garder sa place dans la maison. Au milieu de la nuit, nous ne dormions toujours pas. Sophia regardait les poutres au plafond. Carrie était endormie sur son ventre. Je caressais l'épaisse chevelure de Sophia, improvisant des arabesques sans forme particulière en entortillant délicatement ses mèches autour de mes doigts.

« Et nous, alors ? lui demandai-je. Qu'est-ce qu'on est, nous, maintenant ? »

Sophia déplaça Carrie, la faisant glisser entre nous deux, puis se tourna pour me regarder dans les yeux.

« Nous sommes ce que nous avons toujours été, répondit-elle. Des clandestins. »

Note de l'auteur

L'histoire de la famille White est inspirée de la véritable saga de William et Peter Still et de leur famille. On pourra en apprendre plus sur leur histoire – et sur celles des anciens esclaves dont ils ont recueilli le témoignage – dans une nouvelle édition, établie par Quincy Mills, de *The Underground Railroad Records* de William Still (Modern Library).

Composition et mise en pages
Nord Compo à Villeneuve-d'Ascq

Achevé d'imprimer en juillet 2021
sur les presses de Normandie Roto Impression s.a.s.
61250 Lonrai (Orne)

PAPIER À BASE DE FIBRES CERTIFIÉES

Fayard s'engage pour l'environnement en réduisant l'empreinte carbone de ses livres. Celle de cet exemplaire est de :
1,800 kg éq. CO_2
Rendez-vous sur www.fayard-durable.fr

19-0775-8/01
Dépôt légal : août 2021
N° d'impression : 2103238

Imprimé en France